BASTEI
LÜBBE

Von Judith Merkle Riley erschien bei BASTEI-LÜBBE:

11676 DIE STIMME

Judith Merkle Riley

DIE VISION

Aus dem Englischen von
Dorothee Asendorf

BASTEI
LÜBBE

BASTEI-LÜBBE-TASCHENBUCH
Band 11930

Titel der Originalausgabe:
In Search of the Green Lion
Erschienen 1990 bei Delacorte Press, New York

Lizenzausgabe: Gustav Lübbe Verlag GmbH, Bergisch Gladbach
Printed in Germany April 1993
Einbandgestaltung: Wolfgang Lauter, München
unter Verwendung des Gemäldes von Piero di Cosimo.
Porträt der Simonetta Vespucci
Museum: Chantilly Museé Condé
Satz: hanseatenSatz-bremen, Bremen
Druck und Bindung: Ebner Ulm

ISBN 3-404-11930-4

Der Preis dieses Bandes versteht sich einschließlich
der gesetzlichen Mehrwertsteuer

Für Marlow in Liebe

Dank

Ich danke meinem Mann Parkes und meinem Sohn Marlow für ihre liebevolle Unterstützung sowie meiner Tochter Elizabeth, die das Manuskript gelesen und mir mit Rat und Tat zur Seite gestanden hat. Desgleichen gilt mein Dank meiner intelligenten, verständnisvollen Lektorin Carole Baron wie auch meiner Agentin Jean Naggar, die mir eine große Hilfe war.

Die vielen Stunden, die man in prächtigen Bibliotheken zubringt, wenn man an einem Buch arbeitet, für das man eine Vielzahl historischer Quellen lesen muß, waren wie immer ein großer Gewinn für mich. Diesen verdanke ich insbesondere dem hervorragenden, mittelalterlichen Quellenmaterial der Henry E. Huntington Library von San Marino, Kalifornien, wo ich einen großen Teil der Hintergrundrecherchen erledigen konnte. Außerdem danke ich der Honold Library des Claremont College und der Pomona Foundation Library, denn aus den Seiten ihrer alchimistischen Sammlung sprang mir eines sonnigen Herbstmorgens der Grüne Löwe entgegen.

Prolog

Es war Sommerszeit und im Jahre des Herrn 1358, genau zwei Tage vor dem Tag des hl. Barnabas, da sprach eine *Stimme* aus dem Himmel in meinem Ohr.

»Margaret«, sagte die *Stimme,* »was genau tust du da?« Meine Feder hielt inne, und ich blickte auf.

»Als ob Du das nicht wüßtest«, sagte ich zu der stillen Luft.

»Natürlich weiß Ich das, aber Ich will es von dir hören, denn das ist etwas ganz etwas anderes«, antwortete die *Stimme.*

Wenn ich aber bei der richtigen Stelle anfangen soll, so muß ich damit anfangen, daß Gott mich mit Töchtern gesegnet oder eher geschlagen hat, denn die sind für Mütter Strafe und Prüfung zugleich. Und wenn wir uns einst am Tag des Jüngsten Gerichts für all unser Tun verantworten müssen, was werden wir sagen, wenn sich unsere Töchter als zu störrisch und ungeduldig zum Handarbeiten erwiesen haben? So stellt Gott uns auf die Probe und straft uns gleichermaßen für unsere Eitelkeit, denn Mütter von unlenkbaren Kindern müssen stets demütig sein.

Der Tag jedoch, an dem die *Stimme* zu mir sprach, war rundherum schön und warm, und alles grünte und blühte. Wieder einmal waren wir für den Sommer mit dem gesamten Haushalt von London aufs Land gezogen; in den Küchen des Herrenhauses von Withill konnte man endlich wieder wirtschaften, und so störte nur noch das stetige Gehämmere der Zimmerleute, welche die niedergebrannten Ställe und Nebengebäude neu errichteten. Die Luft war so frisch, und die grüne Flur so einladend, daß nur ein Einfaltspinsel auf den Gedanken kommen konnte, zwei so eigensinnige, kleine Mädchen wie Cecily und Alison würden sich an ihre Pflichten erinnern. Und nur ein Obereinfaltspinsel mochte wähnen, daß zwei Mädchen, so listig wie die Schlangen, nicht auch noch ihre Kinderfrau herumbekommen könnten. Doch als ich die lange Außenstiege hochkletterte, um rasch einen Blick in die Kemenate unter dem Dachgesims zu werfen, da ahnte ich noch nicht, was ich vorfinden würde. Leer! Mir war sofort klar, was sich hier abgespielt hatte – unter dem Stickrahmen standen zwei paar kleine Schuhe herum, die Arbeit von Monaten wies ein paar Dutzend schlampige Stiche mehr auf, und auf dem Fensterbrett lag verlassen Mutter Sarahs Kunkel.

»Sie ist um keinen Deut besser als die beiden! Wie konnte sie nur?« Ich rief aus dem Fenster: »Cecily! Alison!« und mich dünkte, ich hörte in der Ferne als Antwort schrilles Kindergelächter. Oh, schon wieder nicht bestanden, dachte ich trübsinnig. Wie soll ich aus ihnen jemals Damen machen? Und beim Jüngsten Gericht sagt Gott dann wohl: »Margaret, du hast zugelassen, daß deine Töchter verwildern. Ihre französischen Knoten halten nicht. Und die Gänseblümchen da? Pfui. Haargenau wie Pilze. Zu meiner Linken, du Unwürdige.«

Die Stille in der verlassenen Kemenate war jedoch so einladend, daß ich auf einmal wußte, solch eine herrliche Gelegenheit zum Schreiben würde sich so schnell nicht wieder bieten. Mein, alles mein, jauchzte mein sorgloses Herz. Raum, Ruhe und Stille! Und ehe ich wußte wie, hatte ich schon Feder und Papier aus der Truhe geholt und meine Aufzeichnungen über Hauswirtschaft rings um mich ausgebreitet.

Dazu muß ich sagen, daß ich vor langer Zeit den Plan faßte, alles aufzuschreiben, was mich Mutter Hilde gelehrt hat, damit nichts davon verlorengeht. Und nach mir soll dieses Wissen auf meine Mädchen kommen, damit sie einmal berühmt für ihre Kunstfertigkeit im Heilen, Kochen und der Hauswirtschaft werden. Daher ist es sehr gut, wenn das Ganze zu Papier gebracht wird, auch wenn wirklich alles Geheimnisse sind, denn falls mir etwas zustößt – wie kämen sie dann wohl zurecht? Denn das muß man ihnen lassen, mit der Nadel sind sie zwar langsam, aber in der Kunst des Lesens zeigen sie eine rasche Auffassungsgabe, und das findet man bei Frauen äußerst selten.

Ich setzte die Feder an der Stelle an, wo ich aufgehört hatte. »Wer keine Motten in seinen Wollsachen haben will . . .« hatte ich vor vielen, vielen Monden in London geschrieben. Was hatte sich seitdem nicht alles zugetragen! Ihr Vater tot, die ganzen Veränderungen dann. Ein heller Sonnenstrahl kam von dem kleinen Fenster und fiel als warme Lichtlache auf das Papier. Motten. Wie kann Mottenbekämpfung meine Mädchen glücklich machen?

»Zum Kuckuck mit den Motten! Was sollen mir Motten? Was ist nur in mich gefahren, daß ich überhaupt über Motten geschrieben habe?«

»Gewiß nicht Ich, Margaret.« Die *Stimme* klang warm und freundlich, so als wäre sie irgendwie mitten im Sonnenstrahl. Ich blickte vom Papier auf und musterte ihn eingehend. Aber ich konnte nur Tausende von tanzenden Staubkörnchen sehen, die allesamt golden schimmerten.

»Damals hielt ich es für eine gute Idee«, sagte ich zu dem Sonnenstrahl. »Aber jetzt besteht das Ganze nur noch aus Motten und Fischrezepten. Und dabei mag ich Fisch nicht einmal.«

»Warum schreibst du dann darüber?«

»Ich dachte, es geziemt sich so.«

»Bleib bei dem, wovon du am meisten verstehst, Margaret, denn das geziemt sich.«

Jetzt war natürlich alles klar. Gott sei Dank, ich mußte nun doch nicht über Fisch und Motten schreiben. Es ging um weitaus Wichtigeres. Und noch dazu um etwas, worüber meine Mädchen Bescheid wissen sollten, denn von der Welt bekommen sie nichts als Lügen aufgetischt und bleiben vollkommen nichtsahnend.

»Warum so geschäftig und so tintenklecksig?« fragte mein Herr Gemahl an eben diesem Abend. »Hast du dich wieder an dein Rezeptbuch gemacht? Vergiß ja nicht das Rezept für deine leckeren Fruchttörtchen aus Blätterteig – die wären wirklich ein Verlust für die Menschheit. Oh, wie werden mich meine künftigen Eidame preisen.«

»Ich schreibe eine Liebesgeschichte.«

»Noch so eine Erzählung über höfische Minne, auf daß Lug und Trug in der Welt weiter zunehmen? Damit führst du die Menschheit nur auf Abwege. Bleib du schön bei deinen Kuchen.«

»Nein, über dieses falsche, blumige Zeug wie Turniere und Liebespfänder und Lautenspiel in rosenüberrankten Liebeslauben will ich nicht schreiben. Ich schreibe über den Teil ›Und sie lebten glücklich bis an ihr seliges Ende‹. Ich schreibe über wahre Liebe.«

»Wahre Liebe? Oh, noch viel schlimmer, Margaret. Kein Mensch schreibt über dergleichen. Zum einen gehört es sich nicht. Zum anderen ist es unsäglich langweilig. Nein, wenn du über die Liebe schreiben willst, mußt du dich schon an die Konventionen halten. Interessant ist doch nur, wie man sie erringt, nicht wie man sie lebt. Sieh dir Tristan an! Und Lancelot! Was für eine Liebesgeschichte hätte das wohl abgegeben, hätten sie bekommen, wonach sie begehrten. Tristan ehelicht Isolde, und dann setzen sie ein Dutzend mondgesichtiger Bälger in die Welt! Lancelot und Ginevra brennen durch und gründen einen Hausstand, und sie schimpft mit ihm, weil er Schmutz ins Haus schleppt! Was hat das noch mit ritterlicher Minne zu tun? Nichts, gar nichts! Daraus läßt sich keine Liebesgeschichte machen. Darum hören die Geschichten der *trouvères,* die im Gegensatz zu dir wissen, daß Eheleute nur noch Fett ansetzen, immer vor der Hochzeit auf. Blick den Tatsachen ins Auge, Margaret. Du hast nicht die geringste Ahnung, wie man Liebesgeschichten schreibt. Bleib du bei Rezepten.«

Natürlich machte ich mich auf der Stelle an die Arbeit. Auch wenn sich mein Herr Gemahl, der eine Reihe von Gedichten zu diesem Thema geschrieben hat, für eine Autorität in Sachen Liebe hält, ich, ja, ich habe weitaus mehr geliebt.

Kapitel I

Die meisten Liebesgeschichten beginnen bei Maiensonnenschein mit verstohlenen Blicken beim Tanz oder auf einem Fest oder mit einem heimlichen Stelldichein in einem verwunschenen Garten. Meine jedoch beginnt zur Winterszeit mit einem Begräbnis, als man nämlich meinen Herzallerliebsten zu Grabe trug. Nur die Pflicht hielt mich davon ab, Master Kendall in diesen langen Schlaf zu folgen. Nichts als die Tränen der beiden kleinen Töchter, die er mir hinterließ, fesselten meine widerstrebende Seele an diese Erde. Ich beschloß, Cecily und Alison zuliebe noch ein Weilchen zu bleiben, mich jedoch nur ihrer Erziehung zu widmen, mir aber niemals einen anderen Ehemann zu nehmen. Schließlich war ich mit Master Kendall verheiratet gewesen, da kam kein Geringerer in Frage. Möglich, daß es Männer von edlerer Abkunft gab, aber wer besaß wohl eine edlere Seele als Roger Kendall, Tuchhändler zu London? Und wer konnte es an Güte oder Großherzigkeit mit ihm aufnehmen? Ich hielt sein Andenken in Ehren, und das half mir, mich gegen die stetig wachsende Schar von Freiern zu wehren, die allesamt hofften, durch die Heirat mit seiner Wittib an sein Vermögen heranzukommen.

Doch was der Mensch nicht durch Schmeichelei oder Schläue erreichen kann, das nimmt er sich mit Gewalt. Kaum war Master Kendalls Gedenktafel in die Kirchenmauer von St. Botolphe eingelassen, da entführte mich auch schon die schamloseste Familie von Mitgiftjägern im gesamten Königreich England aus einem Haus, das vom Blut unterlegener Freier und Möchtegernerben troff, und das war die verarmte, händelsüchtige, anmaßende Sippschaft der de Vilers. Und das Schlimmste daran: Ich hatte, dumm wie ich war, den ersten dieser Sippe in mein Haus gelassen, diesen jüngeren Sohn und Tunichtgut, diesen gescheiterten Mönch und Dichterling, der sich unter dem Namen Bruder Gregory in der Stadt herumtrieb. Mir, nur mir verdankte er es, daß mein Mann ihn als Schreiber beschäftigte. Und jetzt wußte ich nicht, was stärker war, Gram und Selbstmitleid oder die Wut über meine eigene Torheit, denn da stand ich nun in der Hauskapelle seines Vaters und wurde ohne Ehevertrag und Aufgebot mit ihm vermählt.

Es war einer dieser grauen, nieselnden Tage im Vorfrühling, wenn Himmel und Erde fast eins zu sein scheinen. An vielen Stellen war zwischen den kümmerlichen, mit blankem Eis überkrusteten Schneehaufen schon ein Fleckchen abgestorbenes Gras oder gefrorener Morast zu sehen. Auf einem zerfurchten Weg, der sich über eine vereiste Koppel und durch ein Dorf mit strohgedeckten Katen schlängelte, näherte sich ein Reitertrupp seinem Ziel, dem Herrenhaus von Brokesford, einem wehrhaften Haus im alten, normannischen Stil, das sich am Ende einer mit kahlen Bäumen gesäumten Auffahrt halb hinter einer verfallenen Mauer duckte. Im Dorf war ein Dutzend Bauern zusammengelaufen und stand barfuß im eisigen Matsch am Wegesrand, während Kinder aus den Fenstern lugten, um sich an dem Spektakel zu ergötzen. Es war Mitte Februar im Jahre des Herrn 1356, und der Sieur de Vilers kehrte von einem Abenteuer heim, zu dem er kaum eine Woche zuvor in gestrecktem Galopp, gefolgt von seinen Söhnen, Knappen, Stallknechten und waffenbeladenen Packpferden, aufgebrochen war.

Ein Murmeln durchlief die Schar der Gaffer, als der Trupp sich näherte. Das war nicht mehr die Gruppe, die aufgebrochen war. Zugegeben, an der Spitze ritt wie üblich der alte Sir Hubert aufrecht und eingebildet auf seinem großen Fuchs, gefolgt von seinem ältesten Sohn Sir Hugo auf dem Braunen. Ihnen folgte ein Stallknecht, der die Packpferde führte. Aber – danach – was war das? Robert und Damien, die beiden Knappen, hatten noch jemand vor sich auf dem Pferd, zwei kleine Gestalten, Kinder. Mädchen dem Aussehen nach, obwohl sie ziemlich dick eingehüllt waren. Hinter ihnen ritt Sir Huberts jüngerer Sohn in formlosem Gewand und Schaffellmantel, derjenige, den früher ein religiöser Wahn gepackt hatte, so daß er sich wer weiß wie viele Jahre herumgetrieben und seinem Vater unsäglichen Kummer bereitet hatte. Und hinter sich, nein, welch ein Skandal, hinter sich auf dem Sattelkissen hatte er eine junge, hübsche Frau sitzen. Eine zerbrechlich wirkende, blasse Frau mit rotgeränderten, verweinten Augen, die in einen prächtigen, tiefschwarzen Umhang und ein gleichfarbenes Übergewand gekleidet war. Noch bevor die Stallknechte am Ende des Trupps durchs Tor geritten waren, hatte sich schon die Kunde verbreitet, daß die Frau eine wohlhabende Wittib sei, eine echte Erbin aus der City von London, und daß die kühnen Herren von Brokesford sie vor dem sicheren Tod bewahrt hatten.

Das Beste daran war jedoch – und über den Grund wurden an allen Herdfeuern des Dorfes hämische Vermutungen angestellt –, das Beste war, daß sie schnurstracks und ohne Aufgebot verheiratet werden sollte. Und nicht etwa mit dem alten Sir Hubert, der schon lange Witwer war, und auch nicht mit Sir Hugo, der allmählich legitime Erben zeugen sollte, nein, mit Gilbert, diesem Irren, der zu nichts weiter taugte, als die Nase in Bücher zu stecken. Wie hatte der sie überhaupt aufgetrieben? Vielleicht kam Gilbert ja doch mehr auf seinen Vater, als man dachte. Nicht auszudenken, was für Gelegenheiten sich einem Geistlichen boten, der sich durch die Hintertür ins Haus verheirateter Frauen einschleichen konnte. Genauso wie der schurkische Mönch aus der Ballade! Schließlich wußte jeder: Die Frauen in London waren sittenlos. Man denke nur, sich als Mönch in einer Stadt voller schamloser Frauenzimmer herumzutreiben! Da hatten nun der alte Lord und sein Ältester auf der ganzen Strecke von Cinque Ports bis zur schottischen Grenze zusammen mindestens zwanzig Bastarde gezeugt, die sie nicht anerkannten. Und jetzt, welch ein Spaß, jetzt hatte doch das kleinste Ferkel aus dem Wurf seinen Vater und seinen älteren Bruder noch übertroffen.

Im Trubel der Heimkehr jedoch schien man die Wittib vergessen zu haben. Sie hatte sich geziert, mit ihren modischen Pantoffeln in den Morast zu treten, also hatte man sie an der Treppe vom Pferd gehoben, bevor dieses durch den aufgewühlten Dreck im Hof zu den Ställen geführt wurde. Da stand sie nun wie ein schwarzes Bündel vor der niedrigen Rundbogentür, und ihre kleinen Mädchen klammerten sich an ihre Röcke.

Erst nachdem er die Pferde gut versorgt wußte und nach dem Kaplan geschickt hatte, fiel es dem alten Lord ein, ihr seinen Arm und die Gastfreundschaft seines Hauses anzubieten und sie schwungvoll in seinen sogenannten Rittersaal, den Palas, zu führen. Fröstelnd saß sie in ihrem feuchten Umhang auf einer Bank am Feuer, während die Knappen die blutbespritzten Brustharnische und Kettenhemden säuberten, sie nach oben brachten und wegräumten. Der alte Ritter rief nach etwas zu trinken, dann drehte er sich um und musterte seinen jüngeren Sohn von Kopf bis Fuß. Der junge Mann überragte ihn fast um Haupteslänge, hatte einen kräftigen Knochenbau, einen dunklen Schopf und geschwungene Brauen über dunklen Augen, die vor Intelligenz nur so funkelten. Mit einem schlauen, prüfenden Blick aus blauen Augen erfaßte der alte Mann die Sandalen, in die der Sohn seine zerlumpten Beinlinge gestopft hatte, das abgetragene, knöchellange, graue Gewand mit den getrockneten Blutspritzern vorn und das grauenhafte, verfilzte Schaffell.

»In dem Ding da heiratest du mir nicht«, sagte der alte Mann.

»Was ist daran auszusetzen? Heiraten war doch deine Idee«, sagte der Jüngere.

»Unverschämt wie eh und je. Steht in keinem der Bücher, die du liest, daß man ›Vater und Mutter ehren soll‹? Ich sage es noch einmal, in dem Ding da heiratest du nicht. Du bist jetzt in meinem Haus. Vergiß das nicht und hör auf, dich danebenzubenehmen.«

Der junge Mann bekam einen aufsässigen Blick. Sein Vater befahl, in der Küche, welche hinter einem Wandschirm an den Palas angrenzte, ein Bad zu richten. Dann schickte er einen der herumlungernden Hausknechte nach Kleidung in den Söller hoch. Die Steinmauern des Palas waren zwölf Fuß dick und so feucht und kalt wie Höhlenmauern. Beim Sprechen kamen weiße Wölkchen aus dem Mund des alten Lord.

»Ich will kein Bad«.

»Das Stadtleben hat dich verweichlicht.« Der alte Mann strich um seinen Sohn herum und begutachtete ihn von allen Seiten, so als wollte er überprüfen, welche dieser Seiten am weichesten geworden wäre. Die Wittib wandte den Kopf und sah ihm dabei mit undurchdringlicher Miene zu.

»Ich brauche keines. Ich will keines. Heiraten sollte dir genügen.«

»Im Leben eines Mannes gibt es vier Anlässe, bei denen er sich waschen sollte – in deinem Falle drei. Bei seiner Geburt, wenn er zum Ritter geschlagen wird, wenn er stirbt und – WENN ER HEIRATET! Und wenn du jetzt immer noch nicht weißt, was deine Pflicht ist, rufe ich sechs Männer herein, die zeigen dir, wo es langgeht, selbst auf die Gefahr hin, daß sie dich ersäufen!« Die Stimme des alten Mannes klang gewittrig. Der Sohn richtete sich würdevoll und mit katzenartiger Geschmeidigkeit zu voller Größe auf.

»Deine logische Argumentation, Vater, überzeugt wie gewöhnlich.«

»Listig wie die Schlangen«, knurrte der alte Mann und folgte ihm in die Küche.

Die Wittib saß immer noch an der großen Feuerstelle mitten im Raum und blickte sich um. Sie hielt auch immer noch den Becher umklammert, den man ihr gereicht hatte, doch das Ale sah aus, als hätte sie es nicht angerührt. Sie hatte daran gerochen und die Nase gerümpft, aber zum Glück hatte es niemand gemerkt.

Hinter dem Wandschirm nahmen die Dinge in dem hohen Badezuber am Küchenfeuer ihren Lauf, so wie es der alte Mann befohlen hatte. Die Wittib hörte Geplätscher, als der Diener den im Zuber Stehenden mit kaltem Wasser übergoß. Der Wandschirm konnte die laute Stimme des alten Mannes auch nicht dämpfen.

»Wehe, du kehrst deinem Vater den Rücken zu ... Dreh dich um und blick mir in die Augen. – Hmm, wer hat dir denn *die* da übergezogen? Hat aber eine ruhige Hand gehabt. Ein Priester? Daher also. – Wofür? Ein Buch? Hast du dich etwa hingesetzt und ein Buch geschrieben? Etwas Dümmeres ist dir wohl nicht eingefallen. Das kommt davon, wenn man die Nase in Bücher steckt. Und verbrannt haben sie es auch, sagst du? So wie ich dich kenne, war es wahrscheinlich das Beste, was dem Buch passieren konnte. Du hast doch noch nie einen vernünftigen Gedanken im Kopf gehabt. Wenn du auf mich gehört, dich wie ein guter Sohn aufgeführt hättest und im Heer geblieben wärst, statt dich auf diese lachhafte Gottsuche zu begeben und ein Federfuchser zu werden, dann hättest du die Narben jetzt vorn wie ein Ehrenmann und nicht auf dem Rücken . . .«

Margaret seufzte, stellte den Becher hin und zog Cecily und Alison fester an sich. Kein sehr vielversprechender Anfang für eine Ehe, wollte ihr scheinen.

Die Fastenzeit hatte gerade begonnen. Am Vorabend des Festes des hl. Matthias und kaum vierzehn Tage nach meiner übereilten und trübseligen Hochzeit kam mir der Verdacht, daß mich etwas verfolgte, das – nun ja, nicht ganz von dieser Welt war. Gram und Einsamkeit können der Einbildung Streiche spielen. Und zuweilen tut Gott auch Wunder, um uns zu trösten, so wie es einst einem Freund von Robert le Tambourer geschah, der eine große Sünde begangen hatte. Dem erschien mitten im tiefen Jammertal der hl. Bartholomäus, und der maß volle fünfundzwanzig Fuß und leuchtete wie eine lodernde Flamme.

Doch diese Erscheinung war nicht von Gott gesandt; es war ein unheimliches, beunruhigendes Gefühl; es wollte mir vorkommen, als beobachtete mich jemand in einem leeren Zimmer. Es verfolgte mich bei Tage und lag des Nachts neben mir. Wenn ich im Bett hellwach neben der steifen, störrischen Gestalt meines schlafenden Ehegespons saß, der sich aus Wut auf seinen Vater immer noch weigerte, die Ehe zu vollziehen, die der alte Lord angeordnet hatte, konnte ich ein eigenartiges Pfeifgeräusch hören, gleichsam als zöge es sacht vom Fenster her durch die nächtliche Stille des Zimmers. In meiner Not war mir, als hätte mich Satanas insgeheim im Auge, und so verdoppelte ich meine Gebete in der kalten, schlecht ausgestatteten kleinen Kapelle im Haus meines neuen Schwiegervaters. Um was betete ich, abgesehen von meiner Errettung? Vor allem um die Seele meines verstorbenen Mannes, des guten Master Roger Kendall, der so schnell gestorben war, daß er keine Absolution mehr erhalten konnte.

Die schreckliche Überwachung begann, als mein frischgebackener Ehemann und seine Sippe von ihrem ersten Ausritt nach London zurückkehrten, den sie nach unserer Hochzeit machten. Denn kaum waren wir vermählt, da brachen sie auch schon auf, um so schnell wie möglich den mir vermachten Besitz und die Mitgift meiner Töchter in die Finger zu bekommen. Außerdem waren sie noch in anderen Geschäften unterwegs: Sie mußten Advokaten aufsuchen und die Richter bestechen, die sich mit dem Mord an meinen Stiefsöhnen befaßten, welchen sie selber als Notwehr hinstellten. Vermutlich kam das der Wahrheit durchaus nahe, je nachdem von welchem Standpunkt aus man die Sache betrachtete, denn meine Stiefsöhne hatten Streit angefangen, hatten ein Mitglied der De-Vilers-Familie umbringen wollen. Als Master Kendalls Söhne aus erster Ehe hatten sie selbstverständlich erwartet, alles zu erben, bis er dann auf seine alten Tage mich geheiratet und neue Kinder gezeugt hatte, die ihnen fortnahmen, was ihnen ihrer Meinung nach rechtens zukam.

Master Kendall jedoch hatte mich sehr lieb gehabt und war stets um meine Bildung bemüht gewesen, deshalb hatte er auch Madame als Französischlehrerin und Bruder Gregory als Schreiblehrer für mich eingestellt. Und schon nutzten sie die Gunst der Stunde. Anfangs versuchten sie, mich aus dem Weg zu räumen, indem sie ihm einflüsterten, daß ich seinem Namen mit Bruder Gregory Schande gemacht hätte. Aber Master Kendall lachte sie einfach aus und enterbte sie sodann für ihre Unverschämtheit. Jedermann im Hause wußte, daß Bruder Gregory für dergleichen viel zu prüde war; und weil sich seine Familie auf dem absteigenden Ast befand, war er ein Kräutlein Rührmichnichtan, und Frauen verabscheute er fast genauso wie Krämer, Wechsler, Advokaten, gekaufte Ritterwürden und gefälschte Stammbäume. Was er damals allerdings jedermann verschwieg: Er brauchte die Arbeit, weil ihn sein Abt wegen seiner unerträglichen Streitsucht hinausgeworfen hatte, und er kein Bruder mehr war, und ein Gregory auch nicht, obwohl ich ihn immer noch so nenne, wenn ich nicht daran denke.

Doch als Master Kendall dann starb, verschworen sich seine Söhne gegen mich, und als Bruder Gregory die Verschwörung entdeckte und mir zu helfen versuchte, wäre es um uns beide geschehen gewesen, wenn seine Familie sie nicht umgebracht hätte. Woran man ersehen kann, daß ich Gilbert de Vilers zu meinen Freunden zählte, zumindest bis zu dem Tage, als seine Familie beschloß, ihr stünde für ihre Mühewaltung Master Kendalls Vermögen zu, und mich entführte wie die Braut aus einer Minneerzählung. Nach der Hochzeit wollte Gregory nicht mehr mit mir reden, und jeder seiner Blicke zeugte von seinem Groll über eine Ehe, zu der ihn sein Vater gezwungen hatte. Und was mich anging, je besser ich seine Familie kennenlernte, desto mehr zählte ich auch ihn dazu – diesen Heuchler, diesen schamlosen Grabschänder im falschen Mönchsgewand.

Mitten in dieser bitteren Zeit begann dann die Überwachung, wehte mich der eigenartige, kühle Hauch an, daß ich hinterher immer dachte, viel fehlt nicht mehr, und ich verliere den Verstand. Solches geschah eine Woche nach der Hochzeit – an dem Tag, als sie mit meinen Sachen aus London zurückkehrten –, das weiß ich noch ganz genau.

»Da, Schwester«, sagte Hugo und kam, gefolgt von zwei Flegeln, die eine Truhe trugen, ins Zimmer marschiert, »wir bringen Euch Eure Sachen aus der City. Vater sagt, er duldet keine junge Braut im Haus, die in schwarzen Kleidern Trübsal bläst, darum befiehlt er Euch, heute zum Abendessen etwas Farbenfrohes anzuziehen.« Ich kann gar nicht sagen, wie sehr mich Hugo reizt. Ich weiß noch nicht recht, was mich mehr aufbringt, seine Dummheit oder seine Eitelkeit. Vielleicht kommt es auch daher, daß er sich in bezug auf Frauen für unwiderstehlich hält. Wie auch immer, da stand er nun in seinen verdreckten Reisekleidern, die Hände in die Hüften gestemmt, und sein gemeines Schlächtermesser baumelte ihm im Gürtel. Wenn er mit Frauen redet, streichelt er den langen Griff und blickt sie anzüglich an. Kaum zu glauben, daß er und mein Mann Brüder sein sollen, so verschieden sind sie geartet. Gilbert ist dunkel und hochgewachsen, während Hugo mittelgroß und wie sein Vater ziemlich vierschrötig ist und genauso hellhaarig wie dieser. Mehr wie sein Vater einst war, denn dessen Haar und Bart sind jetzt schlohweiß. Doch wo sein Vater ein Wüterich mit buschigen weißen Brauen und stechend blauem Blick ist, wandelt Hugo in einer Aura aus Einbildung einher, welche meinen Mann fast genauso reizt wie sie mich stört.

»Ich trage, was mir gefällt«, sagte ich.

»Wehe Euch, Ihr handelt mir zuwider, widerborstige, kleine Eselin«, antwortete er. Hugo war viel zu nahe herangetreten. Ich funkelte ihn böse an.

»Wenn Ihr mir gehörtet, ich hätte Euch schon gefügig gemacht«, sagte er und streichelte seinen langen, lederumhüllten Messergriff. »Ich würde Euch das Kleid da vom Leibe reißen und Euch prügeln, bis Ihr betteln würdet, das tragen zu dürfen, was ich Euch befehle. Gilbert ist ein Trottel. Nicht beschlafene Frauen werden allesamt Beißzangen.« Er blickte mich lüstern an, dann machte er auf dem Hacken kehrt. Man hatte die Truhe in der Ecke des Söllers abgestellt, und Cecily und Alison durchwühlten sie schon auf der Suche nach ihren Sachen. Auf einmal stieß Cecily einen Schrei aus und hielt ihre Bernsteinkette hoch. Ich konnte nicht anders; als ich sie sah, mußte ich an ihren Vater denken, wie er sie ihr an jenem letzten, wunderschönen Weihnachtsfest geschenkt hatte, und schon fing ich an zu weinen. Dann fing auch Alison an zu heulen, schließlich ist sie noch so klein, und Cecily stimmte mit in den Jammer ein.

Ich hörte Hugo »Frauen! Zum Totlachen!« sagen, als er die enge, steinerne Wendeltreppe zum Palas hinunterpolterte, wobei er keine der beiden Türen an der Treppe hinter sich zumachte. Die Treppe ist nicht etwa zur Bequemlichkeit gedacht, sondern zur Verteidigung des oberen Stockwerks – die ausgetretenen Stufen gleich unter den Scharten kann man nur im Gänsemarsch hinaufsteigen, und die schweren Eichentüren oben und am Fuß der Treppe können einer Streitaxt standhalten. Doch wenn die Türen offenstehen, steigen die Geräusche aus dem Palas hoch wie Rauch im Kamin, und man kann am Leben und Treiben unten teilnehmen, als wäre man selbst dabei.

Da kniete ich nun in den verfilzten Binsen, ging meine Truhe durch und konnte hören, wie der Streit unten an Lautstärke zunahm. »Du VERDAMMTER Narr! Das sage ich dir, wenn die da oben herausfinden, daß die Ehe nicht vollzogen ist, werden sie versuchen, sie zu annullieren! Und wie stehe ich dann da?«

»Mittellos.«

»Mittellos dir zuliebe, du elendiges Balg! Bestechungen für die Richter, Bestechungen für den Bischof, eine ganze Sippschaft von Advokaten und Gott weiß, wer sonst noch die Hand aufhält! Woher sollte ich wohl wissen, daß er ihr soviel vermacht hat, daß halb London mir dafür am liebsten die Kehle durchschneiden würde?«

»Du hättest sie fragen können, ehe du sie entführt hast.«

»Das hast doch du gewollt. Es war alles nur dir zuliebe.«

»Mir zuliebe? MIR zuliebe? Wer wollte denn sein Dach ausbessern? Du hast Geld gerochen und sie dir geschnappt! Ich war ZUFRIEDEN mit meinem Leben! Aber DU mußtest dich ja unbedingt einmischen, und deinetwegen sitzen wir jetzt in der Tinte!«

»Tinte? Wir säßen nicht in der Tinte, wenn du deine Pflicht tun und diesem Frauenzimmer ein Kind machen würdest. Was ist überhaupt los mit dir? Hugo kann jeder Frau Zwillinge machen! Sieh ihn dir an – Bastarde, überall Bastarde! DAS ist mir ein Mann! DER verdreht nicht die Augen gen Himmel und brabbelt unentwegt von Gott!« Man hörte Schläge, bis sich dann Hugos Stimme fröhlich über dem Getümmel vernehmen ließ.

»Laß ab, Vater, der bringt ja nichts mehr zustande, wenn du weiter so auf ihn eindrischst.«

»Dann – soll – er – mir gefälligst verraten«, sagte der alte Sir Hubert und rang dabei nach Atem, »welche Ausrede er dieses Mal hat.«

»Es ist Fastenzeit. Und obendrein Freitag.« Das war Gregorys Stimme. Sie klang prüde und selbstgerecht. Ich kannte ihn gut. Jetzt trug er gewißlich die Nase hoch und sah mit diesem tugendhaften Blick auf seinen Vater herab, der den alten Mann schier um den Verstand bringt. Allein schon bei dem Gedanken mußte ich lächeln. Ich hockte mich auf die Fersen, damit ich besser lauschen konnte. Da kannte ich Gregory, den Sauertopf, nun schon eine geraume Weile, aber ich hätte nie gedacht, daß er solch eine Familie hat. Das ist das Dumme an der Ehe: Man heiratet nicht einfach einen Menschen, nein, man heiratet eine ganze Familie.

»Und was hat das damit zu tun, daß du deine Familie im Stich läßt?«

»Alle kirchlichen Autoritäten stimmen darin überein, daß ein Mann, an den der Ruf ergangen ist und der dennoch heiraten muß, sich an Weihetagen der fleischlichen Beziehungen enthalten sollte.«

»Und was sind das für Weihetage, du geweihtes Mondkalb?« kam es als leises Knurren die Stiege hoch. Unten in den Binsen war ein Krachen und Rascheln zu hören, so als wäre jemand zur Seite gesprungen, um einem Schlag auszuweichen. Ich konnte Hugo lachen hören.

»Fastenzeit, Advent, Sonntage, Vorabende von Festtagen, mittwochs und – auch – (wieder krachte und raschelte es, dann klang es, als flöge eine Bank gegen die Wand) – freitags.«

»Mama, sie zerschlagen die Möbel«, flüsterte Alison mit großen Augen.

»Wehe, ihr geht hinunter, Cecily, komm sofort von

der Treppe weg.« Als ich sah, daß sie widerstrebend den roten Wuschelkopf aus der Türöffnung zog, blickte ich wieder in meine Truhe. Unter einem Paar Schühchen und den Falten meines langen, blauen Wollkleides lugte ein Buchrücken hervor. Freude durchfuhr mich. Das mußte Gregory hineingeschmuggelt haben, als sie mein Haus in London durchstöbert hatten. Ich holte das Buch heraus und fuhr mit der Hand über das Monogramm auf dem Einband. M. K. – Margaret Kendall. Mein Psalter. Vielleicht hatte Gott mich ja doch nicht verlassen. Stimmen schallten die Stiege hoch.

»Und ich sage dir, Vater, ich habe die Absicht, Gott zu sehen, ganz gleich, ob ich nun in Witham bin oder nicht, und du wirst mich nicht davon abhalten.«

»Gott sehen? GOTT SEHEN? Hat der Abt dir diesen Gedanken nicht ein für alle Mal mit der Rute ausgetrieben? Wie kommst du auf die Idee, daß Gott ausgerechnet dich sehen will? Gott ist ein vielbeschäftigter Mann! Der hat keine Zeit für jüngere Söhne, die ihrem Vater nicht gehorchen! Und ich sage dir, kümmere du dich um deine familiären Angelegenheiten, dann kümmert sich Gott auch um dich!«

»Du kannst machen, was du willst, ich lasse mich durch dich nicht davon abbringen. Mein Gewissen gehört immer noch mir, und ich habe vor . . .«

»Deine Zeit damit zuzubringen, auf Stimmen in der Luft zu hören? Mach endlich Schluß mit dem Unfug und sei ein Mann, sonst verspreche ich dir, daß ich dir Striemen überziehe, gegen die sich die von deinem Abt wie ein Kinderspiel ausnehmen . . .«

Ich schlug das Buch auf und zog mit dem Finger die säuberlich geschriebenen Zeilen nach, die mit einem roten Großbuchstaben gekennzeichnet waren. Alles Englisch. Darunter, wo die Zeile mit einem blauen Großbuchstaben begann, stand Latein, das mir aber ein Buch mit sieben Siegeln war. Mein guter, seliger Mann hatte die Idee zu dem Buch gehabt und Gregory damit beauftragt, die Übersetzung anzufertigen, denn, so hatte er gesagt, einen erstklassigen Gelehrten erkennt man sofort, auch wenn er so kratzbürstig ist wie ein ganzer Korb Brennesseln. Niemand hat mich so geliebt wie Master Kendall, sonst hätte er sich nicht ein Geschenk ausgedacht, das mein ein und alles wurde. Und genau in diesem Augenblick spürte ich Augen, die mich beobachteten, und es hauchte mir kalt in den Nacken.

»Wer ist da?« In panischer Angst fuhr ich herum, aber da war keine Menschenseele. Abgesehen von den beiden Mädchen, die jetzt auf Zehenspitzen an einem Ende der langen Fensterbank standen und versuchten, aus dem Fenster zu sehen, war niemand im Zimmer. Es war ein großer Raum, er umfaßte das ganze obere Geschoß über der Küche, der Speisekammer und dem Anrichteraum und war nur dem Namen nach ein ›Söller‹, denn viel Sonne drang nicht herein. Die Wände maßen acht Fuß, waren aus massivem Stein und durchbrochen von hohen, schmalen, unverglasten Fenstern ohne Fensterläden, die bei gutem Wetter einen dünnen Strahl bleiches Sonnenlicht hereinließen. Im rechten Winkel zur Wand waren lange Fensterbänke aus Stein in die Mauerdurchlässe eingebaut, die unbequem waren und keine Kissen hatten. Dort konnte sich niemand verbergen. Lauerte etwa jemand in den Schatten? Mein Blick wanderte die Wand entlang und musterte die Ecken. Auf den langen Kleiderhaken an den Wänden über den Betten hingen Kleidungsstücke, Kettenhemden und Langschwerter in der Scheide. Neben dem Bett der Knappen machte ein Falke mit dem Kopf unter den Flügeln ein Nickerchen, während ein anderer auf der Stange neben seinem Gefährten hin- und hertrippelte und seine Glöckchen klingeln ließ.

Vielleicht war es ein Mensch, jemand, der sich unter den Betten versteckte. Na gut, aber mich würde er nicht überrumpeln. Ich stand auf, holte mir das schwere Langschwert und stocherte damit unter dem Bett herum, das mir am nächsten stand. »Raus da«, zischte ich wütend. Nichts unter dem Bett, in dem die Knappen schliefen. Nichts unter dem zerwühlten Strohsack, auf dem ihre Diener schliefen – denn der lag direkt auf dem Fußboden. Die Truhen standen an der Wand, und hinter ihnen hatte niemand Platz. An der gegenüberliegenden Wand war das durchgelegene kleine Bett, wo einst die Pagen geschlafen hatten, als es noch Pagen im Haus gab. Jetzt gehörte es Cecily und Alison. Angenommen, er versteckte sich darunter? Rasch durchmaß ich das Zimmer mit dem schweren Schwert in beiden Händen. Hinter mir jedoch hörte ich so etwas wie körperlose Schritte durch die Binsen rascheln, genau hinter meinen.

»Raus da!« sagte ich und stocherte wie wild unter dem kleinen Bett herum. Keine Menschenseele darunter. Ich setzte mich zum Nachdenken aufs Bett. Die große Tür, die vom Söller zum Turm führte, war geschlossen – auf diesem Wege konnte niemand entwischt sein. Die Stiegentür stand zwar offen, aber niemand war hereingekommen. Blieb nur noch das große Bett, Sir Huberts zweitbestes, das an der Wand stand. Unser Brautlager sozusagen. Die herabbaumelnden Vorhänge waren aufgezogen, also konnte sich niemand dahinter verstecken. Doch darunter – nun ja, darunter war viel Platz. Zuviel, als daß ich jede Ecke mit dem Schwert hätte erreichen können. Das bedeutete, ich mußte einen Blick darunter werfen, ganz gleich wie sehr ich mich fürchtete. Leise schlich ich mich auf das Bett zu, bekreuzigte mich, schlug die Bettdecken hoch und kniete mich hin, um darunter nachzusehen. Du mußt jetzt stark sein, redete ich mir gut zu. Denk an deine Mädchen, du darfst nicht zulassen, daß ihnen ein Leides geschieht. Ich spähte in das modrige Dunkel und erwartete halb und halb, im Dämmer in ein Paar hell leuchtende, böse Augen zu blicken.

»Raus da, auf der Stelle, oder ich rufe die Männer hoch und lasse Euch töten«, zischte ich und machte mit dem Schwert einen Halbkreis, soweit mein Arm reichte. Hinter meinem Ohr vermeinte ich, einen leisen Seufzer zu hören.

»Zwecklos«, besagte der. Und da wußte ich mit Gewißheit, daß es sich nicht um einen Menschen handelte. Ich drehte mich um und lehnte mich immer noch kniend an das Bett, und meine Hand umklammerte das Kreuz, welches ich stets um den Hals trage. Es ist ein berühmter Talisman, vielleicht nicht so berühmt wie das Kreuz von Rouen, welches Stückchen von Christi Leichentuch birgt und Tote lebendig machen soll, doch beinahe so berühmt. Es hat mich beschützt, seit es in meinen Besitz gelangte, obschon ich im Augenblick nicht die Zeit habe zu erzählen, wie sich das zutrug. »Im Namen Gottes, weiche von mir und belästige mich nicht länger«, flüsterte ich, denn die Kinder sollten mich nicht hören. Doch die einzige Antwort war ein eisiger Windstoß, der mir durch und durch ging und mir das Blut in den Adern gerinnen ließ.

Unten war der Streit noch in vollem Gange, doch er interessierte mich nicht mehr. Ich hörte Hugos Stimme verkünden: »Also, wenn ich einmal heirate, dann gewißlich keine magere, scharfzüngige, eingebildete Wittib aus London. Ich nehme es dir wirklich nicht übel, Gilbert. Die hat zuviel Jahre auf dem Buckel, da beißt keiner mehr an. Nimm also ruhig ihr Geld und spiel den Heiligen. *Ich* finde schon noch eine Frische und Unverbrauchte, die mir viele Söhne austrägt.« Es krachte, denn schon wieder flogen Möbel durch die Gegend. Ich spürte, wie mir die Tränen übers Gesicht liefen. Alt, alt. Das also war es. Ich war alt. Nicht mehr jung und unverbraucht. Dreiundzwanzig Lenze und müde von der ganzen Plackerei und zu alt, um noch einmal wahre Liebe zu erfahren.

»Oh, Master Kendall, warum mußtet Ihr sterben?« rief ich. »Ihr habt mich stets geliebt und wart gut zu mir. Und so alt wart Ihr nun auch wieder nicht – warum habt Ihr nicht länger gelebt und mir das hier erspart?« Ich spürte, wie sich das kalte Ding gleichsam wie ein Umschlagtuch um meine Schultern legte, doch ich war zu traurig, um auch nur zu frösteln. Die Mädchen waren es leid, auf den Fensterbänken herumzuklettern, und da sie mich so bekümmert sahen, kamen sie herbei, setzten sich auf meinen Schoß und wollten mich trösten. In der Luft hinter uns war ein leiser Laut zu hören – er klang traurig und wie ein Seufzer.

Bald jedoch war es Zeit zum Abendessen, anschließend folgte das Gelage, die Hauptlustbarkeit in diesem Haus, welches nicht einmal einen Spielmann hatte. Mitten in der Halle loderte als einzige Lichtquelle das große Feuer, hellrot beschien es die Gesichter an den Schragentischen. Am erhöhten Kopfende des Tisches wurde immer Französisch gesprochen, nur um alle Lauscher – Gott inbegriffen – daran zu gemahnen, daß die de Vilers eine sehr alte Familie waren und man ihnen keine Vermischung mit englischem Bauernblut nachsagen konnte. Zur Rechten erstreckte sich eine lange Wand mit einem Wald von Geweihen. Die Wand zur Linken des erhöhten Tisches zierten eroberte Lanzenfähnchen aus Sir Huberts letztem Feldzug gegen die Franzosen, dazu gesellten sich schottische und walisische Streitäxte und ein großer, verbeulter Schild mit einer arg abgeblätterten Abbildung des de Vilers'schen Wappens: drei Herzmuscheln und ein roter Löwe. Kein einziger Wandbehang. Die waren zu ›verweichlicht‹. Falls Sir Hubert einmal einen gehabt haben sollte, so hatte er ihn gewiß für ein Pferd eingetauscht.

»Mit Verlaub, trinkt, Frau Schwester«, sagte Hugo und reichte mir den Becher mit Ale. »Ihr stochert ja nur im Essen herum und werdet von Tag zu Tag dürrer. Ihr braucht Fleisch auf den Rippen, wenn Ihr meinem Bruder gefallen wollt.« Ritterlichkeit, pah, nichts als Gemeinheit im prächtigen Gewand, dachte ich.

»Habt Dank, lieber Bruder, daß Ihr Euch um mich sorgt, aber ich bin nicht durstig«, gab ich auf Französisch zurück. In einem Hause, in welchem man das Wasser zum Alebrauen aus eben dem Burggraben holt, in den man auch den Abfall wirft, kann man schwerlich Durst bekommen. Und dabei biß ich mir noch auf die Zunge, denn das Ale, das ich früher gebraut hatte, war zehnmal besser als ihres hier. Ich nehme dazu ausschließlich frisches Quellwasser; das ist eines meiner Geheimnisse. Das andere ist ein besonderes Gebet, das ich beim Gären spreche, aber das schreibe ich nicht auf, sonst könnte ja alle Welt davon Gebrauch machen. Mein Bier hat Master Kendall immer sehr gut gemundet, und Gregory auch – einer der Gründe, warum er soviel im Haus herumlungerte und auf theologische Dispute mit Master Kendall aus war.

»Ha, hört ihr diesen näselnden Akzent? Im Kloster erzogen, jede Wette«, sagte der alte Sir Hubert und wischte sich den Bart im Tischtuch. Gregory, der mehr über meine Familie weiß, als gut tut, setzte eine ironische Miene auf. Die am niedrigen Tisch in Englisch ausgetauschten Witze und Anzüglichkeiten wurden immer derber. Sir Hubert leerte den Becher. Ale, selbst dieses, stimmte ihn gnädiger – nur eben nicht gnädig genug. Ich musterte die Gesichter der am Tisch Sitzenden und überlegte, ob Gregory auch einmal so unmöglich wie sein Vater werden würde. Der alte Mann rülpste und wischte sich einen Tropfen Bratensoße mit dem Tischtuch aus dem zerrupften, weißen Bart. Er trug sich mit einer gewissen schäbigen Überheblichkeit in einem ziemlich abgetragenen, altmodischen Rittergewand aus schwerer Wolle, das ihm bis zur Wade reichte, darüber hatte er einen langen, braunen, bestickten Überrock mit einem Futter aus Fehpelz. Auf dem Ehrenplatz neben ihm saß Sir Hugo, dessen Ritterschlag das Familienvermögen erschöpft hatte. Der ist sogar noch schlimmer, dachte ich und sah zu, wie er den Becher an den Mund setzte. Und überhaupt sieht Gregory viel besser aus.

Sir Huberts jüngerer Sohn überragte seinen Vater und seinen älteren Bruder mindestens um Haupteslänge, hatte einen wilden, braunen Lockenschopf, dunkle Augen und finstere Brauen, die er gern ironisch-abweisend wölbte, seine Lieblingsmiene vor allem im Familienkreis, unter Fremden und Einfaltspinseln. Wenn sich jemand damit auskannte, dann ich, hatte er sie doch in der ersten Zeit unserer Bekanntschaft oft genug aufgesetzt. Und im Gegensatz zum Rest seiner Familie, hatte er einen hellen Kopf. Er konnte in drei Sprachen Gedichte machen und so gut theologisch disputieren, daß es einen Bischof zu Tränen rührte, doch das alles zählte nicht unter dem Dach seines Vaters. Hier am väterlichen Herd stockte ihm die witzige, boshafte Zunge, und die ewig übellaunige Zornesmiene entstellte seine gut geschnittenen Züge. Ich war der Köder, mit dem sein Vater ihn zur Heimkehr gezwungen hatte, und das trug er mir nach.

Doch Sir Hubert hatte gemerkt, daß ich sie musterte. Als sein Knappe sich hinkniete und ihm das nächste Gericht darbot, stellte er den Becher hin und richtete das Wort an mich:

»Madame und Frau Schwiegertochter, was haltet Ihr von unserem altehrwürdigen Familiensitz?« Er hob eine weiße Braue und sah mich an, als ob mir eine Laus den Hals hochkrabbelte. Gute Tischmanieren ade, ich bin es leid, dachte ich. Was habe ich schon von euch als eine Atempause in dem ganzen Gebrüll. Im höflichsten Hoffranzösisch gab ich zurück:

»Hochverehrtester Herr und Schwiegervater, Euer geschätztes Haus hat stets etwas Neues zu bieten und ist für mich von unermeßlichem Interesse, denn früher mußte ich mich mit dem einfachen Leben in der Stadt begnügen.«

Leise knurrend erwiderte er: »Macht mir die große Freude und zählt mir all das Neue, das Euch so interessiert, einmal auf.« Bereits als er das sagte, war mir klar, daß es unklug gewesen wäre, wenn ich auf nüchternen Magen getrunken hätte.

»Es ist meine Pflicht, Euch in allem zu gehorchen«, sagte ich und blickte betrübt auf das dunkelgrüne Überkleid, das ich über mein schwarzes Unterkleid gezogen hatte. »So wisset denn, daß Euer bezauberndes Heim Ratten in den Binsen, Flöhe in allen Betten und eine Weiße Dame in der Kapelle hat.« Ich sah, wie er vor Zorn zusammenzuckte und seine Hand zur Hundepeitsche fuhr, welche immer in seinem Gürtel steckt, wenn er daheim ist. Die Jagdhunde unter dem Tisch rührten sich und knurrten. Ich reckte das Kinn. Soll er nur gegen die guten Tischsitten verstoßen.

Doch auf einmal lehnte er sich zurück und sagte lächelnd auf Englisch: »Eine spitze Zunge, doch zumindest habt Ihr Rückgrat. Nicht schlecht – das hier ist kein Haus für schwache Frauenzimmer.« Er beugte sich zu mir. »Ihr habt vermutlich mit dem Kaplan geschwatzt, und der hat Euch von der Weißen Dame erzählt. Wißt Ihr denn nicht, daß Ihr einem Lügenmärchen aufgesessen seid? Er benutzt sie als Ausrede dafür, daß er betrunken die Messe liest.«

»Nein«, gab ich zurück, »für ein Schwätzchen ist er nie nüchtern genug. Es ist in der Tat ein Wunder, daß er den Hochzeitsgottesdienst durchgestanden hat, ohne umzufallen. Die Weiße Dame habe ich selber gehört.«

»Ihr selber? Ei, das ist mir ja eine hübsche Geschichte. Mit Verlaub, erzählt, worüber sie sich grämt.«

»Das habe ich ein Weilchen auch nicht gewußt, aber da ich ziemlich viel allein in der Kapelle bete, höre ich sie recht häufig weinen. Eines Abends, gerade vor der Vesper, habe ich Worte aus dem Weinen herausgehört. Sie hat geschluchzt: ›Alle meine Kinder, alle tot‹, und dann hat sie noch eine Weile vor sich hingeweint, ehe sie verschwunden ist.« Hugo fuhr zusammen und bekreuzigte sich, und Gilbert wirkte ernst und ruhig.

Doch der alte Mann donnerte mit der Faust auf den Tisch und brüllte: »Als ob ich es nicht gewußt hätte! Erst stirbt sie, und dann findet sie Mittel und Wege, wie sie mich weiter ärgern kann! Gerade als ich dachte, jetzt wäre endlich Schluß! Frauen! Eine Plage für jeden Mann!« Seine Stimme war so laut, daß die Leute an den niedrigen Tischen aufhorchten, weil sie wissen wollten, was an unserem vor sich ging. Doch als der Abend zu Ende war und sich alles nach oben verzog, packte Sir Hubert seinen Ältesten beim Ärmel.

»Bleib hier, Hugo. Ich will mich heute abend vollaufen lassen«, sagte er, und dann setzten sich Vater und Sohn und all ihre flegelhaften Gefolgsleute an den festen

Tisch inmitten des Wirrwarrs von abgebauten Schragen und schlafenden Hunden und machten ein neues Faß Ale auf.

Ihr trübseliges Gesinge war noch zu hören, als ich auf dem Bett saß, meinen Schleier abnahm und mir die Zöpfe auskämmte. Nicht einmal eine Magd hatten sie für mich aufgetrieben und eine Kinderfrau auch nicht. Sie hatten einfach keine Vorstellung davon, wie Frauen sich ankleideten, und die Mühe nachzufragen, die hatten sie sich auch nicht gemacht. Und falls sie auf den abwegigen Gedanken gekommen wären, so hätten sie mir nicht zugehört. Gregory hatte sich wie gewohnt bis auf die Unterhose entkleidet und kniete vor seinem Kruzifix, das er neben dem Bett aufgehängt hatte. Mönchische Gewohnheiten sind schwer abzulegen. In den Locken auf seinem Hinterkopf konnte man immer noch eine kleine Delle erkennen, dort wo seine Tonsur ausgewachsen war. Es erboste ihn, daß ihm sein Vater nicht erlaubte, sich diese wieder zu rasieren, zumindest die Gelehrtentonsur, auf die er ein Anrecht hatte. Und sein langes Gewand hatte er auch verbrannt. Wenn ich ihn mir jetzt ansah, dann fand ich ihn so eigentlich hübscher. Als wir uns kennenlernten, war mir gar nicht aufgefallen, wie anziehend seine widerspenstigen, dunklen Locken waren. Und wer hätte geahnt, was für eine gute Figur sich unter dem formlosen, alten Gewand verbarg? Doch sein härenes Hemd hatte er behalten. Das trug er nun jeden Tag unter dem zweitbesten Jagdrock seines Vaters, so als wollte er sich dafür bestrafen, daß er heimgekehrt war.

Zuweilen wünschte ich mir so sehr, daß alles wie früher wäre: ich seine Schülerin und er wieder Bruder Gregory. Wieviel leichter war es, als er für mich nur ein gelehrter Kopf, jedoch kein Mann war. Ich weiß um den Klatsch, wir hätten häßliche Dinge miteinander getrieben, doch daran ist kein wahres Wort. Gerade darum war alles doch so schön. Zuförderst liebte ich Master Kendall und dann erst die Bildung. Und Bruder Gregory war zwar unleidlich, aber er erschloß mir die Welt der Gelehrsamkeit und führte mich ins helle Licht der Erkenntnis. Wer hätte ihn dafür wohl nicht bewundert? Was für ein unschuldiger Zeitvertreib, seine Launen, Anfälle und Anwandlungen zu beobachten, sowie man dahinziehende Wolken betrachtet, wenn sie am Himmel immer neue Formen bilden.

Bis auf den heutigen Tag habe ich nicht vergessen, wie seine muskulösen Hände aussahen, wenn sie so eigenartig anmutig den Griffel hielten, wie elegant sie die Lettern in das Wachs zogen, damit ich sie nachziehen konnte, und wie sauertöpfisch seine Miene wurde, wenn sich mein alter Hund unter dem Schreibtisch zu seinen Füßen hinlegte, einschlief und laut vor sich hinschnarchte, gerade wenn er mir erklären wollte, was Aristoteles über Ästhetik gesagt hat. Oder seine ständige Zankerei mit dem Vogel der Köchin, der ihn rauh ankreischte, wenn er unangemeldet die Küche betrat. Und wenn Master Kendall ihm liebenswürdig und gutgelaunt Essen und ein neues Gewand anbot, dann scharte sich der gesamte Haushalt um die beiden und hatte seinen Spaß an den widerstreitenden Empfindungen auf dem Gesicht des Lehrers, der nun entscheiden mußte, ob er solch ein Angebot von einem Mann annehmen konnte, der sein Geld als Kaufmann verdiente. Bruder Gregory war meines Wissens der einzige Mensch, der seinen Lohn entgegennahm, als würde er einem damit einen Gefallen tun.

So war ich natürlich zutiefst erstaunt – und dankbar –, als er am Tag nach dem Begräbnis mit dem Schwert in der Hand auftauchte und mich vor meinen mordlüsternen, erwachsenen Stiefsöhnen errettete. Doch danach wurde alles gallenbitter. Er war für die Ehe nicht geschaffen und ich nicht für eine neue Ehe.

Ohne mich auch nur anzusehen, legte er das härene Hemd neben mich auf das Bett und suchte in dem Bündel, das er sich von der Truhe geholt hatte, nach seiner Peitsche. Je öfter ich diesen gräßlichen, kleinen Stock mit den scharfen Lederriemen sah, desto mehr verabscheute ich ihn. Kann sein, ich bin von schlichter Gemütsart, aber ich kann mir nicht vorstellen, daß solche Selbstkasteiungen Gott wohlgefällig sein sollen. Und jeden Abend das Gleiche. Dachte er, selbst ein höfliches ›Gute Nacht‹ wäre für mich noch zu schade? War ich zu unansehnlich, zu niedrig geboren, um einen Blick oder ein nettes Wort zu verdienen, jetzt, wo wir verheiratet waren?

Beim Anblick von Gregory, der sich wieder einmal für seine Andachtsübungen bereitmachte, wurde ich immer wütender – so wütend, daß mir die Hitze ins Gesicht schoß und mein Herz immer heftiger hämmerte. War ich so alt, so häßlich, daß ich solches verdiente? Er hatte sich mit dem Gesicht zur Wand gestellt und kniete sich jetzt stumm vor das Kruzifix, das neben dem Bett hing. Ich sah mein Hemd an, das mir fast bis auf die bloßen Füße reichte. Es hatte einen hübschen, gestickten Saum. Nicht das Gewand einer Schlampe, dachte ich, und darunter steckt auch kein altes Weib. Ich nahm eine der langen, hellbraunen Locken in die Hand, die mir in Wellen bis zur Mitte herabfielen. Was ist daran nicht in Ordnung? Sie sind noch hübsch, auch wenn sie nicht blond sind. Ich legte den Kamm hin. Er hielt inne, und als ihm das Blut den Rücken hinunterrann, hörte ich ihn sagen: »Gelobt sei Gott ...« Gott, ha! Sagt Gott nicht, daß Männer, die heiraten, ihren Frauen gegenüber Pflichten haben? Was stimmte nicht mit mir, daß er sich benahm, als wäre ich unsichtbar?

Ich wurde noch wütender. Da hatte ich zwei Kinder geboren, kräftige, lebensfähige Kinder, und nur ein einziger kleiner Schwangerschaftsstreifen war zu sehen. Manch einer würde sich glücklich schätzen, wenn er mich zur Frau hätte. Und Geld hatte ich auch mit in die Ehe gebracht, damit konnte er ganz seinen Neigungen leben – es sogar seiner eingebildeten, habgierigen Familie in den Rachen werfen. Und kein einziges freundliches Wort, obwohl ich hier ganz allein unter Fremden war. Was Gott wohl dazu sagte?

Die Wut stieg in mir hoch und blieb mir wie ein Kloß in der Kehle stecken. Ich war so überaus wütend, daß ich nicht mehr denken konnte. Meine Augen stachen. Auf einmal ging es einfach mit mir durch. Ich schnappte mir das härene Hemd vom Bett, und ehe er überhaupt begriff, was ich getan hatte, war ich schon aufgesprungen, hatte ihm die Peitsche entrissen und war wie eine Irre zur Tür gerannt. Ich flog so schnell die Treppe hinunter, daß ich nicht einmal die Steine unter den Füßen spürte. Ich hörte nicht auf seinen Wutschrei, als er mich verfolgte, noch auf das trunkene Beifallsgebrüll der Männer unten. Ich rannte mit nichts als dem Hemd bekleidet zum Feuer. Bebend vor Zorn und mit rotem, erhitzten Gesicht warf ich sein härenes Hemd und die Peitsche in die Flammen, ergriff den Schürhaken und schob sie an die heißeste Stelle, wo sie fröhlich aufflammten. Einhelliges, brüllendes Gelächter, als den Zechern aufging, was ich da verbrannte.

Dann fühlte ich, wie eine schwere Hand mich umdrehte – mit der anderen hielt er seine Unterhose fest, deren nicht zugeknöpfte Klappe hinter ihm herflatterte.

»Was hast du GETAN, du schamlose, feile – *Metze!*« brüllte er mich an.

»Ich habe sie verbrannt, und das geschieht Euch ganz recht!« brüllte ich zurück und vergaß das Feuer, das gefährlich nahe an meinem aufgelösten Haar tanzte.

»Bei Gott, was für eine Frau!« hörte ich seinen Vater ausrufen. Gilbert wandte den Kopf, und da sah er, wie sich der alte Mann über den Tisch gebeugt hatte und ihn mit der Faust bearbeitete, während ihm die Lachtränen über das erhitzte Gesicht liefen.

»Wenn Ihr sie nicht wollt, ich nehme sie jederzeit!« rief eine betrunkene Stimme.

Wütend wandte sich Gregory wieder mir zu, und zu meinem Glück hatte er nur eine Hand frei, sonst hätte er mich wohl erwürgt.

»Da siehst du, was du angerichtet hast? Blamiert hast du mich. Du hast mich vor aller Augen blamiert.« Es galt mir gleichviel, ob ich starb. Sollte er mich doch ins Feuer stoßen.

»Na los, bringt mich doch um! Ich habe Euch satt, so satt!« kreischte ich.

Gregorys Vater hielt sich jetzt nicht mehr die Seiten, sondern stand neben ihm. Schweigend zog er die Hundepeitsche aus dem Gürtel und reichte sie seinem Sohn. »Höchste Zeit, daß du sie gefügig machst«, sagte er ruhig.

»Wehe, Ihr schlagt mich, wehe, Ihr faßt mich an!« schrie ich und blickte ganz außer mir in die Runde der grinsenden, roten Gesichter, die sich an der Szene ergötzten. Gregory sah sie auch. Lieber Gott, das nimmt kein gutes Ende, dachte ich. Man kann ihm nichts Schlimmeres antun, als ihn zu blamieren.

Gregory ließ meine Schulter los und griff wortlos nach der Peitsche. Er blickte seine andere Hand an, und dann sagte er mit der ganzen Würde, die er unter diesen Umständen aufbieten konnte, zu seinem Vater: »Aber nicht hier unten, vor allen Leuten. Laßt mich nur machen, sie kommt mit nach oben, und da besorge ich es ihr richtig.«

»Natürlich«, sagte sein Vater.

»Wenn Ihr mich anrührt, stürze ich mich aus dem Fenster«, fauchte ich ihn an. Wie ich sie allesamt haßte, diese herzlosen, widerwärtigen Männer.

»Margaret«, sagte er mit harter Stimme, »du bist zu weit gegangen, es wird Zeit, daß du dafür zahlst. Nach oben mit dir, es gibt hier unten nämlich genug Männer, die mir liebend gern helfen würden.« Alles schwieg, und die, welche sich noch auf den Beinen halten konnten, hatten sich um uns geschart. Es gab kein Entrinnen.

Als er hinter mir die Treppe hochging, hörte ich jemanden hicksen: »Genau wie ich immer sage, Frauen brauchen eine anständige Tracht Prügel.« Meine Augen brannten. Kaum war ich oben angelangt, da drehte ich mich um. Seine Miene war grimmig.

»Bringt mich um Gottes willen nicht um. Denkt an meine kleinen Kinder. Bitte.« Doch seine Miene veränderte sich nicht. Mit einer einzigen schroffen Bewegung warf er mich aufs Bett. Mit einem Ruck zog er den Bettvorhang hinter sich zu, kletterte zu mir hinein, und ich schrie und barg das Gesicht schützend in den Händen, als ich sah, wie er die Peitsche hoch über meinem Kopf hob. Ein fürchterliches ›Klatsch‹, doch ich spürte keinen Hieb. Hatte ich vor Angst den Verstand verloren? Ich lugte durch die Finger und machte große Augen. Er hatte nicht getroffen; er hatte das Kissen geschlagen.

»Margaret, schrei um Himmels willen weiter, sonst kommen sie hoch und machen Ernst«, zischte er. Ich zitterte am ganzen Leibe.

»Dann – dann wollt Ihr – mich nicht ...?«

»Hast du wirklich so gering von mir gedacht? Weißt du denn nicht, daß ich dir nie ein Leides tun könnte? Willst du mir mit diesem angsterfüllten Blick das Herz brechen?« Er biß sich auf die Lippen, dann hob er wieder die Peitsche. »Die da unten hasse ich, ich hasse sie!« und damit schlug er auf das Kissen ein.

»O Gott, brecht mir nicht die Knochen!« kreischte ich, denn langsam erwärmte ich mich für meine Rolle.

»Weib, ich breche dir alle Knochen im Leib; das ist mein gutes Recht!« donnerte er. »Wehe, du gehorchst von jetzt an nicht!« Wir hörten, wie man ihn von unten anfeuerte. Ich schrie furchtbar. Irgendwie tat das gut – warum, weiß ich auch nicht. Dann schrie auch er. Noch ein paar Hiebe, und das Kissen platzte. Eine Federwolke stob auf, und ich mußte husten. Es hörte sich genauso an wie Schluchzen. Von unten kamen weitere Anfeuerungsrufe und ein immer lauteres Gejammer aus dem Bett der Kinder.

»Einen Augenblick«, sagte ich und schlüpfte durch die Vorhänge, denn ich mußte die Kinder beruhigen. »Mama geht es gut«, sagte ich. »Ihr habt einen bösen Traum gehabt.«

»Ziemlich lauter Traum«, sagte Cecily und setzte sich auf.

»Träume mag ich nicht. Dürfen wir in dein Bett, Mama?« fragte Alison, die nur halb wach war.

»Nein, das geht nicht. Wir spielen ein Spiel. Den Krach machen doch wir, und ihr seid jetzt mucksmäuschenstill und schlaft wieder ein, und – morgen dürft ihr auf dem Esel reiten.« Ich deckte sie wieder zu.

»Den ganzen Tag?« flüsterte Cecily.

»Den ganzen Tag, aber nur, wenn ihr sofort wieder einschlaft, und nicht mogeln.« Sie gaben sich alle Mühe, so zu tun, doch wie das bei Kindern so geht, wurde aus der Verstellung schon bald Wirklichkeit. Und schon atmeten sie sanft, hielten sich umschlungen und schliefen tief und fest.

Ich drehte mich um, und da saß ein mißmutiger Gilbert auf dem Bett, und die Hundepeitsche baumelte in seiner Hand. Durchs Fenster schien der Vollmond und sandte einen Lichtstrahl zu der Stelle hin, wo er saß. Sein Haar und Bart waren voller Federn. Ich setzte mich neben ihn.

»Ihr seid ganz voller Federn«, flüsterte ich.

»Du auch«, gab er flüsternd zurück. Unten sangen sie schon wieder. Etwas über einen alten Mann, der seine keifende Frau mit Schlägen durch die ganze Stadt-juhu trieb.

»Sehe ich so albern aus wie Ihr?« fragte ich.

»Noch alberner«, sagte er und blies eine Feder fort, die gerade auf meiner Nase landen wollte. Ich zog die Füße hoch und er den Vorhang zu.

»Es war gräßlich«, sagte er. »Ich habe gedacht, du magst mich nicht mehr – du bist so bissig gewesen.«

»Und ich habe gedacht, *Ihr* möchtet mich nicht mehr«, sagte ich. »Kein einziges freundliches Wort – kein einziger Blick. Ihr habt mich nicht einmal mehr über Aristoteles belehrt wie in früheren Zeiten.«

»Alles Vaters Schuld«, seufzte Gilbert. »Er macht mich wahnsinnig. Und jetzt stecke ich seinetwegen bis zu den Ohren in Rechtsstreitigkeiten wegen deines Landbesitzes – deine Ländereien sind nämlich in einem heillosen Wirrwarr, und es gibt mindestens ein halbes Dutzend Anwärter, die kein Recht darauf haben – ich habe keinen einzigen Augenblick mehr für mich allein.«

»Früher, wenn Ihr davon erzählt habt, konnte ich das mit Eurem Vater einfach nicht begreifen«, flüsterte ich ins Dunkel. »Aber jetzt weiß ich, daß Worte zu armselig sind, ihn zu beschreiben.«

»Ach, wie wahr.« Er seufzte wieder. »Der Grund ist, ich sollte immer genau wie Hugo sein. Bewunderst du Hugo auch? So wie die meisten Frauen?«

»Nein, ich finde ihn gräßlich. Am Kopf kommt er mir vor wie ein gerupftes Huhn, und der Schlaueste ist er auch nicht gerade.«

»Ein gerupftes Huhn, ha. Da hast du recht. Darauf wäre ich nie gekommen.« Ich nahm seine Hand, und dieses Mal entzog er sie mir nicht.

»Oh, Gregory, Gregory, es tut mir so leid, daß ich Euch vor ihnen blamiert habe. Seid mein Freund, mehr begehre ich nicht.«

»Du solltest dich schämen«, sagte er kleinlaut. »Einen schönen Anblick müssen wir abgegeben haben.« In der Dunkelheit hinter den Vorhängen konnte ich ihn nicht sehen, doch ich spürte seinen warmen Atem. Ich weiß auch nicht warum, aber mir wurde ganz anders. »Es ist meine Schuld. Beim Anblick deiner Wunden war ich wie von Sinnen.«

»Ach? Wirklich?« Ich spürte, wie er ein wenig erschauerte.

»Gregory, habt Ihr es schon einmal getan?« fragte ich ins Dunkel.

»Margaret, du weißt doch, daß ich mich für Gott aufgehoben habe. Ich habe nie gesündigt. Na ja – jedenfalls nicht auf diese Weise.«

»Es ist keine Sünde, wenn man verheiratet ist und wenn man – diejenige – gernhat und es – möchte«, versicherte ich ihm.

»Daran allein liegt es nicht – es liegt auch an ihnen. Immer lungern und schnüffeln sie herum. Das ist die erste Nacht, wo nicht alle hier oben sind und mitzählen möchten, wie viele Mal – genau wie bei einem von Vaters Zuchthengsten. Das halte ich einfach nicht aus.« Ich streckte die Hand aus und ergriff seinen Arm. Ich merkte, daß er am ganzen Leibe zitterte.

»Mein Gott, wie schön du bist«, sagte er, gerade bevor ich ihn küßte und zu mir herabzog. Viel brauchte ich ihm nicht zu zeigen. Irgendwie schien er alles schon zu wissen. Ich war es, ich, die alles wußte, doch nichts wußte. Wie hätte ich auch die Leidenschaften eines ganzen Lebens ermessen können, welche er hinter hohen Mauern verschlossen gehalten hatte, bis ich das Tor öffnete und in ihren Fluten unterging. Ich spürte, wie die Hitze seines Leibes meinen entzündete, mir wurde ganz heiß, meine Haut flirrte, während in und zwischen uns ein seltsam bebender Blitz aufzuckte. Ich weiß nicht einmal, wie ich das benennen soll, was wir in jener Nacht taten. Inmitten des Feuers, inmitten der Sonne – wir vergingen, und nur noch wispernde, weiße Asche blieb von uns übrig. Und irgendwann mittendrin ging mir auf, daß dieses die Inbrunst des Leibes sein mußte, welche die Sänger besingen: Der Stoff, aus dem Träume und Verdammnis sind und der hungriger macht, je mehr man davon bekommt. Blind und wahnwitzig entzündeten wir uns an uns selbst und waren nur uns zu eigen. Ein Gedanke kam an die Oberfläche gewirbelt und trieb dahin wie ein sinkendes Schiff: Ist das Sterben? Dann sterbe ich hier und jetzt. Und schon zog uns der Sog wieder hinab.

Kurz vor dem Morgengrauen schliefen wir völlig erledigt und erschöpft von unseren Liebesspielen ein. Erst ein paar Tage später erinnerte ich mich wieder, daß ich genau in dem Augenblick, als mir die Augen zufallen wollten, so etwas wie einen seufzenden Hauch hörte und das kalte Ding spürte, und dabei waren die Vorhänge fest zugezogen.

Kapitel II

Als die Morgenröte durch die Bettvorhänge blinzelte, hörte ich im Zimmer draußen Bewegung und Gestöhn. Die Welt, der Alltag, hatte uns wieder, so als wäre nichts geschehen. Irgendwer hatte in die Binsen gebrochen, es stank ekelhaft. Die Turmtür stand offen – irgendwie mußten sie den alten Mann in sein großes Bett im Turmzimmer hochgeschleift haben. Doch die, welche die Stiege überhaupt geschafft hatten, waren nicht weiter als bis in den Söller gekommen. In dem Knäuel von Leibern auf dem gegenüberliegenden Bett konnte ich Hugos Kopf und einen seiner Arme ausmachen. Überall auf dem Fußboden lagen weitere, vollbekleidete Zecher herum. Es sah aus, als hätte die Pest das Haus befallen. Gregory öffnete die Augen, zog mich vom offenen Vorhang zurück und riskierte dann selbst einen Blick.

»Hm. Bacchus' Walstatt«, sagte er und zog den Kopf wieder ein. Dann ließ er sich in das Federgewühl zurückfallen und legte beide Hände hinter den Kopf. Versonnen blickte er zu dem durchhängenden Betthimmel hoch, und auf seinem Gesicht breitete sich langsam ein Lächeln aus. Durch die geöffneten Bettvorhänge drang ein dünner Lichtstrahl, zeichnete die Linie seines Armes nach und ließ sein dunkles Haar aufschimmern, als ob es immer noch von der rasch dahinschwindenden nächtlichen Feuersbrunst glühte.

»Mein Gott, war das schön. Ich hatte ja keine Ahnung, daß es so sein würde. Ich meine, verheiratet zu sein und das alles.« Seine Stimme klang zufrieden. O Morgen, ach Morgen, warum mußtest du kommen? Warum müssen wir bei Tage immer so prosaisch sein? Ich wärmte mich an dem Rest der schwindenden Glut, so als könnte mir das Andenken an die vergangene Nacht über den kalten Tag hinweghelfen.

»Ich bin hungrig, Gregory.«

»Ich auch. Weißt du noch, wie du mich immer gezwungen hast, vor deinem Unterricht zu frühstücken? Du hast gesagt, ohne Frühstück wäre ich zu nichts zu gebrauchen.« Wie konnte er nach allem, was geschehen war, nur wieder ganz der Alte sein? Wie konnte nur alles beim Alten sein?

»Wie wäre es, wenn ich nach unten gehen und nachsehen würde, ob jemand in der Küche ist.« Auf einmal war ich am Verhungern.

»Du hast uns in deinem Haus immer ein gutes Frühstück vorgesetzt. Vater behauptet natürlich, daß Frühstück nur für Kranke ist und alle, ausgenommen Schlappschwänze, bis zum richtigen Mittagessen um elf warten können.« Ich traute meinen Ohren nicht. War das derselbe Mann, der meinen Leib mit einem unstillbaren Feuer entflammt hatte? »Was Gott wohl zu Frühstück sagt?« fuhr er heiter fort. »Na ja, da Er nicht ißt, wäre das für Ihn eine rein theoretische Frage, doch . . .«

»Hilf mir, bürste mir die Federn vom Rücken, dann ziehe ich mich an und treibe etwas zu essen auf.«

»Ei, Margaret, du darfst heute doch nicht das Bett verlassen, sonst denken die noch, daß ich dich nicht hart genug gezüchtigt habe.«

»Aber ich kann nicht im Bett bleiben. Ich habe keine

Kinderfrau, und ich habe den Mädchen versprochen, daß sie heute auf dem Esel reiten dürfen.«

»Die können ruhig einmal warten. Du kannst nicht aufstehen, bis alle anderen auf sind, und wenn jemand mit dir redet, dann wimmere ein wenig.«

»Aber hier ist alles voller Federn. Ich will nicht im Bett bleiben.«

»Tut mir leid, aber das ist ein Befehl. Wer ist hier der Herr im Haus?« Eine seiner Brauen wölbte sich ironisch.

»Davon geht mein Hunger nicht weg. Willst du mich hier den ganzen Morgen hungern lassen?«

»Keine Bange, ich schicke jemanden hoch – falls ich jemanden auftreibe.« Und damit ging er pfeifend nach unten.

Schon bald polterten Schritte die Stiege hoch, und ein Mädchen in Holzpantinen suchte sich durch die Leiber einen Weg zum Bett. Der Krach, den ihr Schuhwerk machte, entlockte ihnen ein Stöhnen, und ich hörte sie sagen: »Meiner Treu, ist das ein Gestank hier!« Und dann tauchte sie mit einem Tablett am Bett auf. Es war Cis, die Waschfrau. Sie hatte sich die Ärmel ihres alten, grauen Wollkleides hochgekrempelt und über den Ellenbogen festgesteckt. Ihr buttergelbes und dampffeuchtes Haar hing ihr in schlaffen Locken um das runde Gesicht. Sie war mir schon aufgefallen als die einzige Frau in einem frauenlosen Haus, eine mollige, emsige, kleine Gestalt, die sich nie viel mit der Wäsche zu befassen schien. Doch aus der Nähe betrachtet war sie eher vollbusig als mollig und zu klein für ihr Alter, das ungefähr bei sechzehn Lenzen liegen durfte. Sie machte so große Augen, daß ich mir schon wie ein Einhorn vorkam.

»Nein, was für Federn überall. Er muß es Euch aber tüchtig besorgt haben.«

Sie sprach einen so breiten, bäurischen Dialekt, daß

ich sie kaum verstand. Doch da ich mir ehrlicherweise kein Stöhnen abringen konnte, sagte ich nur:

»Ist das das Frühstück? Kann ich es haben?«

Sie blickte überrascht auf das Tablett, so als hätte sie es für einen Augenblick vergessen gehabt. »Ja. Das schickt er Euch hoch. Gewiß tut es ihm leid. Habt Ihr ein Glück. Den anderen tut so was nie leid.«

Was für ein taktloses Mädchen. Ich überlegte, woher sie Bescheid wußte. Ich wollte mich über das Essen hermachen, aber sie wich und wankte nicht. Sie stand da und hielt Maulaffen feil. Endlich hatte ich genug gegessen und konnte fragen:

»Warum starrst du mich so an?«

»Ohhh. Ich habe noch nie eine Dame zu Gesicht gekriegt, und ich muß alles gut behalten, damit ich den anderen davon erzählen kann.« Ihr Blick wanderte zum Kleiderhaken.

»Sind das Eure Anziehsachen?« fragte sie und befühlte mein Hemd. »Hübsch. Leinen, was?« Dann sah sie das Überkleid, das darunter hing. »Meiner Treu. Das ist ja Gold – und grüner Samt auch noch. Ist das aus London?«

»Es wurde dort genäht, aber der Stoff kommt aus Genua.«

»Das ist weit weg, was?«

»Sehr weit weg. Mein verstorbener Mann hat es mit dem Schiff nach England gebracht. Aber sag, ist unten schon jemand auf?«

»Kaum einer. Das Hausgesinde liegt noch im Palas rum, aber der Koch ist auf, obwohl ihm der Schädel brummt. Das Hofgesinde hat die Pferde aus dem Stall geholt und Mam und ich, wir waren just auf dem Hof, wollten die Tischtücher auskochen, da kam Master Gilbert. Von Mam weiß ich alles über Damen: Sie hat Lady

Bertrande fast jeden Tag zu Gesicht gekriegt. Aber ich kann mich überhaupt nicht an sie erinnern. Sie ist gestorben, da war ich noch ganz klein. Alle sagen, daß sie die größte Dame auf der ganzen Welt war. Als die nach ihrer Hochzeit hierher gekommen ist, da hat sie haufenweise Truhen von zu Hause mitgebracht. Und Falken und Jagdhunde und einen Schimmel und ein Schoßhündchen und zwei Stallknechte und einen Kaplan und drei Mägde.« Woraufhin sie mich von Kopf bis Fuß musterte. »Ihr habt keine Mägde, was?«

»Hier nicht.« Allmählich ging sie mir auf die Nerven.

»Aber alles andere habt Ihr doch? Die Truhen und das Schoßhündchen und so, irgendwo, was?«

»Ja, natürlich.« Wie gräßlich. An einem Schoßhündchen gemessen zu werden. Wie würde ich sie enttäuschen, wenn ich ihr erzählte, daß ich gar keine richtige Dame war. Nur die Wittib eines Kaufmanns mit Geld. Und was wird aus mir, wenn das Geld aufgebraucht ist, überlegte ich. Dann dürfte ich hier auf ewig festsitzen und Flickarbeit für andere machen – die nutzlose Frau des nutzlosen jüngeren Sohnes. Wenn doch nur die Besitzansprüche endlich geklärt wären, dann könnte Gregory mich fortbringen, dachte ich bei mir. Ohne seine Verwandtschaft würde alles viel besser laufen. Mann und Frau müssen sich schließlich nicht lieben, um gut miteinander auszukommen. Man denke nur an letzte Nacht. Der Teil der Ehe, der ist gut. Und er hat auf seine Art wirklich etwas für mich übrig. Und er ist klug – der Gesprächsstoff wird uns nie ausgehen. Wir könnten glücklich sein. Wir könnten seine Familie zweimal – na gut, einmal im Jahr besuchen. Ja, einmal – das sollte reichen. Nur bis die Möbel durch die Gegend fliegen. Viele Tage ohne Möbelflug dürfte es ohnehin nicht geben. Wer bei Verwandten wohnt, bekommt Eheprobleme. Und dabei halten es fast alle so, vor allem der niedere Adel. Doch in der Regel ist es der älteste Sohn, der im Haus seines Vaters wohnen muß, bis er sein Erbe antreten kann, und oft genug treibt ihn das an den Rand des Wahnsinns. Wenn ich also Gregory dazu bringen kann, die Sache mit meinen Augen zu sehen, dann begreift er, daß wir Glück haben, wir können es uns anders einrichten.

Unterdes hatte sich Cis wieder soweit gefaßt, daß sie einen Knicks machte und dann durch die ächzenden und zuckenden Leiber davonklapperte. Ich zog den Bettvorhang zu und wollte mich gerade wieder über das Frühstück hermachen, als ich ein Rascheln vor dem Bett hörte.

»Mama, dürfen wir rein?«

»Mama, hast du da drin etwas zu essen? Wir sind auch hungrig.« Sie hatten sich so unmöglich angezogen, wie es Kinder eben tun: Cecily hatte Alisons Kleid an, und das auch noch mit der Innenseite nach außen. Sie kamen ins Bett geklettert.

»Sieh mal die Federn! Mama, du hast ja das ganze Bett entzweigemacht, und wir haben hier niemand, der es ausbessert.« Recht hatten sie – ich besaß nicht einmal eine Nadel, mit der ich das Kissen wieder zunähen konnte. Keiner hatte daran gedacht, mir auch nur einen einzigen nützlichen Gegenstand aus dem Haus in London mitzubringen. Männer. Ich hatte die Truhe mit Master Kendalls Astrolabium, seine Bücher und sein sarazenisches Krummschwert, aber keine Nadel, keine Kunkel oder irgend etwas, das eine Frau brauchen mochte. Na gut, dachte ich bei mir, wenn sie hier Kleider haben, dann gewißlich auch Nadel und Faden. Ich warte noch eine angemessene Zeit, damit Gregory zufrieden ist, dann ziehe ich mich an und mache mich auf die Suche. Jemand muß doch die Flickarbeit machen. Vielleicht bekomme ich die Wäscherin dazu, daß sie die Federn wieder ins Kissen stopft und Ordnung macht. Unterdes hatten die Mädchen fast das ganze Frühstück aufgegessen und bettelten, daß sie nach unten durften.

»Geht gleich zu John in den Stall, und den Esel dürft ihr nur auf dem Hof reiten. Und immer schön abwechseln. Cecily, wehe, du drängelst dich vor, laß Alison auch mal reiten. Und paß auf sie auf, sie ist noch so klein und könnte sich etwas tun. Ehrenwort?« Sie sahen so lieb aus, als sie mir das versprachen. Cecily, die für eine knapp Sechsjährige groß und dünn ist, schüttelte den ungebärdigen roten Lockenschopf. Ihre Haare wirkten ungekämmt; sie waren ihr so lästig wie die hingetupften Sommersprossen auf ihrer Nase, die jeden Sommer einfach wieder zum Vorschein kommen, und wenn ich sie noch soviel mit Gurkensaft betupfte. Alison ist noch keine vier, da weiß man nicht recht, ob sie auch einmal Probleme mit Sommersprossen bekommt. Bislang ist sie so rosig und weiß wie eine Rosenblüte. Das süße Dingelchen steckte zwei Finger in den Mund und blickte mich aus großen, blauen Augen ernsthaft an.

»Ja, Mama, Ehdenwoot«, sagte sie. Die Wellen ihrer erdbeerroten Haare glänzten im Strahl der Morgensonne, der durch den schmalen Spalt fiel, den sie hier Fenster nannten. Ein Engel, dachte ich. Sie sieht genauso aus wie ein Engel. Gott schütze sie beide. Aber ich lerne es wohl nie. Meine Mädchen sehen nur bei zwei Gelegenheiten wie Engel aus: Wenn sie krank sind und wenn sie etwas aushecken. Wie gut, daß ich ihre Gedanken nicht lesen konnte. Sie setzten damit eine Kette von Ereignissen in Gang, die alles verändern sollten.

Der Sieur de Vilers war im Morgengrauen aufgestanden, hatte die Andacht in der Kapelle gehört und machte sich jetzt zu einem Ausritt fertig, um seine Koppel zu besichtigen, auf der eine Reihe tragender Stuten ging. Weit war es nicht dorthin, doch ein Ritter setzt keinen Fuß auf die Erde, wenn er reiten kann, und so stand er denn oben an der Treppe vor der niedrigen, geschnitzten Rundbogentür, die in seinen ›Rittersaal‹ führte, und wartete darauf, daß ihm der Stallknecht den frisch gesattelten Fuchs brachte. Gar kein so übles Pferd – es maß gute fünfzehneinhalb Handspannen und war groß genug, daß sich seine Ahnen nicht im Grab umdrehen mußten, weil man ihn auf einem zu kleinen Pferd erblickte – außerdem hatte das Tier wirklich eine angenehme Gangart. Aber es war auch dreimal weiß gefesselt, und das galt als großer Makel. Die Fesseln sprachen nicht für den Züchter, aber der Gang. Und so hatte Sir Hubert es kastrieren lassen. Nun konnte er sich auf dem Pferd zwar nicht mehr unter seinen Standesgenossen blicken lassen, sein Paßgang jedoch war genau das Richtige für seinen Brummschädel, auf dem Beelzebub höchstpersönlich die ganze Nacht gehockt zu haben schien.

Wenn er sich seine Stuten ansah, würde er sicher zu einem Entschluß kommen. Es war noch früh im Jahr, wirklich noch zu früh, und er hätte gern erst einige Fohlen gesehen, ehe er sich zu etwas durchrang, doch die Entscheidung duldete keinen Aufschub. Der Herzog wollte erneut gegen Frankreich ins Feld ziehen, und er hatte sich verpflichtet, ihm Heeresfolge zu leisten. Es mußte also etwas geschehen, wenn er mit einem einzigen Hieb die Stricke durchtrennen wollte, mit denen ihn diese verfluchten Advokaten gefesselt hatten, um ihm sein gutes Recht zu verweigern. Wer hatte schließlich alles gewagt und den Preis davongetragen? Er, und nicht sie. Und er würde, verdammt noch mal, jeden Penny und jeden Quadratfuß behalten. Die Beute war ansehnlich, und sie stand ihm zu. Diese Höllenhunde mit ihrem ganzen Papier und ihrem lateinischen Gebrabbel sollte man allesamt ihrem gräßlichen Schöpfer zurückschicken, diesem Oberlügner. Es gab nur noch eine schlimmere Sorte, die Richter – insbesondere jene, welche Geschenke von Landräubern und Leuten mit falschen Rechtstiteln annahmen. Leute von gemeinem Blut, die durch den Mund von Rechtsanwälten sprachen, statt von Mann zu Mann, und sich einbildeten, daß sie mit der Unterstützung des Grafen obsiegen könnten. Ha, die würden schon noch merken, daß mit Sir Hubert de Vilers nicht gut Kirschen essen war; er würde den Gegenhebel ansetzen.

Wie gewöhnlich beruhigte ihn der Anblick seiner Stuten, die bis auf eine friedlich und hochtragend grasten. Der kalte Wind sträubte ihnen das zottelige Winterfell, als sie den Kopf hoben und ihn anblickten. Wandelndes Gold, allesamt. Ja, er würde es tun. Ein Herzog kann jederzeit einen Grafen ausstechen – insbesondere sein Herzog, der größte Kriegsherr ganz Englands. Er würde ihm den französischen Zuchthengst schenken, den berühmten französischen Hengst, den er aus dem Krieg mitgebracht hatte, und das würde vor Gericht die Waagschale zu seinen Gunsten senken. Ein Opfer natürlich, doch nicht so schlimm, wie es den Anschein hatte, da genug Stuten tragend waren. Und der Jüngste war der Hengst auch nicht mehr. Ein prächtiges Tier und immer noch ein Schlachtroß für einen richtigen Mann: Ein Falber, fast siebzehn Handspannen groß und ebenso breit. Taugte auch gut zur Zucht, selbst mit den jämmerlichen, englischen Stuten, mit denen er anfangs hatte kreuzen müssen. Jetzt hatte er die Linie zurückgekreuzt und damit etwas, das sich durchaus sehen lassen konnte. Nur die Brust war noch nicht tief genug. Wenn man irgendwie Brust und Größe des Rappen und Kruppe und Veranlagung des Falben zusammenbekommen könnte – dann wäre er fast am Ziel, ja, fast am Ziel. Natürlich mußte man mit dem Temperament des Rappen rechnen. Feurig, zu feurig, doch das dürfte sich mit dem Alter legen. Es gibt keinen Grund, nicht den geringsten, überlegte der alte Ritter trotz seiner Kopfschmerzen, warum die Franzosen die besten Streitrösser züchten sollten. Wenn alles klappte, würde er es eines Tages haben: das vollkommene englische Schlachtroß.

Wie er so auf der braunen, schneegesprenkelten Koppel unter dem hohen, finster dräuenden Himmel stand, konnte er für einen Augenblick beinahe den Traumhengst vor sich sehen. Achtzehn Handspannen groß, breit wie ein Haus, mit eisenbeschlagenen Hufen von der Größe einer Bratenplatte und unter dem üppigen Kronenrand kaum zu sehen. Ein Falbe natürlich, die beste Farbe, mit tiefdunklen, samtenen Nüstern und ohne häßliches, fehlfarbenes Auge. Die De-Vilers-Rasse, so dürfte sie heißen, und ein Mann würde sich nicht anständig beritten vorkommen, wenn er kein solches Pferd besaß.

Doch seine Träumereien wurden von schrillen, dünnen Stimmchen unterbrochen, dazu schnaubte und grollte ein aufgestörter Hengst. Etwa Bauernbälger im Pferch? Nein, bei Gott, die Bälger der Wittib.

»Hol die Haferkumme und schieb sie durchs Gatter, Alison, und wenn er zur Wand kommt und fressen will, steige ich auf. Dann machst du das Gatter auf. Klar?« Das war die Größere. Wie alt war sie? Für ihn sahen alle Kinder gleich alt aus: klein. Hatte ihre Mutter nicht gesagt, sie wäre fast sechs? Wie ein Eichhörnchen war sie auf die Steinmauer um den Pferch des schwarzen Hengstes geklettert, wobei sie sich mit den Zehen in den Mauerritzen festkrallte, und jetzt tauchte ihr ungebärdiger, roter Lockenschopf auf der Mauerkrone auf, sie machte sich bereit, sich auf den Rücken des Hengstes fallen zu lassen. Die kleine Gestalt zeichnete sich vor dem Morgenhimmel ab, ohne Umhang und barfuß, so kauerte sie wie eine Katze, die zuspringen will. Verdammt noch mal, sie hatte Urgan gereizt; wenn der sich jetzt gegen die Mauer warf, konnte er sich etwas tun. Vor dem Gatter stand die Kleinere in einem Umhang mit Zipfelmütze im Morast.

»Jetzt, Alison, mach den Riegel auf und lauf weg«, rief das dünne Stimmchen. Der Hengst schnaubte, warf den Kopf zurück und rollte wild mit den Augen, als sich das winzige Wesen auf seinen Rücken fallen ließ. Schon wollte er es an der Mauer zerquetschen, da ging das Gatter auf, und so warf er sich statt dessen mit der mächtigen Brust dagegen, daß es krachend aufflog und Alison in den Schlamm warf.

»Cecily, nei-i-i-n!« kam von weiter weg ein Schrei aus dem oberen Fenster. Zu spät. Aus unerfindlichen Gründen erschreckte der schrille, dünne Schrei den Hengst, und statt Tod auszuteilen, ergriff er die Flucht.

»Lenkt ihn ab!« brüllte Sir Hubert seinem Stallknecht zu und gab dem elenden Wallach die Sporen. Außergewöhnlich kühn, dieses Balg: Sie würde es nicht schaffen, sich mit ihren kurzen Beinchen auf dem riesigen Tier zu halten. Dazu brauchte man Balance und Hände – und ihre hatten sich tief in die Mähne des Hengstes gekrallt und hielten sich fest, so gut es eben ging. Doch lange dürfte es nicht dauern. Bei jedem Schritt wurde sie hochgeworfen; der kleinste Zwischenfall, und sie lag unter den donnernden Hufen. Sie blickte mit glasigen Augen stracks geradeaus, so wild entschlossen und erschrocken war sie. Der Rappe wollte zu dem breiten Bach mit dem steinigen Untergrund, der sich durch die Koppel schlängelte und Brokesford den Namen gegeben hatte. Bei diesem Tempo und bei all den glitschigen, noch schneebedeckten Stellen auf dem Boden würde das Pferd stürzen und sich den Hals brechen und obendrein wahrscheinlich die kleine Reiterin töten. Sir Hubert setzte sich im gestreckten Galopp neben die rechte Flanke des Hengstes und war einen Augenblick lang auf gleicher Höhe mit dem rasenden Tier. Die schaumbedeckten Flanken des Hengstes hoben und senkten sich; er rollte irre mit den Augen. Gute Veranlagung, scheußliches Temperament, dachte der alte Ritter genau in dem Augenblick, als er das Balg am Hinterteil seines Kleides erwischte und es über den Widerrist seines Fuchses warf. Und während sein Prachthengst ganz außer sich auf den Bach zudonnerte, kreischte das undankbare, kleine, vor ihm liegende Bündel:

»Runterlassen! Es ging so gut!«

»Gut, weiß Gott, du kleines Ungeheuer, du hast meinen Hengst auf dem Gewissen. Und wenn du für mich nicht achthundert Pfund wert wärst, ich würde dir auf der Stelle den Hals umdrehen!«

Er hatte es vorausgesehen. Das Pferd taumelte wie von allen guten Geistern verlassen ins Wasser, rutschte aus, fiel hin und stand nicht wieder auf. Im Wasser schlug es um sich und schrie, hob ganz außer sich den Kopf und blickte sich mit entsetzten Augen um. Man konnte Geschrei hören, und vom Haus kamen Menschen angelaufen, und als der Stallknecht eintraf, war Sir Hubert bereits abgestiegen. Von oben bis unten voll Schlamm und Blut, so stand er im morastigen Bach und versuchte, den riesigen, glitschigen, nassen, um sich schlagenden Kopf des Pferdes festzuhalten.

»Er hat ein Bein gebrochen«, rief er dem Stallknecht zu. »Gib mir dein Messer; ich muß ihm die Kehle durchschneiden.« Das hatte er schon oft auf dem Schlachtfeld tun müssen – und nur bei solchen Gelegenheiten konnte man ihn einmal weinen sehen. Doch einem Schlachtroß zu Hause den Gnadenstoß zu geben, dem besten, in das er sein gutes Geld gesteckt hatte, ja, das brachte ihn vor Wut und Gram fast um den Verstand. Nicht zu fassen, dieser Verlust, und dumm obendrein; es war ein solcher Wahnsinn, daß niemand zu sagen wußte, wie die Sache ausgehen würde. Der Stallknecht zögerte einen Augenblick, als er den Befehl hörte. Etwas Schöneres als diesen Hengst hatte Sir Hubert noch nie mit nach Haus gebracht. Wider besseres Wissens sagte der Stallknecht: »Im Ernst, Sir?«

»Verdammt noch mal, mit gebrochenen Beinen kenne ich mich nun wirklich aus. Reich mir das Messer.« Morgens noch das schönste Pferd auf zwanzig Meilen in die Runde. Abends Hundefraß. Sir Hubert spürte, daß ihm etwas übers Gesicht lief, und dieses Zeichen von Schwäche machte ihn nur noch zorniger. Der Stallknecht watete ins Wasser und bemühte sich, daß er auf den Steinen neben fast einer Tonne um sich schlagenden, blutenden Pferdefleisches nicht ausrutschte und unter die tödlichen Hufe geriet, die einem Menschen den Brustkasten mit einem einzigen Hieb zerschmettern konnten. Welcher Teufel war in den alten Ritter gefahren? Konnte er nicht abwarten, bis das Pferd erschöpft war, um es dann zu erlösen? Aber fragen stand ihm nicht zu. Doch als der Stallknecht es endlich schaffte, seinem Herrn das Messer mit dem Griff voran hinzustrecken, warf das Pferd den Kopf hoch, das Messer flog ins Wasser, kreiselte und war verschwunden.

Fluchend versuchte der alte Mann, das Pferd mit einer Hand beim glitschigen Hals zu packen, während er mit der anderen nach seinem eigenen Messer griff: genau die

Bewegung, die er hatte vermeiden und weswegen er das Messer des Knechts hatte haben wollen. Aber er schaffte es nicht, denn als das Tier merkte, daß der Griff an seinem Kopf sich lockerte, richtete es sich auf und hob den Leib halbwegs aus dem Wasser; dabei verlor Sir Hubert das Gleichgewicht und kam im eiskalten Wasser teilweise unter dem Schlachtroß zu liegen, und das gewaltige Tier drohte, ihn einzuklemmen und zu ersäufen.

»Sir, Sir!« schrie der Knecht, packte den alten Ritter bei den Schultern und versuchte, ihn hervorzuziehen und aus der Gefahrenzone zu schaffen. »Hilfe, Hilfe! Mein Herr ist eingeklemmt!« Zwei weitere Knechte, die zum Schauplatz gelaufen waren, platschten in den Bach, um ihren Herrn herauszuholen. Weiter weg waren dunkle Gestalten zu erkennen, die zum Bach rannten. Schweigend stand Cecily am Ufer, sie rührte sich nicht vom Fleck und starrte bänglich und fasziniert auf die Katastrophe, die sie heraufbeschworen hatte. Dann übertönte Gregorys donnernde Stimme den Aufruhr:

»Bringt ihn ans Ufer! Wickelt ihn in meinen Umhang!«

»Einwickeln, mich? Mich wickelst du in gar nichts ein, du dummer Junge!« schrie der alte Mann mit klappernden Zähnen.

»Um Himmels willen, Vater, trockne dich ab, du wirst sonst krank. Ich erlöse den Hengst.«

»Du willst ihn erlösen? DU? Den Spaß gönne ich dir nicht! Du Bücherwurm! Ich mache meine Drecksarbeit immer noch selber. Das ist das Pferd eines Ritters, und nur ein Ritter gibt ihm den Gnadenstoß!«

Unterdessen hatte sich Margaret hastig angezogen und kam barhäuptig mit wild flatternden Haaren gelaufen, um nach ihren Kindern zu sehen. Als sie den Bach erreichte, zog sie ein verdrecktes, schluchzendes, kleines

Mädchen hinter sich her. Sie hatte nur Alisons hochrotes und wutentbranntes Gesicht gesehen und ihr Gekreisch gehört: »Ich bin nicht drangekommen! Cecily hat gemogelt!« da war ihr auf der Stelle klar, daß ihr Kind unversehrt und ganz war. Jetzt sah sie sich kurz ihre Älteste an, ehe sie die chaotische Szene am Bachufer betrachtete. Gut, es geht ihr nur zu gut, war Margarets Gedanke, als sie mit schmalen Augen und schlauem Blick die nachdenkliche, barfüßige, kleine Gestalt musterte, die das Ganze mit großen Augen in sich aufnahm. Das kleine Mädchen war starr vor Entzücken über die so unterschiedlichen Ereignisse, die es in Gang gesetzt hatte. Gregory und sein Vater stritten sich am Ufer, die Knechte standen wie angewurzelt, und mitten im Bach lag der Stolz von Brokesford zweieinhalb Fuß tief mit blutenden, bebenden Flanken im morastigen, strudelnden Wasser auf den scharfen Steinen des Baches. Margaret erfaßte mit einem Blick die rollenden, irren Augen des verschreckten Hengstes und watete ohne zu zögern in das eiskalte Wasser.

»Weg da, Margaret, er bringt dich um!« schrie Gregory und ließ vom Streit mit seinem Vater ab.

»Er hat sich verletzt«, rief Margaret, ohne stehenzubleiben.

»Natürlich hat er sich verletzt, du blödes Frauenzimmer. Dein Balg hat ihm das Bein gebrochen, und das kostet ihn das Leben«, brüllte Sir Hubert.

»Vielleicht doch nicht gebrochen –« Der Wind wehte Margarets Stimme davon. Jetzt hatte sie Urgans Kopf erreicht und sprach leise und zärtlich auf ihn ein, während sie nach seinem langen Maul faßte.

»Was zum Teufel versteht ausgerechnet Ihr von Pferden? Ich habe Euch reiten sehen – wie ein Bauer auf seinen Getreidesäcken, der seinen Klepper zum Markt führt. Weg da, laßt mich tun, was getan werden muß.« Der Sieur de Vilers hatte jetzt ein anderes Messer und watete damit zurück ins Wasser. Das Schlachtroß rollte nicht mehr mit den Augen, denn sie streichelte ihm den Kopf und sprach ruhig auf ihn ein. Doch die mächtigen, schwarzen Flanken bebten immer noch vor Entsetzen. Margaret arbeitete sich behutsam zu seiner riesigen Brust vor, dann verschwand ihre Hand im Wasser und tastete sich vorsichtig an den todbringenden Vorderbeinen entlang. »Komm, komm«, sagte sie sanft, während ihre Hand nach der Verletzung suchte. Ihre Lippen waren vor Kälte ganz blau. »Aha, da haben wir es ja. Beide Knochen«, sagte sie leise zu sich selbst. »Und eingeklemmt – da.«

Sie beugte sich vor, und ein Arm verschwand fast bis zur Schulter im Wasser. Das Pferd hatte sich nicht gerührt. Und sonst auch niemand vor Angst, das Pferd könnte erschrecken, ausschlagen und ihr den Schädel zertrümmern. Sogar der Sieur de Vilers stand wie angefroren mit dem Messer in der Hand, und das Wasser rauschte ihm um die Beine. Sie machte etwas unter Wasser, er konnte nicht ganz erkennen was, dann hob sie etwas mit beiden Händen hoch und biß dabei vor Anstrengung die Zähne zusammen. Auf einmal wandte sie ihm das Gesicht zu. Die Haare flatterten ihr wild um die Schultern, und als sich das Licht in ihren haselnußbraunen Augen fing, leuchteten sie einen Augenblick lang ganz gelb. Wie ein Falke, dachte Sir Hubert und zermarterte sich das Hirn, wo er vor langer Zeit, an einem Ort, fern von hier, diesen Blick schon einmal bei jemand anders gesehen hatte.

»Helft mir, ihn auf die Beine zu bringen«, sagte sie zu dem alten Lord. Und mit einer gelassenen, genauen Geste, wie sie allen großen Reitern zu eigen ist, steckte er das Messer in die Scheide und kam ihr zu Hilfe. Gemeinsam warfen sie sich mit ihrem ganzen Gewicht gegen den Hengst und hoben seinen Kopf. Er stöhnte und schrie ein wenig, kam hoch und richtete sich auf, während sie zurücktraten. Sir Hubert legte dem Hengst seinen Gürtel über den Rist und brachte ihn, der bei jedem Schritt noch arg humpelte, ans Ufer.

»Zurück alle miteinander.« Die Stimme des Sieur de Vilers war heiser und ruhig. »Geht nach Haus, zündet ein Feuer an und schafft mir diese Bälger aus den Augen. Ich bringe ihn selbst in den Stall.« Er fror so, daß er die Zähne zusammenbeißen mußte. Die Frau, das sah er, war blau um die Lippen, wollte den Kopf des Hengstes jedoch nicht loslassen. Das lange, nasse Kleid klebte ihr an den Knien, und aus den langen Ärmeln tropfte das Wasser. Zu anderer Zeit hätte er sie verprügeln lassen, weil sie sich halbnackt zeigte, ohne Überkleid und ohne ordentliche Kopfbedeckung, und obendrein konnte man, wie unanständig, auf dem Rücken die Verschnürung ihres schweren, wollenen Unterkleides sehen. Doch heute blickte er sie nur an, wie sie so vor Kälte schlotternd vor ihm stand, und sagte: »Ihr geht auch nach Hause. Ihr seid ja ganz durchgefroren.«

»Nein«, sagte sie ruhig, »er hat immer noch Angst.«

Und so brachten sie Urgan gemeinsam zurück und schlossen ihn in seinem großen Pferch ein. Sir Hubert trieb höchstpersönlich sein Halfter auf und machte seinen Kopf fest, dann rief er nach den Knechten, daß sie sich um seine Wunden kümmerten und ihn abrieben. Er trat zurück und musterte das verletzte Bein. Das Schlachtroß hielt es so, daß es nur mit der Spitze des riesigen Hufs den Boden berührte.

»Nicht mehr zu gebrauchen«, sagte der alte Lord

kopfschüttelnd. »Ohne Fuß kein Pferd. Und wer sagt mir, daß er noch für die Zucht taugt.«

»Ich kann hierbleiben und mich um das Bein kümmern.«

»Nichts da. Ihr seid durchgefroren. Das kann John tun.« Der alte Ritter trug immer noch Gregorys Umhang. Der war nur am Saum feucht. Er nahm ihn ab und hängte ihn der fröstelnden Margaret um. »Städterinnen. Kein Standvermögen«, sagte er.

Das Feuer im Palas war mit grünem Holz angelegt worden und qualmte bei ihrem Eintreten mächtig. Die beiden Knechte zogen den alten Lord direkt vor dem Feuer bis auf die Haut aus und kleideten ihn in ein schweres Wollgewand und eine pelzgefütterte *robe de chambre* von ungewöhnlicher Prächtigkeit für dieses karge Haus. Da saß er nun, wärmte sich auf und blickte Margaret neugierig an. Jählings fiel ihr ein, daß ihr Haar nicht geziemend bedeckt war und sie nur ihr langes, dunkles Unterkleid anhatte, und da lief sie trotz der Kälte hochrot an.

»Ihr habt keine Dienerin«, sagte er, als er sah, wie sie Gregorys alten Umhang über ihrem triefenden Kleid zusammenhielt. Sie blickte zu Boden. »Und Ihr liegt nicht im Bett. Offenbar hat Gilbert eine schwache Hand.« Er rief nach seinem Hausverwalter und redete mit ihm. Der Mann ging nach oben und kam mit einer weiteren *robe de chambre* zurück, diese jedoch für eine Frau. Sie war dunkelrot, steif von Gold- und Silberstickereien und hatte ein Futter aus Zobel. Wortlos deutete Sir Hubert darauf, und der Hausverwalter nahm ihr den Umhang ab und legte sie ihr um. Der alte Lord merkte, daß sie die Stickerei befühlte.

»Französisch«, sagte er. »Kriegsbeute. Sie gehört Euch. Hab' Euch noch kein Hochzeitsgeschenk gemacht. Ist kalt hier drinnen.«

»*Merci, beau-père*«, sagte sie. Er starrte eine geraume Weile ins Feuer.

»Und nun, Madame, kommen wir zu Euren Töchtern.« Sie blickte auf seine Pranken.

»Schlagt sie nicht; Ihr bringt sie um«, sagte sie.

»Madame, ich versichere Euch, daß ich keinesfalls die Absicht habe, ihnen einen bleibenden Schaden zuzufügen. Sonst könnte man sie nur schwer verheiraten und würde damit ihren Auszug aus meinem Haus hinauszögern.« Sie blickte stumm zu Boden.

»Vermutlich habt Ihr sie noch nie geschlagen. Das Problem weichherziger Frauen. Und keine war so weichherzig wie meine Selige beispielsweise. ›Nicht den Kleinen schlagen‹ jammerte die ewig, ›wenn er nun daran stirbt?‹ ›Und wenn er am Leben bleibt, Madame, was dann? Wollt Ihr ein kleines Ungeheuer großziehen?‹ Und jedes Mal, wenn der Kleine krank wird, jaulen sie, es kommt davon, daß man ihn geschlagen hat. Und so, Frauenzimmer, erzieht man sich Rotznasen. Frauen, Kinder, Hunde und Obstbäume, die müssen allesamt regelmäßig geschlagen werden.« Er blickte sie grimmig an.

»Meine Mädchen sind lieb.« Sie gab den Blick genauso grimmig zurück, und wieder sah er es in ihren Augen golden aufblitzen.

»Die Anzeichen sprechen dagegen, Madame. Euren Kindern mangelt es an Disziplin.« Es war so still im Raum, daß er sie atmen hören konnte.

»Es soll Kinder geben, die haben mit dem Leben dafür gezahlt, daß sie nicht auf die Erwachsenen gehört haben«, setzte er hinzu und sah, wie das Flackern erlosch.

»Nicht zuviel.«

»Fünf für die Große, drei für die Kleine.«

»Sie hat nichts getan – sie ist ja noch so klein.« Derweil hatte man die Mädchen hereingebracht und sie vor dem alten Lord aufgebaut. Sie hörten alles mit an.

»Madame, ich habe mit eigenen Augen gesehen, daß sie die Haferkumme hingehalten hat.«

»Dann nicht so viele. Sie weiß nicht, was sie getan hat.«

»Drei und einen. Und dabei bleibt es.« Alles in der Halle lauschte. So etwas war noch nie dagewesen. Hätte das Kind eines Leibeigenen dergleichen verbrochen, die Knechte hätten es im Hof zu Tode geprügelt. Selbst ein Sohn des Hauses hätte sehr viel mehr zu gegenwärtigen gehabt. Und da stand diese Frau, senkte keineswegs den Blick, sondern rang dem alten Lord ein milderes Urteil ab. Darüber würde man noch nach Jahren an den Herdfeuern der Dorfkaten reden.

»Die Kleine soll sich vor mich stellen, und nun her mit der Reitpeitsche«, wies er die Knechte an. Margaret umklammerte ihren Sitz, daß die Knöchel weiß hervorstanden. Der alte Lord blickte Alison grimmig an. Sie hob die langen Wimpern und warf ihm aus blauen Augen einen unschuldsvollen, großäugigen Blick zu.

»Weißt du, was du getan hast?«

»Ich habe nichts getan. Das war Cecily.«

»Du weißt also Bescheid. Dafür, daß du die Haferkumme hingehalten hast, einen Hieb. Dafür, daß du Cecily die Schuld zuschieben wolltest – Feigheit und Petzen – einen Hieb. Für Lügen, einen Hieb.« Sanfte Schläge waren es nicht, und sie ließen rote Striemen unter ihrem dicken Wollkleid zurück. Die Knechte waren im Palas zusammengelaufen, sie wollten mitbekommen, wie die Gerechtigkeit ihren Lauf nahm.

»Das hier ist mein Haus. Hier wird nicht gelogen und gepetzt, und Feiglinge dulde ich auch nicht. Niemals«, sagte er zu dem heulenden Kind. »Jetzt die Große.« Cecily sah ganz und gar unbußfertig aus und schien sich zu freuen, wie man mit ihrer Schwester umgesprungen war. Genau das hatte sie schon lange verdient gehabt.

»Es dauert mindestens noch sechs Jahre, bis wir deine Heirat absprechen können, und sie werden dir sehr lang vorkommen, wenn du nicht gehorchen lernst.« Er sah sie an, und sie gab den Blick trotzig zurück. Auf einmal schob er den schweren Kopf vor und warf ihr unter buschigen, weißen Augenbrauen einen finsteren Blick zu.

»Warum?« fragte er.

»Weil er der Beste ist. Und der Größte. Woher sollte ich wissen, daß er hinfällt.«

»Du hast den besten Zuchthengst auf zwanzig Meilen in die Runde zum Krüppel gemacht.«

»Tut mir leid.« Vonwegen leid. Leid tat ihr nur, daß sie ihn nicht wieder reiten konnte. Es war einfach himmlisch gewesen. Für eine kurze Zeitspanne hatte sie sich als Herrscherin der ganzen Welt gefühlt. Das konnte ihr niemand mehr nehmen.

»Die Gesetze dieses Hauses lauten – erstens – Mädchen reiten nicht auf Hengsten, nie und nimmer. Zweitens – niemand reitet ohne Erlaubnis auf irgend etwas. Drittens – niemand nimmt oder gebraucht etwas ohne Erlaubnis.« Bei diesen Worten teilte er die Schläge aus. Cecily vergoß keine einzige Träne, obschon sie ihr in die Augen stiegen und sie sich so fest auf die Lippen beißen mußte, daß sie bluteten.

»Gott helfe dem Trottel, der dich heiratet«, sagte der alte Mann. Er gab einem seiner Knechte die Peitsche, daß er sie fortbrachte, dann betrachtete er Margaret, wie sie da saß. Ihr Gesicht war weiß und tränenüberströmt. Er machte eine Handbewegung, und die untätigen

Knechte gafften nicht länger, sondern stellten die Schragen fürs Abendessen auf und legten die Bretter darüber.

»Ihr sitzt beim Essen zu meiner Rechten«, sagte er ruhig zu Margaret. Der Ehrenplatz. Den hatte er ihr noch nie angeboten, nicht einmal an ihrem Hochzeitstag.

Beim Abendessen reichte er ihr eigenhändig den besten Bissen vom Mahl. Sie starrte auf die Platte und schüttelte ganz leicht den Kopf.

»Wollt Ihr wieder nichts essen? Ihr bringt Schande über mein Haus.«

»Das tut mir leid. Das wollte ich nicht«, sagte sie bekümmert. »Es ist nur, ich esse das da nicht.«

»Salzheringe? Es ist Fastenzeit, Madame. Besseres habe ich Euch nicht zu bieten.« Sie wandte ihm das blasse Gesicht zu und sah ihn bänglich und zugleich abbittend an.

»Es tut mir wirklich leid. Ich möchte auf gar keinen Fall Schande über Eure Tafel bringen. Es ist nur – also – also ich kann nichts mit Augen essen.«

»Wenn das alles ist. Ich nehme sie heraus.«

»Nein, das ist es nicht – ich meine, alles, was einmal Augen gehabt hat.«

»Und wie kommt das?« Gregory saß bei der Unterhaltung starr vor Angst da. Der alte Mann war zu allem fähig. Er konnte einem Bauern mit einem jähen Hieb den Schädel zertrümmern. Er hatte sich schon unheimlich lange zusammengerissen – jeden Augenblick konnten seine angespannten Nerven reißen, und dann schlug er um sich. Gott weiß wie arg. Margaret war zu klein, zu zart, zu verrückt für seines Vaters Haus. Er mußte sie fortbringen. Wenn nur das Erbe freigegeben wäre, dann könnte er sie an einen sicheren Ort bringen. Eine falsche Bewegung, und es stand schlimm um Margaret.

Doch der alte Lord sah dieses Mal richtig neugierig aus. Margaret merkte das und antwortete schlicht:

»Ich würde die Augen im Schlaf sehen. Alle würden sie mich anblicken und mir Alpdrücken verursachen.« Die Antwort schien den alten Mann überhaupt nicht zu überraschen. Als Damien vor ihm niederkniete und ihm das nächste Gericht anbot, durchbrach der Sieur de Vilers die strenge Speisenfolge und ließ nach Käse schikken. Er sah ihr die ganze Zeit beim Essen zu, strich sich mit der linken Hand den Bart und dachte nach. Mit Pferden kannte er sich sehr gut aus und wußte, er täuschte sich nicht. Was er gesehen hatte, das hatte er gesehen. Eine Frau, die ein gestürztes Schlachtroß wieder auf die Beine bringen konnte, war keine gewöhnliche Frau. Doch eine Frau, die ein Pferd mit einem gebrochenen Bein wieder auf eben diese Beine brachte, die Augen sah und keinen Fisch aß und die ihn verängstigt anstarrte, weil sie merkte, daß er gesehen hatte, was den anderen entgangen war – das stand auf einem ganz anderen Blatt. Das konnte sich durchaus zum Problem auswachsen.

Hatte Gilbert die ganze Zeit über Bescheid gewußt? Es wäre eine Erklärung für die Miene, welche der dumme Bengel gemacht hatte, als er verkündete, wo man sich schon die Mühe gemacht hätte, sie zu retten, könnte man sie auch gleich entführen. Er musterte das Gesicht seines zweiten Sohnes. Nein, wenn einer nichts merkte, auch wenn man ihn mit der Nase darauf stieß, dann Gilbert. Andererseits aber war es Gilbert gewesen, der sich widersetzt hatte und sie erst hatte fragen wollen, ehe man sie entführte. Und der alte Lord würde nie im Leben, auch nicht dieses eine Mal zugeben, daß Gilbert möglicherweise recht gehabt hatte.

In den Tagen nach der seltsamen Mahlzeit, bei welcher der Sieur de Vilers mir das Hochzeitsgeschenk überreichte, lief alles besser, zumindest aber ruhiger. Doch Cecily und Alison waren in Ungnade gefallen. Sie waren ausgerissen und hatten beinahe sein Schlachtroß umgebracht, und so verordnete Sir Hubert ihnen Hausarrest im Söller unter der Aufsicht eines grimmigen Burschen namens Dicker Wat, einem einstmaligen Pikenier, der ihn auf all seinen Kriegszügen in Schottland begleitet hatte. Dieser wackere Mann hatte Anweisung, sie nicht aus den Augen zu lassen, bis man eine Kinderfrau von der Beschaffenheit eines Drachen aufgetrieben hatte.

»Sie können von Glück sagen«, meinte Gregory eines Tages nach dem Abendessen, »mich hat er für geringere Missetaten bei Brot und Wasser im Keller eingesperrt. Und dort unten gibt es ganze Heerscharen von Spinnen.«

»Er ist sehr hart. Mich hat er schon bei unserer ersten Begegnung in Angst und Schrecken versetzt.«

»Ach, laß die Ohren nicht hängen, Margaret. Zumindest hat er dir noch nie eine Bank an den Kopf geworfen. Aber was ist nur in dich gefahren, daß du hinter Urgan hergewatet bist, wo du dich vor Vater so fürchtest? Ein Wunder, daß er dich nicht umgebracht hat.«

»Ich habe bloß gesehen, daß er da ganz voller Blut war und tobte und schrie, und da hat er mir leidgetan. Das ist alles. Ich konnte nicht anders. Ich habe nicht weiter darüber nachgedacht. Sonst hätte ich es wohl kaum getan.«

»Er hat dir leidgetan? Ein Pferd? Zuweilen bist du eigenartig. Du kannst dir dein Mitgefühl sparen – ein Schlachtroß ist darauf abgerichtet, Menschen zu töten; ich muß dich also ernstlich bitten, einen Bogen um sie zu machen. Er hätte dir den Schädel wie eine Eierschale zertrümmern können, und was würde dann aus mir, Margaret? Und Urgan ist in der ganzen Grafschaft für seinen Jähzorn berüchtigt. Vater hat ihn günstig eingekauft, nachdem er einen Menschen umgebracht hatte, aber seinen obersten Stallknecht hat er schon verloren. Vater ist einfach zu halsstarrig, sonst würde er ihn abschaffen. Er ist überzeugt, daß er diesen Stammbaum größer und den Jähzorn herauszüchten kann. Ja, hast du denn Urgans Augen nicht gesehen?«

»Woher weiß dein Vater, wie ich reiten gelernt habe? Nicht einmal dir habe ich erzählt, daß ich immer auf den Kornsäcken gesessen habe, wenn Vater das Pferd zur Mühle getrieben hat – will sagen, wenn er ein Pferd hatte.« Gregory zuckte zusammen. Mir war klar, dergleichen sollte ich lieber nicht verlauten lassen, zumindest nicht in seines Vaters Haus.

»Mit Pferden kennt Vater sich wirklich aus. Er täuscht sich nie.« Er blickte mich nachdenklich an. »Dann hast du also Angst vor ihnen, wie? Vor Pferden, meine ich. Das hat Vater auch gewußt. Er hat mir das schon gesagt, als er dich zum ersten Mal hat reiten sehen. Wie bist du im Sommer nur auf euer Landgut gekommen?«

»Hast du nicht den kleinen, weißen Maulesel im Stall gesehen? Der gehört mir. Den hat mir Master Kendall besorgt.«

»Und jetzt wird er nicht mehr gebraucht und frißt uns die Haare vom Kopf, bis der Streit um die Ländereien endlich beigelegt ist. Vater hält ihn für reine Geldverschwendung und will ihn verkaufen.«

»Das wird er nicht tun, nein. Er wird doch meinen Maulesel oder mein Haus nicht verkaufen? Das darfst du nicht zulassen, Gregory. Das steht alles dir zu, nicht ihm. Hast du vergessen, wie glücklich wir dort gewesen sind, und das können wir auch wieder werden.«

gewesen sind, und das können wir auch wieder werden.«

»Vater ist das Familienoberhaupt, und ich schulde ihm Gehorsam – aber meinetwegen, wenn dieser Haufen von Rechtsanwälten Erfolg hat und uns noch genug bleibt, daß wir es halten können. Aber eines steht fest, in dieser Familie kannst du dich nicht auf einem Maulesel blicken lassen. Das würde Vater verärgern, und wenn er sich ärgert, ist er zu allem fähig.«

»Aber – aber –«

»Kein Aber«, sagte er zärtlich. »Im Augenblick hält er große Stücke auf dich, und das darfst du dir nicht verscherzen. Nun mach nicht so ein Gesicht. Du bist auf deine Weise auch tapfer. Du sitzt nur zu Pferd wie ein Angsthase. Aber das bekommen wir schon hin.« Seine Stimme klang warm und stark. Jeder hätte ihm geglaubt, daß die ganze Sache ein Kinderspiel war.

Ich schämte mich zwar in Grund und Boden, aber schon am nächsten Tag saß ich hoch oben auf einem wahren Gebirge, einem Untier, das den Dreck hinter seinen Hufen aufspritzen ließ, während es seine Runden am Ende einer langen Longe drehte.

»Sitz gerade, Margaret! Und hör auf, dich festzuhalten!« Gregory hielt die Longe in der linken Hand, mit der rechten knallte er jedes Mal mit der langen Peitsche, wenn das gräßliche Geschöpf ins Stocken geriet. Und natürlich konnte ich nicht übersehen, wie stattlich und gut gebaut er war und wie stark seine Hände wirkten, wenn er die Longe ablaufen ließ, und da mich das ablenkte, wäre mich dieser Gedanken beinahe mehr als einmal teuer zu stehen gekommen.

»Und was hast du jetzt vor?« fragte er mich, als wir vom Stall ins Haus gingen.

»Mich eine Woche lang nicht vom Fleck zu rühren,

bis mir nichts mehr weh tut«, gab ich zurück und wischte mir den Dreck vom Ärmel. Die Bitterkeit in meiner Stimme brachte ihn zum Lachen.

»Du bist eine harte Nuß, Margaret. Aber glaube ja nicht, daß du so leicht davonkommst. Ob es dir nun paßt oder nicht, du wirst noch wie eine de Vilers reiten. Ich denke nicht im Traum daran, Hugo gewinnen zu lassen.«

»Was? Ihr habt gewettet?« Ich war wütend. Für Gregory schien das ganz normal zu sein.

»Mit Sicherheit hat ihn Vater dazu angestiftet. Er meint, er hat es schlau angestellt, aber ich weiß, er war es – die Idee kann nur auf seinem Mist gewachsen sein. Hugo ist beschränkt, der hätte nichts gemerkt, wenn Vater ihn nicht aufgehetzt hätte.« Ich war so entgeistert, daß ich nicht mehr wußte, über wen ich mich mehr erbosen sollte. Die hatten noch ihren Spaß an meinem Elend! Ich konnte Hugo mit seinem dümmlichen Grinsen und seiner hämischen Freude direkt vor mir sehen.

»Morgen reiten wir wieder«, fauchte ich.

»Genau das habe ich von dir erwartet«, sagte er fröhlich.

Und so ging ich, um mir meine Wunden im Söller zu lecken, wo ich den Rest des Nachmittags verbringen und meinen Mädchen das Sticken beibringen wollte, damit sie nicht noch mehr Schaden anrichteten. Dort fand ich den Dicken Wat, wie er sein trauriges Los bejammerte. Zu seiner Entlastung sollte im benachbarten Weiler eine furchteinflößende Wittib angeheuert werden, und das konnte ihm gar nicht schnell genug gehen. Er hatte sich bereits mit Reitunterricht und Märchenerzählen aufgerieben. Als Drohungen und Bestechung nichts mehr nutzten, hatte er Zuflucht zum Ale genommen und betäubte nun seine Sinne aus einem reichen Vorrat. Küchenjunge um Küchenjunge brachte es ihm hoch, und alle brannten sie darauf, seine Schauergeschichten zu hören. Als ich aus dem engen Stiegenhaus auftauchte, lag er vor einem Publikum aus Küchenjungen auf dem Strohsack und gab fast an seiner eigenen Erzählung den Geist auf, während Cecily und Alison im Söller herumtobten.

»Das ist die Strafe für meine Sünden, daß ich noch drei Tage mit ihnen eingesperrt bin«, wehklagte er gerade. Und bei seinen Worten lachten die Küchenjungen hinter der vorgehaltenen Hand. Denn sie sahen, was er nicht sehen konnte – er redete, und die Mädchen vergnügten sich damit, einem Unachtsamen unter dem Fenster eine undefinierbare Flüssigkeit aus Wats großem Krug auf den Kopf zu schütten. Es war an der Zeit, daß eine Frau eingriff.

Die Mädchen ließen von ihrem Tun ab und umringten mich, während ich die kleine, kunstvoll gearbeitete Truhe durchstöberte, in der das Nähzeug sein sollte.

Unten in der Truhe fand ich das Gewünschte: Ein fremdartig aussehendes Kästchen, von ziselierten Messingbändern zusammengehalten, die dringend poliert werden mußten. Darin fand ich einen Stickrahmen mit einer nicht beendeten Stickerei, die so aussah, als wäre sie für ein Priestergewand bestimmt. Außerdem eine prächtig mit Silber beschlagene Kunkel und darunter einen Stapel säuberlich zusammengelegter Säuglingswäsche. Ich holte das erste Stück heraus. Ein Kittel für ein kleines Mädchen, aber nicht fertig, für Alison zu klein. Dann ein Kleidchen für ein Neugeborenes, halb fertig, hübsches Leinen, jedoch ungesäumt. Ein winziges Mützchen mit oben abgesteppten Ringen, damit konnte ein Kleinkind laufen lernen, ohne sich den Kopf an der Kaminplatte aufzuschlagen. Keine Bänder, und die gesteppten Ringe waren auch nicht alle fertiggestellt. Was mochte das für eine reiche Frau gewesen sein, die es sich leisten konnte, gutes Material einfach wegzulegen – so viele Sachen nicht zu beenden?

Als ich die verstaubten, vergilbten Sächelchen so hielt, spürte ich, wie sich mir das Herz zusammenschnürte. Ich konnte erahnen, was sich abgespielt hatte. Der Nähkasten hatte einer reichen Frau gehört, ja – einer Frau, die mich im Sticken übertraf, denn sie hatte auf Seide und Samt gelernt, und ich nur auf grobem Material. Aber auch einer armen Frau. Einer Frau, der trotz ihrer zierlichen Stiche, ihrer Frömmigkeit und ihres Silbers die Kinder weggestorben waren. Ich spürte es mit aller Gewißheit – jedes winzige Kleidungsstück war für ein Kind bestimmt und noch nicht fertig gewesen, als es starb, und dann beiseitegelegt worden, weil sie es nicht ertrug, die Arbeit zu beenden. Und dann hatte auch sie die Stickerei beiseitegelegt und war selber gestorben. Ein ganzes Frauenleben in einem Nähkasten, das sah ich darin. Ob mein Nähkasten am Ende auch so aussehen würde? Ich legte die Hand aufs Herz, damit es nicht so wehtat. Und wie ich so still in den Binsen neben dem Kästchen kniete, war das Kalte Ding wieder da und hüllte mich ein, daß mich fröstelte.

Doch da war noch mehr. Unter dem Schächtelchen mit den Nadeln lag flach zusammengepreßt ein winziges Paar Säuglingsschuhe ganz aus einem sehr dünnen, samtweichen Leder gearbeitet, dessen kleine, gesteppte Sohlen durchgelaufen waren. Das hier ist am Leben geblieben, dachte ich, und es war ihr Liebling, sonst hätte sie die Schühchen nicht aufgehoben.

»Mama, Puppenkleider! Dürfen wir die haben?«

»Wir brauchen welche, Mama, Martha ist ganz nackt!« Und schon wollten die Mädchen den Kasten aus der Truhe zerren. Der Dicke Wat steckte die Nase schon wieder in den Alebecher.

»Sie gehören euch nicht«, sagte ich, schob ihre Hände fort und klappte die größere Truhe zu. Doch die Mädchen fanden nicht einmal Zeit zum Quengeln, denn schon nahm sie ein furchtbarer Aufruhr auf der Stiege völlig in Anspruch.

»Wer hat mich mit Ale übergossen? Ich prügle ihn zu Tode!« Wütendes Geschrei schallte die Stiege hoch. Es war Damien, der Knappe. Er und Robert hatten auf dem Hof exerziert und waren mitten in einem gespielten Zweikampf, als Damien sich an die Mauer lehnte und sich ausruhen wollte, was dann unselig endete. Die Mädchen sprangen auf und versteckten sich kichernd unter dem großen Bett.

»Ihr wart das also! Wartet, euch versohle ich anständig den Hosenboden! Kommt heraus, ihr kleinen Teufel!« Er schnappte sich einen unter dem Bett hervorlugenden Arm und zog kräftig. Halb hatte er Cecily schon heraus, da biß sie ihn in den Finger, und er ließ sofort los. Sie rutschte unter das Bett zurück, und er saß auf dem Boden, lutschte sich den wunden Finger und versuchte, ihre leuchtenden Augen im Dunkel auszumachen. Auf einmal ging ihm auf, wie komisch das ganze war, und er fing an zu lachen. Er war gerade sechzehn, ein Jahr jünger als Robert, der andere Knappe, und er sah reizend aus, wie er da saß und lachte. Seine lustigen, blonden Locken waren ganz naß und verklebt, aber der Flaum auf seinem Kinn schimmerte wie Gold. Er hatte keinerlei Zukunft, außer daß jedermann ihn gern hatte, und das war auch etwas wert. Und er war Kinder gewöhnt; mir hatte er einmal erzählt, daß er acht lebende, jüngere Geschwister hätte, die seinem Vater die Haare vom Kopf fraßen. Er war die Hoffnung seiner ganzen verarmten Sippe, und irgendwie hatten sie genug Geld zusammengekratzt, um ihn als Pagen im Haus des Sieur de Vilers unterzubringen, damals, als es noch eine Lady de Vilers gab.

»Ich hasse dich«, sagte er in das Dunkel unter dem Bett.

»Ich Euch auch«, kam Cecilys Stimme unter dem Bett hervor.

»Ich auch«, sagte Alison, die sich hinter ihrer Schwester versteckte.

Es war Liebe.

Von nun an benahmen sich die Mädchen so gesittet, wie sie konnten. Wenn Damien um etwas bat, dann war es schon so gut wie geschehen. Sie hefteten sich an seine Fersen, bis er keinen klaren Gedanken mehr fassen konnte, sie bettelten, daß sie seine Sachen tragen oder seine Botengänge machen durften. Sogar die Dorfbewohner lachten darüber. Und natürlich zankten sich die Mädchen um ihn.

»Wenn ich groß bin, heirate ich Damien.«

»Tust du nicht, er heiratet mich!«

»Nein, er geht weg und wird in Frankreich reich, und dann kommt er zurück und entführt mich auf seinem Pferd – aua! Laß das Treten! Mama, Alison hat mich getreten!«

»Hab' ich nicht. Und sie hat eine häßliche Fratze gemacht, Mama. Sag ihr, daß ihr Gesicht so stehenbleibt!«

»Nein, nein, tut es aber nicht.«

»Tut es wohl! Jetzt bleibst du dein Leben lang so schrumpelig, und er heiratet mich, ätsch!«

Kapitel III

Seit unserer Heirat war mehr als ein Monat ins Land gegangen. Der März wollte schon scheiden, und die Osterglocken schoben die ersten grünen Spitzen durch den Morast. Und doch war ich mit Gregory weniger allein gewesen, als zu der Zeit, ehe uns der Priester gesegnet hatte. Das warf natürlich die Frage auf, ob er mich überhaupt noch gern hatte; für ihn war ich so selbstverständlich wie ein neues Möbelstück, an das man sich gewöhnt hat. Aber es war nicht nur das; es ärgerte mich einfach, daß ich mich unter Fremden zum Gespött machte. Ich war der letzte Schrei, weil es sonst keinerlei Lustbarkeiten gab. Schlimmer kann es einem kaum ergehen.

»Wollt Ihr jetzt Euer Unterkleid gereinigt haben, Mistress, und das Überkleid auch?« Cis hielt meine verdreckten Kleider ans Licht und grinste. »Mmm. Eine hübsche Stickerei.«

»Bürste erst den Dreck aus, dann weichst du sie in kaltem Wasser ein. Ich möchte nicht, daß die Farben verlaufen. Und denk daran, wenn ich nach unten komme, möchte ich nicht erleben, daß du sie zusammen mit der schmutzigen Wäsche auskochst.«

»Oh, damit kenne ich mich jetzt aus. Ich krieg' sie hin wie neu – wollt Ihr einen neuen Umschlag haben? Das ist aber ein böser blauer Fleck, den Ihr da habt.«

»Das ist der einzige, den du sehen kannst«, sagte ich,

verdrießlich auf der Bettkante sitzend, und wickelte mich fester in die warme *robe de chambre*, in die ich meinen armen, zusammengekauerten, wunden und bloßen Leib gehüllt hatte.

»Ei, wie arg. Wollt Ihr das hier zum Essen tragen?« erkundigte sie sich und nahm ein Kleidungsstück vom Haken. Sie fuhr mit ihrer rissigen, roten, verarbeiteten Hand über den Ärmel. »Ei, wie nennt man diese Art Stoff?«

»Sarzinett. Halt ihn seitlich gegen das Licht, dann kannst du die Webart erkennen. Nein, anders herum. Merkst du, wie er schimmert? Daran erkennt man, ob er echt ist.« Schließlich war ich mit einem Tuchhändler verheiratet gewesen.

»Ei, wär' das schön, wenn man immer so weiche Sachen wie die hier anfassen dürfte. Sarzinett. Das merk' ich mir.« Ihre träumerische Stimmung verflog so rasch, wie sie gekommen war. »Meiner Treu, ich lerne die ganze Zeit über«, verkündete sie fröhlich und kniete sich vor eine Truhe, um eine anständige Bruch für mich aufzutreiben, da die andere, die ich gerade von meinen Beinen gepellt hatte, dreckig und nicht mehr zu gebrauchen war. Sie hielt sie hoch, ob sie meinen Beifall fände, und sagte:

»Haltet mich nicht für dreist, Mistress, aber Ihr würdet weniger Zeit im Matsch und mehr auf Blanchette zubringen, wenn Ihr die Steigbügel ein bißchen länger nehmen und Euch beim Springen gegen den Hinterzwiesel stemmen würdet. Der alte John gibt mir recht, und Wat und Simkin auch.«

Gespött für das ganze Haus, ja, dazu war ich geworden. Und das ist der Unterschied zwischen Schreiben- und Reitenlernen: Vom Blatt Papier kann man nicht herunterfallen, wenn man etwas falsch macht. Ich spürte, daß mein Gesicht immer noch brannte.

»Woher kennst denn du dich mit Pferden aus?« Meine blauen Flecke waren wohl der Grund, daß mein Ton ironischer klang als angebracht.

»Ich? Ach, ich habe hier fast alles geritten. Ich habe keine Brüder, also hat mich mein Vater, als ich klein war, auf die Fohlen gesetzt. Die haben nämlich noch nie einen Reiter gespürt, und deshalb gefällt ihnen so was nicht immer. Die hat er dann herumgeführt, hat sie am langen Zügel gehen lassen, und ich habe im Sattel gesessen. Er war hier ein wichtiger Mann – der oberste Pferdeknecht in den Ställen unseres Herrn, und einen besseren habt Ihr nie gesehen –, aber das war vor Eurer Zeit. Und bevor ihm das große, häßliche, schwarze Untier den Hals gebrochen hat.«

Ich fuhr zusammen, doch ehe ich sie weiter über ihren Vater ausfragen konnte, machte sie sich mein Erschrekken zunutze und setzte hinzu: »Und das könnt Ihr mir glauben, Mistress, über Eure kleinen Mädchen, da haben Engel ihre Hand gehalten – das meinen Mam und Simkin auch. Obwohl der nun wieder sagt, er weiß gar nicht, wieso.«

Eine Kurzweil für kecke Wäscherinnen und Küchenjungen, sagte ich bei mir, als ihre Holzpantinen die Stiege hinunterklapperten. So tief war ich in diesem Hause gesunken.

Zuweilen hatte ich solche Sehnsucht, mit Gregory allein zu sein, daß mir schier das Herz barst. Ich wußte, er würde mich lieber mögen, wenn wir nicht mehr mit seinen herumschnüffelnden, lärmenden Verwandten zusammenlebten. So wie die Dinge lagen, ärgerte er lieber sie, als daß er es mir recht machte. Vor seinem Vater tat er immer noch so, als ob ich ihm völlig gleichgültig wäre, nur damit der alte Mann sich über geweihte Mondkälber und sein Recht auf Nachkommenschaft aufregen konnte.

Weil Gregory der zweite Sohn ist, hat er wohl noch nie im Leben soviel Aufmerksamkeit genossen. Aber wir wußten beide, daß er eigentlich ganz anders war, und ich wollte den wirklichen Gregory wiederhaben.

Ich malte mir aus, wie wir ganz für uns allein wären, irgendwo, vielleicht in einer Rosenlaube oder im Gebirge an einem Wasserfall, und die ganze Welt stünde uns offen. Was hatten wir statt dessen? Einen kalten, dunklen Söller mit einem Fußbodenbelag aus stinkenden, alten Binsen und zum Brechen voll von Gefolgsleuten, die alle den Auftrag hatten, sofort Bescheid zu geben, wenn sich zwischen uns etwas tat. Aber immer, wenn die Familie in Geschäften unterwegs war, mußte Gregory mitreiten. Und wenn er zurückkehrte, war er stets so ungenießbar wie schlecht gewordenes Ale. Hatte sich was mit einer Rosenlaube.

Ich erinnere mich noch an das Nieselwetter eines grauen Märznachmittages, als ich endlich einen Augenblick für mich allein hatte und auf der Fensterbank hinten im Söller Alisons Bruch ausbesserte. Die Wittib Sarah war mit den Mädchen in den Stall gegangen, um sich die neuen Kätzchen anzusehen, die Wäscherinnen waren gekommen und wieder gegangen und hatten zusammen einen schweren Korb voller Schmutzwäsche abgeschleppt, und Hugo und die Knappen und Knechte waren mit auf der Jagd, denn wenn Sir Hubert daheim war, verging kein Tag ohne Jagdausflug. Drinnen war es dunkel und feucht, und ich grübelte über den Unterschied zwischen einer Ehe des Herzens und einer des Fleisches nach. Wie der Regen trübselig auf die Steine pladderte, hörte er sich wie Tränen an. Meine eigenen, vielleicht, nur daß ich heimlich weinte.

Wer hätte an solch einem Tag wohl nicht an Master Kendall gedacht und wie er mich immer mit ein paar klugen und lustigen Bemerkungen abgelenkt hatte, wenn ich Trübsal blies. Wie mir diese hochherzige Seele fehlte und ebenso die Güte, die uns verband! Ach, wärst du doch hier, sagte ich bei mir. Als Antwort hörte ich ein leises Schnaufen, ein Atemholen gleichsam, und spürte einen kalten Luftzug im Nacken. Schon wieder das Kalte Ding. Langsam gewöhnte ich mich daran. Ich bekreuzigte mich, und da zog es irgendwie raschelnd an mir vorbei.

Als ich in Richtung des verwehenden Lautes blickte, zeichnete sich eine hochgewachsene Gestalt auf der Schwelle ab, und mein Herz machte einen Satz. Gregory! Doch mir wurde bang ums Herz, als ich seine Miene sah. Schon wieder schlechte Nachrichten.

»Gregory? Möchtest du dich zu mir setzen? Ich bekomme dich überhaupt nicht mehr zu Gesicht.«

»O Margaret«, sagte er, immer noch im Stehen. »Ich weiß gar nicht, ob ich mich darüber freuen soll oder nicht, daß du mich immer noch so nennst.« Er sah müde aus, aber sein Herz strahlte aus seinen Augen.

»Wäre dir Master de Vilers lieber? Das ist die richtige Anrede. Ich habe Master Kendall immer nur ›Master Kendall‹ genannt, so wie es sich für eine Ehefrau geziemt.«

Er schüttelte lächelnd den Kopf. »Jetzt würde ich liebend gern sagen, daß du immer noch das alte Dummerchen bist, aber ich weiß, du weißt, was ich meine.« Er kam näher. Ach, wenn er doch nur nicht so gut aussehen würde. Nicht nur, daß er eine so gute Figur machte, seitdem er das schäbige, graue Gewand, in dem er sich früher herumtrieb, abgelegt hatte. Nein, er ging auch so elegant, so geschmeidig und elastisch, ohne daß er sich dessen bewußt war. Und wie er alles in sich aufnahm und wie sein Gesicht vor Intelligenz strahlte und deutlich machte, daß er auch richtig hinsah und alles verstand, was vor sich ging. Manche Frauen bewundern am Mann die Kleidung, das Geschmeide oder daß er hübsche Komplimente zu machen weiß, aber davon habe ich nie viel gehalten. Das wird mit der Zeit alles langweilig, ein wunderbarer Verstand jedoch nie.

»Margaret«, sagte er und sah dabei aus, als könnte er meine Gedanken lesen, und seine Stimme klang auf einmal ein klein wenig anders. »Übermorgen müssen wir leider fort. Der Herzog hält Hof zu Kenilworth, und Vater muß ihn aufsuchen.«

»Den Herzog aufsuchen? Warum nur? Kannst du nicht einfach hierbleiben und die anderen allein reiten lassen?«

»Leider nicht, Margaret, es geht nämlich um deine Ländereien. Die Sache muß geregelt sein, ehe Vater ins Feld zieht, und das kann nur der Herzog. Irgendein Mönch hat einen Prozeß um das Herrenhaus von Thorpe angestrengt, er behauptet, der rechtmäßige Erbe zu sein, und daß es Master Kendall unrechtmäßig verkauft wurde. Er hat seinen Orden verlassen und will sich dort einnisten, und dein Hausverwalter hat ihn schon zweimal vertreiben müssen. Doch am schlimmsten steht es um Withill. Der Graf hatte kaum von Master Kendalls Tod gehört, da hat er noch am selben Tage dein Vieh fortgetrieben und versucht, deine Pacht einzutreiben. Als wir gerichtlich gegen ihn vorgegangen sind, haben seine Männer das Herrenhaus besetzt. Leider ist er nicht nur in der Gegend so mächtig, daß sich ihm niemand widersetzt, nein, er hat zudem den einheimischen Friedensrichter bestochen, daß er ihn dabei unterstützt. Du siehst also, nur der Herzog kann uns noch helfen, und dazu braucht man wahrscheinlich mehr als das Gesetz auf seiner Seite. Wir haben hier nicht genug Männer, um den

Grafen auszuräuchern, selbst wenn wir den Richtern höhere Bestechungssummen als er anbieten.«

»Aber könntest du nicht wenigstens einen Tag bleiben – einen halben Tag – nur eine Stunde – und später zu ihnen stoßen? Es wäre so schön hier mit dir allein, ohne sie.«

»Also wirklich, Margaret, für eine Frau, die es besser wissen sollte, führst du dich zuweilen dumm auf. Der Karren sitzt im Dreck, und mit jedem Tag sinken wir tiefer ein. Auf das Gut haben wir Geld aufgenommen, damit wir die Anwälte bezahlen können, und wenn ich deine Ländereien nicht halten kann, dann ziehen sie uns eines Tages das Fell über die Ohren, und uns bleibt nichts als ein Haufen Schulden. Oder möchtest du hier ewig leben?«

Stumm schüttelte ich den Kopf, und er fuhr fort: »Ich bin nämlich kein reicher Kaufmann wie Master Kendall, und es besteht keinerlei Hoffnung, daß wir das Haus in London, das dir so am Herzen liegt, halten können, außer es kommt von irgendwo Geld herein. Nur im Krieg kann ich soviel zusammenkratzen – oder wenn ich seine Herrenhäuser verpachte, falls wir sie der Familie erhalten können. Aber ich weiß, du hängst sehr an dem Haus, und so will ich es dir zuliebe versuchen. Wenn du wüßtest, was Vater von Stadthäusern hält. Noch weniger als von Männern, die ihr Erbe nicht festhalten können. Er hätte es schon ein dutzendmal verkauft, wenn ich nicht um jeden Fußbreit mit ihm gerungen hätte.«

»Ach, wer hätte das gedacht. Master Kendall hatte mit seinen Ländereien nie solche Scherereien. Er hat sie einfach gekauft, und das war's. Ich hatte keine Ahnung, daß du damit solche Last hast.«

Gregory saß auf der gegenüberliegenden Fensterbank. »Hu. Das ist aber eine kalte Stelle hier«, sagte er, stand rasch auf und setzte sich neben mich. »Ist dir das auch schon aufgefallen?« fügte er hinzu. »Sehr sonderbar. Mir ist es ganz kalt den Rücken hinuntergelaufen.« Wer hätte gedacht, daß das Kalte Ding immer noch herumlungerte? Doch es war nicht der richtige Zeitpunkt, ihm davon zu erzählen, er hatte ohnedies genug Sorgen.

»Margaret«, sagte er und nahm meine Hand. »Es tut mir leid, daß ich es nicht geschafft habe, dir ein so schönes Leben zu bieten wie Master Kendall. Aber der hatte Einfluß bei Hofe und der halben Welt, und zweifellos hat er dem Hof auch Geld geliehen. Aber der Graf denkt, daß deine Ländereien an eine kleine Familie ohne Einfluß gefallen sind und er uns unter Druck setzen und uns wegnehmen kann, was rechtens uns gehört. Du glaubst gar nicht, wie sehr sich Vater darüber erbost! Der Graf hat sogar Vaters Boten mit einem groben Brief zurückgeschickt und obendrein noch dessen Pferd behalten. Ich kann dir sagen, so aufgebracht habe ich Vater noch nie gesehen. Der gibt keine Ruhe, bis er wieder hat, was ihm gehört.«

»Warum hat er mir das nicht gesagt, anstatt so unleidlich zu sein?«

»Einer Frau etwas sagen? Das ist nicht seine Art. Der wird sogar noch wütend, wenn er herausfindet, daß ich es dir erzählt habe. ›Je mehr Frauen wissen, desto mehr machen sie einem das Leben zur Hölle‹, sagt er immer.«

»Zur Hölle? Wann hätte ich ihm das Leben zur Hölle gemacht? Er macht mir das Leben zur Hölle. Er tobt herum, wirft mir Grobheiten an den Kopf und verprügelt meine Kinder! Wenn einer dem anderen das Leben zur Hölle macht, dann er!«

»Margaret«, sagte Gregory bestimmt, »du solltest dankbar für alles sein, was Vater für dich getan hat.«

»Dankbar? Ich habe vom ersten Augenblick an gewußt, daß er abscheulich ist!« Ich spürte, wie sich das Kalte Ding wieder rührte.

»Wehe, du sagst etwas gegen meinen Vater!« Gregory stand jäh auf. »Nur weil ich ihn nicht ausstehen kann, darfst du noch lange nicht über ihn herziehen! Ohnedies ist das Ganze deine Schuld!«

Allmählich wurde es mir zu bunt. Was hatte ich mir nicht alles gefallen lassen, was nicht alles getan, wie hatte ich gewartet, und dann dieses.

»Meine Schuld? *Meine* Schuld? Jetzt ist es also meine Schuld, wie? Und warum ist es meine Schuld, mit Verlaub?« Ich sah, wie er fröstelte und den Platz wechselte – er hatte sich bewegt und war mitten in das Kalte Ding getreten.

Er fuchtelte mit den Händen und sagte: »Hatte ich, mit Verlaub, vor unserer Heirat solche Scherereien? Blöde Landgüter! Blöde Häuser! Blöde Möbel! Meine Habe paßte in ein Bündel, und ich war *frei*! Nichts am Hals, keinen Vater, keinen ewig neidischen Hugo, keine Anwälte, keine Bittschriften und Zeugenaussagen, keine Hausverwalter und Landvögte und keine Bälger! Das kann nur eine Frau einem Mann antun, und darum ist alles deine Schuld!« Gregory war ganz rot angelaufen, und je mehr er sich in sein Selbstmitleid hineinsteigerte, desto beleidigter sah er aus. »Das sage ich dir, als ich mich noch der Kontemplation widmete, da war ich viel glücklicher! Gott macht keinem Menschen das Leben derart zur Hölle!«

Ich war so zornig, daß ich nicht einmal wußte, wo ich mit Schimpfen anfangen sollte. Ich wollte sagen, wenn du so eifrig über Gott nachgedacht hast, wieso bist du dann nicht einfach in deinem Orden geblieben? Oder wieso gibst du nicht Vater die Schuld? Von ihm stammte doch die vortreffliche Idee, sich mein Erbe unter den

Nagel zu reißen und mich zu entführen. Aber die ganzen Gemeinheiten, die ich ihm an den Kopf werfen wollte, verhedderten sich und wollten allesamt auf einmal heraus, und da stand ich nun und wollte mit erhitztem Gesicht auf ihn los, und ich machte den Mund auf, doch ich brachte keinen Ton heraus. So weit können einen die Männer jedesmal treiben! Die Hölle! Was wußte er denn schon von der Hölle. Es tat ihm kein bißchen leid! Und während ich ihn mit hochrotem Gesicht anstarrte und mir die Worte im Hals steckenblieben, stand er vor mir und zählte seine Kränkungen auf, als ob ich selber keine vorzuweisen hätte. Mir war nach Ersticken oder eher Schluchzen zumute, was, das wußte ich nicht.

»– dann wird es aber langsam Zeit, daß dir jemand sagt, was für eine selbstsüchtige Frau du bist, Margaret –«

»– also, wer ist hier selbstsüchtig? Wer wüßte das wohl besser als du, so selbstsüchtig wie du immer bist! Du denkst nur an eines – an dich, dich, dich – dich und deinen blöden Vater, und wer muß hier die ganzen Opfer bringen, ich – glaubst du etwa, ich mag dieses gräßliche Haus? Weise mir nur ein einziges Mal nach, wo ich selbstsüchtig gewesen bin – ein Mal, ja, das hättest du wohl gern!«

»Selbstsüchtig? Du bist so selbstsüchtig, daß du sogar noch im Schlaf selbstsüchtig bist – also, wie du dich nachts in die ganzen Decken wickelst – und für mich bleibt nicht einmal ein Bettzipfel übrig. Ich kann dir sagen, der Mann, der mit Margaret schläft, der kann glatt erfrieren, so ist das!«

»Du – du –« Mir fehlten die Worte. Wie hatte ich mich nur auf etwas so Albernes einlassen können? Mein Gott, war ich dumm! Und dieser Mann war noch dümmer! Ich spürte, wie etwas in mir hochkam, bitter und ungestüm. Lachen. Lachen über Margaret, die Närrin. Das war das Ende – so geht es mit all den albernen Hoffnungen und Plänen. Ich mußte mich vornüberbeugen, denn ich hatte solche Krämpfe, daß mir vor Schmerzen übel wurde.

Gregory hielt mitten in der Aufzählung seiner Leiden inne, und sein Gesicht war ganz rot vor Entrüstung. »Das ist der Beweis, der schlüssige Beweis – für alles, was ich gesagt habe! Begreifst du? Du weißt, daß alles stimmt, und jetzt lachst du mich aus – nach allem, was ich durchgemacht habe! Wie kannst du nur?«

»Ich – ich – ich lache – doch –« brachte ich stoßweise heraus, hickste und hielt mir die Seiten.

»Und was soll das sonst sein, was du da machst?« Beim Anblick seiner Miene, die zugleich ratlos und überheblich war, ging es schon wieder los, ich konnte es mir selbst nicht erklären.

»Du bist ja überdreht. Ich habe immer gewußt, daß du nicht ganz bei Trost bist. Das habe ich schon bei unserer ersten Begegnung gemerkt. Alle Frauen sind überdreht. Ich sollte dir einen Eimer Wasser über den Kopf schütten.«

»Noch – nicht«, brachte ich heraus. Die Krämpfe ließen etwas nach. Ich mußte mir die Augen wischen.

»Da hast du es. Genau das brauchst du. Allein schon die Androhung von kaltem Wasser wirkt Wunder.« Bei dem Gedanken, wie klug er doch war, beruhigte er sich allmählich.

»Nein, nein«, rang ich nach Luft. »Das ist es doch gar nicht. Meine Seite – meine Seite tut so weh. Hilf mir, reibe sie – hier, wo es wehtut.« Mein Gott, wie ich ihn brauchte.

»Du bist blöde«, sagte er und legte seine große

Hand auf die Prellung unter meinen Rippen, die ich ihm gezeigt hatte, und rieb sie.

»Du etwa nicht?« Die Frage ließ sich nicht unterdrükken. Mir war so ganz und gar kraftlos zumute, so als hätte ich gerade eine Krankheit überstanden.

»Natürlich nicht. Ich bin nie blöde.«

»Hast du aber ein Glück, daß du immer recht hast.« Ich setzte mich auf die Fensterbank, denn die Luft war mir immer noch knapp.

»Das ist eine Bürde, an die ich mich nur schwer gewöhnen konnte«, lächelte er still. Mir taten die Rippen zwar immer noch weh, aber als ich seine Miene sah, ging es mir gleich besser.

»Setz dich zu mir«, bat ich, »mir ist es ganz furchtbar ergangen. Ich brauche dich. Ich brauche dich, daß du meine Hand hältst.«

»Weißt du, das Eheleben«, sagte er und ließ sich neben mir nieder, »dieses Eheleben ist schwieriger, als man gemeinhin denkt.«

»So ist es immer«, sagte ich. »Wenn es nicht das Geld ist, dann die Familie oder tausenderlei andere Dinge.«

»Darum heiraten vollkommen Liebende wohl auch nicht«, seufzte Gregory.

»Glaubst du, man kann seine Ehefrau nicht lieben?«

»Natürlich nicht; das gehört sich nicht.« Gregory sah überaus schulmeisterlich aus.

»Gehört sich nicht?«

»Das sagen alle gelehrten Autoritäten.«

»Woher wollen die das wissen? Waren sie etwa verheiratet, deine Gelehrten?«

»Natürlich nicht; für Gelehrte gehört es sich nicht zu heiraten.« Auf einmal sah Gregory betrübt aus; er konnte einem richtig leidtun. Ich legte ihm die Hand auf den Arm. Irgendwie war die rauhe Wolle seines Ärmels tröstlich, auch wenn es sich um den alten Jagdrock seines Vaters handelte und die Ärmel Gregory zu kurz waren. Er zuckte zusammen wie schon einmal, vor langer Zeit, als ich aus Versehen seine Hand berührt hatte. Doch dann blickte er mich an und war dankbar für den Trost.

»Du bleibst doch ein Gelehrter, auch als Ehemann. Die Gelehrsamkeit ist immer noch in deinem Kopf – die verschwindet doch nicht einfach.«

»Ach, Margaret, wenn es nur so einfach wäre. Man kann nicht verheiratet und gleichzeitig Gelehrter sein; das stiftet Verwirrung im Kopf.«

»Dann tut es dir also doch leid, daß du mich geheiratet hast?«

»Nein, ganz und gar nicht«, sagte er und sah mich dabei so sonderbar an. »Das macht mir ja so zu schaffen. Es tut mir überhaupt nicht leid. So etwas wie dich habe ich noch nie kennengelernt.« Mein Gott, wie schön sein Gesicht dabei aussah. Ich wartete, daß er sagte, was ich mir so sehnlichst wünschte.

»Du – siehst so hübsch aus. Und man kann mit dir so gut reden. Und – und –« er sah aus, als ob er nach einem Wort suchte, das ihm auf der Zunge lag, und dann lief er rot an und stieß hervor, »– keine backt so leckere Wecken wie du!« Grundgütiger Himmel, wie können Männer nur behaupten, daß Frauen nichts als belangloses Zeug im Kopf haben, wenn ihrer so arbeitet wie der hier!

»Wenn wir also keine vollkommen Liebenden sein können, dann vielleicht unvollkommen Liebende?« sagte ich lächelnd.

»Offen gestanden, Margaret, Ähnliches ist mir auch schon durch den Kopf gegangen«, sagte er und vergewisserte sich, ob wir immer noch allein waren.

»Die kommen so schnell nicht wieder, falls du denkst, was ich denke . . .«, sagte ich.

»Ich glaube schon«, sagte er, und auf einmal strahlte sein Gesicht vor Freude, und er hob mich so rasch hoch, daß ich nicht einmal mehr Zeit hatte, überrascht zu sein.

»Gilbert! . . . Gilbert! Wo steckt dieses Mondkalb?« Das heisere Gebrüll schallte die Stiege hoch und störte die Stille im Söller. Ein lärmendes Knäuel von Hunden und Menschen tobte um Sir Hubert herum, als er durch die Tür polterte, am Himmelbett vorbei – und in sein eigenes Zimmer ging, damit die Knechte seinen verdreckten Jagdrock gegen Reisekleidung wechseln konnten.

»Aha! Da bist du ja, Gilbert, treibst dich drinnen herum wie eine Frau – oder –« und hier bekam seine Miene etwas Wissendes, Verschwörerisches »etwa *mit* einer Frau?« Er merkte, daß sein Sohn zu Stein wurde. Gregory sah, wie sein Vater das ganze Zimmer mit schlauem Blick erfaßte; das vergessene Nähzeug auf der Fensterbank, das hastig gemachte Bett. Der alte Mann sah einen Augenblick aus, als rechnete er nach. Dann musterte er das Gesicht seines unbequemen Sohnes. Der wußte zwar seine zufriedene Miene gut zu verbergen, doch nicht gut genug für das geübte Auge seines Vaters.

Sein Gesicht wirkte einen Augenblick lang gelöst, doch dann knurrte er: »Und wo steckt überhaupt deine Frau? Wozu ist eine Frau nutze, die nicht zu Stelle ist, wenn man sie braucht? Ich habe etwas mit ihr zu bereden.«

Gregory richtete sich zu voller Größe auf, blickte seinen Vater von oben herab an und erwiderte würdevoll und unnahbar: »Falls du nach Margaret suchst, die ist in der Kapelle und betet. Das tut sie immer um diese Zeit.«

»In der Kapelle? Schon wieder so ein weinendes, betendes Frauenzimmer im Haus? Pa, sie sind doch alle gleich.«

»Sie betet für die Seele von Roger Kendall.«

»Für diesen alten Krämer? Für den werden doch andauernd Seelenmessen gelesen. Was braucht der noch zusätzliche Gebete?«

»Sie sagt, er braucht sie noch. Sie sagt, daß er ohne Absolution gestorben ist, und sie hört erst auf mit Beten, wenn sie weiß, daß er im Himmel ist.«

»Ohne Absolution?« Der alte Mann klang ernst. »Dann ist das völlig in Ordnung. Lassen wir sie in Ruhe.« Sir Hubert gab sich einen Augenblick unangenehmen Überlegungen hin, dann hielt er inne, als ob ihm jäh etwas eingefallen wäre, und fragte: »Aber woher will sie wissen, wann sie aufhören kann? Erwartet sie etwa, daß Gott es ihr höchstpersönlich mitteilt, wenn er ihn erlöst hat?«

»So sagt sie.«

Der alte Mann hob die Schultern und schüttelte den Kopf. Städterinnen, sowieso alle nicht richtig im Kopf. Kommt von der schlechten Luft – macht das Hirn zu Mus. Na ja, ihr Hirn war auch nicht musiger als Gilberts – in dieser Hinsicht gaben sie ein prächtiges Paar ab. Und da hatte er sich alle Mühe gegeben, und doch war Gilbert immer noch so gefühlsduselig und zu nichts zu gebrauchen wie eh und je. Rückgrat! Disziplin! Führte sich auf, als hätte er die Worte noch nie gehört. Es reichte, um jeden Vater in den Wahnsinn zu treiben.

Der alte Mann durchmaß den Raum mit großen Schritten und gesenktem Kopf und strich sich mit einer Hand den Bart. Es mußte an dem schlechten Blut liegen

– zweifellos von der Seite seiner Frau. Eine undankbare Aufgabe, wenn man es mit schlechtem Blut zu tun hatte. Doch wenn nicht einmal die Ehe ihn ausgeglichener machen konnte, dann war der Fall hoffnungslos. Zuweilen mußte man den Tatsachen ins Auge blicken. Gott sei Dank war Hugo normal. Und er würde aufpassen wie ein Luchs, wenn es um die Blutlinien der Frau ging, die er für ihn aussuchen würde. Was sollte aus ihnen werden, wenn Hugo einen Erben mit schlechtem Blut zeugte? »Eine Linie bereits versaut«, knurrte er bei sich und musterte dabei seinen zweiten Sohn, der in Habachtstellung vor ihm stand und darauf wartete, entlassen zu werden. Er hatte eine große Vorliebe: Söhne, die jedesmal Habachtstellung einnahmen, wenn er ein Zimmer betrat. Eine der wenigen guten Manieren, die er in diesen übellaunigen Bengel hatte hineinprügeln können, bevor er zu groß wurde und ihm trotzte.

»Du kannst jetzt gehen«, sagte er. Als Gilbert dann ging, dachte er, sobald die Sache geregelt ist, verhandle ich wegen einer passenden Braut für Hugo. Höchste Zeit, daß diese Familie ein Haus voller Enkelsöhne bekommt. Auf einmal standen vor seinem inneren Auge Enkelsöhne in Reih und Glied, lauter gehorsame, kleine Soldaten, alle in Habachtstellung vor ihrem Großvater zur Musterung angetreten. Bei dem Gedanken überflutete ihn eine seltene Welle der Befriedigung. Fast zu schön, um wahr zu sein.

Ich glaube, ich habe die Kapelle im Hause meines Schwiegervaters noch nicht beschrieben. Sie ist kalt und feucht, und die grauen Steine weisen nicht einmal eine anständige, weiße Tünche auf, ganz zu schweigen von bunten Heiligenbildern. Der Grund dafür: Gregorys Vater ist knauserig und hat noch nie einen dieser fahrenden

Maler bezahlen wollen, die zur Sommerszeit durchs Land ziehen und in Kirchen und Kapellen hübsche Bilder von der Jungfrau Maria und den Heiligen, oder was man sonst haben möchte, malen. In der Kapelle von Brokesford gab es kaum mehr als einen kleinen Altar, einige ausnehmend billige Kerzenhalter und ein altes Altartuch, das einst von jemand wunderschön bestickt worden, jetzt jedoch vergilbt und an den Kanten ausgefranst war. Und einen Geist gab es auch, obschon der wirklich nicht lästig fiel, außer daß er abends schluchzte und weinte. Meiner Erfahrung nach werden Geister immer von feuchten, trübseligen, steinernen Orten angezogen. Wo es warm, hübsch bemalt und voller Kinder und Musik ist, da haben Geister keinen Platz.

Eine gemütliche, gut ausgestattete Kapelle ist, das muß ich schon sagen, eine wunderbare Annehmlichkeit, wenn sie sich direkt im Haus befindet. Master Wengrave, unser Nachbar in London, Cecilys und Alisons Pate, hat eine kleine Kapelle gleich unten im Haus, wo die Familie jeden Morgen die Messe hören kann, ohne daß sie bei Wind und Wetter den ganzen Weg nach St. Botolphe machen muß. Das Dumme daran ist aber, daß man einen Kaplan im Haushalt hat, wobei die Kosten gar nicht das Schlimmste sind, schlimmer ist die Tatsache, daß er nichts tut, als essen und trinken und tratschen. Es reicht schon, daß er der Schwiegermutter alle Mängel der Kindererziehung zuträgt. Doch zuweilen richtet er mehr Unheil an, und plötzlich ist die Küchenmagd schwanger, und dann hat man den Salat. Und er kann gemein werden, wenn man ihn reizt, und Kleinigkeiten kränken ihn, wie der falsche Platz bei Tisch, wenn man Gäste hat, und dann ist er zu Gott weiß was fähig.

Also hatten wir in unserem Haus in London keine Kapelle, obwohl niemand verstand, wie wir ohne etwas auskommen konnten, das einem Haus soviel Pracht und Bequemlichkeit verlieh. Master Kendall hatte oftmals Gäste von fernen Orten zu Besuch, und mich hatte er auch noch, da wollte er nicht riskieren, daß uns eine lose Zunge die Beamten des Bischofs auf den Hals hetzte.

Aber auf dem Lande, wo der Bischof fern ist, gibt es andere Mittel und Wege, da kann man eine Kapelle haben. Und die Mittel und Wege meines Schwiegervaters waren schlicht: Er hatte einen Priester aufgetrieben, der auch nicht eine Minute am Tag nüchtern war. Natürlich wußte niemand, ob er die Messe richtig las, doch wer weiß das schon, da alles Latein ist. Aber man konnte während des Gottesdienstes häufig ein *Deus* und *Pater noster* und *benedictus* hören, und er verstand, die kleine Glocke nett zu läuten. Für Ale tat Vater Simeon so manches – er taufte heimlich, er verkaufte die Hostie, daß man sie für eine gute Ernte in die erste Furche legen konnte, und er vermählte sogar ohne Aufgebot. Bei der Beichte war er auch von Nutzen, und daher rührte auch sein Spitzname ›Vater Drei Ave‹. Für gewöhnlich war er nämlich nicht in der Lage, sich an das Gesagte zu erinnern, und so legte er nur federleichte Bußen auf, und das kam meiner neuen Verwandtschaft vortrefflich zupaß.

»Gestern abend zwei Kerls umgebracht«, keuchte und knurrte mein Schwiegervater dann wohl und kniete nieder.

»Bereut Ihr?«

»Natürlich, ich hätte ihnen gar nichts getan, wenn sie nicht angefangen hätten.«

»Ego te absolvo. Drei Ave.«

Und diese Methode funktionierte weitaus besser als Master Kendalls, denn nicht einmal der konnte mich ganz vor meinem strengen Beichtvater schützen. Der wußte selbstverständlich, daß ich eine Ketzerin war und ein Geständnis und einen Widerruf unterzeichnet hatte und unter Aufsicht des Bischofs stand, damit ich nicht rückfällig wurde. Und alles, weil ich die Gesundbeterei betrieben hatte – dabei lernte ich übrigens auch Master Kendall kennen –, ich behandelte seine Gicht, und nach meinen ganzen Scherereien beschloß er, mich zu heiraten, damit ich seine Gicht auch weiterhin behandeln konnte. Sie behaupteten, ich wäre eine Hexe und eine Ketzerin und eine Sünderin und noch vieles mehr an Gemeinheiten, und dann steckte ich so tief in der Tinte, daß ich fast nicht mehr herausgekommen wäre. Ich konnte von Glück sagen, daß ich mit einem Geständnis davonkam, sonst hätten sie mich nämlich verbrannt, und das wäre noch schmerzhafter gewesen.

Doch seit der Zeit habe ich die Gesundbeterei aufgegeben, nur noch ein kleines bißchen in der Familie, aber gut bin ich darin immer noch. Es klappt sogar bei Pferden, obwohl ich gestehen muß, ich hätte es nie gewagt, wenn es nicht um Cecily und Alison gegangen wäre. Und wenn die Gabe im Freien ihre Wirkung tut, kann man das Licht, welches dabei entsteht, nicht sehen, darum glaube ich auch nicht, daß jemand etwas gemerkt hat außer diesem scharfäugigen, alten Mann. Die Gabe ist mir in einer Vision geschenkt worden, die gewißlich geradewegs von Gott kam, und wenn Gott will, daß man etwas tut, dann muß man sich auch an die Arbeit machen. Zuweilen verläßt mich die Gabe natürlich, so wenn ich krank oder schwanger bin, doch was ist auf dieser Welt schon vollkommen? Nur sehe ich mich jetzt sehr vor, denn die Inquisitoren haben mir versichert, sie verbrennen mich zu Asche, wenn sie mich noch einmal dabei erwischen, und das hat mir die Sache arg verleidet, auch wenn Gott es anders gewollt hat.

Früher habe ich mir Sorgen gemacht, ich könnte unwissentlich etwas Böses getan haben, denn ich wollte mich wirklich gut mit Gott stellen. Aber heute weiß ich, daß es dabei nur um das Handelsmonopol geht. Das habe ich von Master Kendall gelernt, der ein vortrefflicher Händler war und obendrein sehr weltläufig. Ihm war stets an meiner Erziehung und Bildung gelegen, deswegen hat er mir viele wichtige Dinge erzählt und Lehrmeister für mich eingestellt, die mir höheres Gedankengut vermitteln sollten. Master Kendall war der Meinung, daß es im Grunde genommen immer nur um Geld geht. Und als ich endlich begriff, daß eine Frau, die sich für ein Dutzend Eier bei Margaret die Warzen wegbeten läßt, keinen Priester oder einen heiligen Schrein besucht, um dort für den gleichen Zweck zu beten, da bekam ich den Durchblick. Was für ein Segen ist doch ein kluger Ehemann, der einem derlei erklären kann. Männer mit einem hellen Kopf habe ich schon immer bewundert.

An jenem Tage hatte ich zwei Gründe, warum ich die Kapelle aufsuchen wollte – drei, wenn man Sichverstekken vor Gregorys Vater hinzurechnet. Zum einen wollte ich für Master Kendall beten, denn ich achte sehr darauf, daß ich das jeden Tag mache, selbst jetzt noch. Der zweite Grund war nicht gerade ehrbar, darum wollte ich erst nach dem Beten damit anfangen, sonst könnte mir mein Gewissen dabei in die Quere kommen. Ich hatte nämlich herausgefunden, wo Vater Simeon sein Papier und seine Tinte aufbewahrte. Und da ich beides brauchte und er es nie benutzte, außer ein-, zweimal im Jahr, wenn ein Brief geschrieben werden mußte, fand ich, es wäre Gott wohlgefälliger, wenn ich es bekäme.

Doch als ich die Kapelle betrat, war er auch da. Und wenn ich mehr an Gott und weniger an Papier und Tinte gedacht hätte, es wäre mir vermutlich einerlei gewesen, so aber machte mich seine Anwesenheit sehr ungehalten.

Und er lärmte herum, daß sich kein Mensch sammeln konnte. Er hüpfte und sprang durch die Gegend und versuchte dabei, sein Gewand zu säubern.

»Ihr kommt zur Beichte, äh? – Weg da! *Weg* da, sag ich!«

»Vater . . .«

»Dürfte nicht schlimm sein. Ich spreche Euch los. *Weg* da. Drei Ave.« Dann klopfte er schon wieder an sich herum und machte einen Hopser. »Sie sind überall. Ich werde sie einfach nicht los.«

»Was ist es denn? Wanzen?«

»Nein – könnt Ihr sie denn nicht *sehen?* Scheußliche Viecher, weg da!«

»Nein, ich kann gar nichts sehen.«

»Teufel! Verfluchte kleine Teufel! Grün, wie große Spinnen, aber mit gräßlichen, kleinen Gesichtern. Weg, weg! Sie machen, daß meine Haut brennt, die Haare stehen mir zu Berge. Oh, Gott, meine Sünden – vergib –, hebt euch hinfort!«

»Ich kann die Wanzen, glaube ich, abklopfen – hört auf, soviel herumzuhüpfen und laßt mich machen.« Mir war sofort klar, woher diese Wanzen kamen. Das Dumme nur: Wenn man einen Säufer gesundbetet, fällt ihm wieder ein, warum er getrunken hat, und das verstört ihn dann noch mehr. Einmal habe ich das gemacht, und der Mann ist aus dem Fenster gesprungen, weil er sich umbringen wollte, hat sich aber nur beide Beine gebrochen – und ich bekam noch viel mehr gesundzubeten.

Nur ein klein wenig, nur gegen die Wanzen, damit er Ruhe gibt, aber nicht soviel, daß er nüchtern wird, dachte ich bei mir. Dann verzieht er sich ins Bett. Und ich versetzte mein Gemüt in einen ruhigen Zustand und rief nur ein klitzekleines Bißchen von dem heilenden Licht herbei, das Gott mir in meiner Vision gesandt hatte. Als ich es in meinen Händen spürte, kniete ich nieder und klopfte sein Gewand ringsum am Saum ab, bis er aufseufzte.

»Oh, endlich, endlich sind sie weg. Nein, diese kleinen Gesichter! Pfui. Sie verfolgen mich noch im Traum. Wie habt Ihr das geschafft?«

»Ihr habt sie nur nicht fest genug abgeklopft, Vater Simeon, und auf den Rücken, wo sie sich versteckt hatten, seid Ihr mit dem Arm nicht hingekommen.«

»Wo? Auf dem Rücken?« und er fuhr herum. »Nein, keine mehr da, gelobt sei Gott. Ihr scheint sie alle erwischt zu haben. Wenn Ihr mich jetzt entschuldigen wollt, ich muß mich zurückziehen und – meditieren.« Er blickte sich unsicher um. »Ihr bleibt noch?« fragte er.

»Ich habe noch nicht für Roger Kendall gebetet.«

»Sehr gut, sehr gut. Freut mich, daß es in diesem Haus endlich eine fromme Seele gibt.« Ich schämte mich doch ein wenig, als ich ihn davontorkeln sah. Ein Nebelwölkchen kam jämmerlich schluchzend durch den Raum und hinter ihm hergeweht. Die Weiße Dame. Doch ich kniete ungerührt nieder, und als ich zu beten begann, hörte das Geschluchze auf. Und genau in dem Augenblick, als ich Gott haarscharf auseinandersetzte, daß man Roger Kendall seine guten Taten anrechnen müsse, hörte ich eine leise, dünne Stimme in meinem Ohr.

»Ich habe alles gesehen«, sagte sie. Du liebe Zeit, die Weiße Dame konnte sprechen. Dazu sind die meisten nicht klug genug.

»Ich habe alles gesehen. Eure Hände und Euer Gesicht haben geleuchtet, und das Licht hat mich gewärmt. Ihr habt ja keine Ahnung, wie kalt es in dieser Kapelle ist. Daran bin ich nämlich gestorben. Ich habe mich erkältet, und nun werde ich nie wieder warm.«

»Das tut mir schrecklich leid«, sagte ich. Weißen Damen sollte man immer höflich begegnen. In der Regel sind es Frauen, die im Kindbett gestorben sind und nun zurückkommen und nach dem Kind suchen. Sie verdienen Achtung, insbesondere von uns Frauen. Dann wehklagte sie etwas, nur um nicht aus der Übung zu kommen und bejammerte ein Weilchen ihre toten Kinder.

»Macht Euch das nicht Angst« fragte sie ein wenig boshaft.

»Wenn Ihr böse wärt, Ihr könntet mir angst machen, aber ich glaube nicht, daß Ihr böse seid«, gab ich unerschrocken zurück.

»Woher wollt Ihr das wissen? Schließlich bin ich hier, um mich zu rächen. Dafür lebt unseresgleichen. Selbstverständlich«, setzte sie hinzu, und das ziemlich hochfahrend, fand ich, »könnte ich jederzeit in den Himmel, wenn ich wollte, aber ich warte lieber hier, bis ich ihm alles heimgezahlt habe – die Gelegenheit hat sich mir auf Erden nie geboten. Ich mußte meine Bitte einreichen und um alle möglichen Genehmigungen einkommen«, fuhr sie recht überheblich fort. »Schließlich darf nicht jede Weiße Dame werden. Man muß schon eine besondere Sendung haben.«

»Man sollte es nicht glauben«, sagte ich zurückhaltend. Ein hoffärtiger Geist. Aber man lernt nie aus. »Dürft Ihr mir sagen, worum es geht?«

»Natürlich nicht. Das ist geheim. Aber soviel kann ich Euch verraten: Ich will es den Männern heimzahlen. Die machen einem das Leben zur Hölle. Hört auf mich, vergeudet Eure Zeit nicht damit, einen von der Sorte zu lieben. Sonst seid Ihr im Handumdrehen eine Weiße Dame. Das macht Euch sicher tiefen Eindruck? Wer bekommt schon gute Ratschläge von einer Weißen Dame?« Und das Nebelwölkchen wirbelte um mich herum.

»Übrigens, falls Ihr wieder einmal leuchten wollt,

kommt in die Kapelle. Es fühlt sich so gut an. Wärmt mich durch und durch. Sehr angenehm. Und sagt dem Kalten Ding, welches Euch hierher gefolgt ist, es soll mich nicht mehr belästigen. Diese Kapelle reicht nur für ein Gespenst.« Das Nebelwölkchen verflüchtigte sich und verschwand, und ich war statt friedlich, wie man es von einem Besuch in einer Kapelle erwarten sollte, verärgert und neugierig. Ich brauchte unendlich lange, bis ich mich gesammelt hatte und mich wieder ans Beten machen konnte.

Als ich eine angemessene Zeit gebetet hatte, lange genug, um Master Kendalls Seele für einen weiteren Tag zu retten, machte ich Schluß und machte mich daran, die große Truhe, in der Bücher und Priestergewänder aufbewahrt wurden und die in der Ecke hinter dem Altar steht, zu durchwühlen. Als ich aber das Blatt Papier gefunden und vorn in mein Überkleid gesteckt hatte, hob das Geschluchze schon wieder an. Ich blickte auf und sah das Nebelwölkchen oben um das Kruzifix quirlen. Die Weiße Dame war immer noch da. Aber wo war die Tinte? Aha, ganz unten in der Truhe, und gut zugestöpselt. Ich goß etwas in einen kleinen Krug ab, der sonst mein Rosenwasser enthielt, und ließ gerade genug für Vater Simeon zurück, daß dieser meinen mochte, er hätte sie selbst aufgebraucht. Das Weinen hörte auf. Vor mir zog sich eine lange Dunstsäule zusammen, und einen Augenblick lang dünkte mich, ich könnte in dem Dunst die hochgewachsene Gestalt einer elegant wirkenden Dame mit langer, gerader Nase und mit Haaren sehen, die im Leben ziemlich dunkel gewesen sein mußten und die unter einem modischen, französischen Kopfputz steckten. Auf ihren langen, schlanken Fingern steckten zahllose Ringe, die mich damals faszinierten, denn ich überlegte, wie Geschmeide, das doch so fest und stofflich ist, dermaßen durchsichtig werden konnte. Sie blickte mich durchdringend an.

»Ich habe alles gesehen«, sagte sie. »Ihr habt Papier und Tinte gestohlen.« Ich errötete.

»Habt Ihr das für Euch gestohlen?«

»Ja«, gestand ich.

»Dann könnt Ihr also schreiben?«

»Ja«, erwiderte ich.

»Ich kann auch schreiben«, sagte sie ziemlich von oben herab. »Ich kann meinen Namen schreiben. Das können nicht viele, aber ich bin eine Ausnahme. Warum braucht Ihr ein ganzes Blatt Papier? Wollt Ihr einen Brief schreiben lassen?«

»Ich schreibe für mich. Ich schreibe Dinge auf, die ich von Mutter Hilde gelernt habe, damit sie nicht verlorengehen. Rezepte und geheime Zauberformeln fürs Kindbett und dergleichen. Und meine Gedanken schreibe ich auch auf, alle sagen nämlich, daß ich zuviel rede, und ich will mich doch bessern, aber wenn ich niemandem mehr mitteilen kann, was ich denke, das wäre mein Tod.«

Bei letzterem blickte die Weiße Dame recht mitfühlend. Sie wirbelte ein wenig herum, so daß ich ihr Gesicht nicht sehen konnte. Dann zog sie sich wieder zusammen und stellte fest: »Ihr seid also eine Nonne. Und Mutter Hilde ist Eure Äbtissin. Warum seid Ihr nicht im Habit, und was tut Ihr überhaupt hier?«

»Ich bin keine Nonne, Master Kendall hat jemand eingestellt, der mich Schreiben gelehrt hat, weil ich ihn darum gebeten habe. Mutter Hilde ist die weiseste Frau auf der ganzen Welt, aber eine Äbtissin ist sie nicht. Sie ist eine Heilerin und eine weise Frau und eine Wehmutter, und sie hat mir vor langer, langer Zeit ihre ganzen Geheimnisse anvertraut. Und ich schreibe sie für meine Töchter in ein Buch.«

»Eine Wehmutter. Wehmüttern traue ich nicht über den Weg. Schade, daß sie keine Äbtissin ist, aber denen traue ich auch nicht – lauter Mitgiftjägerinnen.« Die Gestalt teilte sich und zerfaserte an den Rändern, so als fiele es ihr schwer sich zu sammeln. »Wißt Ihr, daß ich elf Kinder hatte?« Sie kräuselte sich und wehte hin und her. »Bis auf zwei sind alle tot. Nicht einmal ein Jahr sind sie geworden. Die Sünden meines Mannes haben sie umgebracht. Ich habe nicht genug gebetet, um seine Sünden wettzumachen. Ach, es war kalt, so kalt, und dann bin ich gestorben. Seid Ihr sicher, daß Mutter Hilde keine Äbtissin ist?«

Sie klang so enttäuscht, daß ich sagte:

»Nein, ganz sicher nicht, aber ich habe einen Bruder, der ist Priester.«

»Priester? O wie nett.« Das hörte sich beiläufig an. Gut, dachte ich. Hauptsache, man hält Geister bei Laune. »Ich habe einen Sohn, der Priester ist«, setzte sie hinzu. »Unterdessen wahrscheinlich viel bedeutender als Euer Bruder. Ach, was war er doch für ein niedlicher, kleiner Junge. Kam ganz auf mich. Mein Beichtvater hat ihn schon Lesen und Latein gelehrt, da war er noch ganz winzig. Er hatte eine so rasche Auffassungsgabe – kein Stroh im Kopf wie mein erster Sohn. Daran war das schlechte Blut schuld. So geht es, wenn man unter seinem Stand heiratet. Mein Vater hätte es nie geduldet, wäre er noch am Leben gewesen. ›Heirate nie unter deinem Stand, mein Kleines‹, hätte der gesagt. ›Werde lieber Nonne.‹ Ach, mein kleiner Junge muß inzwischen schon sehr groß sein, aber er ist fortgegangen, wollte Priester werden, und ich habe ihn seit meiner Todesstunde nicht mehr gesehen. Er war noch so klein, und ich mußte ihn alleinlassen, sogar auf der anderen Seite habe ich ihn weinen hören. Aber ich bin sicher, er weiß noch, was ich ihm gesagt habe. ›Werde Priester‹, habe ich gesagt, ›nicht so ein Sünder wie das Untier, das ich geheiratet habe. Bleibe rein. Und vergiß nicht, du bist nicht wie sie.‹ Jammerschade, daß ich unter meinem Stand geheiratet und soviel Kummer über mich gebracht habe.«

Als sie so redete, kam mir ein eigentümlicher Verdacht. Er wurde immer stärker und machte, daß mir die Haare zu Berge standen.

»Ihr müßt aber sehr vornehmes Blut haben«, sagte ich sehr vorsichtig. »Selbst jetzt noch seht Ihr äußerst elegant aus.« Die Weiße Dame wirbelte zum Dank huldvoll. »Aber mit wem habt Ihr Euch vermählt? Möchtet Ihr mir nicht seinen Namen nennen?«

»Ach, das war ein ungehobelter, junger Mann. Mutter war ganz eingenommen von ihm. Ein wahrer Ritter, sagte sie, und ist gekommen, uns aus aller Not zu erretten. Zugegeben, in seiner Rüstung sah er wirklich hübsch aus, und im Turnier führte er meine Farben zum Sieg, und das hat mir damals den Kopf verdreht. Aber Ihr werdet es nicht glauben, kaum waren wir verheiratet, da vergeudete er auch schon meine Mitgift auf die Ausbesserung seines Turms und ließ nicht einmal die Kapelle ausmalen. O Vater, du hattest ja so recht!« Sie erregte sich dabei so sehr, daß sie für eine geraume Weile zur Decke hochstieg und alsdann wieder herunterwölkte.

»Nur für seine Pferde, für die hat er etwas springen lassen«, zischte sie mir gehässig ins Ohr. »Eine neue Satteldecke? Nur keine Kosten gescheut! Ein neues Kleid für seine arme Frau, die unter ihrem Stand geheiratet hatte? Kein Gedanke daran! Ob Ihr es glaubt oder nicht, ich habe meine Hochzeitskleider aufgetragen. Und dann bin ich gestorben. Ohne anständige Garderobe ist das als Frau doch kein Leben. Aber ich sage Euch, ich bin zurückgekommen und gehe so lange um und um und um, bis er es nicht mehr wagt, sich in der Öffentlichkeit zu zeigen. Hört auf meinen Rat! Heiratet niemals unter Eurem Stand!«

»Und der Name, nur damit ich Euren weisen Rat auch befolgen kann?«

»Sir Hubert de Vilers, den der Teufel holen möge! Ein gräßlicher, blonder, junger Mann, neigt etwas zur Vierschrötigkeit – bildet sich viel auf seine Fechtkunst ein. Er ist nicht zu verwechseln, ja, weiß Gott nicht!« Vor Zorn war sie erneut ganz hochgewirbelt, daher konnte ich sie nicht sehen, aber das machte nichts. Sie hatte sich schon verflüchtigt, da mußte ich mir noch die Hand aufs Herz legen, so sehr hämmerte es. Nun gab es gar nichts mehr zu deuteln. Ich hatte eine Weiße Dame zur Schwiegermutter. Jetzt reichte es aber wirklich.

Mutter Anne, also die war auch nicht meine richtige Mutter, sondern meine Stiefmutter, die mich aufgezogen hat, und die besaß viel gesunden Menschenverstand und hat mich immer vor Schwiegermüttern gewarnt.

»Margaret, Margaret«, sagte sie immer, »wenn du heiratest, sieh dich vor deiner Schwiegermutter vor. Denk daran, sie ist immer wütend auf das Mädchen, das ihr den Sohn wegnimmt, sei also ehrerbietig! Gib ihr keinen Anlaß zur Gereiztheit! Gib ihr das Beste von allem auf dem Tisch und überzeuge dich, daß ihr Bett angewärmt ist, ehe sie hineinsteigt. Nenne sie ›Frau Mutter‹, auch wenn sie keine Dame ist, und knie höflich vor ihr nieder. Ich habe mehrere Schwiegermütter gehabt, und du kannst mir glauben, ich weiß Bescheid. Und das ist das einzig Gute, was man deinem Vater nachsagen kann – der hatte keine Mutter mehr am Hals, und dafür bin ich ihm dankbar.«

O Mutter Anne, du fehlst mir so sehr! Sicher, ganz, ganz sicher treffen wir uns eines Tages wieder. Und wenn, dann erzähle ich dir von meiner ersten Schwiegermutter, denn Master Kendall war so alt, daß er keine mehr mit in die Ehe brachte. Du wirst Augen machen! Und mit Sicherheit habe ich deinen guten Rat nie dringender gebraucht als jetzt, denn ich bin in eine äußerst heikle Situation hineingeschlittert.

Die folgenden Nächte waren schlimm, schlimm. Ruhelos warf ich mich im Bett hin und her, setzte mich in kalten Schweiß gebadet jählings auf, ängstigte mich wegen des Kalten Dinges und lauschte auf die Atemzüge rings um mich. Ich bekam dunkle Ringe unter den Augen, aber ich verriet niemandem, warum – daß mir nämlich ein Kaltes Ding angst machte und Geister, die herumwirbelten und nichts Gutes verhießen. Vor allem aber ängstigte mich, daß es der törichten Weißen Dame gelingen könnte, sich auf den neuesten Stand der Dinge zu bringen und herauszufinden, daß ihr kleiner Junge am Ende doch nicht Priester geworden war und daß die Schuld daran teilweise mich traf.

Bei Mondenschein stand ich zuweilen auf und ging auf Zehenspitzen durch die Binsen um die schlafenden Hunde herum zum Fenster und starrte die Sterne an, denn meine verborgenen Ängste setzten mir zu, ich litt insgeheim Höllenqualen. Sie waren so kalt und funkelnd und standen so hoch am Himmelszelt. Wie hatte Gott es bloß geschafft, die dort anzubringen, daß sie sich bewegen konnten, ohne jedoch herunterzufallen? Dann legte ich wohl die Ellenbogen auf die Fensterbank, obschon ich halb erfroren war, und sah zu, wie die Wolken am Mond vorbeijagten, bis meine abgestorbenen Füße mich wieder unter die Bettdecke scheuchten. Gregory hat Glück. Der verschläft alles. Ich fühlte seinen leisen Atem im Dunkel und spürte die Wärme seines Leibes, und das Herz schmolz mir trotz alledem – wegen alledem. Wer weiß?

Am meisten jedoch fürchtete ich mich vor dem Kalten Ding. Ich fürchtete – nein, ich wußte –, daß es eines Tages zwischen uns kommen würde. Es würde bei Nacht kommen und sein gemeines, unnatürliches Wesen offenbaren. Es würde den riesigen, zotteligen Kopf schütteln und mich mit seinem Geifermaul packen. Vielleicht war es ja auch ein Teufel, und am Morgen würde man von mir nichts mehr finden als einen kleinen Fleck auf dem Bettlaken, wo ich gelegen hatte, und Schwefelgestank in der Luft. Oh, es würde schon noch kommen, mich zu holen. Ich spürte sein Nahen. Es wartete nur den richtigen Zeitpunkt ab.

Etwas mehr Zeit, bitte. Ein wenig mehr Zeit, Kaltes Ding. Ich möchte ihn nur noch ein paar Nächte haben. Ich weiß, worauf du wartest, Kaltes Ding. Du zählst meine Sünden, und wenn du bei der letzten angekommen bist, die da heißt, ich begehre ihn zu sehr, dann nimmst du mir alles weg. O ja – des Nachts ängstigte ich mich beim Gedanken an das Kalte Ding. Wenn die Sonne am Himmel stand, konnte ich alles schaffen – sogar die ungeheure Aufgabe, eine Weiße Dame zu beschwichtigen. Doch bei Nacht werden selbst gewöhnliche Dinge gespenstisch. Die Schatten der Kleider auf den Haken sehen wie die Gesichter von Ungeheuern aus, und das Rascheln des Ungeziefers hört sich an wie Geisterschritte.

Und wenn ich jetzt nachts ein Rascheln hörte, riß ich vor Angst die Augen wieder auf, und der Schlaf floh mein Lager, bis ich merkte, daß da Mäuse durch die Binsen huschten, ein Hund im Traum ›wuff, wuff‹ machte oder jemand das Nachtgeschirr benutzte. Eines Nachts wachte ich von einem Rascheln auf, das sich nicht als etwas ganz Gewöhnliches herausstellte. Es hörte sich an wie Schritte eines großen Tieres, wahrscheinlich ein Höllenhund oder ein anderes gräßliches Ungeheuer, das langsam auf das Bett zugeschlurft kam, um mich am Ende doch noch zu holen. Gregory hatte sich ganz zusammengerollt, sich das Kopfkissen über den Kopf gelegt und schlief den Schlaf des Gerechten, knirschte aber vor Gram mit den Zähnen. Nie würde er mir erzählen, was ihm das Herz abdrückte, aber ich wußte es ohnedies. Er hatte die Berufung seines Lebens verloren, und die Ehe ist keine Berufung und Geld erben auch nicht. Und das genaue Gegenteil einer Berufung ist Nachhausekommen und Angebrülltwerden, statt frei und ein Gelehrter und auf Gottsuche zu sein. Darum weckte ich ihn auch nicht auf. Ich nahm all meinen Mut zusammen, zog die Bettvorhänge auf und lugte nach draußen. Vielleicht würde man am Morgen nur noch einen grünlichen Schleim in einem Pantoffel finden, aber so geht es immer.

Das Ding, das jetzt im Stockdunkeln herankroch, war einfach furchtbar. Eine formlose Masse, ungefähr drei Fuß hoch, so kam es langsam zu meiner Seite des Bettes getrottet. Es war kaum auszumachen. Aber ich spürte, wie es näherkam, ganz, ganz langsam und unausweichlich. Da faßte ich mir ein Herz und flüsterte: »Was willst du, und warum bist du hier?« Das hügelartige Etwas reckte sich ein wenig, und in der Tiefe verkündete eine empörte Stimme: »Mama, Alison hat Pipi ins Bett gemacht!«

Ein zweites, empörtes Flüstern antwortete: »Gar nicht wahr, das bist du gewesen!«

»Bin ich nicht, du bist das gewesen, Nuckelkind, Nukkelkind!«

»Bin ich aber nicht.«

»Und warum ist es dann so naß im Bett, daß man nicht schlafen kann?«

»Das hat der Teufel getan.«

Ich war erleichtert und ärgerlich zugleich. »Sofort aufhören, alle beide«, sagte ich grimmig flüsternd zu dem Berg aus Decken, die sie sich über den Kopf gezogen und in die sie sich ganz eingewickelt hatten, damit ihnen nicht kalt wurde. »Ihr weckt ja alle auf.«

»Laß uns bitte in dein Bett, Mama, da ist es warm und trocken.«

Im Bett rührte es sich, dann knurrte es leise: »Wehe euch.« Unter dem Kissen begehrte es auf. »Es gibt eine Reihe von Dingen, die sich kein Mann gefallen lassen sollte, und nasse Kinder stehen ganz obenan auf der Liste«, flüsterte es drohend.

Also stand ich auf und schob den Hügel zu seinem eigenen Bett zurück. Flöhe stachen mich in die Knöchel, als ich durchs Zimmer ging, und ich wäre im Dunkel fast auf einen Hund getreten. Dann drehte ich ihre Matratze um und zog ihnen ein trockenes Bettlaken auf. Und als ich sie küßte, sagte Alison: »Ich bin nicht schuld, Mama; Papa ist nicht gekommen, er hat uns nicht zugedeckt und uns keinen Gutenachtkuß gegeben.«

»Er hat uns vergessen und ist weg«, setzte Cecily trostlos hinzu. Ihretwegen wurde mir das Herz schwer. Wie war ich doch selbstsüchtig gewesen, hatte nur an meinen eigenen Kummer gedacht.

»Herzchen«, antwortete ich, »Papa ist jetzt schon zwei Monate im Himmel. Er hat euch nicht vergessen. Er denkt im Himmel an euch beide.«

»Nein, Mama, er ist überhaupt nicht im Himmel. Er ist bei uns geblieben. Abends sitzt er an unserem Bett, und manchmal erzählt er uns eine spannende Geschichte. Aber jetzt hat er uns vergessen. Alison ist noch so klein, die glaubt, er kommt überhaupt nicht mehr wieder. Aber ich weiß, daß er wiederkommt. Er hat es uns versprochen.«

Nachts komme ich mit kindlichen Hirngespinsten nicht zurecht. Ich habe selbst genug Sorgen. Ich sagte, sie sollten jetzt schön schlafen, wir würden uns am Morgen darüber unterhalten. Außerdem fror mich schrecklich. Doch ehe ich einschlief, wunderte ich mich noch darüber, wie sich Kinder die Dinge zurechtbiegen. Ihr Vater war ein vielbeschäftigter Mann gewesen. Nie wäre er auf die Idee gekommen, sie ins Bett zu bringen, auch wenn er ein stetig sprudelnder Born spannender Geschichten war.

Am darauffolgenden Morgen hatte ich natürlich alles vergessen, was Cecily und Alison gesagt hatten. Man kann doch Kinder nicht für ihre nächtlichen Umtriebe verantwortlich machen. Außerdem sieht morgens alles ganz anders aus. Die Sonne geht auf und macht die Erde neu, und immer wieder schöpft man Hoffnung, daß doch noch alles gut wird. An diesem Morgen verschafften sich die Knappen in der Halle Bewegung, sie säuberten nämlich die Kettenhemden, da Sir Hubert für seine Bettelfahrt zum Herzog alle Rüstungen blank geputzt haben wollte. Cecily und Alison hatten sich den beiden jungen Männern an die Fersen geheftet und schauten dem Vorgang bewundernd zu, denn für sie war das eine Art Sport. Die Knappen nähten die Kettenhemden mit einer dicken Nadel in einen Sack voll Sand ein, machten daraus eine Art Ball, den sie dann unter Gejohle und Gehüpfe durch die Gegend warfen, bis der Sand die rostigen Kettenhemden blitzblank geschmirgelt hatte.

Ich hatte mir für diesen Morgen etwas vorgenommen. Etwas Besonderes, etwas für mich ganz allein. Ich hatte gesagt, ich wollte Flickarbeiten machen, und das glaubten sie denn auch, als sie mich allein nach oben verschwinden sahen. Jetzt ging ich auf Zehenspitzen leise zur Stiegentür und schloß sie überaus behutsam. Dann stapelte ich überzählige Kleidungsstücke von den Mädchen neben mir auf der langen Fensterbank, falls jemand durchs Zimmer gehen sollte. Doch unter den Kleidern lagen meine neue Tinte, Rohrfedern und zwei Blatt Papier, eines davon halb vollgeschrieben. Ich hatte mich die letzten beiden Tage derart bemüht, den Mund zu halten, daß ich schier aus den Nähten platzte und dem Papier anvertrauen mußte, was ich von der ganzen Sippschaft hielt. Zunächst schrieb ich nieder, was ich von den hohen Herren hielt, dann schrieb ich, was ich von der Liebe hielt, und dann schrieb ich, was ich von der Haushaltsführung in diesem Haus hielt und um wie vieles besser ich das machen könnte, wenn ich dem Hausverwalter die Befehle geben dürfte, und wie ich ein paar Frauen aus dem Dorf holen lassen würde, um den Stall hier auszumisten.

Wie anders war das bei Master Kendall gewesen! Der hatte mich gewähren lassen, solange ich es gut machte. Und es hatte ihm immer gefallen, wie gemütlich ich sein Haus gemacht hatte, und er hatte mich gelobt, wenn es nach Lavendel duftete und ihn nichts aus den Ecken ansprang und ihn im Vorbeigehen stach. Niemand, so hatte er gesagt, hatte ihm das Haus so behaglich und sauber geführt – weder sein Hausverwalter noch seine erste Frau, obwohl die eine Heilige war und er sich bei dem Gedanken an sie stets bekreuzigte. Und dann küßte er mich wohl und sagte: »Margaret, was bist du doch für ein liebes Mädchen, ich weiß gar nicht, wie ich auch nur einen Tag ohne dich auskommen konnte.« Fürwahr, wenn man solche Worte hört, wird einem keine Arbeit zu viel.

Und da hockte ich nun auf der Fensterbank und hatte die Füße unter den Rock gezogen. Die erste, bleiche Frühlingssonne beschien mein Blatt, und draußen zwitscherten die Vögel, und an den kahlen Ästen der Bäume sprossen die ersten, grünen Knospen. Ich war ganz in meine Schreiberei vertieft und so glückselig, daß ich die grimmige Stimme kaum hörte, die vom Turmaufgang her brüllte: »GILbert! Du wirst hier gebraucht! Sucht in der Kapelle nach ihm, womöglich wälzt er sich dort auf dem Fußboden. Ich gehe jetzt in den Stall, er soll nachkommen.« Und sowie der Schatten des Habichts das Kaninchen ins Loch rennen läßt,so bewirkten die ersten Schritte, daß mein Papier unter meinen Röcken verschwand, dann blickte ich auf, um nachzusehen, wer da kam.

»Was habt Ihr denn da so schnell versteckt, Schwester? Etwa ein Liebespfand?« Hugos scharfen Augen entging nichts, vor allem wenn es sich um Tierfährten auf der Jagd oder um weibliche Ränke handelte. »Mein einfältiger Bruder hat die Katze im Sack gekauft – eine hinterlistige Frau, die etwas unter ihren Röcken versteckt. Sofort her damit.« Er stemmte die linke Hand in die Seite und streckte die rechte aus. Wäre ich ein Mann, ich dürfte vor aller Augen schreiben, an einem Tisch, und dürfte Leute, die mich dabei stören, ausschimpfen: »Wie könnt ihr es wagen!« Aber Hugo war zweimal so groß wie ich und durchaus fähig, mir ein, zwei Knochen zu brechen. Ich durfte ihm nichts vorenthalten. Derweil war auch sein Vater hinter ihm aufgetaucht. Schweigend und mit verschränkten Armen wartete er mit grimmiger und strenger Miene hinter Hugo.

»Her damit, Madame«, wiederholte Hugo. Ich griff unter meine Röcke, die ich auf der Fensterbank über das Papier gebreitet hatte, und reichte ihm eines der Blätter, ohne mich jedoch vom Fleck zu rühren.

»Schlimmer als ein Liebespfand. Geschriebenes.« Hugo nahm das Blatt, blinzelte und drehte es gegen das Licht hin und her. »Zweifellos ein Liebesbrief.« Er sah hart und kalt aus. Schließlich ging es um die Familienehre. Dann streckte er das Blatt dem alten Mann hin: Sir Hubert musterte die Seite und zog die weißen, buschigen Brauen zusammen.

»Hmm. Abscheuliche Handschrift, das da. Kann keinen einzigen Buchstaben entziffern. Holt den Priester.« Man schickte einen Jungen nach ihm, und er kehrte schon bald mit Vater Simeon zurück. Sie hießen ihn auf der anderen Fensterbank mir gegenüber Platz nehmen und blickten ernst, als er das Blatt musterte und dann las:

»Wer die Farben von verschossenen Kleidungsstükken auffrischen will, muß diese in verdünntem Obstessig einweichen und alsdann in die Sonne hängen. Ich weiß nicht, ob das hilft, aber Mistress Wengrave schwört darauf.

Wer keine Fliegen im Palas haben will, muß Farnwedel mit den Blättern nach unten an der Decke aufhängen. Wenn sich die Fliegen darauf niedergelassen haben, wirft man sie weg . . .«

Er blinzelte das Papier immer noch an. »Das sind Rezepte, Mylord, Haushaltsrezepte. Nirgendwo etwas von Liebe. Vielleicht hat sie die selber geschrieben. Die Handschrift gleicht in nichts der eines Gelehrten.«

So dumm bin ich nun auch wieder nicht, daß ich mein Geschriebenes dem Feind überantworte. Das echte Blatt, das ich beschrieben hatte, war immer noch unter meinen Röcken verborgen. Ich habe immer ein falsches dabei, nur für Überraschungen wie diese hier. Wie gut, daß ich Schwarz trage, dachte ich, sonst hätte ich von diesem ganzen Papiergeraschele noch einen häßlichen Tintenfleck im Kleid bekommen. Sir Hubert fixierte meine Hände, die ich im Schoß gefaltet hielt.

»Streckt sie aus«, sagte er ruhig. »Wie ich mir gedacht habe. Tintenflecke. Was auch immer Ihr seid, Madame, eine Dame seid Ihr offensichtlich nicht. Aber in diesem Haus benehmt Ihr Euch wie eine. Händigt dem Priester Tinte und Papier aus. Wenn Ihr noch mehr Rezepte aufschreiben wollt, dann diktiert Ihr sie ihm vor Zeugen. Ich möchte nicht den leisesten Verdacht aufkommen lassen, daß Ihr Schande über mein Haus bringt. Und was das Lesen angeht, haltet es wie die Königinnen von England und Frankreich und die großen Damen bei Hofe. Wenn die etwas Schriftliches erhalten, zieren sie sich ganz furchtbar und tun so, als ob sie es nicht lesen könnten, lassen das Siegel erbrechen und es sich vor Zeugen von einem Schreiber vorlesen. Auf diese Weise wahrt eine Dame die Ehre ihres Hauses. Und ich erwarte, daß Ihr Euch unter meinem Dach genauso benehmt, was auch immer mein zweiter Sohn, der mit dem Spatzenhirn, dazu sagt. Habe ich mich klar ausgedrückt?«

Was konnte ich anders tun, als zu nicken und Tinte und Papier zu übergeben. Dabei durfte ich mich nicht vom Fleck rühren, damit ich nicht das immer noch unter meinen Röcken verborgene Blatt verlor. Denn wenn sie das jemals zu Gesicht bekamen, ich weiß nicht, wie es mir ergehen würde.

Margaret wartete, bis sie die breiten Rücken der beiden Männer in der Tür oben an der Stiege verschwinden sah, dann erst faltete sie verstohlen das Blatt Papier zusammen, das ihr geblieben war. Hastig durchquerte sie das Zimmer und kniete sich vor die kunstvolle Truhe, welche man ihr aus ihrem alten Haus mitgebracht hatte, und versteckte es. Die Truhe kam aus fremden Landen und war kunstvoll gearbeitet, denn unter einem falschen Boden verbarg sie ein Geheimfach. Master Kendalls Haus war voll von solch merkwürdigen Vorrichtungen gewesen, da er großen Gefallen an Raritäten und Kuriositäten fand. Auch Margaret hatte zu seinen Kuriositäten gehört, doch der Verdacht war ihr nie gekommen. Kendall hatte einen Konkurrenten in Deutschland, der eine juwelengeschmückte Statue des heiligen Georg mit dem Drachen besaß, die so zierlich gearbeitet war, daß sie in eine Hand paßte. Dann war da noch ein Italiener, der eine märchenhaft gefertigte Standuhr besaß, welche nicht nur die Stunden anzeigte, sondern auch die Planetenkreise; die hatte er um keinen Preis der Welt an Kendall verkaufen wollen. Aber Margaret war bei weitem das Kostbarste; mit einem Schlag hatte er sie alle ausgestochen. Ihre Gegenwart im Haus hatte ihn auf mannigfaltige Art entzückt; daß er sie erringen konnte, war der krönende Abschluß seiner Erwerbungen.

Schon bei ihrer ersten Begegnung hatte er gewußt, was sie war. Etwas wie sie hatte er schon mehrfach auf seinen Reisen gesehen und war zu schlau, als daß er sich in ihr getäuscht hätte, auch wenn sich alles unter einem fadenscheinigen, rostbraunen Kleid und einem abgetragenen, geerbten Umhang verbarg. Als erstes waren ihm ihre Augen, die ein verirrter Sonnenstrahl ganz goldbraun aufleuchten ließ, und dann die eigentümliche Ruhe ihres Gesichtes aufgefallen. Dazu kam noch die Art, wie sie ging – eine geschmeidige Bewegung aus der Mitte heraus und irgendwie ausgewogen aufrecht, ohne jedoch steif zu wirken, und ihre Hände sahen so anmutig und geschickt aus. Es konnte gar keinen Zweifel geben; sie gehörte zu Ihnen, auch wenn sie es selbst nicht wußte.

Welch köstliche Ironie, daß er eine von Ihnen in den Hintergassen der City in Gestalt eines noch nicht zwanzigjährigen Mädchens gefunden hatte.

Selbstverständlich hatte er sie sich geschnappt und war dafür mit unzähligen Freudenstunden belohnt worden, denn er hatte ihre Streiche beobachten dürfen, sowie sie sich beispielweise abmühte, genauso zu erscheinen wie jedermann. Aber den meisten Spaß machte es, sie in allem gewähren zu lassen, nur um zu sehen, was sie anstellen würde: Geschmeide wollte sie nicht tragen, das war ihr ›zu kalt‹, aber sie stopfte sich mit Süßigkeiten voll wie ein Gassenjunge. Sie verschenkte alle Kleider, außer er verbot es ihr. Sie wollte unbedingt wissen, was in diesem steckte, wie jenes funktionierte, und so hatte er Madame eingestellt, nur um das komische Gesicht zu sehen, das sie bei den französischen Nasalen machte. Er hatte sie sogar gewähren lassen, als sie auf die abwegige Idee kam, Lesen und Schreiben lernen zu wollen. Und immer, wenn es ihm mit seinen Geschäften und seinen Geschäftspartnern allzu langweilig wurde, trieb sie auf der Straße einen Irren auf, den sie ins Haus holte und der sich dann nicht vertreiben ließ und alles so hinreißend auf den Kopf stellte. Das Kalte Ding seufzte. Seine Perlen vor die Säue geworfen. Und nichts daran zu ändern. Bitter. Bitter.

Das Kalte Ding folgte Margaret die Stiege hinunter und bekrittelte, wie schlampig das Hausgesinde im Palas die Schragentische zum Essen aufgedeckt hatte. Es hüpfte durch den Raum und erschreckte die Hunde, die jäh aufjaulten und zu jedermanns Überraschung Reißaus nahmen. Es wehte in die Küche und bekrittelte das Essen, das dort gerade auf Platten angerichtet wurde. Einer der Küchenjungen, der heimlich eine Brotrinde in das Bratenfett tunkte, spürte einen kalten Hauch im Nacken und bekam die Gänsehaut. Dann wehte das Kalte Ding hinaus, um nachzusehen, wie die Knappen das Fleisch aufschnitten – Robert war geschickt, doch Damien würde immer ein Dorftrampel bleiben –, schließlich ließ es sich gegenüber am Tisch nieder, weil es mitbekommen wollte, was für ein Gesicht Margaret machte, wenn sie ins Brot biß und feststellte, daß es sauer und klitschig war, weil der Sauerteig nichts taugte. Das Mädchen konnte vielleicht backen; sie hatte das einfach im Gefühl. Immer ging das Brot hoch auf und schmeckte süß. Und ihr Ale – ach, das allein schon hätte eine Ehe mit ihr verlohnt, selbst wenn sie nicht so hübsch gewesen wäre wie eine wilde Blume, die man ganz von ungefähr im Wald findet.

Aha, jetzt brach sie das Brot – jetzt biß sie hinein. Das Kalte Ding lachte – eine Reihe von stummen, eisigen Windstößen. Nein, was für ein Gesicht sie machte, das allein lohnte schon das Warten. Sie tat so, als wäre alles in bester Ordnung, doch sie blähte die Nasenflügel, und ihre Augen blitzten einen Augenblick angeekelt auf. Jetzt hatte der alte Mann hineingebissen. Er knurrte: »Daran kann man sich ja die Zähne ausbeißen«, und warf den Rest seines Bissens den Hunden unter dem Tisch zu. »Ein Backhaus, das keinen anständigen Brotlaib hervorbringt. Verdammte Schande. Sollte sie alle auspeitschen lassen, vielleicht bringt sie das auf Trab«, murrte er unsicher in Richtung seiner Schwiegertochter.

»Das kommt vom Wasser«, sagte die ganz unerwartet und brach damit ihr gewohntes Schweigen.

»Umpf?« Er sah sie mit hochgezogenen Brauen an. Die Brüder wandten den Kopf.

»Das Brunnenwasser taugt nichts. Es verdirbt den Sauerteig. Ich habe ihnen zugesehen – der Brunnen ist nah, und die Quelle ist weit weg, darum machen sie sich nicht die Mühe, frisches Wasser zu holen. Aus dem Ale kann so auch nichts werden. Euer Brunnen liegt, glaube ich, zu dicht am Burggraben. Das schlechte Wasser kann unterirdisch in den Brunnen sickern.«

»Wenn Ihr damit fertig seid, meine Tafel und meinen Brunnen zu bekritteln, nehme ich den Fehdehandschuh auf. Tretet den Beweis an und macht es besser, Madame.«

»Und wenn es mir gelingt?« Der alte Ritter musterte ihr Gesicht eine geraume Weile. Verdammt unverschämtes Frauenzimmer, dachte er. Eine weitere Tracht Prügel würde sie mehr Unterwürfigkeit lehren.

Aber der Vorgeschmack auf besseres Ale trübte ihm einen Augenblick den Verstand, und so vergaß er Sitte und Anstand und sagte: »Dann gebe ich Euch Feder und Tinte zurück.« Hugo sah entsetzt aus, um Gilberts Mund zuckte es, und in seinen Augen blitzte es belustigt auf. Das Kalte Ding lachte in sich hinein, doch das hörte kein Mensch.

Am Morgen nach dem Benedikttag, als der Lord von Brokesford, flankiert von seinen Söhnen, zum Hof des Herzogs in Kenilworth ritt, da drückten ihn gar mancherlei Sorgen. Zum einen lastete die Bittschrift an den Herzog wie ein Alp auf ihm, doch fast genauso schlimm beschwerte ihn der Gedanke, daß er in einem schwachen Augenblick der verrückten Frau seines Sohnes vor Zeugen erlaubt hatte, während seiner Abwesenheit sein Haus auf den Kopf zu stellen. Ein Lord darf sein Wort nicht brechen, zudem hatte sich die Geschichte verselbständigt und machte auf flinken Zungen die Runde durch die Grafschaft und bot dabei Anlaß zu Heiterkeit, Mutmaßungen und sogar zu ein paar Wetten. Dazu kamen noch die Verhandlungen wegen Mutter Sarah, welche in einem Dorf lebte, das zum Grundbesitz seines Nachbarn Sir John gehörte. Er hatte für den alten Drachen ein hübsches Mädchen eintauschen müssen. Mutter Sarah war dafür berüchtigt, daß sie drei Ehemänner mit Nörgelei unter die Erde gebracht hätte. Aber er brauchte jemanden, der grimmig genug war, um es mit diesen widerlichen, kleinen Mädchen aufzunehmen. Auch das hatte seine Nachbarn recht heiter gestimmt. Nur Frauen können einen Mann so ins Verderben reißen, dachte er in einem der seltenen Augenblicke, wo er nachdachte. Allein schon ihr Dasein bringt die gerechte Weltordnung durcheinander.

Die beiden letzten Tage hatten ihn unsäglich verbittert. Überall stolperte man über die Frau, wie sie, in der Regel in eine große Schürze gehüllt, Befehle erteilte. Er wollte mit seinen Nachbarn auf Schädlingsjagd reiten, und da stand sie, kommandierte einen Ochsenkarren herum und probierte mit einer großen Schöpfkelle das Wasser aus einer Ladung Wasserfässer. Bei der Rückkehr konnte er über dem Glöckchengebimmel der Terrier ihre Stimme aus dem Backhaus schallen hören:

»Das Mehl hier ist nicht richtig gesiebt. Damit kann man nur Schrotbrot backen, aber kein Brot für die Tafel.« Frauenstimmen reizten ihn ohnedies. Sie waren zu hoch und zu schrill. Besonders wenn sie Befehle erteilten. Frauen sollten nur flüstern dürfen, dachte er mißmutig. Und dann erspähte er ein Paar Rotschöpfe, die ohne ihre Aufpasserin zum Backhaus stürmten. Eine lief so dicht vorbei, daß sie beinahe unter die Pferdehufe geraten wäre.

»Nicht so schnell«, knurrte er. Mit einer einzigen fließenden Bewegung hatte er sich aus dem Sattel gebeugt und das strampelnde Geschöpf hinten am Kleid hochgehoben. »Wo ist Mutter Sarah?«

»Unter der Treppe beim Kleinen Will. Runterlassen, bitte. Wir helfen Mama.« Und die Nachbarn hatten so herzhaft gelacht, daß er das ekelhafte Geschöpf auf der Stelle absetzte. Denn allem Anschein nach war er der Allerletzte in der ganzen Grafschaft, dem aufging, daß Mutter Sarah nicht nur für ihre Begabung berüchtigt war, Ehemänner zu überleben, sie wußte auch, wie man sich den nächsten zulegte. Statt Ordnung zu schaffen, hatte er ein weiteres abscheuliches Wesen auf seine fest gefügte Männerwelt losgelassen. Ein furchtbares Gefühl, dieses Gefühl, daß seine Welt in Wirrwarr unterging und daß der Grund dafür Frauen waren. Weiber, fast so schlimm wie Advokaten.

Als Sir Hubert also mit Gregory und Sir Hugo aufbrach, kam ich mir ganz so vor wie das Mädchen aus dem Märchen, das über Nacht Stroh zu Gold spinnen soll. Neuen Sauerteig macht man nicht an einem Tag oder in ein paar Tagen, und das Brauen lief zwar gut, doch der Sauerteig machte mir Sorge. Zum einen muß man den Vorteig genau richtig hinbekommen, und dazu braucht er Luft, doch dann vergrabe ich die Krüge – mein Geheimnis –, bis der Sauerteig aufgegangen ist, süß duftet und Blasen wirft. Er kann aber auch schlecht werden; und dieser Gedanke beschwerte mich sehr. Das weiß man vorher nie, aber eine zweite Gelegenheit, mich zu beweisen und meine Wette zu gewinnen, würde sich mir nicht wieder bieten. Darum war ich sehr emsig und vergaß das Kalte Ding völlig, was auch gut war, nur schnappt seinesgleichen immer zu, wenn man am wenigsten darauf gefaßt ist.

Und genau das geschah. Ich war allein im Turmaufgang, als ich jählings mitten hineintrat. Ich erschauerte und sprang zurück. Das Kalte Ding folgte mir und klebte an mir wie klammer Nebel. Lieber Gott, jetzt ist es soweit, es will mich holen, dachte ich. Ich drehte durch, doch als ich fortlaufen wollte, stolperte ich und fiel hin.

»Warte, warte!« seufzte das Kalte Ding, als ich aufstehen und fliehen wollte. Ich hatte mir das Knie angestoßen und kam nicht schnell genug hoch.

»Hör mich an, hör mich an.« Es hüllte mich ein, während ich dasaß und mir das schmerzende Knie rieb. Es war so kalt, daß mich fröstelte. Aber da es mich eingeholt hatte, konnte ich mich genauso gut mit ihm unterhalten.

»Entschuldigung, aber ich kann nicht bleiben, wenn Ihr mich weiterhin so eiskalt anweht.«

»Läufst du darum immer fort, wenn ich dir nahekomme? Kannst du mich denn nicht sehen?«

»Nein, ich fühle Euch nur; Ihr seid wie eine Eiswolke.«

»Dann weißt du nicht, daß ich es bin?«

»Wer – oder was seid Ihr?«

»Oh, Margaret, Margaret, erkennst du mich denn nicht? Ich bin zwischen Himmel und Erde, Margaret, hier im Schatten«, seufzte das Kalte Etwas. Auf einmal kam mir die Stimme im sanften Wehen des Windes bekannt vor.

»Seid Ihr es wirklich? Wie seid Ihr hierhergekommen?«

»Oh, das war gar nicht so einfach. Zunächst habe ich die ganze Zeit bei dir gesessen, aber du hast mich anscheinend nicht bemerkt. Dann habe ich dich verloren, konnte dich nirgendwo finden. Ich habe nach deinem kleinen Licht gesucht und habe statt dessen nur andere Leute mit Lichtern gefunden: die Frau eines Fischhändlers, einen Stallknecht und einen Einsiedler. Der Einsiedler hatte ein interessantes Licht – das leuchtete bläulichweiß. Und ich dachte immer, sie wären alle wie deines, so hellrot. Ich wußte, du bist nicht tot, denn ich sehe alle Toten an mir vorbeikommen – sogar meinen Sohn Lionel mit dem Kopf unterm Arm unterwegs nach – hm – unten. Dann dachte ich, wo du auch immer bist, du würdest alles in Bewegung setzen, daß du deinen Psalter wiederbekommst, also bin ich dem gefolgt. Wo sind wir hier übrigens?«

»Im Herrenhaus von Sir Hubert, Brokesford Manor, in Hertfordshire.«

»Bröckelford Manor trifft es eher.« Master Kendalls Geist rümpfte die Nase. »Also, ich habe mein Haus gewißlich besser in Schuß gehalten.«

»Ganz meiner Meinung«, sagte ich. »Aber ich begreife immer noch nicht, wie Ihr hierhergekommen seid – ich meine, so zwischen Himmel und Erde.«

»Ach, Margaret, du hast ja keine Ahnung, wie gräßlich das alles war. Zunächst habe ich über meinem Leib geschwebt – übrigens sehr lieb von dir, daß du mich selber gewaschen hast, die meisten Frauen hätten jemand anders damit beauftragt –, aber du warst schon immer ein ganz besonderer Schatz. In der Regel darf man bis zum Begräbnis bleiben, wenn es eine große Leiche ist. Aber dann stellte sich heraus – na ja, es ging um die höllischen Regionen –, wenn du weißt, was ich meine.«

»Das habe ich befürchtet«, rief ich und rang die Hände. »Das kommt daher, daß Ihr ohne Absolution gestorben seid. Ich habe sofort mit Beten angefangen. Ich habe mir einen Zeitplan gemacht und bete selbst zwischendurch noch.«

»Ja, es hat auch einiges bewirkt. Das Beten, meine ich. Du hast ihnen so zugesetzt, daß sie nicht wußten, was sie mit mir anfangen sollten. Und so wandere ich hier herum, bin weder oben noch unten, und die meisten

Menschen können mich nicht sehen, ich aber alle. Keine anregende Gesellschaft hier im Schattenreich, und du fehlst mir ganz schrecklich. Du, und natürlich mein Geschäft, das dieser gräßliche Kerl, dieser Perkin Greene, übernommen hat.«

»Oh, Master Kendall, Ihr fehlt mir auch so sehr, und unser Haus, das wir uns so behaglich gemacht hatten – und gerecht ist es auch nicht, daß Ihr leiden müßt, nur weil Ihr so plötzlich gestorben seid.« Ich schlug die Hände vors Gesicht und weinte.

»Na, na, weine nicht so. Du weißt doch, ich kann deine Tränen nicht leiden. Diese Existenz hier ist gar nicht so schlimm – nur langweilig. Bis jetzt habe ich noch niemand gefunden, mit dem man sich unterhalten kann, außer diese alberne Weiße Dame – die mußte ich erst einmal auf ihren Platz verweisen –, hab' ihr gesagt, daß ich Seine Majestät kannte und auch den seligen König persönlich, danach mußte ich mir nichts mehr anhören über Krämer und gesellschaftliche Emporkömmlinge, die ihr die Kapelle wegnehmen wollen. Das ist mir vielleicht ein verflucht freudloser Ort! Auf den lege ich keinerlei Wert. Nein, da sind die Speisekammer und der Platz unter der Treppe interessanter.«

»Master Kendall!« Ich war entsetzt. Er lachte sein kaltes böiges Lachen, das Echo des Lachens, das ich so geliebt hatte. Ach, mit diesem Lachen hatte er es immer verstanden, alles ins rechte Lot zu rücken.

»Glaub nicht, daß es hier oben ungerecht zugeht, Margaret. Du tätest ihnen Unrecht. Aber es gibt ein paar Dinge, von denen ich dir nie erzählt habe – die Freibeuterei beispielsweise. Damals war ich viel jünger, und ich dachte, das wäre längst vergessen. Zudem meinte ich, ich hätte eine sehr gute Ausrede. Dazu kommen noch ein, zwei andere Dinge, die ich dir selbst heute noch äußerst ungern erzählen würde. Du bist immer so ein liebes Dingelchen gewesen, Margaret, ich wollte, daß du nur gut von mir denkst.«

»Aber das habe ich doch auch, und daran ändert sich auch nichts. Ich werde Euch immer lieben.«

»Ach, Margaret, du scheinst mir allmählich sehr angetan von Bruder Gregory, diesem Querulanten – oder soll ich ihn Gilbert nennen? Ich muß schon sagen, ich hätte ihm nie zugetraut, daß er dich einfach so entführt. Obwohl ich ihn jetzt besser verstehe, nachdem ich seine Familie kennengelernt habe.«

»Seid Ihr mir deswegen böse?«

»Warum? Weil du nicht andauernd an meiner Gruft weinst? Oder dich lebendig in einem Kloster begräbst, wo du noch so jung und lebenslustig bist? Oh, nein, Margaret. Ich möchte nur eines, nämlich daß du glücklich bist. Ich habe dich über alles geliebt, als ich noch warm und lebendig war, und jetzt, da ich neblig und kalt bin, brauchst du natürlich Jugend und Wärme neben dir. Versprich mir nur, daß du mich nicht vergißt, mehr verlange ich nicht.«

»Oh, wie könnte ich Euch das wohl abschlagen? Ihr wißt doch, daß ich Euch von ganzem Herzen geliebt habe, als Ihr noch lebendig wart, und ich liebe Euch immer noch.«

»Da ist noch eines –«

»Was denn?«

»Ich kann nicht gehen, ehe ich nicht sicher bin, daß du in guter Hut bist. Und den aufbrausenden, jungen Mann, der dich geheiratet hat, den sehe ich mir schon eine Zeitlang an, aber eines habe ich ihn noch nie sagen hören.«

»Ich weiß«, sagte ich und neigte den Kopf. »Kann sein, es liegt ihm einfach nicht.«

»Wenn ihm das nicht liegt, dann solltest du auch nicht

bei ihm liegen, und wenn ihr noch soviel Spaß in den Federn habt.« Lieber Himmel, Master Kendall nahm wirklich kein Blatt vor den Mund. Aber wir waren ja auch immer ehrlich zueinander gewesen.

»Ich kenne dich zu gut, Margaret. Du kannst nicht ohne ein warmes Herz an deiner Seite leben. Vergiß also nicht, ich warte ebenso darauf wie du, es zu hören. Dann kann ich nach oben oder nach unten fahren, oder wo immer man mich hinschickt – aber zugegeben, hoffentlich bewirken deine Gebete etwas, und es ist die ewige Seligkeit und nicht das ewige Höllenfeuer. Doch wohin auch immer, ich weiche nicht, ehe ich es nicht gehört habe. Nicht einmal die da oben können mich dazu zwingen.«

Worauf warteten wir beide? Auf recht wenig, aber es waren die Worte, die Gregory in meiner Gegenwart tatsachlich noch nie über die Lippen gebracht hatte. In der ganzen Zeit, die wir uns nun schon kannten, hatte er noch nie ›ich liebe dich‹ gesagt.

Kapitel IV

»Und dann habt Ihr alles geschluckt wie ein gefräßiger Windhund?« Sir Henry von Grosmont, Herzog von Lancaster und Graf von Derby, Lincoln und Leicester, Reichsverweser und Lord von Bergerac und Beaufort jenseits des Kanals, hatte seine Bittsteller im Schlafgemach seiner riesigen Burg zu Kenilworth empfangen, so wie es seine Gewohnheit war. Englands größter Kriegsherr war zwar schon ein Mann in mittleren Jahren, jedoch immer noch kraftvoll, und selbst noch im Bett wie jetzt umgab ihn eine fast unsichtbare Aura von Macht. Und das hatte auch seinen Grund: Als Herr über zwanzig Burgen allein in England regierte er auf seinen ausgedehnten Ländereien als unumschränkter Herrscher. Er führte ein eigenes Siegel, hatte seine eigene Gerichtsbarkeit und eigene diplomatische Vertretungen. Seine riesigen Landgüter kamen nicht nur für ihre eigene Verwaltung, sondern auch für den riesigen und geschäftigen Haushalt auf, der mit dem Herzog von Burg zu Burg zog, wenn er nicht gerade im Felde stand.

Der Herzog saß aufrecht auf der reich bestickten Tagesdecke des breiten, seidenbehangenen Bettes; den vom gestrigen Bankett entzündeten gichtigen Fuß hatte er auf einen kleinen Schemel gelegt. Das hier waren die letzten Bittsteller eines langen, geschäftigen Morgens, der im Morgengrauen begonnen hatte. Dieser Fall lag etwas anders. War sogar vergnüglich. Hier stand ein Mann, den der Herzog sonst mehr im Feld als daheim sah, wo der Kerl nur einmal im Jahr auftauchte, um ihm formell für sein Lehen zu huldigen. Die Ritter und Schreiber, die herumstanden und auf dem Sprung waren, sich um alles zu kümmern, was er befehlen mochte, wurden langsam unruhig, sie dachten an das wartende Mittagsmahl.

»Stimmt, Mylord, leider«, gab der Sieur de Vilers zurück, der, mit gesenktem Kopf, den Hut in der Hand, in den Binsen des Fußbodens kniete, flankiert von seinen beiden Söhnen, die es ihm nachgetan hatten.

»Ich habe den alten Kendall gekannt«, sagte der Herzog und ließ den Blick aus dem Fenster schweifen. Draußen schob ein frischer Wind Wolken über den blauen Frühlingshimmel. Krokusse streckten sich der Sonne durch die tote Erde entgegen, und durch die unverglasten Fenster konnte man das Plätschern des breiten, künstlich angelegten Sees hören, der die Burg auf drei Seiten umgab. »Er hat mir einige Raritäten verkauft. Und natürlich konnte niemand eine Bahn Purpurstoff besser beurteilen als er.« Der Herzog hatte nämlich eine Schwäche für den Duft dieser irrsinnig teuren Farbe und liebte es, wenn eine neue Bahn Purpurstoff entfaltet wurde. Und Kendall hatte diese Schwäche befriedigt und viel Geld daraus geschlagen. »Ein scharfes Auge, ein Sammlerauge. Sein bestes Sammlerstück war sein kleines Püppchen. Ich habe sie vergangenen Winter auf meinem Maskenball tanzen sehen, als ich den Londoner Kaufleuten das Savoy geöffnet habe. Habt Ihr das gewußt? Ein lebhaftes Ding, die Kleine. Schien alle modernen, neuen Schritte zu beherrschen.«

»Nein, Mylord, ich hatte keine Ahnung.«

»Hat jeden Kuppler aus der City abblitzen lassen«,

sagte der Herzog immer noch ganz in Gedanken. Und meinen auch, dachte er. Und das war recht unhöflich von der Kleinen, wenn man bedenkt, daß ich Dankbarkeit erwarten darf, wenn ich mich zu einer Kaufmannsfrau herablasse. Er hielt einen Augenblick gedankenverloren inne. Dann rief er sich zur Ordnung. Er nahm sich Zeit, Gregory zu mustern. Fast ein Jahrzehnt, daß sie sich zum letzten Mal gesehen hatten. Seinerzeit, in seinem Haushalt in Leicester, war Gregory der verrückteste unter all den ungebärdigen, frisch gebackenen Knappen gewesen. Kaum zu glauben, daß die hochgewachsene, asketische Gestalt in dem abgetragenen, geflickten Samtüberrock die gleiche sein sollte wie der Held der unzüchtigen, neuen Ballade, die überall in London die Runde machte. Es ging da um einen alten Kaufmann, dessen Mauern so hoch, hoch, hoch waren, mit einer Frau so jung, jung, jung, und einem kühnen, jungen Knappen, der sich als bescheidener Mönch durch die Küchentür-tür-tür eingeschlichen hatte. Das mußte ihm sein Spielmann morgen abend, wenn die hier abgezogen waren, noch einmal vorsingen. Die Melodie taugte nicht viel, aber ein paar ziemlich aufreizende Verse beschrieben das Leben und Treiben in den Kammern, während der Alte schlief. Wenn sie nicht in Bausch und Bogen von einer anderen Ballade abgekupfert gewesen wären, man hätte sie wohl ernst nehmen müssen. Und das von Gilbert?

Wenn er einem dergleichen nicht zutraute, dann Gilbert, und er hielt sich für einen guten Menschenkenner. Ein Streich war hier noch immer in guter Erinnerung; die beiden anderen Knappen hatten ihm einst an ihrer Stelle zwei nackte Wäscherinnen ins Bett geschmuggelt, welches sie mit Gilbert teilten, nur weil sie auf seine entsetzte Miene beim Aufwachen gespannt waren. Was hatte er damals noch geschrien, als er sich das Bettlaken geschnappt hatte und fortgelaufen war? Vergessen, aber es war sehr komisch gewesen, selbst dann noch, wenn er es lange Zeit später bei Tisch zum Besten gab. Schon damals stand Gilbert in dem Ruf, tugendhafter und heiliger zu sein, als es sich für einen Soldaten gehörte. Natürlich kümmerte das den Herzog wenig. Solange ein Mann auf dem Schlachtfeld kämpfte wie ein Berserker, konnte er mit seiner restlichen Zeit anfangen, was ihm beliebte. Selbst beten und sich geißeln, falls ihm das Spaß machte.

»Dann hat sie also Euer Sohn Gilbert entführt, wie?«

»Ja, Mylord. Aber er hatte keinen blassen Schimmer, daß Master Kendall ihr alles vermacht hatte. Dergleichen gehört sich nicht. Man kann eine Summe aussetzen oder ein lebenslanges Wohnrecht im Haus gewähren. Aber alles? Das hätte keiner von uns für möglich gehalten. Doch jetzt gebietet es unsere Ehre, daß wir alles behalten.«

Die Situation hatte durchaus etwas Vergnügliches. Über das Gesicht des Herzogs huschte der Anflug eines Lächelns. Es schoß ihm durch den Kopf: Wie gut, daß sie in der Haltung mein Gesicht nicht sehen können.

»Sir Hubert, erhebt Euch, und Eure beiden Söhne auch. Die Ehre der de Vilers ist mir teuer. Was genau hat der Graf noch gesagt?«

»Das über die schäbige, jüngere Linie der de Vilers?« fragte Sir Hubert und erhob sich. Allein schon bei dem Gedanken schwollen ihm die Adern an den Schläfen. Sir Hugo blähte die Nüstern. Und Gilbert blickte dräuend und düster und knirschte mit den Zähnen.

»Nein, das andere –«

»Ach, das über die zittrigen Tatzen eines alternden Knackers?«

»Der Graf ist jung, man muß ihn auf seinen Platz verweisen. Wieviel Mann braucht Ihr?«

»Dreißig dürften genügen. So viele bringt er nicht ins Feld.«

»Ich schicke fünfzig. Sir John –« und damit winkte er seinen Adjutanten herbei, der neben seinem Bett stand, »sorgt dafür, daß morgen dreimal zehn Reisige nach Sussex aufbrechen können. Fürwahr, es macht mich zornig, daß der Graf ausgerechnet am Vorabend meiner neuen Kampagne in Frankreich die Lebensgrundlage meiner Ritter gefährdet. Bruder Athanasius –« und hiermit winkte er einen der beiden Schreiber zu sich, die immer mit Wachstafel und Griffel bewaffnet neben ihm standen, wenn er Bittsteller anhörte, »– ich brauche einen Brief an den Friedensrichter des Inhalts, daß die Sache der de Vilers auch die meine ist, dann einen weiteren Brief an meine Anwälte in London.« Der Schreiber verneigte sich und verschwand eilenden Schrittes. Auch Sir John verzog sich und erteilte seine Befehle, während im Schlafgemach ein ständiges Kommen und Gehen herrschte.

»Das neue Schlachtroß, Sir Hubert, ja, das erprobe ich, sowie es mein Fuß erlaubt.« Der Herzog lief zu Höchstform auf, wenn er Mittelpunkt eines emsigen Bienenstocks war. Er hörte sich eindeutig huldvoll an, jetzt, wo man den formellen Teil hinter sich hatte.

»Ein schönes Maul, Mylord. Seinesgleichen findet ihr nirgendwo.«

»Das glaube ich gern. Ihr erwerbt Euch allmählich den Ruf eines Pferdezüchters.« Sir Hubert lief vor Freude rot an. Der Herzog hatte den Schlüssel zu seinem Herzen gefunden. »Und obendrein habt Ihr mir zwei prächtige Söhne mitgebracht.« Sir Hubert schien etwas zusammenzuzucken und warf Gilbert einen verstohlenen

Blick zu. Doch der hatte sich unterdes nicht verändert, machte immer noch nichts aus sich her.

Nun strahlte die Sonne seiner Huld auf Hugo.

»Sir Hugo, der Mut Eures Vaters in meinen Diensten kennt keine Grenzen, und Ihr scheint ihm zu ähneln. Ich habe Euch seit geraumer Zeit im Auge. Von Euch erwarte ich große Taten.« Jetzt war Hugo an der Reihe, unbeschreiblich zufrieden auszusehen. Mit seinem Charme konnte der Herzog, wenn er wollte, einer Schlange die Zähne abschwatzen oder Männer dazu bringen, daß sie im Morast fremdländischer Orte für Ruhm und Ehre verreckten.

»Und Ihr, Gilbert? So stoßt Ihr am Ende doch noch zu uns.« Gregory sah überrascht aus. »Besser Ihr, als diese Söhne von Fischhändlern und Seifensiedern, die ich am Halse habe.« Gilbert sah verdutzt aus. »Kendalls Herrenhäuser, wenn sie erst einmal auf Euren Namen eingetragen sind, bringen Euch doch gewißlich mehr als fünfzehn Pfund im Jahr ein, oder?«

»Ja, natürlich – das heißt, erst müssen die Schulden abbezahlt sein«, erwiderte Gregory immer noch verdutzt. Er hatte die Bücher selbst eingesehen. Das Einkommen, welches zwar die armseligen fünfzehn oder zwanzig Pfund eines Ritters im Jahr beträchtlich überstieg, war auf viele Jahre im voraus unwiderruflich verpfändet, um die Anwälte und den Bischof zu bezahlen. Denn sein Universitätsgrad bedeutete, daß er automatisch die niederen Weihen hatte, und dafür hätte man ihn wegen der Heirat mit einer Wittib als Bigamisten bestrafen können, wenn ihn der Bischof nicht für eine hübsche Summe davon befreit hätte. Hinzu kamen noch Anleihen für die Bestechungsgelder, daß die Anklage wegen Mordes fallengelassen und als Selbstverteidigung hingestellt wurde, und die Ausbesserung des Palasdaches von

Brokesford Manor, da Vater behauptete, das verdiene er für seine Mühewaltung. Dann gab es noch eigenartige Erbschaftssteuern zuhauf, wie beispielsweise die, daß der Lehnsherr und der Priester die besten Tiere eines jeden Anwesens forttreiben durften. Nicht einmal eine Entführung war einfach, das hatte er am eigenen Leib erfahren, denn vor ihm erstreckte sich die Zukunft als ein Alptraum aus Schulden und finanziellem Ruin. Er war auf einen Schlag reich und zugleich arm geworden.

»Das neue Gesetz dürfte Euch gewißlich bekannt sein? Es ist seit drei Jahren in Kraft. Selbstverständlich braucht ein Ehrenmann kein Gesetz; der weiß, was er seinem Lehnsherrn schuldet.« Gregory sah immer noch verdutzt aus. Man hatte ihm letztens so viele Gesetze um die Ohren geschlagen, daß er nicht wußte, welches gemeint war.

»Mylord, Ihr müßt mir helfen. Ich habe die meiste Zeit im Kartäuserkloster von Witham zugebracht und nichts von der Welt draußen gehört.«

Der Herzog verarbeitete diese Information, schwieg ein Weilchen, dann sagte er: »In den vergangenen drei Jahren hat seine Majestät jeden Landbesitzer, der mehr als fünfzehn Pfund Pacht im Jahr einnimmt, aufgefordert, die Pflichten eines Ritters auf sich zu nehmen und Heerfolge zu leisten. Der nächste Ritterschlag findet zu Pfingsten statt.« Zufrieden musterte der Herzog Sir Huberts triumphierende Miene. »Es ist wohlgetan, den Kaufleuten und Bankleuten Ländereien wieder abzunehmen. Gilbert de Vilers, Ihr werdet mir manch wackren Reisigen von den Kendall'schen Landgütern stellen. Heute habe ich ein gutes Geschäft für den König gemacht.« Doch Gregorys Gesicht tat eher Schreck als gebührenden Dank kund. Und so fuhr er gleisnerisch fort, ohne Gregory dabei aus den schlauen Augen zu lassen:

»Man berichtet mir, daß Ihr Gelehrter seid, Gilbert. Etwas eigenartig für einen Gelehrten, eine Frau mit gezogener Waffe zu entführen. Aber wie viele Soldaten sind schon Gelehrte?« Gregory hatte sich nicht vom Fleck gerührt, aber er sah unsäglich verlegen aus.

»Habt Ihr gewußt, daß sogar ich mir Gedanken wegen meiner Seele Seligkeit mache? Ich stelle ein Buch mit Meditationen zusammen, welches das Auge eines Gelehrten durchaus interessieren dürfte. Einer wie Ihr, der noch etwas mehr als nur Gelehrter ist.« Mit Befriedigung sah der Herzog, daß Gregorys Neugier geweckt und ihm an der Nase abzulesen war.

»Ich denke oft, daß ein gelehrter Kopf, selbstverständlich einer, der tiefschürfend über heilige Dinge nachgedacht hat, mir bei meinem kleinen Werk hilfreich unter die Arme greifen könnte.«

»Es kommt nur auf die Zusammenstellung an. Wenn Ihr glücklich ausgewählt habt, so braucht es nicht mehr, Mylord«, stieß Gregory hervor, ehe er sich dessen versah.

»Genau wie ich mir dachte – was hieltet Ihr davon, wenn man die Klage um unsere Sünden den einzelnen Gliedmaßen des Leibes zuordnen würde?«

»Fürwahr, eine brillante Idee«, sagte Gregory und meinte es ernst. Der Herzog wirkte zufrieden. Sir Hubert und sein Ältester blickten sich verständnislos an.

»Ich sollte Euch nicht vorenthalten«, sagte der Herzog und erweckte den Eindruck, als wäre ihm der Gedanke nicht gerade erst am Vortage gekommen, als man ihm die Ankunft der de Vilers meldete, »daß ich in Frankreich einen Mann in meinem persönlichen Gefolge brauche, einen Gelehrten, aber keinen nutzlosen. Einen Soldaten, einen Ehrenmann aus guter Familie. Ich habe mir gedacht, daß eine Chronik meines Feldzuges – vor

Ort geschrieben, doch nicht von irgendeinem schlafmützigen Mönch, der nichts vom Leben gesehen hat und nichts vom Rittertum versteht –, daß eine solche Chronik die Mühe lohnte.« Er verfolgte, wie der Gedanke in Gregorys Kopf anfing zu arbeiten. Er wußte, nicht das fürstliche Ansinnen – die Ehre, im Dienst des Herzogs zu stehen oder die hübschen Belohnungen, die ein großer Gönner seinem Chronisten zukommen läßt –, nicht das würde bei Gregory den Ausschlag geben, sondern die Tatsache, daß er ihn an seiner schwächsten Stelle, nämlich bei seinem Stolz auf seinen scharfen Geist erwischt hatte. Zum Vergnügen sammelte der Herzog zwar Frauen, aber wichtig und Lebenswerk war ihm das Sammeln von Männern. Diesem Studiengebiet und dieser Kunst hatte er sich verschrieben, daher kannte er sich vortrefflich in menschlichen Beweggründen aus. Und so war sein Stern aufgestiegen, wo andere auf der Strecke geblieben waren. Und nun, da er älter wurde, wachte er zuweilen des Nachts, wenn er nicht im Felde stand, auf und überlegte dann, daß es nicht das Schlechteste wäre, seine gesamten Heldentaten schwarz auf weiß aufzeichnen zu lassen, in Rot und Gold natürlich auch. Illuminiert, zumindest die Endfassung. Nicht ganz so umwerfend wie die Idee, Gott höchstpersönlich mit einem Meditationsbuch herumzubekommen, doch fast so gut.

»Würdet Ihr –?«

»Mylord!« rief Gregory mit ungeheuchelter Freude.

Watkin, der mittlere Sohn des Hirten, der barfuß inmitten seiner wolligen Schützlinge am Bachufer unter dem frischen Grün der Weide stand, entdeckte den berittenen Trupp als erster. Eine Reihe dunkler Gestalten mühte sich vor dem wogenden ersten Grün der Frühlingswiesen in der Ferne langsam den schmalen Pfad nach Brokesford Manor entlang. Beim Näherkommen konnte man an der Spitze eines halben Dutzends berittener Gefolgsleute die Gestalten von Sir Hubert und seinen beiden Söhnen ausmachen, dazu kamen zwei beladene Packpferde und ein rundes Dutzend Hunde, darunter auch die alte gefleckte Hündin, die dem alten Lord nicht von der Seite wich.

Laut rufend kam der Junge querfeldein gelaufen: »Sie sind wieder da! Sie sind wieder da!« damit die Knechte vom Herrenhaus das Haupttor öffnen konnten. Die Herren von Brokesford erweckten nicht den Eindruck, als kämen sie mit leeren Händen heim, obwohl die Jagdhunde, die neben den Packpferden liefen, abgehetzter aussahen als beim Aufbruch.

Margaret war aus dem niedrigen, reetgedeckten Brauhaus getreten, sie freute sich über alles, was sie hatte verbessern können. Von Hals bis Knöchel in eine große, geborgte Schürze gehüllt, war sie dann ins Backhaus gegangen, um den frisch angesetzten Sauerteig in den Krügen, die man gerade von der kühlen Erde hochgehoben hatte, mit der Nase zu prüfen. An diesem Morgen blieben die breiten Ziegelöfen kalt, die Asche war gerade herausgeholt worden. Morgen sollte Backtag sein. Sie kräuselte die Nase, als ihr auch aus dem letzten Krug der scharfe, süßliche Geruch des hefeartigen Gebräus in die Nase stieg. Gut, alle gut geraten. Zudem hatte sie sich die Abwesenheit aller zunutze gemacht und den Hausverwalter mit ›Ostern steht vor der Tür‹ und der Notwendigkeit, einen dann besonders anspruchsvollen Herrn zufriedenzustellen, unter Druck gesetzt, einen Herrn, der nicht nur die Spatzen auf den Dächern sah, sondern auch den Dreck in den Ecken. Und so hatte man einige Lagen alte Binsen aus dem Herrenhaus herausgeschaufelt, auf den Komposthaufen geworfen und neue auf die geschrubbten Steinfliesen gelegt. Sogar die Kapelle hatte einen frischen, weißen Anstrich bekommen, so daß selbst die Weiße Dame erklärte, er sei zwar annehmbar, doch noch immer unter ihrer Würde.

»Was zum –« sagte Sir Hubert, als er durch das große Tor ritt. Die Schweineeimer und die wartenden Schweine waren vom Vorhof verbannt worden. Als er abstieg und zusah, wie man die Pferde fortführte, fiel ihm auf, daß die Misthaufen vor dem Stall, die sich irgendwie nicht beseitigen ließen und den Winter über immer höher wurden, abgekarrt waren, was wiederum die Fliegen bewogen hatte zu folgen. Der Daus, das zumindest ist gar keine so schlechte Idee, dachte er, nur darf sie das niemals wissen – sonst kommt sie noch auf den Gedanken, sie kann hier alles auf den Kopf stellen.

»Na, wo ist sie denn, deine Frau, Gilbert? Wissen Städterinnen nicht, wie man den heimkehrenden Herrn begrüßt?« Genau in diesem Augenblick sah Sir Hubert zu seiner Freude eine Gestalt vom Backhaus zur Küchentür am Ende des Palas flitzen, die sich im Laufen die Schürze herunterriß. Als ihn dann der Hausverwalter mit vielen Bücklingen in seiner eigenen Halle willkommen geheißen hatte, stand eine immer noch atemlose Margaret neben ihm und hielt dem alten Lord einen großen Becher Ale aus ihrem Braukessel hin. Sie begrüßte ihn, wie es sich geziemte, und bot ihm den Becher dar. Nur Gregory bemerkte, daß diese förmliche Geste unterschwellig spöttisch wirkte. Sein Vater nahm sie auf, als käme ihm das zu. Sie macht sich, dachte der alte Mann. Die Tracht Prügel von Gilbert hat vortreffliche Wirkung gezeitigt. Noch etwas mehr von der Sorte, und sie paßt ausgezeichnet in die Familie.

Sir Hubert hob den Becher an die Lippen und trank einen großen Schluck; seine Miene veränderte sich, er sah verblüfft aus. Stumm reichte er den Becher an Hugo weiter, der trank und sagte: »besser als beim Herzog«, und blickte seinen Vater überrascht an. Dann besann er sich und reichte den Rest an Gregory weiter, der ihn nicht weiter erstaunt austrank. Schließlich wußte ganz London von dem guten Ale in Master Kendalls Haus. Es gehörte zu den Annehmlichkeiten, die seine Lehrtätigkeit so verlockend gemacht hatten, damals, als er noch ein freier Mann war und über Gott nachdachte. Ja, man könnte fast sagen, das Ale war an allem schuld; wieder und wieder hatte es ihn trotz allen Ärgers über Margarets Beschränktheit ins Haus gelockt. Margaret kniete immer noch vor ihnen und wartete auf die Antwort, die der gesamte Haushalt, der sich stumm unter der niedrigen Rundbogentür drängelte, bezeugen könnte. Alles verzog sich in den Palas, ein, zwei hatten sich sogar Kleinkinder auf die Schultern gesetzt, damit die besser sehen konnten. Jeder, aber auch wirklich jeder in der Grafschaft wußte von dem seltsamen Handel, den der alte Lord in einem Augenblick der Schwäche eingegangen war. Und als die Kunde, daß ihr Ale stärker und süßer war als alles Ale in der ganzen Christenheit, in den benachbarten Herrenhäusern die Runde machte, wuchs das Interesse von Tag zu Tag, und man sah seiner Heimkehr gespannt entgegen. Wie würde er sein Versprechen halten? Wie konnte er solch ein Versprechen halten?

»Es ist gut«, sagte er.

»Besser als Eures, wie ich geschworen habe«, erinnerte ihn Margaret.

»Ja, besser«, sagte er. Sie sollte sich ja nichts einbilden. Eingebildete Frauenzimmer waren der Ursprung allen Übels auf der Welt. Wenn einer darüber Bescheid wußte, dann er. Es gehörte zu seinen Pflichten der Menschheit gegenüber, daß er Frauen verwehrte, sich etwas einzubilden, obwohl das schon in seiner Ehe eine Heidenarbeit gewesen war. Eine Arbeit, die einen Helden erforderte. Aber das gehörte zu den Dingen, nach denen Gott, da Er ein männliches Wesen war, ihn fragen würde, ehe Er ihn in den Himmel ließ, und er war stolz, von sich sagen zu können, daß er dieser Pflicht stets nachgekommen war.

»So hört denn, wie ein Ritter zu seinem Wort steht, auch wenn er es in einem Augenblick der Schwäche gegeben hat.« Sir Hubert sprach zu der versammelten Menge wie ein Fürst.

»Dame Margaret –« diese höfliche Anrede gewährte er ihr »– Ihr mögt Feder und Papier haben, wenn Euch danach ist und wenn Ihr Euren Pflichten nachgekommen seid, und Ihr dürft Bücher lesen.« Furchtbar. Die Leute blickten sich an. »Doch nur, wenn ein Mann dieses Haushalts zugegen ist, vorzugsweise Vater Simeon.« Ah, bewundernswert. Das Urteil eines Fürsten. Beifälliges Kopfnicken über die Klugheit des alten Ritters – ein Salomon, der jederzeit ein Kind zweiteilen würde.

Margaret dankte ihm und erhob sich. Ihre Miene war völlig ausdruckslos. Der alte Lord blickte huldvoll, denn ihm dünkte, in ihren Augen so etwas wie demütige Dankbarkeit erspäht zu haben. Doch er täuschte sich: Margaret unterdrückte den mächtigen Drang, ihm haarscharf zu sagen, was sie von ihm dachte. Halte deine Zunge im Zaum, redete sie sich gut zu, mach dir nur dieses eine Mal keine Scherereien, du kannst später aufschreiben, was du von ihm hältst, von diesem aufgeblasenen, unwissenden, habgierigen alten Heuchler.

»Auf, auf zum Essen«, rief Sir Hubert mit dröhnender Stimme und brach damit das Schweigen. »Die Ländereien von Withill sind wieder in unserem Besitz, und das muß gefeiert werden. Und am St.-Edwards-Tag gebe ich ein großes Fest, denn in einer Welt voll Schandtaten hat die Gerechtigkeit den Sieg davongetragen.«

»Euer Vater ist sehr gnädig«, sagte Margaret, als sie Gregory begrüßte, während Gefolgsleute und Klatschmäuler sich tummelten, daß sie die Tische deckten.

»Wir haben gewonnen, Margaret, nur nicht die Fälle, die noch vor Gericht anhängig sind. Und die dürften jetzt auch zu unseren Gunsten ausgehen. Aber die Mauern von Withill Manor haben etwas gelitten, und das Dach ist teilweise abgebrannt, der Palas muß also neu aufgebaut werden. Die Ställe sind auch in Flammen aufgegangen – das Reet brannte wie Zunder. Doch wir haben die Leute des Grafen bis auf den letzten Mann ausgeräuchert und vertrieben. Keinen Mann dabei verloren, nur der alte Hobb mußte einen Schwerthieb einstecken. Und du glaubst es nicht, aber nachdem wir fertig waren, schickte der Graf eine Botschaft, daß sein Haushofmeister entgegen seinem Befehl zuviel des Guten getan hätte und er den Herzog nie habe kränken wollen. Was wiederum einmal beweist, siegen ist alles.« Sie standen jetzt vor der Wand mit dem Wald aus Geweihen. Ein Lichtstrahl vom hohen Fenster verfing sich auf den üppigen, grünen Falten von Gregorys schwerem, pelzgefüttertem Wollumhang.

»Das ist doch ein neuer Umhang, oder?«

»Vom Herzog. Hugo hat ein Samtgewand bekommen und Vater ein neues Hundepaar – die scheckigen dort drüben. Margaret, du hast ja keine Ahnung, wie huldvoll, wie bewunderungswürdig er ist – wie weitsichtig und wie hochherzig! Der größte und vollkommenste Kriegsherr von ganz England, abgesehen vom Prinzen und natürlich König Edward selber.«

»Gregory, was hat sich dort zugetragen?« Margaret hörte sich argwöhnisch an. Früher hatte Gregory den

Herzog für zu streng, zu unbeugsam und zu wenig begeistert für die Belange des Geistes und der Seele gehalten.

»Du hast ja keine Ahnung, was für eine geistige Autorität er ist –«

»Gregory, was hat ihn zu einer geistigen Autorität gemacht, da er doch ganz der Alte geblieben ist?«

»Und sein Verständnis –«

»Sag mir um Himmels willen, was er getan hat.«

»Fürwahr, Margaret«, sagte Gregory glücklich, »er hat mir ein Geschenk gemacht – genug jedenfalls, daß wir alle auf den Besitz aufgenommenen Schulden abzahlen können.«

»Ein Geschenk? Lieber Himmel, wofür? Große Männer geben nichts umsonst.«

»Natürlich nicht. Ich trete in seine Dienste. Ich gehe in seinem persönlichen Gefolge nach Frankreich. Du ahnst ja nicht, was für ein Glück ich habe. Ich sage dir, von einer solchen Ehre kann so manche gute Familie nur träumen. Er hat dafür gesorgt, daß ich zum Ritter geschlagen werde, Margaret, ich, ein Ritter! Das war mir nie bestimmt, denn Vater kann die Gebühren nicht aufbringen. Ei, Margaret, du wirst eine Lady – freut dich das nicht? Kommendes Pfingsten schlägt er zwölf von uns zum Ritter. Und damit noch kein Ende der Ehrungen, die er mir erwiesen hat. Ich höchstpersönlich werde seine edlen und mutigen Taten aufzeichnen und damit die größte Chronik unserer Zeit in Angriff nehmen. Denk doch nur, eine Chronik von ritterlichen Taten, nicht das abgedroschene Gewäsch irgendeines vertrockneten Klerikers. Mein Name wird unsterblich! Er hat gesagt, das können nicht viele – ein Gelehrter, der obendrein Soldat war –«

Margaret riß entsetzt die Augen auf.

»– ein Mann aus altehrwürdiger Familie, der von ritterlichen Tugenden genausoviel versteht wie von Gelehrsamkeit –«

Margaret erblaßte.

»Ein hochherziger Auftrag erteilt von einer hochherzigen Seele«.

»Nicht Frankreich«, sagte sie. »Lieber Gott, nicht Frankreich.«

»Aber Margaret, das ist eine Ehre«, sagte Gregory zärtlich.

»Dann bin ich hier ganz allein. Ich habe doch nur dich, Gregory. Was ist, wenn dir etwas zustößt – bedeutet dir denn unsere Ehe gar nichts?« fragte sie, und ihre Hand fuhr zu ihrem Herzen.

»Die größte Ehre meines Lebens –«

»Könntest du dich nicht einfach mit Heimkehrern unterhalten und das dann aufschreiben?«

»Das schwebt dem Herzog nicht vor, Margaret. Merkst du denn nicht, ich bin ein neuer Mensch? Ei, jetzt könnte ich alles schaffen. Vielleicht verkehren wir eines Tages sogar bei Hofe. Bist du denn gar nicht dankbar? Er hat dein Erbe gerettet und die Schulden auf dem Besitz getilgt, und das alles mit einer Geste, die eines Königs würdig ist. Und dann – ei, ich habe einen Gönner für meine Gedichte, für das Meditationsbuch gefunden, das ich schreiben will –«

»O mein Gott«, sagte Margaret und klammerte sich an seinen Ärmel. Sie zitterte am ganzen Leib. Gregory legte den Arm um sie und führte sie sanft zu einer Bank an der Wand in seines Vaters Rittersaal, direkt gegenüber vom Feuer. Dort saßen sie inmitten von Lärm und Durcheinander, als wären sie ganz allein auf der Welt.

»Du mußt das verstehen, Margaret. Er hat mir meinen Lebensinhalt zurückgegeben.«

»Ich weiß«, sagte Margaret und schniefte in ihren Ärmel, »ich will doch auch nur dein Bestes.« Gefangen hat er dich, dieser alte Jäger, dachte sie bei sich. Gefangen wie einen Hasen im Netz, und du begreifst nicht einmal, was da vor sich gegangen ist.

Hugo platzte in ihre kleine Szene.

»Du hast weiß Gott eine Städterin zur Frau, Bruder! Das Herz einer wahren Lady schlägt höher, wenn ihr Geliebter davonreitet, um seine Feinde in den Staub zu werfen«, verkündete er. Und dann ging er mit großen Schritten weiter, ohne die Antwort abzuwarten, er wollte nachsehen, ob man seinen Brustharnisch nach der Schlacht um Withill Manor auch anständig gesäubert hatte. Margaret hob den Kopf von den Armen und starrte mit rotgeränderten Augen hinter ihm her.

»Das kommt daher, daß sie froh ist, ihn loszusein, wenn er Euch auch nur im Geringsten gleicht«, sagte sie gehässig.

»Margaret!« Gregory war entsetzt.

Margaret biß sich auf die Lippen und schniefte. Sie hatte sich mit der Weißen Dame des öfteren über dieses Thema unterhalten und wußte genau, wovon sie redete.

Ich mochte nicht glauben, was er mir an jenem Tag erzählte. Du lieber Gott! Meiner Lebtage hatte ich keine hirnverbranntere Idee gehört. So ist das bei den großen Herren: Sie haben einen Anflug von Hirnfieber, und flugs muß sich alles aufmachen und sich für ihre halbgaren Pläne umbringen lassen. Und alleweil Bücklinge machen und sagen: »Sehr wohl, Mylord! Brillant, Mylord!«

Gar nicht so übel, sich zu einem so gräßlichen, gefährlichen Ort wie Frankreich davonzumachen, wo alles die englischen Mistkerle haßt, wenn man Spaß an Mord und Vergewaltigung und Plünderung hat. Daheim können einem derlei Betätigungen nämlich viel Ärger eintragen, weil es die Nachbarn gegen einen aufbringt. Wohingegen man in fremden Landen seinem Sport huldigen und als reicher Mann heimkehren kann – falls man nicht als toter heimkehrt. Besser, falls man nicht teilweise heimkehrt. In der Regel das Herz in einem versiegelten Kästchen, das vereinfacht den Transport. Mir kann man nichts vormachen: Wenn etwas so unerquicklich ist, daß kein vernünftiger Mensch damit zu tun haben will, dann stellt man es flugs als Ehre hin.

Aber was tut ein Mann, der ein Meditationsbuch schreiben will, in Frankreich? Reich oder wohlhabend kommt er jedenfalls nicht nach Hause. Jede Wette, es klappt nicht. Aber wer fragt schon eine Frau? Wenn man bedenkt, wie alte Soldaten immer hinter dem Ofen hokken und prahlen, so sollte man meinen, eine Chronik ließe sich getrost in der Behaglichkeit der eigenen vier Wände schreiben. Die Wahrheit trägt einem ohnedies nur Scherereien ein, denn sie könnte im Widerspruch zu den ganzen Lügenmärchen stehen, die zu Papier gebracht werden sollen.

Aber hören Männer etwa auf die Stimme der Vernunft, wenn sie ganz aufgeblasen sind von ritterlichen Taten und *courtoisie*? Oh, nein. Das kommt, glaube ich, von ihrer Erziehung. Die macht sie leichtgläubig. Und vor allem wollen sie nicht hören, wenn die Stimme der Vernunft ihrer Frau gehört. Also ich, wenn ich ein Mann wäre, ich würde die Geldstrafe zahlen, mich nicht zum Ritter schlagen lassen und ein angenehmes Leben als Landedelmann führen und obendrein im Besitz meiner Arme und Beine bleiben. So machen es viele. In der City hält man es für klug und nicht für feige, sich von der Heerfolge freizukaufen. Das Geschäft trägt die Geldstrafe, denn es ist eine vernünftige Investition. Das hat mir

Master Kendall erklärt, als er sich selbst freigekauft hatte, weil er ›für die Ehre zu alt sei‹, so hat er es in seinem Brief an den König ausgedrückt. Aber damit würde Gregory natürlich nicht durchkommen – nicht bei dieser Familie und falls er vor Gericht gewinnen und eines Tages seine Pacht eintreiben und seine Schulden abzahlen will. So haben ihm Ruhm und Ehre die Vereinbarung versüßt und ihm obendrein noch den Kopf verdreht.

Ja, sogar ich kam in Versuchung, das Ganze für das Beste zu halten. An diesem Abend blickten ihn sein Vater und sein älterer Bruder immer wieder verstohlen an, so als hätte er ganz unerwartete und bewundernswerte Taten vollbracht. Ein ums andere Mal musterte ihn sein Vater gedankenverloren von Kopf bis Fuß – so wie man wohl ein Fohlen mit schlechter Veranlagung mustern würde, das den besten Hengst der ganzen Gegend ausgestochen hat. Stumm und staunend. Und dann brummte er in seinen Bart: »Im persönlichen Gefolge des Herzogs. Nicht zu fassen!« als könnte ihn niemand hören. Gregory machte den Mund nicht auf, aber er sonnte sich in seinem Ruhm. Wenn nämlich Männer einen der Ihren bei der ›Ehre‹ gepackt haben, kann sich das Opfer gewöhnlich nicht herauswinden, auch wenn es das noch so gern möchte. Das ist genau wie mit einer Ehe, auf die man keinen Wert legt, die aber abgesprochen wird. Man kann nicht einfach ausrücken. Man muß es durchstehen und hoffen, daß sich alles zum Besten kehrt. Was es meiner Erfahrung nach in der Regel nicht tut.

Männer, o ja, die haben etwas übrig für das ganze Brimborium des Krieges. Sogar Gregory hatte diesen ernsten, verinnerlichten Blick, als er verkündete, er brauche einen neuen Brustharnisch und Helm, die seiner neuen Würde angemessener seien, und schon ging es auf nach London zum Waffenschmied, um eine Ausrüstung zu kaufen. Er kam mit allerhand Krimskrams zurück, darunter auch ein langer Militärmantel, der zum Reiten vorn und hinten bis zur Mitte geschlitzt war und die drei Muscheln und den roten Löwen der de Vilers aufgestickt trug. Es war, als hätte er sich eine Krankheit zugezogen. Wo waren sein Sinn für Humor, wo die leise Selbstironie geblieben, mit der er sich über sich selbst lustig machte, wenn er merkte, daß er sich besonders großgetan hatte, wo sein scharfes Auge, das allen weltlichen Lug und Trug durchschaute? Stolzgeschwellt von Ruhm und Ehre, so ging er einher, und früher hatte er darüber gespottet, wer wo saß, wer als erster bedient wurde, wieviele Reisige man einstellen mußte. Jetzt wollte er das Familienwappen abändern, damit er ein eigenes hätte, für wie viele Pferde sollte er sich verschulden, und sollte er ein Zelt bestellen und wenn, was für eines? Und ich bekam das natürlich auch zu spüren. Eines Tages kam er ganz erhitzt vom Drill mit diesem schaukelnden Reitergang nach Haus, den auch sein Vater und Bruder hatten, und redete mich in vollem Ernst mit ›Frau Gemahlin‹ an.

»Gregory!« Ich war entgeistert.

»Respektiere, bitte, meine Stellung«, sagte er, und ich suchte auf seinem Gesicht vergebens nach einem Anflug seines alten spöttischen Lächelns. »Du darfst mich Herr Gemahl nennen, oder, nach Pfingsten, Sir Gilbert. Du solltest dich daran gewöhnen, damit du nicht mich vor anderen blamierst.«

Ich drehte mich um und entfloh. Bei der Jungfrau Maria, dachte ich, viel fehlt nicht, und er ist wie sein Vater. Ich mußte mich verstecken, ich mußte nachdenken, doch überall wimmelte es von Familie und Knechten. Blieb mir nur die Kellertreppe mit den Spinnen, um mir die Tränen ab- und den Schmutz draufzuwischen.

»Lieber Gott, wie erlöst man Männer nur von ihrer Torheit?« weinte ich. Doch Gott, der häufig so geschwätzig ist, schwieg sich zu diesem Thema völlig aus. Ich wartete lange, bis keine Tränen mehr kommen wollten. »Du bist mir vielleicht eine Hilfe«, sagte ich, stand auf und wischte mir den Schmutz ab. »Ich finde, ein wenig Rücksichtnahme, und Du könntest mich nach Deinem göttlichen Rat führen, wo ich ihn so nötig brauche.« Ich glättete mein Überkleid und fand eine saubere Stelle an meinem Ärmel, mit der ich mir den Schmutz vom Gesicht wischen konnte. »Na ja«, sagte ich bei mir, »da sieht man es einmal wieder. Seit Anfang der Welt hat man Frauen mit Dummköpfen verheiratet, und bislang haben sie es noch nicht geschafft, etwas an der Situation zu ändern. Ich werde also mein Bestes versuchen, was bleibt mir sonst auch übrig.«

Und auf ging es nach Leicester, um zuzusehen, wie Gregory zu Pfingsten in einer Massenzeremonie zum Ritter geschlagen wurde. Unter den Rittern waren ein paar spindeldürre, junge Söhne aus großen Familien – die trugen natürlich die Nase hoch und redeten nicht mit Hinz und Kunz. Aber sonst fühlte ich mich richtig heimisch in der Masse reicher Tuch- und Weinhändler und Seifensieder, die für die Ehre und deren Feier gutes, hartes Geld für sich oder ihre Söhne hatten springen lassen. Ein paar kannte ich sogar von London her, und einer hatte vor dem Gottesdienst die Frechheit, mich vor dem Kirchenportal anzurempeln und zu sagen: »Ei, ei, Mistress Margaret, weit haben wir es in der Welt gebracht, was?«

Frisch gebadet und von der Nachtwache vor dem Altar etwas hohläugig, so kamen die künftigen Ritter im Gänsemarsch in die Kirche, dann knieten sie zum Ritterschlag nieder und ließen sich vom Herzog Gehenk und Schwert überreichen. Gregorys Vater und Bruder schnallten ihm höchstpersönlich die Sporen an, und er war so von sich eingenommen, daß er im darauffolgenden Turnier drei Männer abwarf, selbst aber kein einziges Mal abgeworfen wurde, obwohl ein Hieb ziemlich auf die Mitte seines Schildes traf.

Doch als an diesem Abend das Fest vorbei war und sich der große Tanzsaal in der Burg von Leicester leerte, da war es vorbei mit der Jubelmiene, er wirkte eher gequält. Wir saßen zusammen in dem großen Gästebett, und ich legte ihm die Hand auf den sehnigen, narbigen Arm.

»Was ist los, Gregory?« Er fuhr zusammen.

»Nenne mich nicht mehr so, das habe ich dir doch bereits gesagt.«

»Herr Gemahl, in der Öffentlichkeit tue ich das auch nicht. Darf ich mir denn nicht ein wenig von unseren anfänglichen Gefühlen für unsere Zweisamkeit bewahren?«

»Das erinnert mich an – an das, was ich getan habe. Und an das, was ich bin, anstelle dessen, was ich sein sollte.« Ich nahm seine große, starkknochige Hand in meine beiden kleinen und drückte sie. Selbst im Dämmer hinter den Vorhängen spürte ich den Kummer und die Sorge in seinen dunklen Augen.

»Und was hast du getan, außer mir das Leben gerettet und mir wieder Hoffnung gegeben?«

»All diese Ehrungen, und das auf dem Grabe eines toten Mannes«, murmelte er bei sich. »Ich wollte mich Gott weihen, und dann habe ich gesündigt, und statt mich in die Feuergrube zu werfen, flicht man mir Ehrenkränze, wie ich es mir nie hätte träumen lassen.«

»Oh, Hausvater, so darfst du nicht denken. Wie sonst

kommen Erben wohl zu Titeln, wenn nicht auf dem Grab eines anderen? Wo ist da der Unterschied, wenn uns Master Kendall gestorben ist und du durch sein Erbe ein angenehmes Leben führen kannst?«

»Aber Margaret, dich habe ich nicht geerbt, dich habe ich gestohlen.«

»Aber nicht zu seinen Lebzeiten. Du hast dich immer wie ein Ehrenmann benommen. Er hat dir vertraut und war dir freundschaftlich gesinnt. Das ist mehr, als seine Söhne von sich sagen konnten.«

»Vertraut – mein Gott, noch schlimmer. Es zerfrißt mir die Seele, das, was wir zusammen getan haben – er hat mir vertraut, und ich habe ihm die Frau weggenommen. Ich habe gegen Gottes Gebot verstoßen um dieser süßen, süßen Sünde willen. Ich kann nicht mehr reinen Herzens beten –«. Ich spürte, wie er erschauerte. »Falls es keine Sünde war, eine Wittib zu heiraten, warum sollte die Kirche es mir dann verbieten?«

»Beruhige dein Gewissen, Gregory. Deine Gewissensbisse sind ganz und gar unnötig. Es gibt hundert Männer, die sich ohne weiteres eine Wittib wegen ihres Geldes schnappen würden, ohne auch nur die leisesten Schuldgefühle zu haben. Für die wäre das Grund zur Freude, und so solltest du das auch sehen.«

Es klang entsetzt, als er sagte: »Selbst du – du glaubst, ich habe es des Geldes wegen getan – für – das hier«, und seine Hand umfaßte seine neue Welt »und wegen – o Gott – wegen –«

»Gregory, ich weiß doch, daß es nicht so ist. Zählt das denn gar nicht?«

»Doch ja. Es muß«, murmelte er fiebrig.

Dann ging es nach Brokesford zurück, um die letzten Vorkehrungen für den Ritt zur Küste und das Einschiffen nach Frankreich zu treffen. Alles war in Aufruhr: Sir Hubert ritt durchs Dorf und suchte die Männer aus, die am Ende mit ihm reiten sollten, und da gab es viel Weinen und Wehklagen in den kleinen Katen an dem morastigen Weg. Gregory hatte zwei Knaben für die Pferde eingestellt und einen sturen, pickligen Knappen namens Piers, der mir das Leben durch seine Liebeserklärungen noch schwerer machte, mir, die ich für ihn so unerreichbar war wie die Sterne. Als ich ihm gebot, damit aufzuhören, sagte er, er wäre in heiliger, unauslöschlicher Leidenschaft zu mir entbrannt und schlug sich auf die Brust, ehe er hinter Cis herlief, die ihn in den Pferdetrog schubste. Die Mädchen sahen ehrfürchtig zu, wie Damien seine Rüstung anprobierte und das Pferdegeschirr polierte. Sie baten ihn, einmal fühlen zu dürfen, wie scharf seine Schwertklinge war, und er sagte, sie trauten sich ja doch nicht – und außerdem würden ihre fettigen Finger die Schneide stumpf machen. Cecily schaffte es natürlich, sich in den Finger zu schneiden.

Kurzum, alles rannte durch die Gegend, tat geschäftig und tat groß, wie das vor einem Feldzug immer der Fall ist. Alle außer Gregory. Nach dem morgendlichen Drill saß er stumm in einer Ecke der Kapelle an Vater Simeons kleinem, achteckigem Schreibtisch und schrieb ohne Unterlaß vom späten Nachmittag bis in die Nacht. Endlich hielt es mich nicht länger. Wieso rannte er nicht durch die Gegend, spuckte große Töne und betrank sich wie die Übrigen?

Die Sonne wollte schon untergehen, und fast der gesamte Haushalt lag bereits im Bett, da suchte ich ihn in der Kapelle auf. Beim Licht einer einzigen, flackernden Kerze, einem schwachen Ersatz für das schwindende Tageslicht, hatte er sich ganz in seine Schreiberei vertieft. Die Feder in seiner rechten Hand glitt über die Seite, dicht gefolgt von der linken mit dem Messerchen, mit dem er kleine Fehler verbesserte. Wenn ich ihn erschreckte, würde er vielleicht einen Klecks machen, und was seine Schrift angeht, so darf sie bei Gregory nicht anders als mustergültig sein. Wenn er einen Klecks macht, ist er zuweilen stundenlang nicht zu gebrauchen.

»Margaret?« Er blickte von seiner Schreibarbeit auf. »Was tust du hier?«

»Das Gleiche wollte ich dich auch fragen«, gab ich zurück. Und als er die Tinte sicher aufbewahrt hatte, stellte ich mich hinter ihn, umschlang ihn mit den Armen und küßte ihn auf den Hals.

»O Margaret«, sagte er gespielt vorwurfsvoll, »es steht geschrieben, daß Frauen unersättlich sind, und das stimmt. Hast du denn nichts anderes im Sinn?«

»Doch – ich möchte wissen, warum du alleweil nur schreibst. Schließlich hat der Herzog die Heldentaten, über die du berichten sollst, noch gar nicht vollbracht.«

»O ja, hat er wohl, und ich muß das Gewesene aufzeichnen, ehe ich über das Kommende schreiben kann.«

Ich blickte ihm über die Schulter und sah das Geschriebene. Es war in Latein abgefaßt, doch ein paar Worte konnte ich ausmachen. »Aber ich sehe da so etwas wie *angeli* und *Deus* und – das da unten sieht wie *Adam* und *Eva* aus, und – das da, das sieht aus wie der Turm von Babel.«

»Also, Margaret, vielleicht ist es doch ein Fehler, Frauen das Lesen zu lehren, wenn man ihnen weiter keine Bildung vermittelt.«

»Ei, das ist gemein. Warum unternimmst du nichts dagegen und erklärst mir alles?«

Er seufzte, dann erklärte er mir alles sehr langsam und deutlich, so als wäre ich einfältig oder taub.

»Alle ordentlichen Chroniken beginnen beim Anfang

der Welt, Margaret – deshalb habe ich noch viel zu tun, bis ich den Anschluß an unsere Zeit gefunden habe. Ich hatte gehofft, ich könnte das alles vor meinem Aufbruch fertigstellen, aber hier ist letztens alles so durcheinander gegangen.«

»Warum schreibst du nicht einfach nur über den Herzog und läßt den Turm von Babel aus?«

»Margaret, wenn du gebildet wärst, würdest du verstehen, daß eine Chronik, die erst heute beginnt, nichts weiter als eine Klatschgeschichte ist. Es mangelt ihr an Gehalt.« Während wir sprachen, war es im Raum dunkel geworden, und die flackernde Kerze machte aus seinen hübschen Zügen ein Relief, als er jetzt eine dunkle Braue wölbte und sein etwas spöttisches Lächeln lächelte.

»Es tut mir leid, daß ich so gar nichts von den Klassikern und den ganzen großen Meistern verstehe, so wie du – ich dachte doch bloß, du könntest Zeit sparen.« Ich halte das immer noch für eine gute Idee, ganz gleich was Männer darüber denken.

»Das sollte man dir nicht übelnehmen, Margaret. Aber Schreiben hat nichts mit gesundem Menschenverstand zu tun, so wie man auf dem Markt Fisch kauft. Das hat etwas damit zu tun, an welche Lehre und Form man sich hält. Es gleicht deiner Idee von damals, daß alles in Englisch geschrieben werden sollte, weil mehr Leute Englisch sprechen als Latein. Durchaus vernünftig, nur daß die Leute, die Englisch sprechen, nicht lesen können, und niemand der lesen kann, achtet ein Werk, das nicht in Latein abgefaßt ist. Und wenn man sich an die gegebene Form hält, vermeidet man dumme Fehler und Peinlichkeiten. Darum sind die Maßstäbe der Zivilisation absolut und universal. Es ist damit wie mit der Wahrheit: Zwei Arten gibt es nicht.«

Ich finde immer noch, daß meine Idee auch gut war,

selbst wenn sie noch ein paar Ecken und Kanten aufwies, die man glätten müßte. Doch das habe ich ihm auch nicht gesagt. Außerdem ist er so hinreißend, wenn er den Schulmeister herauskehrt. Sein Gesicht wird ganz ernst, und seine Augen strahlen, und dann erzählt er einem alles über den heiligen Augustinus oder über Aristoteles oder irgend jemand, der schon lange Zeit tot ist.

»Du siehst also«, fuhr er fort, »Latein macht ein Werk gehaltvoller, und das gilt auch, wenn man beim Anfang der Welt anfängt.«

»Hat Aristoteles auch beim Anfang der Welt angefangen?« fragte ich. Er lächelte.

»Ach Margaret. Du Dummerchen, du liebes Dummerchen. Aristoteles hat keine Chroniken geschrieben. Aber ich versichere dir, er hat immer beim Anfang angefangen.«

Wieder einmal geschlagen. Aber es gab auch gewisse Vorteile. Ich lag dann wohl mit offenen Augen im Bett und wartete auf ihn, weil ich ohne ihn nicht einschlafen konnte. Und wenn ich die auf- und abtanzende Kerze durch das Dunkel kommen sah, während er sich mühsam um die Hunde herum den Weg zum Bett suchte, dann jauchzte ich innerlich, weil alle anderen tief und fest schliefen. Denn dann, ach, nur dann, setzten wir das wonnigliche Dunkel in Brand.

Aber unsere gemeinsame Zeit war allzu kurz, und je näher die Abschiedsstunde rückte, desto fieberhafter wurden wir, so als sollten wir uns in diesem Leben nie wiedersehen. Und immer mehr wurde uns bewußt, was wir alles zu verlieren hatten; und doch hielt uns etwas davon ab, es laut auszusprechen, möglicherweise die Angst, daß es dann eintreten würde. In dieser turbulenten Zeit geriet sogar der Anfang der Welt in Vergessenheit. Nur eine eiserne Gesundheit bewahrte Sir Hubert und seine Nachbarn vor dem Zusammenbruch, sonst hätten sie die Folgen von Gastmählern, die zu jedem Ausmarsch gehörten und immer im Vollrausch endeten, nicht überlebt. Unter der Stiege und in den Schlafkammern im Turm ging es auch hoch her, denn welche Frau könnte einen Helden, der vielleicht nicht wiederkehrt, zu solchen Zeiten etwas abschlagen?

»Also, Margaret, wir reiten nach Dover, kampieren dort, bis Männer und Pferde gemustert sind, und dann geht es über das Wasser auf zur Normandie und zu Ruhm und Ehre.« Ich saß mit einer Flickarbeit in der Fensterbank im Söller, während Gregory mir alles erklärte, nur um mir die Furcht zu nehmen; nichts leichter als das, behauptete er. Er hatte auf der Bank gegenüber mehrere Bündel ausgebreitet und ging deren Inhalt durch. Die Mädchen hörten ausnahmsweise einmal schweigend zu.

»Ihr mustert Pferde an? Werden die etwa auch bezahlt?«

»Nein, das nicht. Nur die Männer – und ich möchte hinzufügen, daß sich mein Sold seit meinem Ritterschlag beträchtlich erhöht hat. Lediglich der Wert jedes Pferdes, das wir mitbringen, wird vermerkt, damit man uns, falls wir es verlieren, entschädigen kann.«

»Und wer entschädigt mich, wenn ich dich verliere?«

»Sei nicht albern, Margaret. Ich bin doch kein Pferd. Außerdem bekomme ich ein Drittel des Soldes vom ganzen Feldzug auf einmal und im voraus. Das schicke ich dir von Dover, damit kannst du die Lombarden bezahlen. Gut so? Sieh doch nicht so bläßlich drein. Ich komme wieder. Schließlich sind es nur ein paar Monate. Anders wäre es, wenn ich mit Vater reiten würde. Der hält sich an nichts und pfeift auf die Folgen. Das ist auch der

Grund, warum ich dir nie etwas über unseren letzten Feldzug in Frankreich erzählt habe. Doch im Stab des Befehlshabers, das ist eine andere Sache. Dort findet man Ruhm und Ehre nach Herzenslust. – Piers, würdest du bitte nachsehen, ob meine Packpferde schon fertig beladen sind?«

Gregory ging sein letztes Bündel durch und prüfte alles noch einmal, ehe er es eigenhändig zusammenpackte und es gegen die Feuchtigkeit in ein Stück ungegerbtes Leder einschlug. Ein Kästchen mit Federn, Papier und ein gut versiegeltes Tintenhorn, das sollte ihn bis zu seiner Rückkehr immer begleiten. Auch Damien schnürte auf dem Fußboden des Söllers die letzten Sachen in sein Bündel. Alles drehte sich um, als Robert, der Knappe, lässig pfeifend und mit der Blume irgendeiner Minneliebsten am Hut an ihm vorbeischlenderte.

»Sir Hugo läßt dir ausrichten, du sollst dich beeilen«, sagte er und sah Damien bei der Arbeit zu. Dann glättete er eine Braue mit dem Zeigefinger und hänselte ihn: »Ei, ei, Damien, kein Liebespfand? Minnst du denn keine Herrin?«

»Aber gewiß doch«, sagte Damien fröhlich und schnürte sein Bündel zu. »Die Herrin, meine Mutter.«

»Die Herrin, deine Mutter?« wiederholte Robert etwas spöttisch. »Die hat dir also ein Liebespfand gegeben?«

»Aber ja doch. Einen Kuß beim Abschied, als ich in den Dienst ging, und ein besseres Liebespfand kann ich mir nicht denken.«

»Damien, du bist und bleibst ein Dorftrottel. Du brauchst eine richtige Herrin, keine Mutter. Ich selber«, und dabei lächelte er ein böses Lächeln, »ich minne die Frau von Sir John, die Herrin Geneviève.« Du Schlauberger, dachte ich, und nur darum bist du heraufgekommen. Erst küssen, dann ausplaudern; sind doch alle gleich, die Männer, ob nun alt oder jung. Von einigen Ausnahmen abgesehen – und das sind so verschwindend wenig, daß sie kaum ins Gewicht fallen.

»Wer minnt die wohl nicht«, sagte Damien fröhlich. »Wenn ich mir eine Herrin erwähle, dann eine keusche, die Liebespfänder nicht verteilt wie der Priester seinen Segen. Die bete ich dann aus der Ferne an und erwerbe mir einen großen Ruf, lange nachdem alle vergessen haben, mit wem du dich im Dreck gesuhlt hast.«

»Große Worte, große Worte für jemand, der so langsam ist wie du«, erwiderte Robert ungerührt, denn er war losgeworden, was er sagen wollte.

»Damien, Damien.« Cecily saß nicht mehr neben mir, sie stand bei ihm, der noch auf dem Boden hockte. Ihre Schwester folgte ihr auf den Fersen. Cecily hatte sich das Band aus ihrem roten Lockenschopf gezogen und hielt es ihm hin.

»Was ist das?« sagte er und blickte auf.

»Mein Liebespfand«, sagte sie und reichte ihm das lappige, schmutzige Ding. Robert lachte spöttisch. Alisons Gesicht lief rot an, Tränen schossen ihr in die Augen und liefen herunter.

»Du bist gemein, Cecily, immer mußt du die erste sein!« heulte sie.

»Du bist keine Herrin«, beharrte Cecily.

»Alison, Cecily! Benehmt euch!« Erschreckend, wie keck sie geworden waren. Cecily reckte das Kinn auf ihre störrische Art. Gleich würde es Ärger geben.

»Keine Bange, Dame Margaret. Ich nehme es ihr nicht übel.« Damiens gute Laune war unverwüstlich.

»Du hast gesagt, daß du keine Herrin hast«, wiederholte Cecily.

»Meins auch, meins auch! Cecily kann keine Herrin

sein. Dazu ist sie viel zu gemein!« Alisons Stummelfingerchen zogen das Haarband heraus.

»Anscheinend habe ich doch eine«, sagte Damien etwas verdutzt. »Eigentlich zwei kleine Herrinnen. Wenn ihr groß seid, erwählt ihr gewißlich glänzendere Ritter als mich, heute jedoch ist es mir eine Ehre.« Das gehörte zu den Dingen, die Damien so liebenswert machten: Er nahm Kinder immer ernst und beim Wort. Er griff nach den beiden Haarbändern, schlang daraus einen kunstvollen Liebesknoten und band sich die Enden um den Ärmel.

»So«, sagte er. »Jetzt kann ich es mit Drachen aufnehmen – mit Menschenfressern – und sogar mit den Franzosen.« Er lächelte wie gewohnt von einem Ohr zum anderen, ein sonniges Lächeln. Robert schaute angewidert drein. Gregory, der dem Ganzen mit strenger und mißbilligender Miene zugesehen hatte, schüttelte nur den Kopf, als wollte er sagen, Frauen, schamlos, kaum daß sie aus der Wiege sind.

»Herr Gemahl«, sagte ich, »Ihr habt Euch von mir nichts erbeten.«

»Von einer Ehefrau? Frankreich ist kein Turnier; außerdem besteht mein Gepäck diesmal aus Federn.«

»Und aus einem Schwert. Aber meinen Segen verweigert Ihr doch nicht?« Meine Dreistigkeit belustigte ihn. Wer hatte hier schließlich Theologie studiert?

»Natürlich nicht«, antwortete er. »Nur immer zu.«

Ich konnte nicht anders. Als er sich bei der Fensterbank vor mich hinkniete, da spürte ich, wie das Licht in mir hochstieg. Ich legte ihm die Hände auf und fühlte, wie es aufflammte und sich den Weg bahnte. Es leuchtete durch die Knochen meiner Hände und loderte zwischen uns wie eine dünne Flammenwand. Es rann durch unsere beiden Leiber und heilte unterwegs – eine alte

Prellung, eine Muskelverspannung, einen Schnitt mit dem Küchenmesser. Es war, als lebte es. Und als alles vorbei war, breitete es sich aus und erhellte den Raum – ein gelbliches Hellrosa, ehe es aufglühte und verlosch.

»Mein Gott, Margaret, hast du aber kühle Hände«, sagte Gregory. Er bewegte die Schultern. »Hmm. Komisch. Diese Prellung, die ich mir an der Stechpuppe zugezogen habe, fühlt sich viel besser an. Hast du gemerkt, wie die Sonne gerade eben hinter einer Wolke hervorgekommen ist? Hat das Zimmer richtig hell gemacht.«

Damien und Robert waren ganz still geworden. Sie hatten von dem, was sie gerade taten, abgelassen und standen wie angewurzelt.

»Was guckt ihr so?« fragte Alison. »Genau das macht Mama immer, wenn wir uns das Knie aufgeschlagen haben.«

»Mylady Margaret«, sagte Damien mit unsicherer Stimme, »würdet Ihr mich auch segnen?« Robert tat es ihm stumm nach, und so knieten sie sich einer nach dem anderen hin. Wie hätte ich ihnen abschlagen können, was sie brauchten, selbst wenn ich mich damit verriet?

Aber als sie danach ganz ehrfürchtig vor mir standen, flüsterte Gregory mir ins Ohr: »Margaret, es ist nicht nett, Leichtgläubige hereinzulegen.« Ich gab keine Antwort. Ehemänner sind vermutlich immer die Letzten, welche die guten Eigenschaften ihrer Frauen zu schätzen wissen. Aber man sollte meinen, daß er, der die ganze Geschichte meiner Abenteuer mit dem *Licht* kannte, es hätte erkennen müssen, wenn er es sah.

»Was geht hier vor? Ihr braucht so lange! Zu lange! Die Männer sind auf dem Hof, und die Pferde warten!

Schluß mit dem rührseligen Abschiednehmen!« Unbemerkt war Hugo die Stiege heraufgekommen, und seine lauten Worte durchbrachen die eigenartige Stille im Raum.

»Damien, der Packen da hätte schon lange aufgeladen sein sollen!« brüllte er. Damien warf ihn sich über die Schulter. Mit Cecily und Alison an der Hand folgte ich den Männern die Stiege hinunter durch den Palas auf den Hof.

Die Morgenröte war verblaßt und der Morgen frisch und schön. Vögel sangen im Obstgarten, wo die Bäume schon kleine, grüne Früchte angesetzt hatten. Knechte hielten die großen Schlachtrösser, welche die berittenen Knappen bis zur Küste hinter sich herführen würden. Die Rüstungen waren bereits auf die Packpferde verladen, und gerade schnallte man das letzte Gepäck fest. Die Männer aus den Dörfern, ohne Rüstung und nur im ledernen Brustharnisch, standen da mit ihren Piken, andere mit dem Langbogen auf dem Rücken, während ihre Frauen sie in die Arme schlossen und weinten.

Gregory hatte mir schon gesagt, daß ich als die einzige Dame dort mit gutem Beispiel vorangehen müsse. Da stand ich nun todunglücklich und verlassen unter dem Rundbogen der Tür und hielt sein großes Schwert umklammert. Er sollte als Letzter der Familie aufsteigen. Man führte sein Pferd zum Fuß der Treppe, er stieg feierlich auf, ich reichte ihm mit unbewegtem Gesicht das Schwert hoch, während die Dorfbewohner sich umdrehten, denn sie wollten das kleine Schauspiel nicht verpassen. Beim Adel ist der schöne Schein alles. Ich habe Gauklern bei der Arbeit zugeschaut, ich weiß Bescheid. Dann wurden die Tore aufgeworfen, und Sir Hubert, aufs feinste ausstaffiert, gab das Signal zum Aufbruch. Sie waren ein wackerer Haufen, selbst für so ein kleines

Landgut, mit den wippenden Fähnchen an ihren Lanzen und den goldbestickten Überkleidern, auf denen das Wappen der de Vilers prangte. Und keine Familie war besser beritten. Sir Hubert hatte seine Ställe für den Feldzug geplündert – und die waren selbst damals schon beachtlich.

Als der Letzte des Trupps durch das Tor ritt, spürte ich, wie eine Art großer, gräßlicher Kloß in mir hochstieg. Er wurde immer größer und drückte mir aufs wild hämmernde Herz, stieg mir die Kehle hoch und erstickte mich beinahe. Sie hatten schon die lange, baumgesäumte Auffahrt hinter sich, als es meinen ganzen Leib ergriff. Panik. Helle Panik.

»Wartet, wartet!« schrie ich ihnen nach. Die Frauen im Hof starrten mich an.

»Nicht fortgehen!« schrie ich und begann ganz außer mir, hinter ihnen herzulaufen. Leute wichen mir aus, damit ich wie eine Wilde über den Hof und durch die noch nicht geschlossenen Tore rennen konnte. Die Scheidenden zogen noch immer würdevoll im Schrittempo dahin, wobei die nicht berittenen Soldaten hinter den Reisigen hergingen. Mein Atem kam in schmerzhaften Stößen, die Brust wollte mir schier bersten, während ich lief – vorbei an den Marschierenden, die sich umdrehten und gafften, vorbei an Knechten und Packpferden, Knappen und den neben ihnen am Halfter hertänzelnden Schlachtrössern, bis zur Familie, die an der Spitze ritt und unbeweglich geradeaus blickte. Gregory ritt gleich hinter seinem Vater und seinem Bruder. Als ich ihn einholte und mich an seinen Steigbügel hängte, keuchte ich so jämmerlich, daß ich kein Wort herausbrachte. Da ich seinen Steigbügel nicht fahren lassen wollte, löste er sich aus der Marschreihe, blickte mich aber die ganze Zeit über mißbilligend an.

»Was ist, Margaret? Du machst mich zum Narren«, zischte er und zügelte sein Reitpferd am Wegesrand. Ich klammerte mich immer noch an seinen Steigbügel, sonst wäre ich hingefallen, dann brachte ich stoßweise heraus: »Warte – ach, warte.«

»Worauf um Himmels willen?« fragte er und blickte mir ins verzweifelte, tränenüberströmte Gesicht.

»Sag es, in Gottes Namen – so sag es doch. Geh nicht fort, ohne es gesagt zu haben.«

»Was soll ich sagen?« Er blickte jetzt völlig verdutzt.

»Sag ›ich liebe dich‹. Du mußt ›ich liebe dich‹ sagen, ehe du gehst.«

»Ach Margaret, du Dummerchen«, sagte er, und sein Gesicht war ganz Zärtlichkeit. »Du weißt doch, daß es so ist.« Er beugte sich herab und löste sacht meine Hände von seinem Steigbügel, und dann küßte er mein erhobenes Gesicht, wie man wohl einen Säugling küßt.

»So, und jetzt kein Aufhebens mehr, benimm dich wie eine Dame«, ermahnte er mich und wandte das ungeduldig tänzelnde Pferd. »Gott segne dich, Margaret«, hörte ich ihn sagen, als er sein Reittier anspornte, denn er wollte die entschwindende Marschkolonne wieder einholen.

»Lieber Gott«, flüsterte ich bei mir. »Wir haben nicht –«. Die Knie wurden mir so weich, daß ich mich hinsetzen mußte, geradewegs in den Dreck am Wegesrand. »Es ist alles aus.«

Jetzt muß ich von etwas berichten, was immer wieder geschieht: In einem Herrenhaus verändert sich etwas, wenn nur noch alte Männer und Knaben da sind. Und das sind die Frauen. Frauen, die sonst stumm dabeisitzen, machen jetzt den Mund auf; Frauen, die schwach sind, pflanzen und säen und ernten; Frauen, die einfältig sind, können klug urteilen, und Frauen, die beim Anblick von Blut in Ohnmacht fallen, verteidigen große Häuser mit Pfeilen und siedendem Öl. Es ist, als hätte sich ein Zauberbann gehoben: Kehren die Männer zurück, so auch der Zauberbann, und wir werden allesamt wieder einfältig und schwach. Wie das geschehen kann, bleibt Geheimnis. Und natürlich wissen die Männer von gar nichts, da sie ja die Verwandlung nicht miterlebt haben. Nur, was bringt sie auf die Idee, sie könnten bei ihrer Heimkehr alles unverändert vorfinden, wenn wir tatsächlich so unfähig wären, wie sie glauben?

So geschah es auch in Brokesford, wo man die Veränderung zuerst in der Dorfschenke merken konnte. Ohne Ehemänner, die den Frauen verbieten können, sich zu treffen, zu trinken und zu schwatzen, saßen die Bänke voller schnatternder Frauen, die ihr hartes Tagewerk beendeten wie sonst die Männer. Und da die Herren auch fort waren, nahm die Wilddieberei zu, denn Frauen haben genausoviel Spaß an der Jagd wie Männer. Der Hausverwalter drückte ein Auge zu, wenn die Bäuerinnen um diese Jahreszeit auf Schädlingsjagd gingen, damit schützten sie die Ernte und die Hühnerställe, solange die Herren abwesend waren.

Immer wieder fand ich das Backhaus, das Malzhaus oder die Käserei verlassen vor und mußte höchstpersönlich die streunenden Mägde herbeiholen. Und ich fand sie inmitten einer Schar anderer, kreischender Bäuerinnen, wie sie Kaninchen zu Tode prügelten, kleine Geschöpfe, die vor dem Frettchen mit dem Maulkorb flohen, das man in ihrem Bau auf sie losgelassen hatte. Wenn sie auftauchten, verfingen sie sich in den Netzen, die man über die Eingänge gespannt hatte, und schon bald schmorten sie im Topf oder wurden zu Handschuhen verarbeitet. Ich kann die Kaninchenjagd einfach nicht ausstehen. Denn ein Kaninchen schreit nur in Todesangst, dann, wenn es die Keule niedersausen sieht. Es ist ein dünner, spitzer Schrei, der geht durch Mark und Bein. Ich würde meine ganze Kraft brauchen, um mir über dem unheimlichen Wehgeschrei Gehör zu verschaffen und die Leute wieder an ihre Arbeit zu schikken.

Und da ich hier die Herrin war, im Augenblick jedenfalls, wurde ich ständig von Bittstellern angegangen, zumeist mit Bitten um Aufhebung eines Urteils vom Hausverwalter. Aber auch immer mehr Frauen mit vertraut aussehenden kleinen, blonden Kindern auf dem Arm bettelten um Almosen. Vermutlich dachten sie, ich wäre mitfühlender als der alte Lord, der immer sagte: »Wenn ich einer helfe, habe ich sie alle am Hals; außerdem weiß man nicht einmal, ob sie alle von mir sind. Frauen, pa, können ihre Röcke nicht zusammenhalten! Für eine Unterstützung würden die Gott weiß was behaupten.«

Aber ich habe es noch nie übers Herz gebracht, ein Kind in Not abzuweisen, und obwohl der alte Lord mir keinen Penny Bargeld dagelassen hatte, trieb ich irgendwo immer eine Mahlzeit und nachgelesene Ähren und alte Kleidungsstücke und Bahnen groben Wolltuches auf, und dann gingen sie nicht so nackt und hungrig, wie sie gekommen waren. Doch der Hausverwalter beklagte sich, daß ich zuviel weggäbe, und jeder Zusammenstoß mit ihm wurde grimmiger, so daß ich mich am Ende vor jedem neuen fürchtete. Und natürlich war es mir peinlich, den neugierigen Mädchen zu erklären, worum es ging. Das dürfte meine Schuld sein, denn ich habe ihnen erzählt, Kinder bekommt man, wenn man heiratet. Damals hielt ich das für besser, als ihnen vorzumachen, Gott würde sie in einem Korb oder an einem Seil vom Himmel herablassen, doch ich hatte nicht vorausgesehen, daß ich mich in dem Lügengespinst verheddern könnte.

»Mama, warum kommen die Frauen mit ihren Kindern und betteln um Brot?« fragte Cecily, der nichts entging. »Warum backen sie das nicht zu Hause oder kaufen es beim Bäcker?«

»Mm. Sie haben kein Haus und kein Geld, Cecily.«

»Sind ihre Häuser abgebrannt?«

»Nicht ganz. Also, sie – ehem – sind nicht verheiratet.«

»Ach. Aber woher haben sie dann die Kinder? Hat Gott einen Fehler gemacht, als er den Korb heruntergelassen hat?«

»Woher weißt du das mit dem Korb, Cecily?«

»Ach, von Mutter Sarah. Sie hat mir alles erzählt. Der Korb ist aus Gold, und Gott holt ihn sich hinterher wieder – sonst wäre die Welt doch voller goldener Körbe. Ich finde, wenn solche Frauen sehen, daß der Korb kommt, sollten sie rufen: ›Lieber Gott, du machst einen Fehler. Ich habe noch nicht vor der Kirchentür gestanden. Schick mir den Korb wieder, wenn ich verheiratet bin‹.«

»Fürwahr, Cecily, eine gute Idee«, seufzte ich.

»Cecily ist blöd«, sagte Alison. »Gott macht keinen Fehler. Die Frauen sind alle verheiratet, und die Papas sind gestorben. Jetzt haben sie kein Haus und kein Geld mehr, genau wie wir.«

»Halt den Mund, Alison«, sagte Cecily und knuffte ihre Schwester. »Hab' ich dir nicht gesagt, daß du Mama nicht damit kommen sollst.« Als Alison losheulte, blickte mich Cecily mit bänglichen Augen an und suchte meinen ebenso bänglichen Blick. »So geht es uns doch niemals, nicht, Mama?« fragte sie.

»Nein, mein Herz, niemals. Um euch kümmert sich immer jemand. Euer Papa hat euch eine Mitgift hinterlassen, damit ihr heiraten könnt.« Falls ich die je in die Finger bekomme, dachte ich bei mir. Cecily schwieg und ließ sich das durch den Kopf gehen.

»Mama«, sagte sie auf einmal, »sollen Ritter nicht Witwen und Waisen beschützen?« Ich zögerte einen Augenblick bei dem Gedanken an all die Witwen und Waisen, die sie gerade auf dem Kontinent machten.

»Aber ja doch, Cecily«, antwortete ich.

»Stiefgroßvater ist ein Ritter. Warum gibt er ihnen nichts?« Ich geriet immer tiefer in den Sumpf. Wieder seufzte ich.

»Zuweilen vergessen Menschen, was sie sich vorgenommen hatten.«

Von hinten fuhr eine weibliche Stimme dazwischen: »Ihr seht wohl alles im rosigen Licht, was?« Es war Cis, die Dreiste, die, mit einem Korb voll nasser Wäsche auf dem Kopf, die sie aufhängen wollte, auf dem Weg nach draußen war.

»Cis, du vergißt dich vor den Kindern«, protestierte ich.

»Entschuldigung, Mistress. Aber ich bin auch eine Waise, und da könnt Ihr sehen, wie gut man sich um mich gekümmert hat«, sagte sie und strich mit der Hand, die nicht den Wäschekorb hielt, das alte Kleid über ihrem Bauch glatt.

»Cis, du nicht auch noch.«

»Was denkt denn Ihr, was bei dem ganzen Geturne herauskommt? Wenn die an Eurer Statt hier wären, sie hätten mich schon an die Luft gesetzt wie einen Hund – und hätten sich eine neue Wäscherin genommen.« Das klang nicht bitter, sondern nur sachlich.

»Cis, ich helfe dir.«

»Womit denn? Mit einem Laib Brot? Einer alten, zerfledderten Decke? Laßt Euch gesagt sein, Lady, Ihr meint es gut, nur leben kann man davon nicht. Aber ich habe meinen Glauben. Gott hat mehr mit mir vor, und das nehme ich mir, wenn es soweit ist.«

Doch mir blieb nicht einmal Zeit, sie zum Schweigen zu bringen, da stürmten auch schon eine Horde schnatternder Frauen und Kinder auf uns ein, und das Thema war Gott sei Dank vergessen. Mutter Sarah, die alte Malkyn, Peg, die Milchmagd und ein halbes Dutzend andere.

»Mistress, kommt schnell! Der Hausverwalter hat einen Dieb in der Käserei erwischt!«

»Und wo wart ihr, als er eingedrungen ist? In der Schenke?« Ich eilte davon, und die ganze Schar folgte mir auf den Fersen, sogar Cis mit ihrem Korb Wäsche. Ich biß die Zähne zusammen und wappnete mich für den Kampf, als ich diese Vogelscheuche von einem Mann erblickte, den der Hausverwalter am Ohr gepackt hielt. Er hatte ihm die Hände auf dem Rücken zusammengebunden, und der alte Mann flehte um Gnade. Ein struppiger Köter, auf den niemand mehr Obacht gab, machte sich über die Reste des frischen, grünen Käses her, der, in das Seihtuch eingeschlagen, in welchem er eben noch gehangen hatte, auf der Erde lag.

»Und ich sage dir, wir hier hacken Dieben die Hand ab.« Der Hausverwalter fletschte die gelben Zähne und grinste heimtückisch. »Wenn du unschuldig bist, warum hast du dann nicht am Tor um Aufnahme gebeten?«

»Es war niemand da –«

»Und dir ist zu Ohren gekommen, daß der Herr nicht daheim ist und die Mistress nicht ganz richtig im Kopf –«

»Auf der Stelle aufhören!« rief ich und bemühte mich,

so grimmig zu klingen wie der alte Lord, was nicht einfach ist. »Wie könnt Ihr es wagen, in meiner Gegenwart schlecht von mir zu reden!«

»Wollt Ihr ihn hier hängen oder ihn ohne Hand fortschicken, Mylady?« fauchte der Hausverwalter. »Oder habt Ihr vor, hier nicht nur Bettler, sondern auch Diebe gastlich aufzunehmen?«

»Ihr könnt mir glauben, Sir Hubert bekommt jedes Eurer Worte zu hören, wenn er zurück ist. Ihr beleidigt mich, Ihr bringt Unehre über sein Haus, denn Ihr verweigert dem Mann Gerechtigkeit. Ich verspreche Euch, ich werde dafür sorgen, daß man Euch im Hof durchpeitscht wie einen Hund, wenn Ihr mir noch einmal in die Quere kommt. Ich will diesen Mann anhören.« Der Hausverwalter ließ das Ohr fahren.

»Raus mit der Wahrheit, du Schurke, oder ich reiß dir die Zunge raus, das schwör ich dir«, fuhr ihn der Hausverwalter an.

»Es ist alles ein Mißverständnis. Ich kann den Käse bezahlen«, sagte der Mann. Sein Gesicht hätte rundlicher sein können, aber seine grauen Augen gefielen mir, und er wußte seine Worte wohl zu setzen.

»Wie willst du zahlen, denn wenn du einen Penny hättest, wärst du in die Schenke gegangen und hättest besser gespeist als das hier –« Ich zeigte auf die Reste des Hundefutters.

»Sie hatte keinen Bedarf für das, was ich eintauschen wollte«, sagte er. Man konnte praktisch durch sein fadenscheiniges, braunes Gewand hindurchsehen. Seine mottenzerfressene Bruch reichte ihm bis zu den Knöcheln, und er ging barfuß, wie so viele um diese Jahreszeit. Sein Redeschwall nahm kein Ende, denn er schien wild entschlossen, mir etwas zu beweisen. »›Der Buschen ist gut genug für mich‹, so hat sie gesagt, ›was soll mir ein kunstvolles Gemälde‹. Aber für Euch könnte ich etwas Prächtiges machen. Ein hübsches Wappen für die Halle vielleicht? Ich kann von mir behaupten, daß ich schon für höchste Kreise gearbeitet habe. Ich ziehe doch nur durch diese gottverlassene Grafschaft, weil in der Kathedrale von York ein großer Auftrag auf mich wartet.« Ein Maler! Was für ein Glücksfall!

»Sind Eure Farben in dem Bündel da? Malkyn –« Ich nickte in Richtung des Bündels, und die alte Frau schlug es auf. Krüge, Schächtelchen, eine große Platte voller bunter Farbspritzer und Pinsel jeglicher Größe und Art kamen zum Vorschein.

»Wenigstens das stimmt, Mylady.« Der Verwalter sah wütend aus, weil man ihm die Beute weggeschnappt hatte. »Obwohl ich bezweifeln möchte, daß man an einer so großen Kathedrale wie der von York auf eine solche Jammergestalt wartet. Und glaubt ja nicht, daß Ihr mir dafür nicht bezahlt, denn ich erzähle es Sir Hubert bei seiner Rückkehr«, knurrte er bärbeißig, während der Kerl eilig seine Farben zusammensuchte. Habe ich schon erzählt, daß der Verwalter eine Art Vetter der Familie ist? Eine verarmte Linie. Darum betut er sich so und ist so unleidlich. Aber umgehen kann man ihn auch kaum.

»Unsere Kapelle ist frisch getüncht und wirkt sehr kahl«, sagte ich, und schon spitzte der Maler die Ohren und unterbrach mich.

»Ei, ich könnte eine Muttergottes, eine gnadenreiche Jungfrau, malen, mit Eurem schönen Antlitz natürlich, wohledle, huldreiche Dame.«

Du meine Güte, der erkannte wirklich blitzschnell, woher der Wind wehte. Es geht doch nichts über eine rasche Auffassungsgabe.

»Ich hatte eher an ein Jüngstes Gericht über dem Altar gedacht.« Das sagte ich zu dem Maler gewandt. Der

Verwalter stand stumm daneben und machte ein Gesicht wie drei Tage Regenwetter.

»Ein Jüngstes Gericht?« Der Maler schien nachzurechnen. »Dafür braucht man viele Figuren. Eine hübsche Madonna eignet sich viel besser für eine Kapelle – das ist nämlich eine Frage der künstlerischen Harmonie.« Der Verwalter blickte den Maler mit seinen bösen, kleinen Augen an.

»Ein Jüngstes Gericht paßt am besten – schließlich habt Ihr den Käse genommen, nicht ich. Bedenkt außerdem, was Euch sonst blüht«, machte ich ihm deutlich.

»Keine nette Heilige Familie?«

»*Sie* würde keine Heilige Familie mögen, und sie hat mir selber gesagt, daß sie ein Jüngstes Gericht haben will, genau wie das in der Burg ihres Großvaters in der Bretagne.«

»*Sie* möchte das?« sagte der Hausverwalter, und auf einmal wirkte er verstört. Er bekreuzigte sich. »Das hat sie Euch gesagt?«

»O ja – und hier bietet sich uns die Gelegenheit. Wenn Ihr diesen Burschen nicht so rasch erwischt hättet, hätte sie uns den ganzen Sommer über in den Ohren gelegen. Im Ernst, Ihr habt dem Haus auf lange Zeit viel Wehklagen erspart. So ein Bild dürfte ihr ungeheuer zusagen.« Es war schon immer mein Wunsch, daß ich mit Leuten so geschickt umgehen könnte wie Mutter Hilde. Na ja, langsam wird es etwas besser, obwohl ich ihr noch lange nicht das Wasser reichen kann.

»Na gut, wenn es für *sie* ist –«

Der Maler sah verdutzt aus – während unseres Wortwechsels musterte er zuerst mein Gesicht, dann das andere.

»*Sie?* Wer ist *sie*?«

»Ach, unsere Weiße Dame. Sie betrachtet die Kapelle

als ihr Eigentum, obwohl sie gelegentlich auch umgeht. Im vergangenen Jahr hat sie die Milch versiegen lassen und im Sommer davor den Roggen brandig gemacht.«

»Eine Weiße Dame? Erwartet Ihr etwa, daß ich ein ganzes Jüngstes Gericht in einer Kapelle mit einem Geist male?«

»Psst! So dürft Ihr sie nicht nennen«, sagte auch ich. »Sie findet Geister nämlich gewöhnlich, Ihr würdet sie damit furchtbar kränken. Sie selbst nennt sich eine Manifestation. Sie kann sehr unangenehm werden, wenn sie merkt, daß Ihr sie als Geist bezeichnet. Seht Euch also vor, wenn Ihr dort arbeitet.«

»Dort arbeitet? Dort arbeitet?« Er wirkte entsetzt.

»Ja, dort arbeitet«, sagte ich und verschränkte die Arme. Er blickte in die Runde. Fast alle hatten jetzt die Arme verschränkt, sogar der Verwalter. Mir kam der Handel nur recht und billig vor. »Außerdem bekommt Ihr, bis Ihr fertig seid, ein Bett im Palas und einen Platz am Tisch. Und Euren Hund dürft Ihr auch behalten.«

Es klappte alles wie am Schnürchen. Vermutlich ist noch kein Jüngstes Gericht in so kurzer Zeit gemalt worden, obwohl es tatsächlich einige Wochen dauerte, und meiner Meinung nach sind ihm die Gesichter auch nicht sehr gut gelungen. Andererseits dürfte er die Arbeit an behaglicheren Orten in die Länge ziehen – das ist dann die ausgleichende Gerechtigkeit. Und er verschaffte jedermann, der bei ihm haltmachte und den Fortgang seiner Arbeit bewunderte, etwas Abwechslung. Vor allem die Mädchen hockten gern bei ihm und fielen ihm lästig, während er auf der Leiter stand, an deren Fuße der Hund lag, und Teufel und Heilige malte.

»Woher wißt Ihr, daß Teufel grün sind?« fragte Cecily dann wohl.

»Gott hat mir in einer Vision offenbart, daß sie grün

sind«, antwortete er gelassen und trug Farbe auf einen gegabelten Schwanz auf.

»Ich glaube, sie sind rot«, sagte Cecily.

»Dann male doch selbst welche«, sagte er dann wohl, ohne auch nur den Kopf zu wenden. Durch ihn kam sie also auf die Idee, mit Kohle Teufel und Phantasiewesen auf die flachen Steine am Herdfeuer zu malen. Und er schien zu ahnen, daß ich sie ausschimpfen wollte, weil sie sich schmutzig gemacht hatte, denn als ich mir die eigentümlichen Gestalten ansah, stand er auf einmal hinter mir und sagte:

»Gar nicht so übel für ein Kind. Sie hat ein gutes Auge. Schade, daß sie kein Junge ist.«

Doch immer, wenn er dort oben arbeitete und mich nahen sah, wandte er sich ab und tat furchtbar gekränkt. Natürlich mußte ich ihn fragen: »Was ist Euch? Ihr eßt, Ihr trinkt, und Ihr seid noch im Besitz aller Gliedmaßen. Ihr solltet mir dankbar sein – zumindest so dankbar, daß Ihr mich begrüßt, wie es sich geziemt.«

»Ich sorge hier für aller Welt Kurzweil – dafür steht mir zumindest der Lohn eines fahrenden Sängers zu«, schmollte er.

»Na gut, dann will ich Euch die Wahrheit sagen: Der Sieur de Vilers hat mir keinen Penny dagelassen. Er ist der größte Geizkragen in der ganzen Grafschaft, es sei denn, es geht um seine Pferde – und davon hat er die meisten mitgenommen.« Die Fohlen dieses Sommers tobten bereits mit ihren Müttern auf der Koppel herum, eins so schön wie das andere, und wir hatten kein einziges verloren. Dafür hatte ich höchstpersönlich gesorgt. Ich wußte, es würde ihn bei seiner Rückkehr gnädig stimmen.

»Na gut, aber Ihr hättet mich ruhig warnen können.«

»Warnen? Wovor?«

»Daß Ihr hart feilscht, Madame. Und daß hier zwei sind, habt Ihr mir auch nicht gesagt.«

»Zwei? Zwei was?«

»Zwei G – Manifestationen.«

»Ach, im Ernst?« sagte ich und erschrak. Außer mir hatte noch keiner Master Kendall gesehen – und seine kleinen Mädchen natürlich.

»Ja – hier gibt es einen rauchigen Kerl in Kaufmannstracht, der formt sich da drüben in der Ecke, wenn *sie* das Feld geräumt hat – also, sie ist ja noch zu ertragen – eigentlich recht huldvoll. Aber *er*! Der kann einen an den Rand der Verzweiflung bringen! ›Warum malt Ihr die Heiligenscheine so? Die sehen nämlich nicht so rund aus. Ihr solltet sie mit Strahlen versehen wie richtiges Licht, Eure sehen ja wie angelehnte Teller aus. Und das Gefäß mit dem siedenden Öl da – das gleicht einem Nachttopf. In Rom habe ich ein viel besseres Jüngstes Gericht gesehen, da schwebten die Seligen auf Wolken . . .‹ und so geht es, und so geht es! Als ob ich nichts Besseres zu tun hätte! ›Und warum kehrt Ihr nicht einfach nach Rom zurück?‹ sage ich, und dann war er ganz eingeschnappt und erzählte mir, daß Geister nicht übers Wasser können und daß ich kein Auge mehr zutun würde, falls ich mich nicht bei ihm entschuldigte –«

»Master Kendall? Seid Ihr wieder da? Warum habt Ihr mich nicht besucht? Ihr habt mir gefehlt,« sagte ich in die Luft.

»Dann kennt Ihr ihn also! Ihr habt mich wirklich hinters Licht geführt. Nicht zu fassen! Zwei von der Sorte! Und kommen nicht einmal miteinander aus. Wer ist er übrigens?«

»Mein Mann. Besser gesagt, mein früherer Mann. Er hatte einen ausgezeichneten Geschmack. Ihr solltet seinen Rat befolgen. Aber wieso seht Ihr ihn eigentlich?«

»Ich? Ich bin Maler. Ich habe also sehr gute Augen. Ich sehe *sie*, ich sehe Euren Master Kendall, und ich sehe das merkwürdige Licht rings um Euch, das sonst keiner sieht, und ich sehe, daß Ihr immerfort weint, auch wenn Eure Augen trocken sind – so wie jetzt eben. Das tun viele Frauen. Aber wenn Ihr wirklich eine Heilige wärt, dann wäre Euer Licht ganz rund und golden, wie ein Teller, was auch immer dieser Geist – ehem, Entschuldigung –, diese Manifestation, die ihre Nase in alles steckt, behauptet. Darum bin ich mir auch nicht sicher, was Ihr seid. Ich bin nur geblieben, weil ich mir Eure Züge einprägen wollte. Ich war auf dem Weg nach York, um für die Domherren der Kathedrale ein Bild zu malen, ehe meine Reise ein so gewaltsames Ende fand, und ich habe vor, Euer Gesicht zu verwenden. Warum sollte ich mich sonst wohl mit diesen ganzen Figuren abplagen, Mylady, die Ihr so gut zu feilschen versteht?«

»Ihr seht zuviel«, sagte ich, und auf einmal ärgerte ich mich über ihn.

»Das sagen viele Leute«, gab er zurück. »Ach – da ist er ja wieder.« Und tatsächlich, da war Master Kendalls dunstige Gestalt in dem Neujahrsgewand, in welchem er gestorben war.

»Master Kendall? Wo seid Ihr solange gewesen?«

»Ach, ich war in Bedford und habe mir angeschaut, wie die Wechsler die Leute übers Ohr hauen. Dabei habe ich ein paar hübsche Taschenspielertricks gelernt. Irgendwann zeige ich sie dir. Wie kommt dieses lachhafte Bild voran?«

»Lachhaft, pa!« zürnte der Maler.

»Aber Ihr habt mir gefehlt.«

»Gefehlt? Und ich dachte mir, du hättest keine Zeit für mich – diese ganze Betriebsamkeit immer. Also wirklich – Fohlen und Bastarde entbinden –, nicht gerade damenhaft. Du solltest besser auf deinen Ruf achten, hier bei diesen Hinterwäldlern –«

»Ich bin froh, daß Ihr Euch immer noch so um mich sorgt – aber laßt mich von den Mädchen erzählen –«

»Liebe! Nichts als Liebe!« rief der Maler spöttisch und legte letzte Hand an Gottes Bart.

Aber als er fertig war, fanden alle, das Bild wäre das Prächtigste, was man in dieser Gegend je zu Gesicht bekommen hätte, und ich schämte mich furchtbar, daß ich ihm so gar kein Geld geben konnte. In meiner Ehe mit Master Kendall war das ganz anders gewesen, das kann ich wohl sagen. Der hatte für Künstler und Gelehrte immer eine offene Hand. Aber dann kam mir eine Idee.

»Wenn Ihr einen Brief von mir bei Vater Bartholomäus in der Kathedrale abgebt, daß er ihn mit einem Hauptmann in die Normandie schickt, so wird er Euch an meiner Stelle entlohnen. Er ist ein Vetter meines Schwiegervaters um mehrere Ecken herum, und er hält viel von meinem Mann.«

»Von welchem Mann, dem Geist?« gab der Maler ironisch zurück.

»Nein, von meinem richtigen Mann, der am Leben und mit dem Heer des Herzogs in Frankreich ist«, sagte ich etwas ungeduldig, denn letztens war ich ziemlich gereizt und müde.

»Aha«, sagte der Maler und sah mich mit seinen eigenartigen, grauen Augen an und durch mich hindurch, so als ob das irgendwie alles erklärte.

Ich setzte mich also hin und schrieb mit Vater Simeon zur Seite einen Brief, den ich dreimal mit Wachs versiegelte, obwohl ich mich vorsah, etwas darin zu entdecken, was Gregory peinlich sein könnte.

An meinen wohllieben Ehegemahl, Sieur Gilbert de Vilers, Ritter, zur Zeit in Frankreich:

Herzliebster Herr, Ihr fehlt mir bei Tag und bei Nacht. Euer Hausverwalter schickt Euch Nachricht, daß die Ernte auf Eurem Land in diesem Jahr gut ausgefallen ist, doch die Kirschen sind vom Regen geplatzt. Den Mädchen geht es gut, und dem Vieh auch. Richtet Mylord, Eurem Vater, aus, daß nach seinem Aufbruch acht Fohlen auf Brokesford Manor geboren wurden. Ich lebe für den Tag Eurer Heimkehr. Wenn der Wind weht, höre ich Eure Stimme. Wenn es regnet, weine ich mir die Augen aus, so sehr fehlt Ihr mir. Ich küsse dieses liebe Papier, da es Euch meine Worte bringt.

Ich bete zu Gott und seinen Engeln, daß er Euch bewahrt und Euch eine gesunde Heimkehr gewährt.

Eure Euch liebende Frau, Margaret.

Mein Gott, ich liebe ihn, dachte ich. Das zumindest soll er wissen, was auch immer geschieht. Ich bin das Warten so leid, daß ich mehr nicht begehre.

Der Maler sah dem Ganzen mit einiger Neugier zu, dann schob er den versiegelten Brief vorn in sein Gewand.

Als ich an jenem Abend zusah, wie der Mond aufging, da wurde mir klar, warum ich letztens immer so müde war. Ich war schwanger. Es muß in unserer allerletzten Nacht passiert sein, dachte ich, denn noch hatte sich das *Licht* nicht zurückgezogen. Am nächsten Morgen, im Morgengrauen, fand man Cis in der Küche in einer Lache aus Erbrochenem und Blut. Ich wußte sofort Bescheid, denn dergleichen hatte ich früher schon gesehen. Sie hatte etwas eingenommen, um das Kind loszuwerden, und es hatte sie beinahe das Leben gekostet. Ich ließ sie waschen und zu ihrem Strohsack in der beengten, kleinen Gesindekammer hinter der Küche tragen und entband dort vor einem Dutzend neugieriger Augen ein winziges Kindchen, nicht größer als meine Hand. Als der Kopf austrat, taufte ich es mit Wasser aus der Zisterne Gotteskind und hielt ihr die Hand, während sie einen ganzen langen Nachmittag vor sich hinschluchzte. Gott weiß, wie wenig uns trennt, uns Frauen. Ein wenig Geld. Ein paar Worte. Ein Stück Papier. Das Leben eines Mannes.

Mitte August, am Vorabend von Mariä Himmelfahrt, kam ein berittener Bote durchs Dorf geritten und begehrte am Haupttor Einlaß. Er trug ein recht abgewetztes Lederwams und einen Schuppenpanzer; sein Pferd war schaumbedeckt und sein Gesicht voll Dreck und Schweiß vom schnellen Ritt. Margaret ließ ihn in die Halle führen und bot ihm zu trinken an. Zwischen den Schlucken – er trank das Ale langsam, damit er, so überanstrengt wie er war, keine Magenkrämpfe bekam – erzählte er der zusammengelaufenen Schar, daß der alte Lord verwundet sei, die Wunde sich entzündet hätte und er heimkehre.

»Die Lanzensplitter stecken so tief, Madame, daß er weder gehen noch reiten kann. Aber sein Sohn begleitet ihn, denn den will er verheiraten, damit die Erbfolge gesichert ist, ehe er den Geist aufgibt. Er hat große, ritterliche Taten vollbracht; die werden unvergessen bleiben.«

»Und habt Ihr Kunde von Sir Gilbert, der sich im Gefolge des Herzogs befindet?« fragte Margaret ängstlich. »Wann kommt der heim?«

»Sir Gilbert?« Der Mann schwieg lange. Dann sagte er: »Sein Sohn, Sir Hugo, begleitet ihn. Der alte Mann fiebert und redet irre. Ihr sollt hier alles für ihn vorbereiten. Man sagt, der Verlust seines anderen Sohnes hat seinen Geist verwirrt. Hat ihm den Lebenswillen geraubt. Aber wieso, das weiß ich auch nicht. Einen hat er doch noch, und der ist sein Erbe, und damit besitzt er mehr als manch anderer –«

Margaret konnte nicht anders, sie schrie. Es glich dem unheimlichen, dünnen, spitzen Schrei, den ein Kaninchen nur angesichts des Todes ausstößt. Die dunklen Bögen des Rittersaals warfen den Schrei zurück, der nicht aufhören wollte, bis man sie nach oben brachte.

Kapitel V

Es war eine trübselige Prozession, die sich da durch das Dorf zum Tor des Herrenhauses wand. Die Kolonne der abgerissenen Fußsoldaten löste sich auf, als sie die Schar der Dorfbewohner erreichte, die am Straßenrand stand. In das Jubelgeschrei über die glückliche Heimkehr mischte sich das Wehklagen derer, die soeben von ihrem Verlust erfahren hatten. Sir Hugo ritt auf seinem Falben ungerührt an der Spitze, hinter ihm führte Robert sein Schlachtroß mit der rechten Hand. Dahinter kam zwischen zwei Pferden die Tragesänfte mit dem Herrn von Brokesford Manor, den man gegen den heftigen Schüttelfrost in dicke Lagen von Pelzdecken gehüllt hatte. Damien ritt neben der Sänfte und trug Schwert sowie Schild seines Herrn und führte sein gesatteltes Schlachtroß am Zügel, und das erweckte bei jedermann den Eindruck, er könnte es durchaus wieder besteigen.

Hinter ihnen kam eine Reihe schwer beladener Packpferde, die von berittenen Bogenschützen bewacht wurden, und das zeugte für den Erfolg der Kampagne. In den Packen befanden sich Wandbehänge und Teppiche, Silberpokale und Kästen mit Goldmünzen, Schwerter und Panzer, die Beute von französischen Adligen und Bürgern, die das Pech gehabt hatten, mit ihnen zusammenzustoßen. Das prächtigste Stück, ein großer goldener Tafelaufsatz in Schiffsform, war bereits an den König verkauft worden, ebenso wie die Lösegeldforderung für drei französische Knappen und einen Bannerherrn. Sie waren unter den Fittichen der hohen Politik heimgesegelt, da sie einen Platz auf dem Schiff gefunden hatten, welches den Überläufer Philipp von Navarra nach England brachte. Dieser wollte dem englischen König als rechtmäßigem König von Frankreich huldigen; mit ein wenig Glück würde ein neuer Lord von Brokesford unter eben diesen Fittichen nach Frankreich zurücksegeln, sobald ein Erbe unterwegs war. Davon träumte der alte Lord auf seinem Sterbelager.

Als das Horn erklang und das Tor aufgeworfen wurde, erblickte man Margaret unter dem niedrigen Rundbogen des Palas, wo sie an der Spitze des Gesindes auf die Heimkehrenden wartete. Sie hatte wieder Trauer angelegt, ihr tiefschwarzes Kleid und Überkleid, und sah bleich und abgehärmt aus. Sie wirkte kaum kräftig genug, um sich aufrecht zu halten. Sie ließ den Blick über die heimkehrenden Reiter wandern, anscheinend hoffte sie, alles wäre nur ein böser Traum und sie würde Gregorys hohe, vertraute Gestalt irgendwo unter ihnen ausmachen.

Als die Knechte herbeieilten, um zu helfen, erteilte Hugo den Soldaten zu Pferd knappe Befehle. Sie stiegen ab und schirrten zu beiden Seiten der schweren Tragesänfte die Pferde ab.

»Nicht ruckeln«, fuhr er die Soldaten an, als sie die Bahre anhoben. Das Gesicht des alten Lords war grau vor Schmerz. Er stieß nur einmal einen Laut aus, einen unfreiwilligen Schrei, als die Bahre die Stufen hochgetragen und auf zwei Bänken im Palas abgesetzt wurde.

»Ist alles bereit?« fragte Sir Hugo den Hausverwalter.

»Ja, Mylord.«

»Die Stiege darf er nicht hochgetragen werden. Man

lasse das große Bett auseinandernehmen und hier im Palas, hinter einem Wandschirm, wieder zusammenbauen.«

»Sofort, Mylord.« Sechs Männer wurden hochgeschickt, die das sperrige Möbel Stück für Stück durch den engen Turmaufgang und über die steile Wendeltreppe, welche kaum breit genug für einen Menschen war, nach unten in die Halle brachten.

»So, Vater, bald habt Ihr es wieder behaglich«, sagte Sir Hugo zu der stillen Gestalt auf der Bahre. Die entzündete Wunde hatte den alten Mann bis auf die Knochen abmagern lassen. Seine Zähne, die wie bei einem Totenschädel weit vorstanden, teilten sich, und seine verdorrten Lippen verzogen sich zu einer Art gespenstischem Lächeln.

»So haben auch die altehrwürdigen Herren von Brokesford gelebt, in der Halle, inmitten ihrer Leute. Eine gute Sitte. Ich bin zu Hause.«

»Ja, Vater. Zu Hause. Und als Held.«

Die gräßlichen Lippen teilten sich, doch die Stimme des alten Mannes war kaum zu hören. »Der Kasten, Hugo. Vergiß nicht, Dame Margaret den Kasten zu geben.«

»Nein, Vater, gewißlich nicht.«

»Und Hugo, ich sterbe glücklich, wenn du die mit Sir Walter getroffenen Abmachungen ehrst. Führe seine Tochter als deine edle Braut heim und mache diesem Haus wieder prächtige Söhne.«

»Ja, Vater, ich kenne meine Pflicht, ich gehorche dir in allem.« Täuschte sich der Vater, oder schwang in dem unterwürfigen Ton, den Sir Hugo gewöhnlich seinem Vater gegenüber anschlug, eine Spur Triumph mit? Der alte Mann war so schwach, daß er nicht wußte, ob er recht hatte. Aber hatte nicht Hugo mit großer Umsicht für alles gesorgt? Für die Überfahrt, die furchtbare Reise nach Hause? Doch die Wunde, welche anfangs so geringfügig ausgesehen hatte, machte, daß sein Leben versickerte. Anfangs langsam, doch stetig schneller.

Und während er zusah, wie das dunkle Gewölbe des Palas hoch über der Bahre schwankte und bebte, da meinte er über dem schrecklichen Gehämmere und Geklopfe, mit dem das große Bett zusammengebaut wurde, etwas zu hören, eine klare Stimme, hell und stark, und die sagte:

»Ich bin da.«

»Durstig –« formten seine Lippen beinahe lautlos.

»Ja«, sagte sie, und dann spürte er, wie Wein, kellerkühler Wein, über seine Zunge rann. Sie legte seinen Kopf auf das Kissen zurück, und dann fühlte er, wie die schweren Pelzdecken zurückgeschlagen wurden.

»Weg da, ich habe den Baderchirurg von Bedford herbefohlen, und aus London kommt einer der Privatärzte des Herzogs.«

»Der Arzt braucht viele Tage, bis er hier ist, und ich habe mehr Zutrauen zu Mutter Hildes Wissen als zu allen Baderchirurgen der Welt. Mit Verlaub, macht Platz und laßt mich sehen.« Ihre Stimme wußte sich Respekt zu verschaffen, und dann spürte er, daß die murrenden Männer sich verzogen und Platz machten und daß die Stimme wieder näherkam. Als die Decken weggenommen wurden, packte ihn erneut der Schüttelfrost, denn abgesehen von dem dicken Verband an seiner Seite war er unbekleidet.

»Schmutzig«, sagte die Stimme, und er schrie, als der Verband abgenommen wurde.

»Malkyn, den Topf aus der Küche und die frischen Tücher.«

»Was tut Ihr da – seid Ihr so rachsüchtig, daß Ihr

ihn auf diese Weise umbringen wollt? Ich sage Euch, Ihr seid des Todes, wenn Ihr ihm etwas antut.«

»Einen heißen Umschlag«, sagte die Frauenstimme. »Der zieht das Gift heraus.« Hitze und Schmerzen wurden eins mit dem Gehämmere. Für einen Sarg? So bald schon ein Sarg? Wie lange würde er alles noch wie ein Ritter ertragen können, diesen Druck, diese Schmerzen? »Seht Ihr?« hörte er sie sagen, und dann schrie er wieder, als man ihm den Umschlag abnahm, und dann platzte innen etwas Gräßliches auf, quoll heraus, stank entsetzlich und verschaffte ihm eine unsägliche Erleichterung.

»Bei Gott, das kommt ja literweise. Wieviel kann ein Mensch davon haben und überleben?«

Jetzt sprach sie wieder. »Das weiß ich auch nicht. Seht her – hier ragt etwas Schwarzes heraus.«

»Splitter. Splitter von der Lanzenspitze. Ich habe es von weitem gesehen. Er hat den Hieb schlecht mit dem Schild abgewehrt. Ist so gar nicht seine Art – ganz und gar nicht. Die Lanze ist hier, an der Kante des Brustharnisches abgeglitten – und die Splitter sind durch die Glieder des Kettenhemdes gedrungen. Es hat ihn abgeworfen – Damien und Robert haben den französischen Ritter gefangengenommen –, aber wer hätte gedacht, daß eine so kleine Wunde so schlimm werden könnte?«

»Klein, aber tief – aha! Da ist er ja.«

»Mindestens vier Zoll. Da ist noch einer.«

»Ich habe ihn«, sagte sie. Und dann zog ihn eine unendliche Schwärze nach unten.

»Jesus!« Der Schrei war furchtbar.

»Tot. Ihr habt ihn umgebracht«, sagte Hugo zu Margaret, während die Knechte sich näherschoben.

»Nein, er ist ohnmächtig, aber er schafft es«, sagte

Margaret und sah Hugo eigenartig gleichgültig, gelassen und kalt an, während sie einen frischen Verband auf die Wunde legte. »Ihr könnt ihn jetzt ins Bett bringen«, sagte sie. Und der Dicke Wat hob die zusammengeschrumpfte Gestalt so behutsam hoch wie einen Säugling und legte sie unter den großen Betthimmel.

»Woher wißt Ihr, daß er es schafft?« fragte Hugo mit argwöhnischer Stimme, und seine schmalen Augen zuckten unruhig hin und her, denn er wollte jede Einzelheit mitbekommen.

»Das spüre ich. Und sehen kann ich es auch. Der schwarze Schatten, der ihn umgibt, löst sich langsam auf.«

Hugo trat einen Schritt zurück und musterte sie von Kopf bis Fuß. In dem schwarzen Kleid wirkte sie leichenblaß. Ihre eingesunkenen, rotgeränderten Augen sahen ihn an, als wäre er Ungeziefer. Einen Augenblick war er versucht, sie zu schlagen, doch statt dessen fuhr er zurück und bekreuzigte sich. Sie konnte den Tod sehen. Eine Hexe. Eine Hexe zwischen ihm und dem Titel. Und überheblich wie der leibhaftige Teufel. Die würde schon noch Augen machen, wenn er erst einmal Gregorys Besitz – der jetzt ihm zustand – übernommen und seine schöne, junge Braut heimgeführt hätte. Für ihresgleichen war kein Platz im Haus – nicht zusammen mit einem zarten, jungen Mädchen und seinen eigenen Söhnen. Zunächst würde er sie unter Kuratel stellen und sie dann verbrennen lassen – nein, das würde seine Söhne mit einem Skandal belasten. Er würde sie insgeheim erdrosseln lassen – das war sauberer und erregte kein Aufsehen.

Und wenn der Alte unbedingt weiterleben wollte, der würde später schon noch abkratzen, so wie es in Gottes Absicht lag. Schließlich war es Gottes Wille, daß ihn die

Lanze so schief getroffen hatte. In all den Jahren ihrer beider Kriegszüge war dergleichen nicht passiert. Klar, er hatte tagelang kein Auge zugetan. War wie ein Irrer über das Schlachtfeld geritten, als die Kunde kam, Gilbert sei vermißt, hatte nach ihm gesucht und gesucht, als ob das etwas helfen würde. Nein, das alles war Gottes Werk. Er wollte Hugo für die vielen, vielen Jahre entlohnen, die er seinem habgierigen, herrschsüchtigen Vater treulich gedient hatte. Es war nur recht und billig. Gott wollte, daß er endlich reich würde, wie es einem Mann von seiner Ehre und Abstammung zustand.

Blieben natürlich noch ihre Bälger. Und deren Heirat konnte er erst in vier, fünf Jahren verkaufen. Ja, es war ein guter Plan, sich nicht mit der Verbrennung ihrer Mutter zu beflecken, selbst wenn sie eine Hexe war. Aber halt – was waren die paar hundert Pfund, verglichen mit ihrem ganzen Erbe? Ah, immer besser – Hugo, du gewitzter Bursche, jetzt arbeitet dein Hirn wirklich. Du mußt sie loswerden und die Bälger so schnell wie möglich ins Kloster stecken. Wann? Am besten nach der Hochzeit. Besser, man regelte das Ganze schnell, solange der Alte besinnungslos war. Brillant. Gehörte alles in Gottes Plan.

Er sah den alten Mann auf dem Bett an. Er konnte seine schweren Atemzüge hören. Jammerschade, dachte er. Weißt du eigentlich, daß ich dich die ganzen Jahre über gehaßt habe? Und alleweil katzbuckeln und Kratzfüße machen und über deine blöden Witze lachen. Oh, wie ich dich gehaßt habe. Verdammt knapp hast du mich immer gehalten, dir selbst die besten Frauen zuerst genommen – und mich auf dem Lande versauern lassen, statt daß ich den Winter in London verbringen durfte, wo es lustig zugeht. Alles für die Pferde, nichts für Hugo. Auf das hier habe ich lange gewartet. Jetzt habe ich ein

Stadthaus, das hat mir Gilbert durch die kleine Hexe da verschafft. Es gehört sich ohnedies nicht, daß ein Bürgerlicher, ein Krämer, etwas so Schönes besitzt. Na gut, jetzt ist es in den rechten Händen.

Er wandte den Blick von der grauen, zusammengeschrumpften Gestalt auf dem Bett ab und merkte, daß Margaret auf ihn wartete. Er war unendlich höflich. In Gegenwart von vielen Zeugen war er stets ein Ausbund von *courtoisie.*

»Robert, hol den Kasten.« Robert machte sich auf die Suche nach dem Gepäck.

»Dame Margaret, ich muß Euch mitteilen, daß Euer Mann als Held gefallen ist. Er hat dem Herzog das Lager gerettet und wahrscheinlich auch das Leben. Es geschah bei der Belagerung von Verneuil; wir brannten die Vororte nieder und teilten uns in drei Abteilungen, umzingelten die Stadt und wollten am folgenden Morgen zum Sturm auf die Stadtmauer ansetzen. In dieser Nacht schlichen sie heimlich durch die Tore und unternahmen einen Gegenangriff auf das Gefolge des Herzogs. Sie erdrosselten die Wachen so geräuschlos, daß niemand davon aufwachte. Aber sie hatten nicht mit Gilbert gerechnet – er ganz allein war noch wach und schrieb beim Schein einer kleinen Kerze in einer abgeschirmten Laterne, damit man das Licht nicht sah. Und dann ertönte auf einmal der Schlachtruf der de Vilers, und als das Lager aufwachte, sah man ihn halb bekleidet seinen großen Bihänder schwingen und den flüchtenden Schurken nachsetzen. Die Männer des Herzogs folgten seinem Beispiel, und nach dem Handgemenge fand man sechs Leichen – alles Franzosen –, seine jedoch nicht. Am nächsten Tag stürmten wir die Stadtmauer und erschlugen alles, was sich darin bewegte. Ein Turm hielt noch einen weiteren Tag stand, fiel am Ende aber auch. Aber Sir Gilbert blieb verschwunden. Seine letzten Worte sollen ›für Gott und König Edward!‹ gelautet haben. Ein edler Tod. Robert, wie war das noch, was hat Piers ihn in jener Nacht rufen hören? Du kannst doch bestätigen, daß es höchst bewunderungswürdige Worte waren.«

Robert schien zu zögern; er kämpfte mit sich. Seit der Einnahme des Turms am dritten Tag wurde auch Piers vermißt, doch vorher hatte er Robert noch alles erzählt. Das stellte ihn vor ein kleines Problem. Sollte er sagen, wie es gewesen war, oder wie es hätte sein sollen?

»Nun?« drängte Sir Hugo.

»Ja, hm – eigentlich, hm – ich habe gehört – oder meine, gehört zu haben – ich erinnere mich wohl nicht mehr so recht daran – aber –«

»Ja?«

»Was er damals gerufen hat, soll sich so ähnlich angehört haben wie ›Ihr Scheißkerle, mein Manuskript!‹«

Und da wußte Margaret auf einmal, daß keine Hoffnung mehr bestand. Er war wirklich von ihr gegangen. Sie hatte immer noch gehofft, es wäre alles ein Irrtum. Und sie war sich so sicher gewesen, daß eine Verwechslung vorliegen mußte – und war sich im Verlauf von Hugos Geschichte immer sicherer geworden. Aber Robert – nein, das war Gregory, wie er leibte und lebte, oder besser, wie er starb. Sie legte die Hand aufs Herz, um dessen furchtbares Hämmern zu beschwichtigen.

Hugo griff rasch ein, er wollte Roberts Entgleisung vertuschen. »Der Herzog hat Gilberts Mut und gute Dienste gelobt und sagt, daß er ihm das nie vergessen wird. Er schickt Euch ein Andenken von ihm. Ihr müßt verstehen, daß er die Aufzeichnungen über den Feldzug, die Gilbert gemacht hat, behalten möchte. Seine Rüstung und seine persönliche Habe haben wir mitgebracht.«

Robert hatte das Kästchen geholt und reichte es stumm Hugo. Hugo wiederum gab es an Margaret weiter. Margaret hätte es am liebsten gar nicht geöffnet. Wer wußte, ob darin nicht die verschrumpelten Reste eines menschlichen Herzens lagen, dessen durchtrennte Adern wie Krötenmäuler klafften. Gregorys Herz, ein kaltes, abstoßendes Ding. Das Ende in jeder Hinsicht.

Sie öffnete das Kästchen und warf einen sehr vorsichtigen Blick hinein. Auf den ersten Blick nichts Gräßliches. Dann etwas Weißes – Papier. Sie öffnete es ganz.

»Das ist das Blatt, an dem er in jener Nacht schrieb«, erklärte Robert und genoß die Dramatik des Augenblicks.

Margaret entfaltete es. Ein Gedicht, nein, der Anfang eines Gedichtes. Es war in Französisch abgefaßt.

»Margaret mit den weißen Händen«, so ging es, »du meine Herzenskönigin« – und dann kam ein Klecks. Ein großer, rechteckiger Klecks, wo die Feder hastig hingelegt worden war. Und auf einmal sah sie alles vor sich, so wie es sich in jener Nacht abgespielt haben mußte, denn es gab so gut wie nichts auf der Welt, was Gregory zu einem Klecks verleiten konnte, es sei denn der Tod höchstpersönlich.

Und er hat mich doch geliebt, wirklich geliebt, dachte sie, als ihr die Sinne schwanden. Er mochte es nicht sagen, also hat er es geschrieben. Und mein Brief – der hat ihn nicht mehr erreicht, und so hat er nie erfahren, daß ich –

Als ihre Knie nachgaben, fing Robert sie auf, während Hugo jemand zu Hilfe rief.

An diesem Abend kniete Margaret wie gewohnt in der Kapelle, um für Master Kendall zu beten, und da fügte sie gleich Gebete für Gilbert de Vilers an. Der unsägliche

Gram drückte ihr fast das Herz ab, und ihr schwindelte, so unsäglich ängstigte sie sich vor einer furchtbaren Zukunft. So wenige Monate und so gräßliche Veränderungen. So fern von Freunden und daheim. So allein. Und ihre Mädchen – wer würde jetzt schützend die Hand über sie halten? Und Gregory, ihre Liebe, ihre große Liebe, der war auf ewig dahin, und seine Gebeine verwesten in fremder Erde. Und sie hatte es nicht geschafft, ihm zu sagen, wieviel er ihr bedeutete. Die Trauer darüber schnürte ihr das Herz zusammen.

»Lieber Gott, hilf mir«, sagte sie bei sich. Das geisterhafte Schluchzen, das ständig durch die Steine der Kapelle wehte, hörte auf.

»Ei, jetzt habt Ihr auch etwas zum Beweinen«, wisperte die gehässige Stimme der Weißen Dame.

Am nächsten Morgen schickte Sir Hugo Robert frisch gebadet und prächtig anzusehen in seinen neuen Kleidern mit zwei Begleitern in Livree nach Poultney Manor in Leicestershire, wo die drei unverehelichten Töchter und der jüngste Sohn von Sir Walter de Broc den Sommer verbrachten. Sie sollten die Älteste, die mit der größten Mitgift, in Augenschein nehmen, und, wenn sie ihnen von Gesicht und Gestalt zusagte, Sir Hugo de Vilers' Kommen ankündigen, sobald ihr Vater wieder im Lande wäre, damit man den Ehevertrag abschließen könne. Sie sollten der Familie ausrichten, daß Sir Hugo, sollten die finanziellen Vereinbarungen befriedigend ausfallen, sich gemäß dem Wunsch seines sterbenden Vaters und der Vorverhandlungen mit Sir Walter im vergangenen Frühling in Calais, sofort mit ihr zu verloben und zu vermählen wünschte.

»Erst fünfzehn und so rein wie eine Lilie, Robert, nicht auszudenken.« Hugo tat verliebt bis über beide

Ohren; er hatte sich eine Blume hinters Ohr gesteckt und bestellte neue Vorhänge für das Brautlager.

»Und schön obendrein, so sagt man«, fiel Robert ein, denn er brannte immer auf alles, was neu und weiblichen Geschlechts war.

»Ja, und mit hundert Hektar auf ihren Namen und einem Stammbaum, den man auf beiden Seiten drei Jahrhunderte zurückverfolgen kann. Robert, ich sage dir, das ist eine vornehme Heirat – eine, die mir entgangen wäre, hätten wir nicht letztens Glück gehabt.«

Robert nickte frohgemut. Er dachte, Hugo meinte die Gefangennahme des französischen Ritters, dessen Auslösung er dem König für eine Riesensumme verkauft hatte. Er und Damien konnten davon einen Hausstand gründen, auch wenn sie ein Drittel davon an Hugo hatten abgeben müssen. Der arme Kerl war mit einem halben Dutzend anderer, die in der gleichen Klemme saßen, auf einem Karren abtransportiert worden, ohne Rüstung und starr über die Schande, die er über sich gebracht hatte. Der König würde natürlich noch tüchtig aufschlagen, ehe er den Mann von seiner Familie auslösen ließ. Auf diese Weise finanzierte er sein Wohlleben. Krieg ist schließlich nichts anderes als Geschäft, nur mit anderen Mitteln.

»Nicht zu fassen«, sagte Master Kendalls Geist an jenem Abend, als die Kinder schliefen. »Da schwebe ich wegen ein bißchen Freibeuterei und ein paar Bettabenteuern – natürlich lange bevor ich dich kannte, Margaret – zwischen Himmel und Erde, und diese Kerle betreiben das in viel größerem Stil, als ich mir je hätte träumen lassen, und das auch noch mit dem Segen des Bischofs!« Er saß auf der Bettkante, eine dunstige Gestalt im Mondschein, während Margaret in ihr Kissen schluchzte.

»Hör auf, Trübsal zu blasen, Margaret, setz dich auf.

Ich will dir den Trick zeigen, mit dem die Wechsler arbeiten – das bringt dich zum Lachen.«

»Wie kannst du nur so fröhlich sein, wo Gregory tot ist? Du bist überhaupt nicht nett«, kam eine gedämpfte Stimme aus dem Kissen.

»Tot? Wer sagt denn, daß er tot ist? Setz dich auf und laß dir den Trick von mir zeigen – du mußt mir dabei helfen, ich kann doch nichts heben – dieser Tage nicht einmal mehr einen Kiesel.«

»Was meinst du mit nicht tot?« Ein Auge lugte aus dem Kissen und musterte seine diesige Gestalt.

»Nicht tot, meine ich damit. Er ist vielleicht vermißt, aber tot ist er nicht. An mir kommt nämlich jeder auf dem Weg nach oben oder unten vorbei, aber er war nicht darunter. Und weil du dich so gegrämt hast, habe ich nachforschen lassen – habe ein paar Burschen getroffen, mit denen er losgezogen ist –, alle ganz scheußlich zugerichtet, schleppten abgehackte Gliedmaßen, Köpfe und dergleichen mit. Sie haben ihn nicht gesehen. Wo auch immer er ist, Margaret, tot ist er nicht. So, und jetzt setz dich auf und spiele mir zuliebe mit.«

Margaret spürte, wie sich eine schwere Wolke hob.

»Schwörst du?« sagte sie und setzte sich auf.

»Bei meiner Liebe zu dir«, sagte Master Kendall und sah dabei seinem früheren, munteren Ich so ähnlich, daß Margaret lächeln mußte.

»Also dann«, sagte er. »Nimm das kleine Stückchen Gips, das da auf dem Fußboden, und tu so, als ob es ein falsches Goldstück ist, und das Steinchen da ist echtes Gold. Schieb dir ersteres in den Ärmel – nein, nein, nicht so, das mußt du anders machen –, ja, gut, so.« Während Margaret den Trick übte, mußte sie lächeln. Ganz Roger Kendall; er besaß, ob lebendig oder tot, die Gabe, Menschen zum Lächeln zu bringen. Ich werde nie aufhören, dich zu lieben, dachte sie, als Master Kendall verkündete, sie sei nun reif, das Gewerbe des Wechslers aufzunehmen, falls es sich einmal als nötig erweisen sollte.

»Schade, daß du nicht nach London kannst«, sagte er. »Dort könntest du dich bei heimkehrenden Rittern nach seinem Verbleib erkundigen.«

»Und selbst wenn ich das wüßte, wie sollte ich jemals das Lösegeld aufbringen? Ich habe keinen Penny mehr.«

»Ha! Und von Sir Hugo wirst du auch keinen einzigen bekommen«, verkündete Roger Kendall. »Der will erben, der habgierige Schuft, deshalb ist ihm daran gelegen, daß hier alles beim Alten bleibt. Nein, Margaret, du mußt nach London, und dort zeige ich dir, wo ich etwas beiseite gelegt habe.«

»Beiseite gelegt? Die Lombarden haben doch alles bekommen, oder es ist auf gräßliche Pferde vergeudet worden.«

»O nein, ist es nicht. Das wäre mir ein schöner Kaufmann, der Vertrauen in die Welt setzte! Unser Haus, zumindest der innere Teil, ist ziemlich alt. Vor über hundert Jahren von einem gewissen Aaron fil Isaac gebaut, ehe man die Juden aus England vertrieben hat. Es gibt einen Fluchttunnel zum Fluß, von dem niemand weiß. Und Vertäfelungen. Ja, ja. Ein paar Geheimverstecke, dazu Hohlsteine unter der Feuerstelle, und was dergleichen mehr ist. Überall habe ich Gold und Silber versteckt. Ich bin gestorben, bevor ich dich einweihen konnte, und dabei hatte ich mir das fest vorgenommen. Geh nach London, und ich zeige dir, wo alles ist. Ich habe ohnedies nichts mehr davon. Und warum sollte es Hugo haben? Der verdient nicht einen Penny.«

»Stimmt. Nicht auszudenken, aber als Gregory dir damals, vor langer Zeit, erzählt hat, was er von Hugo hält, da habe ich rein gar nichts begriffen. Jetzt begreife ich nur zu gut.«

»Und ich verziehe mich jetzt – mal sehen, ob in Bedford etwas los ist. Ich schlafe überhaupt nicht mehr. Stell dir vor, Langeweile bei Tag und bei Nacht. Also, jetzt schlaf schön, dann kannst du morgen besser denken. Du wirst diesen albernen, jungen Mann zurückbekommen, wenn du ihn willst.«

»Ich will ihn, o Gott, ich will ihn!« Margaret sprang vor Freude auf und umarmte Master Kendall, vergaß ganz seinen körperlosen Zustand und zog sich dabei eine Gänsehaut an Gesicht und Armen zu.

»Ach, Margaret«, sagte er und blickte sie zärtlich an, während sie fröstelte und sich die geisterhafte Feuchtigkeit abwischte. »Du hast ja keine Ahnung, wie leid es mir tut, daß ich nicht mehr warm bin.«

Es gibt gewisse Dinge, die kann ich nicht niederschreiben. Dazu gehören die Dinge, die zu gräßlich sind, als daß man darüber reden könnte, das andere sind Dinge, die mir nicht wieder einfallen wollen. Und als ich Gregory verloren hatte, da war das zu furchtbar, um darüber zu reden, und an viel erinnern kann ich mich auch nicht mehr, weil ich wie von Sinnen war und im Wachen und im Schlafen von Träumen gequält wurde – von entsetzlichen Träumen. Mich dünkt, mir träumte, daß Sir Hugo als Bräutigam in neuen Kleidern und mit einer Pfauenfeder am Hut auf einem weißen Roß davonritt, nachdem er zuvor kniend den Segen seines sterbenden Vaters empfangen hatte. Er nahm Jagdhunde, Begleiter, Geschenke und eine schneeweiße Stute mit vergoldetem Damensattel mit, die sollte seine Frau zurücktragen. Mir träumte, daß zu ihrem Empfang ein großes Fest vorbereitet wurde, doch da das Haus in Trauer war, feierte man es nicht so prächtig, aber immer noch prächtig genug. Als man die Schweine und Schafe herbeischaffte, die ihr Leben für Würste und Fleischpasteten lassen sollten, da träumte mir, daß ich die eingeschrumpfte Hülle des alten Mannes pflegte, den Hugo daheimgelassen hatte, und daß er schrie, wenn ich den Verband erneuerte. Einst hatte ich ihn gehaßt, doch damit war Schluß.

»Mein Gott«, flüsterte er. »Ich winsele wie eine Frau. Das machen die Schmerzen. Die zermürben mich, und so sterbe ich statt auf dem Schlachtfeld wie ein Hund. Im Bett.«

»Liegt ruhig und trinkt das«, sagte ich dann wohl, und er gab zwischen schweren Atemzügen und Schlukken zurück: »Ein scheußliches Zeug. Schmeckt, als ob es alle Teufel der Hölle zusammengebraut hätten.«

Und einmal blickte er mich mit seinen einst so gräßlichen blauen Augen an, die waren jetzt so eingesunken und schwarz umrandet, als starrten sie aus dem Grab heraus.

»Rettet mich«, flüsterte er.

»Ich tue, was ich kann. Ich habe Euch einen neuen Umschlag gemacht«, sagte ich.

»Nein«, erwiderte er. »Rettet mich. Rettet mich mit dem Licht in Euren Händen wie Urgan.« Lieber Gott, er hatte es gesehen. Er hatte es die ganze Zeit gewußt und kein Sterbenswörtchen verlauten lassen.

»Der Knochen. Ihr habt den Knochen geheilt und das Schlachtroß hochbekommen. Heilt mich, heilt mich auch so«, flüsterte er verzweifelt, denn niemand im Palas durfte ihn hören.

»Ich habe jetzt nicht die Kraft dazu«, antwortete ich.

»Das heißt, Ihr haßt mich«, sagte er ergeben. »Das

ist nur recht und billig. Ich habe Euch zuviel angetan. Ich erbitte zuviel.« Und damit wandte er das Gesicht zur Wand.

»Nein, nein«, sagte ich, und er tat mir so leid, daß ich mein Geheimnis nicht länger bei mir behalten konnte. »Die Kraft läßt sich nicht nutzen. Ich kann sie nicht herbeirufen. Sie hat sich nach innen gekehrt wie immer, wenn sie dem Kind beistehen muß.«

Er wandte den Kopf zurück und blickte mich lange an.

»Dann hatte ich also recht. Er hat am Ende doch mit Euch geschlafen. Das dachte ich mir schon, aber er hat nichts verraten.«

»Ich liebe ihn, und ich trage sein Kind.«

»Ihr habt ihn geliebt, meint Ihr.«

»Nein, ich liebe ihn. Er ist nicht tot. Ich weiß es. Er wird zu seinem Kind heimkehren und auch zu mir.«

»Ihr seid eine Närrin; ich habe Euch falsch eingeschätzt. Sehr falsch eingeschätzt. Für eine Dame habe ich Euch zwar nie gehalten, damals, bei unserer ersten Begegnung im Haus des reichen Mannes. Aber jetzt sehe ich, daß Ihr zu edler Liebe fähig seid. Eine aussichtslose und hoffnungslose Liebe. Ein Beweis für Euer Blut.«

Also wirklich, zuweilen kann selbst noch ein so bedauernswerter, halb toter Mann eine Frau wütend machen. Aber es ist nicht nett, mit Kranken zu schimpfen. So sagte ich nur: »Ich schwöre Euch, er lebt.«

»Aus Euch spricht der Wahnsinn«, antwortete er, »aber bei Gott, ich wünschte, es wäre wahr. Wahnsinn ist barmherziger als das, was ich erdulden muß. Wenn Gott mir doch nur das Leben nehmen würde, statt mich wissen zu lassen, was ich weiß.« Und er stöhnte, als ich den Umschlag erneuerte. »Er ist dahin; er ist tot. Seid Ihr zu irre, um der Wahrheit ins Gesicht zu sehen?«

»Ihr habt nicht gut genug gesucht. Er lebt.«

»Gesucht? Ich und nicht gesucht? Törichtes Frauenzimmer! Was wißt denn Ihr? Ich sage Euch, tage- und nächtelang habe ich gesucht. Bei Fackelschein bin ich mit den Herolden losgezogen, und wir haben jeden Leichnam umgedreht, während sie das Wappen in die Totenrolle eintrugen. Jedes Gesicht, jeden dunklen Lokkenkopf, immer habe ich seinen gesucht. Durch die rauchenden Trümmer jener Stadt bin ich geirrt und habe gesucht – gesucht und gerufen.«

»Dann hat man ihn gefangengenommen.«

»Wir haben keinerlei Lösegeldforderung erhalten. Kein Mann von Rang verschwindet ohne einen Leichnam oder eine Lösegeldforderung.«

»Dann ist er verwundet und hält sich versteckt.«

»Versteckt? Bei den Franzosen? Die würden ihm lieber die Kehle durchschneiden nach allem, was wir dort angerichtet haben. Stellt Euch der Wahrheit, Frau. Er ist tot, und das Kind, das Ihr tragt, ist eine Waise, das helf' ihm Gott.«

»Niemals, sag' ich.«

»Wahnsinnig, vollkommen wahnsinnig. Wenn ich es doch auch nur wäre. Mein Gott, mein Gott, er war der gute Sohn, und ich habe das erst gemerkt, als es zu spät war.« Er klammerte sich mit schwacher Hand an meinen Ärmel. »Was Ihr auch immer macht, sagt Hugo nicht, daß Ihr schwanger seid. Falls ich sterbe, so flieht – Ihr müßt fort von hier, ehe das Kind geboren ist. Versteckt es. Hugo ist zum reißenden Wolf geworden. Der Gedanke an Geld hat ihm den Kopf verdreht. Ich weiß Bescheid. Ich sehe jetzt ganz klar. Zu klar, jetzt, da es zu spät für alles ist, außer für bittere Reue.«

»Bittere Reue, äh?« sagte Master Kendalls Geist um Mitternacht. »Billiges Geschwätz. Davon gibt's reichlich, wo ich jetzt bin.« Seine körperlose Stimme schwebte in dem dunklen Raum über dem Bett. Er lachte leise in sich hinein. »Irgendwie bin ich dankbar. Gott hat mich lange genug leben lassen, daß ich mein Leben noch ändern konnte. Ich habe dich getroffen, Margaret, und ich habe alles, was dann kam, nie bereuen müssen – außer daß mir zu wenig Zeit an deiner Seite blieb. Weh mir, also bereue ich am Ende doch. Ich bereue meine Habgier, daß ich dich für immer besitzen wollte. Aber du brauchst einen lebendigen Mann, Margaret. Du kannst nicht nur mit einem kalten Geist leben. Laß uns Pläne für deine Suche schmieden.«

»Ach, Master Kendall, ich bin Euch stets dankbar für Eure Klugheit gewesen.« Das diesige Ding schien sich zu freuen – selbst noch in der Dunkelheit konnte ich die Bewegung spuren.

»Ich bin zwar tot«, sagte er fröhlich, »aber dumm bin ich nicht.«

Doch in den darauffolgenden Tagen, während wir das Brautpaar erwarteten, starb der alte Sir Hubert nicht an seiner bitteren Reue, ganz im Gegenteil, es ging ihm besser, auch wenn er nicht wollte. Seine Gesichtsfarbe wechselte von Grau zu hellem Elfenbein, und zuweilen, wenn das Fieber anstieg, waren auf seinen Wangen zwei fiebrige, rote Flecken zu sehen. Als das Horn am Tor erklang, befahl er, ihm Kissen in den Rücken zu stopfen und ihn aufzusetzen, damit er die junge Braut begrüßen konnte, worüber der Hausverwalter und der Dicke Wat wie auch das übrige Gesinde des Herrenhauses hoch erfreut waren. Ein schöneres Paar hatte die Welt noch nicht gesehen, als sie da vor ihm niederknieten und um seinen Segen baten. Sir Hugo, strahlend und in der Blüte seiner Jugend, neben seiner anmutigen jungen Braut mit dem honigfarbenen Haar, der Lady Petronilla.

Ich musterte sie eingehend, als man uns vorstellte. Diese Stirn hatte noch keine Sorge getrübt. Unter einem erlesenen durchsichtigen Schleier aus Seide, den ein goldener Reif hielt, trug sie das Haar in dicken Zöpfen um den Kopf geschlungen. Sie hatte blaugraue Augen mit hellen Wimpern; ihre Nase war gerade, jedoch ein wenig stupsnasig. Ihre Züge waren ebenmäßig, und ihre Pfirsichhaut wirkte etwas golden, da sie die Jagd und alle Sportarten im Freien liebte. Sie war für ihre Reitkunst wie für ihre Geschicklichkeit mit Kurzbogen und Pfeil berühmt. Man munkelte, sie könne singen und das Psalterium spielen. Mir gefällt der Klang des Psalteriums sehr. Vielleicht würden wir gut miteinander auskommen. Es macht keinen Spaß, die einzige Dame im Haus zu sein. Zwei können viel mehr schaffen als eine.

Ihre Hände steckten voller Ringe, zuweilen zwei an einem Finger, und sie bewegte sie beim Reden, damit das Licht auf den Steinen funkeln konnte. Ihr Gewand war aus dunkelblauer Seide und an den Kanten mit Gold eingefaßt, und ihr Überkleid aus sattem Rot, auf dem waren mit Gold- und Silberfäden Blumen und seltsame Tiere gestickt. Sie verstand sich darauf, mit zierlichen Schritten auf diese besondere Weise zu gehen, mit der sie die lange Schleppe und die winzigen Pantöffelchen, die darunter hervorlugten, vorteilhaft zur Geltung brachte.

Ich hatte gesehen, wie sie sich zu Hugo neigte und hörte sie flüstern: »Wer ist das da?« während sie mir quer durchs Zimmer, wo ich mit Cecily und Alison in der Schar der Gratulanten und Gefolgsleute stand, einen Blick zuwarf. Irgendwie machte ihr Blick klar, daß ich zu alt, zu unansehnlich und zu abgehärmt war.

»Liebe Frau, darf ich dir Dame Margaret, die Wittib meines Bruders, vorstellen«, sagte Hugo und führte sie mir an einem einzigen, erhobenen Finger zu. Die Seide ihres Gewandes raschelte, als sie anmutig auf mich zukam. Sie trug viel Geschmeide, ein großes, mit Rubinen besetztes Goldkreuz und eine Goldkette und noch eine Kette aus Goldfiligran und mit Perlen besetzt. Ich meinerseits mache mir nichts aus Schmuck. Er ist kalt und hart und kommt einem immer in die Quere – auch wenn es elegant aussieht. Ich trage nur zwei Ringe. Den schmalen, schlichten Goldreif mit dem Wappen der de Vilers, meinen Ehering von Gregory, und Master Kendalls breiten mit den ziselierten Blumen und Blättern, auf dem innen ›Omnia vincit amor‹ eingraviert steht. Beide stammen nicht von hier. Gregorys gehörte seiner Mutter, und als sein Vater ihn bei der Hochzeit hervorzog, bezichtigte ihn Gregory mit lauter Stimme der Leichenfledderei, und das verzögerte den Fortgang der heiligen Handlung beträchtlich. Master Kendalls Ring war für irgendeine Geliebte angefertigt worden, argwöhnte ich, aber entweder hatte er es sich anders überlegt oder sie gab ihm den Laufpaß – jedenfalls hatte er den kunstvoll gefertigten Ring zur Hand, als er mir so unerwartet einen Heiratsantrag machte. Ich habe ihn auf die andere Hand gesteckt, aber absetzen werde ich ihn nie. Und dann habe ich natürlich noch mein Kreuz. Das ist sehr alt und kommt von jenseits des Meeres und hat sehr seltsame Eigenschaften.

Sie musterte mich von Kopf bis Fuß.

»Liebwerte Schwester«, sagte sie. »Was für ein hübsches Kreuz. Darf ich einmal anfassen?« Ich wollte schon nein sagen, denn das Brennende Kreuz hat eine Eigenart. Master John von Leicestershire, der es mir vor Jahren gab, sagte, ich könne es haben, wenn ich es tragen könne, denn es versengt alle, die nicht im Herrn wandeln. Natürlich glaubte ich ihm nicht; ich hielt das für eine elegante Art, mich dafür zu bezahlen, daß ich seiner

Tochter das Leben gerettet hatte. Ich hatte nämlich gesagt, daß ich kein Geld dafür annehmen würde. Aber seitdem hat es einige merkwürdige Dinge bewirkt, so daß John vielleicht doch recht gehabt hat. Die Worte lagen mir schon auf der Zunge, da sah ich den Blick in den hübschen Augen meiner neuen Schwägerin. Habsucht lag darin. Sie erwartete, daß ich sagte: »Geliebte Schwester, es sei dein.«

»Natürlich dürft Ihr es anfassen«, sagte ich. »Es ist eine Reliquie aus der Zeit der Kreuzzüge.« Sie streckte die schöne Hand aus, wollte es liebkosen, und ihre Augen sagten: »Laßt mich nicht so lange warten, liebwerte Schwester, gebt es mir als Hochzeitsgeschenk. Ei, wie unliebenswürdig von Euch.«

»Hübsch – pa!« rief sie aus. »Ich habe mir den Finger verbrannt.« Sie steckte den Finger in ihr süßes Schmollmündchen und lutschte daran. »Damit stimmt etwas nicht.«

»Das tut mir aber leid, liebwerte Schwester. Es muß eine Mücke gewesen sein. Seht Ihr? Die kleine Alison faßt es an, ohne Schaden zu nehmen.« Und dabei beugte ich mich vor und wollte es vorführen. Als sie Alison von oben herab ansah, huschte ein frostiger Ausdruck über ihr Gesicht.

»Liebwerter Gemahl, stellt mich doch bitte den übrigen Gästen und der Familie vor«, sagte sie lächelnd, und er führte sie an der erhobenen Hand, seinen Zeigefinger auf ihrem Zeigefinger, elegant wie am französischen Hof, den Nachbarn und deren Ehefrauen zu.

»Eine Dame, eine richtige Dame«, hörte ich das Gesinde hinter mir murmeln.

»Wie elegant, wie ritterlich, wie bezaubernd« konnte ich die Gäste flüstern hören, während das schöne Paar im Raum die Runde machte. Sobald mich niemand mehr beobachtete, lief ich nach oben, um mich auszuweinen. Der Söller stand voller Gästebetten, wie jeder Raum im Haus. Die Kapelle, die in ihrem neuen Glanz strahlte, war mit Blumen geschmückt, und Vater Simeon lag sich dort bereits mit dem kleinen Franziskaner in den Haaren, den sich Lady Petronilla als Beichtvater mitgebracht hatte. So blieb mir nichts anderes übrig, als mich unter der Turmstiege bei den Ratten zu verstecken und zu weinen, bis keine einzige Träne mehr kam.

Als ich in jener Nacht allein im Dunkel meines Bettes lag, weckte mich ein furchtbarer Schmerz im Unterleib. War es ein Traum oder war es keiner? Ich schlug die Augen auf, und da starrten mich die scheußlichen, roten Augen einer furchtbaren Schlange an.

»Hebe dich hinweg!« sagte ich.

»Hinweg?« sagte sie und lächelte dazu so gräßlich, wie es nur Schlangen vermögen, und züngelte mit ihrer gespaltenen Zunge. »Du meinst hinaus, nicht wahr?« Ich erblickte ihre glänzenden grünen und roten Schuppen und sah die Schlingungen ihres Leibes. Kein Wunder, daß es so wehtat – sie hatte ein großes Loch in meinen Unterleib genagt, und aus der tiefen Wunde quoll Schlinge um Schlinge.

»Herr, erbarme dich!« schrie ich – oder schrie ich doch nicht, da niemand im Raum aufwachte?

»Gott? Du rufst nach Gott? Der ist sehr fern, wo *ich* bin«, zischelte das abscheuliche Ungeheuer und wand sich, daß mich der Schmerz fast zerriß.

»Wer oder was bist du?«

»Ich bin der *Neid*, liebwerte Schwester, und ich habe deine Gedärme aufgefressen. Wenn ich damit fertig bin, fresse ich dein ganzes Herz, und dann stirbst du.« Ich schrie, schrie stumm, wieder und wieder. Wie war dieses Ungeheuer nur über mich gekommen? Ich wußte es. Es war geschehen, als Truhe um Truhe ins Haus getragen wurde, bis die Dienstboten nur so staunten. Es war geschehen, als die schönen Windhunde, die sie mitbrachte, von jedermann bewundert wurden, selbst vom alten Lord. Und als ihr Kaplan das große Brautbett, das ihr der Vater mitgegeben hatte, mit Weihwasser besprengte und ihre alte Amme ausrief: »Meine kleine Rose! Mein schönes Herzblatt! So sind wir denn bald Frau, große Dame und Herrin im eigenen Haus!«

Ja, da hatte ich ihm Einlaß gewährt. Traum hin, Traum her, es fraß mich bei lebendigem Leibe auf. Wie sollte ich das scheußliche Ding nur wieder loswerden? Ich beugte mich über die Bettkante und erbrach mich ins Nachtgeschirr, und der saure Geschmack im Mund erinnerte mich daran, als ich aufwachte. Ich stand im Dunkel auf und tastete auf dem Haken nach der großen, weichen *robe de chambre*, die mir der alte Lord geschenkt hatte, und hüllte meine Blöße darin ein. Hinter einer Wolke kam ein Mondstrahl hervor. Meine Mädchen – wer würde sie vor Hugos Habgier beschützen, wenn der *Neid* mir das Herz auffraß? Wer würde das Kleine beschützen? Wer würde Gregory suchen? Auf Zehenspitzen schlich ich zu meinen schlafenden Mädchen, nur um ihren Atem im Dunkel zu hören – und der ging fast im Geschnarche von Mutter Sarah unter, die auf dem Strohsack auf dem Fußboden neben ihnen schlief.

Geräuschlos ging ich durchs Zimmer zur Turmtür und stieß diese ganz, ganz langsam auf, damit sie nicht quietschte. Ich würde in die Kapelle gehen und Gott bitten, mich von der furchtbaren Schlange zu erlösen – es mußte sein, sonst starb ich noch hier in diesem entsetzlichen Haus. In der kalten Luft des Turmaufgangs, wo ich mich an der Wand entlangtastete, verflog der letzte Rest von Schläfrigkeit.

Auch in der Kapelle war es dunkel, doch durch die Fenster fiel blasser Mondenschein und machte, daß die frische, weiße Tünche matt erstrahlte. Über dem Altar war das Jüngste Gericht mit ›diesen ganzen Figuren‹ nur ein dunkler Schatten. Durch die schmalen Bogenfenster konnte man einen Blick auf die kalten Sterne erhaschen, die hoch oben am Himmelszelt funkelten. Die Welt kam mir so leer und kalt vor.

Ich stand auf Zehenspitzen vor der hohen, steinernen Fensterbank und betrachtete die dunkle, stille Welt. »Oh, lieber Gott«, flüsterte ich in das Schweigen. »Wo bist du jetzt? Du hast mich hier alleingelassen, ich bin verloren.« Vermutlich erwartete ich eine Antwort von Gott. Zuweilen antwortete er nämlich. Aber man weiß nie wann. Das hat etwas mit Logik zu tun – Seiner Logik, und die ist für mich zu hoch, als daß ich sie nachvollziehen könnte. Und ohnedies verstehe ich nur die Hälfte aller Antworten. Doch in dieser Nacht antwortete niemand. Unter mir raschelten die Schatten der Bäume in der nächtlichen Brise, und ich blieb völlig allein.

»Ihr wollt ausrücken,wie?« Ach, die hatte mir noch gefehlt. Mitten in einer spirituellen Krise hatte ich eine Weiße Dame am Hals. Nein, nicht einmal hier hat man ein Privatleben.

»Ich weiß, daß Ihr ausrücken wollt. Das erkenne ich daran, wie Ihr aus dem Fenster starrt und die Dinge in Eurer Truhe durchzählt. Das habe ich einst auch getan. ›Ich gehe heim zu meiner Mutter‹, sagte ich dann wohl, und er gab zurück ›Ich schlag Euch so zusammen, daß Ihr keinen Schritt mehr über die Schwelle da tun könnt‹. Ihr habt ja keine Ahnung, wie ich den Anblick genossen habe, wenn er unten im Palas so geschrien und gelitten hat. Wenn Ihr ausrückt, stirbt er und fährt zur Hölle, und das wäre mir eine sehr große Genugtuung – außer daß dann sein kleines Ebenbild, Hugo, der Ritter ohne Fehl und Tadel, an seine Stelle tritt, und das Vergnügen gönne ich ihm nicht.«

Eine sehr leidige Sache, mitanhören zu müssen, wie jemand derart Engstirniges äußerst, wenn man über große Probleme nachdenkt wie beispielsweise die Frage, warum Gott schweigt, und obendrein noch große persönliche Schwierigkeiten bereinigen will.

»Ihr wollt mit dem rauchigen, alten Krämer fort. Ich habe gelauscht. In Ordnung, ich möchte auch weg von hier. Wenn *er* erst in der Hölle ist und Hugo herrscht, dann ist es hier nicht mehr interessant. Was soll ich dann noch hier? London würde mir zusagen. Da schaue ich dann in die Wiegen wie alle anderen Weißen Damen.«

Das hatte mir gerade noch gefehlt.

»Ihr wollt mich nicht mitnehmen, wie? Nicht sehr zuvorkommend für eine Schwiegertochter. Oh, entsetzt Euch nicht. Ihr habt Euch eingebildet, ich wäre so dumm wie all die anderen Weißen Damen. Ist Euch nicht aufgefallen, daß er den hellen Kopf von *mir* hat – nicht von der zusammengeschrumpelten alten Mumie da unten im Bett. Ich weiß sehr wohl, er ist mittlerweile erwachsen. Jungen sind wie kleine Kätzchen. Sehr niedlich, solange sie klein sind, häßlich, wenn sie groß sind. Es hat ein Weilchen gedauert, bis ich ihn erkannt habe – hat nur noch wenig von einem Kätzchen an sich. Doch die Nase ist ganz unverkennbar. Sehr elegant. Eine lange, normannische Nase genau wie meine und die meines Vaters. Und im Kopf ganz konfus und undankbar für alles Gute – ein Mann eben –, Ihr könnt ihn meinetwegen haben. Ich hatte ihn, als er noch niedlich war. Außerdem braucht er jemand mit gesundem Menschenverstand, der sich um ihn kümmert. Er selber besitzt davon nicht viel, und dabei habe ich mir soviel Mühe gegeben. Nein, Ihr braucht mich auf der Reise. Insbesondere wenn Ihr vorhabt, nach ihm zu suchen.«

»Damit kann ich jetzt nichts anfangen – heute nacht nicht. Merkt Ihr denn nicht, daß ich leide? Liegt mir morgen damit in den Ohren, ja?«

»Morgen? Morgen ist es zu spät. Nein. Morgen früh müßt Ihr Euch die Schühchen aus Dachsleder, die mit den Löchern, in einem Beutel um den Hals hängen. Die gehören nämlich ihm. Ich habe sie selbst gemacht. Aus einem Kind mit Dachslederschuhen wird stets ein großartiger Reiter. Wenn Ihr die umgebunden habt, kann ich Euch überallhin folgen, genau wie der aufdringliche Krämer da Eurem Psalter bis hierher, in meine schöne Kapelle, gefolgt ist.«

»Aber – aber –«

»Kein ›aber‹ –. Wißt Ihr denn nicht, daß man Geister nicht verärgern darf? Ich könnte Euch Schlimmes antun. Statt dessen tue ich Euch einen Gefallen, damit Ihr merkt, es ist mir Ernst. Ich weiß, daß Ihr eine große Schlange habt. Oh, schaut nicht so erstaunt. Ich habe sie gesehen. Ich hatte auch eine, damals, als meine Schwester einen vornehmen Edelmann in Brabant heiratete. Mein Gott, war der gelehrt und fromm und gut. Reichtümer besaß er zuhauf, und meine Schwester ging in Samt und Seide und brauchte nicht den kleinen Finger krummzumachen. Und dann stellte sich heraus, daß er einen Buckel hatte, da konnte ich wieder ihre Freundin sein. Familie ist eben Familie – ohne sie geht es nicht. Ich hörte, daß keines ihrer Kinder gesunde Gliedmaßen hat. ›Was für ein Jammer‹, schrieb ich ihr, ›aber wenigstens sind sie im Kopf gesund, und das ist mehr, als ich von meinen sagen kann.‹ Also – wenn ich die Schlange vertreibe? Nehmt Ihr mich dann mit?«

»Ja, wenn es Euch gelingt.« Das Ding bewegte sich

schon wieder, und der Schmerz würde mich noch umbringen, wenn ich sie nicht bald loswurde.

»Folgt mir und spitzt die Ohren«, sagte die Weiße Dame. Ich ertastete mir im Dunkel den Weg hinter dem Geraschel, das sie machte, hin zu dem Zimmer, das an die Kapelle grenzte. Das große Zimmer des Sieur de Vilers, welches nun von Sir Hugo und seiner jungen Braut bewohnt wurde. Durch die Tür drangen gedämpfte Laute.

»Legt Euer Ohr an die Tür – schließlich könnt Ihr nicht durch sie hindurch wie ich. Keine Bange, ich halte Wache – Ihr werdet schon nicht erwischt«, sagte die Weiße Dame.

Und dann hörte ich Folgendes:

»Wach auf, wach auf – ich will noch einmal.«

»Mm. Nein. Du hast mir wehgetan«, antwortete eine schmollende Stimme. »Jetzt kann ich einen Monat lang nicht auf die Jagd gehen.«

»Du solltest stolz sein: Wenn man morgen das Bettlaken herumzeigt, wird dich jedermann preisen.«

»Stolz worauf? Daß ich alles für diese schäbige Kate aufgegeben habe? Du hast mir geschworen, daß wir in London wohnen.«

»Und das werden wir auch –«

»Au! Au! Runter! Nimm dich in acht, ich bin keine deiner Bauerndirnen.« Und dann hörte man ein Klatschen, als Fleisch auf Fleisch traf.

»Du kleines Biest – das hast du nun davon, daß du mich gekratzt hast. Wehe, du tust das noch einmal, dann schlage ich dir die Nase ein. Und dann ist es aus mit deiner allseitigen Beliebtheit.«

»Faß mich nicht an, oder ich gehe heim zu Vater. Du hast ihn hinters Licht geführt. Dein Herrenhaus ist eine Bruchbude, und dein Vater liegt gar nicht im Sterben, wie du gesagt hast.«

Dann hörte ich einen Schrei, der durch ein Kissen gedämpft wurde. Dann ein Aufstöhnen und ein leises Luftholen. Luftholen. »Dafür läßt dich mein Vater umbringen.«

»Nicht dafür, daß ich mir mein eheliches Recht nehme, o nein – der fragt nur nach den Einzelheiten.« Man hörte ein häßliches Auflachen, gefolgt von einer Art Schluchzer.

»Du wirst ganz schön dumm dastehen, wenn sich herausstellt, daß du nicht wie versprochen noch vor Weihnachten Lord von Brokesford bist, und einen Rechtstitel auf den Besitz deines Bruders hast du auch nicht«, sagte eine beleidigte Stimme.

»Das kannst du ihm ruhig erzählen, aber dann ruinierst du dich ebenso wie mich. Du und dein lieber Papa, ihr wollt Euch doch wohl nicht zum Gespött der Leute machen, oder? Es ist zu spät, die Ehe ist vollzogen; du tust gut daran, eine pflichtbewußte Ehefrau zu sein und mir Söhne zu werfen. In London und im Luxus kannst du immer noch leben.«

»Dann schaffe mir diese käsebleiche Wittib vom Hals. Ich kann sie nicht ausstehen. Sperre sie irgendwo ein – im Keller, im Kloster –, Hauptsache, sie kommt mir nicht mehr unter die Augen. Und ihre gräßlichen Bälger auch nicht. Versprich mir das und tu es sofort, dann weiß ich, daß du es ernst meinst.«

»Diese gräßlichen Bälger sind Gold wert. Aber es ist meine Sache, wann und wo ich mich ihrer entledige.«

»Bald, versprich mir das, dann will ich auch lieb sein, mein Herr und Gebieter.« Das waren die quengelnden, schmeichlerischen Worte eines hinterhältigen Kleinkindes.

»Das hört sich schon besser an.«

»Morgen?« Auf einmal klang der Ton scharf und befehlshaberisch.

»Willst du mich zwingen? Ich sage dir, ehe du nicht begreifst, daß ich hier alle Entscheidungen treffe, schlage ich dich, bis dein Vater dich nicht wiedererkennt –«

»Ein glückliches Paar, wie?« flüsterte die Weiße Dame recht boshaft. »Was macht Eure Schlange?« Ich befühlte meinen Bauch. Er tat überhaupt nicht mehr weh.

»Fort«, sagte ich.

»Das dachte ich mir. Und jetzt nehmt Ihr mich mit. Sehr klug von Euch, daß Ihr fliehen wollt. Aber Ihr müßt Euch davonstehlen. Sie mögen Euch zwar nicht, aber jemand anders soll Euch auch nicht haben. Das würde ihnen bei ihren Besitzansprüchen in die Quere kommen. Für Euch gibt es nur Tod oder Gefängnis oder das Kloster. Ich weiß Bescheid. Eine meiner Basen mußte einst den Schleier nehmen. Und das Kloster, in das man sie steckte, war ein besseres Gefängnis. Ihre hübschen Haare, alle abgeschoren. Ich selber hätte mir nie die Haare abscheren lassen, auch wenn sie zuweilen lästig waren. Aber Ihr habt selbst schuld. Was mußtet Ihr einen reichen Mann heiraten und ihn überleben. Wie um alles auf der Welt hat dieser gräßliche, alte Krämer es nur geschafft, mehr anzuhäufen als ein Ritter? Nein, wie degoutant, durch Handel zu Geld zu kommen.«

»Statt es zu stehlen wie ein Edelmann?«

»Genau«, sagte die Weiße Dame.

Als der Morgen durch die hohen Fenster des Söllers graute, kam ich den Wünschen der Weißen Dame nach, faltete die Schühchen zusammen und steckte sie in ein kleines, rechteckiges Amulett, das ich mir unter meinem Überkleid an einer Kette um den Hals hing. Doch kaum hatte sich der Hahn ausgekräht, da kamen die Mädchen auf der Suche nach mir heulend und mit Mutter Sarah im Gefolge angelaufen.

»Mama, Mama, sie hat Alison einfach so geschlagen«, rief Cecily.

»Und als ich sie daran hindern wollte, Mistress, da hat sie mir eins mit der Reitpeitsche übergezogen, die sie immer dabei hat. Hat gesagt, ich wüßte nicht, wo mein Platz ist«, schniefte die furchteinflößende Mutter Sarah und verdrückte eine Träne.

»Sie ist jetzt die Herrin, und ich kann gar nichts tun. Geht ihr einfach aus dem Weg, bis ich mir etwas ausgedacht habe«, sagte ich.

Doch später hörte ich, wie sich Mutter Sarah hinter dem Wandschirm im Palas beim Dicken Wat beschwerte, als dieser dem alten Lord das Gesicht wusch. »Die ist zu jung für eine Herrin, diese gehässige, kleine Katze. Der Teufel hole sie.«

»Gewöhn dich dran, Sarah. Sie ist die Herrin im Haus«, erwiderte der Dicke Wat. »Aber« – und dabei hörte ich den alten Lord stöhnen, denn Wat hob ihm den Kopf, daß er trinken konnte – »der Herr ist sie nicht . . . und *er* auch nicht.«

»Die Kinder, Mutter Sarah, wo sind die Kinder?« platzte ich in die kleine Szene hinter dem Wandschirm. Wat schob gerade die Kissen zurecht und zog die Bettdecke hoch, damit es der alte Lord bequemer hatte; er hatte ihn getreulich auf jedem Feldzug begleitet, selbst auf diesem hier gegen den Tod. Er hatte nicht an mir gezweifelt, als er gemerkt hatte, welche Veränderung ich bewirkte, sondern hatte mich ausgefragt, weil er alles wissen wollte, was seinem Herrn dienlich sein könnte. Jetzt blickten wir uns an und verstanden uns ohne Worte. Wir hatten beide schlimme Zeiten durchgemacht und wußten, was getan werden mußte. Mutter Sarah blickte ihn groß an und rang die Hände. So konnte ich sehen, daß einer der Striemen, da wo der Hieb die bloße Haut ihrer Hand getroffen hatte, blutig war. Sie hatte das Gesicht mit den Armen schützen wollen. Und sie war immer noch so verstört, daß ich ihr nicht gram sein konnte.

»Mutter Sarah, die Mädchen?«

»Oh, Mistress, dahinten in der Ecke doch, sie spielen mit Puppen.«

»Ich sehe sie nicht.«

»Oh, liebe Mistress, sie sind weg!« Und schon suchten wir vom Dachboden bis zum Keller nach ihnen, doch ohne Erfolg bis zum Vormittag. Als die Schragen fürs Essen aufgestellt wurden, fand ich sie oben und mit eigenartigen sauberen Händen und Gesichtern. Alisons Kleid war vorn tropfnaß.

»Was um Himmels willen macht ihr? Wo seid ihr gewesen?«

»Wir waschen uns«, sagte Cecily. »Alisons Kleid war ganz klebrig, da haben wir es gewaschen.«

»Ja – kleber, kleber, klebrig. Ist gut gewaschen«, zwitscherte Alison.

»Und wie ist es so klebrig geworden?« Aber ich hatte die Frage gerade gestellt, da kündeten drei Hornstöße vom Tor einen Besucher an – einen Besucher von hohem Stand.

»Bitte, Mama, laß uns gucken!« rief Cecily, und damit wollte sie mich wohl ablenken, wie mir hinterher klar wurde. Und da ich nicht mehr zur Eingangstür laufen mußte, um die Besucher zu empfangen, eilten wir zur Fensterbank über dem Haupteingang und spähten hinaus.

Fürwahr, das war ein erstaunlicher Zug, der da den Burghof überquerte. Fremde – wohlhabende Pilger, so dünkte mich, die von einem der Häfen im Norden nach

Canterbury wollten, denn dorthin zieht es alle fremdländischen Pilger. Zwanzig Vorreiter begleiteten den Zug, alle in gleichartige Schuppenpanzer und schwarzsilberne Waffenröcke gekleidet, die ein aufgesticktes Wappen trugen, das niemand kannte. Die Lanzen der beiden ersten hatten schwarze Wimpel mit drei silbernen, eingewirkten Schwänen. Inmitten der Reiter fuhr ein schöner Reisewagen, der einer Königin wohl angestanden wäre, gezogen von vier schwarzen Pferden, auf denen zwei Knaben in der gleichen schwarzen Livree ritten. Die Räder, die Karosserie und die großen Ringe, an denen die teilweise zurückgerollte Lederschutzdecke befestigt war, die jetzt der goldenen Herbstsonne Einlaß gewährte, alles war kunstvoll geschnitzt und mit farbenprächtigen Blumen und Ranken bemalt. Neben dem Wagen ritt auf einem kleinen Braunen ein Dominikaner, der hatte die Kapuze heruntergeschoben, so daß man seine Adlernase und seine Tonsur sehen konnte.

Doch das Wageninnere bot einen wirklich staunenswerten Anblick. Hinter dem Kutscher und den Knechten saßen auf zwei hohen Bänken vier Frauen, zwei davon auf fremdländische Art sehr elegant in eigenartig geschnittenen Gewändern aus Grau und Schwarz gekleidet, die alle mit etwas gesäumt waren, das aus der Ferne zu glänzen schien und von der Reise kaum eingestaubt war. Ihre hohen Hauben hüpften, und sie plauderten miteinander und schienen ihrer Umgebung auch nicht die geringste Beachtung zu schenken. Doch auf dem Vordersitz saßen die seltsamsten Gestalten der Gesellschaft. Die eine Frau war nach ihrer schlichten Kleidung zu schließen eine Amme und hatte ein kleines, schwarzhaariges, etwa zweijähriges Kind mit einem runden Gesichtchen und in schwarz und silbern bestickten Kleidern auf dem Schoß, so wie ich sie noch nie an einem Kind erblickt hatte. Doch beim Anblick der anderen Frau konnte man vor Staunen Nase und Mund aufsperren. Sie war von Kopf bis Fuß in Schwarz gekleidet. Schwarz, mit ganz aus Silber gewirkten Schwänen auf dem Busen und einem schwarzen, fremdländischen Kopfputz, von dem ein schwarzer Seidenschleier herabfiel, ihren Kopf und ihre Schultern umgab und noch hinter ihr herwehte. Selbst vom oberen Fenster aus erschien mir ihre Gesichtsfarbe ungewöhnlich. Weiß, so weiß wie Milch gegen all die Schwärze. Und schön. Vollkommen und eingefroren wie das Antlitz einer uralten Statue. Sie hielt sich auf der Bank so gerade wie eine Schwertklinge und blickte nicht nach rechts und nicht nach links. Eine Königin. Sie mußte eine fremdländische Königin sein und die anderen ihre Hofdamen.

Das durften wir nicht versäumen; wir eilten also nach unten, da wir ihre Ankunft mitbekommen und sehen wollten, wie sie von der neuen Herrin begrüßt wurde. Lady Petronilla verneigte sich tief vor ihr und bot ihr die Gastfreundschaft ihres Hauses an.

»Willkommen als Gast in Brokesford Manor, edle Dame. Eure Gegenwart ehrt uns. Mein Herr und Gebieter, Sir Hugo de Vilers, ist auf der Jagd, aber er wird bald zurück sein und Euch so begrüßen, wie es Eurem hohen Stand geziemt.« Französisch war nicht gerade Lady Petronillas Stärke. Sie hatte einen starken Akzent und mischte englische Brocken darunter, denn sie war nicht bei Hofe aufgewachsen oder im Ausland oder im Kloster erzogen worden.

»Sir Hugo de Vilers? Euer Ehemann?« sagte die Dame verbindlich, ohne daß sich an ihrem Ausdruck auch nur das geringste geändert hätte.

»Ja, wir wurden vergangene Woche vermählt.«

»Vergangene Woche? Ei, so wenig Zeit.« Ich spürte, wie seltsam ihr gelassener Ton war.

Als sie aus dem hellen Sonnenschein in den dämmrigen Palas trat, rümpfte sie die Nase. Beim Anblick der Schinkenseiten und des Wildbrets, das bei uns an den Dachsparren im Rauch des Feuers mitten in der großen Halle aufgehängt wird, verdrehte sie die großen, braunen Augen.

»Englisch«, konnte ich sie leise bei sich in einem Französisch sagen hören, dessen etwas rollenden Akzent ich nicht recht einordnen konnte. Ich stand beinahe hinter ihr, beiseitegedrängt und unbeachtet während dieser kleinen Zeremonie. »Wilde, allesamt«, flüsterte sie, lächelte dabei die Gastgeberin an und zeigte ihre niedlichen, ebenmäßigen, weißen Zähne, die wie bei einem Kleinkind in einem rosa Kiefer saßen. Lady Petronilla zierte sich vor ihr und wirkte neben der dunklen Fremden auf einmal gewöhnlich und grellbunt. Die dunkle Dame machte einen Schritt – und die märchenhaft mit Edelsteinen besetzten und aus Silber und Gold gefertigten Ketten und Armbänder, die sie trug, klingelten wie kleine Glöckchen.

»Mein Schwiegervater erholt sich von einer Wunde und kann sich zu Eurer Begrüßung nicht erheben, aber ich werde Euch jetzt vorstellen«, sagte Lady Petronilla und nahm die dunkle Dame mit hinter den Wandschirm, und ich konnte nicht mehr sehen, was vor sich ging. Als die beiden wieder hervorkamen, wurde der Fremden der Ehrenplatz angeboten, den sie auch annahm.

»Ich werde Sir Hugo hier erwarten«, sagte sie vollkommen gelassen und selbstsicher mit ihrem seltsamen Akzent. Die Amme saß auf einer Bank in der Nähe, während das fette Kindchen zufrieden auf einem Zukkerschnuller lutschte. Ein ums andere Mal zog die Amme an dem ausgefransten Saum des Nuckels, damit er ihn nicht ganz überschluckte. Das Kind sah ungewöhnlich aus – feist und friedfertig, mit Speckrollen an den Handgelenken und den kleinen nackten Knöcheln. Es hatte dickes, rabenschwarzes Haar wie seine Mutter und eine milchweiße Haut und große, braune Augen, größer als Kalbsaugen, dünkte mich. Als es krähte, konnte man den niedlichen, hellrosa Kiefer und vier Perlzähnchen sehen. Es wurde verhätschelt wie ein persischer Prinz und betrachtete die Welt mit gutartigem Blick, während die Amme es unter dem fetten Kinn kitzelte und es auf- und abhüpfen ließ und es in einer fremden Sprache pausenlos mit Koseworten überschüttete. Auch das Kind trug eine winzige Kette mit Medaillon und besaß schon kleine, klingelnde Armbänder, und er fuchtelte mit den Ärmchen, weil ihm das Geräusch Spaß machte.

»Mama, wir wollen auch so ein Kindchen haben«, flüsterte Cecily. »So fett und schön.« Die dunkle Dame bekam das Geflüster mit, drehte sich um und nickte Cecily huldvoll zu, ohne daß sie auch nur einen Augenblick ihre aufrechte und königliche Haltung aufgab.

Gebell von Jagdhunden, Hufgeklapper und das klirrende Pferdegeschirr kündigten Sir Hugos Rückkunft an, ehe noch ein riesiger Bock, die Läufe an eine Stange gebunden, mit baumelndem Kopf zum Anschauen in den Palas getragen wurde. Hugo kam an der Spitze seiner Gefährten die Stufen hochgesprungen, blieb jedoch beim Anblick der dunklen Dame, die mitten in der Halle saß, wie angewurzelt stehen. Er schwankte leicht und wurde so weiß wie die Wand, ehe seine Frau ihn ansprach und er sich wieder faßte.

»Herr Gemahl, eine edle Besucherin beehrt unser Haus; Lady Giuseppina, Marquesa di Montesarchio, welche Herrin ausgedehnter Ländereien an fernen Orten ist«, sagte sie auf Französisch und bekam dabei eine ganz spitze Nase. Kühl und gelassen bat Sir Hugo sie noch einmal, mit der Gastfreundschaft seines Hauses vorliebzunehmen und fragte sie, was sie hierherführe.

»Ich reise, weil ich ein ungemein heiliges Gelübde erfüllen möchte, eine Pilgerreise, die mein seliger Onkel meinem Vater auf dem Totenbett versprach. Für ihn habe ich mich bereits vor dem heiligen Märtyrer in den Staub geworfen, doch ebenso auch für die Seele meines Herrn und Gemahls, welcher erst kürzlich verschied. Was mich sonst noch hierherführt, wißt Ihr sehr wohl«, erwiderte die Dame äußerst feierlich in ihrem lieblich klingenden, rollenden Französisch mit dem starken Akzent. Sie sah wie eine Kaiserin aus, wie sie dort auf dem Stuhl des Sieur de Vilers saß, und Sir Hugo wie ein bäuerlicher Bittsteller.

»Jedoch, ich bin, dünkt mich, zu spät gekommen, um Euch zu gemahnen, daß Ihr mir die Ehe versprochen habt.« Entsetzen und Aufruhr in der Halle. Lady Petronilla riß vor Schreck die Augen weit auf und griff sich ans Herz. Schließlich gilt ein Verlöbnis genau so viel wie ein Eheversprechen – nur die Kirche kann es lösen, selbst wenn es lediglich als Vorspiel zu einer Eroberung ein paar unter zwei Augen gesprochene Worte waren. Zwei Verlöbnisse, und eines davon nicht gelöst? Lady Petronillas Ehe war vielleicht eine bigamistische Vereinigung – war ungültig? Sir Hugo stand wie erstarrt, aber seine Augen wanderten rasch über die Runde der Gesichter und bekamen den Ausdruck auf dem Gesicht seiner jungen Frau mit.

»Lady«, sagte Sir Hugo frostig, »so hochgestellt Ihr auch sein mögt, Ihr scheint Euch dennoch zu täuschen. Ich kenne Euch nicht. Ich habe nie das Vergnügen einer intimen Bekanntschaft mit einer fremdländischen Marquesa gehabt.«

»Dann leugnet Ihr also, daß dieses Kind hier Euer Sohn ist?«

»Aber ja doch – ei, seht nur, wie dunkel er ist. Der ist gewißlich nicht von unserer Art. Ei, man könnte fast meinen, er ist nicht einmal ein Knabe, bei den großen Augen, und von Kopf bis Fuß eingehüllt, wie er ist. Ich habe keine Ahnung, warum Ihr meine Gemahlin so verstören müßt, wohledle Dame, doch mit dem Kind habe ich weiß Gott nichts zu schaffen.«

Die Augen der Dame wurden kaum wahrnehmbar schmal, doch sie beherrschte ihre schönen, weißen Züge eisern.

Der alte Lord hinter dem Wandschirm lauschte dem Wortwechsel und seufzte tief; dann bat er darum, sehen zu dürfen, was vor sich ging. Vier Männer bewegten den riesigen, geschnitzten Wandschirm und zogen die Bettvorhänge zurück, so daß man die skelettartige Gestalt des alten Lords erblicken konnte, die nichts als eine Nachtmütze auf dem Kopf trug und tief vergraben unter Pelzdecken lag.

»Bitte sie, das Kind auszuziehen und es herzubringen«, flüsterte der alte Lord dem Dicken Wat zu, und der wiederholte die Worte laut. Die dunkle Dame hob einen Finger, und die Amme entfernte mehrere Lagen bestickter Kleider. Das Kindchen freute sich anscheinend über seine Nacktheit, zappelte mit fetten Armchen und Beinchen und krähte vor Vergnügen. Eindeutig ein Junge. Und gleich unter dem Nabel hatte er ein seltsames, dunkles Muttermal.

»Ein prächtiger Knabe, Madame«, flüsterte der alte Lord, als man ihm das Kind zeigte. »Er dürfte dem Haus jedes Ritters zur Ehre gereichen.« Man wiederholte der dunklen Dame die Worte, und sie nickte zustimmend. »Frag Hugo«, flüsterte er auf Englisch dem Dicken Wat zu, »ob er immer noch alles leugnet, jetzt, wo er das Muttermal gesehen hat.« Der alte Mann war so schwach, daß sich seine Lippen kaum bewegten.

»Aber Vater«, gab Hugo in eben dieser Sprache zurück, damit ihn die dunkle Dame nicht verstand, »was ist in Euch gefahren? Natürlich leugne ich! Wann wäre ich jemals so tief gesunken, einer Frau die Ehe zu versprechen, nur um mit ihr ins Bett zu kommen? Ich habe diese Frau noch nie gesehen. Und was das Muttermal angeht, die gibt es auf der Welt zuhauf. Eine Frau muß nur verdorbenes Fleisch oder zuviel getrocknete Pilze essen oder sich während der Schwangerschaft erschrecken, und schon ist es geschehen. Sie hat zuviel gegessen – darum hat er ein Muttermal und ist so fett. Zudem haben Frauen keinen Samen, daher ist ein Kind Abbild des Vaters – und sieh dir dieses Kind doch an. Sein Vater war dunkel, das ist deutlich zu sehen.« Er sprach rasch und ängstlich – ebenso an seinen Vater gerichtet wie an seine Braut.

Die dunkle Dame, die sich nicht vom Fleck gerührt hatte, musterte die kleine Szene aus der Ferne. Dann schien sie sich zu etwas durchgerungen zu haben, denn sie sprach jählings mit klarer, kräftiger Stimme. Alles wandte ihr den Kopf zu.

»Sir Hugo de Vilers, seid Ihr gewillt zu schwören, daß dieses Kind nicht das Eure ist und daß Ihr mir nie die Ehe versprochen habt?«

»Ei – ei, ja doch«, sagte Hugo und blickte dabei in die Runde wie ein Hase in der Schlinge.

»Gut«, sagte sie. »Ihr sprecht Euch selbst das Urteil. Fra Antonio, holt das Kästchen und das Papier.« Sie stand auf und verneigte sich vor dem kleinen, goldenen, reich verzierten Reliquienschrein mit dem Spitzdach, den der Dominikaner geholt hatte. Dann küßte sie den Schrein, nahm ihn dem Mönch ab und streckte ihn Hugo hin.

»Legt Eure Hand darauf und schwört auf das, was Ihr vor diesen Leuten gesagt habt.«

Sir Hugos Knie zitterten etwas, und seine Stimme bebte, als er die Hand auf das Kästchen legte, und Fra Antonio, der sich an den noch nicht gedeckten Kastentisch gesetzt hatte, brachte seine Worte zu Papier.

»Ich, Sir Hugo de Vilers«, sagte er, und seine Stimme klang schriller als gewöhnlich, »habe dieser fremden Dame, Lady Giuseppina, der Marquesa di Montesarchio, nie die Ehe versprochen, und ich leugne, daß ich der Vater des Kindes bin, welches sie mit sich führt und welches sie ihren Sohn heißt.«

»Gut«, sagte die Dame. »Laßt ihn unterzeichnen und mit seinem Ring siegeln, Fra Antonio. Zeugen?« Und zwei ihrer immer noch bis an die Zähne gewappneten Männer traten vor und setzten ihr Zeichen unter Fra Antonios säuberliche Unterschrift. Im Raum war es totenstill.

»Das Kästchen, gute Dame«, sagte Lady Petronilla. »Ei, was befindet sich darin?«

»Ein Splitter vom wahren Kreuz, Madame de Vilers«, sagte die dunkle Dame und gab ihren Männern das Zeichen zum Aufbruch. Lady Petronilla hohnlächelte, dann bat sie darum, das Kästchen küssen zu dürfen.

»Natürlich, liebwerte Dame«, sagte die Marquesa. »Sir Hugo«, sagte sie zu dem schuldbewußt wirkenden Ritter. »So bin ich denn frei. Nun kann ich meine Ländereien und mein Leben mit einem vornehmeren Edelmann vereinen, als Ihr es jemals sein werdet. Aber merkt Euch für die Zukunft, das Schicksal kann auch einer

Frau ohne Vermögen wohlgesonnen sein.« Damit wandte sie sich um und sagte zu allen im Raum:

»Hier bleiben wir nicht über Nacht. Wir bitten die Augustiner in Wymondley um gastliche Aufnahme, und dann geht es heim. Nie wieder werde ich einen Fuß auf dieses elende, barbarische Eiland setzen.« Ihre Männer und der Priester scharten sich um sie, und sie ging mit klirrendem Geschmeide zur Tür, gefolgt von der Amme und dem Kind. Hier drehte sie sich jählings um und streckte die Hand aus. Mir war mittlerweile klar, daß die dunkle Dame eine Meisterin der dramatischen Gebärde war, daher wußte ich, was jetzt kam. Alle anderen übrigens auch.

»Hugo de Vilers«, sagte sie und wies mit dem Finger auf ihn, »Fluch über Euch bis ins Grab: Möge Euer Ehebett auf ewig Scheusale hervorbringen.« Damit schied sie, und die Leute drängelten sich zur Tür und starrten dem rumpelnden Wagen nach, als er auf dem staubigen Weg verschwand.

Was mich anging, so merkte ich, daß alles dastand und ihr nachgaffte, und da wußte ich auf einmal, was ich zu tun hatte. Mucksmäuschenstill stahl ich mich aus dem Durcheinander, zog meine Mädchen mit nach oben, wo ich mir unsere Umhänge griff und mir ein paar Sachen vorn ins Kleid steckte. Dann schlichen wir uns schnell und schweigsam die wacklige Holzstiege hinten am Turm hinunter und aus dem unbewachten Ausfalltor hinaus. Wir rannten über die Wiese, denn wir mußten die dunkle Dame auf dem Weg zu den Augustinern von Wymondley einholen.

Wenn wir nicht eine Abkürzung gekannt hätten, so daß wir sie in einer Biegung des Weges in Sir Johns Wäldern abfangen konnten, wir hätten den ganzen Weg zum Kloster zu Fuß zurücklegen müssen. Selbst auf dieser kurzen Strecke bekam Cecily natürlich einen Stein in den Schuh, und Alison quengelte und wollte getragen werden, obschon sie dazu viel zu groß ist. Dann tat sie es ihrer Schwester nach und verlegte sich auf ein übertriebenes Humpeln und Stöhnen – und dabei kann sie beim Spielen den ganzen Tag laufen, ohne sich auch nur einmal hinzusetzen. Zum Glück dauerte es nicht lange, und wir hatten die Straße erreicht und kletterten gerade noch rechtzeitig eine steile Böschung hinunter, so daß wir die langsamen Vorreiter und den Wagen einholen konnten. Sie hielten an, und ich lief zum Wagen und bat sie: »Bei der Jungfrau Maria und allen Heiligen, nehmt uns mit nach London, liebe Lady.«

»Habe ich Euch nicht auch in dem Schweinestall dieser verfluchten Familie gesehen? Warum sollte ich etwas für Euch tun?«

»Um Euch zu rächen, Lady«, keuchte ich, und mein Hirn raste, da ich mir ganz schnell einen guten Grund ausdenken mußte. »Wenn ich ihnen entwische, dann schmilzt fast ihr gesamtes Vermögen, das ich ihnen verschafft habe, dahin wie Schnee in der Sonne.«

»Und wer seid Ihr, daß Ihr dort bei ihnen weiltet?«

»Ich bin Margaret de Vilers, die Wittib von Sir Hugos jüngerem Bruder.«

»Ah –« sagte die Dame, lächelte ihr liebliches Lächeln und zeigte die ganze Pracht ihrer kleinen, weißen Zähne. »Dann steigt nur auf, alle drei miteinander. Allein könnt Ihr es nicht schaffen bei den vielen Räubern in diesem wilden Land.« Und so halfen uns ihre Damen beim Einsteigen hinten in den Wagen, wo wir es uns zwischen dem Gepäck bequem zu machen versuchten, so gut es eben ging. Das Ding ruckelte und rumpelte derart, daß mir schwante, am Abend würde ich nur noch aus blauen Flecken bestehen. Woran man wieder einmal sieht, daß Prunkentfaltung sehr lästig sein kann; lieber gehe ich zu Fuß, als daß ich jämmerlich fahre. Aber ich war so erschöpft, daß mich schon bald das Weinen überkam, und um mich abzulenken, fing Cecily an zu plappern. Sie ist in vielem älter als ihre Jahre und hört sich zuweilen ulkig an, vor allem wenn sie französisch spricht, und sie weiß, daß mich das stets aufheitert.

»Mama, was sind Scheu – Scheusale?« fragte sie.

»Dummchen, das nehmen doch die Mägde zum Fußbodenwischen«, antwortete Alison.

»Nein, das sind Scheuertücher, du dumme Gans«, erwiderte Cecily.

»Ein Scheusal«, antwortete ich und trocknete mir die Augen, »ist etwas Abstoßendes wie – Teufel oder etwas, das scheußlich aussieht.«

»Kröten auch?« fragte Cecily.

»Ja; Kröten sind häßlich, aus denen machen Hexen Gift. Aber Fingerknöchelchen von Gehängten sind vermutlich noch schlimmer.« Allmählich belebten sich meine Geister.

»Ach«, sagte Cecily enttäuscht. »Schade, daß wir keine Fingerknöchelchen kriegen konnten.«

»Ja, die wären auch nicht so kleber, kleber, klebrig gewesen«, sagte Alison.

»Was soll das heißen?« fragte ich argwöhnisch.

»Na ja, mein Rock ist doch so klebrig geworden, als ich die ganzen Kröten für Cecily getragen habe.«

»Mama, fahren wir wirklich nach London? In unser richtiges Haus?« kam Cecily rasch dazwischen, um das Thema zu wechseln.

»Natürlich«, antwortete ich.

»Aber es ist doch alles anders; Papa ist tot, und die bösen Männer können uns da finden.«

»Mir fällt schon etwas ein, Ehrenwort.«

Da wir uns auf Französisch unterhielten, hatte die dunkle Dame alles mitbekommen, obschon sie tat, als hörte sie nicht zu. Jetzt wandte sie den Kopf, blickte uns dahinten im Wagen an und fragte Cecily: »He, du kleine rothaarige Wilde, was hast du mit den Kröten gemacht?« Cecily schwieg und sah verlegen aus.

»Die haben wir Lady Petronilla ins Bett gelegt«, zwitscherte Alison, »weil sie so gemein ist. Wir können sie nicht ausstehen, Cecily und ich.«

»Du, du da, Cecilia«, sagte die dunkle Dame und blickte Cecily unter halb geschlossenen Lidern an, und dann lächelte sie ein bedächtiges, belustigtes, kleines Lächeln. »Wie viele?«

»Och, eine ganze Menge – wir mußten zweimal gehen. Unten im Schlamm im Burggraben gibt es ganz viele. Jetzt kriegt sie Warzen, und die hat sie auch verdient.«

»Ich sage es ja, Fra Antonio, meine Flüche wirken immer«, sagte die dunkle Dame zu dem Dominikaner gewandt, der direkt neben ihrem Wagen ritt. Dann redete sie ein paar Worte in ihrer eigenen Sprache mit ihm. Der Dominikaner lachte in sich hinein. Die Damen, die während des ganzen Wortwechsels geschwiegen hatten, taten es ihm nach. Dann sagte sie zu Cecily:

»Du gefällst mir, kleine Wilde, darum schenke ich euch etwas.« Die Mädchen spitzten die Ohren.

»Süßigkeiten?« fragte Alison erwartungsvoll.

»Nein, das Leben. Ich wollte euch, noch ehe wir die Abtei von Wymondley erreichten, heimlich die Kehle durchschneiden lassen. Und eure Leichen hätten wir noch vor Verlassen dieses Waldes aus dem Wagen geworfen. Oder Euch vergiften – nein, zu langsam.« Sie blickte sinnend in das volle goldene und rotbraune Blattwerk, das sich zu beiden Seiten hoch über dem ausgefahrenen, engen Weg wölbte. »Ja, Kehledurchschneiden ist besser. Bei den vielen Räubern hier . . .«

»So ein blödes Geschenk, ich wollte Süßigkeiten!« murrte Alison. Dann wandte sich die dunkle Dame mir zu und lächelte ihr liebliches, unschuldiges Kinderlächeln.

»Dumm von Euch, mir zu erzählen, daß Ihr den einzigen Erben der de Vilers tragt«, sagte sie.

»Aber ich habe doch nicht –« sagte ich und unterdrückte mein wachsendes Entsetzen.

»Haltet Ihr mich für dumm?« fragte sie und reckte das Kinn. »Ihr bringt das Geld in die Familie; der Bruder stirbt, der ältere Bruder erbt. Wenn Ihr sterbt, könnt Ihr nicht fortgehen und Euch mit jemand anders vermählen, der dann Anspruch auf das Geld hat. Wenn er Euch am Leben läßt, steckt er Euch ins Kloster. Doch wenn Ihr mit einem Erben schwanger seid, täte er gut daran, Euch beide umzubringen, sonst verliert er das Geld. Also brennt Ihr durch. Ist doch ganz einfach. Über Erbschaften weiß ich gut Bescheid. Die haben mich zur Marquesa gemacht. Die und Eisenhut.«

Beim Allmächtigen. In der Fremde herrschen andere Gebräuche als hierzulande.

»Ihr seid entsetzt? Glaubt ja nicht, daß ich sie alle eigenhändig vergiftet habe. Nein – das haben sie gegenseitig getan – abgesehen von ein, zwei –, danach fiel mir alles in den Schoß.« Sie hob die Handteller und blickte nach oben, als wollte sie eine himmlische Gabe entgegennehmen. Ihre schweren, edelsteinbesetzten Ohrringe schaukelten und glitzerten.

»Freilich«, sagte sie, wobei sie mich wieder anblickte, denn nicht einmal der Schatten, den das Spritzleder des Wagens warf, konnte meine weit und entsetzt aufgerissenen Augen verbergen, »selbst mein armer, kleiner Mann hat nicht mehr als ein Jahr durchgehalten – gerade lange genug, daß er meinem Schatz hier seinen Namen geben konnte. Wie jung er doch war, erst siebzehn Lenze, und so ungebärdig und unvorsichtig.« Sie blickte auf einmal rührselig, aber dann lächelte sie und rümpfte die gepuderte Nase, während ihr Blick in die Ferne schweifte. »Wenn zu Hause ein Gewitter aufzieht, verläßt man sein Land zuweilen lieber für ein Weilchen. Eine heilige Pilgerfahrt – so fromm, so tadelsfrei – und wenn man nach Hause kommt, scheint die Sonne wieder. Politik – Männerpolitik. Wie ein schwarzes Wölkchen, findet Ihr nicht auch? Man muß schon ausnehmend dumm und jung sein, um dazubleiben und Streit anzufangen.«

Sie schwieg und sah mich mit neuerlichem Interesse an, so als hätte sie eine Stechmücke auf meiner Nase entdeckt. »Laßt Euch übrigens gut raten und haltet Euch beim Essen einen Vorkoster. Das ist nicht nur elegant, sondern auch praktisch. Wenn Ihr Euch keinen leisten könnt oder zu viele verliert, tun es auch Katzen. Die füttert Ihr unter dem Tisch. Das wird man Euch nur als überspannt ankreiden. Ich halte mir immer eine Menge Katzen. Darum bin ich auch so gut gefahren.« Sie nickte heiter, und ihr Geschmeide klingelte. Ich muß schon sagen, wenn solche Menschen ins Reden kommen, packt mich die Angst. Der Knabe krähte, und die Amme zog eine Rassel hervor und begann, ihm ein Liedchen zu summen. Ihre Damen fielen ein und sangen Worte, die ich nicht verstand. Ich hörte einen Bock durch das Unterholz brechen; die Männer wandten den Kopf, und ich sah, wie aus ihrer Wachsamkeit Bedauern wurde, als sie merkten, um was es sich handelte.

»Ist es wirklich Hugos Kind?« fragte ich nur aus Höflichkeit.

»Oh, der Knabe, natürlich. Mamas süßes Schätzchen.

Schade, daß er ihn nicht anerkannt hat – er bekommt nämlich keinen Sohn mehr. Dafür sorge ich schon. Ich weiß genau, welche *strega* ich aufsuchen muß, die ihn dann mit einem Zauberbann belegt. Meine Rache ist absolut. Auf diese Weise bleibt hinterher kein heilloses Durcheinander. Warum ich Hugo nicht umbringe, weiß ich auch nicht. Wenn ich wollte, könnte ich vermutlich jemand schicken, der das erledigt. Aber wenn er lebt, muß er mehr leiden. War der jüngere Bruder wie Sir Hugo? Wenn ja, so seid froh, daß Ihr ihn los seid.«

»Er hat ihm überhaupt nicht geähnelt. Nicht im geringsten. Er war dunkel und gelehrt und konnte Sir Hugo nicht ausstehen. Er hat gesagt – daß Hugo unzüchtig ist und daß – oh, er war so gut und so freundlich und –« bei dem Gedanken, wie sehr ich Gregory liebte, fing ich furchtbar an zu weinen. Sie drehte sich um und übersetzte es ihren Damen, die sehr interessiert wirkten und aus Mitgefühl auch ein, zwei Tränen vergossen.

»Ah, man merkt, daß Ihr ihn geliebt habt. Dumm von Euch. Eine Frau sollte den Mann ihrer Liebe niemals heiraten, oder den Mann, den sie heiratet, nicht lieben. Das vernebelt das Hirn. Ich habe ein einziges Mal geliebt, aber das ist eine Krankheit, die vergeht. Nicht zu fassen – ich und frisch verwitwet und trauernd am Grab meines ersten Mannes. Was für ein hübsches Denkmal ich ihm doch gesetzt hatte. Alles sehr tragisch. Und dann kam er, der Eroberer aus fernen Landen, verdrehte seine feurigen, blauen Augen gen Himmel und schwor mir vor Gott ewige Liebe und Treue. Ich blickte auf von dem tränenüberströmten Stein – sein zum Himmel erhobenes Profil war das Abbild männlicher Inbrunst. Die Liebe, die dumme und verdummende Liebe, sie streckte mich wie ein feindliches Schwert ausgerechnet dort nieder.« Die dunkle Dame wirkte äußerst dramatisch. Zur

Untermalung ihrer Worte ballte sie die Hände und schlug damit an ihre Brust, als wären sie ein niedersausendes Schwert. »Ich habe soviel gelitten und bin um meiner Liebe willen soweit gereist, aber jetzt bin ich richtig erleichtert, daß sie gestorben ist. Allmählich wurde sie zu einer lächerlichen Last. Jetzt bringe ich meine Ländereien in einen mächtigen Ehebund ein und halte mir Katzen.« Sie warf mir jählings einen scharfen Blick zu und sagte: »Hat er eigentlich Eure närrische Liebe erwidert?«

»Zunächst habe ich nicht daran geglaubt, aber dann wurde mir klar, er liebt mich auch – er schrieb das hier, bevor – man ihn vermißte.« Und ich zog das Blatt Papier aus meinem Kleid. Warum ich so ehrlich war, weiß ich auch nicht. Aber anders konnte man einen so schwierigen und überaus furchteinflößenden Menschen wohl kaum nehmen. Die Damen beugten sich vor, um einen Blick auf das Papier zu erhaschen, und fielen gegeneinander, als der Wagen durch eine besonders arge Furche rumpelte. Danach nahmen sie ihr Geplapper wieder auf.

»Ein Gedicht – Teil eines Gedichtes. Wie süß. Seine Herzenskönigin. Also dürfte er Euch geliebt haben. Eure Hände sind nämlich gar nicht so weiß. Um wirklich schön auszusehen, müßtet Ihr sie mit mehr Ringen schmücken. Eure sehen aus, als hättet Ihr tüchtig damit gearbeitet.«

»Ich weiß. Aber für ihn waren sie so.«

»Völlig vernarrt«, verkündete sie. Dann musterte sie mich eingehend. Was brütet sie jetzt schon wieder aus, dachte ich bei mir. Hoffentlich nichts Neues und Schlimmes.

»Euer Kleid wirkt vorn ziemlich ausgebeult. Was bergt Ihr noch darin?«

»Meinen Psalter«, sagte ich und griff in mein Überkleid.

»Ah«, sagte sie. »Deshalb konnte ich Euch nicht umbringen lassen.« Sie durchstöberte einen kleinen Mantelsack zu ihren Füßen und zog eine winzige Schachtel hervor.

»Mutter dieser Wilden, ich habe auch für Euch ein Geschenk. Es war für Hugo bestimmt. Ich weiß auch nicht, was über mich gekommen ist, daß ich es ihm nicht gegeben habe. Ein Verlobungsring. Aber nachdem er seine Seele der Hölle überantwortet und falsch Zeugnis auf das Wahre Kreuz abgelegt hat, fand ich, es reichte. Habt Ihr gesehen, wie er sich gedreht und gewunden hat? Als schmorte er bereits im Höllenfeuer.« Sehr zufrieden mit sich öffnete sie das Kästchen. Drinnen lag ein märchenhaft gearbeiteter, juwelenbesetzter Ring aus Gold und Silber, der war geformt wie eine Schlange, die ihren eigenen Schwanz verschluckt.

»Nicht anfassen – er ist vergiftet. Einer der größten Giftmischer Roms hat ihn für mich angefertigt. Kann sein, Ihr braucht ihn eines Tages, um einen Ehemann loszuwerden. Oder selber der Welt zu entfliehen. Schiebt ihn einfach auf den Finger. Das Gift wirkt schnell und schmerzlos, obschon der Leichnam hinterher kein schöner Anblick ist. Ich trage dergleichen auch immer bei mir. Man kann nie wissen, wann einen das Leben einholt. Habe ich Euch schon von der Base meiner Großmutter erzählt? Die wurde mit ihren Töchtern bei lebendigem Leibe verbrannt, vorher aber häutete man ihre Söhne vor ihren Augen. Dort, woher ich komme, rottet man seine Feinde mit Stumpf und Stiel aus – so bleibt kein Rächer übrig. O ja, ein Ring wie dieser kann unendlich nützlich sein.«

Mich schauderte, aber ich nahm das Kästchen und

dankte ihr, so gut ich es vermochte. Sie gehörte nicht zu den Gastgeberinnen, die man vor den Kopf stoßen durfte. An jenem Abend wurden wir im Kloster prächtig untergebracht und speisten zur Rechten des Abtes höchstpersönlich. Und die ganze Zeit über jubelte meine Seele ›London, London und Freiheit‹.

»Die Hexe ist entflohen!« brüllte Sir Hugo, als die Suchmannschaft ihm im Palas Bericht erstattete. »Um so besser. Die wird unterwegs ermordet und kann keinen Penny mehr für sich beanspruchen. Ich sollte ein Freudenfest feiern.« Wer im Hause auf Hugos Stern gesetzt hatte, grunzte und jubelte Beifall. Doch hinter dem Wandschirm scharte sich alles um den alten Lord, was auf dessen Genesung setzte. Er saß an die Kissen gelehnt und lächelte, und das wirkte wie ein Abglanz seines ehemals wölfischen Grinsens.

»Das Kind ist in Sicherheit, Wat«, flüsterte er. »Langsam wird es interessant. Ich glaube, ich möchte wieder gesund werden. Bring mir Würzwein – aber gib erst den jungen Hunden davon. Mir gefällt die Nase der Amme da nicht, die Lady Petronilla mitgebracht hat.«

So also standen die Dinge in den nächsten Tagen, als das Horn am Tor einen weiteren Besucher ankündigte und Sir William Beaufoy in Begleitung von zwölf Reisigen mit einer Botschaft Einlaß gewährte, welche das Siegel des Herzogs von Lancaster höchstpersönlich trug. An jenem Tag wurde im Palas Gericht abgehalten, und die Menge der Bauern machte der prächtigen Gesellschaft Platz. Sie strebte geradewegs zu Sir Hugos erhöhtem Sitz, von wo er an Stelle seines Vaters Recht sprach. Sir William hieß den Schreiber, welcher ihn begleitete, vortreten und der versammelten Menge den Brief vorlesen. Sein Inhalt machte, daß Sir Hugo erbleichte. Es schien, Sir Gilbert de Vilers hatte vor seinem Aufbruch in die Normandie ein Testament gemacht, in dem er alles seiner Wittib hinterließ, und es dem Herzog zur Verwahrung in England anvertraut. Und jetzt gemahnte der Herzog in dem bestimmten Ton des Lehnsherrn gegenüber einem weitaus niedrigeren Vasallen Sir Hubert und seinen ältesten Sohn daran, daß er, der Herzog, geschworen habe, Witwen und Waisen zu beschützen. Und er drohte ihnen sein äußerstes Mißfallen an, falls sie nicht die Wittib und ihre Töchter nach Kenilworth schickten, wo man aufs prächtigste für sie sorgen würde, bis der Herzog eine passende Heirat für sie mit einem seiner wackeren Ritter vereinbaren könnte.

»Das geht nicht«, sagte Sir Hugo und erbleichte erneut. »Sie ist entflohen.« Der Fluch, dachte er. Der Fluch wirkt schon. Zuerst die Kröten, dann dieses. Bis ins Grab hatte sie gesagt. Oh, Gott, was habe ich getan?

»Entflohen?« erwiderte Sir William. »Dann würde ich mich an Eurer Stelle auf die Suche nach ihr machen und nicht ruhen und rasten, bis ich sie gefunden hätte – und das bei guter Gesundheit. Ich, an Eurer Stelle, würde das Mißfallen des Herzogs nicht riskieren.« Zufrieden mit dem ganzen Schwall von Befehlen, mit denen Sir Hugo den Suchtrupp zusammenstellte, widmete sich Sir William nun seinem alten Waffengefährten, Sir Hubert, dem er auf seinem Sterbelager Trost zusprechen wollte.

»Ei, ei«, flüsterte Sir Hubert auf dem großen Bett hinter dem Wandschirm, »der große Fisch verschluckt den kleinen.« Seit er auf den Tod gelegen hatte, sah er alles viel klarer. Die äußerliche Hülle der weltlichen Dinge war verschwunden, und die nackten Knochen der Ereignisse traten zutage.

»Fisch? Was meint Ihr damit?« sagte Sir William, der auf der Bettkante neben seinem siechen Freund saß.

»Ach, nichts. Die Fische in meinem Teich damals, ehe wir sie zur Fastenzeit verspeist haben.« Der ironische Ton war unverkennbar. »Jetzt dürfte es wirklich interessant werden. Ich will gesund werden. Ich möchte doch mitbekommen, wie alles ausgeht.«

Doch Sir William argwöhnte, das ganze Gerede über Fische bedeutete, daß Sir Hubert nicht mehr ganz bei Sinnen war. Ja, ja, so geht es oft vor dem Ende. Er will mich trösten, darum tut er so geheimnisvoll. Ritterlicher, alter Knabe. Schade, jammerschade, fand Sir William. Und während er seinem alten Freund einen Leckerbissen vom Hofklatsch auftischte, dachte er bei sich, ich muß meiner Frau sagen, daß sie meine schwarze Bruch flickt.

Kapitel VI

Wenn einer eine Reise tut, dann kann er viel erleben. In Wymondley stießen ein paar Kaufleute mit vollbeladenen Maultieren zu uns, die sich von den Reisigen der Marquesa so beeindrucken ließen, daß sie sich für den Weg nach London unter ihren Schutz stellten. Sie natürlich ließ sich nicht soweit herab, daß sie mit ihnen geredet hätte, denn in derlei Dingen hatte sie einen ganz eigenen Geschmack. Statt dessen benutzte sie Fra Antonio als eine Art Vermittler. Doch die Kaufleute boten Cecily und Alison an, zur Abwechslung oben auf den Wollballen zu reiten und sich so keine weiteren blauen Flecken im Wagen zu holen, und dabei lief natürlich das Mundwerk der Mädchen. So dauerte es denn nicht lange, und einer aus der Gruppe, ein hochgewachsener, unscheinbarer, ehrlich aussehender Bursche, ritt auf seinem großen, rotbraunen Maulesel hinter dem Wagen her und sprach mich auf Englisch an, was die Marquesa nicht verstand.

»Stimmt es, daß Ihr Roger Kendalls Wittib seid?«

»Habt Ihr ihn gekannt?« fragte ich erwartungsvoll, denn bis auf den heutigen Tag spreche ich zu gern über ihn.

»Nein, aber ich wünschte, es wäre so. Wer hätte wohl nicht von ihm gehört? Eine Legende, selbst in unserer Gegend, und dabei ist London so fern. Ja – ich habe viel über ihn gehört.« Er ritt eine geraume Weile stumm dahin, dann errötete er. Die dunkle Dame tat so, als hörte sie überhaupt nicht zu und rasselte ihrem Kind, das auf dem Schoß der Amme herumhüpfte, etwas mit der Silberrassel vor. »Sagt«, fuhr er fort, »was tut Ihr hier – und wo ist – der – ehem – hübsche – äh«

»Ihr meint den kühnen, jungen Knappen im Mönchsgewand?« fragte ich. Das Lied hatte ich zum ersten Mal im Gästehaus des Klosters gehört, wo es ein paar flegelhafte Fuhrleute, die lange beim Ale gesessen, unter unserem Fenster gesungen und alle damit erbost hatten.

»Ich wollte wirklich nicht, ehem –«

»Es stimmt nämlich ganz und gar nicht«, sagte ich, »obwohl die Geschichte so herum interessanter klingt.«

»Oh, ich habe sofort gewußt, daß sie nicht stimmt, gar nicht stimmen kann, aber –«

»Dann will ich es Euch verraten. Er ist in Frankreich und wird für tot gehalten. Aber Ihr würdet mir einen großen Gefallen tun, wenn Ihr niemand erzählt, daß Ihr mir begegnet seid – meine Mädchen reden zuviel.«

»Oh, ja, ja. Falls Ihr einen neuen Mann braucht, also, ich habe eine schöne Niederlassung in Colchester. Ein Haus mit fünfzig Frauen, die zu ebener Erde spinnen, und darüber sehr bequeme Wohnräume für eine Familie. Meine Frau ist vor drei Jahren im Kindbett gestorben, und Eure Töchter würden wie meine eigenen Kinder aufwachsen –«

Ich wollte ihm gerade danken, da unterbrach uns die dunkle Dame mit ihrem fremdländisch klingenden Französisch.

»Was redet er da mit Euch?« fragte sie. Der Wollkaufmann blickte sie neugierig an – man merkte, er verstand kein Wort Französisch.

»Ich glaube, er macht mir tatsächlich einen Heiratsantrag«, sagte ich in jener Sprache. In den Augen der dunklen Dame funkelte es belustigt auf.

»Oh«, sagte sie. »Ihr müßt um einiges mehr an Vermögen haben, als ich dachte.«

Ich dankte dem Kaufmann, und dann sprachen wir über dies und jenes, bis wir an einem kleinen Bach haltmachten, um die Pferde zu tränken. Als die Mädchen fröhlich mit den Füßen im Wasser planschten und das fette Kindchen nach den gelben Blättern krähte, die vom Baum herabschwebten, und eines im Vorbeifliegen erhaschen wollte, näherte sich mir ein anderer Kaufmann – ein gedrungener, rundlicher Bursche mit schütterem Haar.

»Madame«, sagte er, »bitte, verzeiht mir die Kühnheit, ich möchte Euch gern sagen, daß Ihr noch immer eine junge und schöne Frau seid. Das Leben in Colchester ist sehr langweilig. Ich meinerseits bin ein Mensch, der gern Feste feiert und alle Kurzweil liebt. Und ich glaube, Euch würde Tanzen und Frohsinn an einem größeren und schöneren Ort, wie es mein Haus in York bietet, auch zusagen. Wir haben dort prächtige Spiele und Festumzüge, und der großen Kathedrale kommt keine andere gleich. Ich habe ein sehr schönes Haus in der besten Gegend der Stadt und bin dort überaus angesehen. Zu Michaeli letzten Jahres hat mir ein Fieber die Frau geraubt –« und bei ihrem Andenken bekreuzigte er sich, – »und ich würde diese beiden bezaubernden, kleinen Mädchen als mein eigen ansehen –«

Lady Giuseppina unterbrach ihre Unterhaltung mit Fra Antonio. »Was will der Kerl? Macht er Euch etwa auch einen Heiratsantrag?« fragte sie ein wenig unwirsch.

»Ja«, gab ich zurück, und sie lächelte ihr liebliches rosaweißes Lächeln. Als wir uns dann wieder auf den Weg machten, hatten Cecily und Alison die letzten kräftigen, kleinen Gänseblümchen, die man auch Margeriten nennt, im Gras gesucht und ganze Büschel davon gepflückt. Sie waren hinten im Wagen damit beschäftigt, dem kleinen Jungen einen Kranz zu winden. Der schien ganz entzückt, daß sie da waren und sich mit ihm abgaben. Doch der Klang von galoppierenden Hufen und Stahl, der aus der Scheide gezogen wurde, unterbrach roh die beschauliche Stimmung. Auf Befehl ihres Hauptmanns umringten die Wachen der dunklen Dame den Wagen. Zum Glück saßen wir hinten im Schatten der Plane, unter die sich die Marquesa mit ihren Damen ihrer weißen Haut zuliebe zurückgezogen hatte.

Die Marquesa kam nach vorn, stellte sich hinter ihren Kutscher und rief über das Rund ihrer Reisigen den schwer bewaffneten Männern, die uns eingeholt hatten, herrisch zu: »Wer seid Ihr, und wie könnt Ihr es wagen, uns aufzuhalten?«

»Wir sind von Brokesford Manor, und wir suchen nach einer Frau und zwei kleinen Mädchen, die entflohen sind. Habt Ihr sie irgendwo unterwegs gesehen?« Ich erkannte die verdrießliche Stimme von Sir Huberts Hausverwalter.

»Natürlich nicht«, sagte die dunkle Dame.

»Versteckt euch«, flüsterte ich den Mädchen zu und warf uns allen meinen Umhang über. So kauerten wir hinten im Wagen und bemühten uns nach besten Kräften, wie sperrige Gepäckstücke auszusehen.

»Wer ist das?« wisperte Alison.

»Dein böser Onkel Hugo, der nach uns sucht, also psst«, wisperte ich zurück, und da war sie mucksmäuschenstill.

»Woher sollen wir wissen, daß sie nicht im Wagen bei Euren Damen sind?« wurde gerufen.

»In diesem Wagen befindet sich mein Kind, und Euer Herr hat allen Grund, ihm Böses anzutun. Meine Männer werden mich bis zum letzten Blutstropfen verteidigen. Zieht weiter.« Sie klang kalt und gebieterisch. Ich hörte Geknurr und das Geklirr der Trensen.

»Sieht so aus, als ob ohnedies nichts als fremdländische Frauen und Gepäck darin sind«, sagte eine Stimme. Wir konnten das Geklapper hören, als sie die Pferde wandten und die Kaufleute befragten. »Hat jemand von Euch unterwegs eine Frau gesehen – ungefähr zwanzig Lenze, hübsch, hat zwei rothaarige Mädchen dabei? Sie trägt Trauerkleidung – ist unverkennbar. Wer sie findet, bekommt eine Belohnung.« Die Kaufleute blieben stumm. In dem Schweigen konnte ich hören, wie die Pferde auf ihrer Trense kauten und die Wachen schwer atmeten.

»Sieht aussichtslos aus«, hörte ich die Männer sagen. »Versuchen wir es mit dem anderen Weg.« Und schon sprengten sie davon, daß die Trensen klirrten. Wir kauerten noch ein Weilchen so, bis Fra Antonio, der hinter dem Wagen ritt, uns durch die Leinwand auf Französisch zuflüsterte, daß die Luft rein sei.

»Eure Freunde, die Kaufleute, stehen zu Euch«, sagte die dunkle Dame, als wir wieder auftauchten.

»Sie haben eine Belohnung ausgesetzt«, sagte ich etwas verstört. »Hugo muß ausnehmend Scheußliches vorhaben.«

»Eine Belohnung, äh? Dann habt Ihr tatsächlich ein großes Vermögen. Das ist der Beweis. Diese Männer ziehen die Aussicht auf eine Heirat mit Euch, bei der sie es in die Finger bekommen, einer Belohnung vor, die ihnen gewiß ist. Aber so wie ich Hugo kenne, ist die Belohnung durchaus nicht gewiß. Vielleicht hat sich das herumgesprochen?« überlegte sie laut.

»Die Menschen hier sind nicht so hinter dem Geld her; es sind gute Männer. Sie haben meinen seligen Mann gekannt.«

»Unfug. Aber es freut mich, daß ich dem Schuft Hugo soviel Unannehmlichkeiten bereite. Das macht mein Fluch, er wirkt. Meine Verwünschungen wirken immer.« Sie schien sehr zufrieden mit sich zu sein. Alsdann warf sie mir erneut einen Blick zu, musterte mich irgendwie abschätzend von Kopf bis Fuß. »Was ist mit dem Stückchen Goldkette um Euren Hals? Da ich keine Ringe gesehen habe, hielt ich Euch für arm. Arme mag ich nicht besonders. Aber das Goldding da, das Ihr unter Eurem Überkleid verbergt, das ist meinem Blick entgangen. Was versteckt Ihr? Zieht es heraus und laßt mich sehen.«

Wie schon gesagt, sie gehörte nicht zu den Frauen, die man vor den Kopf stoßen durfte. Ihr zu Gefallen holte ich mein Kreuz aus seinem Versteck zwischen Kleid und Überkleid. Als ich es ihr hinhielt, machte sie große Augen, fuhr ein wenig zurück und bekreuzigte sich.

»Heilige Jungfrau Maria, kein Wunder, daß ich Euch nicht an die da verraten konnte. Das tragt Ihr?«

»Dann kennt Ihr es?« fragte ich.

»Ich habe es als kleines Mädchen gesehen, da hing es in einem Schrein in einer Mailänder Kirche. Bei der Plünderung der Stadt ist es verschwunden. Man munkelte, Lodrisio Visconti hätte es sich geschnappt, und es hätte ihn bis auf die Knochen verschmort; am folgenden Tag wurde er in der Schlacht von Parabiago gefangengenommen. Seit der Zeit habe ich ein paar Mal von ihm gehört. Dieser verfluchte, deutsche Söldnerhauptmann, Werner von Urslingen, soll sich geweigert haben, es anzufassen, als ein plündernder Bauer es einem noch warmen Leichnam abschnitt. ›Das Ding da kenne ich‹, hat er gesagt, ›ich brauche keinen Talisman, der mir sagt, was ich der Welt verkünden soll‹. Dann hat er sich auf den Brustharnisch geschlagen und gerufen: ›Ich bin von Urslingen, Gottes und aller Welt Feind. Weg damit – nein, verkauft es irgendeinem rührseligen Italiener‹. Als Fra Moriale trotz seiner großen Streitmacht gefangengenommen und hingerichtet wurde, soll es unter seiner Habe gewesen sein. Und jetzt scheint es den Weg nach England gefunden zu haben. Wie seid Ihr daran gekommen, und warum verschmort es Euch nicht?«

»Man hat es mir für eine gute Tat geschenkt.«

»Ach – das erklärt alles. Habt Ihr gewußt, daß man es weder kaufen noch verkaufen oder stehlen darf, sonst vernichtet es den Besitzer.«

»Das ist, glaube ich, ein wenig übertrieben, doch gelegentlich macht es Brandblasen.«

»Aber nicht bei mir«, sagte Cecily und faßte es an.

»Cecily! Laß das!« Ich war ärgerlich. Cecily muß noch lernen, daß man Erwachsene nicht unterbricht.

»Cecily will bloß angeben«, sagte Alison und faßte es auch an.

Die dunkle Dame musterte uns drei eingehend.

»Ich glaube, ich bin froh, wenn ich Euch drei los bin«, sagte sie nachdenklich. »Wenn wir nur erst in London wären.«

Nachdem wir mehrere Stunden abgründig geschwiegen hatten, fing sie an sich zu langweilen und richtete wieder das Wort an mich. Wir befanden uns jetzt auf der großen Straße nach Süden, die im Gegensatz zu anderen Straßen mit großen Steinen entweder von Hünen oder von den Römern gepflastert worden war, doch das ist Ansichtssache. Als wir über das ausgefahrene, unkrautüberwucherte Pflaster rumpelten, fing sie wieder an zu reden.

»Eure Schwierigkeiten rühren daher, daß Ihr die

menschliche Natur nicht ergründet habt«, verkündete sie. »Also ich, ich weiß bestens Bescheid, denn ich habe begriffen, daß alle Menschen auf festen Bahnen wandeln wie die Wandelsterne auf ihren Umlaufbahnen. Wer diese Bahnen studiert hat, weiß, worauf alles hinausläuft. Nehmt beispielsweise Euch. Euer Mann ist tot, also erbt sein älterer Bruder. Der wird Euch einsperren, damit Ihr nicht heiraten könnt, und Eure Töchter müssen ins Kloster, wo sie nicht erben können, und er bekommt alles. Aber Ihr entflieht – das ist gefährlich. Für ihn wäre es am besten, er ließe Euch unterwegs umbringen und gäbe vor, Räuber hätten das getan. Ich weiß jedoch mittlerweile, daß Ihr zuviel Geld habt. Das bedeutet, der Lehnsherr Eures Mannes hat auch Interesse an Euch. Da er das Recht hat, Euch zu verheiraten, will er Euch als reiche Belohnung für einen seiner Gefolgsleute haben. Und daraus folgere ich: Sir Hugo sucht nach Euch, weil er sich auf keinen Fall das große Mißfallen eines hohen Herrn zuziehen will. Mein Fluch wirkt immer besser, findet Ihr nicht auch? Malt Euch einmal aus, wie er um mehr Zeit bettelt und fleht. Wahrscheinlich wird ihn der hohe Herr umbringen lassen. Hmm, wie wohl? Vergiften oder erdrosseln? Vielleicht sticht er ihm auch nur die Augen aus und wirft ihn für immer ins Verlies. Ach, was für ein prächtiger Fluch.«

»Das glaube ich einfach nicht. So macht man das hier nicht. Der Herzog ist ein sehr ehrenhafter Mensch, so sagt jedenfalls mein Mann.« Ich spürte, wie die zynischen Schlußfolgerungen dieser Frau mir Gift in die Seele träufelten. Noch ein paar Tage mit ihr, und ich traute keinem Menschen mehr über den Weg.

»Natürlich«, fuhr sie fröhlich fort, »könnte Euch sein Herzog auch für sich selbst haben wollen –«

Auf einmal fiel mir etwas Entsetzliches ein. Vor langer

Zeit war einmal ein Kuppler mit einem Geschenk des Herzogs in Master Kendalls Haus erschienen, und ich hatte es zurückgeschickt.

»— und dann ist es durchaus möglich, daß er Euren Mann mit Absicht an einen gefährlichen Ort geschickt hat, so wie König David, als ihm Bathseba ins Auge stach —« ging ihr Plappermaul.

Mein Gott! War dergleichen möglich? Jetzt mußte ich zwei mächtigen Männern aus dem Weg gehen. Und von den zweien war Sir Hugo das geringere Übel, denn der Herzog hatte seine Leute überall. Wenn die mich fanden, war ich vollkommen rechtlos, da ich keinen Mann mehr hatte, und das Beste, was mir passieren konnte, war eine erzwungene Ehe. Wo sollte ich mich verstecken? Was sollte ich tun? Wie eine Ertrinkende klammerte ich mich an Gregorys Lobpreisung des Herzogs. Wenn der sagte, er wäre edel und ehrenhaft, dann mußte es stimmen. Doch angenommen, Gregory hätte sich getäuscht? Hatte mir die dunkle Dame das Hirn verdreht, oder war alles wirklich wahr?

»— und das wäre nur natürlich. Ihr seid nicht gerade eine Schönheit — tragt erstens zu wenig Geschmeide und pudert Euch zweitens das Gesicht nicht mit Reispuder, also leuchten Eure Wangen viel zu rosig. Aber hübsch seid Ihr schon, auf eine barbarische Art, und diese englischen Wilden haben ohnedies keinen Geschmack.« Sie schüttelte den Kopf und murmelte: »Zur Hölle mit Sir Hugo.« Dann blickte sie mich an. Wir näherten uns St. Alban's, und ich konnte jenseits des Ver, hinter Bäumen verborgen, die Türme der Abtei ausmachen. Nicht mehr weit, es ist nicht mehr weit, jubelte meine Seele.

Aber die dunkle Dame hatte keine Augen für den hübschen Anblick; sie wollte nur ihre Philosophie erläutern: »Nur eines stört die Umlaufbahnen. Das dürft Ihr nie vergessen. Die Liebe. Die hält sich nicht an die Regeln. Diesen Fehler habe ich einmal und nie wieder gemacht. Ich bin meiner Liebe bis ans Ende der Welt gefolgt. Das war nicht logisch. Aber *er* war logisch, und das war meine Rettung. Was hätte ich wohl mit einem englischen Schwein als Ehemann angefangen? Jetzt kann ich wieder meine richtige Bahn einnehmen. Wehe, Ihr kommt mich besuchen, kleine Barbarin, ich könnte meine Meinung über Euch jederzeit ändern.«

Lieber Gott, wenn wir nur erst in London wären.

In Ludgate ließ sie uns aussteigen, und sie fuhr über die Fleet Street zu den großen Palästen am Strand. Denn sie wollte bei vornehmen Freunden bleiben, bis sie Kunde hatte, ob sich ihr ›schwarzes, leidiges Wölkchen‹ in der Außenpolitik verzogen hatte und sie getrost heimkehren konnte. Wir passierten das Tor inmitten einer Menge, die nach der Messe aus St. Martin's strömte, einer Kirche, die gleich hinter dem Tor kommt.

Vor uns dräute massig St. Paul's mit ihrem hohen Turm. Ich mußte einfach stehenbleiben, denn Erinnerungen überfielen mich. Dort hatte ich ihn zum ersten Mal gesehen, meinen Gregory, im Kirchenschiff. Wir hatten uns überhaupt nicht gemocht. Ich hatte nach einem Kopisten Ausschau gehalten, und er hatte gerade festgestellt, daß man von der Kontemplation nicht leben konnte. Er verkündete, er sei ganz und gar mit der Gottsuche beschäftigt und könne deshalb nicht den Unsinn eines eingebildeten, halsstarrigen Frauenzimmers, wie ich es sei, aufschreiben, und ich sagte bei mir: Was weiß denn der schon! Das ist ja wohl der überheblichste Mann, der je im Habit herumgelaufen ist. Und als er die Arbeit am Ende übernahm, verkündete er, daß Gott damit seine *Demut* auf die Probe stellen wolle. Anscheinend hatte ihm irgend so ein geistlicher Berater gesagt, daß er demütig werden müsse, wenn er Gott sehen wolle, und so lief er herum und hortete Demut wie ein anderer Goldstücke. Demut im Wert von zehn Pfund, lieber Gott. Jetzt offenbare dich; kann ich eine Quittung haben? Männer! Alle gleich – zäumen das Pferd am Schwanz auf. Doch so geht es uns Frauen. Trotz unseres gesunden Menschenverstandes erlauben wir Einfaltspinseln, daß sie sich in unserem Herzen einnisten.

Wir bogen nach links ab, kamen am bischöflichen Palast vorbei, der mir bis auf den heutigen Tag eine Gänsehaut macht, dann schlugen wir den Shambles in Richtung des Cheap ein. Die Geflügelhändler hatten Hühner und Gänse an den Beinen vor ihre Läden gehängt, und wir mußten vorsichtig einen Bogen um die Abfallhaufen vor den Schlachtereien machen.

»Mama, hier geht es aber nicht nach Haus, nein?« fragte Cecily, während sie und ihre Schwester neben mir entlangzockelten. Bei einer Frau, die auf dem Cheap auf ihrem Umschlagtuch Haarbänder ausgebreitet hatte, zog Alison mich an der Hand. »Hübsch, Mama. Kaufst du mir das Rote?« Ich schüttelte den Kopf.

»Nein, Cecily, wir gehen nicht nach Haus. Wenn ich Hugo wäre, würde ich dort als erstes suchen. Wir gehen zu Mutter Hilde. Hugo hat keine Ahnung, wer sie ist, und wird uns dort niemals finden. Und sie kann mir auch beim Nachdenken über unsere Zukunft helfen.«

»Mutter Hilde hat Süßigkeiten!« verkündete Alison fröhlich, und bei dem Gedanken hüpften die Mädchen auf einmal die Straße entlang und sprangen vor Freude über die Rinnsteine. Wenn ich meine Tatkraft auch nur so rasch zurückgewinnen könnte wie sie. Aber in den ersten Schwangerschaftsmonaten ermüde ich immer so rasch.

Als wir jedoch nach Cornhill abbogen und die Häuser immer schäbiger wurden, da schlug auch mein Herz höher und jauchzte und schöpfte wieder Hoffnung. Mutter Hilde bringt alles in Ordnung! Sie sieht es im Traum, oder sie kennt jemanden, dem es ähnlich ergangen ist, nur besser. Ein gebrochenes Herz ist für Mutter Hilde Kleckerkram, sie kann alles heilen! Ich werde ihr von Gregorys gräßlicher Familie erzählen, und sie schnalzt dann wohl mit der Zunge und sagt: ›O je, o je! Schlimm für dich, aber ich habe schon Schlimmeres gesehen! Schüre das Feuer für mich, mein Schatz, und schenk dir noch einen Becher Ale ein. Wissen deine Kinderchen schon, wie man aus einem trockenen Apfel eine Puppe macht? Dann singe ich ihnen jetzt das Lied von der Heuschrecke und der Ameise vor.‹ Bei Mutter Hilde ist es besser als zu Hause.

Wir waren beinahe da; die enge Einmündung der St. Katherine's Street, ein eher großartiger Name für eine überwucherte Gosse, war fast ganz durch die Auslagen der Straßenhändler verdeckt. Nichts paßte zueinander: ein Becher, ein paar Löffel, eine Kappe, ein Paar abgetragene Handschuhe, einige verbeulte Töpfe. Meistens heißt die St. Katherine's Street ›Diebesgasse‹, denn wenn man nach einem üblen Kerl sucht oder nach einem Ort, wo man Gestohlenes heimlich verkaufen kann, so ist man hier richtig. Aber die Mieten sind niedrig, und die meisten Bewohner gehen trotz des Namens einer ehrbaren Beschäftigung nach.

Ein Mann streifte mich auf der Straße und schlug seinen Umhang auf, um mir einen polierten Silberspiegel und einen Kamm zu zeigen.

»Für Euch, ein gutes Geschäft!« sagte er. Ich schüttelte den Kopf und lächelte. Natürlich gestohlen. Fürwahr, ich war fast zu Hause.

»Eine Wittib muß sich hübsch machen, sonst bekommt sie keinen neuen Mann. Überlegt Euch das – ich bin heute noch den ganzen Nachmittag hier, falls Ihr anderen Sinnes werdet.« Hier? Ja, hier – wo die Straße zwischen zwei windschiefen Mietshäusern anfing. Eine Frau verkaufte aus einem Eimer Dickmilch, zwei herumlungernde Lehrjungen feilschten mit einer alten Frau um einen fettigen, abgekühlten Fleischkuchen. Wäsche wehte vom ersten Stock wie Wimpel im Wind. ›Diebesgasse‹, Mutter Hilde und ein Zuhause, Gott sei Dank.

Wir machten sorgsam einen Bogen um ein mächtiges Schwein, das sich mitten auf der Straße im sickernden Dreck suhlte, und gingen unter den überkragenden ersten Stockwerken der Mietshäuser entlang, wo Frauen sich aus den geöffneten Fenstern lehnten, um ihre Wäsche einzuholen und über die schmale Straße hinweg Klatsch auszutauschen. Irgendwo oben zwitscherte ein Vogel im Käfig, und ein alter, fahlfarbener Hund hob schlaftrunken den Kopf von den Pfoten und bellte uns von seiner Schwelle an. Auf der Hälfte des Weges machten wir vor einem alten, eingeschossigen Haus halt, das sich wie betrunken an seine Nachbarn zu lehnen schien. Das Vorderzimmer im ersten Stock, welches wie im nachhinein angefügt wirkte, ragte so weit in die Straße, daß die Haustür in ewigem Schatten lag, und verhinderte, daß ein Berittener die ganze Gasse entlangreiten konnte.

Die Tür hatte einen neuen Klopfer aus Eisen, der war gar farbenprächtig bemalt und wie ein Affengesicht geformt. Über uns sonnten sich im ersten Stockwerk in einem Blumenkasten Ringelblumen, und das Gebälk strahlte in frischer Farbenpracht. Mutter Hilde hat gedeihliche Zeiten, dachte ich. Ich weiß noch, daß das Dach Löcher hatte, als wir es zum ersten Mal sahen. Ich hob den Klopfer. Sicher antwortet nicht Bruder Malachi, sagte ich bei mir. Das Wetter ist noch schön, der macht vor Einsetzen des Herbstregens nicht Schluß mit dem Sommergeschäft. Er dürfte noch unterwegs sein. Mutter Hilde lebt mit Bruder Malachi zusammen, der niemandes Bruder ist, aber er war, glaube ich, einst Mönch, ehe er den Handel mit gefälschten Ablaßbriefen aufnahm. Er verkauft auch Reliquien, die er selber aus allerlei Krimskrams herstellt. Er behauptet, er verkaufe beileibe keine Fälschungen, sondern ausgesprochen echte Dinge wie Glaube und Hoffnung, und Papier und Schweineknöchelchen dienten nur dazu, diese zu vermitteln. Außerdem läßt er immer mit sich handeln. Wenigstens behauptet er das.

Im Winter bleibt Bruder Malachi daheim und arbeitet in seinem wahren Beruf, das heißt, er sucht den Stein der Weisen. Dazu braucht er das ganze Hinterzimmer des Hauses, denn der Stein der Weisen läßt sich nur mit einer Menge seltsamer Gerätschaften und wahren Wolken übler Gerüche finden. Als ich noch hier wohnte, hatte er einen Knaben namens Sim, den wir in der Gosse aufgelesen hatten, der mußte für ihn den Blasebalg bedienen und Feuer anlegen und Botengänge für ihn machen. Vielleicht würde Sim auf mein Klopfen antworten.

Aber ich fuhr zurück, als eine fremde Frau die Tür öffnete. Sie war ein wenig größer als ich, hatte ein kräftiges, grobknochiges Gesicht und glanzloses, eher dunkles Haar, das unter einem schlichten Kopftuch steckte. Hinter ihr konnte ich im Zimmer ein Mädchen von ungefähr zwölf Lenzen erblicken, das hörte auf, die Feuerstelle mit einem Reisigbesen zu kehren, und drehte sich nach den Neuankömmlingen auf der Schwelle um. Das Zimmer jedoch sah noch seltsamer aus. Freilich, in der Herdstelle loderte das Feuer wie eh und je, und der Deckel des Kochtopfes klapperte wie in alten Zeiten, aber sonst war alles anders: Die niedrigen Dachbalken strahlten hellrot, und die Decke dazwischen leuchtete jetzt dunkelblau wie der Nachthimmel und wies funkelnde Goldtupfer in Form von Sternenkonstellationen auf. Inmitten einer jeden prangte in leuchtenden Farben ein phantasievolles Abbild des jeweiligen Tierkreiszeichens. Die Zwillinge völlig nackt, abgesehen von zwei großen Feigenblättern, der Skorpion mit seinem Giftstachel, der Steinbock als Ziege mit einem kleinen Bart und gedrehten Hörnern. Die Wände zwischen den hellroten Balken waren so grün wie junges Blattwerk. Frische Farbe, noch nicht vom Kerzenrauch angerußt.

Auf einmal war ich verstört und sprachlos. Wer um alles mochte hier jetzt wohnen? War Mutter Hilde gestorben?

»Braucht Ihr eine Wehmutter?« fragte die Frau nicht unfreundlich und musterte mein erschrockenes Gesicht und die beiden kleinen Mädchen, die sich an meine Röcke klammerten.

»Wir wollen zu Mutter Hilde«, sagte Alison vom sicheren Hort hinter mir. »Sie hat Süßigkeiten.« Die Frau lächelte.

»Sie ist doch da, oder?« fragte ich mit recht unsicherer Stimme.

»Aber ja doch – wen soll ich ihr melden?«

»Sagt ihr, es ist Margaret, und sie ist in großer Not.«

»Oh, *Margaret*«, erwiderte die Frau, so als hätte sie schon von mir gehört. »Natürlich, sie ist hinten – geht nur durch.« Als ich an dem Mädchen vorbeiging, zupfte es mich am Ärmel und sagte schüchtern:

»Ich bin Bet; das ist meine Mutter. Sie lernt jetzt auch bei Mutter Hilde.«

Und Cecily blickte sie mit großen Augen an und fragte: »Wenn du hier bei Mutter Hilde wohnst, ißt du dann jeden Tag Süßigkeiten?«

»Natürlich«, sagte Bet auf ihren Besen gelehnt. »Sowas essen wir statt Gemüse zu den Mahlzeiten.« Und ehe ihre Mutter ihr Einhalt gebieten konnte, band sie ihnen einen solchen Bären auf, daß wir beide lachen mußten.

»Weiter«, sagte Cecily, und sie und Alison setzten sich auf die Bank und zogen die Füße hoch und lauschten, während ich durch das Hinterzimmer ging und Mutter Hilde im Garten hinter dem Haus fand. In Bruder Malachis dunklem und dämmrigem Zimmer sah ich seine Sachen säuberlich verpackt stehen, alles, außer dem Alembik, der zu sperrig ist. In seinem Andachtswinkel erblickte ich das kleine Kruzifix, und ich bekreuzigte mich beim Gedanken daran, wie viele Male ich ihn morgens – und auch zu nachtschlafender Zeit – dort gesehen hatte, wie er im Schein einer einzigen Kerze betete, denn an ein besonders schwieriges Experiment wagte er sich nur reinen Herzens.

Mein Gott, wenn ich doch nur seine rundliche Gestalt dort sehen könnte, die sich umdrehen und mir Schweigen gebieten würde: ›Margaret! Vermutlich bedeutet dieses infernalische Getrampel, daß du wie auf Katzenpfoten schleichst! Weißt du denn immer noch nicht, daß man mich um diese Zeit nicht stören darf? Es besteht kein Anlaß, nicht der allergeringste Anlaß, durch dieses Zimmer zu gehen, während ich arbeite! Wievielmal muß ich dir noch sagen, daß du aus der Haustür und durch die Seitenpforte in den Garten gehen sollst? Respektiert hier denn niemand, keine einzige Menschenseele, einen Mann auf der Suche nach der ewigen Wahrheit? Außer natürlich – ah! Hast du mir etwa Essen gebracht? Stell es auf die Bank. Ich hatte ganz vergessen, daß ich Hunger habe –‹ Malachi würde gewählte Worte für Hugo finden und etwas Humorvolles sagen, das alles wieder ins Lot brachte, wenn er nur hier wäre.

Einen Augenblick lang blendete mich das Licht an der Hintertür, aber dann konnte ich Mutter Hilde in der gelben Herbstsonne ausmachen. Sie verteilte mit einer Harke Hühnerdung um ihre Kohlköpfe, und beim Harken beugte sie sich vor und richtete an jeden einzelnen Kohlkopf ein paar Worte. Tief brauchte sie sich nicht zu bükken, denn sie war nicht sehr groß, und ihre Kohlköpfe waren riesig – ausladende, grüne Kugeln mit einem Röckchen aus gekräuselten, grünen Blättern, die mehr als kniehoch standen. Alle Welt glaubt, das macht der Same, den sie jedes Jahr von den besonders großen abnimmt, doch ich weiß, das Geheimnis liegt nicht im Samen, sondern darin, daß sie mit ihnen spricht.

»Du siehst heute aber ein wenig gelblich und blaß aus«, sagt sie wohl, und dann legt sie ihren Kopf im Kopftuch schief, so als hörte sie ihm zu. Dann holt sie wohl einen Eimer Wasser vom Brunnen oder gräbt um seine Wurzeln herum, bis er sich wieder aufrichtet. Auf diese Weise hat sie die Rosen dazu gebracht, über den ganzen Eselstall zu ranken, wo früher nichts als Unkraut wucherte. Und ihre Kräuter, die kunterbunt überall im Garten wachsen, haben einen durchdringenden, wilden Duft, so als wüchsen sie auf dem Lande.

»Sie sind wie die Menschen, Margaret, man muß sie pflanzen, wo ihnen die Gesellschaft behagt«, sagt sie dann wohl und setzt eine Ringelblume zwischen Möhren, oder versetzt einen Fenchelschößling an ein sonniges Fleckchen an der Schuppenwand. »Denk daran, daß Pastinaken keine Gesellschaft brauchen, die sind wie die Kontemplativen; sie wachsen allein für sich, und niemand darf sie belästigen. Aber Salat, oh, der ist gesellig.

Und zartbesaitet. Kaum ist es warm, schon wird er leichtfertig und schießt.« Ihre Bohnenstangen standen wie kleine Zelte zwischen den Rosen. Die mußten bald gepflückt werden. Über diesem kleinen Königreich paradierte und stolzierte oben auf dem Dach des Eselstalls Mutter Hildes großer Hahn, das eitelste Geschöpf unter der Sonne, hatte seine Hennen hinter dem Flechtzaun im Auge und brachte ringsum seine Schwanzfedern zur Geltung. Im Schuppen konnte ich Peter, Mutter Hildes letztes, ihr verbliebenes Kind, das nicht ganz richtig im Kopf ist, beim Stallsaubermachen unmelodisch summen hören.

Unter ihrer großen Schürze trug Mutter Hilde ein formloses, graues Kleid – die Schürze war weiß wie ihr Kopftuch, und ich sah, daß sie ihre alten Holzpantinen anhatte. Ein kleiner Hund wie ein Haarball, denn er war vorn und hinten fast gleich anzusehen, zockelte hinter ihr her. Das war mein Hund, der Löwenherzige oder kurz Lion genannt, weil er so große Heldentaten vollbracht hatte. Den hatte ich zurücklassen müssen, als man mich so jäh entführte, und er mußte schnurstracks zu Mutter Hilde gelaufen sein, denn das tut er immer, wenn man ihn ins Freie läßt.

»Mutter Hilde!« rief ich, und als sie sich umdrehte, tat Lion einen großen Freudensatz und kam wild bellend auf mich zugesprungen.

»Ei, Margaret!« rief Mutter Hilde freudestrahlend. »Da bist du ja wieder! Ich habe gewußt, daß du kommst. Da sieh mal. Ich habe Lion für dich gehütet. Er ist gleich hierhergelaufen, als du so plötzlich verschwunden bist.« Während Lion an mir hochsprang und mit dem ganzen Leib wedelte, fielen wir uns dort, mitten zwischen den Kohlköpfen, in die Arme, und ich fing vor Freude und Erleichterung über unser Wiedersehen an zu weinen.

Sie trat auf Armeslänge zurück und musterte mich eingehender. Ihre Miene wurde ernst.

»Was ist los, Margaret? Um deine Schultern ist etwas Kaltes und Dunkles, und dein Kleid ist vorn ganz ausgebeult, so als ob du mit deiner ganzen Habe geflohen wärst. Und wo ist Bruder Gregory? Ich dachte, du hättest ihn geheiratet.«

»Das Kalte sind Geister, Mutter Hilde, und Bruder Gregory ist in Frankreich und gilt für tot.«

»Geister? Du lieber Himmel, das klingt ernst. Komm herein und erzähl mir alles«, sagte Mutter Hilde.

»Nun, was hältst du von unserem schönen, neuen Zimmer, Margaret?« fragte Mutter Hilde, während sie den Inhalt ihres Kochtopfes überprüfte und mir einen Becher Ale einschenkte. »Ist es nicht prächtig? Das hat Malachi für uns eingetauscht.«

»Wofür eingetauscht, Mutter Hilde?«

»Ach, für das Lebenselixier«, sagte Mutter Hilde und rührte einmal um. »Sir Humphrey hat es sehr geholfen, und er hat seinen eigenen Maler den ganzen Weg von Dorsetshire hierher machen lassen.«

Mir blieb die Luft weg, ich machte große Augen und legte die Hand auf den Mund, der vor Staunen offenstand. Er trieb Handel mit dem Landadel? Malachi wurde unglaublich waghalsig. Ich merkte, daß Mutter Hilde von ihrem Kochtopf aufblickte und mich mit diesem belustigten, nachsichtigen Blick ansah, den sie immer bekommt, wenn ich mich entsetze.

»Mutter Hilde, was, glaubst du, macht Baron Humphrey, wenn er merkt, daß das Elixier nicht hilft? Kaum jemand in der ganzen Christenheit ist so übel beleumdet wie er.«

»Na ja, zunächst ist er nur auf Besuch da und kommt wahrscheinlich ein Weilchen nicht zurück, da er ins Ausland wollte. Und zweitens hat ihm Malachi gesagt, daß es gegen Waffen nichts hilft – nur gegen einen natürlichen Tod. Wer ein so böses Leben führt wie Sir Humphrey, so sagt er, wird ohnedies eines Tages von seinen Erben gemeuchelt. Und so, sagt Malachi, bekommen wir keine Unannehmlichkeiten, solange er das Lebenselixier nur an Männer verkauft, die voraussichtlich nicht im Bett sterben.«

»Aber was war drin, daß Sir Humphrey so von seiner Wirkung überzeugt ist?«

»Weißt du noch, das *aqua ardens*, das Malachi gegen Husten hergestellt hat? Es macht im Handumdrehen stockbetrunken.«

»Oh, Mutter Hilde, Bruder Malachi ändert sich auch nicht mehr, wie?«

»Das kommt daher, weil er ein Genie ist, liebes Kind«, sagte Mutter Hilde stolz.

Und dann mußte ich ihr alles erzählen, was ich seit jenem Tag erlebt hatte, als Sir Hubert und seine Gefolgsleute bis an die Zähne bewaffnet in mein Besuchszimmer platzten und meine bösen Stiefsöhne als Hackfleisch auf dem Fußboden zurückließen. Als meine Geschichte endete, dunkelte es bereits, und der gesamte Haushalt, die fremde Frau also, ihre Tochter, Peter und der alte Hob, unser Mädchen für alles, hatte sich um uns geschart und hörte schweigend zu.

»Ich brauche ihn so, Mutter Hilde. Ich würde alles geben, nur um ihn wiederzuhaben. Ich weiß, ich kann ihn finden – ich kann das Geld finden – alles –, wenn ich mir nur genug Mühe gebe. Er liebt mich, das hat er gesagt, und ich kann nicht von ihm lassen. Oh, Hilde, vielleicht stirbt er allein, und ich sehe ihn niemals wieder –«

Und während meine Tränen in unser spätes Abendessen, eine Gemüsesuppe, tropften, die Mutter Hilde aus ihrem Kochtopf ausgeteilt hatte, sagte sie: »Margaret, schlaf dich erst einmal richtig aus, dann fällt uns schon etwas ein. Man kann alles schaffen, wenn man seinen Verstand gebraucht. Und du stehst auch nicht mit leeren Händen da. Was hast du mitgebracht?«

Schweigend legte ich die Sachen auf den Tisch. Gregorys letzten Brief mit dem Tintenklecks, dann meinen kleinen Psalter. Ich sah, wie sie erschauerten, als das Kalte Ding sich im Raum ausbreitete.

»Was ist das nur für ein kaltes Gefühl?« sagte Mutter Hilde ruhig und in genau dem Ton, den sie bei einer schwierigen Geburt anschlägt, wenn sie niemanden erschrecken will.

»Master Kendalls Geist«, sagte ich, »er hat versprochen, mitzukommen und mir zu zeigen, wo ich Geld holen soll, damit ich Gregorys Lösegeld zahlen kann und ihn zurückbekomme.«

»Ratschläge von Geistern? Ei der Daus, Margaret. Und du findest es seltsam, wenn ich mich mit Pflanzen unterhalte. Was ist das schon verglichen mit jemandem, der mit Geistern Umgang pflegt. Aber du hast ja schon immer Stimmen gehört. Wo ist er jetzt?«

»Papa ist drüben beim Feuer«, sagte Alison und deutete mit ihrem Stummelfinger in die Richtung.

»Ja – er sagt, es ist einfach zu ärgerlich, daß er nicht mehr warm wird«, sagte Cecily.

»Gut, gut. Drei vom gleichen Stamm. Lieber Himmel, Margaret, du bist immer für Überraschungen gut. Da fragt man sich, wie das Kleine wird? Auch mit dem zweiten Gesicht wie die beiden da? Erschrick doch nicht so. Vor mir kannst du dergleichen nicht verbergen – und vor der Gevatterin Clarice hier auch nicht, denn die lernt jetzt bei mir. Im wievielten Monat, was meint Ihr, Clarice?«

Die Frau antwortete ernsthaft, als wiederholte sie eine Lektion. »Im zweiten – vielleicht im dritten, will mir scheinen, Mutter Hilde.« Ich spürte, daß ich errötete.

»Oh, Margaret, liebe Margaret. Du weißt doch, wie gut ich dich unterwiesen habe. Jetzt sage mir, wie hast du dich wohl verraten?« Ich schlug die Augen nieder – die schweren Falten meines bauschigen Überkleides und das nicht verschnürte Unterkleid machten, daß man mir nichts ansah. Dann fiel mein Blick auf meine Hände, die ich über dem Leib gefaltet hatte. »Oh« sagte ich und ließ sie fallen. Mutter Hilde lachte.

»Ja, die Hände, Margaret. Sie sprechen eine bessere Sprache als alle Worte. Jetzt zeig mir die anderen Sachen.«

»Das hier noch«, sagte ich und zog das Kästchen von der dunklen Dame heraus. »Das sollte ich lieber wegwerfen. Sieh mal.« Als ich es öffnete, hielten sie den Atem an. Wie schön er doch war, der Ring, ganz mit Edelsteinen besetzt, die im Feuerschein funkelten.

»Hugos Hochzeitsring – und mit einem tödlichen Gift versehen. Wehe, einer von euch faßt ihn an.«

»Wirf ihn noch nicht weg«, sagte Mutter Hilde. »Dergleichen gelangt nicht ohne Grund zu einem. Komisch, er ist wunderschön und furchterregend zugleich.«

»Genauso wie die dunkle Dame selbst.«

»Seltsam, seltsam«, sagte Mutter Hilde kopfschüttelnd. »Sie muß ihn einst sehr geliebt haben, sonst hätte sie nicht soviel gewagt und sich auf eine so lange Reise begeben. Liebe, die zu Haß wird und die so vergiftet ist wie der Ring. Und am Ende brachte sie es doch nicht über sich, ihm den Ring zu geben. Du hast mir ein Rätsel aufgegeben, Margaret, und ich weiß nicht, was es bedeutet. Zeig mir, was du sonst noch hast.« Ich band das Amulett ab und entfaltete die winzigen Schühchen.

»Madame Belle-mère ist ihnen gefolgt«, sagte ich. »Aber sie ist im Augenblick nicht da. Wahrscheinlich macht sie Besichtigungen. Sie langweilt sich schnell und trägt die Nase sehr hoch – die Gegend hier dürfte ihr nicht zusagen.« Mutter Hilde nahm die Schühchen und drehte sie hin und her.

»Seine, vermutlich.« Sie legte sie wieder auf den Tisch. »Es steht sehr ernst, Margaret. Ich bitte heute abend um einen Traum, der mir aufzeigt, was das alles zu bedeuten hat. Sonst muß ich mit heißem Wachs wahrsagen. Aber das Letzte brauchst du mir nicht zu zeigen, ich weiß ohnedies, was es ist.« Auf einmal meldete sich ein unsicheres Stimmchen. Es war Bet, das kleine Mädchen mit den fröhlichen, braunen Locken und dem spitzen, ernsthaften Gesicht.

»Wir möchten es gern sehen, bitte, wir haben soviel davon gehört.« Wortlos zog ich das Brennende Kreuz hervor, das im Feuerschein ganz rötlich glänzte.

»Oh«, seufzte das Mädchen. »Ist das aber schön. Eines Tages möchte ich auch Wehmutter werden wie Ihr.«

»Nun, nicht ganz genau wie ich, sonst landest du noch vor dem Bischof – und das kann sehr unangenehm sein.«

»Und morgen«, sagte Mutter Hilde, »morgen gehe ich selber zu deinem Haus und sehe nach, ob Hugo schon dagewesen ist – aber jetzt ins Bett alle miteinander. Margaret hat morgen noch viel Zeit, Fragen zu beantworten.« Und da es an Platz mangelte, nahm sie uns alle mit in ihr großes Bett im Vorderzimmer, das ihr und Malachi gehörte.

Als sie aber die Decke zurückschlug, zupfte sie Cecily mit Verschwörermiene an der Schürze. »Mutter Hilde«, flüsterte sie. »Laß Alison nicht ins Bett. Sie macht naß.«

»Tu ich nicht, das bist du!« piepste Alison empört.

»Kinder, Kinder, in Mutter Hildes Bett macht niemand naß. Ihr schlaft auf der Seite mit dem Nachttopf und vergeßt nicht aufzuwachen, wenn ihr müßt. So wird das in meinem Haus gemacht.« Sie sprach so bestimmt, daß es einfach so sein mußte, und so war es denn auch.

»Papa erzählt uns heute keine Geschichte, tust du das?«

»Papa?« sagte Mutter Hilde fragend und bat mich mit den Augen um eine Erklärung.

»Master Kendalls Geist hat ihnen Gutenachtgeschichten erzählt.« Mutter Hilde nickte.

»Klingt einleuchtend«, sagte sie. »Als er noch lebte, hatte er keinen Augenblick Zeit für sie. Ei, was mußt du durchgemacht haben, so ganz allein auf dem Lande und bei dieser fremden Familie.« Darauf erwiderte ich nichts. Dann begann Mutter Hilde mit der Geschichte von den klugen Tieren, welche die Räuber verjagten, doch ehe sie noch halb damit fertig war, schliefen die Mädchen schon engumschlungen. Die Geschichte war wirklich einschläfernd. Ich lag da und lauschte Mutter Hildes Stimme, dem vertrauten Knarren des Gebälks in dem alten Haus und Lion, wie er im Schlaf am Fußende des Bettes wuff machte. Die Augen wollten mir zufallen, doch da sagte Mutter Hilde: »Du liebst ihn schrecklich, wie?«

»So sehr, daß es mir schier das Herz bricht«, flüsterte ich ins Dunkel.

»Lieben, oh, das ist keine leichte Sache. Malachi ist nicht die erste, aber die größte Liebe meines Lebens. Und die letzte, bis man mich begräbt – hoffentlich an seiner Seite. Ich habe nämlich einen langen Weg mit ihm zurückgelegt. Hierher, in diese Stadt, in dieses andere Leben. Und du hast einen noch viel längeren vor dir, wenn du deinen Gregory wiederhaben willst – du mußt alles wagen.«

»Ich weiß, Mutter Hilde. Und ich fürchte mich sehr. Aber die Liebe treibt mich voran. Ich kann nicht anders.«

»Oh, Margaret, es wird ein schwerer Weg. Eine liebende Frau muß bereit sein, ferne Stätten aufzusuchen. Und nicht alle sind – wie würde Malachi es ausdrücken? – auf der Landkarte zu finden.«

»Aber du hilfst mir doch?«

»Natürlich, Margaret. Bislang habe ich Liebende in Not noch nie abgewiesen.«

Und bereits am nächsten Morgen, während Mutter Hilde auskundschaftete, ob sich in der Gegend um Margarets Haus am Fluß geheimnisvolle Fremde, darunter auch Sir Hugo, herumtrieben, ging Margaret mit ihren kleinen Mädchen und ihrem Hund auf den Fersen zum Hafen. Sie wollte sich erkundigen, welche Schiffe letztens vom Kontinent gekommen waren und wer von den großen Häfen Dover und Southampton zu Pferd durchgezogen war. Denn eines wußte sie: Früher oder später mußte Kunde von allem und jedem in London eintreffen, denn London war, was Klatsch anbetraf, der Nabel des gesamten englischen Königreichs.

»Da, sieh mal, Mama!« Alisons Stummelfinger wies auf einen interessanten Anblick auf dem Kai. Eine fremdländische Galeere dümpelte sacht vor Anker, während man sie belud. Ein wieherndes, schwarzes Pferd mit Scheuklappen zappelte in einer Schlinge, denn es wurde an Seilen und Flaschenzügen in den Laderaum der Galeere gehievt. Zwei kräftige Männer hielten ein weiteres schwarzes Pferd, das letzte des Gespanns auf dem Kai, während ein Knabe ihm die Scheuklappen umband. Hinter dem Pferd zog ein reich geschnitzter und verzierter Wagen die Aufmerksamkeit einer Schar von staunenden Gassenjungen und Herumstreunern auf sich. Der Hauptmann der Wachmannschaft der dunklen Dame schrie der Mannschaft an Deck Befehle zu und trieb Arbeiter an, den Wagen fürs Verladen auseinanderzubauen.

»Wir erkundigen uns, glaube ich, lieber woanders«, sagte Margaret und zog ihre Kinder fort vom Hafen.

»He, Ihr da.« Jemand zupfte Margaret hinten am Umhang. »Ich habe gesehen, daß Ihr alles hier abklappert. Ihr seid auf Nachrichten aus Frankreich aus, was? Bordeaux?« Margaret drehte sich um und sah eine kräftige Frau in Holzpantinen mit einem Korb voll Fische auf dem Kopf. Mit der freien Hand hielt sie immer noch Margarets Umhang fest.

»Nein, Nachrichten aus Calais – vom Heer des Herzogs, nicht vom Prinzen. Aber woher wißt Ihr das?«

»Hier gibt es viele Euresgleichen – Frauen in Schwarz, die sich im Hafen herumtreiben. Heute verschwendet Ihr Eure Zeit, Mistress. Das letzte Schiff aus Calais ist vor fast einer Woche eingelaufen, und keiner weiß, ob noch eines kommt. Fragt doch lieber an der Brücke, welche Truppen über Land von Dover gekommen sind. Oder – also, wenn Ihr Glück habt, liegen noch ein paar Seeleute vom letzten Schiff besoffen im *Goldenen Horn*, da solltet Ihr auch nachfragen. Und dann ist da noch *Der Schlüssel*, wo die Soldaten nächtigen, aber das ist ein Hurenhaus, dort sollte sich eine ehrbare Frau nicht blicken lassen. Oder versucht es im *Burghaus*. Dort übernachten Leute von Stand, die auf dem Landweg von Cinque Ports kommen. Da erkundigen sich viele. Wonach sucht Ihr denn? Vater? Bruder? Oder Mann?«

»Mann«, antwortete Margaret, dankte ihr und wollte gehen.

»Dann ist es ja nicht so schlimm«, sagte die Frau und musterte Margaret und ihre Töchter mit Kennermiene. »Einen neuen Vater oder Bruder kriegt man nicht, aber Ehemänner gibt es auf dieser Welt zuhauf. Hört auf mich und nehmt Euren Kindern zuliebe einen neuen Mann.« Margaret blickte sie entgeistert an.

»Dumme Gans«, sagte die Frau und sah Margaret nach, als diese in Richtung des *Goldenen Horns* davoneilte, an jeder Hand ein Kind und einen seltsam aussehenden Hund im Gefolge.

Ich war sehr erleichtert, als Mutter Hilde berichtete, daß Sir Hugo noch nicht auf die Idee gekommen war, in meinem Londoner Haus nach mir zu suchen oder eine Wache aufzustellen, die mich gleich bei meiner Ankunft schnappte. Aber für so schlau hatte ich ihn ohnedies nicht gehalten.

»Nicht zu fassen, ein Schwachkopf wie Sir Hugo und dann diese fremdländische Marquesa? Ei, Hilde, sie hätte ihn mitzockeln lassen wie ein Schoßhündchen, sie ist doch soviel klüger als er. Was mag nur über sie gekommen sein?«

»Ach, Margaret, die Liebe geht seltsame Wege. Doch sie hätte, glaube ich, nicht lange gewährt. Wenn er erst herausgefunden hätte, daß sie ihn benutzt, er hätte sie erdrosselt oder ihr den Schädel eingeschlagen nach dem, was man dich so von ihm reden hört. Nein – in der Regel geht es nicht gut, wenn zwei so ungleiche Geister sich verbinden. Sie hat wahrscheinlich den besseren Teil erwählt.«

»Aber sag doch, wie steht es im Haus? Geht es allen gut?«

»Im Augenblick noch, Margaret, aber nicht mehr lange. Deine Knechte, der Küchenjunge, der Hausverwalter, die Köchin und ihre Hilfe sind aus Treue zu dir geblieben. Aber die Magd, die im Anrichteraum hilft, ist ausgerückt und hat geheiratet, und die Übrigen sind schlechter Dinge, weil diese knauserigen de Vilers ihnen keinen Lohn zahlen. Sie nagen am Hungertuch, und du kannst von Glück sagen, daß sie das Silber noch nicht versetzt haben. Ich habe bei Master Wengrave nebenan vorbeigeschaut. Master Kendalls Lehrjungen sehen aus, als würde gut für sie gesorgt, obwohl Mistress Wengrave sehr viel strenger mit ihnen ist als du. Ich habe ein wenig mit ihr geplaudert und ihr erzählt, was sich zugetragen hat. Sie sagt, du bist ihnen willkommen und bei ihnen sicherer als in der Kirche. Sie haben genug kräftige Burschen, um beliebig viele deiner angeheirateten Verwandten in die Flucht zu schlagen, und da man Master Wengrave zum Ratsherrn ernannt hat, würde niemand es wagen, dich oder seine Patenkinder gegen seinen Willen heimlich zu entführen. Nur deine Befürchtungen wegen des Herzogs, die habe ich ihnen lieber nicht mitgeteilt. Wenn daran auch nur ein Körnchen Wahrheit ist, so müßten sie dich ausliefern.«

»Master Kendall hat immer gesagt, Master Wengrave steht seinen Mann, wenn es hart auf hart kommt. Ich weiß noch, wie er sein Testament gemacht und ihn zu Cecilys und Alisons Vormund eingesetzt hat. Damals habe ich nicht verstanden, was er meinte.« Beim Gedanken an jenen Tag kitzelte es mich ein wenig in den Augen, so daß ich sie wischen mußte.

»Und seinen Mann mußte er auch stehen, seit man dich entführt hat, jedenfalls Mistress Wengrave zufolge. Er ist vor Gericht gegangen und klagt gegen die de Vilers, daß sie die Mädchen herausgeben. Er sagt, es gehört sich nicht, daß Roger Kendalls Töchter auf dem Land versauern oder ins Kloster gesteckt werden, nur damit so ein habgieriger Stiefvater Ruhe gibt. Mistress Wengrave sagt, er ist darüber furchtbar erzürnt. Er sagt, es geht ihm nicht ums Geld, sondern ums Prinzip. Irgendwie will er ein Zeichen setzen, daß der Landadel in der City nicht straflos räubern kann.«

»Oh, das hört sich ganz nach ihm an. Darüber haben er und Master Kendall sich liebend gern unterhalten, wenn es nicht gerade um die Tuchhändlergilde oder die Lagerung der neuen Rohwolle ging.«

»Was willst du nun tun, Margaret?«

»Ach, Mutter Hilde, ich habe mir die Füße wundgelaufen, und die Mädchen haben geheult. Und ich habe nichts herausgefunden, als daß demnächst ein weiterer Geleitzug Kaufmanskoggen erwartet wird – die wurden zu der Zeit, als die Kogge hier in London eingelaufen ist, noch beladen. Sie haben Verwundete und ein paar englische Ritter an Bord, welche auf Ehrenwort nach Haus dürfen, um ihr Lösegeld zu holen. Wenn sie landen, bin ich zur Stelle, doch bis dahin kann ich gar nichts tun – außer mich vielleicht um das Durcheinander zu Hause kümmern.«

»Ein halbes Jahr Lohn für einen Haushalt, Margaret – das ist kein Spaß. Und du bist ohne einen Penny durchgebrannt.«

»Macht nichts, Hilde – ich frage einfach Master Kendall. Und wenn er mit dem Geld recht hat, dann hat er auch recht mit Gregory, dann ist er wirklich noch am Leben. Und ich bin nicht töricht, weil ich Nachricht von ihm haben will. Mutter Hilde, du glaubst gar nicht, wieviele Leute sich heute über mich lustig gemacht haben? Sogar ein Fischweib! Und drei Heiratsanträge habe ich auch bekommen, obwohl die Männer betrunken waren und es nicht richtig zählt. Und im *Einhorn* haben sechs Flegel die ganze Zeit, während ich mich mit einem alten

Waffenmeister unterhalten habe, dieses gräßliche Lied über die trügerischen Weiberherzen gesungen. Und – Mutter Hilde, du hast doch nicht etwa schon das schreckliche Lied von der Mauer des Kaufmanns gehört, die so hoch, hoch, hoch war, nein?«

»Leider ja, aber ich hätte kein Sterbenswörtchen darüber verloren.«

»Das haben sie auch gesungen, obwohl sie nicht wußten, daß es von mir handelte, aber ich habe mich meiner Lebtage nicht so geschämt. Nicht nur meine Füße sind wund, Mutter Hilde. Das war wirklich ein scheußlicher Tag!« Und damit fing ich an zu weinen. Wenn Mutter Hilde mich nicht in den Arm genommen und immer wieder gesagt hätte: »Ist ja schon gut!« ich würde dort wohl heute noch weinen.

Aber nach dem Mittagessen, als Hilde und ich abwuschen, während Bet Wasser holte und Clarice den Kochtopf mit Sand scheuerte, sagte Mutter Hilde nachdenklich: »Margaret – du solltest an deine Sicherheit denken. Wenn irgendeiner von deinen Verwandten sich an mich erinnert, dann gibt es auf der ganzen Welt nichts, was sie daran hindern könnte, dich wieder einzufangen. Vorsichtshalber solltest du sobald wie möglich zu Master Wengrave ziehen, noch ehe sie auf den Gedanken kommen, in der City nach dir zu forschen.« Und weil mir einfiel, wie wenig es ihnen ausmachte, wahllos Leichen von erschlagenen Bürgern zurückzulassen, schien es mir geraten, sie nicht auf Mutter Hildes Spur zu führen.

Und so geschah es, daß ich mir schon nachmittags mit Cecily, Alison und Lion im Schlepptau einen Weg durch den Abfall auf der Straße suchte. Ich hatte einen Plan: Ich wollte herausfinden, wo Gregory steckte, und wenn Malachi nach Hause kam, würde ich ihn bitten, Gregory zu holen, denn Bruder Malachi ist auf seiner Suche nach dem Stein der Weisen auf der ganzen Welt herumgekommen, und der Stein ist gewißlich schwerer zu finden als ein Mensch. Ich war so mit meinen Sorgen beschäftigt und in meine Gedanken versunken, daß ich kaum mitbekam, daß die Mädchen ein neues Spiel spielten: Sie wollten Lion alles haargenau nachmachen und die Welt sozusagen vom Hundestandpunkt aus betrachten. Also, wie gehst du nun vor, dachte ich bei mir – erst die Straße sehr sorgsam prüfen und vielleicht die Hintertür nehmen, damit du ja nicht gesehen wirst.

Ich war erleichtert, daß Cecily und Alison mir dieses eine Mal nicht mit Süßigkeiten von den Straßenhändlern in den Ohren lagen, während ich mir alles im Kopf zurechtlegte, bis ich eine Frau zu ihrem kleinen Jungen sagen hörte: »Da, sieh mal. Aus denen sind Hunde geworden. So geht es Kindern, die ihrer Mutter nicht gehorchen und allein spielen wollen, wo sie böse Hunde beißen können. Komm jetzt, sonst siehst du noch genau aus wie die da.« Und schon hatte sie ihn umgedreht, und da saßen meine drei mit heraushängender, hechelnder Zunge vor einem großen Rattenloch zwischen den Steinen der Gosse.

»Auf der Stelle aufhören! Schämt ihr euch denn nicht? Kann ich denn nirgendwo mit euch hingehen, ohne daß ihr mich blamiert?«

»Aber, Mama, wo du hingehst, ist es immer so langweilig«, verkündete Cecily und richtete sich auf.

»Ja, sehr langweilig«, sagte Alison. »Wo wir doch spielen wollen.« Nur Lion sah reuig aus und wedelte abbittend mit dem Hinterteil.

Beim Pranger in Cornhill war eine Menschenmenge zusammengelaufen. Ein Verkäufer von schlechtem Fleisch, der für gebratenes Zicklein den Preis von gebratenem Lamm gefordert hatte, indem er einfach den Schwanz austauschte, mußte die Spötteleien der Vorbeigehenden über sich ergehen lassen. Und damit auch jeder wußte, was er verbrochen hatte, war der Schwanz des Zickleins neben seinem Kopf an die Wand genagelt worden. Sein abgetragenes Gewand klebte schon von dem Abfall, mit dem man ihn bewarf, und ich bekam seinen verzweifelten Blick mit, als ein schlecht gezielter Stein neben seinem Gesicht einschlug.

»Alison, Cecily, guckt nicht so! Das tut nicht gut! Beeilt euch gefälligst!« Ich zog Alison den Daumen aus dem Mund und zerrte sie von ihrem bequemen Aussichtspunkt fort, wo sie sich aufgestellt hatte, damit sie das Schauspiel genießen konnte. Und als ich beide Kinder an den Handgelenken gepackt hatte und aufblickte und mir einen Weg durch die Menge bahnen wollte, da war mir, als sähe ich ihn. Eine hochgewachsene Gestalt, die durch das Menschengewimmel in Richtung Cheap eilte. Ich konnte nur seinen Rücken sehen, aber er trug dasselbe vertraute, schäbige, graue Gewand, das er bei unserer ersten Begegnung anhatte. Die Kapuze hatte er hochgeschlagen. Aber sein Gang, aufrecht und geschäftig, während er sich eine Gasse durch die Schar der Gaffer schaffte, war unverkennbar. Das Herz wollte mir stehenbleiben, und ich spürte, wie mir das Blut aus den Wangen wich.

»Gregory«, flüsterte ich und machte mich an die Verfolgung der Gestalt mit der Kapuze, ehe sie sich in der Menge verlor.

»Aber das ist nicht der Nachhauseweg, Mama.« Ich gebot Cecily mit einem Wort Schweigen und zerrte die Kinder hinter mir her. Schneller, immer schneller, denn ich durfte ihn nicht verlieren. Mein Herz hämmerte, und ich wurde mitgerissen, als zöge mich die geheimnisvolle

Gestalt hinter sich her. Weiter, immer weiter ging er, bis ich sah, wie er den Schritt verlangsamte, weil er an Reisigen vorbeimußte, die um einen Heuwagen, welcher Aldersgate passierte, herumwimmelten. Mittlerweile war ich fast ganz außer Atem.

»Gregory, warte!« rief ich, doch die Gestalt mit der Kapuze stand nicht still. Als ich zum Tor kam, sah ich ihn abbiegen und in den gewundenen Gäßchen des Mietshausviertels gleich vor der Stadtmauer verschwinden. Keuchend folgte ich, doch als ich dicht hinter ihm um die letzte Ecke in eine schmale Gasse einbog, da war er fort. Ich stand vor der kahlen Rückwand einer Art Lager. Harter, harter Stein, und keine einzige Tür zu sehen.

»Gregory, Gregory, verlaß mich nicht, laß mich nicht so allein! Komm zurück!« Ich hörte, wie meine Stimme von der Wand zurückgeworfen wurde. Kein menschlicher Laut antwortete mir, nur meine eigene Stimme: »Komm zurück, komm zurück!« Ich schlug wie verrückt auf die Wand ein, suchte nach einer Geheimtür, durch welche die Gestalt verschwunden sein konnte. »Verloren, oh, auf ewig verloren«, flüsterte ich den tauben Steinen zu, und die Knie gaben unter mir nach. Und genau in diesem Augenblick hörte ich einen Menschen in Todesnot ganz furchtbar schreien:

»Margaret!«

Kapitel VII

Als ich die Augen wieder aufschlug, sah ich eine rauchige Decke über mir wanken und schwanken, hörte einen Hund jaulen und spürte, daß mir eine lange, rauhe, feuchte Zunge das Gesicht leckte. Irgendwo im Raum sagte eine Stimme: »Kein Zweifel, wer das ist. Das beweist das Buch, welches wir neben ihr gefunden haben: Seht Ihr die Initialen? M. K. – das ist sie; selbst ohne die rothaarigen Mädchen und den Hund bestünde kein Zweifel daran.«

»Immer auf der Suche nach Beweisen, was Robert? Wieso hast du nur die Juristerei aufgesteckt? Du hast eine Ader dafür.«

»Immer das gleiche alte, traurige Lied, Nicholas. Kein Geld. Ohne Magistertitel, nur mit einer Ader, wie du es nennst, kommt man nicht weit. Außerdem hat mich Gott zu Höherem auserkoren, als über muffigen Gesetzestexten alt zu werden.«

»Vermutlich sagt dir Altwerden in Schenken eher zu?«

»Klar, wenn andere für mich zahlen. Trinken wir noch eins auf Sir Edward, den lieben, kleinen Grünschnabel, und auf das Vermögen seines nachsichtigen Vaters.«

»Besser noch auf den Grafen selber!«

»Hipp, hipp, hurra!« erklang es aus vielen Kehlen, Bierkrüge schepperten aneinander, und dann hörte man es gurgeln, als die Krüge geleert wurden. Aus einem anderen Zimmer kam gedämpft das heisere Lachen einer Frau. Eine Schenke? Und wenn, dann eine übel beleumdete.

»Also, ich muß jetzt los, Robert. Im Gegensatz zu dir betreibe ich ein Geschäft. Laß mich wissen, wenn du wieder Hilfe brauchst.«

»Wann hätte ich wohl keine Hilfe gebraucht, Nicholas? Möge Gott es dir hundertfach vergelten, daß du dein Brot mit einem Faß ohne Boden teilst.« Weiteres Geschepper und Gegurgel. Dann ein ausgiebiger Rülpser.

»Aha, jetzt habt Ihr die Augen aufgeschlagen, Mistress Margaret Kendall. Merkt Ihr was? Ich kenne Euch. Das macht meine gute Beobachtungsgabe. Durch Eure geschwätzigen, kleinen Mädchen, die jetzt stockbesoffen unter dem Tisch schnarchen, weiß ich sogar, daß eine Belohnung auf Euch ausgesetzt ist. Was führt eine reiche, dumme Frau wie Euch bloß in so eine gefährliche Gegend wie die hier?«

»Gregory. Ich habe. Gregory hier gesehen. Sagt mir um Gottes willen, wo er sich versteckt.« Ich war immer noch zu schwach, als daß ich hätte aufstehen und mich umsehen können, woher die Stimme kam.

»Bruder Gregory? Der ist nicht mehr hiergewesen, seit er mit der reichen Kaufmannswittib durchgebrannt ist, die er unterrichtet hat. Mit Euch, um genau zu sein. Nicht zu fassen. Praktisch ein Grabschänder. Was für ein Streich! Rasch! Drastisch! Hat halb London ausgestochen – sogar meinen kleinen Grünschnabel –, alle, die Master Kendalls Vermögen in die Finger bekommen wollten. Aber ist er etwa zurückgekommen und hat mit seinen Freunden geteilt? Ihnen zur Feier seines neuen Wohlstands ein, zwei Ale spendiert? O nein, das Geld hat ihn so rasch hochfahrend gemacht, daß er sich nicht mehr hat blicken lassen. Einmal habe ich ihn aus der Ferne auf einem prächtigen Roß in der Nähe des Gerichts gesehen. Von Kopf bis Fuß ein Edelmann, fürwahr, so ritt er neben zwei Rittern in vollem Kriegsschmuck – einem alten und einem jungen. Blickte weder rechts noch links, wie ein Mann, den man zum Schafott führt. Ich rief ihn an, er jedoch hörte mich nicht. Und hier waren wir Busenfreunde, auch wenn der Hirnrissige sich für den Nominalismus stark machte. Wie viele Male habe ich ihn wohl zum Essen eingeladen, wenn er pleite war, der treulose Hund? Und so habe ich mich gerächt. Ich habe eine zotige Ballade auf ihn gedichtet. Die wird er so schnell nicht wieder los, die macht ihn überall zum Gespött. Und das, wo er immer Würde für drei gepachtet hatte – ich bin sicher, sie treibt ihn genau in diesem Augenblick an den Rand der Verzweiflung.«

Auf einmal war ich so wütend, daß meine Kräfte zurückkehrten. Ich setzte mich auf der Bank auf, und da drehte sich die rauchige Schenke mit der niedrigen Dekke um mich. Ich erblickte einen Mann im abgewetzten Scholarengewand mit mehreren ineinander verschachtelten Gesichtern. Er saß auf einer Bank auf der anderen Seite des langen Schragentisches, welcher vor der Bank stand, auf die man mich gelegt hatte. Rings um ihn drängten sich andere, neugierige Gesichter, doch das galt mir gleichviel.

»Ihr seid das also gewesen. Ihr habt Euch all die häßlichen Lügen ausgedacht – und einem Toten die Ehre abgeschnitten. Ihr solltet Euch schämen. Schämen, hört Ihr! Damit habt Ihr nur einen gekränkt, nämlich mich – denn ihm ist Euer gräßliches Lied schon nicht mehr zu Ohren gekommen, Ihr neidischen Aasgeier, Ihr.«

»He, das sind aber starke Worte. Ich bin auch der

Mann, der Euch gerade in der Gosse aufgelesen hat – *gratis und franko* – und Euch noch nicht einmal den ganzen Schnickschnack gestohlen hat, den Ihr vorn in Eurem Gewand bergt.«

»Das war wohlgetan – ein Stück des Schnickschnacks ist nämlich vergiftet«, murmelte ich, und der Kopf sank mir auf den Tisch.

»Nein, nicht schon wieder. Kopf hoch, trinkt etwas, und dann erzählt, was Euch hierhergeführt hat.«

»Ich habe ihn gesehen – Gregory –, wie er durch die City ging, und bin ihm bis hierher gefolgt. Und dann habe ich seinen Todesschrei gehört. Er kam von weither. Es – es war gräßlich. Jetzt weiß ich, daß ich einem Geist gefolgt bin und daß er auf ewig verloren ist, und ich kann nicht einmal neben ihm ruhen, wenn auch meine Zeit gekommen ist. Und ich habe so fest daran geglaubt, daß er rechtzeitig zur Geburt seines Kindes zu Hause sein würde. Allen habe ich erzählt, daß er nicht tot ist und daß ich ihn finden werde. Man hat versucht, mich einzusperren, aber ich bin ausgerissen. Ich habe gesucht und gesucht. Mit allen heimkehrenden Kapitänen und Soldaten habe ich gesprochen. Mein Gott, wie konnte es nur soweit kommen!« Und schon wieder legte ich den Kopf auf die Arme, doch dieses Mal um zu weinen, bis ich keine Luft mehr bekam.

»Kommt, kommt, Ihr dürft nicht so weinen. Nicht, wenn Ihr ein Kind erwartet, das tut nicht gut.« Sie umringten mich, und ich fühlte, wie man mir unbeholfen den Rücken klopfte. »Erzählt uns die ganze Geschichte.«

»Es – man hat ihm angeboten, für den Herzog von Lancaster zu schreiben. Eine – eine Chronik –« Ich hörte, wie ihnen der Atem stockte, jemand pfiff durch die Zähne und sagte: »Was für ein Gönner! Solch eine Gelegenheit bietet sich einem nur einmal im Leben!«

»Und Chroniken nehmen kein Ende – im Gegensatz zu Oden«, hörte ich die erste Stimme, die des Balladensängers, voller Bedauern sagen.

»Aber dazu mußte er nach Frankreich – die Idee stammte vom Herzog. Eine neue Art von Chronik, vor Ort geschrieben.« Ich hob den Kopf von den Armen. »Ich habe ihm gesagt, er soll einfach hinterher, wenn die Gefahr vorbei ist, die Aufschneidereien der anderen sammeln, aber das wollte er nicht.«

»Hmm. Unklug. Ja. Ungesund, das Klima in Frankreich dieser Tage –« brummte die Männerrunde.

»Er hat nämlich gesagt, es ginge nicht anders. Der Herzog hatte ihm mein Erbe gesichert, und nun stand er in seiner Schuld. Und dann gibt es auch noch so ein Gesetz – wer ein sicheres Einkommen hat, muß Heeresfolge leisten –«

»Ja, ja. Gefangen. Wie die Taube im Netz. So schnappt man sich heutzutage Gelehrte.«

»– Ja, Geld und die Pflicht – Köder und Vogelleim.«

»Wer hätte das gedacht? Keiner von uns war so frei wie er. Geld und Frauen sind eine Falle für jeden Mann, so hat er immer gesagt – und er hat recht gehabt. Oh, Verzeihung, Mistress –«

»Seit der Belagerung von Verneuil ist er vermißt –« Sie nickten ernst. »Aber ich hatte noch Hoffnung. Die Herolde haben seinen Leichnam nie gefunden. Zwar ist auch keine Lösegeldforderung eingegangen, aber ich habe gewußt, ich habe einfach gewußt, daß er noch am Leben ist – und jetzt –« Ich wischte mir die Augen mit dem Ärmel.

»Ihr solltet Eure Zeit nicht im Hafen verschwenden, Mistress, da gibt es zu viele Frauen in Schwarz. Wißt Ihr, wo Ihr seid?« fragte der Scholar in der ausgefransten Oxfordrobe.

»Ei, das hier ist in ganz Europa der zweitbeste Ort, wo man nach einem Verschwundenen suchen kann – der beste ist Paris, doch dahin könnt Ihr im Augenblick schwerlich reisen.«

»Ihr seid hier im *Eberkopf*, Mistress – ehem – ach, wie lautete übrigens Bruder Gregorys Nachname? Hatte er einen?«

»Keine Ahnung. Einfach Bruder Gregory, darunter lief er hier.«

»Ich glaube, so etwas wie Scrivener.«

»Kam nicht ein *de* darin vor? Er tat immer so vornehm.«

»Er lautet de Vilers«, sagte ich.

»Fürwahr, ein alter Name. Von den de Vilers aus Lincolnshire?«

»Nein, die jüngere Linie aus Hertfordshire.«

»Na gut, Mistress – oder besser Madame – de Vilers, das hier ist der *Eberkopf*, hier erfährt man alles, was in der Christenheit den Klatsch verlohnt. Seht Euch nur um. Flamen, Deutsche, Lombarden, Gascogner – eine regelrechte Kakophonie von Nationen – und alle Magister des geschorenen Schädels. In diesem Raum hört Ihr mehr Latein als Englisch, denn in erster Linie sind wir allzumal Jünger der Minerva.«

»Minerva? Dann gehört die Schänke ihr?«

»Und uns allen, auch uns allen, Mistress Margaret, die Närrin, die einen Scholaren freite. Hier ist es nicht elegant, wie Ihr seht, aber die *ambiance* – darin kommt nichts dem *Eberkopf* gleich. Die Preise für Ale sind hier bescheiden, die für Frauen wiederum nicht. Wer kommt her? Seht Ihr den Kerl da drüben? Ein Mönch, der Wein für seine Abtei in Dunstable einkaufen soll. Er kehrt hier ein, lernt eine neue, derbe Ballade und verläßt uns mit der Kunde, daß in King's Langley ein Kalb mit zwei Köpfen geboren wurde. Die Kerle da drüben sind fahrende Sänger und eben vom Kontinent eingetroffen. Habt Ihr gewußt, daß abgefallene Kleriker die besten fahrenden Sänger abgeben? Das macht das Gesangsstudium. Wer sonst singt wohl so lieblich? Sie haben eine Geschichte über einen englischen Söldnerhauptmann mitgebracht, der eine Burg im Languedoc eingenommen, die Wittib gefreit und seinen Namen französisiert hat. Die Burschen da drüben beim Würfelspiel? Scholaren aus Padua und Montpellier. Unterwegs nach Oxford, doch hier kehren sie zuerst ein, weil sie hier alles erfahren, was sie wissen müssen. Die Kerle da, die mit den langen Gesichtern, über denen die dunkle Wolke von *ut infras* und *lis iub iudices* schwebt? Advokaten – richtige, nicht so welche wie ich. Aber niedrig gesinnt, sonst wären sie nicht hier. Sie müssen einfach alles über ihre Fälle gegen gleiche Münze ausplaudern. So haben wir denn alle gehört, wie Euer Schwiegervater durch Bestechung von der Anklage wegen Mordes loskam, nachdem er bei Eurer Entführung ein paar Leichen zurückgelassen hatte. ›Notwehr‹, daß ich nicht lache! Hat ihn auch ein hübsches Sümmchen gekostet – alles auf Euer Erbe geborgt. Der Schreiber, der die Dokumente aufgesetzt hat, speist nämlich auch hier.«

Es stimmte. Die Liedfetzen, das Gebrabbel in allen Ecken – alles Latein. Und trotz der bunten Vielfalt von fremdländischen Kleidern, Mönchshabiten und geistlichen Gewändern hatten alle im Raum etwas gemein: Jede Art von geistlicher Tonsur war hier vertreten. In einer Ecke stimmte eine Gruppe ein französisches Lied an, das gerade vom Kontinent herübergekommen war. Über dem Geklapper und Gebrabbel konnte ich Liedfetzen hören:

Ist's Rittersmann, ist's Federheld,
Sag an Lisette,
Wer liegt dir besser bei im Bett?
Den Klosterbruder, Ihr versteht,
Den nehm' ich alle Tage wieder,
Der singt mir nächtens Liebeslieder,
Wo der Soldat nur kommt und geht –

Doch das ging unter in dem immer lauteren Gebrüll vom Tisch der Würfelspieler in der anderen Ecke.

»Einen Augenblick, Madame«, sagte mein Gewährsmann und verabschiedete sich mit einer schwungvollen Gebärde. »Dort droht Gewalt, und einer meiner Freunde ist betroffen.« Und schon mischte er sich mit noch ein paar Burschen unter die wogende Schar der Streithammel. Ich beugte mich vor, wollte nach meinen Mädchen sehen. Sie schliefen wirklich wie die Murmeltiere auf den verfilzten Binsen unter dem Tisch. Neben ihnen saß Lion wie eine ängstliche Kinderfrau.

»Falsche Würfel, bei Gott! Glaubst du etwa, damit kommst du durch, du lombardischer Hurensohn?« konnte ich in dem Grollen zorniger Stimmen ausmachen.

Eine Frau mit einem Stapel leerer Bierkrüge stellte diese auf den Tisch und sprach mich an.

»Es geht ihnen gut, den Kleinen da. Sind nur betrunken. Ich habe den Hund bellen hören und sie weinend in der Gosse sitzen sehen. Ich wollte draußen Spülwasser weggießen. Auf diese Weise habe ich sie gefunden. Dann hat Robert sich ein paar Burschen geschnappt und Euch hereingetragen. Die Mädchen waren durstig, aber hier gibt es nur Ale zu trinken – na ja, drei Züge, und schon waren sie weg wie ausgepustete Kerzen.«

»Seid Ihr Minerva?«

»Nein, ich bin Berthe. Die Schenke gehört mir. Hat mir mein Mann vermacht.«

»Die da haben gesagt, sie gehört Minerva.«

»Ach die – Spaßvögel, die ganze Sippschaft. Im großen und ganzen harmlos. Was man nur von wenigen Menschen behaupten kann. Sagt, seid Ihr hungrig? Könnte doch sein, Ihr seid vor Hunger umgefallen.«

»Nein, ich habe einen Geist gesehen. Aber durstig bin ich schon.«

»Einen Geist, äh? Davon schwirren dieser Tage viele durch die Gegend, aber ich kann sie Gott sei Dank nicht sehen. Also dann, Freibier für eine weitere Witwe, ich schicke Euch das Ale rüber – einen Augenblick –« und schon eilte sie in Richtung der Auseinandersetzung.

»Das hier ist ein ruhiges Haus, hört ihr!«

»Falscher Würfel, der Hundesohn – er hat mich ausgenommen.«

Noch lauteres Gebrüll in fremdländischen Zungen.

»Seht Euch das an – immer kommt dieselbe Seite oben zu liegen.«

»Präpariert, bei Christi Eingeweiden, und so schlau, daß man es nicht sehen kann.«

»Mpf, mpf, mpf!«

»Loslassen, nicht erdrosseln, hört ihr! In meinem Haus wird nicht gemordet!«

»Ich mache ein Sieb aus ihm.« Ein Messer blitzte auf.

»Nein, Jankyn, weg mit dem Messer, hast du nicht gehört? Kein Mord.« Das war Roberts Stimme, die übertönte das Stimmengewirr.

»Zieht ihn aus und setzt ihn vor die Tür!«

»Ja, gut so!«

Schreckliches Geschrei, während der Lombarde sich wehrte und doch so säuberlich gerupft wurde wie ein Hühnchen, dann warf man ihn zur Tür hinaus. Robert kehrte zu mir zurück, wo ich an dem Ale nippte, und wirkte sehr zufrieden mit sich.

»Nicht schlecht«, sagte er, »obwohl vier Mann dazu nötig waren. Zu solchen Zeiten fehlt uns Bruder Gregory. Der hätte den Mann ganz allein hinauswerfen können.«

»Er hat Falschspieler aus Schenken hinausgeworfen?«

»O ja, das und vieles mehr. Bei Bruder Gregory kam keine Langeweile auf. Und dann zitierte er Aquinas, nur um Salz in die Wunden zu streuen. Mein Gott, wie habe ich den Mann verehrt! Was für ein wählerischer, dünkelhafter, selbstgerechter Hund.« Ich sah ihn groß an. Er legte die Würfel auf den Tisch.

»Da«, sagte er, »mein Anteil an der Beute. Tut mir leid, daß es kein Geld ist. Nehmt sie als Opfergabe, als Entschuldigung. Tut mir leid, das mit der Ballade. Ich habe mich getäuscht, und ich möchte es wieder gutmachen. Geht jetzt nach Haus und lauft nicht mehr im Hafen herum. Ich stelle Nachforschungen an. Wenn er in irgendeinem christlichen Land lebt oder gestorben ist, ich höre bestimmt davon. Es gibt Menschen, die verschwinden spurlos, doch nicht ein Mann, der Verse schmieden kann wie Bruder Gregory. Seid versichert, irgendwo gibt es einen Schreiber, der von ihm hört, und davon kommt gewißlich Kunde in den *Eberkopf.* Jetzt sind wir quitt, nicht wahr?«

»Wir sind quitt. Ich nehme Eure Entschuldigung an.« Ich nahm die Würfel. Sie waren aus echtem Elfenbein und sahen wirklich einwandfrei aus. Keine Nahtstelle oder Ausbeulung irgendwo. Ich steckte sie in meine Tasche, in der sich kein einziger Penny befand.

»Wo wohnt Ihr? Ich begleite Euch und suche mir Hilfe, die Eure Brut abschleppt.«

»Ich wollte zu Master Wengrave, dem Paten meiner Töchter, ehe ich – ich dem – Geist folgte.«

»Zu dem Ratsherrn? Der wohnt weit von hier. Aber Ihr solltet Euch nicht einreden, daß es Bruder Gregorys Geist war.«

»Aber – wer sollte es denn sonst sein? Und warum sollte der hierher kommen – wo er sich für gewöhnlich aufhielt? Früher jedenfalls, da hatte ich die Hoffnung –« Mich schauderte bei dem Gedanken an die hochgewachsene und aufrechte Gestalt, die in der Wand verschwunden war.

»Kommt, kommt, so dürft Ihr es nun wirklich nicht aufnehmen. Schließlich habt Ihr keinerlei Beweise. Es kann irgendeine Erscheinung gewesen sein. Oder ein richtiger Mensch, und Ihr habt Euch geirrt, weil er die Kapuze hochgeschlagen hatte. Und was die Stimme angeht, so könnte es eine Halluzination gewesen sein. Gram treibt nämlich jeden in den Wahnsinn – nehmt es als gutes Zeichen, daß Euch irgend etwas zu uns geführt hat.«

Komisch. Ich sah, wie sich sein Mund öffnete und schloß, und doch kam seine Stimme wie von ferne, und sein Gesicht hatte jetzt etwas Güldenes, Verschattetes, so als wäre es mit mattgoldenem Licht gemalt. Zwar war sein Gesicht das eines eher gewöhnlichen, sauber rasierten Mannes in den Dreißigern und gekrönt von schütterem, bräunlichen Haar, doch jetzt wirkte es mit seinen tiefen Falten interessant, so als offenbarte sich darin ein reicher und tiefgründiger Charakter. Auch der übrige Raum wirkte unnatürlich still, mich dünkte, das Gelächter und Geklirr käme wie durch Wolle gedämpft. Zwar sprachen und bewegten sich die Leute nicht schneller als sonst, doch anscheinend konnte ich auch die kleinste Einzelheit ihrer Bewegung sehen, so als ob ich rascher auffaßte und sie unendlich langsam wären. Auch die anderen Gesichter waren in dunkelgoldenes Licht getaucht. Gesichter, die auf der Straße nicht auffallen würden, waren unvergleichlich schön, einzigartig und faszinierend. Stille umfing mich inmitten des Trubels und hielt mich gefangen, während ich wortlos in ihre neu erschaffenen Gesichter blickte und sie die Mädchen aufhoben und mit mir auf die Straße traten. Die schmalen Gassen lagen ebenso still, und Menschen mit eigenartig erleuchteten Gesichtern kamen an uns vorbei: Fuhrleute und Stallknechte und Marktfrauen, Lehrlinge und Bäkkerjungen mit Brotlaiben auf dem Kopf. Die Blätter an den Bäumen über den Gartenmauern schienen still und ekstatisch zu glühen, und selbst das Tor von Aldersgate, hoch und dämmrig, erstrahlte matt, so als ob die Hirne, die es ausgedacht hatten, noch immer darin wirkten.

»Verrückt«, hörte ich hinter mir einen Mann leise wie durch Wolle sagen, während ich ihnen an Master Roberts Seite den Weg zur Thames Street wies. »Sie starrt nur vor sich hin und sagt kein Sterbenswörtchen.«

»Na ja, ist doch verständlich, wenn man bedenkt, was sie erlebt hat.«

»Also ich, ich würde mich gewißlich nicht davonmachen wie dieser blöde Gregory, wenn ich solch eine Frau hätte. O nein, wenn ich einmal eine reiche Frau heirate, dann bleibe ich zu Hause und trinke mich am besten französischen Wein zu Tode.«

»Aller Wahrscheinlichkeit nach nicht – du wärst in kürzester Zeit wieder im *Eberkopf*, um uns Bären aufzubinden.«

Warum mußten sie über derlei nichtige Dinge reden? Sahen sie denn nicht, was mit der City los war? Lebendiges Licht malte und formte alles und kräuselte jegliches Ding mit sachten, seligen Wellen.

Bei Master Wengrave machte ein Wind, den es nicht gab, daß die Ratsherrnwimpel vor dem Haus erbebten und flatterten. Master Kendalls hohes Haus, jetzt meines und eine Hintergasse und einen Garten von Master Wengraves Haus entfernt, schien ein eigentümlich pulsierendes Innenleben zu führen. Die Fensterscheiben waren der Sicherheit halber herausgenommen und eingelagert worden, doch die Läden standen offen und atmeten ein und aus wie lebendige Kehlen. Die bleiernen Wasserspeier, die den Regen aus den Rinnen ableiteten, wirkten wie lebendig gefroren und ungeduldig, daß man sie erlöse. Als ich sie so anstarrte, kam Mistress Wengrave vor die Tür und bat uns ins Haus, und ich drehte mich um und sah, daß auch ihr Gesicht diesen satten, goldenen Schein hatte. Ich betrachtete es stumm und entzückt, und sie dankte Master Robert, übernahm die Patenkinder, ließ sie von zwei Knechten nach oben ins Bett tragen und gab der Küchenmagd, die kam und wegen des Abendessens nachfragte, ihre Anweisungen. Das Gesicht der Küchenmagd sah genauso aus – und ich hatte sie immer für ein einfältiges Ding gehalten.

»Margaret, möchtest du etwas essen oder trinken? Du siehst recht eigenartig aus. Bist du krank?« Ihre Stimme kam wie aus weiter Ferne.

Ich hörte mich sagen: »Ich habe so viel hinter mir ... Gilbert de Vilers ist tot ... ich muß ... allein ...«

Mistress Wengrave, die seit langem meine Nachbarin und meine Freundin ist, sah ernst aus, und ihr blühendes Gesicht unter dem güldenen Schein erblaßte ein wenig.

»Allein?« sagte sie. »Du solltest nicht allein sein. Nicht zu solcher Zeit. Komm, wir wollen für ihn beten, dann wird dir leichter ums Herz.« Und sie legte mir den Arm um die Schulter und wollte mich zur Hauskapelle schieben. Doch kaum hatte sie mich hineingeführt, da roch es angebrannt und klirrte ganz arg, was auf eine Krise in der Küche hindeutete. Mistress Wengrave hat eine Todesangst vor Feuer. Als Master Wengrave den oberen Stock seines Hauses umbaute und einen Erker anfügte, da bat sie ihn, eine Küche außerhalb des Hauses zu bauen. Er fand aber, die Küche, die sie hätte, sei gut genug, denn sie war ganz aus Stein, und es sei ohnedies bequemer, sie im Haus zu haben, schließlich wolle er kein abgekühltes Essen aus einer Küche außerhalb haben. Und so wachte sie denn immer mitten in der Nacht auf und vermeinte Rauch zu riechen und ging im Dunkeln um und sah nach ihren Kindern.

»Heilige Jungfrau Maria! Margaret, verzeih mir!« rief sie und entfloh. Doch ich nahm es kaum wahr. Die Kapelle der Wengraves ist ein winziger Raum zu ebener Erde, kaum groß genug für eine Familie, und besitzt das einzige Glasfenster im ganzen Haus. Die übrigen Fenster haben Rahmen mit gewachstem Leinen, die man bei gutem Wetter herausnehmen kann. Doch das Kapellenfenster an der Ostseite des Hauses, das die Morgensonne einfangen soll, war klein und daher nicht so teuer zu verglasen. Jetzt ging die Sonne fast schon unter, und das Fenster hätte dunkel sein müssen, doch es glühte, als spiegelte sich die neue Morgenröte darin. Rosiges, güldenes Licht wölkte herein wie Dampf. Der winzige Raum war unglaublich still; die Geräusche aus dem Haus rings um mich drangen wie durch einen Schleier herein – waren da und doch nicht da. Von fern kreischte eine Frau, Rufe nach mehr Wassereimern, dann eilende Schritte, alles wirkte gespenstisch gedämpft. Als ich die wogenden Lichtwolken betrachtete, vernahm ich eine kaum hörbare, stille Stimme in meinem Ohr. Sie sagte: »Margaret«, als wollte sie mich zum Zuhören auffordern.

Ich rührte keinen Muskel, damit sie nur ja nicht verschwand.

»Margaret!« sagte die Stimme erneut, jetzt ein wenig lauter.

»*Du* bist es. Ich dachte schon, Du hättest mich verlassen.«

»Verlassen? Ich verlasse niemanden. Schließlich bin Ich die Ewige Botschaft. Du hast nur nicht zugehört, das ist alles. Reden, ja; zuhören, nein.«

»Ich dachte, Du hättest mich verlassen, weil – weil –«

»Ich weiß. Darum bin Ich hier.«

»Ist es Sünde, so zu lieben? Ich meine, einen Menschen, einen Mann, nichts Göttliches? Ich versuche ja, an Himmlisches zu denken, aber ich sehe immer nur sein Gesicht.«

»Margaret, wer hat die Liebe erschaffen?«

»Ja, ach – hm –«

»Ich, Margaret. Liebe in ganz verschiedener Gestalt. Groß und klein. Das ist eines Meiner höheren Geheimnisse.«

»Geheimnisse?«

»Aber ja. Je mehr man gibt, desto mehr empfängt man. Im Gegensatz zum Wasser, das Ich gewöhnlich erschaffen habe. Wenn man es verschüttet, hat man nichts mehr. Wie langweilig wäre Meine Schöpfung wohl ohne Meine Geheimnisse.«

»Aber sie tut so weh. Hast Du sie so erschaffen, damit Du Deinen Spaß hast?«

»Margaret, du fragst Mich schon wieder aus. Schämst du dich denn gar nicht für deine Unverschämtheit? Die meisten Menschen würden jauchzen und lobsingen für soviel Erleuchtung. Doch nicht meine störrische, schwierige Margaret.«

»Tut mir leid.«

»Ich wollte dir etwas zeigen. Doch dieser Tage scheint niemand zuzuhören – nicht einmal du.«

»Es tut mir aufrichtig leid; jetzt höre ich zu.«

»Und du tust gut daran! Da sieh, was Ich alles tun mußte, damit du aufmerkst! Licht! Wolken! Stimmen! Demnächst verlangst du noch Gerüche und Himmelschöre! Wenn Ich dich nicht so sehr liebte –«

»O ja, wirklich?«

»Unterbrich Mich nicht immer, Margaret. Auch einer deiner Fehler.«

Unterdes war die Feuerpanik abgeklungen, und Mistress Wengrave stand in der Tür. Mit dem Außenohr konnte ich hören, daß sie »Psst« sagte. »Da ist noch jemand. Und Licht! Hat Margaret einen Einbrecher hereingelassen? Sie ist viel zu arglos.« Und jemand antwortete – wer, weiß ich nicht.

»Hast du schon einmal das Meer gesehen, Margaret?« fragte die Stimme.

»Nein.«

»Aber du kannst es dir vorstellen, nicht wahr?«

»Aber ja doch; viel, viel Wasser.«

»Und wenn du noch nie eine Spur Wasser gesehen hättest, könntest du dir dann ein Meer vorstellen?«

»Nein.«

»Und wenn du noch nie eine Spur Liebe erfahren hättest, könntest du dir dann Meine Liebe zur Schöpfung vorstellen?«

»Dann ist es also nicht unrecht? Daß ich ihn zu sehr liebe?«

»Liebe ist ein Teil Meines Schöpfungsplanes, Margaret. Da, sieh.«

Was dann geschah, läßt sich nur schwer in Worte fassen. Der Schmerz, der zu jeder Liebe gehört, wurde immer stärker, während der Raum sich weitete und immer schöner wurde. Dann ging er restlos in einer Art Meer aus silbrigem Licht unter, das vibrierte und pulsierte und sich rings um mich ausbreitete, so weit das Auge reichte. Das gesamte Universum, der Mond und die Sterne und alle Staubteilchen und die Welt und die Splitter und Stückchen, aus denen alles erschaffen ist, und Oben und Unten und Seitliches, all das tanzte vor lauter Freude. Mir war, als müßten mein Geist und mein Leib bei diesem Anblick vor Wonne zerspringen. Und dann barst ich in tausend Stücke. Ich schrie, während ich mich in dem tanzenden Universum verlor, bis ›Margaret‹ sich vollends in tausend Splitter zerteilte, und die vibrierten, so leidenschaftlich liebten sie und tanzten, tanzten – bis in alle Ewigkeit.

»Was ist dir, Margaret? Es hat ganz furchtbar geblitzt, wie bei einem Gewitter, und wir haben dich schon für tot gehalten.« Mistress Wengraves besorgte Stimme machte mich wieder heil und ganz. Aber immer noch spürte ich das Licht, und dabei konnte ich es gar nicht mehr sehen, auch wenn das seltsam klingt.

»Gregory«, sagte ich. »Ich werde ihn finden.«

»Gewiß, liebe Margaret, gewiß doch«, sagte Mistress Wengrave in diesem besonderen, nachsichtigen Ton, den man sonst nur für Kleinkinder und Wahnsinnige braucht.

Als ich in jener Nacht schlaflos im Bett lag, da entdeckte ich, daß ich alles hören konnte. Damit meine ich nicht alles im Zimmer, ich meine wirklich alles. Ich konnte die Mädchen atmen hören, die unregelmäßigen Atemzüge des kleinen Walter Wengrave, den im Zimmer nebenan Alpträume quälten. Er ist Mistress Wengraves Lieblingskind, wie es zarte Kinder häufig sind, und die vielen Nächte, die sie an seinem Bett gesessen hatte, während er nach Atem rang, hatten die beiden noch enger aneinander gebunden. Zweimal hatte ich ihn schon gerettet, und das hatte sie mir nie vergessen, obwohl wir es vor ihrem Kaplan geheimhalten mußten, der sehr strenggläubig war, wie auch vor ihrem Mann, der einen Ausbund an Frömmigkeit darstellte.

Jetzt konnte ich sogar die Geräusche aus entfernten Zimmern hören, so als ob sie nur ein paar Zentimeter von meinem Ohr entfernt wären. Ich hörte Holzwürmer im Gebälk kraspeln und oben im Haus die beiden kleinen Lehrjungen in dem langen Raum unter dem Dachfirst wispern, wo sie und die Gesellen in ein paar großen Betten schliefen. Und ich lauschte: Nebenan, in meinem eigenen Haus, konnte ich die Köchin mächtig schnarchen hören; darüber hatten wir uns früher immer so lustig gemacht. Ich hörte Katzen auf der Straße auf leisen Pfoten schleichen und ein paar Straßen weiter Ratten die Dachfirste entlanglaufen. Ein Hund bellte; in Schenken schwadronierten Männer, obwohl die Abendglocke längst geläutet hatte; die Wachen griffen einen nächtlichen Streuner auf, der seinem Kummer Luft machte, während man ihn ins Gefängnis schleppte. Ich konnte Paare hören, die sich im Dunkel liebten, und Pferde, die sich in ihren Boxen die Beine vertraten. Sogar noch die Fische im Fluß schwammen mit einem sacht gleitenden Geräusch.

Rings um mich herum wisperten im Dunkel die Stimmen der City. Konnte ich etwas von jenseits der Stadtmauer vernehmen? Ich strengte mich an und hörte einen Fuchs durchs Gras schnüren und den Flügelschlag der Eulen auf ihrer nächtlichen Jagd. Ich lauschte und lauschte, bis ich es hörte: das tiefe, fast unhörbare Summen, das die Erde selber machte. Dabei fiel mir etwas auf, und als ich diesem Summen eingehender lauschte, da hörte ich den knappen, hohen Ton, den meine eigene

Seele machte. Töne von anderen Menschen fielen nach und nach ein und schließlich die zarten Töne der wilden Tiere und des Geflügels, und jeder hallte summend nach wie eine Glocke, lange nachdem sie geläutet wurde. So viele Töne – solch ein sachtes Geläut im Dunkeln, und darunter wie der Baß einer großen Orgel das Summen von Mutter Erde. Das war Musik; ein großer Akkord, der das Universum erfüllte. Ein Gleichklang, der lauter wurde und wieder abschwoll und sich zu einem vibrierenden Lied auf nur einer einzigen Note vereinte. Doch es gab kleine Stellen, wo nichts sang, Stellen, die mir falsch vorkamen. Und als ich so lauschte, hörte ich es in weiter Ferne: Einen Mißton, einen kaum hörbaren, schrillen Laut an der Stelle, wo das Lied abgebrochen war, so als wären die Sänger vor Entsetzen verstummt. Und was ich an jenem Ort in weiter Ferne vernahm, war unverkennbar Gregorys Stimme, die wie ein schwaches Echo aus der Tiefe zu mir schrie:

»Margaret!«

Ein eisiger Lufthauch von den hochragenden Granitfelsen jenseits der Burg fuhr in die Behänge an den Wänden des großen Rittersaals. Hinter Sieur Renaud d'Aigremont, Comte de St. Médard, kräuselte sich stumm ein Reigen bekränzter Jungfrauen, während dieser ein angeschmutztes und viele Male gefaltetes Blatt Papier aus der Hand eines knienden Dieners entgegennahm.

»Aha, das also hast du ihm abgenommen, Pedro?«

»Ja, Mon Seigneur, das war alles.« Der Graf bat den Dominikaner im schwarzen Habit neben dem Höfling mit einem Blick um Bestätigung. Das graue Gesicht mit den kalten Augen nickte stumm.

»Keine Reliquie, bist du dir da sicher?«

»Nichts, Mon Seigneur, kein Splitter, kein Knochen,

kein Kruzifix oder Rosenkranz. Wir haben nichts übersehen. Nur dieses Papier, das er unter seinem Hemd barg.«

»Doch nicht etwa ein Gebet. Du weißt, daß mir dergleichen Unbehagen bereitet.«

»Nein. Nur ein gewöhnlicher Brief. Lest ihn doch selbst.« Der Sieur d'Aigremont begab sich zu einer Stelle unter einem hohen Bogenfenster, wo er mehr Licht hatte, und entfaltete den Brief. Ein Blutfleck war darauf. Er rümpfte angewidert die Nase.

»Ich möchte doch hoffen, daß ihr ihn nicht schlimm zugerichtet habt. Ihr wißt, ich mag es nicht, wenn ihnen vorher etwas zustößt. Dann halten sie nicht lange durch; denkt daran, ich habe es nicht gern, wenn man mich um meinen Sport bringt – insbesondere in diesem Fall.« Der Graf wirkte etwas gedankenverloren, als er sich an den anderen knienden Diener wandte und die Brauen leicht wölbte, so als wüßte er nicht recht, was der Bursche von ihm wollte.

»Die *entremets*, Mon Seigneur – für das Fest zur Begrüßung des Botschafters – ich sollte Euch deswegen fragen –« Der Diener hörte sich ängstlich an.

»Zwölf vergoldete, tanzende Knaben, und ein Schiff aus Pastetenteig auf Rädern – ich denke, ich habe mich letztes Mal klar genug ausgedrückt. Ich möchte Graf Gastons feuerspeienden Drachen übertrumpfen. Drachen – pah – geschmacklos. Typisch für ihn. Jetzt raus mit dir. Du störst.« Der Küchendiener verzog sich rückwärts unter devoten Verneigungen und murmelte: »Zwölf vergoldete Knaben. Mein Gott, woher noch zwölf Knaben nehmen? Vermutlich kann ich noch froh sein, daß er keine Jungfrauen haben will. Vielleicht Chorknaben aus der Kapelle –«

»Mon Seigneur, Eure Wünsche sind bis aufs I-Tüpfelchen befolgt worden«, warf der erste Diener ein. »Der Blutfleck kommt vom Nasenbluten. Wir haben ein halbes Dutzend Männer gebraucht, und einer hat ein gebrochenes Schlüsselbein davongetragen.« Die Züge des Grafen entspannten sich, so sehr freute er sich auf seine Kurzweil.

»Dann hat er sich also tüchtig zur Wehr gesetzt?«

»Wie ein Löwe.«

»Wunderbar. Je kräftiger das wilde Tier, desto edler der Sport – und desto befriedigender das Ende.« Der Graf entfaltete den befleckten Brief ganz ungewöhnlich anmutig für einen Mann mit seinen Pranken. Aber er war ja auch ein Kenner und tat sich viel auf sein erlesenes Feingefühl zugute. Ringe, zwei, drei an jedem Finger, hatten sich tief in das bleiche Fett der Gelenke eingegraben. Auf dem Handrücken schmälerte ein Anflug von borstigem Haarwuchs wie bei einem Eber die Vollkommenheit der glitzernden Edelsteine ein wenig. Einen Augenblick lang bewunderte er seine Hände, die den Brief hielten. Ich lasse sie mir rasieren, schoß es ihm durch den Kopf. Dann kommen die Steine besser zur Geltung. Er besaß alles, Feingefühl, Geschmack und Sinnlichkeit. Als er den Brief auf Französisch laut vorlas, streichelte er die Tinte, und das bereitete ihm einen köstlichen, orgiastisch-sinnlichen Genuß, gleichzeitig aber zogen sich seine Speicheldrüsen zusammen.

»Bezaubernd«, sagte er.

»Ich dachte mir schon, daß er Euch gefallen würde«, sagte Fray Joaquin.

»Und wie sagt ihm unser Verlies zu? Hat es schon zu einem Sinneswandel beigetragen?«

»Er brüllt durch das Gitter hoch, daß sich die Wahrheit nicht unterdrücken läßt und daß Ihr dagegen nichts ausrichten könnt, auch wenn Ihr Euch vor ihr versteckt.«

»Überheblich, überheblich wie eh und je. Eine Überheblichkeit, die seinem Stand nicht zusteht. Das kränkt mich, Fray Joaquin, habe ich Euch schon gesagt, wie lange mich das schon kränkt?«

»Ja, Mon Seigneur.«

»›Ich huldige Madames Elfenfüßchen‹ zählt zu meinen besten Werken, findet Ihr nicht auch?«

»Schön. Vollendet. Wem außer Euch könnte wohl etwas so Erlesenes einfallen?«

»Als mir zu Ohren kam, daß alle Studenten in Paris sangen ›Ich huldige Madames Trampeltritten‹, da wußte ich, daß ich einen Feind hatte.«

»Einen ohne Geschmack.«

»Einen Feind, den ich mir gefügig machen und alsdann vernichten mußte.« Sein Blick schweifte durch den Palas, wo eine Europa an seidenen Fäden sachte über einem großen Stier schaukelte. »Der Große Meister verweigert mir nichts. Ich brauchte die Bitte nur auszusprechen, und schon fiel er mir in die Hände – und das noch leichter als die Kleinen. Wie schön. Und kein Gebet, keine Reliquie, ja, nicht einmal der Name eines Heiligen schützt ihn. Wer möchte da wohl am Wirken des Großen Meisters zweifeln? Was soll ich mit ihm anfangen, Fray Joaquin?«

»Mein Hirn ist nicht so brillant wie Eures, Mon Seigneur. Schneidet ihm die Zunge heraus und verfüttert sie an die Hunde.«

»Hübsch, doch nicht hübsch genug. Zuerst möchte ich seinen Geist zerstören, den Geist, der sich über mich lustig gemacht hat – ehe ich den Rest zerstöre. Und er wird seine Zunge noch brauchen, wie sonst sollte er seine Erbärmlichkeit bekennen. Er soll mir sagen, daß meine Werke brillant und geistreich sind. Er soll verzweifelt nach neuen Lobpreisungen suchen, ehe ich ihm nach und nach den Rest gebe. Ich bin kein ungehobelter Mensch, Fray Joaquin. Nein, meine Rache ist kultiviert, feinsinnig, sinnlich – genau wie diese Blume.« Er hielt immer noch den Brief in der Hand, während er mit der anderen aus einer Messingschale unter dem Fenster eine Rose nahm und ihren Duft einatmete.

»Eine Rose – üppig und erlesen. Gänseblümchen sind geruchlos und bäurisch, findet Ihr nicht auch?«

»Natürlich, Mon Seigneur.«

»Taugen zu kaum etwas, außer daß man ihnen eins nach dem anderen die Blütenblätter auszupft, wenn man herausfinden will, wer einen liebt.«

»Ich verstehe nicht.«

»Das kommt schon noch. Ich brauche eine Beschwörung. Wie die, welche ihn hergezogen hat. Messer Guglielmo soll den Großen Meister heute abend anrufen, und keine Ausflüchte dieses Mal.«

»Messer Guglielmo? Aber der sagt, er hat immer noch blaue Flecken von der letzten Begegnung, und die nächste könnte sein Ende bedeuten. Er sagt, Asmodeus könnte sich losreißen und zügellos über diese Welt herfallen.«

»Seine Schuld. Soll er sich bessere Helfer suchen. Wenn Arnaut nicht das Herz in die Hose gefallen wäre und er nicht das Paternoster gebetet hätte, dann hätte er ihn auch unter Kontrolle gehabt. So mußten wir einen ausnehmend guten Knecht opfern, mußten ihn aus dem magischen Kreis stoßen. Heute abend. Ihr werdet Asmodeus anrufen und eine Margerite beschwören.«

»Eine was?«

»Diese bescheidene, kleine Blume hier, die sich im Gras verbirgt und nicht richtig schreiben kann. ›Ich lehbe für den Tack Äurer Heimkehr . . . ich küsse dieses lihbe Papier, da es Äuch meine Worte brinkt‹«, las er in gespieltem Falsett vor. »Ich will die Kleine haben, diese Margaret. Ich will ihr die Blütenblätter vor seinen Augen, eins nach dem anderen – ›sie liebt mich, sie liebt mich nicht‹ –, auszupfen. Geschieht ihm recht. Ja, geschieht ihm ganz recht. Auf diese Idee kann nur ein poetisches Gemüt wie meines kommen.« Alsdann zupfte der Sieur d'Aigremont der Rose die Blütenblätter eins nach dem anderen aus und roch an jedem, ehe er es auf den gemusterten Teppich fallen ließ. Seine Züge hatten jetzt einen Ausdruck verbindlicher Überheblichkeit angenommen, sein Lieblingsausdruck beim Beurteilen von frisch erworbenen Kunstwerken.

»Es ist nicht leicht, jemanden von jenseits des Meeres herbeizuzaubern. Es ist nicht dasselbe, wie einen Chorknaben aus der benachbarten Lehnsherrschaft zu locken.«

»Ich will sie haben.« Die schwarzen, gewölbten Brauen des Grafen zogen sich drohend zusammen, und eine gefährliche Röte stieg ihm in die Hängebacken seines derben Gesichtes.

»Aber ja doch, ja doch. Heute abend noch, genau wie Ihr wünscht.«

»Gut. Und bald. Ich warte nicht gern.« Auf einmal riß er der Blume alle restlichen Blütenblätter aus und warf den Stengel zu Boden.

»Auf bald, Margaret.« Seine vollen, sinnlichen Lippen teilten sich zu einem Lächeln, während er Blütenkopf und Stengel der Rose sorgsam mit seinem vergoldeten, spanischen Pantoffel zertrat.

»Mistress, da sind zwei verrufen aussehende Kerle an der Tür und wollen Mistress Margaret sprechen. Soll ich sie fortschicken? Wenn es nun Spitzel sind?«

»Einen Augenblick, Kat, haben sie ihre Namen genannt?« Ich blickte erwartungsvoll von meinem Stickrahmen auf. Mistress Wengrave und ich saßen im Söller, sie spann, und ihre beiden ältesten Mädchen säumten Bettlaken. Der Himmel war bedeckt, doch die kalte Luft war frisch und rein, denn der kräftige Wind, welcher die Wolken mitgebracht hatte, hatte auch den unangenehmen, feuchten Rauch der Kamine fortgeblasen. Durch die geöffneten Läden konnten wir hinten im Garten die Kinder beim Spiel kreischen hören, Cecily am lautesten von allen.

»Das ist meiner! Gib ihn mir sofort wieder, sonst spiele ich nicht mehr mit!«

»Pa, warum willst immer nur du bestimmen?« gab die Stimme eines kleinen Jungen zurück. Das war Peterchen, Mistress Wengraves dicker, kleiner Siebenjähriger.

»Weil ich die Klügste bin und alle Spielregeln kenne. Ohne Spielregeln kann man nicht spielen.«

»Kann man wohl! Aua! Sag deiner Schwester, sie soll aufhören zu treten!«

»Gib uns jetzt den Ball wieder!«

»Hol ihn dir doch!« Sie kreischten und juchzten.

»Ich hab' ihn, Cecily!« Das war Walters Stimme. Und schon ging das Getobe weiter. Mistress Wengrave lächelte.

»Er ist jetzt soviel kräftiger geworden, Margaret. Was bin ich froh, daß er draußen spielen kann, anstatt den ganzen Tag am Feuer zu hocken.«

Kat trat an der Tür ungeduldig von einem Fuß auf den anderen. »Einer der Männer sagt, er ist Robert le Clerc und hat den anderen mit einer Nachricht für Euch hergeführt.«

»Eine Nachricht!« rief ich, und der Stickrahmen fiel klappernd zu Boden, so schnell kam ich hoch.

»Ich bitte dich, Margaret, denk daran, was Master

Wengrave gesagt hat. Lauf nicht allein zur Tür. Kat, schick zwei bewaffnete Knechte in die Diele, sie sollen neben ihr stehen, wenn du die Kerle hereinläßt.« Kat knickste und rannte davon.

Als man Robert und seinen Freund hereinführte, war mir klar, wieso Kat gezögert hatte. Robert selber sah noch ganz manierlich aus, auch wenn sein graues Gewand fadenscheinig war und seine Bruch ein Loch hatte. Es war sein Begleiter, der sie in tiefstes Erstaunen versetzt hatte. Seine Kleidung bestand eigentlich nur aus einem seltsamen und immer wieder geflickten Umhang, der mit Katzenfellen aller Rassen gefüttert war. Darunter schaute ein dunkles Wollgewand hervor, welches den Eindruck machte, als hätte es einst einem Gedrungenen und Dickeren gehört. Und einem Reicheren obendrein. Unter den Flicken konnte man auf dem schmutzigen Rock die Reste einer Stickerei in einem prächtigen, fremdländischen Muster ausmachen, die wie Verkrustungen wirkten. Ich kam zu dem Schluß, daß der Rock ursprünglich blau oder grün gewesen sein mußte, obwohl beide Farben kaum noch zu erkennen waren. Die Bruch des Mannes war unsäglich, darunter sah man Füße, die er mit mehreren Lagen Lumpen umwickelt hatte, als trüge er einen Verband. Kurzum, er sah wie eine Vogelscheuche aus.

Und sein Gesicht trug auch nicht zu einem besseren Eindruck bei. Ein grauer, ausgefranster Bart wuchs mit ein paar weißen Haarbüscheln zusammen, die rings um seinen Schädel stehengeblieben waren. Seine hellblauen Augen funkelten so eigenartig, als wäre er nicht ganz bei Trost. Seine Haut war rosig wie die eines Säuglings. Ein alter, irrer Säugling. Konnte so einer Kunde von Gregory bringen?

»Ihr seid Dame Margaret de Vilers, Gemahlin von Sir

Gilbert de Vilers? Meine Botschaft ist nur für Euch bestimmt.« Er sprach Französisch.

»Ja, die bin ich«, erwiderte ich in dieser Sprache. Mein Herz fing an zu hämmern.

»Ich habe Euren Mann auf einem Fuhrwerk zusammen mit sechs anderen englischen Gefangenen gesehen, als man sie durch die Straßen von Orleans karrte. Die Leute bewarfen sie mit allem möglichen, und die Wachen teilten nach rechts und links Hiebe aus und riefen: ›Tut ihnen nichts, sie sind wertvoll‹, doch sie waren nicht mit dem Herzen bei der Sache.«

»Fahrt fort.«

»Mir wurde eine reiche Belohnung versprochen.« Er schwieg.

»Die bekommt Ihr, wenn Ihr zu Ende erzählt habt.«

»Sie meint es ehrlich«, warf Robert ein.

»Gerade bot sich mir eine schöne Lücke und schon wollte ich meinen Stein werfen, da hörte ich einen von ihnen – einen großen, verboten aussehenden, dunklen Kerl – Latein rezitieren. Ich kannte die Textstelle: Seneca. Ei, das kam gewißlich unerwartet – insbesondere von einem englischen Hundesohn. ›He, Bruder‹, rief ich in Latein, ›was tut Ihr da auf dem Karren, statt in einem gemütlichen Schulzimmer lateinische Sätze zu zergliedern?‹ – ›Das gleiche könnte ich dich in deinen Lumpen und Katzenfellen fragen.‹ Und ehe die Wachen mich verscheuchen konnten, sagte er, ich solle nach London reisen und Margaret de Vilers im Haus der Kendalls eine Botschaft des Inhalts bringen, daß der Comte de St. Médard, welcher König Karl von Navarra dient, seine Auslösung gekauft hätte. Er wäre auf dem Wege zum Château des Comte in den Pyrenäen. Da König Karl augenblicklich mit den Engländern verbündet wäre, meinte er, demnächst auf Ehrenwort freizukommen, doch ich sollte Euch die Botschaft überbringen und dafür reich belohnt werden. Das waren seine genauen Worte – ›reich entlohnt‹.« Er blickte mich erwartungsvoll an.

»Weiter.«

»Reich, so sagte ich bei mir. Das Wort hast du schon lange, lange nicht mehr gehört. Also machte ich die Seereise als Pilger und bettelte mich die ganze Strecke von Dover bis hierher durch.«

Er lebte! Er lebte und kam heim!

»Wie lange ist es her, daß Ihr ihn gesehen habt?«

»Oh, mehr als einen Monat, direkt vor Mariä Himmelfahrt. Bettler reisen langsam. Also, was ist jetzt mit der Belohnung –«

»Mehr als einen Monat? Aber wieso ist er dann noch nicht daheim? Ist ihm unterwegs etwas zugestoßen?« Roberts Miene wollte mir nicht gefallen.

»Dame Margaret, ich glaube nicht, daß er unterwegs ist.«

»Was um alles wollt Ihr damit sagen?« Ich merkte, daß mich die Angst überkam. Soviel Hoffnung, und jetzt soviel Angst.

»Es stimmt, daß der Graf Lehnsmann von König Karl ist. Habt Ihr schon von ihm gehört? Nein? Das dachte ich mir. Nicht umsonst nennt man ihn Karl den Bösen. Er gehört nicht zu den Menschen, auf die Verlaß ist. Doch der Graf ist noch schlimmer. Unter Gelehrten genießt er einen schlechten Ruf. Ein Totenbeschwörer. Ein Alchimist. Man sagt, daß seine Besucher nicht immer zurückkehren; er gehört zu den Menschen, deren Gastfreundschaft ich nicht gern in Anspruch nehmen würde, obschon er beim niederen Adel als großer Edelmann gilt.«

»Aber Gregory kann Lösegeld zahlen. Männer von hoher Geburt werden doch immer ausgelöst.«

»Nicht beim Grafen.« Ich legte die Hand aufs Herz. Jählings fror mich.

»Man hat mir eine reiche Belohnung versprochen«, mahnte der Mann mit den Katzenfellen.

»Natürlich, Ihr bekommt ein Abendessen«, sagte Mistress Wengrave.

»Ihr glaubt doch nicht etwa, daß ich den ganzen weiten Weg für ein Abendessen gemacht habe. Ich bleibe kleben wie eine Klette, bis ich meine Belohnung habe.« Robert zupfte ihn am Umhang und versuchte ihn zum Schweigen zu bringen, aber er wurde immer aufgebrachter.

»Eine anständige Tracht Prügel, das ist deine Belohnung, wenn du dich nicht zu benehmen weißt, du Bettler.« Mistress Wengrave trug die Nase jetzt hoch.

»Nein, nein – das ist ungerecht. Er hat mir gute Kunde gebracht – wunderbare Kunde. Wenn Ihr mich begleiten wollt, so sollt Ihr Eure Belohnung bekommen. Aber Ihr müßt ein wenig warten. Das Geld ist in meinem Haus, ich muß es erst holen.«

»Was soll das heißen, Margaret? Diese de Vilers haben dir nicht einmal einen Hosenknopf gelassen, und obendrein können sie jeden Augenblick eintreffen und dich dort überraschen. Du weißt, was Master Wengrave gesagt hat. Es ist jetzt ihr Haus, und wenn sie dich erwischen, haben sie das Gesetz auf ihrer Seite. Bei den Mädchen ist das etwas anderes. Da hat er Rechte. Aber du bist eine Wittib.«

»Keine Wittib mehr; es gehört Gregory, und somit habe auch ich Rechte.«

»Keine, die einem Schwert Einhalt gebieten würden, Mistress Margaret«, mahnte Robert. »Aber ich muß schon sagen, diese Verwandten von Gregory hören sich geldgierig an. Kein Wunder, daß er nichts mit ihnen zu tun haben wollte.«

»Sie sind schuld, daß er jetzt in der Klemme steckt.«

»Nette Familie.«

»Finde ich auch – und ich habe das länger überdenken können als Ihr.«

»Schluß, Schluß damit. Ich habe nicht den ganzen weiten Weg gemacht, um mir Familiengeschichten anzuhören. Die Belohnung, Ihr habt es versprochen.«

»Also gut. Da Ihr nicht warten wollt –« Ich hatte gespürt, daß Master Kendalls kalter Schatten durch den Raum wehte. Wie stets stellte er sich ein, wenn eine Unterhaltung interessant zu werden versprach. Wurde es bei mir langweilig, trieb er sich in der Stadt herum, wo er bei alten Freunden herumschnüffelte, frühere Konkurrenten ausspionierte, seine Nase in Hurenhäuser steckte, seine Seelenmessen anhörte – und wehe, der Priester war nachlässig –, und sich im großen und ganzen weitaus mehr in alles einmischte als zu seinen Lebzeiten. Mangel an Beschäftigung hatte ihm schon immer schwer zugesetzt.

»Master Kendall?«

»Hierher, Margaret, auf die Bank am Feuer.« Und ich sah die geliebte Gestalt zu meinem Trost wie Nebel wölken.

»Ihr habt recht gehabt.« Ich spürte, wie die anderen mich anstarrten. Kat erschauerte und bekreuzigte sich, und Mistress Wengrave rang aufgeregt die Hände.

»Natürlich, Margaret. Ich würde dich doch nicht anlügen. Und jetzt willst du vermutlich das Geld haben.«

»Ja, ich brauche es. Reisegeld, Lösegeld. Und die ausstehenden Löhne für das Hausgesinde. Und jetzt noch dieser Kerl.«

»Wieso redet sie in die Luft?« Der Scholar wickelte sich enger in seinen Katzenfellumhang, denn ihn fröstelte.

»Psst. Haltet den Mund. Margaret ist nicht wie andere Menschen. Ihr hättet sie in Ruhe lassen und Eurer Wege ziehen sollen.«

»Nein, nein«, kam ich dazwischen. »Master Kendall ist nie knauserig gewesen. Dieser Mann soll seine Belohnung bekommen.«

Natürlich erstaunten sich alle. Wir nahmen zwei Knechte mit, daß sie Wache standen, und verließen Mistress Wengraves Haus durch die Küchentür. Es war zwar noch nicht spät am Nachmittag, doch die schweren Wolken eines aufziehenden Gewitters machten die Luft jählings dunkel und dumpf. Als wir durch den Garten und über die Gasse zwischen den Häusern gingen, legte Mistress Wengraves Gärtner die Hacke beiseite und schloß sich dem seltsamen Zug an. Oh, Mist, dachte ich, eine ganze Meute und Regen obendrein. Ich hielt meinen wehenden Umhang fest und blickte zum dräuenden Himmel hoch, wo schwarze Wolken wirbelten wie im Kochkessel. Mein eigenes Hofgesinde, das sich gerade unterstellen wollte, sah, wie sich das Tor öffnete, blieb stehen und schloß sich uns an. Das Grummeln des ersten Donners und die ersten schweren Tropfen veranlaßten uns, zu unserer Küchentür zu laufen. Die Köchin blickte erfreut auf, doch dann wurde sie ängstlich, als sie die Mienen der Knechte sah. Stumm ließ sie ihre Gemüsesuppe stehen, während der Küchenjunge die Messer im Stich ließ, die er gerade schärfte. Auch sie schlossen sich unserer gespenstischen, fast feierlichen Prozession an.

Vor dem Wandschirm, der die Küchentür von der Diele trennte, blieb ich stehen. »Wohin jetzt, Master Kendall?«

»Zunächst zur Feuerstelle; dort gibt es einen losen Stein.«

»Die Feuerstelle?« Die Diele lag dunkel und verlassen. Der Küchenjunge lief, daß er die Läden schloß, denn der Wind peitschte Regen durch die Fenster. Es roch nach modrigem Staub, und das Regengeprassel auf dem Dach machte alles noch unheimlicher. Wie anders war das zu Master Kendalls Lebzeiten gewesen, als es immerfort Girlanden und Feste und Kurzweil gab! »Wir brauchen eine Kerze«, sagte ich und starrte in das trübselige Dunkel.

»Mistress, ist das sein Geist, mit dem Ihr da redet?« Die Stimme der Köchin klang besorgt, als sie mir die flackernde Kerze brachte, die sie am Feuer in der Küche angezündet hatte.

»Aber ja, natürlich. Woher wißt Ihr das?«

»Wir haben uns schon gedacht, daß er wieder da ist. Eine ganze Weile war er fort. Es war so beruhigend, ihn in den Ecken zu spüren und ihn durch die Tür schweben zu sehen. Er war ein guter Herr, wir würden ihn jederzeit zurückhaben wollen. Aber wir haben gedacht, Ihr seht ihn nicht. Vor Eurer Abreise habt Ihr Euch nie etwas anmerken lassen.«

»Das hat sich jetzt geändert. Kommt. Er sagt, er hätte euren ausstehenden Lohn unter einem Stein an der Feuerstelle versteckt.«

»Oh, dann ist er tatsächlich fortgewesen.« Die Köchin schüttelte bekümmert den Kopf. »Sonst hätte er gewußt, daß diese furchterregenden Kerle, die Euch entführt haben, zurückgekommen sind und alle Platten hochgestemmt haben. ›Diese reichen Krämer haben immer Geld versteckt‹, hat der grimmige, alte Ritter gesagt. ›Ihr könnt mir glauben, ich habe genügend Städte gebrandschatzt. Sie sind sich alle gleich, ob nun Franzosen oder Engländer: Nehmt die Platten hoch‹.«

Nie zuvor hatte ich Master Kendalls Geist zornig gesehen, doch bei diesen Worten wirbelte er herum und raschelte beinahe so wütend wie die Weiße Dame, wenn sie einen Koller hat. Er machte soviel Wind, daß er die Kerze ausblies. Einige Leute, die ihn spürten, bargen den Kopf in den Armen; Mistress Wengrave betete ein paar Paternoster, und der Pferdeknecht bekreuzigte sich. Der Junge kam mit der frisch angezündeten Kerze zurückgerannt, und ich hielt sie hoch und spähte in die dunkel gewordenc Diele. In ihrem Lichtkreis erblickte ich die Gesichter der sich drängelnden Zuschauer.

»Er läßt fragen, ob sie hinter der Täfelung nachgeschaut haben?«

»Nein, auf die Idee sind sie nicht gekommen. Als sie das Gold gefunden hatten, haben sie sich diebisch gefreut und sind abgezogen.« Der Donner rollte, und ich zuckte beim Krach eines herunterfahrenden Blitzes zusammen.

»Aber – Gregory, hat sich der auch diebisch gefreut?« Das Herz tat mir weh. War das nun das Ende, diese staubige Dunkelheit?

»O nein, Mistress. Der ist wirklich nicht wie die anderen; der hat ausgesehen, als ginge es zu einer Beerdigung.« Die Köchin schaute bei den Worten traurig drein, doch dann heiterte sich ihre Miene wieder auf. »Aber er hat mich nach meinem Vogel gefragt; er hat sich erkundigt, wie es meiner Schwester geht; er hat sich an meine lombardische Creme erinnert. Hat gesagt, daß es mir darin niemand gleichtut, nicht einmal der Koch des Herzogs höchstpersönlich! Fürwahr, er hat sich an alles erinnert! So ein zuvorkommender Mensch! Wer nimmt sich schon die Zeit, an jemanden wie mich einen Gedanken zu verschwenden, wenn er eigene Sorgen hat? Oh, das ist ein Edelmann vom Scheitel bis zur Sohle, und drinnen auch, denn darauf kommt es an! Also, ich kann ewig warten, bis Ihr mit ihm zurück seid, liebe Mistress, und alle anderen hier auch.« Will, der Hausverwalter, schloß sich ihr an, ebenso Bess und Tom und alle anderen. Alle nickten stumm und zustimmend. Die Augen wurden mir feucht. Für so gute Leute wie sie gab es immer Stellen. Nicht jeder hat soviel Glück mit seinem Hausgesinde wie ich.

»Master Kendall sagt, ohne Lohn könnt ihr nicht warten, laßt es uns also mit der Täfelung versuchen.« Stumm ergriff Robert le Clerc die Kerze und beleuchtete die nahtlos aneinandergefügte, vertäfelte Wand, während ich mit den Händen fühlte und auf das leise Geräusch in der Luft, nämlich Master Kendalls Stimme, horchte. Nach seinen Anweisungen tastete ich die Einkerbungen und Vertiefungen ab, während die anderen wie gebannt zuschauten. Ich klopfte und fragte ihn um Rat, während ich die kunstvoll geschreinerte, kleine Geheimtür zu öffnen versuchte.

»Ah!« Die Zuschauer holten einhellig Luft, als mir ein Stück der Täfelung in die Hand fiel und dahinter ein dunkles, kleines Loch zum Vorschein kam.

»Da, Margaret.« Master Kendalls Stimme klang gelassen, obschon sie fast in dem neuerlich einsetzenden Regengeprassel auf dem Dach unterging. »Nimm die kleine Börse da rechts an dich, ohne sie aufzumachen, und steck sie dir ins Kleid. Wenn ich mich recht entsinne, enthält sie zehn, zwölf Goldflorin. Die wirst du für dich brauchen, doch leider dürfte es nicht genug sein. In der größeren Börse ist Silber. Öffne sie vor aller Augen und bezahle damit meine Außenstände. Ich würde mich zu Tode schämen, wenn ich nicht schon tot wäre, hielte man mich für knauserig.«

Ich griff mit der Hand tief in das Loch, bemühte mich, nicht an Spinnen zu denken und holte die größere Börse heraus. Während alle in Jubelgeschrei ausbrachen, versteckte ich unbeobachtet die kleinere. Doch als ich alles bezahlt hatte, blieb mir nur noch ein einziger Silberpenny. Wenn der nicht klein aussah, als er da auf meiner Hand lag. Es reichte nicht. Und die zwölf Florin reichten auch nicht, auch wenn sie aus gutem Gold waren. Selbst wenn ich ihn freikaufen könnte, dann nicht für diese Summe. Alles seine Schuld, was mußte er sich auch zum Ritter schlagen lassen. Das hat den Preis hochgetrieben. Allein bei dem Gedanken regte ich mich schon wieder auf. Man weiß doch, wie stolz Ritter auf ihr Lösegeld sind. Je mehr sie kosten, desto größer die Ehre. Ei, da gibt es doch Ritter, die ihr Lösegeld so hoch ansetzen, daß sie eine Ewigkeit nicht nach Hause können, nur damit sie sich bei ihrer Rückkehr nicht vor ihren Standesgenossen schämen müssen. »Ich bin ein großer Mann, setzt mich hoch an«, sagen sie. Und dann jagen und huren sie auf Ehrenwort mit ihren Kerkermeistern, die eher Gastgeber sind, während ihre Leute daheim knausern und borgen. Klar, wenn man meint, daß jemand das Lösegeld nicht aufbringen kann, dann macht man kurzen Prozeß mit ihm. So kommt diese Abmachung – wie die meisten dieser Sorte – wieder einmal den Reichen und nicht den Armen zugute.

»Es reicht nicht; ich brauche jemanden, der etwas von Geld versteht«, sagte ich bei mir, als ich die Münze in die Börse an meinem Gürtel tat.

»Wer wohl? Jemand von der Bank? Master Wengrave kennt einige sehr verläßliche.« Bei Mistress Wengraves Worten merkte ich, daß ich laut gedacht hatte.

»Nein«, sagte ich. »Leute von der Bank vergeben Anleihen, und mir würde kein Mensch auf der ganzen Welt helfen. Ich brauche jemanden, der Geld aus dem Nichts zaubern kann. Ich brauche Bruder Malachi.«

»Das läßt sich interessant an«, sagte Master Kendalls

Geist, dessen Laune sich sichtlich besserte. »Margaret, du bist schon immer unendlich erfinderisch gewesen.«

Und so schickte Mistress Wengrave noch am selben Nachmittag einen Jungen durch den strömenden Regen zu Mutter Hilde, um herauszufinden, ob Bruder Malachi schon zurückgekehrt war. Und als sich der Junge dann vor dem Feuer trocknete, da frohlockte alles bei der Kunde, daß Bruder Malachi mit seinem Katzeninstinkt für behagliche Plätzchen mit Sim gerade eben vor dem Wetterumschwung eingetroffen war und von guten Nachrichten nur so übersprudelte.

»Bruder Malachi, Ihr seht also, ich stehe vor einem gewaltigen Problem.« Ich saß auf einer Bank an der Herdstelle und hielt die feuchten Schuhe und den dreckbespritzten Saum meines Kleides vors Feuer. Meine schmutzigen Stelzschuhe standen auf den Fliesen der Feuerstelle; Master Wengraves Knechte ließen sich auch beide trocknen und bemühten sich so zu tun, als lauschten sie nicht. Bruder Malachi hatte es sich auf dem einzigen Stuhl des Hauses mit einem großen Kissen gemütlich gemacht; Mutter Hilde und die kleine Bet saßen auf der Bank neben mir und zogen Apfelringe auf, während Clarice zu ihrer Seite mit einem großen Korb neben sich auf dem Boden auf einem Schemel saß und ihre Flickarbeit beendete. In der Ecke, neben dem Holzstoß, säugte die Katze einen neuen Wurf Junge. Peter und Sim, die angeblich auf das Feuer unter einem neuen Experiment von Bruder Malachi aufpaßten, machten sich die Ablenkung zunutze, standen an der Tür und horchten. Kurzum, das kleine Zimmer, welches Hilde und Malachi ihre ›Diele‹ hießen, war gerammelt voll und roch nach feuchter Wolle und Kohlsuppe, wie gewöhnlich bei schlechtem Wetter.

Bruder Malachi hatte selbst soviel gute Neuigkeiten, daß ihm das Zuhören schwerfiel. Sein Gesicht strahlte rosig und rund vor Zufriedenheit, doch irgendwie schaffte er es, daß es bei meinen Worten lang und betrübt wirkte.

»Margaret, wie viele Male habe ich dir bereits gesagt, daß alles seine zwei Seiten hat? Ich entsinne mich noch, wie du auf genau jenem Fleck gesessen und geweint hast, weil der Bischof dich arbeitslos gemacht hatte. Und was geschah dann? Ei, der reichste alte Mann der ganzen Stadt machte dir einen Heiratsantrag und verschaffte dir eine Dauerstellung als Heilerin seiner Gicht. Da hast du es? Zwei Seiten! Das Unglück hat auch seine guten Seiten, man muß sie nur zu finden wissen.«

»Aber, Bruder Malachi, was ist, wenn nun in allem Guten auch etwas Unglück ist? So hat auch das seine zwei Seiten.« Bruder Malachis Miene bewölkte sich kurz, doch dann hellte sie sich wieder auf.

»Das ist einfach nicht möglich – denn alles Unglück hat wiederum sein Gutes. Du siehst also, man muß das Unglück einfach als Glücksfall betrachten. Und wo wären wir allesamt ohne die Glücksfälle des Lebens? Darum wird die Welt ja auch immer vollkommener.«

Mutter Hilde seufzte vor Freude. »Oh, Malachi, ich werde nie müde, dir beim Philosophieren zuzuhören. Habe ich ein Glück, daß ich mit dem klügsten Mann auf der ganzen Welt leben darf!« Sie ließ von ihrer Arbeit ab, stand auf und legte noch ein Holzscheit auf das Feuer unter dem Kochtopf, während Malachi unbefangen gestikulierte und seine Theorie weiter ausführte. Und während er das Gute und das Üble erläuterte und sich zu immer höheren Ebenen emporschwang, hob er auch die Arme immer höher, und seine Miene wurde immer heiterer. An der Stelle, wo er zwischen seinem bequemen

Sitzplatz und Aufstehen wählen mußte, denn nur so konnte er die Hände für die weitere Veranschaulichung seiner Theorie von der Vervollkommnung der Welt richtig einsetzen, da zögerte er kurz. Er kam nur einen Zentimeter hoch, entschied sich jedoch für die Bequemlichkeit, wackelte mit den Fingern in Richtung der strahlenden Sternenkonstellationen zwischen den leuchtenden, rotbemalten Balken der niedrigen Decke, um uns unendliche Größe anschaulich zu machen, und fügte dann ein ›Und so weiter, und so fort‹ an, das seinen Diskurs beschloß, und ließ sich zufrieden auf den Stuhl zurückplumpsen, welcher genau unter dem Großen Bären stand. Das auffällige Rot und Azurblau und die nicht hierher passenden gemalten Sterne, die eher für eine Kapelle oder das Schlafgemach eines Edelmanns geeignet waren, gaben dem Zimmer ein überaus fröhliches und seltsames Aussehen und glichen darin Bruder Malachi selbst.

»Leider bin ich zu beschränkt für Eure Theorie, Bruder Malachi. Ideen, nur Ideen, und nichts davon anschaulich. Böses, das sich in Gutes verkehrt und dabei die Welt vervollkommnet – das ist mir zu hoch«, sagte ich.

»Dann nimm beispielsweise mich. Ich habe unterwegs geschwitzt und gelitten, um auf ehrliche Weise Geld zu verdienen. Der Maulesel hatte einen Stein im Huf, meine Füße waren wund, und Sim fing an zu fiebern. Da hast du das Böse. Das Gute: Wir waren in der Nähe von Southampton, wo mein alter Freund Thomas, der Apotheker, einer aus dem kleinen Kreis der wahren Philosophen und Sucher, mir noch Geld schuldete – wir würden also bei ihm unterkriechen. Ausgezeichnet! Wir kamen in sein Haus – alles in Trauer. Er war gestorben. Eine Tragödie. Und schlimmer noch, man hatte seine ganzen

Gerätschaften verkauft, um seine Schulden zu begleichen. Keine Spur seiner Arbeit war übriggeblieben. Und dabei hatte er mich noch wissen lassen, er sei bis zum Pfauenschwanz gekommen. Kannst du dir denken, wie mich danach verlangte, seine zurückgelassenen Arbeiten zu sehen? Eine Tragödie – eine Tragödie erster Ordnung. Da hast du das Böse. Doch nun kommt das Gute. Nicht nur, daß seine Wittib und seine Tochter uns ihm zuliebe freundlich aufnahmen, nein, es stellte sich heraus, daß er mir in seinem Testament ein Buch vermacht hatte. Das Gute! Und warte nur, bis du das Buch siehst, Margaret. Es enthält den Traum meines Lebens.«

»Das Geheimnis der Geheimnisse? War er auch dahinter her?« Ich staunte nicht schlecht. Bruder Malachi legte den Finger auf die Lippen und lächelte.

»Ein wunderbares Buch. Er hat mir einen Brief hinterlassen. Anscheinend hatte er sich vergeblich mit dem Buch abgemüht. Er konnte kein einziges Wort entziffern. Und so hat er es mir vermacht, mir, dem größten lebenden Meister unserer Kunst, und das zur Begleichung seiner Schulden und um mir bei meiner Suche nach dem Goldrubin zu helfen. Wer hätte das von diesem übellaunigen, abgünstigen, alten Geizkragen Thomas gedacht? Seine tödliche Krankheit muß ihn wohl geläutert haben. Seine Frau, die ich beim letzten Mal in Lumpen und schwer schuftend antraf, trug ein neues Kleid, und seine Tochter hatte eine Mitgift, und selbst ich – einst Hauptgegenstand seines Neides –, selbst ich war großzügig bedacht worden. Ah, so läutern wir uns, wenn unser letztes Stündlein geschlagen hat.« Bruder Malachi schob eine kurze Pause und ein frommes Gebet für Thomas' Seele ein und fuhr dann fort: »Aber – im Glück schon wieder etwas Böses. Der gesamte Text ist unlesbar. Was, so könnte man meinen, soll daran gut sein? Ich plane auf der Suche nach einem Übersetzer eine glanzvolle und geistig bereichernde Reise ins Ausland.«

»Aber, aber – was wird aus Hilde? Und aus Eurem Haushalt?«

»Ei, das ist nun das Beste von allem – wenn Clarice in ihrer Notlage nicht zu uns gekommen wäre, dann könnte sie jetzt auch nicht Hildes Geschäft weiterführen und sich um Peter und den Haushalt kümmern.« Ich sah Hilde an, doch die wirkte hocherfreut, dann Clarice, und auch die nickte, als ob schon alles abgemacht wäre. Draußen hatte der Regen aufgehört, und wir hörten, wie die Läden in den ersten Stockwerken aufgerissen wurden, um frische Luft hereinzulassen, und wie die Frauen den vertraulichsten Klatsch mit lauter Stimme über die morastige Gasse austauschten.

»Meiner Theorie zufolge mußt du zunächst einmal dein Problem von allen Seiten betrachten«, sagte Bruder Malachi und sah mich dabei an. Er wirkte unendlich selbstzufrieden, denn jetzt bot sich ihm die Gelegenheit, seine Theorie am lebenden Objekt auszuprobieren. Unter den feuchten Dächern schrillten die Stimmen. Irgendwo in der Gasse schnatterte eine Gans.

Ich blickte auf meine Hände. Gregorys Goldreif steckte auf meiner linken und der kunstvolle Ring vom alten Master Kendall auf meiner rechten Hand. »Das erscheint mir ziemlich schwer; man hat meinen Mann für tot aufgegeben, und wenn ich ihn nicht wiederfinde, kommt er vielleicht wirklich um. Sein Lehnsherr will mich mit einem anderen vermählen, sein Bruder will mich wegen des Vermögens, das mir Master Kendall hinterlassen hat, umbringen, und ich habe kein Geld, um ihn freizukaufen. Wo also soll ich anfangen?«

»Mir will scheinen, daß dir zwei Wege offenstehen«,

sagte Bruder Malachi. »Einer ist leicht, einer ist schwierig. Beschäftigen wir uns zunächst mit dem leichten. Was fühlst du für ihn, Margaret?«

»Was meint Ihr damit?« Ein ausgedehntes, unbehagliches Schweigen folgte.

»Ich meine«, sagte Bruder Malachi, »ob du ihn liebst? Der einfachste Weg ist nämlich, eine Botschaft an den Hof des Herzogs zu schicken und ihm mitzuteilen, wo du zu finden bist.« Seine Augen blickten sehr schlau, wirkten ziemlich berechnend.

»Malachi!« Mutter Hilde war empört.

»Ich will keinen anderen Mann, falls Ihr das meint. Alle Welt scheint der Meinung zu sein, mehr braucht eine Frau nicht. Aber ich liebe nur ihn, und ich will ihn nicht aufgeben. Ach, wie ich mich nach ihm sehne! Was würde ich nicht darum geben, könnte ich ihn über Aquin nörgeln hören oder ihn in der Küche herumlungern sehen, wo er immer wie ein hungriger Wolf die Nase in alle Töpfe gesteckt hat. Er ist fortgegangen und als ein Anderer wiedergekommen, Malachi – hat nur noch von Ehre geschwätzt und wer wo sitzen und ob er sich ein eigenes Wappen zulegen sollte und ob er ein blödes – Kriegszelt kaufen sollte. Einfach nicht zu fassen. Und schlecht ist es ihm bekommen, wenn man den Ausgang bedenkt.«

»O weh. Das hört sich ganz und gar nach ihm an. Er mußte schon immer alles auf die Spitze treiben. Wurden in Bierschwemmen Verse geschmiedet, ei, da mußte er der beste sein – ha, ich entsinne mich noch, wie man ihn einst nach einem Sieg in einem Liederwettbewerb in einer Schenke durch die Straßen von Paris trug. War Metaphysik in Mode? Er sprach am flüssigsten über die *quattuor causae.* Dann hörte er von der Gottsuche. Ha! Er war der mystischste Mystiker, der mir je untergekommen ist – bis ihn selbst die Kartäuser nicht mehr haben wollten, der Himmel weiß, warum. Keiner konnte es mit ihm aufnehmen, wenn es um übertrieben zerlumpte Kleidung und Nachtwachen ging. Und jetzt macht er wohl in Rittertum.« Bruder Malachi lachte in sich hinein. »Kann mir schon denken, daß er ganz unleidlich ist. Ist er häufig, wenn er seine modischen Allüren auf die Spitze treibt. Doch offen gestanden, hat er – und dabei kennen wir uns schon lange – nie den Eindruck erweckt, daß er Familie hätte.«

»Ihr kennt euch lange? Ihr kennt ihn wirklich schon lange? Das habe ich nicht gewußt – er hat sich nie etwas anmerken lassen, wenn ich von Euch erzählt habe.«

»Von mir erzählt? Ach ja, diese Geschichte mit den Memoiren. Von allen Überraschungen des heutigen Tages dürfte wohl keine größer sein, als daß er möglicherweise doch die Wahrheit gesagt hat, als er erzählte, er hätte dich beim Aufschreiben deiner Lebensgeschichte kennengelernt. Wirklich, Margaret, wer hat dir bloß die Idee in den Kopf gesetzt? Du hast noch nicht lange genug gelebt, als daß du etwas zu sagen hättest. Nicht zu fassen. Und ich dachte, ihr hättet die ganze Zeit ein Verhältnis gehabt.« Bruder Malachi schüttelte den Kopf, als ob der Wunder dieser Welt kein Ende wäre. Das erboste mich doch sehr, und ich mußte mir auf die Zunge beißen, daß ich ihm nicht sagte, er wäre sehr ungerecht und niedrig gesinnt obendrein. Er sah den Blick und lachte.

»Sei ehrlich, Margaret – wer außer dir käme schon auf eine solch abwegige Idee? Man muß damit rechnen, daß die Menschen immer das Schlimmste annehmen. Und als du ihm von mir erzählt hast, da hast du wahrscheinlich nicht gewußt, daß ich, seit wir uns getrennt haben, einen anderen Namen angenommen habe. Das war vor geraumer Zeit, als ich meine Zelte sehr schnell abbrechen mußte –« Ein Anflug von Traurigkeit huschte über Bruder Malachis sonst so sonniges Gesicht wie eine Wolke, die rasch vorüberzieht. »Aber offen gestanden, ich staunte doch nicht schlecht, als er auftauchte und sich Geld borgte, um dich zu entführen. Schwafelte davon, daß er ein Pferd mieten wollte und so fort. Mein Gott, ich hatte ihn seit Paris nicht mehr gesehen, wo er unter dem *nom de guerre* Gilbert l'Escolier bekannt war und verleumderische, theologische Traktate und satirische Gedichte schrieb. Ein Mann von ganz einzigartiger Begabung, Margaret, die größte jedoch war, andere ins Unrecht zu setzen und selber recht zu behalten. Hochfahrend, unleidlich und geistreich wie Satanas – aber daß er genug für Frauen übrig hatte, um dich auf diese Weise zu entführen, darauf wäre ich nie gekommen. Und halb London ihm auf den Fersen! Unser Gilbert hat es noch nie geschafft, eine Stadt ohne Skandal zu verlassen. Habe ich dir eigentlich erzählt, wie man in Paris sein Buch verbrannt hat? Der Idiot! Erzählte mir, er hätte zwölf unwiderlegbare theologische Thesen dafür, daß alle anderen im Unrecht wären – und hat natürlich ausgeharrt und sich schnappen lassen. Weltfremd – ja, weltfremd und halsstarrig allewege, so ist unser Gilbert, der Selbstgerechte.«

»Mich dünkt, wir sehen ihn ganz ähnlich«, seufzte ich. »Aber wie bekomme ich ihn wieder?« Bruder Malachi blickte sinnend zur Decke.

»Ja, Margaret – das ist der schwierige Weg. Mir will scheinen, daß es für unsere gesamten Probleme eine einzige Lösung gibt: Ja – ja, wie einleuchtend. Natürlich sind da die Kosten – aber – hmm. Wie viele Florin, hast du gesagt? Zehn? Ja. Wir müssen sie vervielfachen, insbesondere wenn du mit uns kommen willst.«

»Oh, Ihr könnt sie vervielfachen – ich habe es ja gewußt. Könnt Ihr genügend herstellen, daß ich ihn freikaufen kann?«

»Nicht vom Comte de St. Médard, Margaret. Der ist abartig, und reich ist er bereits. Wahrscheinlich hat er irgendeinen lächerlichen Grund, warum er das Lösegeld noch nicht festgesetzt hat. Aber – und das kommt uns gut zupaß –, gib zu, Margaret, daß es ohne mich nicht geht – er ist uns, die wir auf der Suche nach dem Grünen Löwen sind, wohlbekannt. Ich denke doch, daß ich ihm einen Tauschhandel vorschlagen kann. Ich werde ihm genau das anbieten, was er unbedingt haben will, und dazu noch meinen Ruf, jedenfalls das, was noch von ihm übrig ist, in die Waagschale werfen. Hast du gewußt, daß ich einst hochberühmt war? Und wenn wir Gilbert wiederhaben, geht es heia-ho auf zu den großen Brennpunkten der Gelehrsamkeit und zu meinem Übersetzer.«

»Wie das, Bruder Malachi? Auf der Suche nach dem Grünen Löwen? Tauschhandel? Wieso bekommt Ihr übrigens keinen Übersetzer in England?«

»Ach, unsere kleine Margaret, die sparsame Haushälterin. Wie üblich durchschaue ich dich und kann all deine Gedanken lesen. Du denkst an deine letzten Florin, nicht wahr? Du denkst, ich lege dich herein wie einen Dorftrottel, einen Hinterwäldler? Als ob wir nicht schon solange Freunde wären, Margaret, daß du eigentlich wissen solltest, in der eigenen Familie mache ich keinen Gebrauch von meinen Tricks? Ja – und du bist doch meine Familie, genau wie Clarice und die kleine Bet hier. Daran hat sich nichts geändert, auch wenn du uns für ein Leben in Glanz und Gloria verlassen hast.«

»Entschuldigung, Bruder Malachi. Das war wohl kleingläubig von mir. Ich habe zu lange mit Gregorys Verwandtschaft zusammengelebt.«

»Sehr gut, die Entschuldigung ist angenommen. Komm mit ins Laboratorium; ich möchte dir mein Buch zeigen, das dürfte der schlagende Beweis sein.« Er blickte zur niedrigen Tür des Hinterzimmers, und da bemerkte er auf einmal Sim. Mit Sim stimmt etwas nicht; obwohl ich ihn schon eine Reihe von Jahren kenne, ist er nicht weitergewachsen. Er ist immer noch so klein wie ein Achtjähriger, dabei dürfte er mittlerweile so zwischen zwölf und vierzehn sein. Sein Kopf ist groß und ein wenig mißgestaltet, er zeigt beim Lächeln Zahnlücken und hat die schlauen, dunklen, kleinen Augen eines Jungen, der sich auf der Straße durchgeschlagen hat. Er hängt an uns wie eine streunende Katze, nachdem wir ihm damals, vor langer Zeit, zu essen gaben, und klebt seitdem wie eine Klette an Bruder Malachi. Sim hat gelauscht und alles auf seine stille Weise aufgenommen.

»Sim, du Teufel! Warum paßt du nicht auf das Feuer auf? Wehe, es ist ausgegangen, dann kannst du etwas erleben! Der Himmel bewahre uns vor den Tricks fauler Lehrbuben!« Sim eilte vor uns ins Laboratorium und schürte das Feuer mit übertriebenem Eifer, während ich mich bückte und Bruder Malachi durch die offene Tür ins Hinterzimmer folgte. Mutter Hilde kam auch mit und schloß die Tür, damit die Knechte uns nicht hören konnten.

»Nicht, daß ich hier nicht landauf, landab nach einem Übersetzer gesucht hätte«, sagte er und schnaufte, als er einen Bücherstapel von einer kleinen Truhe räumte, die versteckt in seinem Andachtswinkel stand. »Krakel, so habe ich bei mir gesagt, sieht mir nach Hebräisch aus. Damit gehe ich zur Universität Oxford. Da gab es doch einst einen gewissen Benjamin Magister, einen Juden, der hatte die Erlaubnis, in England zu bleiben, da er das Alte Testament übersetzen sollte. Der war tot. Trieb alsdann einen jämmerlichen Doktor der Theologie auf, der trug die Nase hoch und sagte, da das Alte Testament bereits übersetzt sei, brauchte man keine Juden mehr an der Universität. Pu! Ein schöner Gelehrter ist mir das! Habe Nachforschungen angestellt. Machte mich auf die Suche nach einem gewissen Isaak le Convers, der irgendwo in Sussex leben sollte, und fand am Ende seine ältliche Tochter – die konnte kein Wort entziffern.«

Malachi hob die kleine Truhe hoch und stellte sie behutsam mitten auf seinen Arbeitstisch. Während er nach dem Schlüssel suchte, fuhr er fort:

»Im ganzen Königreich habe ich gesucht, nichts habe ich unversucht gelassen. Am Ende war ich so verzweifelt, daß ich nach London zurückkehrte und mich zum Domus Conversorum begab, obschon alle Welt weiß, daß seit fünfundzwanzig Jahren kein Jude mehr zum Christentum übergetreten ist. Als der König damals die Juden auswies, brauchte man auch kein Haus für Konvertiten mehr. Nur daß sich der Kustos des Domus seit der Zeit ein hübsches Einkommen durch Vermieten der Zimmer verschafft. ›O nein‹, sagte der Kustos, ›ich habe doch nur meine Christenpflicht getan – ich habe einen spanischen Seemann in Vollpension hier, der möchte gern konvertieren.‹ Ha! Wer möchte nicht gern seine Stellung behalten – insbesondere, wenn man sich dabei kein Bein ausreißen muß! Ich habe also fast einen ganzen Tag mit diesem Kerl verbracht, der sich Janettus von Spanien nannte. Er war wirklich Jude. ›Der Daus, das ist mir zu schwer‹, sagte der. ›Ich bin ein einfacher Mann und kenne nur ein paar Gebete – das hier steckt voller Rätsel. Ich kann kein Wort entziffern. Dafür braucht Ihr einen großen Übersetzer und Gelehrten, den größten auf der ganzen Welt. Ihr braucht Abraham den Juden.‹ Ich war Feuer und Flamme. ›Wo finde ich ihn?‹ ›Oh, der zieht durch die Lande. Als man mir von ihm erzählte, lebte er in Salamanca – aber es geht das Gerücht, daß er vom französischen König nach Paris eingeladen wurde, ein anderes will ihn in Montpellier wissen, vielleicht ist er auch auf Einladung des Papstes in Avignon.‹ Nebulös, vollkommen nebulös. Aber eines steht fest: Spanien oder Frankreich. Irgendwo steckt er. Und ich werde ihn finden. Ich ziehe ihn ins Vertrauen. Das Geheimnis – ich bin ihm so nahe, daß ich des Nachts aufwache und am ganzen Leibe zittere.«

Endlich hatte Bruder Malachi den Schlüssel aufgetrieben, er öffnete die kleine Truhe und holte liebevoll ein in gewachste Seide eingeschlagenes Paket heraus. Dann schuf er auf dem Tisch zwischen seinen Krügen und seltsam gefärbten Behältnissen aus spiralförmig wölkendem Rauchglas Platz und machte ihn mit dem Ärmel sauber. Ehrfürchtig legte er das Paket auf die freie Stelle. Hilde und ich beugten uns über den hohen Tisch, wir wollten ihm zusehen, wenn er die Seide aufschlug.

»Da, sieh dir das an, Margaret, dann begreifst du alles – und hörst auf, dich um das Schicksal deiner Florin zu sorgen. Natürlich müßt ihr beiden geheimhalten, daß ich es mit mir führe – insbesondere, wenn wir erst beim Grafen sind. Der bringt es fertig und sorgt dafür, daß ich auf dieser Welt keinen Gebrauch mehr davon mache. Manch einer von uns würde seinen Bruder um die Ecke bringen – nur um das in die Finger zu bekommen.«

»Von uns? Gewißlich würdet Ihr dergleichen nicht tun!«

»O nein, ich nicht. Aber mit ›uns‹ meine ich die ganze alchimistische Bruderschaft. Du hast ja keine Ahnung, wie sehr einige meiner philosophischen Brüder außer sich geraten können. Die würden alles verkaufen, selbst ihre Kinder, würden mit jedem feilschen – einige sogar mit dem Teufel. Denen ist jede Methode recht, und wenn sie noch so widerwärtig ist. Du würdest staunen – Föten, Säuglingsblut, Jungfrauenschweiß –, was immer du willst, sie experimentieren damit! Hmpf! Ganz und gar nicht wissenschaftlich! Wie wollen sie zu Resultaten kommen, wenn sie einfach aufs Geratewohl arbeiten? Also ich, ich halte mich auf meiner Suche an die Zeichentheorie und an die Anleitungen der Alten Meister, welche um vieles klüger waren als wir. Nein, gleich vielen anderen brennen auch unter uns die Dummköpfe darauf, Gold herzustellen. Aber dennoch sind wir eine verschworene Gemeinschaft. Und das müssen wir auch sein – wenn Außenseiter von unserer Arbeit hören, lassen sie uns sehr oft entführen oder für Informationen ein wenig foltern.«

»Oh, ich hatte ja keine Ahnung. Ich habe gedacht, es ist gefährlich, weil es an Ketzerei grenzt.«

»Ach – das.« Bruder Malachi tat die Idee mit einer Handbewegung ab. »Einige sehen das so, andere wiederum nicht. An manchen Orten verstößt Goldmachen gegen das Gesetz. An anderen, wie in diesem Königreich, sagt der König: ›Je mehr Gold, desto besser; lassen wir sie doch arbeiten.‹ Es gab sogar einen Papst, der gehörte zu unserer Zunft, so wird gemunkelt. Aber es gibt rücksichtslose, geldhungrige Menschen, die alles darum geben würden, das Geheimnis der Transmutation in die Finger zu bekommen.«

»Offen gestanden, damit kenne ich mich auch ein wenig aus. An allem, was mir letztens zugestoßen ist, war irgendwie immer das Geld schuld. Die Transmutation ist offensichtlich noch schlimmer.«

»Genau. Aber wir sind ja nicht blöde – wir haben alles verschlüsselt. Wer nicht Adept ist, kann kein Wort entziffern. Wir haben Kennworte, geheime Erkennungszeichen und vieles andere mehr, wovon ich dir nicht erzählen will. Und wir Adepten beziehen uns nie direkt auf unser Tun – wir verwenden andere Begriffe. Einer davon ist ›Sucher des Grünen Löwen‹. Wenn du bitte das Buch aufschlagen würdest, dann zeige ich dir auch, wieso.«

Malachi entfaltete das gewachste Tuch. Darin lag ein altehrwürdig aussehender, ledergebundener Foliant mit schweren Metallschließen, der mit Halbedelsteinen besetzt war. Er schlug das Buch auf, und da stieg mir ein scharfer Geruch nach altem Staub und vergessenen Laboratorien aus den vergilbenden Pergamentseiten in die Nase. Zwischen Zeilen mit verblaßten, unleserlichen Krakeln strahlten die immer noch leuchtenden Farben der wundersamen Illuminationen in altem Glanz.

»Oh!« Es verschlug mir die Sprache, so prächtig war es, so glitzernd und geheimnisvoll. Ich spürte, wie es mich anzog und lockte, so als besäße es ein geheimes Eigenleben.

»Spürst du es?« fragte Bruder Malachi. »Ich auch. Das ist das Buch mit dem Geheimnis der Geheimnisse. Es ist darin enthalten – ich weiß es –, und ich kann, verdammt und zugenäht, kein einziges Wort lesen.« Bruder Malachi hatte die Augen halb geschlossen und war in Träumereien versunken, was ganz und gar nicht seine Art war. »Es verschafft uns Träume. Es formt unser Schicksal«, murmelte er und liebkoste die Seiten, als ob sogar schon die Schrift die Macht hätte, Wärme zu vermitteln. »Da – das Ende meiner Suche. Und auch deiner, Margaret.«

»Aber wenn Ihr es nicht lesen könnt, woher wißt Ihr dann, daß es das Geheimnis der Geheimnisse enthält?«

»Durch die Illuminationen, Margaret. Sie sind der Code. Der Code der Alchimisten. Der Text erläutert ganz offensichtlich die Bilder und gibt Anweisungen, wie man zu den verschiedenen Stadien des Prozesses gelangen kann. Sieh her –« Er schlug aufs Geratewohl eine Seite vorn im Buch auf.

»Bruder Malachi! Das ist überhaupt kein Buch über Alchimie! Das ist ein Buch mit schmutzigen Bildern! Schämt Euch!«

»Nein, nein, Margaret. Ich habe doch schon gesagt, daß es ein Code ist. Das hier ist die mystische Vermählung von Sol und Luna – Sonne und Mond also. Das erkennst du daran, daß sie Kronen tragen. Die Sonne steht für Gold, der Mond für Silber – so wie Mars für Eisen und Merkur für Quecksilber steht. Jeder der sieben Planeten steht für eines der sieben Metalle. Sol muß Luna schwängern, denn nur so erhält man den Stein.«

»Den Stein der Weisen? Das schmutzige Bild hier gibt Euch Anweisungen?«

»Na ja, den Text brauche ich auch. Das Bild ist nicht deutlich genug.«

»Mich dünkt es recht eindeutig. Was ist mit dem da, wo sie nackt im Badezuber liegen und sich umarmen?«

»Das ist kein Badezuber, das ist eine Gruft.«

»Gut, dann bin ich eben darauf hereingefallen. Sie sehen so zufrieden aus, auch wenn sie mit der Krone auf dem Kopf baden.«

»Du solltest genauer hinschauen, Margaret. Der Code versteckt sich in den Einzelheiten. Wie viele Paar Füße siehst du beispielsweise?«

»Oh, wie abscheulich! Sie haben zusammen nur ein Paar. Pfui!«

»Das kommt daher, daß dieses Bild den alchimistischen Tod schildert. Sol und Luna müssen nach der Vermählung beieinander liegen und zusammen sterben, um als ein einziges Wesen aus vermischten Essenzen wiedergeboren zu werden – darum sind sie auch als Hermaphrodit abgebildet; bei näherem Hinsehen erkennst du, daß beide sowohl Mann als Frau sind. Sie müssen vergehen, wenn sie neu geboren werden wollen – der Vogel dort, das ist der Geist. Dann erst gebären sie die geistige Materie, und die gebietet über alle Elemente.«

»Aber da sind noch viel mehr Bilder – was bedeutet das hier?«

»Wenn ich das wüßte, wäre ich dem Geheimnis der Geheimnisse um vieles nähergekommen. Die Jungfrau wird von Schlangen gefressen. Das ist ja das Dumme an dem Code. Er läßt sich schwer entschlüsseln. Also, das hier am Ende, nach dem Pfauenschwanz, das bedeutet die Herstellung des Roten Elixiers oder Pulvers. Hinter dem bin ich her.«

»Elixier? Und ich dachte, es wäre ein Stein.«

»Nur sozusagen. In Wirklichkeit ist es ein rotes Pulver, ein trockenes Wasser. Ich habe andere Bücher, die da eindeutiger sind.«

»Oh, seht nur. Das hier ist ein Drachen.«

»Den Drachen da, den habe ich. Und der frißt tatsächlich Metalle. Ich habe ihn dort drüben in dem Glaskrug. Der würde sich durch alles hindurchfressen.«

»Ist er flüssig?«

»Selbstverständlich. Ich habe dir doch schon gesagt, es handelt sich um einen Code. Der Badezuber, wie du ihn nennst, ist mein Schmelztiegel.«

»Dann steht hier also alles drin? Das Geheimnis der Goldherstellung?«

»Nein, Margaret. Das Geheimnis der Transmutation ist viel größer, als einfach Gold herzustellen. Obwohl du es natürlich nutzen kannst, um aus unedlen Metallen Gold zu machen, wenn du willst – und deshalb sind die meisten so dahinter her. Die Transmutation gilt nicht nur für Metalle.«

»Soll das heißen, sie verändert auch andere Dinge?«

»Ja, man kann damit alles in etwas anderes umwandeln.«

»Aber jedes Ding ist es selbst und nichts anderes. Ein Topf ist ein Topf, und ein Löffel ein Löffel.«

»O ja, derzeit wohl. Doch der Topf war einmal Ton und wird eines Tages zu Staub. Und der Löffel war einmal Zinn, und wenn du ihn schmilzt, wird er wieder zu Zinn. Wenn du ihn erhitzt, wandelst du ihn um. Doch wenn du ihn immer weiter erhitzt und ihn überlistest, kannst du ihn in seine Grundelemente oder Essenzen zerlegen. Es gibt nur vier Elemente auf der Erde, vier Dinge, die unveränderlich sind: Erde, Luft, Feuer und Wasser. Daraus ist alles Übrige geschaffen, jedoch zu jeweils unterschiedlichen Anteilen vermischt, verstehst du?«

»Ich glaube schon – wie ein Kuchen. Man verrührt Zutaten in anderen Abmessungen und bekommt etwas anderes dabei heraus.«

»Ja, genauso, Margaret.« Bruder Malachis Gesicht hatte sich beim Reden verändert. Als schön konnte man ihn wirklich nicht bezeichnen. Frohgemut, aber nicht schön. Doch als er ernst wurde und die Arbeitsweise der Natur erklärte, da strahlte sein Gesicht Klugheit aus, und seine Liebe zu den geistigen Werten, von denen er sprach, machte ihn schön. Nun war mir klar, warum Hilde ihn liebte.

»Aber Kuchen verwandeln sich nicht. Sie werden lediglich schlecht. Aus einem Kuchen kannst du kein Gold machen.«

»Kuchen ist nicht aus Metall. Es ist dem Metall zu eigen, daß es nicht schlecht wird – und zu den Eigenarten des Kuchens gehört es, daß er sich auf diese Weise verwandelt.«

»Oder gegessen wird.«

»O ja, gegessen wird«, sagte er lächelnd und klopfte sich auf den Bauch, »doch das ist eine völlig andere Verwandlung.« Im Laboratorium roch es angebrannt.

»Oh, mein Kuchen verbrennt mir!« Mutter Hilde nahm hastig die Ellenbogen vom Tisch, denn sie hatte neben uns gelehnt das Buch betrachtet, und eilte zur Feuerstelle auf der Diele, wo sie feststellte, daß Clarice das Kuchenblech bereits vom Feuer genommen hatte. Malachi ließ sich dadurch überhaupt nicht aus der Ruhe bringen, angesichts der meisten häuslichen Katastrophen nichts Ungewöhnliches bei ihm.

»Verbrennen ist auch ein Verfahren, um Kuchen zu verwandeln – aber hast du dich schon einmal gefragt, warum sich Dinge verwandeln? Das will ich erforschen. Nicht das Was, sondern das Warum«, fuhr er fort.

»Wißt Ihr, warum?«

»Im großen und ganzen wissen wir alle warum, wir Alchimisten, doch gerade die näheren Einzelheiten wollen sich nicht fassen lassen. Es gibt nämlich noch eine fünfte Essenz – ein anderes Element.«

»Noch eines?«

»Ja, doch nicht auf der Erde. Hast du dich nie gefragt, woraus die Sterne gemacht sind? Sie verändern sich nie. Die Himmel sind aus einem ganz besonderen Stoff geschaffen – Astralstoff, der sich von allem hier auf Erden unterscheidet. Dir zuliebe vereinfache ich jetzt ein wenig, damit du es verstehst, doch ich weiß, daß du das kannst – Hilde versteht es auch. Dieser himmlische Stoff – von dem ist in jedem irdischen Ding ein klein wenig vorhanden. Nicht viel, eher wie die Prise Salz am Kuchen oder im Eintopf oder worin auch immer. Und doch ist es die

Prise von der fünften Essenz oder Quinta essentia – oder Quintessenz, wie wir sie nennen – in einem Ding, die eine Umwandlung möglich macht. Kurzum, wenn ich aus irgend etwas die Quintessenz herauszuziehen vermag, kann ich sie auf jede Substanz anwenden, was wiederum bewirkt, daß ich diese zu ihrer höheren Form umwandle.«

»Aha – also verwandelt sich ein unedles Metall in Gold, denn das ist edler.«

»Genau. Doch das wäre natürlich nur eine einzige, sehr gewöhnliche Umwandlung.«

»O ja, das ist mir jetzt klar. Könnte man sie auch auf Menschen anwenden, Bruder Malachi?«

»Durchaus – hast du dich nie gefragt, warum Menschen dahinwelken und sterben? Der Stein der Weisen, den ich suche, würde die Kranken heilen, da Gesundheit einen höheren Menschheitszustand darstellt. Er würde die Alten verjüngen – ei, der Mensch könnte Tausende von Jahren leben!«

»Tausende von Jahren? Würde das nicht langweilig werden?«

»Nicht, wenn man auch den Geist umwandeln könnte – der erhabenste Geisteszustand ist Weisheit, Margaret. Die Menschen würden weise werden – in Tausenden von Jahren könnte man eine Menge Weisheit ansammeln.«

»Könntet Ihr sie auch gut machen, Bruder Malachi?«

»Na ja, das vermutlich auch.«

»Dann seid Ihr nicht wirklich hinter dem Gold her. Das ist nebensächlich.«

»So nebensächlich wie nur etwas, Margaret. Wer braucht schon Gold? Gut – ich, für meine Experimente, und damit ich Fleischkuchen oder einen Winterumhang kaufen kann, und darum will ich zuvörderst Gold machen. Doch Gold ist nicht wirklich wichtig. Nein, nicht im mindesten.«

Ich blätterte wieder um und betrachtete die rätselhaften Bilder. Fast ganz zum Schluß kam das seltsamste Bild von allen. Ein von oben bis unten grüner Löwe verschlang die Sonne.

»Seht nur, Malachi, hier ist Euer Grüner Löwe. Was tut er da, er verschlingt ja die Sonne.«

»Der Grüne Löwe. Fast zum Schluß. Er ist das Symbol der Transmutation, Margaret. Er läßt sich nur sehr schwer herstellen. Ich habe auch davon ein wenig in einem Kolben. Es gibt eine Methode – die Methode in diesem Buch, wenn ich es erst einmal lesen kann, wie man ihn dazu bringt, daß er Sol verschlingt – na, das solltest du jetzt wissen – wer ist Sol?«

»Gold, nicht wahr? Dann nehmt Ihr also Gold, um Gold zu bekommen?«

»Der Grüne Löwe ist von den Tieren der Umwandlung das mächtigste – mächtiger noch als der Drache. Nur er kann die Sonne verschlingen, das edelste und das einzige unveränderliche Metall, um dessen Quintessenz freizusetzen – den Stein, das Rote Pulver oder Elixier der Transformation. Das ist die Seite mit dem Geheimnis der Geheimnisse, Margaret. Dort steht es – dort bei dem Grünen Löwen.«

Ich zog den Umriß des Grünen Löwen mit dem Finger nach. Er hatte etwas seltsam Anrührendes.

»Ich muß ihn haben, Margaret, genauso wie du deinen Gilbert wiederhaben willst. Wenn du mir also gestattest, deine Florin umzuwandeln, so können wir dich mitnehmen. Es liegt ein Schiff im Hafen, das nach Bayonne abgeht, sobald der Kapitän genügend Ladung hat, und das dürfte keine Woche mehr dauern. Gerade ausreichend Zeit für die Vervielfachung. O nein – ich brauche nicht alle zehn. Nimm die beiden Florin hier und kaufe dir Pilgermantel, Hut und Stab und was du sonst noch mitnehmen mußt. O ja, du wirst an Bord dein eigenes Kissen und Decken brauchen, und kaufe auch Zwieback oder sonstwie Haltbares, damit du nicht hungern mußt, wenn es nur noch Pökelfleisch gibt. Ob sich Master Wengrave derweil um deine Mädchen kümmert, was meinst du?«

»Als ob es seine eigenen wären.« Ich spürte, wie mir der Mut sank. Eine Wahnsinnsidee war das. Meine kleinen Kinder alleinzulassen! In die Fremde zu ziehen, wo es nur fremde Menschen gibt, gräßlich! Doch wenn es sein mußte, dann nur mit Malachi und Hilde. Malachi spricht so viele Sprachen. Außerdem hat er etwas an sich, daß er an fernen Orten wie eine Katze immer auf den Füßen landet, und das macht ihn zum idealen Reisegefährten. Ach, warum konnte Gregory sich nicht selber nach Haus begeben, wie es sich für einen anständigen Menschen geziemt? Einen Grund – es mußte doch einen Grund geben, warum ich nicht reisen konnte.

»Aber, aber – brauche ich denn keine Reiseerlaubnis vom Bischof?«

»Selbstverständlich – und die bekommst du auch. Schließlich schreibe ich jeden Tag Ablaßbriefe für den Papst. Ein Brief vom Bischof ist ein Klacks. Ei, ich dürfte doch irgendwo noch einen Gipsabdruck seines Siegels haben.« Er durchstöberte eine Schachtel und trieb mehrere Gipsabgüsse auf, die er von Dienstsiegeln abgenommen hatte, darunter auch die päpstlichen Siegel, die er im Ausland in Metall hatte gießen lassen. »Es wird ganz amtlich aussehen. Margaret – de Vilers, nicht wahr? – hat die Erlaubnis, sich auf eine Pilgerfahrt zu begeben. O ja, ich reise doch nie ohne einen

Beutel voller prachtvoll aussehender Dokumente.« Dann wurde er meiner Miene ansichtig.

»Was ist los, Margaret? Du und Angst? Ich habe dich schon für viel weniger über glühende Kohlen gehen sehen. Sieh mich an – ich fürchte mich zu Recht. Ich werde nämlich alt. Ich liebe meine Bequemlichkeit und meine Hilde und mein gemütliches Zuhause. Aber wenn ich kein Narr bin und nicht umsonst gelebt haben will, muß ich den Grünen Löwen verfolgen, wohin auch immer er mich führen mag, selbst bis in den Tod. Und du, du behauptest, du liebst Gilbert und willst ihn wiederhaben. Doch wenn du zu ängstlich für das Wagnis bist, dann sag es jetzt, und ich versuche es dir und meiner Freundschaft zu Gilbert zuliebe allein. Und dabei habe ich in derlei Dingen nicht einmal eine so glückliche Hand wie du. Sag an – willst du hierbleiben?«

Mir schwirrte der Kopf, er hämmerte. Es hämmerte wie der Hufschlag von Soldaten auf Verfolgungsjagd. Ich zögerte. »Ich – ich glaube – sie sind bei Master Wengrave ohne – ohne mich – sogar noch besser aufgehoben. Man könnte mich umbringen. Oder entführen und zur Ehe zwingen. Dann würde er dort sterben. Ich – nur ich – habe seinen Schrei gehört, niemand sonst. Nein – er braucht mich. Ich muß gehen. Eine andere Möglichkeit gibt es nicht, so wahr mir Gott helfe.«

Tief unten in der Burg auf den zerklüfteten Felsen, in einem Geheimlaboratorium gleich über den Folterkammern, bebte Messer Guglielmo Petrini, Adept der Schwarzen Magie, Philosoph, Alchimist und zuweilen Dämonen- und Geisterbeschwörer, am ganzen Leib, so gereizt war er. »Asmodeus noch einmal anrufen?« übertönte seine aufgebrachte, schrille Stimme das stetige Knirschen und Keuchen eines riesigen Blasebalgs, den ein hünenhafter Stummer mittels eines Seil- und Flaschenzugsystems bediente. »Wofür hält er mich, für einen Schwachkopf? Ich habe ihm gesagt, es war absolut das letzte Mal – der Dämon wird zu stark.« Alles an dem kleinen Mann zitterte, das dunkle, kleingelockte Haar, die buschigen Brauen und der steife Bart, und selbst noch das Augenlid zuckte mitsamt dem linken Winkel seines höhnisch verzogenen Mundes. »Ich sage Euch, ich verdiene Respekt. Wenn er nichts als simple Zaubersprüche haben will, dann soll er sich an die Dorfhexe wenden, aber nicht an den berühmtesten Alchimisten auf der ganzen Welt. Wenn er rasch Gold haben will, so soll er seinen Beutel ein wenig auftun und mir anständige Gerätschaften und richtige Helfer beschaffen. Sechs maskierte Stumme! Nicht auszudenken!«

Damit tat er die Apparate, die überall im Geheimlaboratorium herumstanden, verächtlich ab. Die Aludel, in der es siedete, stand auf dem Alembik und ließ ihr Destillat in ein Kupfergefäß tropfen. Auf der offenen Feuerstelle standen zwei Kessel mit einem Gebräu, das unbeschreiblich stank. An Wand und Decke und über einer Sammlung von Glas- und Tonbehältnissen waren, so als wollte man ihre Essenz auffangen, widerliche, doch bekannte Dinge aufgehängt – Fledermausflügel, große Käfer und Platten aus gehämmertem Kupfer, die von den aufsteigenden Säuredämpfen grün angelaufen waren. Auf dem Arbeitstisch lehnte ein aufgeschlagenes Buch mit Fettflecken von Fingerabdrücken und Kerzentropfen, in welchem Fray Joaquin eine komplizierte Zeichnung aus Fünfecken und sich überschneidenden Kreisen erblickte. Der Raum war ungewöhnlich breit und verbarg sich hinter einer winzigen Eisentür in den Tiefen eines großen Turmes. Sein Fußboden aus schwarzen Fliesen schimmerte im hellroten Widerschein des Feuers, doch die niedrige Decke des Raumes, die auf mächtigen Steinbögen ruhte, verlor sich in ewigem Dämmer. Abgebrannte Fackeln in Haltern und übereinandergeklebte, verlaufene Kerzenstummel legten beredt Zeugnis dafür ab, daß hier viel Nachtarbeit geleistet wurde.

Bei diesen Worten zuckte Fray Joaquin die Schultern in dem schwarzen Umhang. »Wenn er einen endlosen Vorrat an Gold hätte, warum hätte er dann wohl Euch zum Goldmachen angestellt? Beeilt Euch lieber; er hat König Karl im Norden unterstützt und dabei enorme Verluste gehabt – ganz zu schweigen von seinen Spielschulden und dem, was ihn das von ihm selbst verfaßte Lustspiel ›Die vier Jahreszeiten‹ gekostet hat.«

»Habe ich ihm etwa eingeredet, er soll Dichterkönig werden? Oder fremde Höfe besuchen, dabei von Kopf bis Fuß nach Duftwässern riechen, Epen deklamieren und seine Rivalen erdrosseln? Sagt an, ist das eine ehrbare Beschäftigung für einen Kriegsherrn? Und ich muß mich die ganze Zeit mit dem unfähigsten Glasbläser diesseits des Fegefeuers herumschlagen. Und mein Gewand! Seht Euch das an! Er hat mir zwei neue Gewänder im Jahr versprochen, dazu einen pelzgefütterten Umhang. Billige, stinkende Wolle von toten Schafen. Man sollte meinen, es hätte einen Vorbesitzer gehabt.«

»Hat es auch. Euren Vorgänger, der es trug, hat er gepfählt. Laßt Euch gesagt sein, Ihr verzieht zu lange. Und jetzt wollt Ihr Asmodeus nicht wieder anrufen. Es tut nicht gut, den Grafen zu erzürnen.«

»Erzürnen? Wieso erzürne ich ihn? Ihr braucht ihm doch nur zu sagen, daß wir alles versucht haben, daß der Dämon jedoch langsam und übellaunig ist. Alsdann schickt Ihr einen schnellen Boten mit einer Lösegeldforderung an die Familie in England des Inhalts, daß der Graf das Lösegeld nur aus der Hand seiner Frau Margaret entgegennimmt. So kommen wir zu dem gleichen Ergebnis, laufen aber keinerlei Gefahr. Der Mann ist doch einfältig. Wie oft habe ich ihm schon gesagt, daß der Äther hier zu dünn ist, weil dauernd experimentiert werden muß – daß es gefährlich ist, sich mit den mächtigsten Geistern der Hölle anzulegen. Beim nächsten Mal geht es nicht mehr mit ein paar blauen Flecken ab. Asmodeus könnte sich wirklich losreißen. Sagt, wißt Ihr noch, woher der Brief kam?«

»Natürlich. Ich habe es aufgeschrieben, nur damit uns kein Fehler unterläuft.« Fray Joaquin zog ein Wachstäfelchen aus dem Ärmel.

»Dann seid Ihr auf den gleichen Gedanken gekommen?«

»Natürlich. Ich bin doch nicht dumm. Glaubt Ihr, daß man mit Teufelsbeschwörungen Erfolge erzielen kann? Wenn, dann hätten wir doch schon Gold. Teufel wollen nur betrügen. Wie kommt er bloß auf die Idee, daß Asmodeus uns nicht auch betrügt? Was haben wir denn vorzuweisen? Nichts als Gestank, Schweinerei und blaue Flecke. Ein Bote dürfte weitaus mehr Erfolg haben.«

»Es ist weit dorthin, praktisch am Ende der Welt«, sagte Messer Guglielmo, während er das Täfelchen betrachtete. »Ein zivilisierter Ort dürfte sich kaum ›Bruksfurd Manr‹ nennen.«

»Ich habe daran gedacht, Fray Raphael zu schicken. Der hat schließlich das Gelübde der Armut abgelegt, und es wird langsam Zeit, daß er sie am eigenen Leibe zu spüren bekommt.«

»Aber der Sieur d'Aigremont braucht ihn in der Geheimkammer – er hat keine Ausrede, warum er reisen muß – und dabei wäre ich ihn gern ein Weilchen los. Was für ein Quengler. Dauernd kommt er an und beklagt sich, in der Regel, wenn ich mitten in einem schwierigen Experiment stecke und nicht gestört werden darf. Da unten ist die Luft so schlecht, jault er. Habt Ihr ein Glück. Ich und Glück! Den ganzen Tag und die ganze Nacht in dieser Hitze schuften! Keine frische Luft! Gräßlicher Gestank! Unbeholfene Bauerntölpel als Helfer! Kcin anständiges Essen, außer einem Bissen im Stehen! Ich falle um vor Müdigkeit! Seht mich doch an!« Er betrachtete das Anstoß erregende Gewand und bemerkte ein graues Haar in seinem langen, wilden, schwarzen Bart. Das riß er empört aus. »Grau! Ich altere im Dienst eines undankbaren Gönners!«

»Wenn Ihr wüßtet, was in den Geheimkammern vorgeht, Ihr würdet Euch nicht beklagen.«

»Was ich nicht weiß, macht mich nicht heiß. Hauptsache, ich bekomme das richtige Fixativ; was er sonst noch macht, geht mich nichts an. Es sei denn, er mißachtet meinen Rat und schafft es, ein so großes Loch zu machen, daß Asmodeus hindurchschlüpfen kann. Abgesehen davon kümmere ich mich ausschließlich um meine Wissenschaft. Wer sagt, daß Wissen nicht seinen Preis hat? Und ich zahle ihn – mit Leiden, Leiden.«

»Ihr tätet gut daran, ein wenig stiller zu leiden, Messer Petrini. Falls er glaubt, daß Ihr etwas mitbekommen habt, so läßt er Euch nicht ziehen, wenn das Gold gemacht ist.«

»Sie kommen, doch sie gehen nicht wieder. Was geht es mich an? Sind doch nur Bauernbälger. Gibt ohnedies zuviel davon. Hecken wie die Kaninchen, die gewöhnlichen Leute.«

»Na gut, vermutlich bleibt die Reise an mir hängen. Das hatte ich schon befürchtet.« Fray Joaquin seufzte. »Ich erzähle ihm, ich hätte gehört, daß es im Norden hübsche, blonde Kinder gibt, nach denen ich mich umsehen möchte. Er will ja keine anderen, und hier in der Gegend werden sie allmählich knapp.«

An jenem Abend brach Fray Joaquin, begleitet von einem großen Hirschhund, auf dem schnellsten Pferd im Stall nach England auf.

»Mama, das ist aber ein häßlicher Umhang. Warum hast du keinen hübschen gekauft?« Alison wühlte in meinen Einkäufen herum, die ich auf dem Bett im Obergeschoß des Wengraveschen Hauses ausgebreitet hatte. Sie war kaum zu verstehen, da sie sich den Hut aufgesetzt hatte. Wenn sie die Arme ausstreckte, berührte sie kaum seinen Rand, zudem reichte er ihr noch bis übers Kinn. Die Bänder hingen ihr bis zur Mitte.

»Das ist ein Pilgermantel, Dummchen.« Cecily untersuchte den Geldgürtel und die schweren Schuhe. »Damit sieht man auf der Reise heilig aus. Dann helfen einem alle, und niemand tut einem was.«

»Niemand tut Mama was. Sie ist hübsch. Sonst berührt Bruder Malachi die bösen Menschen mit seinem Zauberstab. Puff! Und schon sind sie Frösche.«

»Woher hast du das?«

»Von Sim. Er sagt, Bruder Malachi kann alles.«

»Mama, du kommst doch bald wieder, ja?« Cecilys Stimme klang bänglich.

»Na, klar doch«, piepste Alisons Stimmchen unter dem Hut, dann kletterte sie hoch und ließ sich auf das Bett plumpsen. »Mama vergißt uns nie. Sie bringt uns Geschenke und Süßigkeiten mit. Ich will ein neues weißes Pony und Haarbänder in fünf Farben, Mama. Nicht vergessen, Rot und Grün mag ich am liebsten. Braun nicht.«

»Ja, ich bin so schnell wie möglich zurück. Vergeßt

nicht, ich denke an euch und bete jede Nacht für euch, und seid schön brav bei Mistress Wengrave.«

»Das – ist schwer«, verkündete Alison und sprang auf fetten Füßchen mit ihren gesteppten Wollpantoffeln auf dem Bett herum. »›Steh auf! Verneige dich! Ruhe jetzt! LEI-ser Alison!‹ Keiner kommandiert uns so herum!«

»Stiefvater kommandiert uns noch mehr herum. Darin ist ihm keiner über«, berichtigte Cecily ihre Schwester.

Bildete ich mir das ein, oder war Alison wirklich pummeliger als vor einem Monat? Cecily war schon wieder gewachsen. Unter ihrem Kleid lugten magere Beinchen hervor. Ich muß den Saum schon wieder auslassen, dachte ich. Einen Umschlag habe ich noch, ehe Alison das Kleid erbt. Vielleicht sollte ich Litze aufnähen, wenn ich den Saum für Alison wieder einschlage. Dann sieht es eher wie ein neues Kleid aus. Lieber Gott, Frankreich ist so weit. Angenommen, ich überlebe es nicht, wer schlägt dann den Saum für Alison ein? Wer weiß dann noch, daß sie keine geerbten Sachen mag, es sei denn, man hübscht sie für sie auf? Nein, das kann nicht sein. Das darf nicht sein. Und schon stiegen mir die Tränen in die Augen, und ich schloß sie erneut in die Arme und sagte: »Ihr dürft keine Angst haben. Gottes Engel wachen über euch, während ich fort bin.«

»Engel? Können die auch Wecken backen?« Alison, die sich so leicht ablenken ließ, setzte sich hin und spielte mit meinem Rosenkranz und sang dabei Backe, backe Kuchen.

»Sorg dich nicht, Mama. Ich bin groß. Ich kümmere mich um Alison. Ich schaffe das schon.«

»– Eier und Salz –«

»Du bist Mamas tapferes, großes Mädchen. Denk daran, ich verlasse mich auf dich –«

»– ich bin auch groß – Butter und Schmalz –« sang Alison.

»Ich kann alles, was die Großen können. Alle erwachsenen Männer haben sich vor dem großen Pferd gefürchtet. Ich nicht. *Ich* bin darauf geritten! Ich schaffe das schon.« Cecilys Augen blickten ernst. Sie meinte jedes Wort.

»Du weißt, daß ich lieber hierbleiben möchte, nicht wahr?«

»Ja, du mußt weggehen. Ich weiß auch warum. Ich höre doch, was in den Ecken geflüstert wird, wenn sie meinen, ich verstehe das noch nicht. Übers Kloster, über den Prozeß und über die bösen Menschen, die uns die Mitgift wegnehmen wollen, die Papa hinterlassen hat. Du kommst doch zurück, ja? Und dann ist alles gut?«

»Ja, natürlich. Und Master Wengrave ist euer Pate und Papas lieber Freund. Ihr wißt, daß ihr hier sicher seid, und er will nur euer Bestes.«

»Ich weiß.« Cecily rieb sich heftig die Augen. Sie war erwachsen geworden – zu erwachsen für ihr Alter. Doch zuweilen läßt sich derlei nicht vermeiden.

»– Milch und Mehl, und 'nen Scheffel Rosi-hinen«, sang Alison. »Gut, was? Das habe ich mir ausgedacht. Der Kuchen in dem Lied schmeckt sonst nicht gut genug.«

»Ist das alles, woran du denken kannst – Essen?« sagte Cecily überheblich.

»O nein. Ich denke, daß Mama zurückkommt. Das tut sie nämlich«, sagte Alison und blickte dabei ihre Schwester an, als ob die überhaupt nichts begriffen hätte.

Kapitel VIII

Fray Joaquin erreichte Brokesford Manor verdreckt und zornmütig, weil er eine ganze Woche mit der Suche nach diesem Hundeloch am Ende der Welt verloren hatte. Die Einheimischen waren Wilde: Wenn sie überhaupt Französisch konnten, dann eine abartige Variante des normannischen Dialekts, vermischt mit Brocken der eigenen Sprache. Fray Joaquins rollendes Provençalisch, das er gelegentlich mit einem spanischen Satz würzte, verstand hier niemand. Die Menschen pufften sich und zeigten mit Fingern auf ihn, wenn er nach dem Weg fragte. Schlimmer noch, sie brachen in schallendes, unhöfliches Gelächter aus. Er war es leid, sich die Wanzen aus den Kleidern zu suchen und nach einer elenden Nacht mit fünfzig Fremden seine Sachen zu packen, Fremden, die dicht gedrängt mit ihm in durchgelegenen Betten in einer Abfolge von elenden Herbergen schliefen. Am Ende hatte er einen Dorfpriester aufgetrieben, der ein paar Brocken Latein konnte. Es reichte gerade für die Messe und um ›ja‹ und ›nein‹ zu sagen und die Richtung anzugeben. Doch es war genug für die Information, daß er sich in der richtigen Gegend befand und daß Brokesford Manor einen halben Tagesritt gen Norden lag.

Wie üblich in solchen Weilern erregte sein Pferd auch hier mehr Bewunderung als er selbst. Ein Berberhengst, ein Apfelschimmel, der auf Schnelligkeit gezüchtet worden war, mit gefälligen, stumpfen, arabischen Nüstern und den weit auseinanderstehenden, braunen Augen einer Frau. Er hatte sich daran gewöhnt, daß sich ein Kreis von Gaffern um ihn scharte und Bemerkungen über ihn machte, wo auch immer er ihn stehenließ, und er gab auf ihn Obacht, daß er ihm nicht gestohlen wurde. In der Regel reichten gefletschte Zähne und der mächtige Hirschhund, um sich die Leute vom Leibe zu halten. Schweine, die nichts als Ackergäule ritten, die hatten gut glotzen; jetzt merkten sie endlich, wie ein richtiges Pferd aussah. Fray Joaquin, einst Gestütsaufseher bei einem der elegantesten Äbte Kastiliens, ehe er in die Dienste des Sieur d'Aigremont trat, hatte ein gutes Auge für Zuchtmaterial – fast so gut wie sein Auge für hübsche Kinder. Also, diese englischen Pferde, das waren schlechte Züchtungen – doch die Kinder, die er gesehen hatte, waren recht niedlich. Hellhaarig und rosenwangig, so wie sie sein Seigneur am liebsten hatte. Schade, daß er wegen einer Frau unterwegs war, wo er leicht einige Kinder hätte mitnehmen können, doch Geschäft war Geschäft.

Als er sich dem Herrenhaus näherte, fielen ihm die schweren Pferde auf der Koppel und im Pferch ins Auge. Nicht übel, gar nicht so übel. Der Mann kannte sich aus, doch in der Brust durfte seine Züchtung noch ein wenig tiefer sein und der Kopf etwas eleganter. Was der brauchte, war ein Berberhengst – auf Größe könnte man später noch züchten, erst einmal mußten die Anlagen stimmen. Eine kleine Gänsemagd hütete am Straßenrand ihre Schützlinge mit einer Gerte. Die barfüßige Kleine in dem eiskalten Herbstmorast war kaum so groß wie die Gänse. Unter einer groben Wollkapuze ringelten sich blonde Locken, und sie gaffte das fremde Pferd und den Reiter an. Fray Joaquins kundiger Blick sah ihre

Rosenwangen und die großen, blauen Augen. Ja, jammerschade.

Der Empfang im Herrenhaus war beinahe ungehörig zu nennen, doch schließlich konnte man vom sogenannten Adel eines derart rückständigen Ortes kaum anderes erwarten. Der Herr dieses baufälligen Schutthaufens von einem Haus schien sein Bett im Palas aufgeschlagen zu haben wie ein altehrwürdiger Herr aus einer jahrhundertealten Ballade. Freilich, als Ausrede diente ihm, daß seine Wunden ihn aufs Sterbelager geworfen hätten und er nicht die enge Wendeltreppe hinaufgetragen werden könnte. Aber war es nicht würdevoller, sich hochtragen zu lassen und mit Anstand zu sterben, als darauf zu beharren, in diesem Dreck weiterzuleben? Hmpf. Beim Anblick der von der Decke herabhängenden Schinkenseiten rümpfte Fray Joaquin insgeheim die Nase. Ein Wunder, daß sie in diesem Palas keine lebenden Hühner halten, dachte er. Das würde auch nicht weiter stören.

Eine Menagerie von Hunden und Falken umgab den alten Lord hinter dem Wandschirm, wo er seinen Besucher an die Kissen gelehnt empfing. Eine Hündin hatte im Stroh unter dem riesigen Bett Welpen geworfen. Freilich, irgendwo drückte sich auch noch ein hohlwangiger Sohn herum, doch der schien ein ungehobelter Bauerntrampel zu sein. Er hatte seine aufgeputzte, junge Frau zur Tür geschickt, um Fray Joaquin zu begrüßen, und die hatte ihn brüskiert, noch ehe er seinen Auftrag loswerden konnte. Sie hätten bereits vornehme Gäste, hatte sie gesagt, und hoffentlich hätte er nicht noch mehr Leute mitgebracht. Fray Joaquin legte Wert auf den ihm gebührenden Empfang und war es nicht gewohnt, mit einem fahrenden Scholaren verwechselt zu werden. Als hochwohlgeborener Diener eines großen Herrn hätte er zur Begrüßung zumindest ein Fußbad erwarten können.

Doch die Leute hier machten nicht den Eindruck, als hätten sie mit Baden viel im Sinn.

Am schlimmsten allerdings kränkte ihn der alte Lord, der sich zu seiner Begrüßung auch nicht einen Zentimeter aus den Kissen aufrichtete, und dabei war klar, daß er nicht einmal ein Bannerherr war, und todkrank sah er auch nicht gerade aus. Er roch nicht nach Tod so wie ein Mann, der schon lange verwundet daniederliegt, eigentlich hätte riechen sollen. Er war unglaublich dünn, aber seine Augen glitzerten irgendwie boshaft und schlau, und auf seinen Wangenknochen sah man zwei fiebrig gerötete Flecken. Und wie er seine Diener abfertigte und Bittsteller anhörte, unbekleidet bis auf eine Nachtmütze und eine große Pelzdecke, die er bis zu den Schultern hochgezogen hatte, das wirkte reichlich vergnügt. Eine Spinne mitten in ihrem Netz, dachte Fray Joaquin. Dieser sogenannte Sterbende beherrscht hinter dem Rücken seines Sohnes alles. Und mit dem Sohn stimmt etwas nicht; der ist ganz zerzaust und sieht mit seinen eingesunkenen, glühenden Augen wie ein Wahnsinniger aus.

Fray Joaquin hatte aus seiner Begabung, sofort zu riechen, woher in einem vornehmen Hause der Wind wehte, bislang viel Kapital geschlagen, und so erfaßte er, während er darauf wartete, vorgestellt zu werden, die Szene hinter dem Wandschirm in Blitzesschnelle. Und wer war der Ritter in dem reich bestickten, leuchtend roten Wams, der auf dem Bett saß? Zweifellos der vornehme Besucher. Aber auch ein alter Freund – vielleicht ein Waffengefährte, gemessen an seinem Alter und dem wölfischen Grinsen, das beiden zu eigen war und so wirkte, als freuten sie sich immer noch über einen guten Witz.

Der Ritter war in der Tat Sir William Beaufoy vom Hofe des Herzogs, der Hugo auszurichten hatte, daß seine Zeit abgelaufen sei. Da er Margaret nicht herbeigeschafft hatte, sollte er nun Sir Geoffrey de Courtenay, den Stellvertreter des Herzogs in Lincolnshire, aufsuchen und genau erklären, warum er sie nicht beibringen konnte. Diese unangenehme Aufgabe, fand Sir William, wurde ihm nur dadurch leichter gemacht, daß sein alter Freund Sir Hubert immer noch unter den Lebenden weilte und er ihm vielleicht noch Trost auf dem Totenbett spenden konnte. Was für ein Schreck, wenn auch ein freudiger, daß die graue Todesfarbe aus dem Gesicht seines alten Freundes gewichen war, daß er aufsaß, aß und trank und auch seine fünf Sinne wieder beisammen hatte.

»Ein wenig Würzwein und viel ekelhaftes, abgekochtes Wasser zu trinken, in dem widerliche Kräuter schwimmen. Stinkende Umschläge, und keinen anständigen Braten – nichts als scheußliche Suppen. Sie hat Wat vor ihrer Flucht die Rezepte gegeben, und nun tyrannisiert er mich damit. Und keine Menschenseele will mir etwas Richtiges zu essen bringen. Aber ich muß zugeben, es geht mir besser.«

»Im Haushalt des Herzogs vermutet man, daß Hugo sie umgebracht hat.«

»Umgebracht? Blanker Unfug. Sie hält sich versteckt, wie ich ihr geraten habe. Hugo ist ohnedies im Augenblick nicht zu einem Mord fähig. Seht ihn Euch an! Nur noch Haut und Knochen! Der hat dieser Tage andere Sorgen. Ehesorgen.«

»Nach dem, was ich gesehen habe, braucht seine Frau eine anständige Tracht Prügel.«

»Oh, das ist seine geringste Sorge. Ihr solltet ihn hören, wie er nächtens umgeht wie ein Gespenst. Zuweilen heult er. ›Meine Seele, meine Seele ist der ewigen Verdammnis anheimgefallen?‹ Pa! Er verdient es nicht besser. Als ob ich ihm nicht eingebleut hätte, daß ein richtiger Mann alles bekommt, was er will, ohne etwas zu versprechen!«

»Abgesehen davon, Sir Hubert, erstaunt es mich, daß es Euch soviel besser geht.«

In diesem Augenblick blickten sie auf und merkten, daß Fray Joaquins kalte, dunkle Augen sie mit kühlem, sachlichem Blick abschätzten. Etwas an dem Mann wirkte finster. Das machten nicht nur der dunkle Umhang oder die schwarze Dominikanerkapuze, die das graue, verkniffene Gesicht beschattete. Er hatte etwas an sich – mag sein, sie täuschten sich darin –, das sehr eigenartig war. Die schrägen Strahlen der Herbstsonne, die durch das Fenster hinter dem Wandschirm fielen, schienen ganz kurz vor ihm innezuhalten, so als weigerte sich das Licht, ihn zu berühren, ehe es neben ihm auf dem Fußboden eine hellgelbe Lache bildete. Das fiel beiden Männern auf, und Sir Hubert fröstelte ein wenig, denn er hatte dem Tod zu nahe und erst kürzlich ins Antlitz geblickt und wußte, was das zu bedeuten hatte.

»Ich komme mit Kunde von Eurem Sohn, Sir Gilbert de Vilers. Er wird im Château in St. Médard-les-Rochers von Sieur d'Aigremont, Comte de St. Médard, gefangengehalten. Dieser nun sagt, daß er das Lösegeld nur aus der Hand von dessen Ehegemahlin, der schönen Dame Margaret höchstpersönlich, entgegennimmt.«

Trotz seiner rollenden Aussprache verstanden die beiden Ritter sofort, was das bedeutete. Sir Huberts Gesicht lief rot an, so unerwartet war die freudige Botschaft. Er setzte sich auf und beugte sich so jäh vor, daß die Bettdecken ihm bis zum Nabel rutschten.

»Gilbert! Er lebt! Gott im Himmel sei Dank!«

Doch Sir William, der aus eigener, bitterer Erfahrung wußte, was es heißt, einen Sohn von den Franzosen freizukaufen, erwiderte aalglatt: »Warum läßt der große und wohlhabende Sieur d'Aigremont, für den das Lösegeld eines einfachen Ritters ein Sandkörnchen am Strand sein dürfte, ihn nicht auf Ehrenwort frei, damit er heimkehren und sein Lösegeld selbst auftreiben kann?«

»Ach, das«, gab Fray Joaquin diplomatisch zurück. »Mein wohledler Herr hat soviel Freude an seiner Gesellschaft, daß er ihn keinesfalls ziehen lassen möchte. Sie teilen das Interesse an der Poesie.«

»Ach ja«, antwortete Sir William im gleichen, nichtssagenden Ton. »Mir ist, als hätte ich den Namen schon gehört. Handelt es sich bei Sieur d'Aigremont nicht um jene durchlauchtige Seele, die für ihre fürstliche Gastfreundschaft ebenso berühmt ist wie für ihre ausgezeichneten Lieder? Heißt er nicht bei den Leuten von erlesenem Geschmack der edle *trouvère* – oder war es Dichterfürst –, falls ich mich recht entsinne?«

»Ich bin entzückt, daß sein Ruf über das Meer gedrungen ist. Er ist ebendieser Edelmann.«

»Also hat Gilbert gelebt wie die Made im Speck, hat auf der Harfe geklimpert und Minnelieder gesungen, während ich vor Gram fast in die Grube gefahren bin!« Jählings bebte Sir Hubert vor Zorn. Sir William warf ihm einen warnenden Blick zu. »Seht mich nicht so an! Ich kenne das undankbare Balg nur allzu gut.«

»Ich auch, vergeßt das nicht«, sagte Sir William mit zusammengebissenen Zähnen. Denn vor langer Zeit war Gilbert als Grünschnabel von vierzehn Lenzen sein Knappe gewesen, ehe er durchbrannte, um sich der Gelehrsamkeit zu widmen und seinem Vater vom sicheren Hort einer fremdländischen Hauptstadt aus einen groben Brief zu schreiben.

»Laßt mich nachdenken – hmm. Ich entsinne mich, daß ich am Hof von Flandern einen *trouvère* habe singen hören – wie ging das noch? – ›Ode an Madames Elfenfüßchen.‹ Die ist von ihm, nicht wahr?« sagte Sir William, zum Abgesandten des Grafen gewandt.

»›Ich huldige‹. Es heißt ›Ich huldige‹.«

»Und ein anderes – ›Das Lied der tragisch Liebenden‹? – Oder täuscht mich mein Gedächtnis?«

»Noch nie davon gehört«, knurrte Sir Hubert, und Sir William warf ihm schon wieder einen warnenden Blick zu – einen, der Fray Joaquin nicht entging.

»Ausnehmend erlesen. Ein Mann mit einer herrlichen Begabung. Und von äußerst edlem Gefühl«, fuhr Sir William fort.

»Ballade. Es ist die Ballade der tragisch Liebenden.«

»Ich bitte um Vergebung. Ich bin nur ein einfacher Ritter aus einem unwirtlichen, rauhen Land. Aber ich hege Bewunderung für die *gentilesse*, die mir selber fehlt.« Sir William beugte sich vor und richtete einen bohrenden Blick auf Fray Joaquins kaltes, graues Gesicht. »Wieviel?« fragte er.

»Fünfunddreißig Florin.«

»Und aus der Hand der schönen Dame Margaret höchstpersönlich? Welch eigenartige Bitte.«

»Mein Herr möchte die Quelle und Inspiration so vieler wunderbarer Lieder mit eigenen Augen sehen. Er wird beide königlich bewirten.«

»Des bin ich sicher. Es soll alles nach seinen Wünschen gerichtet werden. Natürlich müßt Ihr uns, sagen wir, einen Monat zugestehen, damit wir das Lösegeld aufbringen und an den Hof Eures Herrn reisen können. Verweilt Ihr hier, um dann mit Dame Margaret und ihrem Gefolge heimzuziehen?«

»Nein, ich kehre so schnell wie möglich heim.« Nach einer Unterhaltung, in der man sich über sichere

Reiserouten austauschte, ließ Sir William eine Frage einfließen.

»Sagt, was genau hat Mon Seigneur d'Aigremont, der sich doch nirgendwo in der Nähe der normannischen Front befand, dazu bewogen, Sir Gilbert bei sich aufzunehmen?«

»Sein Ruf als Dichter ist bis zu meinem Herrn gedrungen, er hat seine Lösegeldforderung zusammen mit der einiger anderer englischer Gefangener aufgekauft.«

»Ah, ich verstehe.«

Nichts verstehst du, du blödes, englisches Schwein, dachte Fray Joaquin. Denn wenn, so würden dir die Augen vor Entsetzen aus dem Kopf quellen. Und das hätte ich zu gern gesehen. Insbesondere, wenn Euer Kopf auf einem Tablett läge.

Als der finstere Dominikaner nach draußen zu Tisch gebeten wurde, flüsterte Sir Hubert grimmig:

»Wie zum Teufel könnt Ihr ihm Margaret versprechen, wo Ihr doch wißt, daß sie verschwunden ist?«

»Jetzt versprechen, später liefern, gilt als Regel bei Unterhandlungen«, sagte Sir William. »Außerdem würde ich nicht einmal eine mir liebe Jagdhündin in die Reichweite dieses Mannes lassen.«

»Was meint Ihr damit? Er ist ein großer Herr und berühmt für seine Gastfreundschaft. Jeder Gefangene von Adel kann ritterliche Behandlung erwarten und dürfte bei ihm wie Gott in Frankreich leben. Ei, unser König läßt seine Gefangenen sogar auf die Jagd gehen – wenn auch in Begleitung.«

»Hier ist nicht die Rede von Königen, Sir Hubert. Es geht um den eitelsten Mann in allen Königreichen Europas.«

»Was soll das heißen?«

»Er hat einem fahrenden Sänger die Gliedmaßen abschlagen lassen, nur weil jener andeutete, er hätte ein fettes Gesicht. Ich habe den Mann gekannt. Er war Flame und ein echter Hofnarr.«

»Worauf zielt Ihr ab? Gilbert ist von edler Geburt. Was ein Herr Bauern antut, zählt nicht.«

»In der Regel nicht, Sir Hubert. Aber habt Ihr schon einmal ›Ich huldige Madames Elfenfüßchen‹ gehört?«

»Mit Gedichten kann ich nichts anfangen. Musik ist für mich nur Klingeling. Alles überbewertet, dieser Kunstkram.«

»Vielleicht, aber laßt Euch eines sagen. Dieser fettgesichtige Graf hat Troubadoure angeheuert, daß sie die Weise an allen Höfen Europas singen. Hinzu kommt noch, daß es sich bei der ›Huldigung‹ um die albernste Reimerei handelt, die je gesungen wurde. Ich habe dabei Magenschmerzen bekommen, so peinlich war sie mir. Ich mußte einen Erstickungsanfall vortäuschen und an mich halten, daß ich in höfischer Gesellschaft nicht laut loslachte. Nun – was meint Ihr, was würde Gilbert tun, wenn er dergleichen zum ersten Mal hörte?«

»Ihm die Wahrheit sagen«, erwiderte Sir Hubert.

»Getroffen.«

»Dann steht zu fürchten, daß er dem Kalb ins Auge gestoßen hat«, seufzte Sir Hubert.

»Ja. Ich freue mich, daß wir hierin einer Meinung sind. Wir werden sehr behutsam vorgehen müssen, wenn wir ihn in einem Stück wiederhaben wollen.«

»Es war einfacher, ihn als tot zu betrauern, diesen gottverlassenen Idioten.«

»Faszinierend. Nicht zu fassen, daß ich solange gelebt und dergleichen nie gesehen habe.« Ich konnte Master Kendalls Schatten direkt über Bruder Malachis Schmelztiegel wirbeln sehen, denn natürlich wollte er alles haargenau mitbekommen.

Bruder Malachi war ganz Geschäftigkeit wie immer, wenn er arbeitete. »Sim, jetzt tüchtig den Blasebalg treten, für dieses Verfahren brauchen wir sehr heißes Feuer – und, Margaret, könntest du die Smaragde noch einmal umdrehen? Nimm die Zange dazu, ja, und nicht anfassen, sonst verdirbst du mir die schöne Oberfläche. Oh – pfui. Margaret, ist das etwa Master Kendalls Gei – äm – Manifestation über dem Schmelztiegel? Ich bin, glaube ich, in ihn hineingetreten. Bitte ihn, daß er sich etwas zurückzieht. Sonst kühlt er mir das Ganze noch unabsichtlich mittendrin ab. Ich möchte nicht, daß das Geld vorzeitig abblättert – sonst könnte es uns böse ergehen –«

Master Kendall folgte mir durch das vollgestopfte kleine Laboratorium, während ich die kleine Zange vom Bord holte und ein Gefäß voller Öl öffnete, in dem fünf gleiche Kristalle, allesamt hübsch grün gefärbt, die letzten Tage gezogen hatten. Ich drehte sie äußerst behutsam um und legte den Deckel wieder auf. Die waren Malachis Werk; er hatte sie in Alaun und Harn eingelegt und sie dann in Grünspan erhitzt, bis sie so grün waren wie echte Smaragde. Juwelen, so sagte er, sind oft als Zugabe zum Lösegeld nützlich. Augenblicklich machte er aus billigen Kupferringen vom Cheap und einer Reihe alter Kupferpennys Gold.

»Geld für die Überfahrt, Bestechungsgelder – o ja, zwei deiner Florin zu Pulver reduziert und mit Blei versetzt, werden uns zu sehr wohlhabenden Reisenden machen, Margaret. Das findet keiner heraus, nicht durch Anfassen, nicht durch Reiben und nicht einmal mit einem Prüfstein. Jetzt ist alles bereit für den ersten Überzug. Man mischt das Pulver mit Harz und überzieht damit alles ganz gleichmäßig. Paß auf, Sim, sonst wird aus dir nie ein Alchimist – die Hitze macht, daß sich das Blei verflüssigt, und schon sind sie, ah, golden –«

Master Kendalls Geist hatte sich in einer Ecke gleich unter der Decke eingerichtet. Er hatte die Arme gefaltet und schüttelte lächelnd den Kopf. »Margaret«, sagte er, »ich muß schon sagen, wenn du in der Gesellschaft dieses erfindungsreichen Burschen reist, mache ich mir weit weniger Sorgen als sonst wohl. Jammerschade, daß Geister nicht übers Wasser können, sonst würde ich auch mitkommen, einfach weil ich miterleben möchte, welche Tricks er sich noch einfallen läßt –«

»Ich möchte doch sehr bitten«, zischelte es aus derselben Ecke.

»Madame Belle-mère!« rief ich.

»Wenn Ihr Euch schon in meine Ecke drängeln müßt, wo es noch drei andere gibt, die genau den gleichen Dienst tun, so könntet Ihr zumindest den Anstand haben, Euch zu entmaterialisieren und mir nicht länger den Blick zu versperren.«

»Ruhe, Ruhe, Margaret!« ermahnte mich Bruder Malachi und blickte von seiner Arbeit hoch. »Ich bin in einem sehr heiklen Stadium des Verfahrens – mit Geistern kannst du auch zu anderer Zeit plaudern.« Und so hockte ich mich stumm auf die Bank, während der Geruch von heißem Metall und Harz den Raum durchzog und Master Kendall Madame Belle-mère bissig Widerpart bot.

»Ich habe keine Zeit, mich mit niedrig geborenen Kerlen abzugeben. Weg da, sage ich«, gab sie zurück und wurde als lange, schlanke Rauchsäule sichtbar. Master Kendall wirbelte aufgebracht und lief ganz bläulich an.

»Madame, es stünde Euch besser an, in Wiegen zu schauen wie andere beschränkte Gespenster Euresgleichen, als den Versuch zu machen, ein schwieriges Verfahren zu verstehen, das völlig über Euer Begriffsvermögen geht.«

»Über mein Begriffsvermögen, ha! Ich weiß genau, was er da tut. Falsche Goldringe macht er, die nach ein paar Monaten Tragen grün anlaufen. Ich hatte einen Onkel, der kaufte einst so einen. Er ließ dem Kaufmann die Ohren abhacken. Was man mit Euren wahrlich schon längst hätte tun sollen.« Master Kendall gab eine Art Knistern von sich, doch er wich und wankte nicht.

»Das könnt Ihr mir glauben, auf eines verstehe ich mich, nämlich auf Geschmeide. Ich trage selber viele Ringe. So geziemt es sich für eine Frau meines Standes, selbst noch im Tod«, sagte sie naserümpfend. »Nicht daß ich Euch so viele hätte tragen sehen – und die Goldkette da – geschmacklos – so hoffnungslos bürgerlich.«

»Ich habe einen erlesenen Geschmack, taktlose Provinzgans, Ihr. Ich habe die größten Sammler und Kenner im ganzen Königreich beliefert.« Es juckte mich, der Weißen Dame eine bissige Antwort zu geben und Master Kendalls Partei zu ergreifen, denn er hat wirklich einen ausgezeichneten Geschmack, doch ich durfte Malachi nicht stören.

»Und laßt Euch eines gesagt sein«, sagte sie und kam aus der Ecke heraus, damit sie sich ausdehnen und Kleid und Schmuck vorführen konnte. Für das Umgehen in der Stadt hatte sie sich ziemlich herausgeputzt und eine Hofrobe angelegt. Wie, so verwunderte ich mich, wechseln Geister eigentlich die Kleidung? »Ich kann dutzend-, nein, hundertmal beweisen, daß eine Frau meines Geblüts aus besserem Stoff geschaffen ist als Ihr gemeinen Emporkömmlinge unter den Geistern.« Jetzt konnte ich auch ihr Gesicht sehen. Sie trug die lange Nase hoch und sah ungemein überheblich und siegessicher aus. Irgendwie vertraut, dieser Blick, und als mir einfiel wieso, zuckte ich zusammen. Genauso hatte Gregory ausgesehen, wenn er mit einem Aristoteles-Zitat über jemand herfiel. Gregory! Der Gedanke drückte mir das Herz ab. Und trotzdem brachte ich kein einziges Wort heraus. Malachi machte sich am Alembik zu schaffen und war so in seine Arbeit vertieft, daß er nicht merkte, wie Sim mit dem Blasebalgtreten nachließ. Master Kendall, der jetzt kampflos in den Alleinbesitz der Ecke gekommen war, wirkte zufrieden mit sich und schenkte der Weißen Dame ein Lächeln, als wäre sie ein ungezogenes Kind.

»Das muß noch bewiesen werden«, sagte er ruhig.

»Was mir nicht schwerfallen dürfte bei jemand wie Euresgleichen«, sagte die Weiße Dame. »Was würdet Ihr sagen, wenn Ihr hörtet, daß ich fest entschlossen bin, das Wasser zusammen mit meiner Schwiegertochter hier zu überqueren? Anscheinend ist sie die einzige interessante Verwandte, die mir geblieben ist.« Mir sank der Mut. Das hatte mir noch gefehlt, die als Reisegefährtin, der Geist meiner Schwiegermutter. Mein Gott, sie war ja nicht einmal sehr liebenswert. Nun, wenn sie nett im Umgang oder eine angenehme Unterhalterin gewesen wäre, ich hätte mich ins Unvermeidliche gefügt. Doch allein schon der Gedanke ärgerte mich unsäglich. Daher munterten mich Master Kendalls Worte beträchtlich auf.

»Unmöglich«, sagte der. »Das schafft niemand. Euer Schatten verdunstet wie Tau in der Mittagssonne. Jedes Kind weiß das. Das erzählen sie einem doch als erstes, wenn man hierher kommt.«

»Unfug«, gab sie zurück. »Ich habe einen hellen Kopf, im Gegensatz zu ein paar eher niederen Menschen hier, und ich habe mir alles zurechtgelegt. Schließlich ist die Seele unsterblich, oder? Was macht es also, wenn die Form vergeht? Außerdem muß sie das nicht unbedingt –

keiner von euch Männern hat bislang den Mut gehabt, es zu versuchen. Und bedenkt eines: Wie könntet Ihr alle zum Hades, oder wie immer sich der Ort nennt, ziehen sehen, wenn einige davon in der Fremde gestorben sind?«

»Die oben können es für uns bewerkstelligen, wenn sie wollen, doch wir selbst können das nicht.« Allmählich zeigte Master Kendall Interesse an dem Streit.

»Na und – Ihr werdet schon noch sehen, und dann müßt Ihr Abbitte leisten, Ihr, Ihr – Margaret, ich sehe Eure Miene. Kommt ja nicht auf den Gedanken, die Schühchen nicht mit an Bord zu nehmen, sonst mache ich einen solchen Aufstand, daß Ihr Euch wünscht, Ihr wäret nie geboren –«

»Dann wollt Ihr also wirklich den Versuch machen, äh? Doch vermutlich nicht nur, um einen einstigen Tuchhändler zu ärgern, der nun zwischen Himmel und Erde lebt?«

»Haltet Ihr mich etwa für rührselig? Unfug! Ich tue es nur, weil es mir Spaß macht, Euch Verdruß zu bereiten, das könnt Ihr mir glauben. Also, wenn ich es schaffe, dann müßt Ihr zugeben, daß ich Euch über bin. Ja?« Sie war jetzt voll ausgebildet und schüttelte den Kopf, daß ihre langen Ohrringe und schimmernden Ketten, wären sie weniger körperlos gewesen, geklirrt hätten. Eine ungebärdige Locke hatte sich aus ihrer adretten Haube gelöst, und ihre durchscheinenden Augen glänzten wie die eines ungezogenen Kindes.

Master Kendall sah sich das alles lange und beifällig an, wie es seine Art war, dann sagte er nicht gerade unfreundlich: »Aber ja doch, dann müßte ich Euch wohl recht geben.«

Doch ihre gespenstisch pfeifende Unterhaltung wurde von dem anheimelnden Laut unterbrochen, mit dem sich

Bruder Malachi auf seinen Schemel plumpsen ließ; dabei seufzte er und wischte sich die Stirn mit dem Ärmel. »Ha! Es wird, es wird! Sim, mein Hirn braucht Nahrung. Sieh nach, was Hilde für mich auftreiben kann – und für dich auch etwas. Pu! Ist das eine Hitze!« Er drehte sich um, sah mich und fuhr zusammen, als hätte er vergessen, daß ich die ganze Zeit über im Zimmer war. »Ei, Margaret, bist aber mäuschenstill gewesen. Und was hältst du von meinem Verfahren? Prächtig, nicht wahr? Du liebe Zeit, ist dir etwas? Du siehst wirklich eigenartig aus! Wahrscheinlich hättest du dir nie träumen lassen, daß man aus zwei Florin soviel Wohlstand machen kann. Ah, Sim, die vollendete Nahrung für das Hirn! Und obendrein kellerkalt. Und dazu einen für Margaret! Margaret, erfrische dich mit Ale – du siehst ganz blaß um die Nase aus. Worum sorgst du dich denn nun schon wieder?«

»Ich? Um gar nichts, Bruder Malachi.«

»Gut, gut. Du mußt Zutrauen zu meinen mächtigen Geisteskräften haben, mit denen ich alle Probleme vorhersehen und lösen kann.«

Eigentlich wollte ich ihn etwas fragen, doch ich traute mich nicht. Seine reizbare Laune war verflogen, aber ich konnte keine weitere bissige Bemerkung über mich verkraften. Ich hatte ihn fragen wollen: Und was habt Ihr mit dem Rest von Master Kendalls Goldflorin gemacht?

»Dreh dich noch einmal«, sagte der alte Lord.

Das Mädchen in dem schlichten, grauen Unterkleid und dem blauen Überkleid aus der Truhe oben, das Haar unter dem weißen Schleier und der Rise der verheirateten Frau verborgen, drehte sich erneut.

»So mag es gehen«, sagte der alte Lord vom Bett her mit einer zustimmenden Handbewegung.

»Die Wirkung scheint irgendwie falsch. Gehörten die

Sachen wirklich ihr? Sie sehen rein nach gar nichts aus.« Sir William lagerte bequem am Fußende des Bettes und musterte das Mädchen sinnend.

»Hmm. Ihr habt recht. An ihr hatten die Kleider so etwas Gewisses. Schlicht, aber nicht reizlos. Reizlos aber tut es nicht, nicht einmal bei der Frau eines einfachen Ritters.«

Das Mädchen blickte Sir William an.

»Damen tragen Schmuck«, sagte sie.

»In der Tat. Ja. So gehört es sich. Sie braucht ein paar Ringe. Schade, daß wir keine versilberten haben. Und unsere sind ihr zu groß.« Das männliche Trio musterte seine Hände. Selbst der Ring am kleinen Finger des alten Lords war noch zu groß für ihren Daumen. Außerdem war er ein Andenken. »Ja, Ringe, Hmm. Auch eine Kette, vor allem eine mit einem großen Kruzifix. Vielleicht noch einen Rosenkranz am Gürtel. Ein frommes Aussehen dient der dichterischen Inspiration. Du mußt dir angewöhnen, nicht so zu glotzen – und vergiß nicht, in männlicher Gesellschaft hast du den Blick zu senken.« Sir William musterte das Mädchen noch einmal.

»Fang sofort damit an, sonst gehst du nie als Dame durch«, schnauzte sie Sir Hugo an, der mit rotgeränderten Augen angespannt auf der großen Truhe zu Füßen des Bettes hockte.

»Ich weiß mich wie eine Dame zu benehmen. Ich habe es ihnen abgeguckt. Damen tragen glänzende Goldstickereien, keine häßlichen Sachen.« Sie zupfte an dem fehgefütterten Überkleid. Das heitere Himmelblau machte, daß ihre Gesichtsfarbe gewöhnlich und fahl wirkte. Wenn sie nach unten blickte, fiel ihr leichter, angeborener Silberblick kaum auf.

»Etwas Dunkleres und Auffälligeres also«, sagte der

alte Lord. »Hugo, sieh nach, was Lady Petronilla in ihrer Truhe hat. Und geh auch ihren Schmuck durch.«

Das Mädchen rührte sich nicht. Doch über ihr Gesicht huschte der Anflug eines Lächelns, und in ihren Augen, die immer noch sittsam zu Boden geschlagen waren, blitzte Triumph auf.

»Ihre Hände – sie darf die Handschuhe nicht ausziehen, bis sie zart geworden sind. Und paß auf, daß sie auf der Reise nicht den kleinsten Finger rührt. Sie muß einfach durchgehen«, ermahnte der alte Lord Sir Hugo, als dieser sich umdrehte und die Stiege hochgehen wollte.

»Was ist mit ihrer Sprache?« fragte Sir William.

»Nur keine Bange. Keiner von diesen Franzmännern spricht Englisch. Und selbst wenn, so können sie die Dialekte nicht auseinanderhalten.«

»Sagt ihr, daß sie den Mund halten soll. Das wirkt ohnedies sittsamer.«

»Fromm, sittsam, still und eine Dame – das alles bist du doch, Cis, äh?« Der alte Lord warf ihr einen lüsternen Blick zu.

»Jetzt ja, Mylord«, sagte sie, blickte zu Boden und faltete die Hände wie zum Gebet.

»Sehr gut. Ich habe doch gleich gesagt, sie eignet sich dazu. Braucht nur andere Kleider.«

Von oben aus dem Söller kam Gekreisch. Hugo hatte auf dem Weg nach oben die Tür offengelassen.

»Mein bestes Rotes dieser Schlampe, dieser Hure, dieser – dieser Waschfrau? Ich gehe auf der Stelle zu Vater, damit du es nur weißt. Dafür legt er dir den Kopf vor die Füße.«

»Du gehst nirgendwohin, außer daß du deinen Schmuckkasten holst.«

»Auf gar keinen Fall, hörst du!«

»Du tust, was ich dir sage. Deinetwegen habe ich meine unsterbliche Seele verloren!«

»Ist deine Rumhurerei etwa meine Schuld –«

Man hörte einen furchtbaren Krach, gefolgt von Geschrei, Stöhnen und Schluchzen.

»Du glaubst doch wohl nicht, daß dein liebwerter, fahrender Ritter jetzt auch noch einen Blick für dich übrig hat? Da, nimm den Spiegel und sieh dir an, was ich getan habe. Jetzt brauchst du kein Geschmeide mehr, um dieses häßliche Gesicht vorteilhaft zur Geltung zu bringen.« Der Schrei, welcher Sir Hugo auf der Treppe nachhallte, war furchtbar und schnitt ins Herz. Hugo tauchte mit mehreren Kleidern über dem Arm unten auf, in der Hand eine Schatulle.

»Habe ihr die Nase gebrochen«, verkündete er.

»Wurde auch Zeit«, sagte der alte Lord.

»Ohrringe«, sagte das Mädchen. »Die kleinen, goldenen. Und den Ring mit dem Rubin.«

»Zieh zuerst das Kleid an«, befahl Hugo.

»Hier?« Dem Mädchen stieg eine heftige Röte ins Gesicht.

»Für falsche Scham ist keine Zeit. Alle hier, außer Sir William, kennen jeden Zentimeter deines Leibes. Und damit hat er etwas verpaßt. Sie hat nämlich den süßesten kleinen Popo diesseits von London, na, Sir William?«

Sir William, der gute Familienvater, betrachtete angestrengt seine Fingernägel und gab keine Antwort.

Als sie die Schnüre des blauen Unterkleides mit dem güldenen Saum festgezogen und sich das leuchtend rote, bestickte Überkleid über die Schultern hatte gleiten lassen, sagte selbst der alte Lord: »Bei Gott!«

Die leuchtenden Kleider brachten ihre goldblonde Schönheit vorteilhaft zur Geltung, und ihre Haut wirkte darin weißer als Schnee. Das Goldgeglitzer um ihren

Hals und die kleinen Öhrchen betonten ihre rosigen Wangen, die noch rosiger wurden, als alle sie anstarrten. Die sittsam gesenkten Augen, die den siegestrunkenen Blick verbargen, und der üppige Busen, der sich hob und senkte, weil sie unversehens in den Besitz des prächtigen und so lange begehrten Kleides gekommen war, all das trug bei den männlichen Betrachtern zu dem Eindruck bei, als glühte sie vor heimlicher Leidenschaft. Kein Zweifel: Ordentlich geschrubbt und gekleidet war das Mädchen eine überwältigende Schönheit.

»Eindeutig eine poetische Inspiration«, verkündete Sir William. »Die Franzosen werden nie auf die Idee kommen, daß es sich nicht um Margaret de Vilers handelt.«

»Es geht wirklich«, sagte Sir Hugo und schöpfte wieder Hoffnung. »Es muß gehen. Gilbert kann mich retten. Er hat Theologie studiert. Er weiß, was da zu tun ist. Wenn er meine furchtbare Not sieht, wird er mir sagen, wie ich erlöst werden kann. Er ist mein Bruder – Brüder müssen sich doch helfen, oder? Meine Seele! Kein Gold der Welt gibt mir meine Seele wieder. Die unverzeihliche Sünde – das Wahre Kreuz, Gott steh mir bei. Wenn ich doch nur gewußt hätte – nicht eine Nacht habe ich seit jenem furchtbaren Tag geschlafen. Es muß gehen, ehe ich vollends dahinschwinde und sterbe.«

Das Mädchen tat so, als wäre sie taub wie ein Möbelstück, denn genau das war sie hier in aller Augen. Da sie nun die prächtigen Kleider hatte, warum ausgerechnet jetzt weiter auf ihrem Vorteil bestehen.

»Pilgermäntel«, sagte Sir William. »Darin reist Ihr sicherer, wenn Ihr erst einmal das Hauptquartier des englischen Heeres in Bordeaux verlassen habt. Niemand darf argwöhnen, daß Ihr Lösegeld mit Euch führt. Das hat schon so manchen das Leben gekostet.«

»Was auch immer ich anhabe, mir wird ein Stein vom Herzen fallen, wenn ich erst in der Fremde bin. Hier ersticke ich noch, eingesperrt mit dieser unfruchtbaren, jammernden, spindeldürren Frau.« Sir Hugo triefte jetzt vor Selbstmitleid, statt lediglich gequält dreinzuschauen.

»Also gut«, sagte der alte Lord. »Abgemacht. Wir können unser Versprechen einlösen, das wir diesem Fray Wie-war-doch-noch-sein-Name gegeben haben. Binnen eines Monats erhält dieser französische Graf das Lösegeld für Gilbert aus der weißen Hand der schönen Margaret de Vilers.« Er schüttelte den Kopf. »Interessant, der Mann. Ziemlich abstoßend. Hübscher, kleiner Hengst, den er da ritt. Aber viel zu klein. Für Mönche und Damen geeignet, diese Zucht. Kein Pferd für einen Mann.« Dann wechselte er zu Französisch und wandte sich an seinen Sohn: »Denk daran, dort so schnell wie möglich aufzubrechen«, ermahnte er ihn. »Vergiß nicht, er hat es offensichtlich auf die Frau abgesehen. Sobald du Gilbert hast, bediene dich deiner List und verschwinde, solange der Franzose noch mit ihr beschäftigt ist.«

»Selbstverständlich, Vater. Das versteht sich von selbst«, antwortete Hugo.

»Mein Gott, wenn ich doch in dem prächtigen, französischen Château eine Fliege an der Wand sein und zusehen könnte, wenn du mit der Schlampe da ankommst«, sagte Sir Hubert und fing an zu husten, denn zum Lachen reichte seine Kraft noch nicht.

Vermutlich gibt es Menschen, die zum Seefahrer geboren sind, und das ist auch gut so, denn wie würde der Rest sonst zurechtkommen? Damit meine ich, woher sollten wir zur Fastenzeit Heringe erhalten oder Waren aus fernen Ländern, wenn einige Menschen nicht so hirnverbrannt wären, statt an Land lieber auf den salzigen Meereswellen zu leben? Was mich angeht, also, wenn ich das Meer vor meinem Aufbruch gekannt hätte, ich wäre auf die Seereise ungefähr genauso erpicht gewesen wie Master Kendalls Geist. Doch jetzt war es natürlich zu spät.

Bruder Malachi hatte uns eine Überfahrt auf einer Kogge verschafft, die Waren und die letzten Pilger dieses Jahres zum englischen Seneschall nach Bayonne brachte. Das Schiff jedoch, welches im Hafen so groß gewirkt hatte, schien auf dem offenen Meer um einiges zu schrumpfen und tanzte und hüpfte so besorgniserregend, daß ich die meiste Zeit der zweiwöchigen Reise an die Reling geklammert verbrachte und mein Essen von mir gab, ehe ich daraus Nutzen ziehen konnte. Und die ganze Zeit kletterten die Seeleute den Mast und die Wanten hinauf und hinunter wie Eichhörnchen und – ich traute meinen Ohren nicht – sangen dabei auch noch. Das meine ich mit einem geborenen Seefahrer.

»Komm, komm, Margaret, du bist ganz und gar ungerecht. Der Ozean inspiriert die Dichter. Außerdem ist es doch weiß Gott nicht schlimm gewesen. Ei, wir haben während der ganzen Überfahrt günstige Winde und ein Meer so glatt wie ein Badezuber gehabt. Und du hockst ewig unter Deck und weinst. Komm hoch und rieche die Seeluft. Besser noch, leiste Hilde und Sim und mir heute abend Gesellschaft, wenn wir die Sterne betrachten. Sie sind hier noch schöner als an Land.«

»Sterne? Abend? Dann ist es ja dunkel. Angenommen, ich stolpere und falle über Bord? Oder angenommen, in der Dunkelheit kommt eine große Welle und spült mich wegen meiner Sünden von Deck? Alles nur Wasser, gräßliches Wasser mit Wellen, und ich kann nicht einmal schwimmen, und die Fische würden mich ganz auffressen, und ich habe meine Kinderchen verlassen, und – und – würde mir ganz recht geschehen – aaooo –« Und schon heulte ich wieder los, und dabei war Malachi so bezaubernd und beredt wie nur möglich. Natürlich machte ihm die Seefahrt nichts aus. Sein Gesicht blieb rosig, statt grün anzulaufen wie meines und das der anderen Pilger. Als mein angeblicher Beichtvater machte es ihm einen Heidenspaß, jedermann an Bord seinen geistlichen Beistand anzubieten, ganz gleich, ob er nun gefragt war oder nicht. Am Ende mußte Mutter Hilde eingreifen und er davon ablassen, denn die Vorstellung, sie könnte schallend loslachen und ihn damit verraten, trieb sie an den Rand des Wahnsinns.

Doch selbst ich wurde wieder guten Mutes, als die langgezogene, graue Uferlinie am Horizont auftauchte und die Pilger sich an der Reling aufstellten und jubelten. Bald darauf segelten wir in die Mündung eines trägen, schlammigen, grünen Flusses mit wilden Dünen – alles herrliches, herrliches festes Land –, die sich zu beiden Seiten erstreckten. Langsam ging es den Adour hoch, bis wir um eine große Biegung kamen und in der Ferne in der hellen Herbstsonne am rechten Flußufer die dicken, gelben Steinmauern und die funkelnden Turmspitzen einer Stadt ausmachen konnten. Wir näherten uns dem Hafen und sahen über der Stadtmauer die gedrungenen, dräuenden Türme der Festung aufragen, deren gelbe Steinmauern nicht dazu passende niedrige, rosafarbene Ziegeldächer hatten, von denen die Wimpel des englischen Seneschalls und seiner Hauptleute flatterten.

»Du liebe Zeit, das sieht mir aber gar nicht wie England aus, Malachi«, bemerkte Mutter Hilde mit zufriedener Miene.

»Das spürt man auch – denn um diese Jahreszeit hätte die Sonne bei uns nicht soviel Kraft«, antwortete Malachi und streckte seine Gliedmaßen wie eine glückliche Pflanze, die ihre Blätter dem Licht entgegenreckt. Aber als ich sah, wie das Schiff vertäut wurde, wich meine ursprüngliche Freude, wieder festen Boden unter den Füßen zu haben, langsam einem bedrückenden Gefühl, das nicht einmal die Sonne vertreiben konnte. Ein stehender, kleiner Fluß, der nach Abfällen stank, schlängelte sich mühsam durch die Stadt, ehe er versuchte, sich im Hafen mit dem majestätischen Adour zu vereinen. Einige der Schiffe, die neben uns dümpelten, sahen mehr wie Kaperschiffe denn wie Kauffahrteischiffe aus. Dunkle, verboten aussehende Soldaten gingen auf dem Kai zwischen Kisten mit Gänsen und Warenballen auf und ab, mit denen man ein fremdländisches Schiff belud, und traten nach verdächtig aussehenden Gegenständen. Es gefiel mir gar nicht, wie sie über das ganze Schiff schwärmten, Landegebühren verlangten und uns mit dem abschätzenden Blick von Räubern musterten. Ein rauher Ort, soviel stand fest, diese Stadt zwischen Meer und Bergen. Und wenn das hier die beste war, wie war es dann wohl um die schlimmste bestellt?

Wir erklommen die schmalen Straßen zur Kathedrale und mußten uns von Schweinen, beladenen Eseln und betrunkenen Söldnern anrempeln lassen, die uns den Weg versperrten. Rings um uns unverständliches Straßengebrabbel und Flüche; die Menschen gestikulierten; ein Gascogner wurde von jemand geschubst und zog sein langes Messer. Mein Gott, wie sollte ich Gregory wohl in einem Land voller feindseliger Fremder wie diesen hier wiederfinden?

Doch als ich mit Hilde auf dem kleinen Platz vor dem Kathedralenportal verzweifelt auf unserem Gepäck hockte, tauchte Malachi aus dem dämmrigen Kirchenschiff mit einem kleinen Mönch im Schlepptau auf und war bester Dinge. Er hatte für uns in einer Pilgerherberge einen guten Raum gefunden. Diese quetschte sich zwischen die hohen Häuser der Rue Mayour, und der Mönch war Bruder Anselm, welcher sich in der Gesellschaft des Abtes von Corbigny auf dem Weg nach Compostela befand.

»Jetzt haben wir alles, was wir brauchen«, verkündete Malachi fröhlich, »und obendrein reisen wir noch mit einer bewaffneten Eskorte.«

»Zehn stämmige, bewaffnete Mönche, ein halbes Dutzend Pilger, zwei davon Ritter, die unterwegs zu uns gestoßen sind«, verkündete Bruder Anselm, »und drei Mönche wie ich. Doch ich muß schon sagen, daß die Gebete der Heiligen gegen diese gottlosen, baskischen Räuber, von denen die Berge hier nur so wimmeln und die einen Menschen für einen halben *sou* umbringen würden, ganz zu schweigen davon, was sie Frauen antun, mehr wert sind als hundert Schwerter«, sagte er und musterte mich von Kopf bis Fuß. »Aber Eurer Dame und Herrin passiert schon nichts. Was auch immer geschieht, ihre Seele ist des Himmels gewiß, wenn sie auf dem Weg nach Compostela in der Begleitung so heiliger Menschen den Märtyrertod erleidet.«

Wie schön, dachte ich. Ein heiliger Märtyrertod. Das passende Ende für diese unselige Reise. Doch Bruder Malachi schien das überhaupt nicht zu stören, er machte sich auf den Weg, um unsere Seeausrüstung zu verkaufen und für den langen Marsch in die Berge Maulesel zu erstehen.

Doch an diesem Abend kehrte er ganz staubig und mit leeren Händen in die Herberge zurück. »In der ganzen Stadt gibt es kein Maultier und keinen Esel mehr«, verkündete er beim Abendessen an dem langen Tisch im Gastraum der Herberge. »Die Gesunden haben die

Engländer mit auf den Feldzug genommen, und die Lahmen sind im Frühsommer allesamt an Pilger verkauft worden. Leider werden wir zu Fuß gehen müssen.«

»Und so dem Beispiel unseres Herrn nachfolgen«, unterbrach ihn Bruder Anselm, bekreuzigte sich und richtete unter blassen Brauen den Blick gen Himmel, den er gleich über den niedrigen, verräucherten Balken der Decke zu sehen schien. Er saß neben Bruder Malachi und uns gegenüber an dem Schragentisch vor dem Feuer. Bruder Malachis salbungsvoller Tonfall sagte ihm ungemein zu, und so schienen wir ihn denn auf Dauer am Hals zu haben. Er hatte uns bereits vieles anvertraut: Die Eiterbeulen, mit denen Gott ihn letztens zu Martini geschlagen hatte, der entfernte hochgeborene Vetter, den er hatte und der ihm eines Tages eine Anstellung beim Bischof von Pamiers verschaffen konnte, und die Sünden jeglichen Abtes von hier bis Byzanz, von denen er einen vollständigen Katalog hatte, die meisten davon jedoch zu pikant zum Wiederholen. Er war über Toulouse von Norden gekommen, wo er zur Pilgergesellschaft des Abtes in Richtung Spanien gestoßen war. Jetzt beugte er sich zu Bruder Malachi.

»Also, der Abt von Corbigny, der nächtigt auf dem Château wie ein Herr, schlürft erlesenen Wein und ißt weißes Brot und geht, anders als wir bescheidenen Leute in der Herberge, auf einem weißen Maultier mit roter Satteldecke und Zaumzeug mit silbernen Glöckchen auf Pilgerreise. Klingeling, klingeling, klingeling, den ganzen Weg von Toulouse bis hier. Ach, meine wunden Füße! Während ich im Staub hinter ihm herhumpelte, sagte ich bei mir ›Als ob dir die Pilgerfahrt nach Compostela etwas nutzen würde, du Heuchler und Zöllner!‹ Aber Ihr wißt ja auch nicht, was ich über Corbigny weiß. Ei, die behaupten gar, die Reliquien des heiligen Leonhard zu besitzen und haben vom Gelde der Leichtgläubigen einen riesigen Schrein gebaut und ihren Tisch mit kostbarsten Dingen bestellt, wo doch die echten Gebeine schon immer in Noblac gewesen sind. Oh, sie sollten rot werden vor Scham, diese Mönche von Corbigny! Da haben sie doch tatsächlich einen Mann zum zweiten Mal getauft, und der war obendrein noch tot!«

»Du liebe Güte«, sagte Malachi, »ein Beschaffer von falschen Reliquien? Nicht zu fassen! Nein, wie schrecklich. Gott steh' uns bei in diesen bösen Zeitläuften!« Und auch er bekreuzigte sich.

Ich konnte einfach nicht weghören, obwohl Hilde und ich uns auf Englisch unterhielten, denn der kleine Klosterbruder sprach ein anständiges Französisch, die Sprache des Nordens, und nicht den unverständlichen, südlichen Dialekt, in dem rings um uns am Tisch gebrabbelt wurde. Zu den Schiffsreisenden waren weitere Menschen aus Häfen und Städten in Frankreich gestoßen, eine Gruppe Deutscher, darunter ein ältlicher Ritter mit seinem Sohn, und die, welche unter dem Schutz des Abtes und seines Gefolges reisten. Unter letzteren befanden sich ein Kaufmann mit einer Geschwulst am Kopf, zwei Priester, von denen der jüngere ein Schweigegelübde abgelegt hatte, und mehrere Mönche aus verschiedenen Orden – der letzte davon unser geschwätziger Bruder Anselm. Dauernd mußte er vor jedermann, den er erwischte, seine Gedanken ausbreiten, und so hörten wir in den Tagen vor unserem Aufbruch alles über die barbarischen Sitten der Navarresen, deren Sprache wie Hundegebell klingt und die einen Franzosen wegen seines letzten Hemdes umbringen würden.

»Oh, das sind böse Menschen, diese Basken und Navarresen im Gebirge«, sagte Bruder Anselm dann wohl. »Das *Liber Sancti Jacobi* übertreibt durchaus nicht, wenn es sie häßlich und übelwollend, unehrlich, falsch und betrunken heißt.« Ich wünschte von ganzem Herzen, er würde gehen und jemand anders in Angst und Schrecken versetzen.

Am Abend vor unserem Aufbruch stöhnte ich, als Bruder Anselm uns bei Tische fand und sich unaufgefordert zu uns setzte.

»Ja, ja, Bruder Malachi, Ihr und die gute Frau hier und ihre alte Amme, Ihr werdet also zu Fuß gehen, ich jedoch reite von Ostabat an auf einem schönen Maultier nach Spanien hinein. Überlegt es Euch gut, ehe Ihr Euch wieder rühmt, der Schlauere zu sein.«

»Ach? Wie das?« nuschelte Bruder Malachi mit vollem Mund.

Bruder Anselm beugte sich vor und flüsterte: »Die beiden Priester da, die mit mir von Toulouse gekommen sind – der eine mit dem Schweigegelübde –, ich habe gehört, wie sie sich heimlich unterhalten haben. Und das kann ich Euch sagen – ich habe so meine Zweifel, ob sie überhaupt Priester sind, obwohl der alte Mann da von früh bis spät psalmodiert. Die tragen das gelbe Rad, doch das haben sie für die Reise abgelegt. Der junge – der ist eine Frau mit kurzgeschnittenem Haar. Vermutlich seine Frau. In Ostabat verrate ich sie für die ausgesetzte Belohnung und erstehe ein Maultier.«

»Ei, wie schlau von Euch. Ich muß zugeben, dieses Mal habt Ihr mich geschlagen. Aber wir messen uns ein ander Mal, Bruder Anselm. Jetzt versucht Euch an diesem Rätsel –«. Bruder Malachis Gesicht wurde keineswegs unfreundlicher, als er Bruder Anselm seinen ganzen Wein in den Becher goß und ihm gestattete, jedes Rätsel, das er kannte, zu lösen. Nachdem wir das rückgratlose Geschöpf schnarchend am Tisch gelassen hatten, sagte er förmlich und elegant: »Dame Margaret und

Mistress Hilde, morgen brechen wir in aller Frühe auf, ich darf Euch also zu Euren Räumen geleiten.« Doch an der Tür gebot er uns Schweigen und befahl uns, die Tür zu verriegeln. Etwas später hörte ich ihn heimlich an die Tür klopfen und stand auf und ließ ihn ein, denn Mutter Hilde schlief fest.

»Bruder Malachi, was habt Ihr draußen im Dunkeln gemacht? Man hätte Euch umbringen oder die Wache hätte Euch schnappen können«, wisperte ich grimmig. »Und was wäre dann aus uns geworden?«

»Sie sind fort, Margaret, und ich schöpfe neue Hoffnung. Maulesel! Ha! Würde diesem Bruder Anselm ganz recht geschehen, wenn er zu Fuß bis ins Fegefeuer laufen müßte.«

»Sie? Dann waren sie –«

»Natürlich. Mann und Frau, und kein gelbes Rad weit und breit. In Ostabat hätte man ihnen einen schlimmen Empfang bereitet. Aber als sie mir erst glaubten, sprudelten sie nur so über von Informationen. ›Ihr könnt nicht zufällig Hebräisch?‹ fragte ich sie. ›Ich bin auf der Suche nach Abraham, dem Juden, dem berühmten Gelehrten, damit er mir ein sehr – hm – schwieriges, heiliges Buch übersetzt, das ich erworben habe.‹ Der Mann lächelte – das erste Lächeln an diesem Abend. ›Abraham, der Jude? Der ist schwer zu finden. In Frankreich überhaupt nicht. O nein. Nicht mehr, seitdem man die Juden beschuldigt hat, sie hätten die große Pestilenz verursacht, und sie mit Feuer und Schwert vertrieben hat. Und Spanien? Dort auch nicht, da bin ich ganz sicher. Laßt Euch raten, geht nach Avignon. Dort haben die letzten Juden Unterschlupf gefunden. Papst Clemens höchstpersönlich hat zur Toleranz aufgerufen, und niemand hat das Edikt bislang aufgehoben. Geht an die päpstliche Universität zu Avignon und sucht Josceus

Magister auf, denn der ist der größte Talmudgelehrte, der diesem Königreich geblieben ist. Eigenartig, nicht wahr? Der letzte Tempel im ganzen Land steht im Schatten des Papstpalastes. Wenn Josceus nicht mehr lebt, dann findet Ihr dort Gelehrte zuhauf. Viel Glück. Und nun lebe wohl, Bruder. Leider müssen Gertelotte und ich heute bei Dunkelheit reisen.‹ Jetzt beflügelt mich neue Hoffnung. So nahe! So nahe am Ziel! Nur ein kleiner Umweg, um Gilbert zu holen, und dann – das Geheimnis der Geheimnisse!«

Als ich mich wieder ins Bett legte, spürte ich, daß er nicht schlief, sondern hellwach dalag und ins Dunkel starrte.

Kapitel IX

»Führt die Abgesandten des Grafen de Foix herein.« Der Sieur d'Aigremont hatte sich auf dem erhöhten Sitzplatz am Ende seines großen Rittersaals zu einem äußerst eindrucksvollen Bild aufgebaut. Sein schwerer Umhang war über die Lehnen eines großen, thronartigen Holzstuhls drapiert, auf dem er saß, und brachte gleichzeitig das Hermelinfutter und den erlesenen, hellblauen Stein des goldbestickten Wamses zur Geltung, der auf den Speckwülsten seines gewaltigen Oberkörpers schimmerte. Seine großen, ringgeschmückten und mittlerweile haarlosen Hände ruhten untätig auf den Armlehnen, so als wüßten sie nichts Besseres zu tun, als eine Ambrakugel an die Nase zu halten. Und doch spürte man unterschwellig ihre gefährliche Kraft – so als wären sie jederzeit bereit, einen ausgewachsenen Mann zu erdrosseln, wenn die Wut ihn überkam. Das scheinbar lässige Arrangement von Händen, Umhang und Wams war sorgfältig geplant, denn er wollte das, worauf er sich am meisten einbildete, gefällig ins Bild setzen: seine muskulösen Beine, die Beine eines kräftigen Reiters, Jägers, Kriegers und Tänzers, in weißer Seide, welche sich über seinen mächtigen Schenkeln spannte und mit auffallenden, goldenen Strumpfbändern befestigt war.

Welche Ironie, daß auf einem Leib von so ungewöhnlicher Größe und Mächtigkeit ein unverhältnismäßig kleiner Kopf saß. Doch wie um das auszugleichen, waren die Hängebacken so schwer, daß sie den wulstigen Hals völlig verdeckten. Wäre da nicht der breite, juwelenbesetzte Kragen an der verborgenen Nahtstelle zwischen Leib und Kopf gewesen, man hätte schwerlich ausmachen können, wo der Leib aufhörte und der Kopf begann. Ein ausladendes, dunkelblaues prächtig mit Perlen besticktes Samtbarett beschattete die berechnenden Schweinsäuglein und verbarg dem Betrachter das volle Ausmaß ihrer Boshaftigkeit.

Vor ihm knieten die Botschafter, zwei Ritter, noch ganz staubig von der Reise und überbrachten die Botschaft, die man dem Papier nicht anvertrauen konnte.

»Mich einem Friedensvertrag mit den Engländern anschließen, äh? Hat er soviel Angst, der Prinz von Wales könnte von der Gascogne aus gen Osten marschieren, daß er Frankreich nicht unterstützen will?«

»Mon Seigneur de Foix sagt, so wie ihn der König von Frankreich kürzlich unterstützt hat, gibt er seine Ländereien nicht der Plünderung preis, ohne dabei etwas gewinnen zu können. Er reitet mit seinem Vetter, dem Captal de Buch, und schließt sich um seiner Seelen Seligkeit willen den Rittern des Deutschen Ordens an. Er betet, daß zwischen Euch und ihm Friede herrschen möge und daß Ihr Euch ihm zu einem Feldzug anschließt, auf dem jedermann Gold und Ehre winken.«

»Und während er fort ist, soll ich ihm die Kehrseite decken, äh? Wie kommt er auf die Idee?«

»Möchtet Ihr denn nicht löblicherweise Navarra rächen, der dieser Tage im Verlies des Königs von Frankreich schmachtet, desgleichen die erschlagenen normannischen Edelleute des Bündnisses; Navarra steht auf seiten der Engländer; ein Bündnis mit dem englischen Prinzen in Bordeaux würde Euer Gebiet verschonen und

Zeugnis für Eure Liebe zu Eurem Herrn ablegen. Das allein schon sollte Euch geneigt machen, den Worten von Mon Seigneur Foix ein günstiges Ohr zu leihen, selbst ohne die Beweise seiner Liebe zu Euch, welche Ihr so huldvoll entgegengenommen habt.«

»Wie sollte ich die Worte des wohledlen, jungen Grafen de Foix anders als mit äußerst geneigtem Ohr hören? Bleibt und genießt meine Gastfreundschaft, während ich mir sein Ansinnen durch den Kopf gehen lasse.«

Als man sie hinausführte und bevor die nächsten Bittsteller eintraten, wandte er sich an Fray Joaquin, der dicht hinter ihm stand.

»Fürwahr, ein liebender Vetter! Ist die Botschaft von Navarra schon entschlüsselt?«

»Heute morgen, Herr. Er sagt, Ihr sollt Euch mit niemandem außer ihm verbünden; er rechnet mit baldigem Entkommen und hat Pläne für die Rückeroberung seiner Länder im Norden wie auch der Euren.«

»Gut. Wir halten sie hin, dann schicken wir dem Grafen von Foix eine Botschaft unserer ewig währenden Liebe. Ich brauche jetzt Zeit – Zeit und Geld –, damit ich das Heer ausrüsten kann, welches ich zur Unterstützung meines Herrn aufzustellen geschworen habe. Dieser verdammte Räuberhauptmann, dieser elende, englische Herzog! Wenn der nicht wie Satanas in meinen nördlichen Gebieten hocken würde, ich hätte das Geld bereits in den Händen. Und nun habe ich diesen unseligen Grafen de Foix am Hals! Gaston Phoebus, Gaston Phoebus! Warum in des Dreiteufels Namen muß ihn jedermann Apoll nennen, nur weil er ein hübsches Profil hat? Mich sollte man Reynaud Phoebus nennen! Mich! Wer ist der bessere Dichter? Wer ist der größere Schöngeist? Ich, nicht dieser degenerierte Laffe. Freundschaft – pfui –, wenn ich ihn doch nur zwischen meinen Fingern hätte, ich würde ihm schon zeigen, was ich von ihm halte.« Die Finger des Sieur d'Aigremont verkrampften sich, als risse er den gebratenen Flügel eines Silberreihers auseinander. Dann wandte er sich wieder an Fray Joaquin.

»Wie weit ist Messer Guglielmo? Ich bin es leid, auf das Gold zu warten. Habt Ihr ihm gesagt, daß ich ihn pfählen lasse, wenn er sich nicht beeilt?«

Fray Joaquins verschwörerisches Geflüster klang noch gedämpfter. »Er sagt, er braucht mehr Fixativ für das Quecksilber. Der Stoff, den Ihr ihm beschafft habt, hatte nicht die richtige Qualität. Er traut sich nicht, Asmodeus noch einmal anzurufen. Er verliert die Kontrolle über ihn; er ist durch Eure Gaben zu mächtig geworden und könnte sich losreißen und über die Welt hereinbrechen.«

»Außer Kontrolle? Messer Guglielmo ist eine Memme. Aber nicht mit mir. Hat etwa dieser Laffe Gaston Phoebus Schwierigkeiten mit seinem Orthon? Nein, der hat sich seinen Hausgeist gefügig gemacht – so gefügig wie nur möglich. Und dabei hat er Orthon nicht halb so gut gefüttert wie ich Asmodeus. Ich glaube, Messer Guglielmo tischt uns Lügenmärchen auf – er hält mich hin. Und was das Fixativ angeht, das ich ihm geschickt habe, so genügte es höchsten ästhetischen Ansprüchen. Der letzte von den Kleinen beispielsweise, der so schrie, als ich –«

»Nicht hier, Mon Seigneur, nicht hier. Aber ich glaube, ich habe die Antwort auf das gefunden, was Ihr in dieser Hinsicht braucht.« Fray Joaquin sah das Blut in den Schläfen seines Meisters pochen, während dieser begierig an die Taten der vergangenen Nacht in den Geheimkammern dachte. Der fette, alte Narr war nicht mehr Herr seiner Sinne, wenn die Gier ihn überkam. Das war die Schwäche, durch die ihn Fray Joaquin in der Hand hatte.

»Eine Antwort?« Speichel rann dem Grafen aus dem Mundwinkel, und er leckte sich die roten Lippen, als ob sie immer noch nach Blut schmeckten.

»Auf das Goldproblem. Die nächsten Bittsteller. Die Pilgergesellschaft. Behaltet alle unter einem Vorwand hier. Der fette Mönch unter ihnen ist der mächtigste Adept in ganz Europa. Habt Ihr schon von Theophilus von Rotterdam gehört?«

»Theophilus? Der das Geheimnis der Geheimnisse besitzen soll und aus Paris verschwunden ist, just bevor ihn König Johann verhaften wollte?«

»Eben dieser. Und er tat gut daran zu verschwinden, sonst hätte man ihn für den Rest seines Lebens zum Goldmachen eingesperrt.«

»Sagt ihm, ich lasse ihn foltern, wenn er das Geheimnis nicht preisgibt.«

»Das ist ganz und gar unnötig. Er sagt, er will das Geheimnis der Geheimnisse für das Leben von Sir Gilbert de Vilers eintauschen, welcher auch unter dem Namen Gilbert l'Escolier bekannt ist.«

»Gilbert l'Escolier? Woher in des Dreiteufels Namen weiß er, daß er hier ist?«

»Er sagt, der Stein verleiht das Allsehende Auge.«

»Das Allsehende Auge? Das ist weitaus besser als alles, was Orthon diesem Pipigräflein de Foix versprochen hat. Ich wäre der mächtigste Mann auf der ganzen Welt – nein, ich lasse ihn nicht ziehen. Wir werden Theophilus zwingen, sein Geheimnis preiszugeben. Und was diesen überheblichen Möchtegern-Dichter angeht, so habe ich nicht die leiseste Absicht, ihn Theophilus oder sonst jemand auszuliefern. Ich habe ihn ja noch nicht einmal richtig bearbeitet. Wißt Ihr, was er heute gesagt hat? Halsstarrig wie eh und je. Nein, nein, der verspricht ein sportliches Vergnügen – das beste schlechthin, und ich bin gewillt, jede Minute bis ins letzte zu genießen. Beschwatzt diesen Mönch – erweckt den Eindruck, daß ich einwillige, und bringt das Geheimnis in Euren Besitz. Alsdann erledigen wir beide.«

»Ich bin Euren Wünschen zuvorgekommen, Mon Seigneur. Ich habe nichts gesagt, doch die ganze Gesellschaft willkommen geheißen und sie hierhergeführt, daß Ihr sie Euch ansehen könnt. Bietet ihnen Eure Gastfreundschaft für einen längeren Aufenthalt an, und ich werde dem Mann das Geheimnis der Geheimnisse entreißen – wenn nicht mit List, dann mit Gewalt.«

»Tut, was immer erforderlich ist.« Der Graf entließ ihn mit lässiger Geste. Und Fray Joaquins schwarzer Umhang wehte wie ein großer Schatten hinter ihm her, als er in dem langen Gang verschwand, der zu den Geheimkammern führte, während der Graf de St. Médard die Pilgerschar mit einem frommen Zitat begrüßte.

»Das nenne ich mir einen gastfreundlichen Herrn, lieber Malachi«, sagte Mutter Hilde, nahm den breiten, feucht und schlapp herunterhängenden Pilgerhut ab und legte ihren Stab und das Bündel ans Fußende eines der Betten inmitten des langen, gewölbten ›Pilgersaals‹, der auf den Innenhof der Burg ging. Tagelang hatten wir nun schon an rauschenden Flüßchen entlang die Ausläufer der Berge im herbstlichen Kleid und dann die grauen, verhangenen Gebirgshöhen erklommen. Gestern hatten wir die ausgedehnten Apfelgärten des Hochtals von St. Médard-en-bas rauhreifbedeckt hinter uns gelassen, und als wir dann die steilen, gewundenen Straßen von St. Médard-en-haut erreichten, war aus dem Nebel strömender Regen geworden, der uns bis aufs Hemd durchnäßte und unsere Gesichter zu Eis erstarren ließ.

»Was habe ich dir gesagt, Blume meines Lebens?

Mein alter Name wirkt in der Bruderschaft immer noch Wunder«, sagte Malachi und breitete mit selbstgefälliger Miene seine feuchten Sachen vor dem großen Feuer aus. »Theophilus von Rotterdam muß nicht in der erbärmlichen Dorfherberge zusammen mit *hoi polloi* nächtigen, Bruder Malachi jedoch hätte gar keine andere Wahl gehabt.«

Rings um uns richteten sich die weniger vornehmen Mitreisenden aus der Gesellschaft des Abtes ein. Hinter einem schweren Wandschirm am Ende des Saales, der nur von einer niedrigen Holztür durchbrochen wurde, lag die Unterkunft für die weiblichen Pilger. Überall im Raum war der Geruch nach feuchter Wolle und das Gebrabbel der Reisenden, was ihm etwas Anheimelndes gab. Als ich mir das Wasser vom Umhang schüttelte, hatte ich schon wieder so ein Gefühl im Magen, als ob wir einen schrecklichen Fehler gemacht hätten. Noch nie hatte ich soviel Heimweh gehabt. Und Gregory konnte ich mir an einem solchen Ort auch nicht vorstellen. Vielleicht war er bereits fort. Vielleicht war er nie hiergewesen. Margaret, Margaret, du bist eine dumme, halsstarrige Frau, da siehst du, was du dir eingebrockt hast. Da stehst du nun halb erfroren und schwanger in einem der häßlichsten Räume der ganzen Christenheit, und deine Kinder und dein warmes Bett hast du verlassen, um Träumen und Phantastereien nachzujagen. Alle haben dir gesagt, du sollst nicht so störrisch sein, hättest du nur auf sie gehört.

»Nein, wie höflich, wie huldvoll dieser fromme Seigneur d'Aigremont. Habt Ihr seine Ringe gesehen? Der macht uns beim Abschied vielleicht noch ein Geschenk.« Der geschwätzige Bruder Anselm ließ sein Bündel in die Ecke fallen. »Lieber als Geld wäre mir natürlich ein netter, trittsicherer Maulesel. Oh, wie konnten diese verräterischen, falschen Priester sich nur so davonmachen! Zweifellos waren sie im Bunde mit dem Teufel, denn der verrät den Trägern des gelben Rades, wie sie Gottes Gerechtigkeit entgehen können.«

Mir war jedoch etwas Seltsames aufgefallen. Seit wir durch das riesige Eisenportal in das Château eingezogen waren, gab mein Brennendes Kreuz ununterbrochen ein feines, zorniges Summen von sich, gleichsam wie eine gefangene Wespe. Wenn ich die Hand darauf legte, hörte es auf, doch kaum nahm ich die Hand fort, ging es schon wieder los. Im großen Audienzsaal befürchtete ich schon, jemand würde es bemerken, doch zum Glück fiel es bei dem Lärm des ständigen Kommens und Gehens nicht auf. Aber jetzt, in der Stille unseres Raumes, war es besser zu hören als zuvor, und ich spürte, wie es auf meiner Brust, wo ich es unter meinem Überkleid barg, bebte, als wäre es lebendig.

Die Räume, eigentlich ein langer, steinerner Raum, den man mittels eines mächtigen, geschnitzten, hölzernen Wandschirms, der bis zur Decke reichte, unterteilt hatte, waren durch mehrere Gänge ohne Türen für jedermann zugänglich. Sie glichen eher Fluren, wenn man von den Bettstellen mit den einfachen Pelzdecken und den Kohlebecken absah, die zum Wärmen aufgestellt waren. Von den Türbögen her zog es kalt und traf sich mit dem Zug von den Fenstern, daß die Flammen der Kohlebecken tanzten und flackerten. Doch die Räume waren eine anständige Unterkunft und dicht bei den Räumen von Lady Isolde, der Frau des Grafen, und seinem jungen Sohn und einzigen Erben gelegen. Mir kamen sie ein wenig zu gut für Pilger vor, auch wenn sie nach Meinung der hoffärtigeren Reisegenossen kaum den Ansprüchen genügten.

»Sieh nicht so verdrießlich drein, Margaret«, sagte

Bruder Malachi beim Anblick meiner besorgten Miene. »Alles wird wieder gut – warte nur ab. Es hat alles so sein sollen – und bald bist du wieder fröhlich.«

»Da, Malachi, hörst du das?«

»Was?«

»Ein Summen wie von einer Fliege?«

»Eine Fliege? Um diese Jahreszeit? Äußerst seltsame Fliegen haben sie in diesem Teil der Welt.«

Ich legte Stab und Bündel ans Fußende eines der Betten hinter dem Wandschirm. Dann winkte ich Mutter Hilde stumm herbei, fort von den neugierigen Blicken der Männer.

»Hör mal, Mutter Hilde«, flüsterte ich und zog das Brennende Kreuz aus seinem Versteck. Als ich es ihr hinhielt, wurde das wimmernde Summen noch lauter.

»Du lieber Gott«, flüsterte sie, »es summt ja.«

»Und ganz warm ist es auch«, gab ich im Flüsterton zurück. »Es wird schlimmer, wenn ich in die Nähe des Grafen komme. Das kann nur an der Luft liegen, Mutter Hilde. An diesem Ort ist sogar noch die Luft böse.«

»Du hast recht, Margaret.« Mutter Hilde sah sehr ernst aus.

»Warne Bruder Malachi, Hilde, aber laß es nicht diese Plaudertasche Bruder Anselm wissen.«

Ich barg es in der hohlen Hand, und schon schwieg es und wurde kühler.

»So, so, Frauen können wohl nicht anders, sie müssen tratschen, selbst auf Kosten des Abendessens«, verkündete Bruder Anselm etwas spitz, als wir durch die kleine Tür traten.

»So geht es und geht es. Ach, ich weiß auch nicht, warum ich mir diese Bürde aufgehalst habe«, sagte Bruder Malachi laut. »Ich jedenfalls bin hungrig. Und wie ich höre, läßt dieser Herr selbst für so Geringe wie unseren Sim elegant auftischen. Der hat bereits einen Blick in die Küche geworfen, während ihr dahinten getrödelt habt.«

Und tatsächlich, als wir uns umblickten, stand da Sim und sah aus, als wäre er einer Erdspalte entstiegen.

»Auf zum Abendessen, alle miteinander. Ich befürchte, die Reisigen sind uns zuvorgekommen und haben uns die besten Plätze weggeschnappt«, sagte Bruder Malachi.

Doch da täuschte er sich. Man hatte für uns schöne Plätze in der Mitte der Tafel reserviert. Viel zu schön für schlichte Pilger, dachte ich. Das Abendessen war elegant, und die ganze Zeit über spielten uns Musiker auf einer versteckten Galerie auf. Und weil Gesandte vom benachbarten Grafen unter uns weilten, gab es *entremets,* die einem die Sprache verschlugen: Ein Schiff auf Rädern ganz aus Pastetenteig, und dazu tanzten ganz golden bemalte Knaben. Nach dem Abendessen sahen wir maurische Tänze, und diese Tänzer waren ganz schwarz und wüst bemalt und mit Juwelen und Glöckchen behängt. Als dann die Schragen fortgeräumt waren, bedeckte man den Kastentisch wieder mit einem eleganten, roten Tischtuch, und zur Kurzweil der hohen Herrn aus der Reisegesellschaft des Botschafters, die zu Gast beim Grafen weilten, wurden Spiele aufgebaut. Als wir uns empfahlen, ging die Sonne bereits unter, und man hatte für den Spieltisch Kerzen geholt. Im Schein der rauchenden, gerade angezündeten Fackeln würfelten die Herren eifrig, während sich die Gräfin mit ihren Damen und *pucelles* auf die andere Seite des Saals zurückgezogen hatte, wo ein Damebrett aufgestellt war. Am Fuße des Tisches spielte ihnen ein Harfenist auf und sang dazu ein süßes, wehmütiges Lied, doch die Worte verstand ich nicht. Während wir uns durch fackelerleuchtete Gänge zu unseren Räumen zurücktasteten, hallten die letzten Töne des Liedes in mir nach, Töne, die beinahe genauso klangen wie das fast unhörbare Summen unter meinem Überkleid.

Am nächsten Morgen, nicht lange nach dem Frühstück, kam der graugesichtige Dominikaner, der wichtigste Berater des Grafen, so schien es, um Malachi zu holen. Sie redeten Latein, darum verstand ich kein Wort, doch mir gefiel der Ton des Mannes nicht, obwohl es Malachi überhaupt nichts auszumachen schien. Aber er redete Malachi mit ›Theophilus‹ an und tat ehrerbietig. Und dann starrte er Sim auf eine Art und Weise an, die mir gar nicht gefiel; es sah so aus, als wollte er den Preis für ein Schwein festsetzen, und dann murmelte er in einem Dialekt etwas, das sich für mich wie ›zu häßlich‹ anhörte.

»Malachi, geht Ihr –« setzte ich in Englisch an, doch Bruder Malachi gebot mir mit einem scharfen Blick Schweigen, und dieser Blick paßte so gar nicht zu ihm, so daß ich ganz verstört war. Darauf sagte er fröhlich und ebenfalls auf Englisch: »So lebt denn wohl, meine Lieben. Und was auch immer ihr tut, *nehmt Sim mit.*«

»Ja, natürlich, Malachi«, antwortete Mutter Hilde so gelassen wie nur möglich. In genau dem gleichen Ton pflegte sie zu sagen ›das Kind atmet nicht mehr‹. Wirklich bewundernswert, diese Mutter Hilde. Ich kann mir durchaus vorstellen, daß sie geradewegs in die Hölle marschiert und dem Teufel sagt, er solle das Feuer ausmachen, das er gerade schürt, denn oben sei es zu warm, und das in eben diesem Ton. Als sie noch meine Lehrmeisterin war, sagte sie immer:

»Margaret, es gibt Zeiten, da kommt es nur auf die *Festigkeit* an.«

Kurz vor Mittag trieb uns Bruder Malachi in einer

Schar von Nichtstuern auf dem Turnierplatz auf, wo wir zusahen, wie die Knappen zu Pferd ausgebildet wurden, und sagte auf Englisch:

»Meine Lieben, wir wollen nach unseren Pferden sehen.«

»Unsere Pferde?« fragte ich. Als ob wir die gehabt hätten.

»Ja, Margaret. Unsere Pferde, die hier in der Nähe im Stall stehen«, wiederholte er fest, während mir Mutter Hilde einen warnenden Blick zuwarf. Wir folgten ihm wortlos.

»Dort treffen wir vermutlich niemand, der Englisch spricht«, sagte Bruder Malachi und betrachtete ernsthaft die Kruppe eines Pferdes in seiner Box. »Aber man weiß ja nie bei den ganzen Söldnern hier«, fügte er hinzu und ging zur nächsten Box. Während er sprach, starrten wir alle auf den hin- und herwedelnden Schwanz des Pferdes.

»Die hier haben alles, wovon unsereins nur träumen kann. Wunderbare Gerätschaften. Ihren eigenen Glasbläser. Sechs Helfer. Und Messer Guglielmo, welcher der größte Einfaltspinsel Europas sein dürfte, weiß nichts damit anzufangen. Er ist erst halb so weit wie ich. Hält nichts schriftlich fest – das ist seine Schwäche. ›Warum etwas aufschreiben, das nicht geklappt hat?‹ fragt er auch noch. Der Narr! Damit es nicht noch einmal passiert, darum! Außerdem kann man auf etwas stoßen, und dann weiß man nicht mehr, wie man dorthin gelangt ist. Er hat ein Verfahren laufen, welches er seit über einem Jahr bei leichtem Feuer hält. Und zweitausend Eier, die er sechs Monate lang vergraben hat, aus denen wollte er die Quintessenz des Eis herausziehen. Ein starker Stoff, wenn er Erfolg gehabt hätte. Aber pfui! Was für ein Gestank! Ich weiß gar nicht, wieso ihr euch über mich beschwert! Aber was für ein Laboratorium! Philosopheneier jeglicher Größe! Pelikane und Kürbisse, was das Herz begehrt! Eine Aludel, so groß, daß man ein ganzes Zicklein darin sieden könnte! Mit solch einem Laboratorium wäre ich für den Rest meines Lebens ein glücklicher Mensch.«

Irgend etwas war mit Bruder Malachi los. Seine Worte klangen wie gewohnt, seine Stimme jedoch nicht. Wir gingen zur nächsten Box weiter.

»Bücher. Sie haben Bücher, die ich immer haben wollte. Die verbotenen Schriften des Arnold von Villanova. Graecus' *Buch der Feuer.* ›Ei, da habt Ihr ja auch die *Mappae Clavicula*‹, sage ich. ›Ja‹, sagt dieser Dominikaner, dieser Höllenhund. ›Wenn Ihr bleiben und sie kopieren möchtet, so seid der Gastfreundschaft meines Herrn versichert.‹ Da wußte ich, daß er nicht die Absicht hatte, uns ziehen zu lassen.« Malachi blickte uns an. Nur ein paar Stunden, und schon wies sein Gesicht tiefe Falten auf. Und unter seinen Augen zeichneten sich dunkle Ringe ab.

»Dann habe ich mich mit Messer Guglielmo unterhalten. Habe herumgeschnüffelt und kritisiert. Danach wußte ich Bescheid. Es war, wie ich vermutet hatte.« Seine Stimme klang gequält. *»Sie nehmen das falsche Fixativ.* Das, wovon ich dir erzählt habe, Hilde. Häßliche, braune Spritzer überall. Gott allein weiß, wo sie die Knochen vergraben. Dazu schwarze Kerzen. Die hatten sie versteckt, aber ich habe in einer Nische einen Stummel entdeckt, den sie vergessen hatten. Vergib mir, vergib mir, Hilde. Es schien alles so einfach, als mir die Idee dazu kam. Ich hätte weitere Nachforschungen anstellen sollen. Ich hätte es ahnen sollen. Aber anscheinend hat uns meine Sorglosigkeit ins Verderben gestürzt.« Er blickte sie verzagt an, doch ihr starkes

Herz ließ sie nicht einen Augenblick im Stich. Sie ergriff seine Hand.

»Mein Platz ist stets bei dir, Malachi. So habe ich es gewollt. Es gibt nichts zu vergeben.« Er sah sie an, als zehrte er von ihrer Kraft, dann holte er ein paar Mal tief Luft.

»Halte sie hin«, sagte sie. »Du weißt doch wie. Darin bist du gut. Die Zeit nutzen wir, um herauszufinden, wo sie Gilbert verstecken. Ei«, lachte sie grimmig, »Sim kann praktisch durch Wände gehen. Und du – du verstehst die ganzen Sprachen hier und hast überall auf der Burg freien Zutritt. Und Margaret und ich – also, Gott wird uns einen Weg zeigen. Das hat er früher auch schon getan. Und – Margaret – jetzt fällt mir ein, gib mir das Kästchen mit dem Ring. Du bringst es nicht übers Herz, ihn zu verschenken, und vielleicht schadet das Gift auch dem Kind. Es könnte doch sein, daß wir Verwendung dafür haben. Fixativ, fürwahr! Wir werden ja sehen, wer hier Fixativ braucht!«

Zwar behandelte man uns während der folgenden Tage gut, doch wir hatten allen Grund, mit unserem Geschick zu hadern. Tagtäglich verschwand Malachi in dem großen, geheimen Laboratorium, und Hilde hörte nicht auf, sich zu sorgen, bis sie ihn beim Abendessen wohlbehalten wiedersah. Und weil wir die Sprachen hier nicht verstanden, hörten wir rings um uns nur Gebrabbel und kamen uns zuweilen vor wie im Gefängnis. Gelegentlich sprach jemand das Französisch des Nordens, und dann konnten wir uns verständlich machen. Aber wohin wir auch gingen, immer schien uns jemand zu folgen.

Nach einem Weilchen schaffte es Sim, der stets auf der Suche nach Eßbarem war, Freundschaft mit dem Küchengesinde zu schließen, indem er sich der Zeichensprache bediente und sich nützlich machte. Wir waren ganz außer uns vor Sorge, er könnte verschwinden, doch immer kam er zurück, in der Regel kaute er einen Apfel aus einem der großen Vorratsfässer und erzählte uns, was er schon wieder an Neuem entdeckt hatte. Er war es auch, der uns von den Geheimkammern und den Schreien erzählte, die man des Nachts zuweilen hören konnte, und das so beiläufig, als handelte es sich um eine Bärenhatz.

»Und dann«, sagte er und biß erneut in seinen Apfel, »dann bekreuzigen sie sich und legen übertrieben deutlich den Finger an die Lippen und ziehen ihn quer über die Kehle, so –« und schon wieder biß er zu. »Und wißt ihr auch, wie er sie bekommt? Dieser finstere, alte Ziegenbock in Schwarz läßt sie von weither holen, und wenn sie ihm ausgehen, macht der Graf des Nachts ganz in Schwarz Jagd auf sie wie ein Geist. Klopft mit dem Stiel der Peitsche – die mit dem knöchernen Totenschädel als Griff, welche er immer dabei hat – an die Türen der Bauern, und dann deutet er damit auf ein Kind, das er haben will – selbst Säuglinge in der Wiege sind nicht vor ihm sicher.«

»Wie haben sie dir das alles erzählt, das mit der Farbe und den Säuglingen, wenn sie nicht reden dürfen?«

»So«, sagte er. »Sie zeigen auf etwas Schwarzes und machen so«, und mit ein paar Gebärden schilderte er eine gestiefelte Gestalt im Umhang und von Kopf bis Fuß in Schwarz, die, von Vorreitern umgeben, ein schimmerndes weißes Pferd ritt.

»Und warum sagen sie es nicht dem Bischof? Der würde ihm die Inquisition auf den Hals schicken. Wie können so viele Kinder verschwinden, ohne daß es jemand auffällt?«

»Weil alle Angst vor ihm haben. Er kann hexen und

Teufel beschwören. Bei Vollmond reitet er auf der Jagd nach Blut aus wie Satanas persönlich.« Sim fuchtelte mit den Armen, um einen wehenden Umhang anschaulich zu machen, und sprang wie ein galoppierendes Pferd herum und mußte die ganze Zeit über dieses schauerliche Bild grinsen. »Wenn ich wieder daheim bin, erzähle ich alles meinen Freunden. Ich jage ihnen solche Angst ein, daß sie auch nicht mehr wachsen, und dann bleiben wir alle gleich groß«, sagte er zufrieden und setzte sich hin, um seinen Apfel aufzuessen. Wenn Sim einen Apfel verspeist, merkt man, daß er auf der Straße aufgewachsen ist. Er verputzt ihn mit Stumpf und Stiel, so als wäre es der allerletzte.

»Du, Sim, sieh dich vor. Ich möchte nicht, daß dir etwas Gräßliches zustößt«, mahnte Mutter Hilde.

»Oh, sorgt euch nicht um mich. Ich bin zu häßlich, sagen sie. Er mag nur blonde Kinder. Außerdem bin ich flink. Lebt wohl, ich helfe jetzt beim Hühnerrupfen.«

Und Mutter Hilde und ich spazierten wohl auf und ab, insbesondere an offenen Kellerfenstern vorbei, und hofften, etwas zu hören. Einen Fingerzeig, eine Stimme, irgend etwas. Doch der wahrscheinlichste Ort, das Verlies im Bergfried, schien überhaupt kein Fenster zu haben.

»Und nun, Mutter Hilde, was nun? Ich kann wohl kaum wie König Richards Troubadour vor jedem Fenster singen. Damit würde ich mich um diese Jahreszeit verdächtig machen, wenn ich da im Morast herumstehen und in Kellerfenster hineinsingen würde.«

»Es wird sich schon etwas ergeben. Doch da die Rede gerade von Herumschnüffeln ist, was ist eigentlich aus der Weißen Dame geworden, die den Schühchen folgen wollte?«

»Sie hat gesagt, die Überfahrt wäre ihr gar nicht bekommen, und dann wurde sie ganz durchsichtig und blaß und löste sich auf. Wenn einen selbst die Gespenster schon verlassen, Mutter Hilde, dann sitzt man weiß Gott in der Tinte.«

»Damit könntest du recht haben, Margaret, obwohl ich es noch nicht von diesem Standpunkt aus betrachtet habe.« Doch genau in diesem Augenblick stöberte uns eine der Gesellschafterinnen der Gräfin, eine große, dunkelhaarige Dame mit einer grotesken, zweigeflügelten Haube, draußen auf den Stufen zum großen Palas auf, wo wir standen und den matschigen Burghof betrachteten.

Sie redete mich in verständlichem Französisch an, das jedoch einen eigentümlichen Akzent hatte.

»Ist die Frau dort bei Euch die berühmte Meisterin der Kräuterarzneien, *la Mère* Hilde?«

»Freilich«, erwiderte ich, »aber woher wißt Ihr das?«

»Wir haben von Eurem Beichtvater, Bruder Theophilus, gehört, daß sie bei der *noblesse* in England sehr gefragt ist. Er sagt, sie hat sogar schon die Königin behandelt. Könnt Ihr für uns mit ihr reden?« Oh, schlauer Malachi, er hat etwas vor, dachte ich. Und so entspann sich eine dreiseitige Unterhaltung, durch die Mutter Hilde erfuhr, daß die Gräfin an vielen Gebresten litt und ihr Sohn sich nicht wohl fühlte und man Mutter Hilde bat, ihr aufzuwarten.

Und ehe wir uns versahen, führte man uns in einen großen, runden Raum mit steinernen Wölbungen, den schöne, seidene Wandbehänge zierten. Ein großes Feuer brannte, und das Zimmer war überhitzt und verräuchert, denn das Holz war zu feucht. Am Feuer saß ein bleicher, matter kleiner Junge von zehn Lenzen ganz in eine Pelzdecke gehüllt. Auf seinem dünnen, bräunlichgelben Haar thronte ein großes pelzgefüttertes, hellrotes Barett. Er hatte die sonderbaren, wulstigen roten Lippen seines

Vaters, die bei ihm jedoch nur noch ein verblichenes Gelblichrosa zeigten und in einem spitzen, kränklichen Gesichtchen saßen, das an ein nacktes Eichhörnchen erinnerte und ihn seltsam entartet und unnatürlich aussehen ließ. Und wie bei einem Eichhörnchen schienen seine bangen Äuglein fast seitlich am Schädel zu sitzen. Mit dem trübseligen, spitzen Gesicht und dem fliehenden Kinn war er fast das vollendete Ebenbild seiner Mutter, die sich über seinen Stuhl beugte und ihm bei einem Schachspiel mit seinem Lehrer zuschaute. Als sie uns eintreten sah, löste sie sich aus der Gruppe und gab einer anderen Gesellschafterin mit einem ebenso albernen Kopfputz wie die erste Anweisung, uns zu ihr zu führen.

»Ich benötige Heilmittel, Arzneien«, sagte sie, und ihre Stimme wurde dabei zu einem kläglichen Greinen. Sie faßte nach dem juwelenbesetzten Kopfputz, der oben auf ihrem fahlen Rattengesicht saß. »Ich habe Kopfschmerzen, schreckliche Kopfschmerzen. Sie machen mich beinahe blind. Ihr heiligen Pilgerinnen, Ihr müßt mir helfen. Und meine Verdauung. Schmerzen, Schmerzen, versteht Ihr? Ich bin schwach. Und mein Sohn – da seht nur –, er muß kräftiger werden. Er kann diesen Raum nicht verlassen. Er kann nur im heißesten Sommer reisen. Findet ein Heilmittel für ihn, oder heilt ihn mit Euren Gebeten, und ich will meinen Mann bitten, Euch reich zu entlohnen. Ihr zieht ins Heilige Land – nein, nach Compostela, ja? –, beritten wie Königinnen. Jagdhunde, Reisige, Geld. Alles ist Euer, wenn Ihr ihn so kräftig wie andere Kinder machen könnt.«

»Kennst du den Grund, Mutter Hilde?« fragte ich auf Englisch.

»Sieh dir ihr Wappen auf der Wand an, Margaret. Ich kann zwar keine Wappen lesen, aber ich sehe wenigstens vier Felder mit ziemlich ähnlichen Symbolen. Die

Hauptursache ist schwaches Blut. Hohe Familien können sich eine Erlaubnis vom Papst zur Heirat mit sehr nahen Verwandten leisten – sie heiraten zu oft untereinander, und so wird ihr Blut dünn, aber ihre Börse dick. Der andere Grund ist das Böse in diesem Haus. Es saugt diesen Unschuldigen die Kraft aus, obwohl man sie in Unkenntnis läßt.«

»Und sagt ihr«, flüsterte mir die Gräfin auf Französisch zu, damit ihre Dienerinnen nichts mitbekamen, »ich kann keine Kinder mehr bekommen. Mein Gebieter würde mich wieder lieben, wenn ich noch ein Kind hätte. Er hat mich doch einst geliebt. Er hat mir Geschenke gemacht und vor unserer Heirat ein Gedicht auf mich geschrieben. Wenn er mich wieder liebte, würde er mich nicht so alleinlassen. Immer in diesen Räumen eingesperrt, niemals im Freien. Wir reisen auch nie mehr mit ihm. Und wenn mein Gebieter auf dieser Burg weilt, spricht er nie mit mir außer bei Tisch, wenn wir Besucher haben. Er kennt nur noch seine Geschäfte, Nacht für Nacht. Hat keine Zeit für mich. Kein Wort, kein Besuch, kein Beweis seiner Gunst. Und sein Sohn – schaut ihn Euch an! Er verhöhnt das Kind. Wenn Ihr dieses hier nicht heilen könnt, so verschafft mir ein kräftigeres, ich bitt' Euch. Die Mittel kümmern mich nicht – ich muß bei meinem Herrn wieder Gnade finden.«

Während ich übersetzte, untersuchte Mutter Hilde das Kind und machte ta-ta-ta, und es spielte ruhig weiter Schach und schien sie nicht zu hören. Vermutlich hatten die Menschen sein ganzes Leben bei seinem Anblick ta-ta-ta gemacht.

»Ich muß die richtigen Kräuter sammeln«, sagte Mutter Hilde, »sag ihr, daß nicht alle in ihrem Garten wachsen und daß wir außerhalb der Mauer suchen und einen Knaben haben müssen, der uns den Weg weist.« Das kleine Rattengesicht sah entsetzt aus. Und doch geschah es, daß wir bereits am nächsten Tag mit zwei bewaffneten Knechten jenseits der Mauern oberhalb des Dorfes zu den windigen Gebirgspässen wandern durften. Mutter Hilde braut wunderbare Mittel gegen Kopfschmerzen, doch das beste, für das man Weidenrinde braucht, konnte sie hier nicht herstellen, da ihr die Zutaten fehlten. Wir erkundeten die Gegend, doch Gregory fanden wir nicht, obwohl ich überzeugt war, daß er hier irgendwo versteckt wurde.

Unterdes regten sich einige Pilger auf, daß sie vor Einsetzen der schweren, winterlichen Schneefälle nicht mehr über die Berge kamen, und schickten eine Abordnung zum Grafen, der sie mit dem brutalen Hinweis abwies, fürstliche Gastfreundschaft sei weitaus besser, als zur Winterszeit die Berge nackt zu überqueren.

Jeden Abend kehrte Malachi mit neuer Kunde aus dem geheimen, alchimistischen Laboratorium zurück.

»Ach, gar nicht zu sagen, wie ermüdend das Nichtstun ist. Ihr kommt wenigstens an die frische Luft, aber was soll ich sagen? Unter der Erde, bei übelsten Gerüchen eingesperrt und zur Unterhaltung nichts als diesen Narrenkönig, Messer Guglielmo, und einen Haufen stummer Dummköpfe, halbnackt wie die Scharfrichter. ›Mein Gott‹, sage ich zu ihnen, ›wie könnt ihr euch nur mit Kupfergefäßen an die Große Arbeit wagen? Die verunreinigen doch den Drachen. Fort mit ihnen. Ich will Glas, ausschließlich Glas. Eures ist nicht dick genug.‹ Darauf macht Messer Guglielmo ein Getue wie ein altes Weib, und der Glasbläser spielt den Gekränkten, und es dauert ein paar Tage, bis alles seine Richtigkeit hat. Darauf nahm ich die größte Aludel und stellte Weingeist her. Ich habe sie so betrunken gemacht, daß sie sich nicht mehr auf den Beinen halten konnten. ›Das Lebenselixier‹, so sage ich, ›richtet Eurem Herrn aus, er soll davon jeden Abend vor dem Zubettgehen eine Dosis einnehmen. Es verlängert sein Leben um hundert Jahre.‹ Das haben sie getan. Er ist heruntergestiegen und hat mir zugesehen. ›Pfui, unmögliche Gerätschaften‹, sage ich zu ihm. ›Ich brauche Auripigmentum; ohne das kann ich nicht arbeiten.‹ Da wurde er ausfallend. Er ist, glaube ich, hochverschuldet und braucht dringend Geld. ›Meine Gerätschaften sind die besten in sechs Königreichen‹, sagt er, und seine bedrohlichen Hängebacken zittern, ›was nun Auripigmentum angeht, wenn Ihr nicht ohne das auskommen könnt, so reiße ich Euch die Fingernägel einem nach dem anderen aus, bis Ihr es könnt.‹ Uff. Kultiviert, pa !« Bruder Malachi spuckte auf den Boden. »Und beim Mahl soll mir das Essen schmecken, wenn seine Spielleute diese Scheußlichkeiten singen, die er Verse nennt. Wahrlich, Gilbert konnte selbst stockbetrunken bessere machen. Sogar im Schlaf könnte er noch bessere machen.«

»Gregory hat betrunken Verse gemacht?«

»Natürlich, du Dummchen. Man hat ihn in jeder Schenke von Paris bis London gefeiert. Er konnte aus dem Ärmel in jedem Stil dichten. Rondels, Sonnette, alles! Es floß aus ihm heraus wie Wein aus dem Faß! Und fast alle satirisch. Beim Barte des heiligen Dunstan, ein paar waren wirklich lustig! Einmal hat so ein hochwohlgeborener Troubadour ein paar gedungene Schurken ausgeschickt, die sollten ihn auspeitschen, doch wir haben ihn aus der Hintertür hinausgeschmuggelt, wo er in der Hintergasse zum Gedenken an das Ereignis ein Gedicht machte. Wie ich höre, wird es immer noch in übel beleumdeten Studentenkneipen gesungen. ›Warum Dichter geflügelte Füße brauchen‹ hieß es. Dann beschloß er, sich in der Wissenschaft einen Namen zu machen – doch es ergab sich, daß er statt dessen seinen Namen in Verruf brachte. Das war denn doch entmutigend, und da beschloß er, der Ruf, Gott zu sehen, wäre an ihn ergangen, und er wurde zu einem erstklassigen Langweiler. Also, wie er sich mit dir einlassen konnte, das geht über mein Begriffsvermögen – ich kann mir einfach nicht vorstellen, daß ein Mann mit einem Fünkchen Verstand, geschweige denn einer wie er, deine Memoiren aufschreibt. Entschuldigung, aber es will mir nicht in den Kopf, daß du Gedanken haben könntest, die das Aufschreiben lohnen.«

»Genau das hat er auch gesagt.«

»Und du hast natürlich geantwortet, daß er unrecht hat.«

»Ja, selbstverständlich.«

»Natürlich, selbstverständlich«, seufzte Bruder Malachi. »Es war also eine himmlische Eingebung.«

»Malachi, wenn du so plapperst, hast du etwas im Sinn. Was genau ist das?« kam Mutter Hilde dazwischen.

»Also, ich glaube nicht, daß er unter dem Bergfried ist.«

»Dann habt Ihr ihn gefunden!« Mein Herz tat einen hoffnungsfrohen Satz.

»Noch nicht ganz. Aber heute bin ich endlich unter den alten Turm gekommen, doch dort lagern sie fast ausschließlich Pökelfleisch und andere Vorräte. Ich habe ihnen gesagt, ich brauche den Schimmel vom Käse. Und dort habe ich festgestellt, daß es unter uns in dem Raum mit dem Alembik, im Neuen Turm, noch einen Keller gibt. Dort gibt es – weh mir – eine Folterkammer – ich habe einen Unseligen schreien hören, dadurch habe ich es herausgefunden – dazu ein paar große Zellen bis oben hin voller häßlicher Folterwerkzeuge und mehrere gräßliche kleine Verliese. Die sind so angeordnet, daß ständig Wasser durch sie fließt, und dort züchtet er Kröten, Skorpione und was dergleichen mehr ist. Sie sind sehr tief und haben oben ein Gitter – er läßt die Menschen einfach nackt ausziehen und zum Giftzeug hinunterwerfen. Zu diesem Zweck gibt es eine Art Flaschenzug, wohl auch, um sie wieder herauszuholen, obwohl das seit Menschengedenken nicht mehr geschehen ist. Sie sagen, die Verliese sind sehr tief, doch nicht sehr groß – an die zwei Ellen in die Breite, sagt jedenfalls Messer Guglielmo. Ich habe ihn betrunken gemacht, und da war des Redens kein Ende. Es scheint, daß ihn die Schreie bei der Arbeit stören, und er glaubt, daß ein *artiste* wie er für seine Mühen größerer Rücksichtnahme und einer bekömmlicheren Bleibe bedarf.«

»Oh, Malachi, Ihr seid wunderbar; wir haben ihn gefunden!« rief Mutter Hilde. Aber ich fing an zu weinen.

»Ach, Malachi, was für ein gräßlicher Ort. Und so kalt. Er muß tot sein. Wir sind zu spät gekommen.«

»Komm, komm, Margaret, nur Mut. Diesen Teil habe ich mir für zuletzt aufgespart. Es scheint, daß der Graf ihm einmal in der Woche, freitags, so hörte ich, höchstpersönlich einen Besuch abstattet und sich nach seinem Ergehen erkundigt. Geht die ganzen Stufen hinunter, riecht an einer Ambrakugel und kommt so wütend wieder zurück, daß er Messer Guglielmo auf dem Weg nach oben anbrüllt. Vergangenen Freitag hat er mit der Ambrakugel nach ihm geworfen und gedroht, ihm die Hände und Füße abzuhacken, wenn er nicht schneller macht.«

»Freitag? Das war erst vor vier Tagen.«

»So ist es, liebes Kind. Doch nun laßt uns Pläne schmieden. Ich habe keine Ahnung, wie ich zu ihm gelangen soll, und ich bin am Ende meiner Tricks, abgesehen von einem. Wenn ich erst Gold hergestellt habe, sind wir verloren, es sei denn, wir machen uns noch in derselben Nacht auf und davon. Ich werde ihm erzählen, daß es nur bei Vollmond getan werden kann – das gibt uns Licht für die Reise bei Nacht und hält ihn noch ein Weilchen hin.«

»Goldmachen? Du hast die ganzen Jahre gewußt, wie man Gold macht?« Mutter Hilde war entgeistert.

»Gewissermaßen, liebes Herz. Das ist immer ein vielschichtiges Problem.«

»Aber – als wir Geld für die Ausbesserung des Daches gebraucht haben, und als –«

»Hilde, mein Schatz. Die Suche nach dem Grünen Löwen ist nicht zum schlichten Dachausbessern gedacht. Es ist eine höhere, geistige Kraft.«

»Eine *höhere* Kraft?« stotterte Hilde.

»Oh, mein Herzblatt, ich erkläre es dir später. Es ist ein großes Geheimnis, das ich jahrelang gehütet habe, und gewißlich verdienst du es zu wissen. Doch wenn ich versage – nun ja, mir ist es lieber, du behältst den Glauben an meine Kunst.«

»Malachi, du hast doch etwas vor.«

»Natürlich. Habe ich etwa das Gegenteil behauptet? Bereite dich auf eine Flucht bei Vollmond vor, mein Schatz, selbst wenn wir die Mauer mit einem Enterhaken erklimmen müssen.«

»Bei Vollmond, sagt Ihr? Aber das ist ja noch eine Woche hin. Messer Guglielmo, wißt Ihr etwas über dieses Vollmondmärchen? Ich könnte schwören, er hält mich hin.« Die tiefe Stimme des Grafen klang mißtrauisch. Messer Guglielmo jedoch hatte den Stummen den Alembik anvertraut und überließ es ihnen, die Kalzination eines Schwungs Enteneier zu überwachen, derweil er es mit seinem Herrn aufnahm. Das schwindende, winterliche Licht in dem langen, gefliesten Laboratorium war bereits durch rauchende Fackeln ergänzt worden, die in Haltern längs der kahlen Steinwände brannten. Bruder Malachi sah mitgenommen aus, wie er da auf dem kalten Fußboden zu Füßen des Grafen kniete. Er hatte in der Geheimwerkstatt des Sieur d'Aigremont an Gewicht verloren, und das nicht nur wegen des Gestanks. Messer Guglielmos Blick flackerte von seinem Gönner zu seinem Rivalen, er kämmte sich mit den Fingern den wirren, grau und schwarzmelierten Bart und überlegte dabei, was er sagen sollte.

»Nun ja, ich kann nicht leugnen, daß er Ergebnisse vorzuweisen hat. Vorläufige Ergebnisse selbstverständlich. Aber seine Methode ist aus Leyden und auf mancherlei Weise äußerst primitiv. Er bedient sich nicht der klassischen Methode, um die Schwester des Drachen mit Silber zu koagulieren. Das dünkt mich unbedacht – ja, recht unbedacht.«

»Unbedacht?«

»Ja. Eindeutig. Er will nicht das richtige Fixativ verwenden, und so bleibt das Quecksilber flüssig. Und er verläßt sich – hmm – auf Methoden, die keinen höheren Beistand erfordern.«

»Keinen Beistand? Wollt Ihr damit sagen, daß Ihr diesen Narren ohne Beistand herumtrödeln laßt! Und Ihr«, wandte er sich an den Alchimisten zu seinen Füßen, »wie wollt Ihr, mit Verlaub, das Geheimnis der Geheimnisse ohne die Hilfe übernatürlicher Kräfte ergründen? Nur mit der schwächlichen Kraft des menschlichen Geistes?«

»Mon Seigneur, wer die Kräfte der Beobachtung und Rationalität auf das Studium der Natur anwendet, kann gewaltige Umwandlungen erreichen«, antwortete Bruder Malachi schlicht.

»Ha! Das ist ein Geständnis! Ihr habt keine Opfer gebracht! Keine mächtigen Fixative verwendet! Theophilus von Rotterdam, Ihr habt Euer Spiel mit mir getrieben. Ich will, daß Ihr Euer Verfahren heute abend abschließt, Vollmond hin, Vollmond her, und das mit dem richtigen Fixativ.« Die Wut in der Stimme des Grafen grollte bedrohlich.

Bruder Malachis Augen blickten wie die eines gefangenen Hasen.

»Höchst wohlgeborener Herr, es ist ein armseliger Stoff.«

»Armseliger Stoff? Armselig? Frischeren bekommt Ihr nie wieder, Ihr zartbesaiteter, kleiner Mistkerl. Dafür lasse ich Euch die Zunge herausschneiden.«

Bruder Malachi zitterte, doch seine Stimme blieb fest.

»Ich habe das richtige Fixativ bei mir, doch dazu brauche ich Vollmond –«

»Wo? Zeigt her.« Das Gesicht des Grafen dräute über Malachi wie eine Fratze aus einem Alptraum. Irgendwo, ganz nahe spürte er Messer Guglielmos Bart ängstlich zittern, denn dieser hatte ihm sein spitzes Gesicht genähert, um auch ja alles mitzubekommen. Seine Knie waren kalt und taten weh. Man sollte meinen, daß sie mich für diesen großen Augenblick wenigstens aufstehen lassen, dachte er, öffnete seine Pilgertasche und zog ein winziges Lederbeutelchen hervor.

»Nicht darauf atmen. Es darf kein Gran verlorengehen. Zudem könnte es die Hitze Eures Atems verderben.« Tief unten in dem kleinen Säckchen glänzte ein opalisierendes, rosafarbenes Pulver.

»Mein Gott, er hat es. Das Rote Pulver!« Selbst der giftige Messer Guglielmo wirkte einen kurzen Augenblick ergriffen.

»Ihr habt es also die ganze Zeit gehabt. Verwendet es heute abend, sonst wünscht Ihr noch, Ihr wärt tot.«

»Aber mein Anteil in dem Handel? Woher soll ich wissen, ob Ihr ihn noch immer habt?«

»Zweifelt Ihr an meinem Wort?«

»O nein, niemals. Ich? Ich armer, bescheidener Sucher der Wahrheit, ich sollte das Wort eines Edelmanns anzweifeln? Oh, ausgeschlossen.«

»Fordert mich nicht heraus«, knurrte der Graf. »Humor ist mir zuwider. Und Satire noch mehr. Die Zuflucht von Possenreißern und dem Abschaum der Menschheit. Wollt Ihr sehen, was Euch geschieht, wenn Ihr mir mit Humor kommt?«

»– ehem, jetzt nicht. Später vielleicht.«

»Jetzt ist genau der richtige Moment. Schließlich habe auch ich Sinn für Humor. Von der richtigen Art. Es wird mir, glaube ich, ein Vergnügen sein, Eure Miene zu studieren.« Und mit einem Fingerschnalzen rief er zwei der riesigen, stummen Helfer herbei, die Bruder Malachi an beiden Ellenbogen packten und ihn praktisch hochhoben.

»Messer Guglielmo, ich möchte, daß Ihr auch mitkommt. Ich will Euch zeigen, was mit Leuten geschieht, die mich zum Narren halten. Das wird Euer Hirn beflügeln.« Eine Handbewegung, und schon wurde Bruder Malachi die dämmrige, steinerne Stiege ins Reich der ewigen Finsternis hinuntergeschleppt. Zwei Fackelträger leuchteten ihnen, zwei weitere folgten dem Trupp. So war Bruder Malachi gezwungen, sich die rauchverrußte Decke des engen Ganges anzuschauen und zu überlegen, wie viele solcher Spaziergänge der tropfende Ruß bedeuten mochte.

Schon bald mündete der Gang in einen niedrigen, gewölbten Raum, der sein Licht hauptsächlich von den glühenden Kohlen bezog, die ständig unter einem Kessel mit ranzigem Fett brannten. Neben dem Feuer stand ein Ständer mit Eisenwerkzeugen, wie man sie zum Heizen brauchte: Zangen, Schürhaken und Brandeisen. Bruder Malachi fiel ein kleines Kohlebecken ins Auge, das wie ein niedriger Kasten auf Beinen gebaut war und ungefähr die Höhe eines Schemels hatte. Das, o ja, das hatte er schon einmal gesehen. Ein Lieblingswerkzeug der Inquisition. Er zuckte fast unmerklich zusammen.

»Warum seid Ihr mit Frauen angereist, Theophilus? Wo Ihr so zartbesaitet seid.« Die Stimme des Grafen klang ölig und drohend. Malachi blickte sich unter den scheußlichen Werkzeugen im Raum um: Flaschenzüge an der Decke, eine Streckbank, der spanische Stiefel und eine Reihe anderer Instrumente, deren Zweck nur allzu klar war. Nie im Leben war ihm mulmiger zumute gewesen.

»Ja, zartbesaitet. Seht Euch das hier an. Hübsch und scharf, nicht wahr?« Der Graf blieb vor einer eisernen Jungfrau stehen, an der dunkles Blut klebte. »Drückt seine Hand in die Stacheln – aufpassen, nicht zu fest. Er braucht sie heute abend noch zum Goldmachen.« Man schleifte Bruder Malachi zu dem Apparat und drückte seine rechte Hand auf die Stacheln. »Was haltet Ihr davon, Ihr verweichlichter, feiger, kleiner Wurm?«

»Sie – sie würde meiner zarten Haut nicht gut tun.«

»Oh, ja – Eure zarte Haut, die Ihr Euch auf Euren Wanderungen quer durch Europa zu erhalten gewußt habt. Immer noch humorvoll, wie? Mein Meister kann Humor nicht leiden. Und heute abend bringt Ihr ein Opfer und beschwört ihn, damit er Euch hilft, nicht wahr?« Bruder Malachi wurde aschfahl und sackte zwischen seinen Häschern zusammen.

»Frische Augen und ein frisches Herz, richtig, Messer

Guglielmo? Ich habe von der letzten Jagd noch einen Kleinen übrig. Den habe ich fast zu Tode gespielt – er langweilt mich bereits. Was murmelt Ihr da, Theophilus? Gebete? Die helfen hier nicht. Oh, ja – Euer Handel. Das Beste hebe ich mir bis zum Schluß auf.«

Die Stummen holten sich Fackeln aus den Haltern, und dann schlängelte sich die kleine Gruppe in die Tiefe auf einer Treppe, die anscheinend direkt aus dem Felsen herausgeschlagen war. Bruder Malachi spürte, daß von der Decke eiskalte Tropfen auf sein Gesicht fielen und hörte sie aufzischen, wenn sie mit den Fackeln in Berührung kamen. Dann verbreiterte sich der Gang. Hier blieben sie vor ein paar in den Boden eingelassenen Gittern stehen. Verwesungsgestank drang aus ihnen hoch. Der Graf ergriff eine Fackel, ging zum entferntesten Gitter und hielt sie nach unten an die Stäbe. Mit der freien Hand zog er eine Ambrakugel aus dem Beutel an seinem Gürtel und hielt sie sich vor die Nase. Unter dem Gitter war eine heisere Stimme zu hören.

»Da seid Ihr ja wieder, Ihr übler Verseschmied. Was habt Ihr dieses Mal verbrochen?«

»Ich werde Euch meine ›Ode an den Sommer‹ rezitieren.«

»Das Thema ist verbraucht. Stellt Euch der Wahrheit – Ihr habt einfach keine Phantasie.«

»Ihr müßt nur sagen, daß sie gut ist, und schon seid Ihr 50 frei wie ein Vogel.«

»Ausgeschlossen. Ihr habt noch keine Zeile zuwege gebracht, die nicht abgedroschen ist.«

»Abgedroschen? Ich und abgedroschen? Wißt Ihr nicht, wo Ihr seid, Ihr verwanzter Bänkelsänger?«

»Wie könnte ich das vergessen? In Eurem Verlies – wohin Ihr kommt, um mir den Inhalt Eures Nachtgeschirrs oder die Ergebnisse Eurer dichterischen Darmkrämpfe über den Kopf zu schütten. Kaum ein Unterschied zwischen beiden – stammt offenbar aus der gleichen Öffnung. Holt mich heraus und tretet mir wie ein Mann gegenüber, Ihr Feigling.«

»Ich hole Euch nicht heraus, ehe Ihr nicht wie ein Wurm vor mir auf dem Bauch kriecht, mir die Füße küßt und weint und sagt, daß Ihr nie bessere Verse als meine vernommen habt.«

»So zieht mich denn hoch. Ihr habt genügend Werkzeuge dort oben, daß sich sogar ein Priester dem Teufel verschreibt. Einen Dichter zum Weinen zu bringen, dürfte nicht halb so schwer sein.«

»Es soll von Herzen kommen.«

»Ausgeschlossen.«

»Ausgeschlossen? Das glaube ich nicht.« Und der Graf stieß zu wie eine Schlange und gab Bruder Malachi eine gewaltige Ohrfeige. Als dieser aufschrie, ließ er ihn auf das Gitter werfen.

»Wer ist da oben?«

»Gilbert, ich bin's.«

»Theophilus? Du? Was zum Teufel treibst du da oben? Du tropfst ja – hmm, Blut.«

»Ist nur Nasenbluten, Gilbert. Mach dir keine Sorgen.«

»Er ist gekommen, um Euch freizukaufen. Ist das nicht aufmerksam? Doch das Beste kommt noch, Gilbert l'Escolier –«

»De Vilers, Strohkopf.«

»Ihr beharrt also auf der Maskerade, Ihr Schurke? Das ist das allerschlimmste Verbrechen überhaupt – sich für einen Edelmann auszugeben.«

»Ihr müßt es ja wissen.« Die Stimme klang noch rauher, schwächer, doch immer noch trotzig. In der Grube wurde gehustet. Bruder Malachi konnte im Halbdunkel spüren, wie der Graf noch wütender wurde und sein riesiger Leib die Wut wie eine Hitzewelle ausstrahlte.

Verzweifelt flüsterte er in die Grube hinunter: »Gilbert, um Gottes willen, sag ihm, daß dir seine verfluchten Verse gefallen und komm heraus.«

»*Et tu*, Theophilus? Aber es stimmt nicht, und darum sage ich es nicht.«

»Du Idiot – und ich gebe im Austausch für einen solchen Dickkopf wie dich auch noch das Geheimnis der Transmutation preis.«

»Den Stein der Weisen? Guter Gott, Theophilus, willst du, daß ihm halb Europa in die Hände fällt? Ich hätte dich für vernünftiger gehalten.«

»Ist er aber nicht«, fuhr die Stimme des Grafen dazwischen, eine vor unterdrückter Wut ganz ölige Stimme. »Doch wie üblich habe ich mir die beste Überraschung bis zum Schluß aufgehoben. Ich bin sicher, Margaret wird Euch von meinem Standpunkt zu überzeugen wissen – Stück für Stück, wenn Ihr versteht, was ich meine.« Malachi erstarrte vor Entsetzen.

»Ihr habt sie nicht«, kam die Stimme aus der Grube. »Und Ihr bekommt sie auch nicht. Sie ist daheim und in Sicherheit. Zwischen ihr und diesem Ort liegt ein Ozean.«

»Doch nicht mehr lange, Ihr kreischende Dohle. Ich habe sie herbeizaubern lassen. Noch vor dem nächsten Neumond ist sie hier.«

»Unfug.«

»Unfug? Wir werden ja sehen.« Der Graf wandte sich an die Stummen. »Schnappt Euch den schlotternden kleinen Alchimisten da und bringt ihn nach oben. Ich will, daß er heute abend mit seinem Verfahren beginnt. Und schließt ihn ein. Er darf keinen Fuß mehr aus den Geheimkammern setzen, bis er nicht Gold gemacht hat.

Wenn er Erfolg hat, so fesselt ihn und bringt ihn zu mir, gleichgültig zu welcher Tages- oder Nachtzeit. Und – o ja. Verbindet ihm die Augen. Ich möchte kein Risiko eingehen, daß jemandem von außerhalb das Geheimnis dieser Kammern übermittelt wird.« Bruder Malachi gefror bei diesen Worten das Blut in den Adern. Jählings ging ihm auf, daß kein Lebewesen in dem Laboratorium die Vollendung des Großen Werkes überleben sollte.

Als das Pförtnerhorn im steinernen Innenhof widerhallte, rannten die *pucelles* aus dem Vorzimmer der Gräfin zu den Fenstern und hingen sich hinaus. »Besucher, Besucher!« riefen sie. »Oh, laßt mich sehen!« Schließlich sind Besucher immer ein Hoffnungsstrahl – es könnte sich darunter ein künftiger Ehemann befinden. Mutter Hilde unterdrückte ein Lächeln und zerstieß im Mörser ungerührt Kräuter für einen Umschlag. »Was ist ihr Rang? Könnt ihr das Wappen erkennen?« kamen die aufgeregten Stimmen der Gesellschafterinnen. »Noch nie gesehen«, kam es enttäuscht vom Fenster. »Ein Ausländer – drei Herzmuscheln und ein Drache – nein, ein Löwe.«

Drei Herzmuscheln? Mein Gott! Ich sprang auf, verließ die Feuerstelle und drängte mich zum Fenster durch. Bei dem Anblick unten wollte mir das Herz stehenbleiben. Ein Ritter in voller Rüstung mit hochgeschlagenem Visier, den Pilgermantel hinter den Sattel geschnallt, führte den Zug an, der vom Burgtor in den Innenhof kam. Neben ihm ritt sein Knappe und hinter ihnen sechs Reisige, die eine verhüllte Frau auf einem weißen Zelter begleiteten. Unter ihrem schweren, dunklen Umhang lugte ein leuchtend rotes Kleid hervor. Das Wappen – es gab nicht den geringsten Zweifel. Sir Hugo de Vilers hatte mich am Ende doch noch gefunden! Und als ob das hochfahrende und nachtragende Schwägerin mitgebracht, damit sie Zeugin meiner Niederlage wurde. Oh, ich täuschte mich nicht – das Kleid hätte ich überall herausgekannt. So nahe am Ziel – und nun war Gregory für immer verloren! Ich konnte mein Zittern nicht verbergen, als ich wieder zu Mutter Hilde zurückkehrte.

Doch jetzt waren die Kemenaten in hellem Aufruhr, denn bei dem Gedanken, daß eine Edelfrau zu Besuch kam, war die Gräfin aus ihrer Teilnahmslosigkeit erwacht und stöberte fieberhaft in ihren Truhen.

»Endlich einmal eine Dame zur Unterhaltung – Sagt mir, was bedeutet das Wappen? Ich habe es nicht erkannt.« Die Gräfin befragte eine Dienerin, die beim Empfang im Palas etwas mehr gesehen hatte.

»Ein englisches Wappen, Madame.«

»Oh, vielleicht noch ein Gesandter. Vom Heer des englischen Prinzen in Bordeaux?«

»So hat er gesagt, Madame.«

»War die Dame gut gekleidet? Vielleicht kann sie mir über die neueste Mode berichten. Ach, es ist so schwer, mit dem neuesten Stil aufzuwarten, wenn man wie ich auf dem Lande begraben ist.«

»Sie war in Hellrot mit Goldstickereien, Madame.«

»Hellrot, sagst du? Dann tut es dieser alte, braune Samt wohl kaum. Schon ganz abgeschabt. Da sieh nur! Es ist eine Schande, daß der Graf mich nie mehr nach Orléans reisen läßt, damit ich mir Kleider machen lassen kann wie früher, als ich noch in seiner Gunst stand. Hellrot – oh, nicht das Blaue, nein –«

»O ja, die ist richtig. Viel hübscher als hellrot. Ja – die goldene Seide – sag, ist sie zerknittert?«

Und so ging es und ging es, derweil Mutter Hilde und ich am Feuer kauerten und flüsterten, was aber in dem Aufruhr unterging.

Beim Abendessen durfte die Gräfin endlich aus ihren Räumen und gleißte und funkelte, wie sie da unter ihren Damen saß, ihr zur Seite die schöne Besucherin. Sir Hugo war ein schlichter Ritter und nicht einmal Bannerherr, und so saß er viele Plätze tiefer als der edle Gesandte des Grafen von Foix. Man munkelte bereits, daß der Ritter vom englischen Heer in Bordeaux käme und daß die Edelfrau an seiner Seite seine Schwägerin sei, die er hierher begleitet hatte, damit sie eine merkwürdige Bitte des Comte de St. Médard erfülle: Er wollte Lösegeld für ihren Mann nur aus ihrer Hand entgegennehmen.

»Und denkt nur«, sagte der geschwätzige Bruder Anselm, der sowohl in der *langue d'oc* wie in der *langue d'oil* zu Hause war, »hier gibt es gar keinen adligen Gefangenen, es sei denn, er ist unten eingesperrt, was ein schrecklicher Bruch ritterlicher Regeln wäre. ›Oh, ausnehmend unritterlich vom Grafen – die Verachtung der ganzen Christenheit würde ihn treffen‹, so sagte ich zum Knecht des Gesandten, und der erwiderte: ›Das meint auch mein Herr, und er hat den Grafen gewarnt, sich die Engländer nicht zu Feinden zu machen, solange sie vor der Haustür stehen, insbesondere da er nicht weiß, mit wem sich sein eigener König verbünden wird. Doch der Graf hat lediglich geknurrt, daß der König von Navarra durch List an der Tafel des französischen Königs gefangen wurde und daß niemand behauptet, der französische König hätte sich unritterlich verhalten. Doch mein Herr hat gesagt, daß der Graf von Foix nicht mit jemandem Frieden schließen kann, der sich den englischen Prinzen zum Feind macht.‹ Ihr merkt, es ist durch und durch merkwürdig. Ei, seht einmal zur Empore hin. Das ist mir eine schöne Ehefrau. Die macht ja dem Gesandten schöne Augen.«

Selbst von meinem Sitzplatz aus, wo ich mich hinter

dem dicksten Pilger versteckte, damit man mich nicht entdeckte, konnte ich sehen, wie der Gesandte, dessen Gesicht rot von Trunk und Begierde war, sich unter seinem grauen Schnurrbart lüstern die Lippen nach ihr leckte. Und obwohl sie zum Reden zu weit von ihm entfernt saß, übermittelten ihre Augen ihm Botschaften, die nicht zu übersehen waren. Und wer hätte sie schon übersehen können? Die Blicke aller Männer hingen an dieser strahlenden Schönheit. Unter ihrer perlenbesetzten Haube lugten zarte, goldene Ringellöckchen hervor, und sie errötete niedlich und blickte sittsam auf den Tisch. Unter diesen fahlen, südlichen Gesichtern strahlte sie mit ihrem englischen Weiß und Rosa wie ein Edelstein. Und wann hätte je ein Kruzifix so aufreizend auf einem sich hebenden, schwellenden Busen gelegen, wie ihn ihr eng geschnürtes, tief ausgeschnittenes, hellrotes Mieder offenbarte. Mit dem Kleid hatte ich mich nicht getäuscht. Ich kannte es nur zu gut. Doch so hatte es an Lady Petronilla gewißlich nicht gewirkt. Wer war die Frau, die es trug? Sie schlug die Augen nieder – ich mußte warten, bis sie aufblickte. Und dann starrte ich sie an, daß ich mich fast an meinem Wein verschluckte. War es die Möglichkeit? Aber wer sonst konnte es sein. Es war Cis, die Wäscherin! Was um alles auf der Welt führte sie in diesem Aufzug hierher?

Cis saß auf der Empore wie ein leuchtend farbiger Schmetterling genau mitten im Netz des Grafen. Sie flatterte und warf unter den Wimpern Blicke, so als ob sie nicht wüßte, daß ihre Füße im tödlichen Netz festklebten. Dann sahen wir, wie die Gräfin das Wort an sie richtete, doch sie starrte auf ihren Teller und errötete schon wieder, was die Herren in Begeisterung versetzte. Die Gräfin wirkte entmutigt. Sie winkte einer anderen Dame und ließ sie mit der schönen Fremden reden. Erneut dieses niedliche Erröten. Der Gesandte schickte ihr als Gunstbeweis seinen Becher mit Wein, und sie warf ihm unter ihren Wimpern einen dankbar bewundernden Blick zu. Der Graf wölbte bei dem Austausch eine Braue, und seine roten Lippen zuckten, als ob er irgend etwas Ekelhaftes schmeckte. Ich fand, sein Blick verhieß nichts Gutes. Dann richtete er eine Bemerkung an den Mann zu seiner Linken. Ach, wie gern hätte ich gehört, was dort vor sich ging.

Endlich war das Abendessen zu Ende, und dabei hatten Mutter Hilde und ich kaum einen Bissen angerührt. Man räumte die Tische für die abendliche Kurzweil beiseite. Ich mischte mich so unsichtbar wie möglich unter die Schar der Pilger, welche die Lustbarkeiten gern aus der Nähe sehen wollte, und schob mich vorsichtig dichter heran, denn ich wollte alles hören, was dort vor sich ging. Es war so ziemlich das Übliche im Stil des Grafen, eine Art prächtiges, kleines Historienspiel, das der Herr von St. Médard selbst eingerichtet hatte und das seinen Kunstsinn und Geschmack vorführen sollte. Zunächst spielten und sangen die Spielleute. Dann kamen Tänzer, dieses Mal als ›Wilde‹ verkleidet und in haarigen Fellen und mit Wolfsmasken, die beim Herumtollen spöttische, unzüchtige Gebärden machten. Ihnen folgten ganz in Seide gekleidete Jünglinge, die etwas sehr Symbolisches darstellten, und verfolgten die Wilden mit Stäben, um die sie Seidenbänder gewunden hatten. Dem Gesandten war es gelungen, einen Platz neben Cis zu ergattern. Sie machte sich das zunutze, und ihre Hand stahl sich zu seinem Schoß. Seine Hand wiederum schien irgendwo hinter ihr zu verschwinden, wo man sie nicht mehr sehen konnte. Als Pagen die Trompete bliesen und damit etwas ganz Besonderes ankündigten, beugte sich der Graf zu Hugo auf Cis' anderer Seite und sagte laut und vernehmlich:

»Die nächste Schöpfung ist von mir; sagt mir, was Ihr davon haltet.«

Nun folgte ein albernes Liedchen über den Sommer. Die Worte reimten sich irgendwie, aber wenn ich auch wenig von Dichtkunst verstehe, so weiß ich doch, daß etwas Gesungenes klapper-di-klapp wie Pferdegetrampel gehen muß und nicht von Trab zu Galopp wechseln darf oder als ob das Pferd jählings lahmt. Und, o du liebe Zeit, da flöteten doch wahrhaftig Hirten, und Maiden tanzten, und Vögel zwitscherten, doch alles irgendwie falsch, wobei ich jedoch nicht zu sagen gewußt hätte, wieso. Nach dem Lied gab es ein höfliches Gemurmel, denn schließlich hatte jedermann die Worte des Grafen mitbekommen.

»Nun?« fragte der Graf. Sir Hugo rutschte unbehaglich hin und her.

»Also, ich kann mit Poesie nicht viel anfangen. Ich bin eben Soldat. Ich mag Jagdhörner – ha! Das ist Musik für mich! Aber ich fand es sehr schön. Ja, vor allem die Stelle mit den Vögeln, wo sie ›tirili, tirila‹ singen. Da bin ich mir wie auf der Schneehundjagd vorgekommen.«

Die Züge des Grafen entspannten sich. Er wußte, wann ein Kompliment von Herzen kam.

»Und Ihr würdet das Thema nicht etwas – abgedroschen finden?« fragte er in bedeutsamem Ton. Wieso, das ahnte ich nicht.

»Abgedroschen? Wieso denn? Kommt der Sommer nicht jedes Jahr? Derlei nutzt sich doch nicht ab! Ich selber kann vom Sommer gar nicht genug bekommen. Meine liebste Jahreszeit!«

»Gesprochen wie ein Edelmann!« rief der Graf, und dann beugte er sich vor, und seine Augen glühten. »Doch nicht wie ein Bruder des übel beleumdeten, schurkischen Kerls, der in meinem Verlies sitzt. Entweder Ihr seid ein Hochstapler, Sir Hugo, oder aber jener Mann, den Ihr freikaufen wollt, ist einer. Ich ziehe Letzteres vor.«

»Ein Hochstapler! Ich soll den weiten Weg gemacht haben, um einen Hochstapler auszulösen?«

»Denkt Ihr etwa, ich sperre einen Edelmann ins Verlies? Welches Spiel treibt Ihr, Sir Hugo – oder besser, welches treibt Euer Herr in Bordeaux? Und wer ist der jämmerliche Verseschmied, den ich in meinem Verlies habe?«

»Wie könnt Ihr es wagen, mich zu beleidigen? Mein Auftrag ist ein Ehrendienst, und ich will meinen lang vermißten Bruder Sir Gilbert de Vilers auslösen, dessen Lösegeld Ihr nach der Belagerung von Verneuil aufgekauft habt und den Ihr bei Eurer Ehre freilassen müßt.«

»Wollt Ihr mich etwa herausfordern, Ihr englischer Piepmatz? In der Schlacht und im Turnier hat mich noch niemand geschlagen. Seht mich an, ich bin der Comte de St. Médard!« Und damit entfaltete der Graf die mächtigen Gliedmaßen und stand dräuend über Hugo: um eineinhalb Haupteslänge größer als alles im Raum und doppelt so schwer, lauter feste Muskeln unter den Speckwülsten.

»Ich beleidige Euch keineswegs, Ihr beleidigt das Ritterideal«, erwiderte Hugo, und die Röte stieg ihm den Hals hoch. »Ich sage hier, vor diesen edlen Gästen und Zeugen, daß ich ein Mann von Ehre und in friedlicher Absicht gekommen bin.« Der Gesandte des Grafen von Foix neben ihm wirkte jetzt auf höchst interessante Weise mit Cis verflochten. Vielleicht kam es daher, daß sich sein Bart versehentlich im kunstvollen Filigran ihres Kreuzes verfangen hatte, doch wer weiß.

»Friedlich? Wieso friedlich? Offenbart Euch jetzt,

oder stellt Euch mir morgen auf dem Turnierplatz.« Alles starrte sie jetzt an. Selbst der Gesandte hatte seine verlorengegangene Hand wiedergefunden und merkte auf.

»Ihr habt einen Boten nach England geschickt und gefordert, daß das Lösegeld für meinen Bruder von der weißen Hand Margarets, seiner Frau, bezahlt werden müsse. Und ich habe dem Kerl da – dem Dominikaner mit dem grauen Gesicht – eine Antwort mitgegeben des Inhalts, daß wir in Eure Bedingungen einwilligen – und da sind wir. Und wo bleibt unser Willkomm? Warum habt Ihr uns nicht ehrenvoll aufgenommen? Nichts als Beleidigungen, die eines christlichen Ritters nicht würdig sind.«

»Das soll ich gesagt haben?« Der Graf drehte sich um und warf der finsteren Kreatur, die neben ihm stand, einen argwöhnischen Blick zu.

»Eine Vision, Herr. Eine Halluzination. Teil des Beschwörungszaubers«, murmelte der Mönch eiligst.

»Oh. Aha. So ist das. Nun, Sir Hugo, das also ist die schöne Margaret, die Inspiration des Dichters?« Er betrachtete Cis mit neu erwachtem Interesse, dann warf er einen schiefen Blick in die Runde, so als bedauerte er das Beisein so vieler Zeugen.

»So ist es. Und gekommen, sein Lösegeld persönlich zu zahlen. Und da wir Eure Bedingungen erfüllt haben, seid Ihr als Edelmann verpflichtet, es anzunehmen.«

»Kommt her«, bedeutete der Graf Cis. Sie blickte sittsam zu Boden. »Spricht sie etwa kein Französisch?« fragte der Graf neugierig.

»Darauf verstehen sich nur wenige Frauen in England«, sagte Sir Hugo unerschrocken.

»Die *noblesse* sehr wohl. Das ist eigenartig«, sagte der Graf.

»Sie hat das Geld in die Familie gebracht.«

»Doch so fromm und schüchtern. Ideal für meine Zwecke.«

»Was immer Ihr im Sinn habt, Ihr müßt meinen Bruder freigeben.«

»Euren Bruder? Da habe ich so meine Zweifel. Ein großer, dunkelhaariger, knochiger Bursche, der schlechte Gedichte schreibt?«

»Gedichte? Ich wußte gar nicht, daß er Gedichte macht. Hört sich ganz nach ihm an, nur die Gedichte nicht. Denkt über Gott und derlei Zeugs nach – aber Gedichte? Nun gut, möglich ist es. Er trug den gleichen Siegelring –« Und Sir Hugo streckte ihm die Hand hin.

»Den gleichen? Nein. Er hatte überhaupt keinen Ring. Wahrscheinlich gestohlen. Aber würdet Ihr sagen, daß er störrisch ist?«

»Störrisch wie Satanas.«

»Und hat er die Angewohnheit, seine Beleidigungen als Wahrheit auszugeben?«

»Das ist er, wie er leibt und lebt.«

»Dann ist er es, den ich gefangen halte. Doch Ihr könnt keine Brüder sein. Es sei denn, Eure Mutter hätte mit einem Stallknecht geschlafen.«

»Ihr beleidigt die Herrin, meine Mutter! Bei Gott, habt Ihr das gehört, Ihr Herren? Die Herrin, meine Mutter, war so rein wie Schnee!«

»Zügelt Eure Hand, englischer Laffe, es sei denn, Ihr wollt morgen sterben. Der Sieur d'Aigremont erschlägt Euch nämlich mit einem Hieb.« Der Gesandte beugte sich vor, um ein eventuell drohendes Blutvergießen zu verhindern. Der Graf lehnte sich auf seinem Stuhl zurück und musterte Sir Hugo mit dem Anflug eines Lächelns, als wäre dieser ein törichtes Tier, das am Köder einer aufgestellten Falle schnuppert.

»Sagt der lieblichen Margaret, daß ich Euch noch nicht töte. Zuerst soll sie etwas zu sehen bekommen. Fray Joaquin, den Brief, bitte.« Fray Joaquin zog ein gefaltetes Papier mit gebrochenem Siegel aus seinem Habit und reichte es seinem Herrn, der es entfaltete und Sir Hugo damit vor der Nase herumwedelte.

»Nun, was bedeutet das, Sir Hugo?«

»Mir? Ich kann nicht lesen. Bittet den Priester, daß er ihn entziffert.«

»Gebt ihn Lady Margaret.« Cis nahm ihn, hielt ihn verkehrt herum und starrte sittsam zu Boden.

»Bittet sie, ihn vorzulesen, Sir Hugo.«

»Vorlesen?« Sir Hugo erbleichte. »Was steht darin?«

»Das ist der Brief von der wahren Margaret, den Euer Möchtegern-Bruder bei sich trug. Mir scheint, daß die Margaret hier ihn nicht lesen kann. Ich glaube, Ihr wollt mich betrügen, Sir Hugo. Ich will die Margaret, die diesen Brief geschrieben hat, sonst habt Ihr die Bedingungen nicht erfüllt, oder?«

»Nun, ah – hmm – die Margaret – diese Margaret ist die Base jener Margaret. Und jene Margaret – die ist sehr krank. Gebrochenes Herz. Auf der Schwelle des Todes. Konnte nicht reisen. Also hat diese Margaret gesagt, sie geht mit. Sie sehen genau gleich aus, und ehem, Ihr habt doch gerade gesagt, Ihr wollt Margaret haben – da ist sie, und wir haben damit Eure Bedingungen erfüllt.«

»Dann ist die da also auch eine Margaret. Das erklärt alles. Der Narr hat sich bei der Beschwörung nicht genau genug ausgedrückt«, sagte der Graf bei sich und drehte sich zu dem Dominikaner um, der neben ihm immer noch katzbuckelte. »Fray Joaquin«, fauchte er, »Ihr verdammter Stümper, das sollt Ihr mir büßen.« Dann richtete er das Wort wieder an Sir Hugo. »Keine Margaret, kein Freikauf. Zieht heim und bringt mir die richtige Margaret, Engländer.«

»Das ist ganz und gar unfair. Ihr habt meine Mutter beleidigt, meine Margaret beleidigt, und nun wollt Ihr meinen Bruder nicht freigeben. Wir treffen uns morgen auf dem Turnierplatz.«

»Auf dem Turnierplatz? Gut. Mit Eurer gütigen Erlaubnis werde ich Euch auf eine Weise töten, die einem Ritter wohl ansteht. Doch ich gehe nur Eurer Mutter wegen in die Schranken. Für die Sache mit der untergeschobenen Margaret sollte ich Euch in meinem kleinen Zimmer unten in Einzelteile zerlegen. Was den Mann angeht, den Ihr Euren Bruder zu nennen beliebt, so schlage ich eine kleine Kurzweil vor. Ihr habt Euren Spaß gehabt, jetzt will ich meinen. Die Margaret hier – die Base oder was auch immer sie ist, soll, da die wahre Margaret nicht anwesend ist, mit mir um ihn spielen. Sie darf das Spiel wählen.« Er winkte in Richtung der Spiele, die auf dem roten Tuch des Kastentisches für die abendliche Kurzweil aufgebaut worden waren. »Wenn sie gewinnt, schwöre ich bei meiner Ehre als Edelmann vor allen Zeugen hier, daß er als freier Mann mit ihr ziehen darf. Wenn ich gewinne, behalte ich ihn und auch sie für meine Zwecke, wie auch immer die geartet sein mögen.« Ein unangenehmes Lächeln verzog die Mundwinkel des Grafen, und seine Augen funkelten im Fackelschein. Die Gesellschaft hatte Feuer gefangen und schob sich näher. Das hier war ein königlicher Spaß. Ein Leben für eine Frau: Stoff für ein *chanson de geste.* Die Schachfiguren standen auf dem Silber- und Ebenholzbrett bereit; dazu warteten Dame, Backgammon und andere Spiele. Hugo musterte den Tisch. Selbst ihm war klar, daß der Graf sein Spiel mit ihm trieb. Schach? Als ob Cis jemals Zeit gehabt hätte, die

Spiele der Edelleute zu erlernen. Und welche Frau konnte schon einen Mann schlagen?

»Ganz und gar fair, wenn auch recht unüblich.« Der Gesandte betrachtete Cis' rosigen Busen erneut und lächelte etwas wehmütig, und in seiner Stimme schwang Bedauern mit. »Ihr habt keinen Beweis, daß der Mann hier sein Bruder und nicht ohnedies ein Betrüger ist. Einen Gemeinen braucht Ihr nicht freizugeben. Und die Frau – bezaubernd –«

»Schwört Ihr darauf?« fragte Sir Hugo sehr langsam, denn er brauchte Zeit zum Nachdenken.

»Ich schwöre«, sagte der Graf und legte die Hand aufs Herz. »Holt die Reliquien.« Hugo fing an zu schwitzen.

»Angenommen, ich stimme nicht zu.«

»Nicht zustimmen? Zu etwas, das ganz und gar fair ist, in meinem eigenen Haus? Damit beleidigt Ihr mich. Ich sehe es nicht gern, daß man mich beleidigt. Wer weiß, wozu ich fähig wäre?« Und dann legte er lässig die Hand auf die Reliquie und schwor. Er lächelte bei dem Anblick, wie Hugo der Schweiß am Hals hinunterrann.

»Möge die liebliche Margaret nun vortreten und ihr Spiel wählen.«

»Ja«, rief ich laut und löste mich aus der Gruppe der Pilger im Winkel des Palas. Die Angst beflügelte meinen Geist; ich hatte etwas auf dem Tisch gesehen, das mir Mut machte, Würfel nämlich: Mehrere Sätze aus Ebenholz und Elfenbein. Die aus Elfenbein sahen genau wie meine aus. Und so steckte ich mir die Würfel aus meiner Pilgertasche in den Ärmel und trat beherzt vor die großen Herrn. Sir Hugo fiel die Kinnlade herunter, und er starrte mich an, als hätte er einen Geist gesehen. »Margaret«, flüsterte er.

»Was ist das?« fragte der Graf und wölbte die Brauen. »Noch mehr Margarets? Welche seid Ihr?« Der Dominikaner neben ihm wirkte eigentümlich erleichtert, warum, das ahnte ich nicht.

»Ich bin Margaret de Vilers, Ehefrau von Gilbert de Vilers, und gekommen, Euch beim Wort zu nehmen.« Ein Murmeln ging durch die Gesellschaft im Rittersaal. »Entzückend. Was für ein Spaß. Ist das ein Spiel? Vielleicht hat er alles im voraus geplant. Wie originell.«

»Ach, wirklich? Er hat gesagt, Ihr würdet Euch sehr ähnlich sein. Wem soll ich nun glauben?« Vermutlich sah ich nicht so prächtig wie Cis aus, so ganz in Schwarz und mit meinem braunen Pilgermantel und meinem breiten Pilgerhut auf dem Rücken. »Angenommen, ich will die andere Margaret?« fuhr er mit seiner ausdruckslosen, drohenden Stimme fort. Ich konnte sehen, wie der Gesandte des Grafen von Foix verärgert die Lippen schürzte.

»Sie ist keinesfalls die wahre Margaret, und sie ist mit niemandem verheiratet, ganz zu schweigen mit Gilbert de Vilers. Wenn sie spielt, verstoßt Ihr gegen Euren Eid. So geht es nicht.« Der Gesandte war es wieder zufrieden.

»Falls Ihr wirklich die wahre Margaret seid.«

»Das bin ich, und ich kann es beweisen. Jener Brief. Wenn er ihm tatsächlich gehört hat, so kann ich Euch sagen, was darin steht. Und das Siegel. Es ist seines. Es stammt von diesem Ring, den er mir als Ehering gegeben hat.« Ich hielt die Hand hoch.

»Und wer, Sir Hugo, ist das nun?«

»Margaret de Vilers, die Frau meines Bruders«, sagte er matt.

»Die, welche zu krank zum Reisen war?«

»Ich bin genesen«, sagte ich, »und jetzt laßt mich das Spiel wählen.«

»Also Schach, kleine Margaret, die nicht richtig

schreiben kann?« Noch nie hatte eine nette Bemerkung so drohend geklungen.

»Für Schach bin ich zu dumm. Ich will würfeln. Gott wird mir dabei die Hand führen.« Kaum zu glauben, daß ich früher nicht so hätte lügen können. Aber wenn Gott nicht wollte, daß ich gewann, er hätte mir wohl kaum die falschen Würfel zugespielt, oder?

Der Sieur d'Aigremont grinste eigenartig siegesgewiß. »Welche?« fragte er.

»Die da«, sagte ich und zeigte auf ein Trio, das meinem aufs Haar glich. Er schob die anderen beiseite, und man brachte einen Sitz an den Tisch, so daß ich ihm genau gegenüber sitzen konnte. Ich nahm Platz, und da hörte ich, wie das bedrohliche Summen des Brennenden Kreuzes immer lauter wurde und beinahe schon wie ein verzweifeltes Wimmern klang.

»Was ist das für ein Geräusch?« fragte er.

»Wohl eine Fliege«, erwiderte ich. Ich spürte, wie Leiber sich näherschoben und sich alles bemühte, einen Blick auf das seltsame Spiel zu erhaschen.

»Welches Spiel wünscht Ihr? Hasard?«

»Ich – Hasard kann ich nicht. Ich habe noch nie gewürfelt.« Ein eigentümlicher Seufzer stieg aus der Menge auf. »Laßt uns einfach um die höchste Zahl spielen.«

»*Aux plus points?* Wie Ihr wünscht, Madame. Nur einen Wurf?«

»Einverstanden«, sagte ich. Bei mir dachte ich, es ist weniger gefährlich, wenn ich die Würfel nur einmal vertauschen muß.

»Und wir treffen vor diesen hohen Herrn die Vereinbarung, daß der höchste Wurf gewinnt?« Sein Lächeln war eindeutig höllisch.

»Ja.«

Er nahm die Würfel, spielte angelegentlich damit herum, dann schüttelte er sie in der hohlen Hand und ließ sie auf das Würfelbrett rollen, das zwischen uns auf dem Tisch lag.

»Achtzehn«, sagte er, als sie ausgerollt waren. Ich spürte die Hitze, welche die Leiber rings um uns ausstrahlten. »Das könnt Ihr nicht übertreffen, Madame.«

»Wenn es Gott gefällt, so kann ich gleichziehen.« Er griff mit einer schwungvollen Geste nach den Würfeln und reichte sie mir. Mein Herz hämmerte, wollte mir schier aus dem sterblichen Leib springen. Ruhig Blut, Margaret, ruhig, dachte ich bei mir. Ich beugte den Kopf über die Würfel, als wollte ich beten, und vertauschte sie mit meinen eigenen, so wie Master Kendalls Schatten es mich gelehrt hatte und wie es die Geldwechsler tun. Ich warf die Würfel und sah zu, wie sie über das Brett kollerten. Die eng gedrängten Zuschauer atmeten einhellig auf.

»Gleichstand«, sagte ich. »Was jetzt, Monsieur?«

»Noch ein Spiel. Einverstanden?« fragte er die Gesellschaft.

»Ja, ja, weiter«, wurde rings um den Tisch gemurmelt. Ich merkte, wie Gesichter sich näherschoben und mir fremde Menschen in den Nacken atmeten. Dann streckte er die Hand aus und nahm mir meine Würfel weg. O Gott, was nun? Ich war wohl doch nicht zur Falschspielerin berufen. Vorher hatte alles so einfach ausgesehen – das war jählings anders geworden! Ich spürte, wie mir der Schweiß in Bächen den Hals und Rücken hinunterlief. Ich beobachtete seine Hände. Wieder fuchtelte er angelegentlich damit herum. Warte – war da nicht etwas? Das waren doch meine Würfel, die da in seinem Ärmel verschwanden. Das war am Winkel seines Armes zu erkennen. Er hatte sie gegen seine eigenen ausgetauscht! Wenn er wieder die gleiche Punktzahl wirft, dachte ich, dann weiß ich Bescheid. Sie klapperten beim Fallen: sechs und noch einmal sechs. Der dritte schien Kante zu sein, doch dann legte auch er sich richtig hin. Eine Vier.

»Sechzehn«, sagte die Menge aufseufzend. Und ehe er sie nehmen und so tun konnte, als würde er sie mir reichen, während er sie gegen die seinen austauschte – besser gesagt, die meinen – legte ich die Hand darauf.

»Ich bin an der Reihe«, sagte ich, schnappte sie mir und warf rasch. Als sie rollten, schien sich das Tuch zu bewegen.

»Ebenfalls sechzehn«, sagte ich, derweil er im Gesicht rot anlief.

»Noch eine Runde, alles auf einen Wurf.« Sein Gesicht war vor Wut ganz aufgedunsen, doch als er nach Zustimmung heischend in die Runde blickte, nahm ich seine falschen Würfel und ließ statt dessen den ersten Satz aus meinem Ärmel gleiten.

»Eure Würfel, Monsieur.« Ich reichte sie ihm. Unterdes war ich so verängstigt, daß ich nicht mehr wußte, ob es nun ein guter Satz oder ein schlechter war. Aber eines wußte ich, der Satz, den ich ihm gerade abgenommen hatte, mußte falsch sein, die Punktzahl war einfach zu hoch.

»Rührt sie nicht an. Ich nehme sie mir selber«, fauchte er. Argwöhnte er etwas? Ich riß die Augen weit auf und bemühte mich, wie das Abbild gekränkter Unschuld auszusehen. »Lehnt Euch nicht gegen den Tisch. Ihr ruckelt an dem Brett.« Er wirkte wie vor den Kopf geschlagen. Dann blickte er mich mit schmal gewordenen Augen an und nahm die Würfel. Dieses Mal bekam ich nicht mit, ob er sie nun mit dem versteckten Satz vertauschte oder mit denen warf, die ich ihm gegeben hatte. Der Wurf machte einen Halbkreis, der erste Würfel lag still – eine Sechs. Einen Augenblick rollte der nächste dicht an der Kante aus, die Menge seufzte auf. Eine Zwei. Und dann eine Drei.

Ich holte mir die Würfel vom Brett. »Gott steh' mir bei«, sagte ich und bekreuzigte mich. Dann wischte ich mir die schweißbedeckte Stirn mit dem Ärmel und vertauschte die Würfel erneut. Noch nie im Leben hatte ich solch eine Fingerfertigkeit entwickelt. Wer meine Stickereien kennt, würde sich wundern, wie ich das überhaupt fertigbrachte. Zuweilen scheint mir, daß wir nur in Todesangst zu Höchstform auflaufen. Dieser Satz muß ihm gehören, dachte ich, und wenn, dann spielt er falsch, dann gewinne ich, und wenn er ehrlich spielt, dann –

»Achtzehn!« schallte es laut durch den großen Saal. »Lady Margaret hat ihren Ehemann freigekauft!« – »Nein, was für eine Liebesgeschichte!« seufzte jemand – ich glaube, es war die Gräfin.

Selbst der unsägliche Hugo sprang über den Tisch und schlug mir auf den Rücken. »Gut gemacht, Margaret!« brüllte er. »Wacker gespielt!«

Doch der Graf war rot vor Zorn. Seine Hängebacken bebten, als kollerte ein Hahn, und er röhrte wie ein Bulle. »Ruhe, Ruhe, oder ich erschlage euch allesamt!« Seine Hand fuhr zum Dolch in seinem Gürtel.

»Wie ungehobelt. Ungemein ungehobelt«, murmelte der Gesandte. »Ganz und gar nicht wie mein edler Herr. Gaston Phoebus ist ein Mann von Ehre, vornehmlich am Spieltisch, so wie es sich für einen Edelmann geziemt.«

Das überhörte der Graf und rollte mit den Augen. Er drehte sich um und spuckte Hugo seine Wut ins Gesicht. »Ihr da, Engländer. Vergeßt nicht, daß ich morgen auf Euch treffe. Bis auf den Tod. Und Ihr – Ihr habt gewonnen, Madame de Vilers. Jedoch –«

»Ich will ihn auf der Stelle frei haben. Und zwei Pferde. Morgen früh brechen wir auf.«

Seine Stimme wurde bedrohlich sanft. »So sagt an, was ist seine Freiheit ohne einen Geleitbrief wert?«

Ich zuckte zusammen. Welches Spiel spielte er jetzt?

»Wie wollt Ihr wohl wieder nach Haus kommen? Nicht mit dem Schiff. Um diese Jahreszeit verläßt kein Schiff mit Ziel Norden mehr Bayonne. Oder wollt Ihr etwa Aquitanien durchqueren und nach Guyenne, ins Hauptquartier des englischen Prinzen, reisen? Der hat sich für den Winter zurückgezogen, und zwischen ihm und uns liegen nur noch Söldner, und seid versichert, die schneiden englischen Reisenden genauso rasch die Kehle durch wie allen anderen Nationen. Nein, meine Liebe. Es gibt kein Entkommen. Ihr müßt durch mein Gebiet und dann durch neutrale Länder nach Norden, durch Foix, Burgund und jene Länder, die der Krieg noch verschont hat. Ich bin ein mächtiger Mann: Mit meinem Brief und Siegel gelangt Ihr nach Norden und in Sicherheit. Ohne diese seid Ihr so gut wie tot.«

»Ich – darauf wäre ich nie gekommen.« Das war kein Angebot, das war eine Drohung. Nie würden wir lebend aus seinen Bergen herauskommen. Darauf hatte er nicht geschworen, also konnten ihm die Zeugen das auch nicht anlasten.

»Ihr müßt mich verstehen. Ich verspüre keine Zuneigung für Euren Mann. Ich zähle ihn zu meinen persönlichen Feinden. Laßt uns also die Bedingungen, zu denen Ihr meinen Geleitbrief bekommt, in meinen Gemächern aushandeln, heute um Mitternacht. Kommt allein.«

»Aber –«

»Ist Euch noch nicht aufgegangen, daß er mit Euch schlafen will? Wieso sonst wohl die Scharade mit den Würfeln? Los, holt Euch den Brief, dumme Gans, und sowie ich mich mit ihm auf dem Feld der Ehre geschlagen habe, sind wir alle frei«, zischte mir Hugo auf Englisch ins Ohr.

»Hugo, Eure schmutzige Phantasie geht mit Euch durch. Das gehört sich nicht. Und mehr noch, er hat ganz eindeutig vor, Euch zu töten. Keiner von uns soll hier lebend herauskommen – und wenn er nicht bei dem hohen Gesandten da Eindruck machen wollte, er wäre es um einiges direkter angegangen. Seht Ihr denn nicht, wie riesig er ist? Der macht Hackfleisch aus Euch.«

»Pa, das habt Ihr wieder einmal in die falsche Kehle gekriegt. Er ist ein Ritter und an ritterliche Regeln gebunden. Außerdcm ist er älter als ich und völlig verfettet. Große Männer sind immer unbeholfen – der fällt um wie ein von Pionieren angegrabener Turm. Aber wie, glaubt Ihr, soll er den Geleitbrief noch unterzeichnen, wenn ich ihn besiegt habe? Was ist Euch lieber? Gilbert, der Hahnrei, oder Gilbert, der Leichnam? Außerdem wird es Euch gefallen. Tut es doch den meisten Frauen. Nun sagt schon ja, bigotte kleine Närrin.« Oh, was konnte mich dieser Hugo aufbringen. Dumm wie Bohnenstroh und hilfreich wie ein gesprungener Krug. Wer würde mir helfen? Ich muß ihn hinhalten. Mir wird schon etwas einfallen. Vielleicht kann ich ihn überlisten oder um Erbarmen flehen. Und so wandte ich mich an den Grafen.

»Als erstes möchte ich diesen Geleitbrief sehen. Erst dann stimme ich einer Unterredung zu.« Ich blickte ihm ins aufgedunsene Gesicht, doch hinter die Fassade des Wüstlings vermochte ich nicht zu schauen.

»Nicht übel, nicht übel. Schade, daß sie kein Mann ist. Sie würde einen guten Diplomaten abgeben«, hörte ich den Gesandten zu einem seiner Reisegefährten sagen.

»Aber natürlich doch. Ich lasse ihn hier schreiben. Und Ihr erhaltet ihn unterzeichnet und dazu noch diesen

Ring von meinem Finger, nachdem Ihr mich in meinen Gemächern aufgesucht habt«, erwiderte der Graf. Sein ausdrucksloser, überheblicher Ton gefiel mir nicht.

»Und ich möchte ihn in anständigem Französisch haben – nicht in Latein oder irgend etwas, das ich nicht lesen kann.«

»Schlau, schlau, diese Frau«, hörte ich jemanden hinter mir. »So hat der König einst ein Todesurteil geschickt – Tod dem Überbringer, in Latein. Der arme Teufel ist nie dahintergekommen.«

»Abgemacht, abgemacht –« bedeutete er mir lässig. »Fray Joaquin, holt Feder und Papier.« Als sein schwarzer Schatten im Umhang davonwieselte, spürte ich den Blick des Grafen auf mir, als wollte er in mein Inneres schauen. Ein gruseliges Gefühl, so als zöge er mich in Gedanken nackt aus. Kein Laut, außer den Atemzügen der Menschen, war im Raum zu hören. Und dann, in dieser gräßlichen Stille, spürte ich es. Tief in meinem Schoß rührte sich etwas zum ersten Mal. Nein, ich täuschte mich nicht. Das Kind bewegte sich. Genüßlich, wonnevoll, wie ein Schwimmer zur Sommerszeit.

Wie kannst du in diesem Augenblick nur so fröhlich sein? fragte ich es bei mir.

»Jauchz«, antwortete es und kugelte sich noch einmal. Jauchz, dachte ich und konnte das tanzende Licht vor meinem inneren Auge sehen.

»Jauchz«, wiederholte das Kleine und drehte sich erneut. Im Hintergrund monotones Gerede. Monotones Französisch und Schreibgeräusche.

Hast du keine Angst vor dem Tod? Womöglich sterben wir, sagte ich zu ihm.

»Jauchz, jauchz«, sagte das Kleine und kugelte sich.

Du dummes Ding, hast du denn keinen Funken Verstand? schimpfte ich.

Jemand rüttelte mich am Arm.

»Ihr Brief, Madame, da ist er«, sagte Fray Joaquin.

»Gebt her. Ich muß ihn lesen.«

»Da liegt er, Madame«, sagte der Graf und zeigte auf das Papier auf dem Spieltisch. Er hatte den Kopf zurückgeworfen, daß sich sein Doppelkinn vorwölbte, und trug die fleischige, breite Nase hoch. In seinen Nasenlöchern wuchsen borstige, schwarze Haare. Oh, häßlich, dachte ich und erschauerte, denn es durchfuhr mich kalt.

»Ohne Siegel ist er wertlos, wie Ihr wißt«, setzte er hinzu. »Ich siegele ihn und gebe Euch diesen Ring nach – unserer privaten Abmachung heute nacht. Ihr versteht? Wenn ich mich zurückziehe, erwarte ich Euch dort –«

Ich hielt es nicht länger aus. Ich stopfte mir das Papier vorn ins Kleid und drängte mich weinend durch das Gewühl.

»Gut – der Anfang ist gemacht«, hörte ich ihn sagen, während ich entfloh. Auf dem Flur schallte rauhes Gelächter hinter mir her.

Kapitel X

Bruder Malachi beugte sich über die siedende Masse aus geschmolzenem Metall und hielt den Atem an, da aus dem Schmelztiegel scheußliche Dämpfe emporwallten. Der Feuerschein bestrahlte sein Gesicht und machte, daß es ganz rötlich aussah; Schweiß lief ihm in Bächen über die Stirn und rann ihm gleichsam wie Tränen über die Wangen. Er trug eine große Lederschürze, damit ihm das Gewand nicht in Flammen aufging. Dicke Handschuhe schützten seine Hände und Unterarme bis zu den Ellenbogen. Seine linke Hand hielt den jetzt geöffneten Lederbeutel mit dem Roten Pulver, seine rechte den schwarzen, eisernen Rührstab.

»Fast soweit«, sagte er und zog den Kopf aus der starken Hitze.

»Schwefel. Ihr habt noch keinen Schwefel beigemischt. Nach Villanova muß man das zu Beginn eines jeden Prozesses tun.« Im tanzenden Licht des Infernos glühten Messer Guglielmos Augen unnatürlich.

»Lullus jedoch sagt, daß es erst jetzt geschehen darf. Es sei denn, Ihr haltet so wenig von Lullus wie von Magister Salernus, denn der sagt, daß der Prozeß nur bei Vollmond durchgeführt werden darf, wenn man eine zufriedenstellende Augmentation erreichen will.«

»Und wo, mit Verlaub, sagt er das?« Messer Guglielmos Stimme triefte vor Hohn.

»Glaubt Ihr etwa, er würde ein solches Geheimnis preisgeben? Es befindet sich im siebten Bild auf der einundzwanzigsten Seite. Er hat es im Vielfachen der Sieben verschlüsselt. Dort steht ganz eindeutig der Pfau unter einem Vollmond. Gleich hinter dem grünen Löwen.«

»Nicht in meiner Kopie, dort nicht.«

»Dann ist Eure falsch. Habt Ihr den Fehler auf der Seite bemerkt, wo die Taube herunterstößt?«

»Gut, das mag sein – aber Vollmond bedeutet, daß Silber mit im Spiel ist, wohingegen eine Durchführung des Verfahrens bei Vollmond nach meiner Verschlüsselungsmethode als schwangere Königin dargestellt sein müßte, und dergleichen habe ich nirgendwo erblickt.«

Selbst die blöden Helfer ließen sich von dem Streit fesseln und beugten sich vor, um den Prozeß zu prüfen. Bruder Malachi hörte auf zu rühren, schob den hohen Schemel neben dem Alembik an die Wand und setzte sich. Er lehnte den Rücken an die kühlen Steine und seufzte, hob den Arm und wischte sich den Schweiß mit der Armbeuge von der Stirn, ließ aber sein kostbares Beutelchen keinen Augenblick los. Seine behandschuhte Hand umklammerte immer noch den Stab, der auf seinen Knien ruhte.

»Also«, fuhr die giftige Stimme Messer Guglielmos dazwischen, »ohne das Fixativ kommt Ihr nicht weiter. Das müßt Ihr zubereitet zur Hand haben, frisch, sonst verdirbt Euch der Prozeß.«

»Euer Fixativ verwende ich nicht. Das ist nicht erforderlich. Es ist böse. Die Kraft aber, die das Universum erschaffen hat und es umwandelt, ist gut. Das Rote Pulver wirkt sonst nicht – und außerdem –«

»Schon wieder Ausflüchte. Feige Ausflüchte, das gehört sich nicht für einen Wissenschaftler. Jetzt könnt ihr Euch nicht mehr herauswinden. Ihr überbewerteter

Möchte-gern-Alchimist. Eure Art von Geschwafel könnte vielleicht einen Laien hinters Licht führen, doch dieses Mal habt Ihr es mit einem Fachmann zu tun. Hört Ihr?« Messer Guglielmo ging unruhig auf und ab, und seine Stimme stieg zu einem rauhen Gekreisch an. Bruder Malachi lehnte mit glasigen Augen an der Wand, und sein Atem kam in zittrigen Stößen.

»Nicht zu fassen, daß Ihr soweit gekommen seid, ohne den Wagemut zu besitzen, den der wahre Forscher braucht – ohne die Bereitschaft, Risiken einzugehen. Ich bin es, der das Geheimnis der Geheimnisse fast ergründet hat. Ich habe Euch nicht gebraucht. Aber nein, der berühmte Theophilus, oder jemand, der sich für ihn ausgibt, dem fällt alles in den Schoß.« Er riß sich beim Auf- und Abgehen mit einer fahrigen Bewegung Haare aus dem Bart.

»Heute abend seid Ihr dran, Theophilus, und Ihr könnt Euch gar nicht vorstellen, wie ich darauf brenne, Euch scheitern zu sehen. Ihr reizt mich! Ihr reizt mich! Ihr erbost mich. Gescheitert, Theophilus, gescheitert! Und wenn Asmodeus mir zum Sieg verholfen hat, dann habe ich das Vergnügen, Euch langsam, langsam sterben zu sehen –« Er fuhr zusammen und blickte auf. Fray Joaquin, der geräuschlos eingetreten war, stand schattengleich vor ihm.

»Gescheitert? Ist er gescheitert?« fragte der Dominikaner mit dem Anflug eines grausigen Lächelns.

»Der Prozeß verändert sich gerade. Als nächstes kommt Schwefel dazu, wenn nämlich die Hitze am größten ist. Und wenn er darauf die Farbe wechselt, muß das Rote Pulver beigemischt werden. Aber ich habe keinen Vollmond, also wird es sich nicht so vervielfachen wie gemeinhin üblich –« erklärte Bruder Malachi matt.

»Hört Ihr, wie er jetzt schon Ausflüchte macht. Er

versucht, sein Fell im voraus zu retten. Habe ich Euch nicht gesagt, daß ich seinesgleichen kenne.«

»Ihr sollt Asmodeus beschwören«, sagte der Mönch im schwarzen Habit.

»Meinen Asmodeus beschwören, damit er diesem Narren aus der Patsche hilft? Damit sich dieser Laie dann mit meinem Erfolg brüsten kann? Nach allem, was ich durchgemacht habe? Wenn ich das Risiko auf mich nehme, Asmodeus zu beschwören, dann nur zu meinem eigenen Triumph.«

»Ihr steht unter Befehl.«

»Ich habe keine Opfergabe. Der Graf hat sie noch nicht nach unten geschickt. Außerdem brauche ich Zeit, um den magischen Kreis anzulegen. Dieses Mal können wir uns keinen Fehler leisten.« Bei dem Gedanken an den dräuenden Dämon, wie er mit mächtigen Schwingen gegen die zerbrechliche Barriere schlug, erbleichte sogar der giftige Messer Guglielmo ein wenig.

Bruder Malachi neigte den Kopf und bekreuzigte sich. Seine Lippen bewegten sich in stummem Gebet. Der Rührstab lag auf seinen Knien.

»An die Arbeit, legt den Kreis an, Ihr Einfaltspinsel« Fray Joaquin holte sich einen großen Schöpflöffel von dem breiten Holztisch in der Ecke und schlug ihn dem unseligen Messer Guglielmo um die Ohren. Der warf die Hände hoch, wollte seinen Kopf schützen, zog sich in die Ecke zurück und kauerte dort, bis sich das Gewitter verzogen hatte. »Aber – das Opfer?«

»Ihr wißt sehr wohl, daß nicht ich dieses bringe. Das will er immer selbst tun. Heute abend dürfte es etwas später werden. Ihr sollt den Prozeß hinhalten, bis er die Leiche der Frau nach unten bringt.«

»Frau? Ich dachte, er hätte noch ein Kind übrig?«

»Hat er auch. Das hier ist etwas anderes. Er hat jetzt

eine Frau in seinen Gemächern, und wenn sie seiner Lust gedient hat, bricht er ihr das Genick und läßt sie mit der Opfergabe herunterbringen.«

»Das klingt mir nicht alchimistisch. Asmodeus mag keine Frauen.«

»Nein – er sagt aber, das hat etwas mit Kunst zu tun.«

Malachi quollen die Augen aus dem Kopf, doch sein Leib blieb schlaff an die Wand gelehnt, so als hätte er nichts gehört. Er holte tief Luft.

»Die Zeit ist gekommen«, sagte er, stand vorsichtig auf und machte ein großes Getue beim Überprüfen der Gerätschaften. »Der Prozeß ist reif. Ich werde Gold herstellen.«

»Jetzt?« sagte Fray Joaquin zu ihm gewandt. »So bald schon. Nehmt Euch in acht mit Euren Versprechungen.« Aber in seinen Augen glitzerte die Habgier.

»Er wird scheitern«, fauchte Messer Guglielmo. »Darauf freue ich mich schon lange.«

»Nein, das werde ich nicht«, sagte Bruder Malachi, beugte sich über den Schmelztiegel, schüttete das Rote Pulver hinein und rührte mit dem eisernen Stab in sich überschneidenden Dreiecken das Pentagramm Salomonis; dazu psalmodierte er jedes Mal etwas Unverständliches, wenn der dunkle Stab in der glühenden Masse einen Winkel zog.

»Ich will, daß er noch heute abend freigelassen wird. Nicht morgen nach dem Zweikampf.« Meine Stimme klang fest. Ich stand ein paar Schritt vor der offenen Tür zum Schlafgemach des Grafen, doch meine Knie zitterten, und mir war übel. Der kleine Bruder Anselm hatte mich zur Tür begleitet und mir die ganze Zeit über die heilige Ursula und ihre jungfräulichen Märtyrerinnen als leuchtendes Beispiel vor Augen gehalten.

»Die Krone der Tugend ist dem Sündenpfuhl vorzuziehen«, predigte er. »Zudem bin ich zu dem wohldurchdachten Schluß gekommen, daß man diesem Grafen nicht trauen darf. Weiß Gott nicht. Er könnte durchaus versuchen, Euch hereinzulegen, wenn er erst einmal hat, was er begehrt. Denn hätte er nicht Euren Mann laut jauchzend herbeischaffen, ihn mit Lorbeer bekränzen und ein Fest der Poesie feiern sollen? Das darf man von einem Edelmann erwarten. Doch er? Er ist ein schlechter Verlierer. Er macht Ausflüchte, besteht auf einem Turnier. Ich glaube, er wird Euch betrügen, und wie steht Ihr dann da? Die Tugend futsch und der Ehemann auch, denn dessen Ehre gebietet, daß er Euch verstößt, falls ihm etwas zu Ohren kommt.«

»Daran habe ich auch schon gedacht«, sagte ich. Mein Gott, sein Gerede konnte einen wahnsinnig machen! Wenn mich etwas aufbringt, dann jemand, der langsamer als ich ist und sich Gedanken über etwas macht, was auf der Hand liegt.

»Und ich sage Euch, Ihr seid einfältig. Frauen sind Einfaltspinsel. Darum sollten sie sich stets von Männern anleiten lassen.«

»Ist Euch nie in den Sinn gekommen, daß ich genau das mache? Und Ihr selber nennt es einfältig«, sagte ich. »So sagt mir denn, welcher Mann recht hat, dann tue ich auch meine Pflicht, ja?«

»Unser Herr Jesus Christus«, sagte er, richtete den Blick gen Himmel und bekreuzigte sich.

»Oh! Ihr habt gut reden!« Zornentbrannt machte ich auf dem Hacken kehrt, doch er war mir ohnedies bis zur Schwelle gefolgt. Die Tür stand weit offen. Dutzende von flackernden Kerzen erhellten den Raum. An den Wänden, zwischen den Haken, auf denen sein scheußlicher Satinwams und die riesige Bruch mit den spitzen

Ledersohlen hing, waren Fackelhalter angebracht. Ein silberner Kandelaber thronte mit einem Dutzend Kerzen bestückt auf einem runden Tischchen, und auf dem bestickten Tischtuch waren ein Krug mit Wein, ein einziger Silberpokal und ein kleines Nachtmahl angerichtet – kaltes Geflügel in irgendeiner Soße, eine zugedeckte Schüssel und Brot. Auf einem riesigen, vergoldeten Bett mitten im Zimmer ruhte eine hünenhafte Gestalt, mit nichts als einer Nachtmütze auf dem Kopf und einer großen, pelzgefütterten *robe de chambre* bekleidet, die er anzüglich aufspringen ließ.

»Ich habe gewußt, daß Ihr kommt«, sagte seine tiefe Stimme aus den Schatten.

»Ich will Gilbert jetzt haben, nicht morgen«, sagte ich fest und blieb an der offenen Tür stehen.

»Ich habe vor, Euch zu ihm zu bringen, wenn wir erst unser kleines – Gespräch – hier beendet –« Die Gestalt schob sich vom Bett. »Jean, du kannst gehen. Und mach die Tür hinter dir zu.« Der Kammerdiener ging, und die Tür schlug mit einem dumpfen Laut zu. Auf einmal war mir am ganzen Leib kalt, mich fröstelte.

»Euch friert? Etwas Wein dürfte Euch warm machen.« Er deutete zum Tisch. Unter dem Geschirr mit dem Nachtmahl glänzten die Gold- und Silberfäden der Stickerei im Kerzenschein. Hinter dem Tisch stand ein Bänkchen mit Rückenlehne.

»Ich bin – nicht durstig. Ich will ihn wiederhaben. Ihr habt bereits geschworen –«

»Seid doch nicht so ängstlich. Zweifelt Ihr an meinem Wort? Da – hier ist der Ring.« Er mußte tüchtig an ihm drehen, sonst hätte er ihn nicht herunterbekommen, so tief hatte er sich eingegraben. Das verdarb die große Geste, was ihn kurz zu ärgern schien. »Ich lege ihn auf den Tisch, so, als Pfand.« Seine Bewegungen waren so behutsam und geschmeidig, als wollte er ein wildes Pferd zähmen – er ließ mich keinen Augenblick aus den Augen, während er ihn auf den Tisch legte.

»Und das Siegelwachs auch. Könnt Ihr es dort sehen?« sagte er mit der beschwichtigenden Stimme eines Dompteurs. »So setzt Euch doch und trinkt ein wenig Wein.«

»Der könnte vergiftet sein«, summte ein kühles Stimmchen in meinem Kopf.

»Habt Ihr Angst vor dem Wein? Seht her. Wir haben nur einen einzigen Becher. Einen Liebespokal. Heute nacht trinken wir beide daraus. Seht Ihr? Ich trinke zuerst.« Er trank den Wein mit einem großen Schluck, dann schenkte er aus dem Silberkrug nach.

»Der schon ausgeschenkte Wein war in Ordnung. Hüte dich vor dem Wein im Krug.« Das silbrige Summen in meinem Kopf schien von weither zu kommen.

»Kommt, setzt Euch«, sagte er wieder in diesem gelassenen, furchterregenden Ton.

»Ich bin nicht müde«, erwiderte ich. »Ich bin gekommen, um über Gilbert de Vilers zu reden. Ich will Pferde haben, ich will Euren Ring haben. Ich will sobald wie möglich fort von hier. Ein Edelmann hätte mir diese Dinge ohne diese – Scharade angeboten.«

»Setzt Euch!« brüllte er, und sein Jähzorn machte mir Angst. Ich nahm Platz.

Er drängte sich neben mich auf das Bänkchen, und das konnte seinen Umfang kaum fassen. Ich spürte, wie sich all diese Speckwülste unter dem Hausmantel an mich preßten. Der fiel nämlich auf und offenbarte eine eigenartig haarlose Brust – nein, nicht haarlos. Rasiert. Pfui. Wie abstoßend. Und sein Leib roch so ekelerregend süßlich. Was war das nur? Pu. Fliederwasser. Wenn ich hier jemals herauskomme, dachte ich, kann mir Flieder für immer gestohlen bleiben. Hirn, Hirn – laß dir etwas einfallen. Rasch, rasch.

»Ihr seid nicht durstig? Dann probiert – einen Kapaunschlegel.« Er bohrte die Finger in das Fleisch des toten Vogels und grub einen Bissen aus, den er mir zwischen Daumen und Zeigefinger an die Lippen hielt. Ich merkte, wie meine Augen groß wurden und sich mir der Magen umdrehte.

»Ich – ich bin nicht hungrig.«

»Nicht hungrig?« fragte er, verspeiste den Bissen selbst und wischte sich mit der Serviette die Lippen. »Köstlich.« Er schmatzte mit den eigentümlich roten Lippen. »Diese Soße – ich bin Soßenkenner.«

»Ich will Sir Gilbert jetzt haben.«

»Jetzt? Diesen haarigen, barbarischen Affen?« Er merkte, daß sich meine Augen wie gebannt, doch entsetzt zu den nackten Speckrollen stahlen, die der offene Hausmantel enthüllte.

»Frauen finden das bezaubernd«, sagte er und musterte meine Miene. »So bin ich am ganzen Leib. Ihr solltet es selbst ausprobieren. Der Schmerz – ist – gar köstlich.«

Ich war so angewidert, daß ich den Mund nicht halten konnte.

»Genau wie ein dicker, großer, häßlicher Säugling«, rutschte es mir heraus, und dann zuckte ich zurück und wartete auf den Hieb.

Aber er freute sich darüber, und beim Lächeln glänzten seine gräßlich roten Lippen feucht von Speichel.

»So ist es. Ein niedlicher, niedlicher Säugling. Wie könnte ein so süßer Säugling Euch wohl etwas Böses antun? Es wird Euch unendlich gefallen. Der höchste Augenblick Eures Lebens –«

Lieber Gott, steh mir bei, steh mir bei, betete ich

stumm. Hol mich und Gregory hier heil und ganz heraus. Ich habe nicht gewußt, daß Du derart abstoßende Menschen geschaffen hast. Zeit. Ich brauche Zeit.

»Ich – hm, fand Eure ›Ode an den Sommer‹ sehr schön«, machte ich einen Versuch. Ich spürte, wie die Spannung in dem abscheulichen Leib ein wenig nachließ.

»Was daran hat Euch am besten gefallen?«

»Das – äh – das Sommerliche. Sie war so ausnehmend sommerlich.«

»Und –?«

»Das mit den Vögeln – das war hübsch – ehem, das ›tirili‹. Und die Blumen. Ich mag Blumen.« Alle außer Flieder, dachte ich. Den will ich nie wieder riechen.

»Blumen – hübsche Blümchen wie Margeriten«, sagte er und zog die Nadeln aus meiner Haube. Ich erschauerte schon wieder, als er mein Haar streichelte.

»Trinkt von dem Wein«, sagte er und bot mir den Kelch mit der anderen Hand an. »Dann friert Euch nicht mehr.«

»Schreibt – schreibt Ihr viel Gedichte? Ich – mag Gedichte – und einen Mann, der sich – schön ausdrücken kann. Manche sagen, daß – daß es nichts Anziehenderes gibt.«

»Gedichte? Hat Euch denn niemand gesagt, daß ich der größte *trouvère* in der Geschichte der *trouvères* bin, der größte *trouvère*, den es je in sechs Königreichen gegeben hat? Die, welche man früher für groß hielt, Graf Raymond von Toulouse, Guilhem von Poitou und das übrige Gesindel – ich soll sie alle übertreffen, so sagt man, wie der Habicht sich hoch über den Spatzen schwingt. Viele nennen mich den ›König der Troubadoure‹. Habt Ihr noch niemals ›Ich huldige Madames Elfenfüßchen‹ gehört?«

»N-nein. Ich bin eine Hinterwäldlerin.«

»In der Tat, das will ich meinen.« Nach und nach ließ er sich ablenken. Wenn ich ihn doch nur tief genug in sein Poesiegeschwafel verstricken könnte.

»Ihr habt gewißlich einen sehr zierlichen Fuß.« Er betrachtete meinen Hals. Mich überlief eine Gänsehaut.

»Also, so zierlich nun auch wieder nicht.«

»Stellt Euch vor, ich hätte die Ode nur auf Euren zierlichen, kleinen Fuß geschrieben. So wäre es, wenn Ihr ihn mir gezeigt hättet.«

»Ich würde – sie wirklich gern hören.«

»Ach, mein hübsches Blümchen, nur wenn Ihr versprecht, mir zur Belohnung Euer köstliches, weißes Füßchen zu zeigen.«

Mich ekelte immer mehr. »Zeit, spiele auf Zeit«, sang das liebliche Stimmchen in mir.

»Vielleicht werfe ich ihm zuerst den Fuß hinunter«, hörte ich ihn bei sich murmeln. »Wie passend.«

»Eure schöne Ode«, hakte ich nach.

»Oh? Oh, ja.« Er räusperte sich und fing an. Mittendrin unterbrach ich ihn, um ihm Beifall zu spenden.

»Das mit den perlengleichen Zehennägeln, das ist sehr hübsch«, sagte ich. Alberner, als ich mir je hätte träumen lassen, dachte ich bei mir.

»Aber, aber, wir wollen doch nicht unterbrechen, nicht wahr?« drohte er mir mit dem Finger. Jetzt ist er gnädiger gestimmt, dachte ich. Noch ein wenig, und ich kann ihm vielleicht seinen schmutzigen, kleinen Plan ausreden und Gregory zurückbekommen. »Einen Künstler darf man nie unterbrechen –« fuhr er in dem ungemein rollenden Tonfall fort, den er sich anscheinend fürs Gedichtrezitieren vorbehielt. Doch er war mit dem albernen Ding nur zu schnell am Ende.

»Und jetzt, Euer Versprechen.«

»Es ist so eng hier. Ich komme so schwer an – ob Ihr wohl ein wenig rücken könntet –«

»Auf dem Bett wird es Euch, dessen seid versichert, leichter fallen.«

O weh, das hatte ich nun von der Poesie. Vom Regen in die Traufe.

»Das Bett? Ich bin noch nicht fertig mit Essen.« Und ich stopfte mir Brot in den Mund. Es war staubtrocken.

»Trinkt ein wenig Wein zum Hinunterspülen. Köstlichen Würzwein.«

Schon wieder der Wein! Er packte mich beim Hinterkopf, daß es schmerzte, und versuchte, mir den Wein einzuflößen. Wie eigenartig der roch. Das ist mit Sicherheit kein Gewürz, dachte ich. Das kenne ich doch irgendwie. Was ist das?

»Trinkt«, sagte er und drückte mir den Becher mit aller Kraft an die zusammengebissenen Zähne.

Man hämmerte an die verschlossene Tür.

»Weg da!« brüllte er. »Ich bin beschäftigt und möchte nicht gestört werden.«

»Herr, Herr. Fray Joaquin schickt Euch eine Botschaft. ›Er hat es geschafft‹, läßt er Euch ausrichten. Ihr hattet ihm aufgetragen, Euch Bescheid zu geben, was auch immer Ihr gerade machtet.«

»Geschafft! Bei Fortuna!« Er ließ mich los, sprang auf und zur Tür und rief es durch das Holz. Er hatte kaum den Kopf abgewandt, da schüttete ich den Wein in die Ecke und stellte den Pokal wieder auf den Tisch.

»Schafft ihn her – aber verdeckt sein Gesicht mit der Kapuze. Niemand darf ihn erkennen, und vor allem – kein Sterbenswörtchen von ihm hören.« Er drehte sich zu mir um und rieb sich die Hände. »Ein doppelter Sieg, und alles in einer Nacht. Der Schwarze Meister hält Wort.«

Der Schwarze Meister? Kein Wunder, daß das Brennende Kreuz so summte. Ich hatte es in ein Tuch gewickelt, damit es nicht so laut zu hören war. Während ich zusah, wie er mit großen Schritten zum Tisch zurückging, schien er sich zusammenzuziehen und zu schrumpfen, und an seiner Stelle war da eine formlose Masse, die nach Schwefel, vermischt mit dem süßlichen Fliederduft, stank. Die Welt schien zu verblassen, und da sah ich es ganz klar und deutlich unter der gewöhnlichen Oberfläche des menschlichen Fleisches. Das Böse. Die Inkarnation des Bösen. Die Besucher des Rittersaals ließen sich nicht träumen, was sich hinter der alltäglichen, glänzenden, schurkischen Fassade verbarg. Sie sahen nur die Oberfläche – die Fahnen, die vergoldeten, gebratenen Pfauen, das fürstliche Leben – und wenn sie weltläufig waren, so nahmen sie vermutlich an, daß er ein, zwei geheime, kleine Laster hatte. Doch welcher hohe Herr hatte die schließlich nicht? Wer aber, wer auf der ganzen Welt, ahnte auch nur das Unsägliche, das sich unter dem albernen, gespreizten Gehabe dieses bösen Menschen verbarg? Und jetzt wußte ich auch, daß der Graf nicht auf Liebe aus war, nicht einmal auf das schäbige Zerrbild von Liebe. Er wollte meine Seele und mein Leben. Meine, Gregorys, Malachis, jedermanns Seele. Seine eigene hatte er schon lange nicht mehr, falls er überhaupt einmal eine gehabt hatte, und er würde nicht ruhen und rasten, bis er allen, die in seine Reichweite kamen, die ihre ausgesaugt hatte.

»Ah, Ihr habt den Wein getrunken. Gut.« Und zu meiner Überraschung schenkte er den Rest aus dem

Krug in den Pokal und stürzte ihn auf einen Zug hinunter.

»Genug der Poesie. Ist Euch schon heiß? Nein. Ein wenig warm im Gesicht vielleicht?«

»Was um alles in der Welt war in dem Wein?« fragte ich und stand erschrocken auf.

»Genug spanische Fliege, um einen ganzen Zwinger voller Hündinnen in Hitze zu bringen. Kommt her.« Das also war es! Das Zeug hatte ich im Haus meines Schwiegervaters gesehen. Der gebrauchte es zum Züchten von Jagdhunden. Flink wie ein Reh lief ich hinter das Bett. Unbeholfen setzte er mir nach, war aber trotzdem noch schneller als ich. Ich machte einen Satz über das Bett – er hinter mir her. Ich riß den Kandelaber vom Tisch und hielt ihm die brennenden Kerzen entgegen.

»Weiche, Satanas, sonst stecke ich dich in Brand!« schrie ich.

Er lachte und schlug mir das Ding mit einem einzigen Hieb seiner Pranke aus der Hand. Die Kerzen zischten und verloschen, als er den Leuchter in die Ecke stieß.

»Noch – immer – nicht – heiß?« keuchte er. Sein Gesicht war ganz rot angelaufen. Er stolperte, und ich witschte an ihm vorbei und sauste um das Bett herum zum Fenster.

»Wollt Ihr etwa springen?« Sein Atem kam stoßweise – in allzu heftigen Stößen. Das Zeug, das er getrunken hatte, wirkte bereits. Die Nachtmütze saß ihm schief auf dem Kopf. Ich kletterte aufs Fensterbrett.

»Dazu fehlt Euch der Mut«, frohlockte er hämisch und beugte sich vornüber, um Luft zu holen. Ich blickte nach unten. Es schien Meilen um Meilen ins Dunkel hinabzugehen, und unten nur scharfe Felszacken. Die helle Angst ergriff von mir Besitz. Ich muß es tun. Ich muß es tun, dachte ich. Mein Hirn raste. Doch der Blick nach unten hatte mich um meinen Vorsprung gebracht. Er schnappte meinen Fuß und zog, und ich schlug hart auf dem Fußboden auf, prellte mich und schrie. Ich trat nach ihm und zerkratzte ihn mit den Fingernägeln und kreischte fürchterlich, als er mich hochhob und aufs Bett warf.

»Hübsch –« keuchte er. »So habe ich sie gern –« doch er konnte kaum noch sprechen. Sein ganzer Leib war rot und fleckig. Laß ihn sterben, lieber Gott, laß ihn ersticken und an dem verdammten Zeug krepieren, betete ich. Er hielt inne, beugte sich atemlos vornüber und erbrach sich, und ich dachte schon, daß mein Gebet erhört worden wäre. Ich sprang vom Bett und wollte rasch die Tür entriegeln, doch er warf sich auf mich wie ein wildes Tier. Er merkte nicht einmal mehr, daß ich mit dem Türgriff auf ihn eindrosch, als er an meinen Kleidern riß.

Aber er wurde langsamer. Ich spürte, wie sein Atem in großen Stößen ging wie ein Blasebalg, während er mich zu Boden drückte. Er stank nach Flieder und Erbrochenem, doch dann rollte er sich auf einmal von mir herunter, krümmte sich und gab zukkend das Teufelsgebräu von sich, das er getrunken hatte.

»Der schafft es nicht mehr«, sang die Stimme in mir. Hinterher brauche ich ein neues Kleid, dachte ich. Er hob den häßlichen Kopf und starrte in die Ekke. Auf einmal schien er wie gelähmt, sein Kopf wie gefroren, und seine Augen glotzten ins Dunkel. »Du kommst hier heraus, Margaret. Also, wenn du kein Glück hast?« zwitscherte das Stimmchen. Glück? Das Kleid hier gehört auf der Stelle ins Feuer.

»In der Ecke. Da –« sagte er, und in seiner Stimme lag furchtbares Entsetzen.

Und ein Bad. Ich werde ein richtiges Bad brauchen. Ich kroch von der Tür fort. Mein Haar hatte sich vollkommen gelöst, und meine Kleider hingen mir in Fetzen vom Leib. Ich tastete mich ab. Blaue Flecke hier und da, doch im großen und ganzen heil und unversehrt. Wirklich nichts passiert. Das Kleine fing schon wieder an sich zu kugeln. Es geht uns beiden gut, dachte ich. Das hat etwas zu bedeuten. »Jauchz«, sang das Kind und rollte und kugelte sich. Du närrisches, kleines Ding, sagte ich bei mir zu ihm. Merkst du denn nie, wenn du in der Klemme sitzt? Und wir sind bei weitem noch nicht wieder heraus. Doch auf einmal liebte ich es so ungestüm, daß diese Liebe mich völlig in Anspruch nahm.

Der Graf stieß einen gräßlichen Schrei aus. Was um alles in der Welt war mit ihm los? Warum streckte Gott ihn nicht einfach mit einem Blitz nieder, und Schluß, aus? Man sollte meinen, Er wüßte, wie man das macht.

Und dann sah ich es in der Ecke stehen. Ein Kind. Ein hübsches, blondes Mädchen stand da, als ob es leibte und lebte und zeigte anklagend auf ihn. Es hatte nichts an und keine Augen mehr, und in seiner kleinen Brust klaffte ein Loch, wo einst das Herz gesessen hatte.

»Ich war es nicht«, sagte der Graf. »Ich mußte es tun – man hat mich dazu gezwungen.« Zu dem Mädchen gesellte sich ein anderes Kind, ein kleiner Junge und gleichermaßen verstümmelt, und dann noch einer mit dem zerschmetterten Kopf unter dem Arm. »Ich war es nicht, es war Fray Joaquin, den wollt ihr haben. Er war es. Er hat mir gezeigt wie, und als ich erst Asmodeus beschworen hatte, da wollte der mehr und mehr. Versteht ihr? Ich bin nicht schuld, ich nicht. Man hat mich dazu gezwungen –« Jetzt kauerte er am Boden und wich vor den kleinen, wimmelnden Gestalten in der Ecke zurück, deren Zahl kein Ende zu nehmen schien. Er machte den Versuch eines einschmeichelnden Lächelns, doch sein Mund verzerrte sich nur grotesk, und in seinen Augen stand nacktes Entsetzen. Aber die kleinen Wesen reagierten einfach nicht. Oh, sogar jetzt noch stockt mir die Feder, so gräßlich war es. Eines nach dem anderen drängten sich die stummen Gespenster ins Zimmer und um ihn herum, totenstill waren sie und wiesen auf ihn, derweil er mit Ausflüchten, nichts als Ausflüchten durchs Zimmer kroch . . .

Nun schrie und gurgelte er. »Nicht mich, nicht mich!« kreischte er, kam hoch und stürzte zur Tür, wollte entfliehen. Doch eine grimmige, pfeifende Wolke, gleichsam eine Gewitterwolke, eine brodelnde Masse Gift, versperrte ihm den Weg. Seine Augen rollten wie die eines scheuenden Pferdes, dann versuchte er, sich durch sie hindurchzustürzen.

»Worauf wartet ihr noch, meine Kleinen?« Aus der gewittrigen Masse kam die grimmige Stimme einer Frau. »Vernichtet ihn, jetzt. Er war es.« Mich schauderte, und der Atem stockte mir, während ich zu der tobenden, wölkenden Masse aufblickte. Es war die Weiße Dame!

»Zu mir, zu mir!« schrie der Graf, und als es daraufhin an der Tür hämmerte und krachte, verschwand ich eiligst unter dem Bett. Ich konnte wildes Gepfeif hören und so etwas wie ein Klappern im ganzen Raum, und dann ging der Graf krachend zu Boden, so als hätten ihn unsichtbare Hände angegriffen. Ich sah die Stiefel seiner Wachen und Hände, die versuchten, ihn aufzuheben, während er sich wand und ihnen entkommen wollte, als hätte ihn eine unsichtbare Macht in ihrer Gewalt. Ich sah, wie er sich auf dem Fußboden wälzte und so dicht bei meinem Versteck aufschrie, daß ich die Hand ausstrecken und ihn fast hätte berühren können. Dabei war eines äußerst merkwürdig, sein nackter Leib wies tausend und abertausend winzige rote Stellen auf, genauso als hätten ihn kleine Kinder gebissen . . .

»So helft mir doch, verjagt sie!« kreischte er, und dann hörte ich ihn zum Fenster rasen, einen langgezogenen, gräßlichen Schrei, dem ein dumpfer Aufschlag auf den Felsen unten folgte. Flüche und Fußgetrappel, während die Männer zur Tür hinaus und zu den Felsen unterhalb des Fensters rannten.

»Gut gemacht, meine Kleinen«, seufzte die sich rasch auflösende Wolke und wehte durchs Zimmer. Ich steckte den Kopf unter dem Bett hervor, und da hörte ich ein grimmiges Flüstern in meinem Ohr.

»Ich habe festgestellt, daß es Schlimmeres gibt, als unter seinem Stand zu heiraten.«

»Ja, Madame Belle-mère«, erwiderte ich, und mein Atem wurde immer noch stoßweise vom kalten Steinfußboden zurückgeworfen.

»Ihr sollt zu ihm kommen.« An der Tür stand Fray Joaquin und blickte sich im Laboratorium um. Alles schien unverändert. Messer Guglielmo schnob vor Ärger und Neid immer noch Wut, und der fette, kleine Alchimist hockte, bleich vor Müdigkeit, auf dem Schemel an die Wand gelehnt und hatte die Füße hochgezogen, so daß er eher wie ein Sack voll Rüben wirkte denn ein Meister des Großen Werkes.

»Zu ihm kommen? Wozu denn?« Bruder Malachi tat überrascht. Er lehnte immer noch an der Wand, und dankbar für die Kühle des Steins wischte er sich mit dem Ärmel die Stirn. Handschuhe und Rührstab lagen vergessen in einer Ecke.

»Ganz meine Meinung«, kam Messer Guglielmos unwirsche Stimme aus der Schar von Köpfen, die sich um den rasch abkühlenden Schmelztiegel drängten. »Verteufelt wenig Gold nach den ganzen Unannehmlichkeiten, die Ihr mir gemacht habt.«

»Aber trotzdem Gold, und das von bester Qualität. Das ist mehr, als Ihr mit Eurer Quintessenz von zweitausend Eiern geschafft habt. Ihr seid ein Parasit, er aber ist ein Genie«, fuhr ihn Fray Joaquin an.

»Es wäre mehr geworden, wenn wir Vollmond gehabt hätten«, beschwerte sich Malachi. »Der Mond verstärkt die Wirkung des Pulvers.«

»Also, ich für mein Teil habe dergleichen noch nie gehört. Das steht nicht bei Geber, und bei Villanova auch nicht. Und was Magister Salernus anbetrifft –«

»Euer Geber hat Euch noch keine Spur von Gold eingetragen.« Fray Joaquins Hirn raste. Warum sollte er diesen wertvollen Kerl dem Grafen überlassen? Ein langer Weg vom Keller bis zum Schlafgemach im Turm. Ich muß mir dieses Plappermaul Messer Guglielmo und seine wertlosen Teufel vom Hals schaffen, alsdann verfrachte ich diesen Theophilus einfach zum Stall, und dann nichts wie weg. Ich bin soviel in geheimen Geschäften für den Grafen unterwegs gewesen, daß niemand Verdacht schöpft, bis es zu spät ist. Ich kann ihn praktisch überall für ein hübsches Sümmchen verkaufen – oder besser noch, einen Ort ausfindig machen, wo ich ihn an die Arbeit setze. Rasch, entschlossen. So geht das.

»Fesselt ihn. Verhüllt ihm das Gesicht. Der Graf wartet.«

»Ei, das Gesicht verhüllen? Ist das nicht ein wenig melodramatisch? Und wenn ich nun stolperte und mir den Kopf verletzte? Mein Kopf ist empfindsam wie eine zarte Pflanze –«

»Die Stummen werden Euch führen. Das ist ein Befehl. Auf diese Weise könnt Ihr unterwegs niemandem das Geheimnis verraten.« Und auch nicht mitbekommen, was da vor sich geht, wenn ich mich mit Euch davonmache. Was für eine gute Idee.

Bruder Malachi dachte, wahrscheinlich bringt er mich um, sowie er meint, daß er die Rezeptur hat. Zumindest habe ich Margaret etwas Luft verschafft. Jetzt brauche ich wohl selber welche. Wie gut, daß Messer Guglielmo seine Experimente nicht niederschreibt.

»Habt Ihr – äh – die einzelnen Schritte noch im Kopf?« fragte Bruder Malachi, während ihm die Stummen die Hände auf dem Rücken fesselten.

»Natürlich. Glaubt Ihr etwa, ich würde ein so wichtiges Geheimnis dem Papier anvertrauen?« Ich breche in aller Herrgottsfrühe auf, dachte Messer Guglielmo. Mit Sicherheit gibt es Leute, die mir für das Geheimnis weitaus mehr zählen als der Graf. Ei, der wird mich umbringen, wenn er es erst hat. Ich sollte lieber noch heute nacht aufbrechen, sowie man diesen Kerl, diesen Theophilus, zum Grafen bringt.

»Vergeßt nicht, daß Ihr den Schwefel in genau dem Augenblick beimischt, wenn der Kampf der Roten Drachen sichtbar wird.«

»Unfug. Ich habe doch genau gesehen, daß Ihr bis zur zweiten Farbveränderung des Löwen gewartet habt.«

»Ganz falsch. Habt Ihr denn nicht aufgepaßt? Ist das hier eine Kleinkinderschule?« Malachi richtete sich zwischen den beiden Stummen zu voller Größe auf. Seine Stimme triefte vor Überheblichkeit.

»Haltet Ihr mich für einen Einfaltspinsel? Ich erkenne den Roten Drachen, wenn ich ihn sehe.«

»Macht, daß der Mann den Mund hält«, fuhr Fray Joaquin die Stummen an. »Ich muß allein mit Messer Guglielmo reden.« Bruder Malachi beugte den Kopf wie ein Ochse auf der Schlachtbank, und sie führten ihre Arbeit bis zu Ende aus.

Fray Joaquin zog den wutentbrannten Alchimisten in das dunkle, kleine, innere Gelaß, wo die Familiari beschworen wurden. »Seid Ihr sicher, daß Ihr die Formel im Kopf behalten habt?« fragte er.

»Natürlich«, gab Messer Guglielmo zurück.

»Ganz sicher? Der Mann da ist ein Schwindler. Habt Ihr nicht gehört, wie er Euch durcheinanderbringen wollte? Der Graf muß sich darauf verlassen können, falls dieser Schwächling unter der Befragung den Geist aufgibt.«

»Klar.«

»Gut«, sagte Fray Joaquin und stieß Messer Guglielmo das gemeine, kleine, nadelscharfe Stilett zwischen die Rippen.

Und als der Alchimist am Boden lag und ihm hellrosa Schaum auf die Lippen trat, richtete Fray Joaquin folgende Worte an den frischen Leichnam: »Jetzt kennt nur noch ein Mensch das Geheimnis der Geheimnisse.« Und dann wischte er das Stilett ab und ging zurück in die Werkstatt.

Bruder Anselm hatte sich vor der Tür zum Schlafgemach des Grafen so klein wie möglich gemacht. Er war seiner Pflicht nachgekommen: Er hatte der Frau ins Gewissen geredet. Jetzt kämpfte er mit sich, was er tun sollte: zu Bett gehen oder die Ereignisse abwarten? Es gab noch eine dritte Möglichkeit, doch die war äußerst dramatisch und vielleicht unklug. Er könnte ins Zimmer platzen, das Kreuz schwenken und ihre Sünde laut brandmarken wie ein Prophet des Alten Testaments. Das bedeutete natürlich den sicheren Tod, doch der wäre süß und glorreich. Ei, man käme wohl schnurstracks in den Himmel wie ein heiliger Märtyrer – deshalb spielte er kurz mit dem Gedanken. Eine der Wachen vor der Tür blickte ihn grimmig an, und da überlegte er es sich. Schließlich hatte er Compostela noch nicht gesehen, und es wäre zu betrüblich, wenn er es soweit geschafft hätte und dann den besten Teil versäumen müßte. Wenn sie nur erst aufbrechen könnten; von hier war es nur ein Tagesmarsch bis Port de Cize, diesem außergewöhnlichen Berg mit seinen tausend und abertausend Pilgerkreuzen, dem Tor zu Spanien und der ersten Station auf dem Weg nach Compostela selbst. Man durfte sich schon sehr glücklich preisen, wenn man es nur bis dorthin schaffte, falls man bedauerlicherweise starb, ehe man das Heiligtum aller Heiligtümer erreicht hatte.

Er zog sich ins dämmrige Dunkel zurück. Und dort erspähte er noch eine Gestalt, die in der Nähe der Tür herumlungerte. Die alte Amme, die Reisegefährtin der Wittib – die, welche allzu freundschaftlich mit dem Beichtvater der Wittib verkehrte –, da war sie und verbarg sich im Dunkel hinter einer Biegung des Ganges. Und war da nicht noch jemand bei ihr? Der häßliche, kleine Junge?

Nicht lange danach hörte er eine Frau furchtbar schreien und darauf das Geräusch einer Rauferei. Da stellte man sich lieber taub. Schließlich wußte sie, auf was sie sich einließ. Die Wachen lachten in sich hinein und blickten sich vielsagend an. Dann hörte man die erschrockene Stimme des Grafen *»à moi, à moi!«* rufen, und in die beiden Wachen kam Bewegung; sie schlugen die Tür mit einem einzigen, gewaltigen Hieb ein, stürzten ins Zimmer und versuchten, den um sich schlagenden, zuckenden Leib des Grafen festzuhalten, der unter einem Anfall von Fallsucht zu leiden schien. Bruder Anselm konnte den Blick nicht losreißen. Hinter ihm standen schweigend zwei Gestalten im Dunkel. Dann srürzte sich der Graf mit einem gräßlichen Schrei aus dem Fenster, so als verfolge ihn etwas Unsichtbares und Dämonisches. Die Gestalten an der Tür zogen sich vorsichtshalber zurück, als die Wachen ihm nicht mehr nachsahen, sondern sich umdrehten, Alarm schlugen und in der Dunkelheit einen Suchtrupp hinter dem Leichnam herschickten.

Die Alte spähte ins Zimmer. »Margaret? Margaret?« konnte er sie sagen hören, und unter dem Bett hervor gab eine gedämpfte Stimme in dieser barbarischen, unverständlichen Zunge Antwort. Die Frau eilte ins Zimmer, der Junge ihr auf den Fersen. Margaret kam unter dem Bett hervor, das Kleid zerrissen und das Haar unbedeckt, und von einer anständigen Kopfbedeckung keine Spur mehr. Bruder Anselm wandte den Blick ab, es war unanständig, ihre langen, halb aufgelösten Zöpfe anzustarren.

»Weiche von mir, Satanas«, murmelte er. Vielleicht war jetzt der Zeitpunkt gekommen, hineinzuplatzen und ihnen Vorhaltungen zu machen, denn sie schienen das Zimmer zu durchwühlen.

»Den Siegelring da vom Tisch, Mutter Hilde, und das Siegelwachs auch.« Margaret durchsuchte systematisch die Kleider auf den Haken.

»Was tust du da, Margaret?«

»Ich mache mich auf die Suche nach Gregory, und ich weiß, daß er es dort unten kalt hat.«

»Hunger auch«, sagte Sim und wickelte den Kapaun und das Brot in eine Serviette. Und wenn er es nicht will, dann esse ich es später selber, setzte er bei sich hinzu.

»Mmpf. Sieh doch bloß, was für protzige Sachen.« Margaret rümpfte die Nase. »Und fast alles stinkt nach Fliederwasser. Oh, hier ist etwas Hübsches – Sim, weißt du, wo Malachi steckt?«

»'türlich. Ich bin ihm bis zur Tür gefolgt.«

Margaret hob den Kandelaber auf und versah ihn mit neuen, brennenden Kerzen aus den Wandhaltern. Sie nahm die Kleider über einen Arm, mit dem anderen hielt sie den Kandelaber hoch und ging zur Tür. Dort vertrat ihr die kleine Gestalt Bruder Anselms den Weg; er hatte sich zu voller Größe aufgeblasen und hielt eine Hand hoch.

»Halt!« rief er auf Französisch. »Seid Eurer Sünden eingedenk und bereut!«

»Oh, Mist«, sagte Margaret auf Englisch und dann befahl sie dem kleinen Mönch: »Kommt mit.« Etwas in ihren Augen veranlaßte Bruder Anselm, sich zu fügen. Irgendwie blitzten sie im Schein des hocherhobenen Kandelabers genau wie die Augen eines jagenden Falken.

Während sie die gewundene Treppe zu den Geheimkammern hinunterstiegen, wurde das Gerenne und Gelaufe des aufgewachten Gesindes immer lauter, und dann hallte die erste, schrille Totenklage durch die dunklen Gänge des Châteaus.

»Fort mit Schaden«, sagte Margaret mit trotzig vorgerecktem Kinn und ging doppelt so schnell weiter. Am Ende einer langen, offenen Treppe an der Innenmauer des sogenannten ›Neuen Turms‹, der nur neuer als der Alte Turm war, kam sie zu einer niedrigen Tür mit Ungeheuern aus Gußeisen. Mutter Hilde zupfte sie am Ärmel, doch sie bemerkte es kaum.

»Margaret, sei vorsichtig. Denk daran, Malachi hat gesagt, daß es hier von finsterem Gesindel nur so wimmelt«, mahnte Mutter Hilde. »Reize sie nicht. Angenommen, sie tun ihm etwas, nur weil du sie verärgert hast.«

Aber Margaret war so erbost, daß sie ohne einen Gedanken an die Folgen an die Tür hämmerte.

Drinnen überlegte Fray Joaquin gerade, was er tun sollte, damit die Stummen keinen Verdacht schöpften, wenn sie feststellten, daß es in Richtung Stall und nicht zu den Gemächern des Grafen ging. Die merken doch, daß die Richtung nicht stimmt und könnten mich erdrosseln. Ich gehe allein mit dem Alchimisten. Vielleicht entkomme ich ihnen mit einer List. Ich sage einfach, daß ich die Ehre nicht mit ihnen teilen will . . .

»Aufmachen, sofort aufmachen, Bruder Malachi. Der Graf ist tot«, hörte er die Stimme einer Frau vor der Tür in Englisch rufen. Englisch verstand er zwar nicht richtig, aber er kannte die Worte für *Tod* und *Geld* in mehr als einem Dutzend Sprachen. Und jetzt hörte er *Graf* und *tot*, und bei dem Klang hüpfte ihm hoffnungsfroh das Herz. Himmlisch, himmlisch. Sein innigster Wunsch war in Erfüllung gegangen, und das genau zum richtigen Zeitpunkt. Aber wenn er sich nun verhört hatte? Er zog das Stilett und machte die Tür auf.

»Graf – tot?« fragte er, doch was er vor der Tür sah, ließ ihn innehalten, und die Stimme brach ihm. Dort in der offenen Tür stand eine Frau mit einem Kandelaber in der Hand. In ihren wilden Augen glitzerte das Licht von einem Dutzend Kerzen und glänzte auf ihrem seidig fließenden, offenen Haar. Durch ihr zerrissenes Kleid leuchtete das weiße Fleisch ihrer nackten Schulter. Mehr konnte er nicht sehen. Frauen. Ja. Mit dem Gold würde er Frauen haben. Die hatte er so lange entbehren müssen. Er würde seinen Namen wechseln – sich wie ein Edelmann kleiden. Inmitten von Dutzenden wohlriechender, barbusiger Frauen leben ...

»Malachi. Ich will Malachi haben – Theophilus, wie Ihr ihn nennt.«

Zum Teufel mit dem kleinen Mann. Vielleicht hatte er die unbekleidete Frau mit dem Zauber beschworen, mit dem er auch das Gold machte. Erschrocken erkannte er sie. Es war die kleine, englische Wittib, und die war ganz verwandelt und strahlte blanken Wahnsinn aus. Das mußte er öfter tun, diesen furchterregenden Zauberspruch anwenden und ihm Frauen fürs Bett verschaffen, die ihm zu Willen waren. Darum ist er so friedfertig gewesen. Er will mich verhexen. Macht – Macht ist besser als Gold. Und das hatte der gefährliche, kleine Mann die ganze Zeit über gewußt. Kein Wunder, daß er so sorglos mit dem Geheimnis des Goldmachens umging. Er hatte ein noch größeres in Reserve.

Margaret sah das Messer. Und sie sah auch Fray Joaquins Blick und wußte, daß er in seinem Wahnwitz ohne Vorwarnung zustechen konnte. Wie nur an ihm vorbeikommen?

»Der Ring.« Mutter Hildes Stimme an Margarets Ohr war leiser als ein Flüstern. »Bring ihn dazu, daß er den Ring aufsetzt.«

Margaret wählte ihre Worte sorgfältig.

»Theophilus – will – daß ich ihm seinen Ring – seinen Zauberring – den Ring der Macht – bringe.«

Klar, sie stand unter einem Zauberbann, so wie sie redete, so vorsichtig und langsam. Aber er würde sie hinters Licht führen.

»Theophilus möchte, daß ich den Ring bekomme«, sagte er sanft und einschmeichelnd. Verhexte Frauen sind benommen und leicht zu täuschen. »Habt Ihr ihn?«

Margaret sah das gemeine Messer immer noch in seiner Hand glänzen. Wenn sie die Frage bejahte, könnte er sie durchaus erdolchen und durchsuchen. Sie antwortete – und hoffte, ihn damit zu mystifizieren: »Ich habe ihn bei mir und auch wieder nicht. Ruft Theophilus.«

»Theophilus hat gerade zu tun. Gebt ihn mir, ich will ihm den Ring schon geben.«

»Niemand außer Theophilus darf den Ring tragen«, sagte Margaret in geheimnisvollem Ton. Langsam erwärmte sie sich für die Rolle. Der Mann war ein Esel erster Güte. »Na, dann wollen wir einmal sehen, ob wir ihn dazu bringen können, daß er ihn ansteckt«, summte das silbrige Stimmchen ihres arbeitenden Hirns.

»Die – Macht – ist – zu – groß. Niemand darf sie besitzen. Wer-ihn-ansteckt-und-ihn-dreimal-dreht-wird –«

»Ja, ja?« Er konnte sich kaum noch beherrschen.

»Die – Welt – beherrschen.« Sie sah, wie seine Augen vor Habgier funkelten. Und wenn du glaubst, daß er wirkt, wieso kommst du dann nicht auf die Idee, ich könnte ihn mir selbst anstecken und die Welt beherrschen, du dummer Mann, dachte sie. Warum müssen Frauen immer Zauberringen herumschleppen und magische Quellen und heilige Bücher der Weisheit hüten, und was dergleichen albernes Zeug mehr ist, anstatt selber Nutzen daraus zu ziehen? Beiß an, beiß an, du verfluchter, verblendeter, lächerlicher Unhold.

»Gebt ihn mir«, flüsterte er.

»Macht – Euch – bereit – Meister«, sagte Margaret salbungsvoll. Fray Joaquin schob sich das Messer in den Ärmel.

»Das Kästchen«, bedeutete Margaret Hilde hochfahrend. Hilde machte eine völlig ausdruckslose Miene, zog das Kästchen hervor, öffnete den Deckel und streckte es ihr hin. Die Edelsteine auf dem Ring glitzerten im flackernden Licht.

»Uraburus. Die Schlange verschluckt ihren Schwanz. Das Universum – Meister.« Er griff mit zitternden Händen nach dem Ring, steckte ihn an den Mittelfinger und drehte ihn dreimal.

»Verneigt – Euch – vor – dem – Meister des Ringes«, sagte Margaret und fiel auf ein Knie wie vor einem König. Wirk, wirk, du verfluchter Ring. Oder sollte die dunkle Dame mich getäuscht haben? Mutter Hilde und Sim waren Margarets Beispiel rasch gefolgt.

»Was befehlt Ihr, oh, Herr des Ringes?« Margaret konnte es nicht lassen, sie mußte noch dicker auftragen. Es überkam sie einfach. »Das wollen sie doch alle«, sang das Stimmchen. »Gib's ihm reichlich.«

»Frauen –« flüsterte er. »Zuerst will ich Euch – und dann noch mehr.« Nein, zuerst sollte er lieber Theophilus umbringen, der das Geheimnis kannte. Und er drehte den knienden Frauen den Rücken zu und blickte den gefesselten Alchimisten an. Nein – warte, war er jetzt nicht der Herrscher über alles? Theophilus würde sein Sklave sein und Tag und Nacht Gold machen. Warum sollte er in der Hitze schuften und sich ansengen? Er würde wie ein Edelmann leben – Edelleute plackten sich nicht in Laboratorien ab.

Nein, nein, einen wertvollen Sklaven brachte man nicht um. Aber angenommen, der Ring wirkte nur bei Frauen? Er warf einen Blick durch die offene Tür. Er hatte nicht einmal gehört, wie Sim Bruder Anselm grimmig zuflüsterte: »Auf die Knie, du Dummkopf«, und ihm einen tüchtigen Tritt ans Schienbein versetzt hatte, damit dieser sein Englisch auch verstand. Und Bruder Anselm, der im Chor immer so flink mit den Responsorien einsetzte, merkte, daß es Zeit zum Knien war. Vielleicht war ja eine Reliquie mit großer Macht in dem Kästchen. Also gesellte er sich zu den Knienden.

Fray Joaquin sagte mit heiserer Stimme zu Margaret: »Der Ring – befiehlt er allen?«

»Allen«, sagte Margaret. Wie lange sollte das noch dauern?

»Auch Theophilus?«

»Dessen Macht ist dahin – er ist nicht im Besitz des Ringes.«

»Hiergeblieben – ich muß doch sehen –«.

»Ja, o Herr.«

Fray Joaquin machte kehrt und ging ins Laboratorium, und jetzt konnten die Zuschauer auch im Schein vom Feuerrost unter dem großen, gemauerten Alembik Bruder Malachis gefesselte Gestalt zwischen zwei muskulösen, schwarz gekleideten Gestalten ausmachen. Sie sahen, wie der schwarze Dominikaner die Fesseln durchschnitt und ihm die Kapuze abnahm. Hoffentlich hat er alles mitbekommen, dachte Margaret. Nachdem Fray Joaquin Bruder Malachi endlich befreit hatte, intonierte Margaret, um ganz sicherzugehen:

»Verneigt Euch vor dem Meister des Ringes.«

»Dem Meister des wa –?« fragte Malachi blinzelnd,

doch dann hielt er inne, als er den Ring auf der Hand erblickte, die Fray Joaquin ihm hinstreckte.

»Oh, Meister, ich ergebe mich«, sagte Malachi und fiel schwungvoll auf die Knie.

»Du bist mein Sklave, Theophilus.« Meiner Treu, was kommt jetzt noch, dachte Malachi.

»Küsse den Saum meines Gewandes.« Vermutlich vom Regen in die Traufe, dachte Bruder Malachi bei sich. Doch als er zierlich den Saum von Fray Joaquins ziemlich schmutzigem, schwarzen Umhang in die Nähe seiner Lippen hob, entglitt ihm das Kleidungsstück, denn Fray Joaquin war auf die Knie gesunken.

»Übel – mir ist – übel«, keuchte er.

»Hmm. Ein machtvoller Ring«, sagte Bruder Malachi und erhob sich. Und bei Fray Joaquin fand in der Tat eine gewaltige Umwandlung statt. Er streckte jetzt die Gliedmaßen steif aus, zuckte am ganzen Leib, und sein Gesicht – nun eine gräßliche Fratze – war schwarz angelaufen.

»Oh, Malachi«, sagte Margaret, »was für ein scheußliches Zeug.«

»Noch viel zu gut für ihn«, sagte Bruder Malachi bitter. »Hast du gewußt, daß er die Kinder beschafft hat, die sein Meister für seine Teufelsanbetungen brauchte?«

»Was ist denn, was ist denn?« fiel ihm Bruder Anselm mit quengeliger Stimme ins Wort.

»Der Ring der Macht – er war leider zu mächtig für ihn«, sagte Bruder Malachi obenhin. »Man muß sich unter den richtigen Gebeten jahrelang läutern, wenn man ihn gefahrlos tragen will.« Er stupste den Leichnam mit dem Zeh an, um zu sehen, ob er auch wirklich tot war. »Laßt Euch das eine Lehre sein. So geht es mit der Eitelkeit menschlicher Begierden.« Er konnte der

Versuchung nicht widerstehen, etwas recht Salbungsvolles anzufügen.

»Alles ist Eitelkeit«, stimmte ihm Bruder Anselm zu und bekreuzigte sich.

»Malachi, wo ist mein Gregory? Könnt Ihr mich zu ihm bringen?«

»Nichts leichter als das. Aber es ist feucht und glitschig. Wir brauchen Fackelträger. Wir müssen die Stummen bitten, daß sie uns helfen.« Er blickte sich um. Die Stummen hockten im Kreis auf dem Boden. In ihrer Mitte Mutter Hilde, die auf den Hacken kauerte. Alle machten rasche Handbewegungen. Malachi fiel auf, daß einer eine Geste machte, als würde er erdrosselt, dann formten seine Hände ein Häuschen, und seine Finger liefen wie kleine Füße.

»Hmm«, sagte Bruder Malachi. »Sie verstehen kein Wort Englisch und die liebe Hilde keine Silbe einer Fremdsprache, und doch scheinen sie sich auch ohne diese recht gut zu verständigen.«

»Teufelssymbole«, sagte Bruder Anselm bänglich. »Ich habe das Teufelszeichen gesehen.«

»Unsinn, sie unterhalten sich. Hilde, mein Schatz, was sagen sie?«

»Der hier sagt, daß es keinen Spaß macht, stumm zu sein und hier unten im Dunkeln zu leben und Menschen zu erdrosseln. Er will nach Haus, zum Hof seines Onkels, wo es einen schönen Obstgarten gibt.«

»Das hat er alles gesagt?«

»Natürlich. Der andere sagt, daß die Kerle hier unten allesamt gemein wie Teufel waren, außer dir. Er will wissen, woher wir kommen.«

Bruder Malachi lächelte. Er machte mit den Händen die Wellenbewegungen des Meeres, dann ein kleines Boot und etwas, das für ihn wie eine Insel aussah.

Die Stummen warfen den Kopf zurück und schüttelten sich, als wollten sie lachen. Einer von ihnen brachte sogar eine Art Husten zustande.

»Sie sagen, du hast einen furchtbaren Akzent, Malachi«, meinte Hilde.

»Sag ihnen, daß der Graf tot ist und daß sie nach Hause können, wenn sie möchten. Frag sie, ob sie uns helfen wollen, zunächst einmal Gilbert aus dem Verlies zu holen.«

»Sie sagen, daß aus den Verliesen noch kein Mensch herausgekommen ist, zumindest nicht seitdem sie hier sind. Die sind zu tief. Man läßt die Leute hinunter und schneidet dann den Strick durch. So kommt niemand wieder heraus.«

»Sag ihnen, was drin ist, kommt auch wieder heraus.«

»Das bezweifeln sie, aber sie sagen, sie wollen mit uns kommen.«

»Ist er tot? Wirklich tot?« fragte ich und musterte die schwarz gewandete Gestalt, die ausgestreckt auf den Fliesen der alchimistischen Geheimwerkstatt lag. Ich spürte, wie der Haß aus mir wich und mich statt dessen ein eigenartiger Schwindel erfaßte und mich benommen machte.

»Ganz sicher, Margaret. Die vorletzte Umwandlung. Seine letzte, die Verwesung, geht mich nichts mehr an.« Bruder Malachi sagte das so leichthin, damit er mich nicht erschreckte, des bin ich sicher. Aber sein Gesicht war immer noch hager und stoppelig von seiner Gefangenschaft, oder von was auch immer, das in diesem Raum vor sich gegangen war. Selbst Mutter Hildes leidenschaftliche Umarmung und ihre Freudentränen hatten den unverkennbar schwer gezeichneten

Malachi nicht richtig aufmuntern können; er sah aus, als hätte er dem leibhaftigen Teufel ins Gesicht gesehen.

»Gregory? Seid Ihr sicher, daß er dort unten ist?« fragte ich und wies auf die offene Tür, die nach unten ins Dunkel führte.

»Ja, er ist dort.« Bruder Malachi nahm den Arm von Mutter Hildes Schulter und bedeutete den Stummen, frische Fackeln für den Abstieg an den Fackeln in den Wandhaltern zu entzünden.

Ich schreibe lieber nicht alles auf, was ich in den gräßlichen Kellern unter dem Laboratorium gesehen habe, denn es war gar zu schauerlich und niederdrükkend. Alles erinnerte mich an den Grafen und wie es in seinem Kopf ausgesehen haben mußte – zumindest in dem grausigeren Teil seiner Phantasie, die er sich für besondere Gelegenheiten aufgehoben hatte. Es empfiehlt sich eben immer, sich vorher Gewißheit über den Charakter der Leute zu verschaffen, bei denen man als Gast weilen möchte. Natürlich bewirkte der Ort, daß mein Herz hämmerte, so bang war mir, daß wir für Gregory zu spät kamen.

Als wir uns den großen Gruben näherten, steckten die Stummen die Fackeln in die Halter an der Wand über der letzten Grube und deuteten auf den Flaschenzug über dem Gitter. Beim ersten flackernden Lichtschein hörte ich eine Stimme von unten hochschallen. Erschöpft und heiser, und dennoch seine.

»Was ist es denn dieses Mal? Heldische Couplets? Eure sollte man feige Couplets nennen, Ihr wohlriechender Hanswurst.« Bei dem vertrauten Klang hüpfte mir das Herz.

»Gregory!« Ich warf mich auf das Gitter. »Ich bin's, ich bin's! Wir kommen dich holen.« So schallte mein

Freudenschrei und verschwand in den Tiefen der steinernen Grube.

»Lieber Gott«, kam ein hohles Murmeln von unten hoch. »Ich halluziniere schon wieder. Nun ist das Ende nicht mehr fern.«

»Ich bin!s, Margaret! Antworte mir! Wie tief ist es bis zum Grund? Wir müssen ein Seil holen, das lang genug ist, um dich herauszuziehen.«

»Oh, Margaret, wie viele Male habe ich dich im Dunkel wohl angerufen. Und ich habe dich auch antworten hören. Aber zum ersten Mal führen wir eine richtige Unterhaltung. Vermutlich ist es eine Gnade, daß mein Geist endlich aufgibt.« Die Stimme schien schwächer zu werden und im Dunkel zu vergehen.

»Gregory, um Gottes willen, ich bin es leibhaftig. Sag mir, wie tief ist es?«

»Zwei- bis dreimal Mannshöhe, Margaret.« Das hörte sich gedankenverloren an, so als träumte er.

»Wenn wir ein Seil zu dir herunterlassen, kannst du dann hochklettern?«

»Ich glaube nicht, Margaret. Hier unten ist es – ziemlich beengt. Ich konnte mich leider nicht wie gewohnt sportlich betätigen. Meine Arme und Beine sind wie abgestorben. Ich habe nicht genug Kraft.«

»Dann binde es dir um, und wir nehmen den Flaschenzug und ziehen dich hoch.« Während ich dastand, hoben die Stummen das Gitter auf und legten es mit geübten Handgriffen beiseite. Als es fort war, hörte ich ihn sagen:

»Wenn das hier nicht wirklich ist, so ist es doch bislang der beste Traum von allen.« Als das Seil aber bei ihm ankam, stieß er einen Verzweiflungsschrei aus.

»Was ist?« rief ich zu ihm hinunter.

»Die verdammte Kälte – meine Finger wollen nicht

– ich kann keinen richtigen Knoten machen.« Seine Stimme wurde zu einem dumpfen, hallenden Geräusch, einem rasselnden Husten, der nun aus der Grube hochscholl.

Ich kniete mich an das Loch, und einer der Stummen leuchtete mir mit der Fackel, damit ich sehen konnte. Sim mit seiner Vorliebe für alles Blutrünstige und Grausige war es leid, die Folterwerkzeuge aus der Folterkammer des Grafen zu inspizieren und hatte sich neben mich gekniet, um hinunterzulugen.

»Pu. Da unten stinkt es aber, was? He, was liegt denn da herum? Knochen?« Sim schien das zuzusagen.

Auf dem Grund der Grube konnte ich im matten, flackernden Licht so eben Gregorys zusammengekrümmte Gestalt ausmachen, die nicht einmal ein Hemd anhatte, das ihn hätte wärmen können.

»Natürlich sind das Knochen. Was glaubst denn du, was hier unten liegt? Rosen etwa?« Seine Stimme Hang so bissig, daß ich neue Hoffnung schöpfte.

»Auch Totenschädel?«

»Mehrere.«

»Einen davon könnte ich gewiß brauchen.«

»Sim! Du bist gräßlich! Wir wollen ihn herausholen – nicht Andenken sammeln.«

»Mach Gebrauch von deinem Oberstübchen, Margaret. Ihr laßt mich einfach am Seil nach unten – ich binde es ihm um die Brust – dann hole ich mir meinen Schädel, und ihr zieht mich zusammen mit ihm wieder hoch. So einfach ist das. Weiber!« schnaubte er und tat wie ein erwachsener Mann.

Und es dauerte auch nicht lange, da hörten wir Sims Stimme aus der Grube hochschallen, und der Gegenstand seiner Aufmerksamkeit antwortete mit unverständlichen, stotternden Lauten.

»Hoch den Arm, ja. Meiner Treu, habt Ihr einen ellenlangen Bart! – Wie lange braucht man, bis er so wird? – He, ich wollte Euch doch nicht wehtun – laßt das Schimpfen. – Wie konnte Margaret überhaupt so einen Kerl wie Euch heiraten? – Was haltet Ihr von dem hier? Der Kiefer ist noch dran, bloß Zähne hat er nicht mehr viele. – Nein, der da ist besser. Sollte lieber beide mitnehmen. – Haltet mal, ja? Eine Hand brauche ich natürlich fürs Seil. – Na los, nur keine Müdigkeit vortäuschen, helft mir mal ein bißchen. – He, Margaret! Schnapp dir meine Schädel, wenn er hochkommt, sonst fällt er noch drauf und zertrümmert sie!«

Und da lag Gregory auch schon neben den vergitterten Löchern und rang nach Atem wie ein Fisch auf dem Trockenen, und ein glücklicher Sim polierte seine Errungenschaften mit dem Ärmel. Gregory wirkte so schwach wie ein kleines Kätzchen, als ich ihn in den großen, pelzgefütterten Umhang des Grafen hüllte und seine Hände mit meinen rieb, um sie warm zu machen.

»Oh, Margaret, du bist es wirklich«, sagte er, doch seine Stimme klang beängstigend schwach. »Ich habe an dich gedacht – habe dich gesehen – habe dich rufen hören.« Die Haut über seinen Knochen spannte so straff wie Pergament. Wie konnte ein lebendiger Mensch nur so furchtbar dünn sein! Doch die Augen, die aus dem verfilzten Haar und Bart starrten, waren feurig und lebendig. Ich sah, wie er mich anstarrte und schaute und schaute, so als könnte er sich nicht sattsehen. Dann huschte der Anflug eines matten Lächelns über sein Gesicht. Und seine Augen funkelten wie einst halb zärtlich, halb boshaft.

»Ei, Margaret«, sagte er sanft. »Du hast zugenommen.«

»Ich? Habe ich nicht!«

»Komm, komm, du wirst doch nicht leugnen wollen, daß du um die Mitte herum ziemlich füllig bist. Hast es dir nach meinem Aufbruch zu wohl ergehen lassen, wie?«

»Ich und es mir wohl ergehen lassen? Vor Gram verzehrt habe ich mich! Mich verzehrt und dein Kind getragen! Glaubst du, das ist leicht? Seekrank bin ich gewesen! Und gelaufen und gelaufen bin ich! Den gräßlichen Menschen mußte ich hereinlegen! Und du? Nicht mit einem Gedanken daran gedacht, ob du seine verfluchten Gedichte nicht doch loben solltest; es hätte dir und mir die ganze Mühe erspart!«

Er ließ sich nach hinten sinken, und sein Lächeln war schwach, aber triumphierend.

»Ich habe meine Wertvorstellungen, Margaret.«

»Tragt ihn hoch!« wies ich die Stummen an. Zwei von ihnen übergaben Bruder Malachi und Bruder Anselm ihre Fackeln, hoben Gregory hoch und schwangen ihn so leicht zwischen sich wie einen Sack Kohlköpfe.

Sie legten ihn auf die Bank in die Alchimistenwerkstatt, und er begehrte kaum auf, als ich ihm das Gesicht wusch und ihm Haar und Bart stutzte. Ich sah, wie seine Augen von meinem Gesicht zu meiner umfänglichen Mitte hin- und herwanderten, und dann schaute er immer verwunderter drein. Anscheinend ging die Vorstellung, daß wir schon bald zu dritt sein würden, nicht in seinen Schädel.

»Mach es ihm nicht so schwer«, hörte ich Mutter Hilde hinter mir sagen. Aber ich antwortete nur: »Ich mache es ihm ganz und gar nicht schwer!« und schnippelte schweigend weiter. Dann machte ich mich daran, seine Schwären zu verbinden und hätte am liebsten geweint. Doch das wollte ich ausgerechnet ihn nicht merken lassen.

»Du hast ihm wohl gesagt, daß dir seine Gedichte gefallen«, flüsterte er. Seine Stimme war furchtbar schwach, schwach, und dann bekam er einen Hustenanfall, der mir fast das Herz zerriß.

»Klar doch. Was denn sonst? Und das kann ich dir sagen, leicht ist es mir nicht gefallen.« Bei dem Gedanken an Fliederwasser wurde mir ganz übel.

»Gewiß hat er dir seine ›Ode an den Sommer‹ rezitiert.« Ich wusch ihn immer noch, dann machte ich mich daran, ihn anzuziehen. Er war so schwach, daß er nicht einmal dabei helfen konnte, die Arme in die Ärmel des schweren Obergewandes zu stecken.

»Oh, ja. Dieses gräßliche Gedicht mit den Vögeln und Pflanzen. Der Mann hatte nicht die leiseste Ahnung von Sommer. Und keine Spur von Gefühl.«

Gregory lächelte und hustete erneut. Dann huschte ein eigenartiger Ausdruck über sein Gesicht.

»Hatte? Ist er tot?«

»Ja, natürlich. Wieso wäre ich sonst wohl hier? Er hatte Gräßliches mit mir vor, aber als ich ihn deinetwegen aufgesucht habe, ist er aus dem Fenster gesprungen.«

»Ach, wirklich? Du hast ihn gestoßen?«

»Nein. Habe ich nicht. Er hat zuviel von seinem Liebestrank getrunken und ist dunkelrot angelaufen – und dann, na ja, dann ist er gesprungen. Wie du dir denken kannst, war ich sehr erleichtert.« Ich setzte mich auf die Hacken und sah mich an seinem Anblick satt.

»Ich bin auch erleichtert. Aber du hast immer noch eine Sünde auf deinem Gewissen.«

»Habe ich nicht!« Ich war empört. Doch er hustete und beugte sich vornüber, und da sah ich, daß er lachte.

»Du hast ihm gesagt, daß dir seine ›Ode an den Sommer‹ gefällt. Und das, Margaret, ist eine Lüge.«

»Wenigstens eine, die weiß, wie man sich Ärger vom Halse hält.«

»Du glaubst doch nicht etwa, er hätte mich herausgeholt, wenn ich gesagt hätte, mir gefielen seine geschwollenen Reimereien? O nein. Sowie ich ihm beigepflichtet hätte, wäre ich ein toter Mann gewesen. Ich habe an meinen Beleidigungen gearbeitet, Margaret. Gerade die haben ihn immer wieder zurückgehalten. Und solange er zurückkam, haben sie mich am Leben gelassen. Wenn er das Interesse verloren hätte, es wäre sofort um mich geschehen gewesen. Ich habe ausreichend Zeit gehabt, mir gute Beleidigungen auszudenken – aber manche hatte ich schon überstrapaziert. Viel länger hätte ich nicht durchgehalten.«

»Gottlob, du änderst dich nie.« Ich kniete mich neben ihn und nahm ihn in die Arme. Aber als ich meinen Kopf an seine Brust schmiegte, hörte ich bei jedem seiner Atemzüge das Gerassel. Lieber Gott im Himmel, weinte ich stumm. Meine *Gabe* ist zu schwach, ich kann ihm nicht helfen. Verschone ihn. Ich habe schon zuviel durchgemacht.

»Sim«, hörte ich Bruder Malachi sagen, »mich dünkt, für meine Mühewaltung hätte ich mir etliches verdient – also – hm – Marcus Graecus *De igniis,* sieht hübsch aus, das wollte ich schon immer haben. Von Aristoteles *De lapidibus* – nein, das habe ich, und das hier ist schlecht kopiert. Ei der Daus, ja, die *Mappae Clavicula* – von der habe ich immer nur einen Auszug gehabt. Und eine sehr annehmbare Kopie – dazu noch mit Illuminationen. Arnaldus von Villanova, den nehme ich natürlich auch mit. *Opus de Chemia,* prächtig, prächtig. Also – das hier – hm. Über die geheime Kunst der Teufelsbeschwörung – das bleibt für die Inquisition da, denn die ruft man gewiß herbei, daß sie diesen Schweinestall ausmistet. Geber, die *Summa Perfectionis,* ziemlich fleckig vom Gebrauch, aber besser als meine Kopie. Die kommt auch mit. Ja, das dürfte reichen.« Ich wandte mich in Richtung der Stimme und sah mehrere Bände vorn in Bruder Malachis umfänglichem Gewand verschwinden. Gregorys Augen folgten meinen. Er konnte kaum den Kopf drehen.

»Theophilus. Bist du's am Ende doch? Ich dachte, ich hätte dich nur halluziniert. Welche Narreteien haben dich in dieses Hundeloch geführt?«

»Mich?« sagte Bruder Malachi. »Ich bin auf der Suche nach einem Übersetzer für ein seltenes Werk, das ich erworben habe. Und rein zufällig bin ich Margaret hier zur Hand gegangen.«

»Theophilus, du alter Schuft. Ich hätte nie gedacht, daß du mich magst.«

»Tu ich auch nicht, Gilbert, nein. Du bist ein hoffnungsloser, übellauniger, scharfzüngiger, überheblicher junger Tunichtgut. Wo du auch immer bist, das Unheil folgt dir auf dem Fuße, trotz meiner häufig angebotenen – und in den Wind geschlagenen – guten Ratschläge. Meistens ist mir bereits der Gedanke an dich unerträglich. Heute jedoch mag ich dich. Du bist zu schwach, als daß du mich erzürnen könntest. Und den Tag, an dem du ›Ich huldige Madames Trampeltritten‹ gedichtet hast und ich Tränen gelacht habe, den vergesse ich nie. An jenem Tag habe ich dich auch gemocht. Und natürlich an dem Tag, als du mir deinen letzten *sou* gegeben hast, damit ich Paris den Rücken kehren konnte, und als du dich umgedreht hast und durch den Schnee zurückgestapft bist, da habe ich gemerkt, daß du deinen Umhang verkauft hattest. An jenem Tag, Gilbert, habe ich dich geliebt, und ich habe geweint, als ich meine Manuskripte in mein Bündel geschnürt habe. Doch im großen und ganzen bist du unausstehlich.«

»Jetzt erwartest du wohl, daß ich auch deine Gedichte lobe.« Gregorys Stimme war nur noch ein Flüstern.

»Typisch Gilbert, diese Beteuerung, du weißt doch, daß ich gar keine mache.« Bruder Malachi hielt inne und blickte sich mit Bedauern im Laboratorium um. Er schüttelte den Kopf. »Die Glasgefäße, die würde ich gern mitnehmen. Weißt du eigentlich, wie schwer man in London an ein anständiges Philosophenei herankommt?«

»Wer ist der Tote, Theophilus?«

»Der da, Gilbert? Noch so ein Ungeheuer, das über die Welt herrschen wollte – kein Verlust für die Menschheit, ganz und gar nicht. Aber, wo ist mein Rührstab?«

Während Bruder Malachi auf den Knien und keuchend unter dem breiten Tisch voller merkwürdiger Glas- und Kupfergefäße herumkroch, meinte Mutter Hilde: »Lieber Malachi, wir sollten wirklich aufbrechen. Der Morgen graut schon bald, und ich für mein Teil kenne keinen Ort, dem ich lieber den Rücken kehren möchte.«

»Der Morgen!« rief ich aus. »Mein Gott! Hugo glaubt wahrscheinlich immer noch, daß er im Einzelkampf gegen den Grafen antreten muß! So wie ich ihn kenne, hat er die ganze Nacht geschlafen wie ein Klotz. Man sollte ihn wirklich wecken und ihn ins Bild setzen.« Wie leicht vergaß man doch Hugo. Und wenn das nicht ein Gewinn war.

»Hugo wer?«

»Hugo, dein Bruder.«

»Hugo und gegen den Grafen antreten? Er hätte nicht eine Minute durchgehalten. Der Mann ist zweimal so groß wie er und obendrein ein besserer Schwertfechter.«

»War.«

»O ja – war. Aber Hugo hier? In einem Kampf auf Leben und Tod mit dem Grafen? Doch bestimmt nicht meinetwegen.«

»Nicht ganz. Der Graf hatte seine edle Abkunft in Frage gezogen. Aber er ist deinetwegen gekommen.«

»Meinetwegen? Dann dürfte er nicht mehr ganz richtig im Kopf sein.«

»Vermutlich. Aber wahrscheinlich will er dir das selbst erzählen.«

»Margaret, in meinem augenblicklichen Zustand ist Hugo wohl der letzte Mensch auf Erden, den ich sehen möchte.« Ein Hustenkrampf schüttelte ihn, daß er sich krümmen mußte. »Der absolut letzte ist Vater. Bleib bei mir, Margaret, deine Hände sind so angenehm und warm.«

»Du warst doch immer der mit den warmen Händen.«

»Nicht mehr.«

»Ich werde dich nie verlassen; das weißt du doch, ja?« Ich kniete mich neben ihn und hüllte ihn in den schweren Umhang des Grafen und nahm ihn in die Arme. Er streckte eine Hand aus, zog meine unter den Umhang und schloß die Augen. In der Wärme des erlöschenden Feuers unter dem Alembik schlief er ein, und sein Atem kam in langen, rasselnden Stößen.

Bis zur Frühmette war es noch ein Weilchen. Noch strahlten die Sterne, als Hugo mitten in der Nacht aufstand. Das Reisen war ihm gut bekommen; er hatte die qualvollen, nächtlichen Wanderungen aufgegeben und seit Monaten wieder richtig geschlafen. Doch jetzt hatten ihn die Alpträume von der mächtigen Gestalt des Sieur d'Aigremont heimgesucht, der in den Schranken auf ihn zukam. Gerade als der Graf ihn vom Pferd geworfen hatte und selber abstieg, um ihm den Gnadenstoß zu geben, fuhr er entsetzt hoch: Ihm war eingefallen, daß er unter einem Fluch stand. Er hatte sich mit einer gräßlichen Sünde befleckt – Gott würde morgen nicht auf seiner Seite sein, selbst wenn er in jeder anderen Hinsicht der bessere Mann war. »Der Fluch, der Fluch«, murmelte er und ging mit großen Schritten zwischen den Strohsäcken auf und ab, auf denen seine Männer friedlich schlummerten. Robert, sein Knappe, drehte sich auf dem Strohsack am Fußende seines Bettes um. Er schnarchte vor sich hin. »Lieber Gott, ich wollte, ich wäre nur ein Reisiger – ein Niemand – mit unbeflecktem Herzen«, flüsterte Hugo neidisch. »Errette mich, Herr, errette mich. Vergib mir. Ich will mich bessern. Ehrenwort. Gilbert kann mir sagen, wie man das macht, wie man sich von diesem Fluch befreit. Irgendwo gibt es sicher einen heiligen Mann, den er kennt. Vielleicht gibt es auch ein Heiligtum für die Verfluchten – irgendeinen Heiligen. Ich will Buße tun, lieber Gott. Alles, was du willst.« Beten. Vielleicht half beten. Ein Rosenkranz, ja, das war das Richtige. Aber wer hatte einen? Cis, die schon. »Verdammte Schlampe! Wozu braucht sie ihn?« brummte er, beugte sich aus dem Fenster und wollte das dunkle Himmelszelt anstarren. Verschwunden mit diesem alten Geck, diesem Sieur de Soule, dem sogenannten Gesandten. Hatte sich einfach ohne eine Spur von Dankbarkeit oder Treue verdrückt. Was bildete sie sich eigentlich ein, wer sie war?

Der kalte Nachtwind schob eisige Wolkenbänke über das Antlitz des zunehmenden Mondes. Komm aus deinem Himmel heraus, Gott! schrie Hugo stumm. Zeig dich und sag mir, daß du mich hörst . . .

Unten im Hof war Hufgeklapper zu hören. Er blickte hinunter, und da dräute im Mondenschein eine vertraute, riesige Gestalt auf einem großen Rappen. Sie war völlig in einen weiten, schwarzen Umhang gehüllt, der zu beiden Seiten des Sattels herabfiel und dem Pferd im eisigen Nachtwind um die Beine flatterte. Hugo hörte seine tiefe Stimme rufen:

»Kommt! Ich jage heute nacht.« Und zwei weitere Reiter mit Umhang gesellten sich aus den Schatten zu ihm. Einer hatte einen gekräuselten Bart und buschige Augenbrauen. In dem anderen erkannte Hugo den Mönch, der sich am letzten Abend an den großen Stuhl des Grafen gelehnt und ihm ins Ohr geflüstert hatte. Ihre kleinen, gedrungenen Pferde hielten sich hinter dem riesigen Hengst des Grafen. Während Hugo zusah, schien ein Gefolge von feierlichen Gestalten auf großen, schwarzen Zeltern, so schwarz, daß sie auch kein Fleckchen Weiß aufwiesen, aus dem Nichts aufzutauchen und die ersten drei Gestalten zu begleiten. Auch sie trugen dunkle Umhänge, doch hatten sie ihre Kapuzen so heruntergezogen, daß man ihre Gesichter nicht erkennen konnte – das heißt, wenn sie überhaupt Gesichter hatten. Als sie langsam auf das innere Burgtor zuritten, ging dem entsetzten Hugo auf, daß sie dreizehn an der Zahl waren.

»Macht auf!« rief die tiefe Stimme des Grafen, und das Burgtor flog ohne das Dazutun des Torwärters weit auf.

»Feigling!« schrie Hugo ihm vom Turmfenster her nach. »Feigling! Ihr rückt vor mir aus!« Und alle, die er mit seinem Geschrei weckte, rannten zum Fenster und sahen, wie der Graf sein blutleeres Gesicht dem Turmfenster zuwandte und lange, lange zu Hugo emporstarrte, bis er sich am Ende wortlos umdrehte und aus dem Tor ritt.

»Verdammter Feigling, komm zurück!« Wutentbrannt raste Hugo die Treppe hinunter, nur in die Bettdecke gehüllt und die Nachtmütze noch auf dem Kopf. Unten war alles ungewohnt hell erleuchtet, und aus der Kapelle drangen Laute. Er hörte Singen, und ohne einen Gedanken an seine ungebührliche Aufmachung zu verschwenden, folgte er dem anschwellenden Gesang. An der Tür verhielt er den Schritt, doch die stand schon sperrangelweit offen, und er fuhr entsetzt zurück. Dort, auf einem hohen, schwarz umhüllten Katafalk, lag vor dem Altar der zerschmetterte Leichnam des Comte de St. Médard.

Keine Menschenseele, die in jener eisigen St.-Crispin-Nacht die schwarze Kavalkade gesehen hatte, zweifelte daran, daß es der Schatten des Grafen höchstpersönlich auf seinem letzten Ritt zu den Pforten der Hölle gewesen war.

Kapitel XI

»Du kannst mir glauben, Bruder, ich habe gesehen, wie er aus dem Tor geritten ist, und doch lag der Leichnam die ganze Zeit feierlich aufgebahrt.«

Gregory ruhte auf dem schmalen Bett in der Pilgerhalle, das so nahe wie möglich ans brennende Feuer gerückt war. Er saß halb angelehnt und war mit Dekken überhäuft, zuoberst lag eine riesige Robe aus Wolfsfell, aus der man einen Teppich hätte machen können, und Margaret flößte ihm Suppe ein. Er hatte die Augen zwar offen, und doch träumte ihm Unangenehmes. Ihn träumte, daß sein Bruder Hugo aufgetaucht sei und ihm Gespenstergeschichten erzählte, während Margaret sich abmühte, ihn mit Suppe zu ersäufen.

»Halt«, sagte er zu niemand insbesondere, und der Suppenlöffel verschwand. Er beugte sich vornüber und hustete Blut in das Handtuch, das Margaret ihm hinhielt. Er spürte, wie sie ihn in die Arme nahm und ihn festhielt, während er nach Atem rang.

»Das ist ein Zeichen, meinst du nicht auch? Bruder, vielleicht werde ich doch noch erlöst. Der Fluch kann von mir genommen werden. Die richtigen Gebete. Eine Wallfahrt womöglich. Bruder, du mußt mir helfen. Ich habe gesündigt.«

»Ach, wirklich? Wer hätte das gedacht.« Gregory

ließ sich zurückfallen und schloß die Augen. Sein Bruder rüttelte ihn an der Schulter.

»Mach die Augen auf, Gilbert. Du mußt mir zuhören!«

»Was ist es denn dieses Mal?« Gregorys Stimme war kaum zu hören. »Mord und Totschlag. Unzucht? Hast du Hütten mit Witwen und Waisen darin dem Erdboden gleichgemacht? Alte Männer wegen versteckten Goldes gefoltert? Wo ist da der Unterschied zu dem, was jeder Soldat macht? Wende dich an Vater Drei-Ave, der bringt das für dich in Ordnung. Mit derlei Dingen kenne ich mich nicht aus.«

»Du verstehst mich nicht.« Hugos Stimme klang verzweifelt, und er brüllte Gregory ins Ohr: »Dieses Mal ist es eine richtige Sünde. Ich habe falsch auf das Wahre Kreuz geschworen und ein Papier unterzeichnet. Ich bin verloren. Ein furchtbarer Fluch liegt auf mir.«

»Falsch Zeugnis abgelegt? Ein Klacks für dich. Kauf dir einen Ablaßbrief. Aber das mit dem Papier – das ist ernst.« Gregory lief der Schweiß über die graue, bleiche Haut. Er hatte die Augen halb geschlossen und sprach zwischen zwei gequälten Atemzügen. Hugos Gesicht war angstvoll verzerrt. Margaret hätte ihn am liebsten dafür erwürgt, daß er Gregory so zusetzte, doch sie durfte nicht eingreifen.

Der Traum wurde immer schlimmer. Jetzt schüttelte ihn sein Bruder, und Margaret hatte ihm die Suppe weggenommen.

»Um was ging es auf dem Papier? Geld? Land?«

»Ein Heiratsversprechen.«

Gregory legte den Kopf auf die Seite und faßte sich an die Brust, und sein Atem kam in abgehackten Stößen. Margaret griff zum nächsten Handtuch. Aber nein, dieses Mal hustete er nicht. Er lachte.

»Wer hätte gedacht, daß du einmal in diese Falle tappen würdest, Bruder«, flüsterte er. »Daraus kann dich dich nur der Papst befreien.«

Hugo umklammerte verzweifelt Gregorys Schulter.

»Der Papst? Willst du damit sagen, der Papst kann das?«

»Natürlich«, sagte Gregory und verlor das Bewußtsein. Hugo stand abrupt auf und wanderte händeringend im Zimmer auf und ab. »Der Papst«, murmelte er. »Der Papst. Beziehungen – Geld – wie um alles –? Irgendwie. Ja. Es muß gehen –«

Bruder Malachi saß auf dem großen Bett in der Ekke neben dem Wandschirm, derweil Hilde seine Sachen packte.

»Hilde, mein Schatz, was meinst du, würde ich mit einem langen Bart würdiger aussehen?«

»Sehr vornehm, Malachi, vor allem, da sich jetzt Grau hineinmischt. Sonst war er allzu rötlich, um vornehm zu wirken.«

»Gut, ich bin froh, daß du ihn anziehend findest. Anziehend für dich, abstoßend für andere.«

»Was meinst du damit, Malachi? Du heckst doch etwas aus.«

»Ja, natürlich. Wenn ich meine Arbeit zu Ende bringen will, muß ich alte Schlupfwinkel aufsuchen. Schlupfwinkel, wo man sich – hmm – möglicherweise noch an meinen geistlichen Aufzug erinnert. Ich weiß nicht so recht, wie ich besser aussehe, als Lederkaufmann oder als – fällt dir etwas Ansehnlicheres ein? Flämisches Tuch vielleicht? Englische Wolle?« Er holte ein paar in ein Tuch eingeschlagene Meeresmuscheln aus seiner großen Tasche. »Bitte, sei so nett, mein Herzblatt, und nähe sie auf unsere Umhänge. Wir werden auf dem leichten Weg von Compostela zurückkehren – ohne je dort gewesen zu sein.« Er stöberte weiter und holte noch ein fest verschnürtes Bündel heraus, das er vor sich ausbreitete. »Gut – das Grün ist noch nicht verblichen. Der beste Satz, den ich je hergestellt habe. Hmm. Die Ringe sind so gut wie neu. Ja, unsere Finanzen stimmen.«

»Aber«, fiel ihm Margaret ins Wort, »wir brechen doch nicht so bald auf. Gregory darf auf keinen Fall bewegt werden, vor allem nicht durch diese Berge.«

»Wir dürften schneller aufbrechen, als du denkst. Ist dir aufgefallen, daß der kleine Bruder Anselm fehlt? Ich fürchte, er ist auf zum Bischof, um alles auszuplaudern, was er letzte Nacht gesehen hat. Hexerei, Mord, Selbstmord, Alchimie – ja, zweifellos steht uns der Bischof ins Haus. Wenn er es ehrlich meint, um auszumisten. Wenn nicht, um lange Finger zu machen – die Güter eines Ketzers, selbst eines Mannes, der erst nach dem Tod verdammt wird, verfallen nämlich der Kirche. Das hier ist eine recht große und verlockende Beute. Ehrlich gesagt, es würde mich nicht wundern, wenn wir bald Besuch bekämen. Schnüffler, die viele Fragen stellen – mit Hilfe von – lassen wir das, ich will dir das Herz nicht noch schwerer machen.«

»Aber du siehst doch«, verwies ihn Mutter Hilde, die Stimme der Vernunft, »daß er wirklich nicht bewegt werden darf. Selbst du kannst das sehen.« Sie zeigte auf Gregory, dieses lebende Skelett, der mit einem von Margaret in kaltem Wasser ausgewrungenen Handtuch auf der fiebrigen Stirn dalag. »Er stirbt uns unter den Händen, Malachi.«

»Ach, Hilde«, sagte Bruder Malachi mit einem neuerlichen Anflug von Traurigkeit. »Es ist weitaus leichter, durch Gottes Hand zu sterben als durch die Hand der Inquisition.«

In dieser Nacht stieg das Fieber hoch, und Margaret saß schlaflos am abgedeckten Feuer und wachte und wartete. Als der quälende Schüttelfrost kurz nach Mitternacht einsetzte, schlüpfte sie unter die Decken, um ihn mit dem eigenen Leib zu warmen. Sie war so erschöpft, daß sie fast auf der Stelle einschlief, den Arm schützend um seine skelettartigen Rippen geschlungen.

Als sie erneut aufwachte, schien das kalte, graue Licht der Berge schon ein paar Stunden ins Zimmer. Das Feuer war wieder angefacht worden. Träge schlug sie die Augen auf, und als sie das tat, da spürte sie, daß die graue Aura des Todes rings um Gregory gewichen war. Sie selber konnte sich kaum rühren; alle Knochen im Leib taten ihr weh, so als hätte sie die ganze Nacht mit dem grimmigen Tod selber gerungen. Sie wandte den Kopf. Hilde war am Feuer und machte ihr gewürzte Milch warm.

»Lebt er noch?« fragte Hilde sanft.

»Ja, Mutter Hilde. Hörst du ihn atmen?« flüsterte Margaret. Sie kam sich so schwach wie ein Katzenjunges vor. Es stimmte, Mutter Hilde hörte, daß sein rasselnder Atem jetzt gleichmäßiger ging.

»Wo ist Malachi?« fragte Margaret.

»Der ist zur Gräfin und erklärt ihr die Zwangslage, in der sie steckt. Er hat sich mit ihrem Arzt abgesprochen, der will schwören, daß der Graf einen Anfall von Fallsucht gehabt hat – Anfälle, die er von Zeit zu Zeit bekam – und daß er versehentlich aus dem Fenster gefallen ist. So kann sie ihn in der Familiengruft beisetzen, statt in ungeweihtem Boden. Er macht ihr den Vorschlag, daß sie uns mit Geld und Pferden und einem Führer versieht, der uns auf Schleichwegen durch die Berge führt. So kann man uns nicht mehr befragen. Auf ihre eigenen Leute ist Verlaß, die halten den Mund. Er muß wohl Erfolg gehabt haben – ich habe schon eine Gruppe von Arbeitern in die Geheimkammern gehen sehen, die vernichten das ganze Beweismaterial. Gewiß ist er bald zurück. Möchtest du die heiße Milch? Du siehst völlig ausgelaugt aus.«

»Genau so komme ich mir auch vor, Mutter Hilde. Es ist, als hätte ich die ganze Nacht mit dem Tod gerungen.« Margaret setzte sich auf und legte die Hände um den warmen Becher; sie fühlte sich so schwach, daß sie ihn nicht an den Mund heben konnte, wollte aber irgendwie die Wärme durch ihre Hände aufnehmen, um wieder zu Kräften zu kommen. Mutter Hilde sah sie zögern, kam ihr zu Hilfe und flößte ihr den Inhalt eigenhändig ein.

»So wie ich dich kenne, Margaret, hast du wahrscheinlich genau das getan.«

Nie im Leben wäre ich lieber im Bett geblieben als an jenem Morgen, als Bruder Malachi kam und uns ankündigte, daß wir auf der Stelle das Château verlassen müßten. Also, wenn er kummervoll gewesen wäre, ich hätte es hingenommen, doch gerade sein vermaledeiter Frohsinn machte das Ganze so unerträglich.

»Warum geht ihr nicht einfach allein und laßt uns hier?« knurrte ich ihn an und zog mir die große Wolfsfellrobe über beide Ohren. »Gregory und ich, wir bleiben hier einfach liegen bis zum Frühling, wenn man wieder reisen kann.« Eine hervorragende Idee.

»Unsinn, Unsinn. Es ist alles gerichtet, meine Lieben.« Selbst unter der Robe konnte ich sein zuversichtliches Gewusel noch hören, und so riskierte ich ein Auge, ich wollte doch sehen, was los war. Offensichtlich hatte er den Umweg über die Küche genommen, denn er trug in einer Hand einen Krug mit Apfelschnaps und in der anderen ein großes Stück gesottenes Pökelfleisch in einer durchgeweichten Serviette. Sein neuer Bart stachelte in alle Richtungen, und er sah damit so komisch aus, daß ich einfach lächeln mußte.

»Nur um Margaret, den Faulpelz, aus dem Bett zu locken«, verkündete er. Und während er seine Beute ablegte, verneigte er sich vor dem Bett und zog mit einer ungemein schwungvollen Geste ein riesiges, gekochtes Gänseei vorn aus seinem Gewand. »Siehst du das? Kein Hahnentritt, und noch warm. Bedenke, welche Vorzüge das Frühstücken vor der Reise hat und schenke uns einen Blick deiner Strahleaugen.« Ich kam mit der Nase unter der Decke hervor. »Schon besser«, sagte er. »Doch mir will scheinen, mit der Nase kann man nicht frühstücken. Und meine Geschichte kann man nur im Sitzen richtig würdigen.« Ich steckte den ganzen Kopf heraus. Jetzt war er sich seines Erfolges sicher, drehte sich um, legte das Ei zu den mitgebrachten Sachen und entstöpselte den Krug.

Ich fühlte, wie Gregory sich im Schlaf rührte; sein Atem ging jetzt viel leichter. Also, Margaret, dachte ich bei mir, ganz schlimm kann es nicht stehen. Vielleicht wird ja doch noch alles gut. Ich finde, du solltest aufstehen. Als ich mich aufsetzte, fiel mein Blick auf meine zerknitterten Kleider, die nicht nur zerfetzt und zerrissen waren, sondern in denen ich obendrein noch geschlafen hatte. Margaret, du siehst verboten aus, dachte ich. Wie gut, daß Gregory dich so nicht sehen kann, er würde dich nicht mehr haben wollen. Aber wenn Malachi einmal darauf brennt, seine Geschichte loszuwerden, dann muß ihm alles zuhören, sonst wird er unleidlich und behauptet, daß man ihn nicht gebührend schätzt. Außerdem sah das Frühstück, das er mitgebracht hatte, verlockend aus.

»Wie erhebend, wenn man wichtige Dinge mit einer logisch denkenden Frau besprechen kann«, ging sein Mundwerk, während er das Rindfleisch auswickelte und sein Messer hervorholte. »Sie zögert. Sie sieht ihre Damen und den Hauptmann ihrer Wache an. ›Warum wollt Ihr Euren Sohn ohne Not um sein Erbe bringen, nur weil Euer Mann ein wenig mehr gesündigt hat als andere?‹ frage ich. ›Und Ihr, Ihr hattet doch nicht die leiseste Ahnung. Ihr selbst seid so unschuldig wie ein neugeborenes Lämmlein. Und nun könntet Ihr gewiß eine der größten Damen Frankreichs sein. Ihr könntet reisen – nach Orléans, nach Paris – und in der elegantesten Gesellschaft verkehren. Bedenkt doch: Es gibt nichts Trostloseres als eine besitzlose Wittib, und nichts Schöneres als eine vermögende. Alles hängt davon ab, daß Ihr rasch und entschlossen handelt.‹ Sie erteilt also ihre Befehle – und schwupp! – schon ist alles geregelt.« Bruder Malachi hatte jetzt Brot und Fleisch aufgeschnitten, während der Krug die Runde machte.

»Und das könnt Ihr mir glauben, diesen dickköpfigen Bruder von Gilbert herumzubekommen, das war keineswegs so einfach«, fuhr Bruder Malachi fort und leckte sich die Finger. »Dieser Schafskopf! ›Ich sehe keinen Grund, jetzt aufzubrechen‹, sagt der doch. ›Ich werde ihnen einfach die Wahrheit sagen.‹ ›Und welche Wahrheit, bitte schön?‹ frage ich. ›Oh, daß er soviel Angst hatte, sich mir am nächsten Morgen auf dem Feld der Ehre im Einzelkampf zu stellen, daß er aus dem Fenster gesprungen ist.‹ Ich zermartere mir das Hirn. Wie kann ich mich ihm verständlich machen?

Dann fällt es mir ein. ›Gewiß würdet Ihr eine Wittib nicht um ihren letzten Trost bringen wollen. Wenn sie ihn nicht in der Familiengruft beisetzen kann, wird sie sich vor Gram verzehren, und Ihr habt noch eine Sünde auf Euer Gewissen geladen. Es ist eine Ehrenpflicht, daß Ihr über seinen Tod ewiges Stillschweigen bewahrt.‹ ›Sünde?‹ sagt er und sieht auf einmal völlig verstört aus. ›Sünde. Ich muß den Papst aufsuchen.‹ ›Wie sich das trifft‹, sage ich. Mein Gott, kann der sich in etwas verrennen, wenn die Idee erst einmal in seinen Dickschädel gedrungen ist, der im übrigen leer sein dürfte. Er ist schon auf dem Weg in die Ställe und trifft Vorkehrungen. Wie er allerdings den Papst sehen will, wo es ihm sowohl an Wartezeit als auch an Bestechungsgeldern mangelt, das weiß ich auch nicht. Er scheint zu glauben, er muß nur ankommen, und schon führt man ihn hinein. Hmpf! Vielleicht geht ihm noch ein Seifensieder auf, ehe er dort ankommt.«

Es dauerte denn auch nicht lange, und die Männer der Gräfin kamen mit einer Bahre, um Gregory zu der wartenden Tragesänfte im inneren Burghof zu tragen. Er bewegte sich und stöhnte, aber er wachte nicht auf, als er in Pelzgewänder gehüllt und mit einem im Feuer erwärmten Stein an den Füßen in die Sänfte verladen wurde. Allmählich ging es mir besser, und das machte nicht nur Bruder Malachis Frühstück, sondern auch das neue Unterkleid mit Überkleid, das mir die Gräfin geschenkt hatte. Beides war recht fremdländisch im Schnitt und weit, damit ich mich weiter runden konnte. Das Unterkleid war aus schwerer, dunkelgrüner Wolle mit weiten Ärmeln und wie geschaffen für den Winter, das Überkleid aus besticktem, braunem Samt, der von Alter und Tragen so abgewetzt und blank wie ein Kinderpopo war, aber immer noch eine gewisse, verblichene Eleganz ausstrahlte. Ich hatte das Brennende Kreuz ausgewickelt, als das Summen aufgehört hatte, und so glänzte es jetzt gar prächtig auf dem schönen Untergrund. Sie fand die Wirkung ansprechend, schien jedoch entgeistert, als ich eine anständige, französische, hohe Haube ausschlug. ›Was? Keine burgundische Haube?‹ rief sie. ›Genauso gut könntet Ihr nackt herumlaufen.‹ Aber ich überzeugte sie, daß ich als Engländerin nicht an einen so hohen Kopfputz gewöhnt war und Kopf und Kragen riskieren würde, wenn ich mich hoch zu Roß damit in einem herunterhängenden Zweig verfing. Wir schieden in aller Freundschaft, wenn auch ein wenig hastig, zuvor aber schworen wir allesamt auf ihr Evangeliar, Stillschweigen zu bewahren.

Und schon sehr bald hatten wir das Nebentor hinter uns gelassen, um auf einem Schleichweg durch die Berge auf die Hauptstraße zu stoßen. Ich ritt auf einer kleinen, graubraunen Stute mit unebener Gangart, Bruder Malachi auf einem langgliedrigen Fuchs mit Mutter Hilde auf der Kruppe hinter sich. Die Tragesänfte hing zwischen zwei Pferden, die von Sir Hugos Männern geritten wurden, und Sim hockte hinter letzterem der beiden. Sir Hugo war gar prächtig anzusehen in seiner frisch gesäuberten Rüstung, und sein Fähnlein flatterte an seiner Lanzenspitze. Neben ihm ritt Robert, sein Knappe, mit seinem Schild, Helm und dem großen Schwert. Hugo mochte es, wenn alles seine Richtigkeit hatte, und hielt nichts davon, sich in Verkleidung über die Hintertreppe davonzustehlen. Am Ende des Trupps kamen Hugos Packesel. Gewißlich zogen wir eleganter von dannen, als wir gekommen waren. Einer jedoch fehlte im Brokesford-Trupp. Cis, die falsche Lady Margaret, hatte sich geweigert, die

Gemächer des Gesandten zu verlassen, die Tür blieb fest verriegelt, derweil Hugo von außen darauf einhämmerte und sie auf Englisch beschimpfte.

»Haltet den Mund«, sagte ich, als er kam, um sich um Gregorys Transport zu kümmern. Er fluchte und drohte, sie zu holen, koste es, was es wolle.

»Verdammt, sie ist eine Leibeigene; sie ist meine Wäscherin, die kleine Schlampe. Und so eine gibt sich als adlig aus.«

»Wer hat denn damit angefangen? Seht es einmal von dieser Seite, Hugo. Sie hat sich Euch entzogen. So wie die in der Welt ihren Weg macht, kann sie es eines Tages zur Mätresse eines Königs bringen. Vielleicht kommt einmal der Tag, da seid Ihr dankbar, daß Ihr sie kennt und könnt sie bitten, daß sie sich für Euch verwendet. Laßt sie in Ruhe; sie geht ihren Weg. Und das sollten wir auch tun, und obendrein schnell.«

»Macht es Euch denn gar nichts aus, daß sie Euren Namen benutzt, alberne, kleine Gans?«

Ich biß mir auf die Zunge, damit ich ihm nicht sagte, was ich von ihm hielt, und meinte: »Das stört mich nicht im mindesten. Ich wünsche ihr alles Gute damit.«

Und so hatte Sir Hugo knurrend und wutentbrannt seine Vorkehrungen getroffen, und wir waren aufgebrochen und hatten Cis einem Leben überlassen, das sie sich erwählt hatte. Aber ich machte mir keine Sorgen um sie, die nun ganz allein in der Fremde war und kein Wort der Landessprache verstand.

Hoch in den Bergen schlängelte sich der Pfad, den unser Führer eingeschlagen hatte, über ein Vorgebirge und gab den Blick auf das ganze Tal unter uns frei. Als er wie wild anfing, Zeichen zu machen, stiegen wir ab und brachten die Pferde außer Sichtweite.

»Da«, flüsterte Bruder Malachi und zeigte auf die

Straße unter uns, die zum Burgtor führte. »Keinen Augenblick zu früh.« Auf der Straße ritt ein bewaffneter Trupp mit flatternden Fahnen, an der Spitze ein gedrungen aussehender Mann in voller Rüstung, seine Sturmhaube glänzte in der Sonne, und an seinem Sattelknopf hing ein Streitkolben. Neben ihm ritt sein Knappe mit seinem Schild und dem großen Helm. Nur das bischöfliche Wappen unterschied ihn von einem großen, weltlichen Herrn. Hinter ihm trabte eine Schar bewaffneter Ritter aus dem Bistum, sie eskortierten eine Gesellschaft gut berittener Priester und schwer beladener Packesel. Wir sahen, wie die Inquisitoren am Ende der hochgezogenen Zugbrücke anhielten.

»Hmm. Ein hartgesottener Bursche«, sagte Bruder Malachi. »Der soll die Messe lesen, während sein Helm auf dem Altar liegt. Bin ich froh, daß wir dem nichts erklären müssen. Irgendwie sieht er aus, als wäre mit ihm nicht gut Kirschen essen.«

Die Brücke wurde heruntergelassen, und wir hörten den Hornstoß leise in den Bergen widerhallen, während die Gesellschaft durch die geöffneten Tore ritt.

»Was murmelst du vor dich hin, Margaret?« fragte Bruder Malachi.

»Ich bete, daß die Gräfin Glück hat«, erwiderte ich.

Als die Gesellschaft des Bischofs wohlbehalten in der Burg war, machten wir uns wieder auf den Weg und stießen bald auf die Hauptstraße nach Bayonne, die sich unterhalb von Médard-en-bas dahinschlängelte. Dort wurden wir endlich den Führer der Gräfin los, und Malachi verhandelte mit einem alten Mann, daß er uns in entgegengesetzter Richtung durch die Berge führe. Wir machten uns also auf gewundenen Pfaden durch das Gebirge auf, da wir die Hauptstraße nach Pau erreichen wollten. Doch als wir uns erst zwischen hohen Felsen und windumtosten Gipfeln bewegten, wurde Gregory, der vorher bewußtlos gewesen war, durch das Gerüttel wach und machte große, glasige Augen, so als wüßte er nicht, wo er war. Hoch oben kreiste ein Falke, und ich merkte, daß sein Blick ihm folgte. Seine Lippen bewegten sich; ich konnte sehen, was er sagte, obwohl ich ihn nicht hören konnte, nicht einmal so dicht hinter ihm.

»Der Himmel. Ich habe gedacht, ich würde ihn nie wieder zu sehen bekommen. Wo bin ich?«

»Wo du bist?« wiederholte ich seine Frage laut. »Auf dem Heimweg.« Mein Herz tat einen Sprung, und ich war so glücklich, daß ich das Kleine kaum singen hörte: »Jauchz, Jauchz!« Und dann überkugelte es sich.

Wogende, dunkle Wolken ballten sich am weiten Horizont zusammen, und ein kalter Windstoß drückte die graubraunen Reste des sommerlichen Grases zu beiden Seiten der Straße zu Boden. Tagelang hatten sie sich nun schon auf gefahrvollen Bergpfaden entlanggeschlängelt, waren durch namenlose Dörfer geritten, in denen Wilde lebten, die ihnen nur dann Essen und Unterkunft gewährten, wenn Sir Hugo drohend mit dem Schwert in der Scheide rasselte. Und selbst jetzt, auf der Hauptstraße, war sich Margaret nie weiter fort von daheim vorgekommen. Nicht einmal das fröhliche Gekugele des Kleinen und Bruder Malachis heiteres Geplauder konnten sie davon überzeugen, daß doch noch alles gut würde. Aber je länger sie unterwegs waren, desto frohgemuter wurde Hugo. Er richtete sich im Sattel auf, daß sein Umhang ihn umflatterte, und hielt dem ersten eisigen Regentropfen die Hand entgegen. Vor ihnen erstreckten sich bis zum Horizont hin die hügeligen Ausläufer der Pyrenäen wie Wogen eines weiten, stürmischen Meeres.

»Hm. Sieht mir nach Gewitter aus. Aber mit ein bißchen Glück sind wir vorher in Pau.« Und er bedeutete denen, die hinten ritten, sich nach besten Kräften zu sputen. »Ei, ei. Wenn es doch Sommer wäre. Natürlich kein zu heißer Sommer. Also, wie ging noch dieses hübsche Sommergedicht? Humta, humta, humtata oder so, bekränzte Knaben sind wieder da, die Vögel im Baum singen ›tirila‹! So ähnlich jedenfalls. Witzige Reime hatte der Kerl drauf.«

Bei dem schnelleren Tempo war Gregory wachgeworden. Aus der Sänfte kam ein Stöhnen. Hugo fiel zurück, beugte sich vom Pferd, denn nun machte er sich auch Sorgen. Er bemühte sich, die kaum verständlichen Worte aufzufangen.

»Wenn du in meiner Gegenwart auch nur noch ein Wort dieser elenden ›Ode an den Sommer‹ zitierst, erwürge ich dich, Hugo, Ehrenwort. Lebendig oder tot. Wenn nötig, steige ich aus dem Grab.«

»Was ist daran falsch? Ich dachte immer, du magst Gedichte, Gilbert?«

»Dieses Gedicht ist mein wunder Punkt, Hugo. Erwähne es nie wieder. Denk daran, noch aus dem Grab.« Unter den Decken bewegte sich etwas, denn Gilbert faßte sich nach der Brust, um den schmerzhaften Husten zu unterdrücken. Hugo scherte sich überhaupt nicht darum. So war das mit Kranken. Hatte sein Vater nicht den ganzen Weg von Calais bis nach Brokesford Manor Verwünschungen geflüstert, und was hatte es genützt?

»Ei, seht nur, ich glaube, vor uns liegt Pau«, rief Hugo und trabte wieder an, um zu prüfen, ob er in der verhangenen Ferne wirklich die Kirchtürme von Pau erspäht hatte.

Wir blieben nur eine Nacht in der schäbigen Herberge namens *La Couronne*, denn die Betten wimmelten von Wanzen. An dem langen Tisch vor dem Feuer beredeten Malachi und Robert zwischen Bissen eines stinkenden Ragouts laut unsere Pläne, gen Westen auf Orthez und zur Küste hin zu ziehen. Doch noch vor dem Morgengrauen standen wir auf und ritten bei Sternenschein gen Osten auf Tarbes, nur damit uns das widerwärtige Gesocks aus der Herberge nicht nachsetzen konnte.

Doch in Tarbes hielt uns das schlechte Wetter drei Tage lang fest, und Hugo rannte wutschnaubend im Zimmer auf und ab, derweil Robert ihm die Rüstung säuberte und seinen Männern beim Würfelspiel und der Frauenjagd Gesellschaft leistete. Eines Abends, als ein eisiger Regen an die Fensterläden prasselte, suchte Hugo rein aus Langeweile Streit mit Malachi. Gregory saß angelehnt im Bett, war zu schwach zum Essen, trank jedoch in kleinen Schlucken heißen Wein aus dem Becher, den ich ihm an die Lippen hielt. Hilde und Malachi saßen am Kohlebecken und sahen sich im Schein der glühenden Holzkohle seine neuen Bücher an. Hilde konnte kein Wort lesen, und die Bücher waren ohnedies in Latein, aber Malachi erläuterte ihr die Bilder. Hildes gewitzte Bemerkungen bewiesen, wie gut sie alles Natürliche verstand. Sim spähte ihr über die Schulter und machte dabei einer riesigen Wurst ein Ende, die er irgendwo entwendet hatte.

»Das da, Hilde, das ist die mystische Vermählung von Sol und Luna. Das erkennst du an den Kronen; es bedeutet, man muß geschmolzenes Gold und Silber vermischen, um die Quintessenz herauszuziehen – Sim, wieviel Mal muß ich dir noch sagen, daß du kein Fett auf die Seiten tropfen lassen sollst? – während das hier –«

Die Tür flog auf.

»Wie kann ein Mann mit einem Fünkchen Verstand seine Zeit nur mit Bücherlesen vergeuden? Zu was sind die nutze? Das ganze Zeugs macht das Hirn eines mannhaften Kerls zu Moder und ihn zu einem verträumten Tagedieb.«

Auf der Schwelle stand ein wutschnaubender Hugo, der Streit suchte.

Gregory auf dem Bett schnaubte auch. Normalerweise hätte er mit einer Bank nach Hugo geworfen und damit die Langeweile eines Regentages in tausend Stückchen zerschmettert. Aber er war selbst zu schwach zum Kopfheben, so knurrte er nur drohend.

»Das hier finde ich interessant«, bemerkte Malachi völlig ungerührt. »Es ist Graecus' *De igniis.*«

»Das was? Irgendso ein Priestergeschwafel?«

»Nein, ein Buch über Feuer und die verschiedenen Arten, es in Gang zu setzen. Hier beispielsweise ist eine Rezeptur für griechisches Feuer – recht nützlich, wenn man belagert wird und sich verteidigen muß.«

Hugo kam näher. »Ei, was bedeutet denn das Bild da mit dem nackten Mann und der Frau?« kam er hochfahrend wie eh und je dazwischen. »Ist das ein Buch mit schmutzigen Geschichten? Denn wenn ja, so verlohnte sich ja das Bücherle –«

»Es ist ein alchimistisches Buch.«

»Alchimie mit schmutzigen Bildern, äh? Jetzt weiß ich auch, was die Kerle nachts warmhält. Schade, daß nichts über Goldmachen drinsteht. Also, wenn ich ein Buch hätte, dann eines mit lauter schmutzigen Bildern und ohne Geschwafel – sagt an, was tut der Drache dort? Und der Löwe ganz in Grün mit den glitzernden

Schuppen?« Ich sah ihnen von meinem Platz auf dem Bett aus zu, und selbst auf diese Entfernung hin konnte ich einen weiteren Grünen Löwen auf der Seite in Malachis neuem Buch ausmachen. Doch der hier war dünner und an beiden Flanken mit Sternen besetzt. Aber es war das gleiche Geschöpf, und in seinem Maul trug es eine Sonne mit lächelnder Miene und Strahlen wie wedelnde Arme.

»Der Grüne Drache und der Grüne Löwe besitzen die Kraft, die edelsten und unveränderlichsten Metalle umzuwandeln. Nach ihnen suche ich. Nur durch sie kann man das Rote Pulver gewinnen, was natürlich Ziel jedes Alchimisten ist.«

»Und wo ist nun das Gold?«

»Hier, in dem Buch«, und Malachi wies auf die goldene Sonne im Maul des Löwen, »und hier.« Er klopfte an seinen Kopf.

»Dann habt Ihr es also? Das Geheimnis der Geheimnisse?«

»Noch nicht ganz, aber sehr bald.« Hugo machte ein Gesicht wie immer, wenn ein betrunkener Gascogner ihm erzählt, daß er im Kampf ungeschlagen ist. Das sah Malachi und schniefte betrübt. »Ehe ich London verließ, war ich ganz nahe daran, das könnt Ihr mir glauben. Ich war schon fast beim Phönix, doch dabei sind mir ein paar ziemlich kostspielige Gläser zersprungen, darum konnte ich das Experiment nicht wiederholen. Aber ich hoffe, daß das, was ich aus diesem Buch erfahre, wenn es erst einmal übersetzt ist, es mir ermöglicht, meine lebenslange Suche zu beenden.« Er klappte das Buch zu und legte es in seine Umhüllung zurück, ohne auch nur einen Blick auf Hugos stures, dümmliches Gesicht zu werfen. Der Kerl hatte zuweilen soviel Einsicht wie die Rückseite einer Backsteinmauer. »Interessant, nicht wahr?« fuhr Malachi heiter fort. »Ihr sucht in Avignon Vergebung und ich Aufklärung. Das heißt, wir sollten einen Bogen um den haarigen Burschen im Stall machen; ich habe nämlich mitbekommen, daß er uns auf dem Weg nach Toulouse auflauern und uns ausrauben will.«

»Toulouse? Aber wir wollen doch gar nicht nach Toulouse«, sagt Hugo.

»Genau«, erwiderte Malachi. »Aber irgendwie stehen sie dank des losen Mundwerks eines gewissen flämischen Wollhändlers unter dem Eindruck, daß wir dorthin ziehen. Ich schlage vor, wenn das Wetter umschlägt, brechen wir in aller Herrgottsfrühe auf.« Hugo warf Bruder Malachi einen Blick zu, dann grinste er.

»So sei es, alter Fuchs«, antwortete er, wünschte jedermann eine gute Nacht und verzog sich mit besserer Laune ins Bett.

Und so machten wir uns heiterer gestimmt auf den Weg durch die winterlichen Hügel von Foix, wo uns ein herzliches Willkomm gewiß war, da wir von Graf Gastons Gesandtem ein Empfehlungsschreiben hatten.

Es ergab sich jedoch, daß wir den Brief so gut wie gar nicht brauchten, denn der Botschafter des Grafen, der Sieur de Soule, hatte nur so lange in St. Médard verweilt, daß er dem Bischof den Ring küssen konnte, um dann mit seinem Gefolge in Windeseile abzureisen. Er gehörte zu den Leuten, die sich die Inquisition vom Leib hielten, zudem hatte er seinem Herrn dringende Botschaften zu übermitteln. Zum einen war sein alter Rivale und Feind unverhofft gestorben, und zum anderen hatte er an seiner Flanke jetzt statt eines mächtigen Kriegsherrn einen minderjährigen Knaben und eine heiratsfähige Wittib – und das bringt immer Bewegung in die Politik. Darum hatten wir beim Näherkommen schnelle Reiter aus der Stadt in Richtung Osten verschwinden sehen – Boten, wie es sich herausstellte, welche in die slawischen Länder geschickt wurden, um dem Grafen von Foix und dem Captal de Buch über die Vorgänge in St. Médard-les-Rochers zu berichten.

So weilte zwar Gaston Phoebus, der wegen seiner Schönheit, Großzügigkeit und Feurigkeit berühmte junge Graf, nicht daheim, doch sein Konnetabel empfing uns ungemein fürstlich. Aber nicht nur der Botschafter war uns vorausgeeilt, sondern auch der Skandal um das Würfelspiel, und bereits ein Bruchteil der Geschichte hatte uns zu Sehenswürdigkeiten erster Güte gemacht. So war es nicht zu umgehen, daß ich beim Abendessen zur Rechten des Konnetabel sitzen und mich mit schamrotem Gesicht über die ganze Geschichte ausquetschen lassen mußte. Ich antwortete auf die Fragen zu dieser schändlichen Sache so einsilbig wie möglich. Doch durch Schmeicheleien und Wein schaffte er es, mehr aus mir herauszulocken, als ich eigentlich erzählen wollte, und schon bald ging an allen Tischen das Gerücht um, daß der alte Feind des Grafen von Foix an einer versehentlichen Überdosis Liebestrank für Hunde gestorben sei. Darüber lächelte der Konnetabel in der Tat höchst seltsam und verkündete, daß Gott auf der Seite der Tugendhaften sei, und Hugo spendete ihm mit rotem, weintrunkenem Gesicht laut Beifall. Ich hätte mich am liebsten in ein Mauseloch verkrochen. Ich muß schon sagen, Gregory, der hatte es wirklich leicht bei diesem Besuch, der lag ganz vergraben unter einem großen Federbett oben, wurde umsorgt und von vorn bis hinten hofiert. Sogar einen Harfenisten schickte man ihm hoch, daß er ihm aufspiele, und seine Gesichtsfarbe wurde allmählich gesünder, obwohl er immer noch zu schwach zum Aufsitzen war.

Während meine Angst um Gregory nachließ, kamen andere Ängste hoch. Zum einen ging die Weiße Dame um, schnüffelte durchs Haus, machte, daß die Hunde heulten und die Menschen eine Gänsehaut bekamen. Und da sie sich gern über die Haushaltsführung anderer ausließ, stand zu fürchten, daß jemand meine nächtlichen Unterhaltungen mit ihr mitbekam. Aber Schweigen wäre unhöflich gewesen, wenn ich bedachte, was sie für mich getan hatte. Und da sie den Großteil ihrer chronischen Wut an dem Grafen ausgelassen hatte, war sie jetzt nur noch eine heiter-boshafte Klatschbase.

»Madame Belle-mère, gestattet mir, Euch darauf aufmerksam zu machen, daß Ihr die Pferde nicht noch einmal erschrecken dürft, sonst holen sie einen Exorzisten.«

»Einen Exorzisten?« schnaubte sie dann wohl. »Pu! Ich pfeife auf Exorzisten. Schließlich habe ich das Wasser überquert –« Natürlich würde sie mir nie erzählen, wie. »Wenn Ihr nicht dahinterkommt, wo Ihr selber Mutter seid, ich verrate es Euch nicht«, sagte sie und wehte davon, um die Juwelen der Gräfin zu inspizieren und die Gesellschafterinnen zu erschrecken.

Außerdem fürchtete ich, Hugo würde wegen Cis einen heillosen Streit vom Zaun brechen, doch dem war der Sieur de Soule dadurch zuvorgekommen, daß er am Tag nach unserer Ankunft mit einer großen Kavalkade aufgebrochen war. Die einen munkelten, er hätte im Namen seines Herrn Geschäfte mit dem Papst, und diese Geschäfte sollten wiederum etwas mit der Kirche und dem Feldzug gegen die heidnischen Slawen zu tun haben, andere munkelten, daß er sich um seine vernachlässigten Ländereien im Süden kümmern müßte. Ich habe keine Ahnung, was es nun tatsächlich war.

Aber Hugo kam doch noch zu seinem Auftritt, denn er wurde seines Lebens nicht froh, wenn er nicht im Mittelpunkt des öffentlichen Interesses stand. Dieses Mal ging es um seine Unbeschreibliche Sünde, wie er es nannte, und damit zog er die volle Aufmerksamkeit aller auf sich – Sünden, die er hätte beschreiben können, hätten ihm weitaus weniger Interesse eingetragen. Ritter, die es stets nach neuen Skandalen gelüstete, nahmen ihn auf die Seite, und ich hörte ihn sagen: »Niemals – sie ist zu gräßlich. Sie ist unbeschreiblich. Damit möchte ich Euch nicht belasten.« Und dann schieden sie kopfschüttelnd, und jeder lachte sich ins Fäustchen, weil er selbst noch nicht so unbeschreiblich gesündigt hatte.

Jeden Tag kam Hugo mit einem neuen Plan an – beispielsweise barfuß nach Avignon zu gehen –, und dann schlug er sich an die Brust und vergoß Tränen und warf sich vor aller Augen bäuchlings vor den Altar in der Kapelle und blieb so lange dort liegen, bis auch der Allerletzte ihn für einen Ausbund heiliger Bußfertigkeit halten mußte.

»Sagt mir«, schmeichelte er dann wohl diesem oder jenem Priester, »sollte ich dafür Sorge tragen, daß man mich auf dem ganzen Weg nach Avignon geißelt? Oder wäre eine Prozession singender Mönche besser? Sollte ich im Unterhemd durch das Stadttor einziehen? – Oh, jetzt weiß ich. Ja. Graue Mönche wären wohl am besten – oh, nein, die Sünde aber auch, wie sie mich befleckt! Der Fluch, der gräßliche Fluch!« Und es schadete ihm natürlich nicht, daß in der Regel irgendeine rührselige Demoiselle zugegen war. Die tröstete ihn nur zu gern, trocknete seine Tränen und schenkte ihm geweihte Medaillons und andere Talismane für die Reise. Seine Bußfertigkeit machte, daß er tatsächlich dunkle Ringe unter den Augen bekam, denn da er die ganze Nacht von Bett zu Bett wanderte, kam er überhaupt nicht mehr zum Schlafen.

Doch am Ende konnten wir die Reise nicht länger hinausschieben. Ein kleiner Page, einer von Hugos bezahlten Spitzeln, tat ihm kund, daß ihn einige beleidigte Edelmänner am Hof schon bald auf Pilgerreise in die nächste Welt schicken würden, wenn er sich nicht auf den Weg nach Avignon machte. Gregory ging es unterdes so gut, daß er essen und in der Sänfte angelehnt sitzen konnte, obwohl das Fieber immer noch stieg und wieder fiel. Was uns jedoch am meisten freute, war die Kunde, daß der Bischof von Pamiers einen bis an die Zähne bewaffneten Trupp nach Avignon schickte und durchaus geneigt war, Pilger mitzunehmen. Vielleicht hätten wir gezögert, wenn wir geahnt hätten, daß es sich um einen Goldtransport handelte, und sie hätten gezögert, hätten sie geahnt, daß wir Engländer waren. Malachi jedoch vertrat unseren Fall in lateinischer Sprache, verdrehte die Augen gen Himmel und bekreuzigte sich vielmals, während er erläuterte, warum wir die heiligen Stätten in Avignon zur Erneuerung von Leib und Seele aufsuchen müßten. Doch der Hauptmann der Wachsoldaten gab den Ausschlag; der musterte nämlich unsere zusammengewürfelte Schar und meinte, falls wir von englischen Söldnern angegriffen würden, wäre es ganz gut, wenn jemand ihrer Sprache mächtig wäre, denn er könne diese Zunge nur mit Mühe von Hundegebell unterscheiden.

Auf diese Weise durchquerten wir das verwüstete

Land gen Osten und folgten alsdann dem Ufer der Aude nach Norden, auf Carcassonne zu. Dort wurden wir nicht sehr herzlich willkommen geheißen, denn der englische Prinz hatte erst kürzlich bei einem seiner Ausfälle aus Bordeaux die Unterstadt jenseits der Stadtmauer in Brand gesteckt. Doch im großen und ganzen reist es sich gut in geistlicher Gesellschaft, da sie in Klöstern gut aufgenommen wird, und in diesen ungewissen Zeitläuften konnte oft nur noch die Kirche etwas für Besucher erübrigen. Natürlich gab es auch Nachteile, denn Räuber und Wegelagerer hatten es besonders auf Klöster, Kirchen und diese Art reisender Geistlichkeit abgesehen.

Und dann waren natürlich noch Bettler und Wanderer ohne Zahl unterwegs, welche der dauernde Kriegszustand verstümmelt oder heimatlos gemacht hatte. Die konnten unsere Wachsoldaten unschwer vertreiben, sie riefen ihnen zu, ihre Herren sollten sich um sie kümmern. Doch ihre Herren waren (selbstverständlich) auch auf Raubzug, schließlich konnte man dabei anständig verdienen. Übrigens konnten diese Bettler gar nicht nach Haus, selbst wenn sie noch ein Dach über dem Kopf hatten, denn man wollte ihnen nicht die Steuern erlassen, was ein vernünftiger Herr angesichts des Zustands der Felder getan hätte. Als wir später hörten, daß ebendiese Bauern sich erhoben und ihre Herren gebraten und obendrein verspeist hatten, da nahm mich das keineswegs wunder, denn in England habe ich Zehntscheuern schon für weitaus weniger brennen sehen. Warum wohl sollten diese verhärteten Menschen Grausamkeit nicht mit gleicher Münze heimzahlen?

Wo auch immer wir haltmachten, gleich erkundigten sich die Hauptleute unserer Reisegesellschaft, wo die einheimischen Wegelagerer, die *écorcheurs*, die Söldner und die freien Kompanien lagen. Dann machten wir Pause oder nahmen je nach Angaben einen anderen Weg. Vor allem trachteten unsere Hauptleute nach Kunde vom ›Erzpriester‹, diesem Ungeheuer von einem abgefallenen Priester, der Söldnerhauptmann geworden war und dessen riesiges, umherwanderndes Heer, *Société d'Acquisition* genannt, sich irgendwo zwischen uns und der Papststadt Avignon befinden sollte. Dieser hatte Städte und Festungen eingenommen, und falls wir das Pech hatten, seinen Weg zu kreuzen, bestand durchaus die Möglichkeit, daß er unser Blut aus Kelchen von Kirchen trank, die er in Brand gesteckt hatte.

Doch Gott war mit uns; wir trafen auf keine *écorcheurs* und kamen am Ende in Avignon an, ohne mehr als einen Mann in Narbonne am Fieber verloren zu haben, und das war ein gebrechlicher, alter Geistlicher. Viele denkwürdige Dinge sahen wir unterwegs: ein paar scheußliche, wie beispielsweise gehäutete oder verstümmelte Leichen, und einige schöne, wie uralte Heiligtümer und die Ruinen von prächtigen Gebäuden, welche die heidnischen Römer hinterlassen hatten. Doch die weißen Schotterstraßen durch die trockenen Hügel und die trostlosen, wogenden Dünen und die verkümmerten Pinien an dem fremden Meer machten, daß mein Heimweh nach dem gefälligen Grün Englands immer schlimmer wurde.

In Montpellier, wo es eine Universität gibt, wurden wir vor der Stadtmauer von einer aufgebrachten Menge empfangen, die beschimpfte und bewarf einen Mann in Gelehrtenrobe mit Abfällen, der verkehrt herum auf einem Esel saß. Dort hatte sich Malachi vor langer Zeit aufgehalten, und er erzählte uns, daß man so jemanden zur Stadt hinaustreibt, der ohne einen Universitätsgrad Medizin praktiziert.

»Denn«, so sagte er, »hier gibt es eine berühmte medizinische Fakultät, und die kontrolliert das Gewerbe.«

»Wie gut, daß man in England darüber anders denkt, sonst gäbe es keinen Esel mehr in ganz London«, erwiderte ich. »Es wäre doch gerechter, wenn man die Ärzte, die Menschen umbringen, verjagte und nur die behielte, welche die Menschen gesund machen.«

»Ha«, sagte er, »dann gäbe es in der ganzen Christenheit keinen Esel mehr.«

»Also Malachi, wenn das nicht schrecklich ist, einen Menschen um diese Jahreszeit aus der Stadt zu treiben«, sorgte sich Mutter Hilde, während wir hoch zu Roß vor den Stadttoren warteten, daß die Menge sich verlaufen und wir eingelassen würden. Der Esel wurde noch ein gutes Stück an uns vorbeigetrieben, ehe man den Reiter mit Gewalt herunterzerrte und ihn dort im tiefen Morast liegenließ, den Esel jedoch führten die sparsamen Bürger zurück in die Stadt.

»Nicht so ganz, mein Schatz. Bedenke auch das Gute, das sich darin verbirgt. Zu Friedenszeiten würde ihn keine Stadt aufnehmen, und damit wäre er heimat- und arbeitslos. Doch in diesen bösen Zeiten dürfte er schon bald eine Anstellung bei den *écorcheurs* finden, wenn er nur ein Fünkchen Verstand hat«, erwiderte Malachi, als wir abstiegen, um das Stadttor zu passieren.

»Aber was wird aus diesem armen Land, wenn sich jedermann den *écorcheurs* anschließt?« fragte ich.

»Margaret«, gab Bruder Malachi fest zurück, »Nachdenken über große Probleme, die man nicht lösen kann, führt zu nichts. Mach es wie ich und denke über die kleineren Probleme nach, die sich leicht lösen lassen. So schickt uns Gott nur Freudentage. Ich beispielsweise stelle augenblicklich Überlegungen an, ob sich im Schoße dieser außergewöhnlichen Alma Mater nicht der Übersetzer befinden könnte, den ich suche. Während du dich nur aufregst, verbringe ich die nächsten Stunden mit glücklichen Gedanken, Jagdfieber und gar köstlicher Vorfreude. Denke daran und bessere dich.«

Nach einigen Nachforschungen kam Malachi sehr entmutigt zurück, denn durch Pest und Kriege war die Universität zu einem armseligen Schatten ihrer selbst verkommen – zusammengeschrumpft auf ein paar hundert Studenten und eine Handvoll Magister. Er hatte drei Konvertiten gefunden, mehrere Leute, die behaupteten, sie hätten einst einen Juden gekannt, dazu einen wahnsinnigen Magister, der ihm erzählte, Gott hätte ihm im Traum die Kraft verliehen, hebräische Schriften zu lesen, und einen ältlichen Doktor der Theologie, der ihn nach Avignon schickte. Und keiner, wirklich keiner, zeigte an seinem Buch voller seltsamer Krakel Interesse.

Nur Hugo zog Nutzen aus unserem kurzen Aufenthalt dort. In der Abendkuhle, als der Winterregen aufgehört und der Wind die dunklen Wolken vom Antlitz des Mondes fortgeschoben hatte, vernahmen wir in der Gasse hinter unserer Unterkunft die Stimmen von Studenten. Schwermütig warfen die regenglänzenden Steinmauern ihr Lied zurück, und wir hörten sie über die nassen, unebenen Pflastersteine quatschen und stapfen. Ich öffnete die Fensterläden, um die Musik hereinzulassen. Drei junge Männer bummelten und sangen dort zusammen in Nässe und Mondenschein, und der in der Mitte hatte eine bändergeschmückte

Laute. So haben es Studenten schon immer gehalten und werden es trotz Krieg und Pest bis zum Ende der Zeit halten. Am Ende der Gasse blieben sie stehen und hoben zu einem anderen Lied an – eines mit den eigenartigen, lieblichen, gewundenen Melodien des Südens. Ein weiterer Fensterladen wurde aufgestoßen, und ein Mädchen steckte den Kopf heraus und spähte in die Dunkelheit. Ihre dicken, dunklen Zöpfe fielen auf das Fensterbrett, und ich konnte sie lachen hören.

»Laßt mich sehen«, sagte Hugo und drängte sich ans Fenster – wir nächtigten nämlich alle zusammen in einem Zimmer, selbst die Knappen und Knechte, die auf Strohschütten zu Füßen von Hugos Bett schliefen. Als ich den Kopf zurückzog, hörte ich ihn murmeln: »– Eine Laute, ja. Das ist es. Viel gefühlvoller –«

Genau in diesem Augenblick schimpfte eine alte Frau los, und die Läden in der Gasse wurden zugeknallt und machten der Musik ein Ende. Doch der Same war gesät, und als wir am folgenden Tag aufbrachen, befand sich in Sir Hugos Gepäck eine Laute im sarazenischen Stil mit Streifen aus hellem und dunklem Holz und einem Schalloch mit einer Abdeckung aus Elfenbeinfiligran.

»Ein prächtiges Exemplar«, sagte Gregory, und ein Schatten seines alten, ironischen Lächelns huschte über sein schwer gezeichnetes Gesicht. »Kann interessant werden zu beobachten, wie er sie spielen lernt. Hugo als Troubadour. Nicht auszudenken, daß ich seine künstlerische Begabung immer unterschätzt habe –« Doch dann sank sein Kopf in die Kissen, so sehr hatte ihn das Sprechen angestrengt, und er schwieg den ganzen Weg bis zum Grabmal des heiligen Gilles, welcher allen, die ihn aufsuchen, große Tugend verleiht, denn es enthält den vollständigen Leichnam des heiligen Bekenners, abgesehen von einem Armknochen, der gestohlen wurde, um an anderer Stelle als Heiligtum zu dienen.

Dräuende, dunkle Wolken hatten sich über uns zusammengeballt, und die ersten, dicken Regentropfen fielen, als wir zu der großen Brücke gelangten, die in die Papststadt Avignon führt. Der gelblichweiße Stein des Brückenbogens und die Kuppeln und Türmchen, die sich auf dem Hügel innerhalb der mächtigen Stadtmauer erhoben, alles glänzte von Nässe und schimmerte vor dem brodelnden Schwarz des Himmels wie Gold. Der Fluß fließt hier rasch und grün, und ist so breit und so gefährlich, daß er nur durch ein Wunder überspannt werden konnte. Doch es gab tatsächlich eine Brücke, denn Gott hatte höchstpersönlich einem kleinen Schäferjungen mit Namen Bénézet bedeutet, wie man sie bauen sollte. Natürlich hatte der Bischof gedroht, Bénézet Hände und Füße abzuhacken, als er mit dem Vorschlag angekommen war. Doch als diese Schwierigkeit erst einmal überwunden war, wurde Bénézet ein Heiliger, denn so geht es, wenn man es schafft, die Anweisungen himmlischer Stimmen zu überleben. Die Brücke ist sehr schön und prächtig, mit einer Kapelle in der Mitte genau wie unsere London Bridge daheim, doch ich muß gestehen, die finde ich weitaus schöner, obwohl sie nicht nach himmlischer Anweisung entworfen wurde. Leider warnte Gott Bénézet nicht, daß die schönen, weißen, festgefügten Steine des Fahrdammes für Pferde zu rutschig sein würden. Darum muß, wer sich nicht verletzen will, absteigen und das Pferd am Zügel hinüberführen. Natürlich mag das in Gottes Absicht liegen, denn so müssen sich alle gleichermaßen erniedrigen und werden daran gemahnt, daß unser Heiland viel zu Fuß gegangen ist.

Malachi jedoch behauptete, die Bemerkung wäre ganz typisch für mich und zählte und zählte. »Eins, zwei – ja, da ist einer«, so als ob er am Ende doch noch den Verstand verloren hätte. Und dann erklärte er mir, daß ein altes Sprichwort besagt, man könne die Brücke nicht überqueren, ohne nicht zwei Mönchen, zwei Eseln und zwei Huren zu begegnen, und er meinte, wenn sich das bewahrheitete, so würde er in Avignon Glück haben. Wie es so geht, waren die Esel am schwierigsten aufzutreiben, denn eine Stadt voller Kleriker und Studenten hat von den anderen Sorten außergewöhnlich viel aufzuweisen.

Während wir uns mit Marktfrauen und Pilgern drängelten und darauf warteten, daß der bewaffnete Trupp des Bischofs eingelassen wurde und das Tor passieren durfte, machte der Regen Ernst. Ich hielt an und zog Gregory die Pelzdecke übers Gesicht, dann half mir Robert wieder beim Aufsteigen. Gregorys Atem pfiff, und seine Augen sahen ganz glasig aus, so als wanderte sein Geist schon wieder. Wenn wir doch alle erst Obdach gefunden hätten; ich hatte schrecklich Heimweh, als ich merkte, daß die Fremden, die auf der Straße an uns vorbeihasteten und nach einem Dach über dem Kopf rannten, alle irgendein Ziel hatten.

Als wir dann in den Hof der ersten Herberge innerhalb der Stadtmauer einritten, hatte der Regenguß den Dreck in tiefen Morast verwandelt, so daß die Hufe unserer Pferde ganz schlammverkrustet waren. Wogende Gewitterwolken verdunkelten den Himmel noch vor Sonnenuntergang, und wir hatten keinen trockenen Faden mehr am Leib. Unter dem überkragenden ersten Stockwerk der Herberge versuchten wir Schutz zu finden, und Hugo schlug vom Pferd aus an die geschlossenen Läden des Zimmers über dem Bogeneingang zum Hof.

Ein Frauenkopf tauchte auf, sprach uns kurz in einer unverständlichen Sprache an, verschwand, und tauchte wieder mit einer anderen Frau auf – eine von der entschiedenen, hausmütterlichen Art. Die neue Frau, offensichtlich die Besitzerin, rief in dem Französisch mit dem rollenden, südlichen Akzent: »Sucht Ihr Platz? Wer seid Ihr?«

»Ausländer von hohem Stand, die ein Obdach brauchen, gute Frau«, übertönte Hugo den Donner.

»Was bringt Ihr da mit? Einen Leichnam? Das hier ist ein anständiges Haus. Leichen kommen mir nicht über die Schwelle«, rief die Frau.

»Es ist ein verwundeter Ritter«, rief Hugo zurück, wobei er recht freizügig mit der Wahrheit umging.

»Verwundet? Ha. Wahrscheinlich krank. Und ansteckend. Fremdländische Kranke haben mir gerade noch gefehlt. Zieht Eures Wegs!« Und schon wollte sie die Läden zuschlagen.

»Wehe, Ihr schließt die Läden, sonst brenne ich Euer Haus nieder!« brüllte Hugo, und Robert fiel ebenso grimmig ein.

»Alles nur Gerede«, sagte die Frau. »Geht zum *quartier des soldats* und fragt beim *Mohrenhaupt* nach. Die Frau nimmt jeden. Der wünsche ich sowieso die Pest an den Hals.« Und so warteten wir durchnäßt und frierend, daß der strömende Regen eine Pause einlegte, während Hugos Männer murrten und ihre Pferde unter dem Vordach tänzelten und wieherten.

Als wir endlich das *Tete du Maure* erreichten, war es bereits dunkel, und ich fröstelte und betete, daß wir Gregory nicht durch den Regenguß verlieren würden.

Als wir jedoch die Sänfte am großen Feuer im Raum zu ebener Erde absetzten und alles sich trocknete und aufwärmte, da wurde offenbar, warum man uns dorthin geschickt hatte. Frauen würfelten mit betrunkenen Soldaten, Frauen tranken mit ältlichen Priestern, Frauen betatschten in der Ecke angesäuselte Studenten. Es gab alte Frauen und junge Frauen, fette und dünne, helle und dunkle. Sie warfen uns einen neugierigen Blick zu, dann widmeten sie sich wieder ihren Geschäften. Eine ausnehmend üppige Frau mit einem ausladenden, durchsichtigen Kopfputz, der ein Gebirge von Zöpfen aus falschem, schwarzen Haar und klirrende, silberne Kämme und Ohrringe zur Geltung brachte, kam auf uns zu. Ihr Gesicht war ungewöhnlich rot und weiß, und in allen Fältchen hatte sich Reispuder abgesetzt. Augenblicklich lächelten die Fältchen. Sie wandte sich an Hugo, der sich wie ein Hund das Wasser aus den Haaren schüttelte, daß die Tropfen nur so ins Feuer zischten.

»Was steht zu Diensten?« fragte sie. »Ich bin die Fette Jeannot und hier in Avignon als die ›Äbtissin‹ bekannt. In der ganzen Stadt findet Ihr keine bessere Herberge.«

»Bei Gottes Gedärmen!« rief Hugo aus, grinste und blickte sich wohlgemut um. »Ich bin gestorben und im muselmanischen Himmel gelandet!«

Das *Tête du Maure* war ein übel beleumdetes Haus.

Als dann die Sonne am nächsten Tag wieder schien, war auch klar, was im *Mohrenhaupt* getrieben wurde. Im Erdgeschoß befand sich der öffentliche Schankraum mit zwei großen, breiten Feuerstellen, schmalen, vergitterten Fensterchen und einer großen Zahl von Nischen, viele mit Vorhang. Im ersten Stock wohnten die Frauen in Zimmern, welche man, sagen wir, für eine Nacht mieten konnte. Im obersten Stock gab es unter den undichten Traufen ein paar Zimmer, die man auf einer wackeligen Außenstiege erreichen konnte und die für einen längeren Zeitraum an Reisende der zweifelhaftesten Art vermietet wurden.

Das Haus war um einen weiträumigen Hof herumgebaut, welchen man von unserem kleinen Fenster aus einsehen konnte. Offene Treppen führten vom Hof zu den Räumen eines jeden Stockwerks. Und bei gutem Wetter wimmelte der Hof von Reisenden in seltsamer Tracht, Juden mit ihrem gelben Abzeichen, die ihre Bündel aufmachten und farbenprächtige Waren feilboten, Studentengruppen, die auf Latein Witze rissen, und schön gekleidete Frauen mit klirrendem Geschmeide, hohen Hauben und Stelzschuhen; stets war ein Kommen und Gehen in geheimnisvollen Geschäften. Alles deutete auf das pulsierende Leben in Straßen und Gebäuden jenseits der Herberge hin, ein Leben, das ich mir auch gern angesehen hätte. Doch die meiste Zeit konnte ich nicht einmal das kleine Zimmer verlassen, denn jemand mußte bei Gregory bleiben, der immer noch schwach und ans Bett gefesselt war. Und außerdem konnte ich nicht ohne Begleitung eines Mannes in die Stadt, und Hugo und Malachi und die anderen waren in eigenen Geschäften unterwegs. Oh, wenn doch nur ein Wunder geschehen würde und Gregory sich eines Tages aufsetzen und wieder der Alte sein und vor Neugier darauf brennen würde, die neuen Stätten zu sehen! Dann würde er mich an seinem starken Arm überall hinführen, und wir könnten uns alles zusammen ansehen und darüber reden, genau wie in alten Zeiten: über die türkischen Gesandten mit ihren seltsamen Turbanen, über die dunkelhäutigen Fremden mit den sprechenden Vögeln auf der Schulter, die

Läden, die Straßenhändler, die Heiligtümer und die wunderbaren Kirchen voller Weihrauch und Gesang.

Statt dessen mußte ich mich damit zufriedengeben, alles aus zweiter Hand zu erfahren. Malachi erzählte mir von den Straßen, die er tagtäglich durchstreifte, und Hugo erzählte mir von den Palästen der Großen, wo er stundenlang herumlungerte und auf eine Audienz bei jemand wartete, der ihm die Fürsprache des Papstes verschaffen könnte. Sogar Hilde hatte einen von Hugos Dienern herumbekommen, daß er sie zu den verschiedenen Heiligtümern führte, und sie wollte zwar bei mir bleiben, aber ich konnte sehen, wie es sie zu den heiligen Stätten zog, und so sagte ich, sie solle nur gehen und für Gregory beten, damit könnte sie mir auch helfen.

Eines Tages kam Hugo ganz aufgebracht herein, hinter ihm Robert mit der Laute.

»Ins Feuer mit dem verdammten Ding, Robert. Der Mann, der sie mir verkauft hat, war ein Betrüger: Der Hals ist zu schmal für Männerfinger.«

»Mylord, mit Verlaub – für Feuerholz ist sie zu schade. Gebt sie statt dessen mir.«

»Dir? Habt ihr das gehört? Willst du mich etwa übertreffen?«

»Ich? O nein, ganz und gar nicht. Schließlich kann nicht jeder Verse machen. Die Musik ist doch nur Begleitung. Die Geistesarbeit geziemt sich für den Herrn, das Krachmachen sollte er seinem Knappen überlassen.«

Hugo drehte sich um und musterte Roberts Gesicht. Sein Kopf schien zu arbeiten, doch bei Hugo weiß man nie so recht.

»Die verdammte kleine Hexe hat mich ausgelacht. Du hast es gehört. Und dieses groteske Bürschlein, das sich Meister der Musik schimpft, sagt, ich muß mich noch vervollkommnen. Ich und vervollkommnen! Wo ich doch vollkommen bin!«

»Ja, Mylord«, erwiderte Robert ohne die geringste Andeutung von Sarkasmus in der Stimme. Er will die Laute wirklich haben, dachte ich. Er muß eine Frau gefunden haben, die er minnen will, und Hugo soll nichts davon wissen.

»Na gut, Robert. Spiel du darauf. Ich glaube, ich gehe und pflege meine Begabungen bei dem kleinen, dunklen Kerl, den wir im Vorzimmer des Kardinals getroffen haben. Schien eine Menge davon zu verstehen. Ei, in dieser Stadt ist die Poesie der Köder, mit dem man die lieblichsten Fischlein fängt. Wer hätte das gedacht? In der Regel geben sie sich mit einem hübschen Gesicht und einer guten Figur zufrieden. Nun ja, überall wollen sie es anders. Robert, hast du schon das süße Dingelchen gesehen, das am Ende der Straße der Maler wohnt?«

»Die mit dem Leberfleck?«

»Ganz recht. Und sie hat noch einen auf ihrem –«

»Sir Hugo«, kam ich dazwischen. »Wie könnt Ihr nur den Papst sehen wollen, wo Ihr mit jedem Tag ein schlimmeres Leben führt?« Er blickte mich fragend an.

»Schlimmer? Ich bin noch nie so heilig gewesen. Dieser Tage stehe ich praktisch schon mit einem Bein im Himmel. Monatelang keinen bettelnden Bürger mehr umgebracht, keine Frau gehabt, die ich nicht bezahlt hätte. Ei, zu Hause habe ich mir nur zu Ostern die Beichte abnehmen lassen und natürlich, ehe es in den Kampf ging. Jetzt gehe ich jede Woche zur Beichte. Bin schon fast so weiß wie Schnee. Habe in St. Agricole einen Priester aufgetrieben, der kein Wort Englisch kann. Ich erzähle ihm alles. Er nickt. Ich schlage mich an die Brust und weine. Er erteilt mir die Absolution. Ich mache eine Spende. Ich sage Euch, ich führe ein neues Leben. Mein Gott, das kommt daher, daß dieser Ort so heilig ist. Das färbt ab, selbst auf einen Sünder wie mich.« Er verdrehte die Augen gen Himmel und faltete die Hände, und da er nicht gerade ein Kirchenlicht ist, war es ihm völlig ernst damit. »Zu Zeiten – zu Zeiten spüre ich, daß ich hier von Heiligen umgeben bin. Abgehoben. Die güldenen Säle! Der Weihrauch! Diese Pracht! So muß Gott leben! Haarscharf wie im Himmel!« Und schon trieb es ihn in den ersten Stock.

Bruder Malachi war natürlich genauso beschäftigt. Er brachte seine Tage damit zu, seinen Übersetzer zu suchen, und seine Abende mit Wehklagen. Müde und mit wunden Füßen kehrte er dann wohl heim, nachdem er die schäbigen Straßen des jüdischen Viertels abgeklappert hatte, saß auf dem Bett und schimpfte: »Dieser gräßliche Seemann, dieser Jannetus, und dieser Elende in Montpellier, hereingelegt haben sie mich! Wißt ihr eigentlich, wie viele Männer im jüdischen Viertel Abraham heißen? Alle die, welche nicht David oder Isaak heißen. Und Nachnamen! Ich könnte schwören, man hat mich absichtlich in die Irre geschickt! Natürlich bekommt in jeder christlichen Stadt alles, was jüdisch ist, den Beinamen ›der Jude‹. Und aus der ganzen Christenheit sind zahllose ›Abraham der Jude‹ nach Avignon geströmt. Das ist, als wollte man in London nach John dem Schmied oder William dem Koch suchen.«

»Aber was ist mit der Universität? Ich dachte, dort würde es Leute geben, die Hebräisch lesen können. Habt Ihr das nicht selber gesagt?«

»Die weigern sich, etwas anderes als die Heilige

Schrift zu übersetzen. Mir will scheinen, daß es mit der Toleranz nicht weit her ist, nicht einmal in Avignon. Ich habe mich nach diesem Burschen, diesem Josceus Magister, erkundigt. Wenigstens der war echt. Aber auch tot – vor ein paar Jahren an der Pest gestorben. Also trieb ich seinen Nachfolger auf, einen jüdischen Professor, einen sehr gelehrten Mann. ›Ist es ein heiliges Buch?‹ fragt der. ›Ihr müßt nämlich wissen, daß ich meine Stellung verliere, wenn ich mich auf etwas Unlauteres einlasse. Sucht Euch jemand, den man nicht entlassen kann, wenn er die Übersetzung für Euch anfertigt.‹ Und da habe ich ihm von Abraham dem Juden erzählt. ›Oh, ja, der. Sehr gut. Wendet Euch an ihn, der soll es ruhig machen. Guten Tag‹.«

»Unter diesen ganzen Abrahams werdet Ihr doch wohl schon bald den Weisen finden, von dem Ihr gehört habt.«

»Den Weisen? Alle sind sie weise – weise in meinen Augen. Ich gehe zu Abraham dem Geldwechsler. ›Was ist das?‹ sagt er. ›Ein Buch? Ei, ich würde Euch ja gern behilflich sein, aber ich kann kein Wort Hebräisch lesen. Versucht es bei Abraham dem Goldschmied.‹ Und so gehe ich zum Goldschmied. ›Ein Buch?‹ sagt der. ›Ach, es ist die Tragödie meines Lebens, daß ich nicht Hebräisch lesen kann‹, und schafft es sogar noch so auszusehen, als verdrückte er eine Träne. Eine Träne, so zweifelhaft wie die Heiligentränen, die ich verkauft habe. Ha! Sie wollen mein Buch einfach nicht lesen, so ist das, und nun bin ich zu dem Schluß gekommen, daß sie ihr Spiel mit mir treiben.«

»Aber Malachi, hast du nicht selber oft genug gesagt, daß die Alchimie einem gefährlich werden kann? Du weißt doch, was dem Comte de St. Médard zugestoßen ist. Vielleicht scheuen sie das Risiko, das sie eingehen müssen – und sie tun recht daran«, fiel ihm Mutter Hilde ins Wort. Sie hatte ihre Flickarbeit beiseitegelegt und den Glaskolben geholt, aus dem sie Malachi nachschenkte.

»Aber Hilde, mein Schatz, Avignon ist der Hort der Alchimie. Darin kommt ihr keine Stätte der Christenheit gleich. Menschen, die bereits viel Gold besitzen, können immer noch mehr gebrauchen. Ich dachte, ich hätte dir erzählt, daß einst sogar ein Papst zu unserer Zunft gehörte. Darum war ich auch so sicher, daß ich hier meinen Übersetzer finden würde. Es gibt wahrscheinlich Dutzende von ihnen, die in Kellern vor sich hinschuften und Geheimschriften übersetzen. Warum nicht auch meine? So eine Ungerechtigkeit! Hirn, Hirn – laß dir etwas einfallen, Hirn.«

Auf der Bahre, die in der Ecke auf Bänken lag, stöhnte Gregory und bewegte sich.

»Nicht jetzt, Gilbert, nicht jetzt. Kannst du denn nicht begreifen, daß es sich nicht ziemt, mich zu unterbrechen, wenn mein zartes Hirn arbeitet? Das ist, als würdest du genau dann in meine Gefäße pusten, wenn ein Prozeß nicht gestört werden darf – eine Sünde, zu der dich deine Neugier in alten Zeiten oft verleitet hat. Rücksichtnahme! Rücksichtnahme! Denk an mein empfindsames Hirn und halte den Mund!«

»Machst ja selber Krach«, schien es von der Bahre zu kommen, während sich Gregory die Decke über den Kopf zog.

»Ein Papst als Alchimist, Malachi? Welcher denn?« wollte ich zu gern wissen.

»Man sagt, der letzte Papst Johannes. Der Zweiundzwanzigste seines Namens, glaube ich. Gold genug hat er jedenfalls in den Schatzkammern zurückgelassen. Aber ich glaube nicht, daß er das Geheimnis der Geheimnisse entdeckt hat, obschon das gemunkelt wird. Mich dünkt, es stammt aus dem Verkauf von Ablaßbriefen. Aber das ist auch irgendwie Alchimie, aus Papier Gold machen. Diese Art habe ich selber ein wenig praktiziert, ich dürfte Bescheid wissen.«

»Da wir gerade bei Alchimie sind, Malachi«, setzte Mutter Hilde an und schenkte ihm Wein nach, um ihn gnädiger zu stimmen, »bislang hast du uns noch nicht erzählt, wieso du für den Grafen Gold gemacht hast, wo du für mich nie etwas zustande gebracht hast, nicht einmal, als das Dach ausgebessert werden mußte.«

»Ich?« Malachi spielte den Überraschten und blickte in die Runde. Dann sah er Hilde an und seufzte. »Es ist wohl nur recht und billig. Du würdest noch geringer von mir denken, wenn ich es dir nicht erzählen würde. Hilde, du meine Herzenskönigin, habe ich nicht geschworen, daß das erste Gold, welches ich mache, dazu dienen soll, dir für deine jahrelange Geduld eine Krone zu kaufen?« Hilde lächelte nachsichtig. Doch sie blickte ihn immer noch an, als wartete sie auf Antwort. »Ich habe mich einer List bedient, mein Schatz, wie du sicher schon die ganze Zeit geargwöhnt hast. Das Geheimnis war in meinem Rührstab. Das Gold waren Margarets eingeschmolzene Florin.«

»Malachi, soll das heißen, Ihr habt dem Grafen als Lösegeld ein falsches Geheimnis angeboten? Ich schwöre, ich wäre vor Angst gestorben, wenn ich geahnt hätte, daß Ihr schon wieder mit Tricks arbeitet«, unterbrach ich ihn.

»Genau das habe ich mir gedacht, Margaret. Darum durftest du auch nicht davon wissen. Ich dachte mir, der Mann ist leichtgläubig. Doch woher hätte ich wissen sollen, daß er außerdem noch böse ist.«

»Malachi, bleib bei der Sache. Ich warte immer noch auf deine Erklärung, wie du das bewerkstelligt hast.«

»Sehr einfach. Der älteste Trick der Welt. Der Stab war hohl und hatte einen Stöpsel aus schwarzem Wachs. Das Gold war im Stab. Bei Hitze schmilzt das Wachs, das ist alles! Das Gold fließt heraus. Der Rest ist dann nur noch geheimnisvolles Gefuchtel, seltsame Gesänge und anderes, was meiner stets schöpferischen Phantasie so einfällt. Sie haben alles geschluckt. Die Gier hat sie verblendet. So ist das häufig.«

Hilde setzte sich hin und schüttelte verwundert den Kopf. »Oh, Malachi, lieber Malachi«, sagte sie. Er blickte sie an und schien zu fürchten, sie könne sich zu einer scharfen Bemerkung hinreißen lassen, weil er ein solches Risiko auf sich genommen hatte. Sie sah jedoch den Blick, lächelte und sagte:

»Oh, Malachi. Was für ein Philosoph du doch bist.« Worauf er mit einem strahlenden Lächeln antwortete.

Ich wartete, bis der holde Augenblick vorbei war, dann unterbrach ich sie mit etwas, das mir schon des längeren auf der Seele lag.

»Malachi«, fragte ich, »habt Ihr ehrlich gesagt, daß es sich um einen alchimistischen Text handelt? Vielleicht solltet Ihr erst die Abmachung treffen und ihn danach zeigen.«

»Bislang habe ich ihn noch niemand gezeigt, doch anscheinend wissen alle Bescheid. Und schon schicken sie mich ein Haus weiter.«

»Angenommen, sie wissen, daß Ihr im Besitz des Geheimnisses seid? Dann denken sie doch, wenn sie es für Euch übersetzen, möchtet Ihr am Ende keinen Mitwisser haben –«

»Ja, gut gesprochen. Wäre ich ein Mensch wie der Graf, ich könnte einfach einen Mörder auf sie ansetzen. Ein Unfall auf der Straße, ein Feuer – Nein, angenommen, ich hätte Angst, daß sie plaudern? Da könnte ich mir die Sippschaft vom Hals schaffen wollen. Ja. Das ist klar. Kein Wunder, daß niemand Hebräisch lesen kann. Ich muß ihnen Bürgschaften geben – meine Aufrichtigkeit beweisen –« und schon war er wieder dabei, phantasievolle Pläne zu schmieden.

»Malachi, du mußt dich beeilen«, sagte Hilde. »Viel länger können wir hier nicht verweilen. Weißt du eigentlich, daß Hugo versucht, Geld aufzunehmen? Wir meinen, er hat das Geld für die Überfahrt nach Haus vergeudet. Margaret hat ihn gefragt, und da wurde er sehr ausfallend. ›Ich bin der Erbe von Brokesford und muß wie ein Ritter auftreten. Soll ich etwa wie ein Bauer leben?‹ Er hat seine Männer nicht bezahlt, und so sind zwei verschwunden. Sie sollen sich dem Erzpriester angeschlossen haben. Der Rest ist treu gesinnt, wenigstens jetzt noch. Doch je eher wir aufbrechen, desto besser.«

»Dieser verdammte Strohkopf! Kaum zu glauben, daß er mit Gregory verwandt sein soll. Wahrscheinlich hat er das Geld für die Überfahrt am Spieltisch verloren. Soviel Verstand wie eine ersäufte Ratte! Wahrscheinlich rechnet er damit, daß er sich als bewaffneter Begleiter an eine Reisegesellschaft verdingen kann, die in unsere Richtung zieht. Reisige sind dieser Tage Mangelware, er kann also jeden Preis fordern. Aber wir – wir können nicht zu diesem Mittel Zuflucht nehmen. Es ist ihm durchaus zuzutrauen, daß er ohne uns aufbricht.«

Jetzt drückte Malachi noch eine Sorge mehr. Als ich in dieser Nacht aufstand, um nach Gregory zu sehen, dessen Fieber grundlos anstieg und wieder fiel, hörte ich ihn murmeln:

»Geld, Geld. Ich brauche Geld. Hirn, Hirn, streng dich an. Gilbert, hör um Gottes willen mit dem Gestöhne und Gebrabbel auf. Du störst meine Gedanken.« Und dann hörte ich das Bett knarren und wußte, daß er sich aufgesetzt hatte und stundenlang ins Dunkel starren würde.

Abraham der Schneider ließ sich nicht hinters Licht führen. Er hatte eine gute Nase für drohendes Unheil. Darum war er auch schon reisefertig und unterwegs gewesen, als man das jüdische Viertel in Marseille in Brand steckte. Er selber führte das Maultier, das seine Frau, seine Habe und zwei Kleinkinder in Tragekörbchen trug, die ganze Nacht lang im Schein der Sterne, die nichts sahen. Als er erst die Straße nach Avignon erreicht hatte, drehte er nicht mehr den Kopf, selbst nicht auf dem Abhang gleich außerhalb der Stadt, als er den schwachen Widerhall ferner Schreie hinter sich hörte. Sein ältester Sohn, ein Knabe von gerade zehn Lenzen, der mit einem langen Stab und einem Bündel genau wie seines neben ihm ging, hatte sich umgedreht und gerufen: »Oh, Vater, sieh nur«, war stehengeblieben und hatte die Feuersäulen angestarrt, die in den nächtlichen Himmel loderten. Doch der alte Mann hatte den Rücken noch tiefer gebeugt und den Weg mit eiserner Miene fortgesetzt.

Jetzt stand da ein Fremder, der ein Buch übersetzt haben wollte. Er musterte den Mann vorsichtig und ging im Geist seine Prüfliste durch. Kein Reisiger; kein Bösewicht; kein Irrer und auch kein flämischer Wollhändler. Was auch immer er behauptete, der Mann hatte nicht den berechnenden Blick und das schwerfällige Hirn eines Kaufmanns aus dem Norden. Er musterte die Hände, mit denen der Mann ihm das Buch zur Ansicht hinhielt. Säureflecken. Und die Ärmel – winzige, kleine Brandlöcher wie von fliegenden Funken. O Gott, nicht schon wieder ein Alchimist, dachte Abraham. Was habe ich verbrochen, daß du mir das antust? Aber dennoch eine Versuchung. Seine Frau brauchte ein Paar neue Schuhe, und sein ältester Sohn war aus seinen Kleidern herausgewachsen, die nun, und wenn sie noch so geflickt waren, an das nächste Kind weitergegeben werden mußten.

»Es sind in der Tat hebräische Lettern«, sagte Abraham. »Aber ich möchte im voraus bezahlt werden.«

»Ich kann Euch das Buch nicht dalassen. Wollt Ihr es in meinem Beisein übersetzen?« Bruder Malachis Stimme klang ungewöhnlich beherrscht, gemessen an seinem hochgradigen Erregungszustand.

Abraham der Schneider griff nach dem Buch, und dann setzten sie sich zusammen an den breiten Zuschneidetisch.

»Laßt einmal sehen – hm.« Er blätterte behutsam um. Er seufzte. Er prüfte es noch einmal. Er seufzte erneut, ein langer, schicksalsergebener Seufzer.

»Meines Erachtens ist das Buch ein Schwindel«, sagte er.

»Was meint Ihr mit Schwindel?« erregte sich Bruder Malachi.

»Wer auch immer das geschrieben hat, Hebräisch hat er nicht gekonnt. Er hat einfach Lettern aufgeschrieben, wie es ihm in den Sinn kam.« Er sah Bruder Malachis Miene. Der Mann wirkte, als hätte der Blitz eingeschlagen. »Die Illuminationen sind jedoch sehr hübsch ausgeführt«, setzte er tröstend hinzu.

»Aber – könnte es nicht ein verderbter Text sein – oder vielleicht ein verschlüsselter – eine Geheimschrift?« Für Bruder Malachi brach eine Welt zusammen.

»Ein verderbter Text hätte zwischen sinnlosen Wörtern, die falsch abgeschrieben sind, auch einige, die einen die Sinn ergeben würden. Da, nirgendwo auch nur eine einzige sinnvolle Silbe.« Abraham zeigte mit dem schwieligen Finger auf die Reihen von Lettern auf der Seite. Seinem Auge entging nichts, weder der Kummer noch der Schreck, die sich auf Bruder Malachis Gesicht die Waage hielten.

»Und eine Geheimschrift?« Malachi griff nach dem letzten Strohhalm.

»Ja, wer weiß? Kann sein. Aber viele Lettern sind nicht einmal richtig geschrieben. Seht Euch die hier an. Es ist, als hätte man ein ›m‹ mit fünf Bögen geschrieben – das hier hat drei, dort wiederum vier. Meiner Meinung nach hat der Kopist nicht gewußt, was er tat.«

»Aber die Diagramme – die Rechtecke, die Pentagramme ?« Bruder Malachi klang jetzt verzweifelt. So geht es immer, dachte Abraham. Wie traurig, es ihnen schonend beibringen zu müssen. Kein Wunder, daß sich das niemand außer mir zutraut. In der Kunst bringe ich es noch zum Meister.

»Ich werde die Lettern transkribieren. Vielleicht findet Ihr ja einen Anhaltspunkt für eine andere Sprache – eine, die ich nicht kenne.«

Bruder Malachi legte die Ellenbogen auf den Tisch; er barg das Gesicht in den Händen.

»Eine Fälschung – ein Schwindel. Wer hätte das gedacht. Ich, ausgerechnet ich, muß auf einen gefälschten Stapel Papier hereinfallen. Aber irgendwie liegt eine gewisse Gerechtigkeit darin. Es muß in Gottes Absicht gelegen haben.«

»Warum sagt Ihr das?« fragte Abraham, der kaum

jemanden die Nachricht so gelassen hatte aufnehmen sehen. An dieser Stelle wurde manch einer gefährlich.

»Wegen meines Gewerbes – hm – meines früheren Gewerbes, meine ich, ehe ich sozusagen Wollhändler wurde.«

»Und welches war das?«

»Ich habe Ablaßbriefe verkauft«, sagte Bruder Malachi, dann blickte er das schöne Buch an und fing an zu lachen. In Abrahams Augen funkelte es, denn ihm ging die Ironie des Ganzen auf, und dann fing auch er an zu lachen.

Malachi wollte sich halb totlachen, bis ihm die Tränen in die Augen traten und er nach Atem ringen mußte. Fast war es, als schluchzte er, doch Lachen war selbstverständlich viel besser als Weinen. Und während Malachi lachte, schüttete sich Abraham aus vor Lachen. Für ihn war das Leben in Avignon auch nicht gerade ein Spaß gewesen.

»Danke«, sagte Bruder Malachi und trocknete sich die Augen.

»Ich danke Euch«, sagte Abraham, der Schneider, und tat es ihm nach. »Soll ich Euch jetzt etwas transkribieren?«

»Kann ich morgen wiederkommen? Ich muß mir Bewegung verschaffen und ein wenig nachdenken«, sagte Bruder Malachi.

»Natürlich«, sagte Abraham. Doch der falsche Wollhändler hatte den Band schon vorn in sein Gewand gesteckt und ging mit hängendem Kopf davon.

»Jammerschade«, sagte Abraham der Jude. »Von der Sorte müssen Hunderte in der Welt herumschwirren, und irgendwie landen sie immer bei mir.«

Der angebliche Wollhändler wanderte eine geraume

Weile mit auf dem Rücken verschränkten Händen und gesenktem Kopf dahin, bis er aus dem Irrgarten von schmalen Gäßchen auftauchte und auf dem winzigen, gepflasterten Platz vor den mächtigen, gotischen Kirchportalen von St. Pierre stand. Durch den hohen Türbogen kam aus dem dämmrigen Innern eine Menschenmenge herausgeströmt und gedrängelt, in der er eine mollige, ältere Frau in Pilgertracht in Begleitung eines kleinen, gelangweilt aussehenden Knaben erblickte. Selbst von hinten kam ihm die Gestalt bekannt vor.

»Hilde, Hilde, warte!« rief der Wollhändler, und sie drehte sich um. Sie war den ganzen Morgen durch die Stadt gepilgert, hatte sechs Kirchen besichtigt, dazu noch die Höhle, wo Martha, die Gastgeberin des Heilands, mit ihrer Dienerin Marcella gelebt, das Evangelium gepredigt und den Drachen mit Weihwasser besiegt hatte. Sie war immer noch ganz geblendet von all der Pracht, dem Gold und dem Weihrauch, den hohen, dämmrigen Gewölbebögen, wo Gott so offensichtlich zu wohnen schien, und der Vielzahl von Reliquien in ihren Schreinen. Kniescheiben, Fingerknöchelchen, Schädel, Stoffetzen und Gefäße mit Blut – ja, selbst noch der Gürtel, mit dem die heilige Martha den Drachen gefesselt hatte – alles rührte sie zu Tränen. Welch eine Wonne war es doch, sich die Märtyrer vorzustellen, denen sie gehört hatten; ihr Herz war voll davon, und sie mußte sich die Augen wischen. Es war ein unendlich ekstatischer Morgen gewesen, einer von den wenigen, die sie sich nach vielen Tagen des Eingesperrtseins mit Margaret gegönnt hatte.

Als sie angerufen wurde, blickte sie auf und winkte. Dann sagte sie etwas zu dem störrischen, kleinen Jungen, und der sauste in die entgegengesetzte Richtung davon wie ein von der Armbrust abgeschossener Bolzen.

»Hilde, man hat mich hereingelegt.« Bruder Malachi war außer Atem, als er sie eingeholt hatte. »Nicht zu fassen. Mich. Ausgerechnet mich.«

»Das kann nicht sein, Malachi, du bist doch so ausnehmend klug.«

»Dieses Mal nicht. Ich sage dir, dieser Thomas hat immer etwas gegen mich gehabt. Neidisch, ja, neidisch war er, weil ich weiter war als er. Der war noch nicht einmal in die Nähe des Drachen gekommen. Ich habe ihm gesagt, er sucht in der falschen Richtung, doch er hat behauptet, ich wolle nur, daß er keinen Erfolg hat, damit ich das Gold für mich behalten könnte. Ich sehe ihn so richtig vor mir, wie er lachend stirbt, nachdem er das Testament unterzeichnet hat, in dem er mir das Ding hier vermacht. ›Wenn ich es nicht haben kann, dann er auch nicht – ich schicke ihn auf eine Suche, von der er nicht zurückkommt.‹ Vermutlich kann ich noch von Glück sagen, daß er es nicht auf Ägyptisch gefälscht hat.«

»Vielleicht ist er dein Freund gewesen, Malachi, und man hat auch ihn hereingelegt.«

»Ihn? Wohl kaum. Habe ich dir eigentlich erzählt, wie er einmal mein Laboratorium besucht und aus seinem Ärmel irgendein Pulver in meine ganzen Versuche geschüttet hat? Alles wurde grün – sechs Monate Arbeit umsonst. Und zu allem Überfluß hat er mir noch anvertraut, daß er den Pfauenschwanz gesehen hätte, und das war erstunken und erlogen. Ich habe wochenlang Trübsal geblasen.«

»Trübsal? Oh, Malachi, du doch nicht. Das paßt sogar nicht zu dir.«

»Nicht seitdem ich dich gefunden habe, du meine Herzenskönigin. Wenn ich dich habe und den herrlichen Zwiebelkuchen, den keine so zuzubereiten versteht wie du, wie könnte ich da Trübsal blasen.«

»Oh, Malachi, du bist so brillant und freundlich.« Mutter Hilde nahm den Arm des Wollhändlers, und schon schlenderten sie unter frisch belaubten Bäumen dahin. »Was für ein Glück, daß keine Frau vor mir Zwiebelkuchen für dich gebacken hat.«

»Er wäre nicht vollkommen gewesen, Hilde. Nein, ich habe nach dem vollkommenen Zwiebelkuchen und der vollkommenen Frau gesucht. Mit wem sollte ich mein Leben sonst wohl teilen? Dennoch tut es mir sehr leid, daß ich dich auf diese vergebliche Suche mitgenommen habe.«

»Leid, Malachi? Wo ich schon immer reisen wollte. Wie weit wäre ich ohne dich wohl gekommen? Nicht aus dem Dorf heraus, in dem ich geboren bin. Und heute – ei, da leben wir in London! Ich bin Prinzen, Herzögen und Grafen begegnet – obwohl letzterer nicht gerade ein Gewinn war, das muß ich schon sagen. Und schau nur hier drinnen –« Sie machte ihre Pilgertasche auf. Die war voller geprägter, blecherner Pilgerabzeichen von den Heiligtümern, die sie besucht hatte. Dazu kamen Kiesel und kleine Tonfläschchen mit diesem und jenem, alle mit Wachs versiegelt. »Da, sieh nur. Wenn ich als Kind Pilger mit ihren Pilgerzeichen am Hut vorbeireiten sah, war ich immer neidisch. Die sind wenigstens irgendwo gewesen, sagte ich dann wohl bei mir. Jetzt bin ich auch irgendwo gewesen. Erstaunlich. Nach einem langen Leben, das für zwei Frauen gereicht hätte, habe ich nun noch eines. Ein Reise- und Abenteuerleben mit dem klügsten Mann der Welt. Ich begreife nicht, was dir daran leidtut.«

Derweil sie so sprach, entspannte sich Bruder Malachis Miene. Sie wurde rosig wie gewohnt, und die Sorgenfalten glätteten sich.

»Hilde, ich mache alles wieder gut. Wir kehren heim. Auf dieser Reise habe ich eine Menge gelernt, wenn auch nicht aus dem elendigen Buch. Mir ist da eine Idee gekommen, die muß ich in die Tat umsetzen. Warte nur. Eines Tages mache ich dich reicher, als du zu träumen wagst.«

»Malachi«, sagte sie lächelnd über diese unentwegte Zuversicht, welche ihm den Anschein ewiger Jugend verlieh. »Das bin ich doch schon.«

Kapitel XII

»Er fühlt sich elend, Malachi, ich merke es doch.« Ich hatte mich aus dem Fenster gebeugt, um mir die Frühlingssonne aufs Gesicht scheinen zu lassen. Hierzulande setzte die Sommerhitze früh ein, und in dem Zimmer unter der Dachtraufe war es zum Ersticken. Allmählich drehte ich durch; so lange war ich nun schon eingesperrt und hatte kaum mehr zu tun gehabt, als Gregorys keuchendem Atem zu lauschen oder den seltsamen Worten, die er von sich gab, wenn sein Geist sich verwirrte. Als ich dann Malachi die Außentreppe zu unserer Dachstube hochkeuchen sah, brannte ich nur so darauf, ihm von meiner Idee zu erzählen.

»Elend?« Selbst Malachi mußte den Kopf einziehen, als er über die Schwelle des kleinen Zimmers trat. »Du machst dir Sorgen, weil er sich elend fühlt? Er lebt! Wenn das nicht Grund zur Freude ist, dann weiß ich nicht was!« Sein Blick wanderte kurz zu der schlafenden Gestalt auf dem Bett. »Und ich zerbreche mir alleweil den Kopf, habe ernste Sorgen, weil wir beispielsweise kein Geld oder andere Mittel für die Heimfahrt haben. Fühle ich mich etwa elend? Nein! Mein Kopf brodelt nur so von Plänen. Ich beschäftige mich mit nützlichen Gedanken. Und dabei dürfte ausgerechnet ich mich elend fühlen! Mir würde es zukommen, mich elend zu fühlen und den lieben langen Tag im

Bett zu liegen, damit sich alle um mich sorgen und mir Wein und Obst anbieten könnten. Mein Buch, mein wunderbarer Schatz, der mich zu dieser albernen Suche verleitet hat, ist eine wertlose Fälschung. Sag an, was sonst könnte eine empfindsame Seele wie meine noch elender machen?«

Wenn Bruder Malachi in dieser Stimmung ist, ist mit ihm nichts anzufangen, man muß ihn einfach ablenken.

»Bruder Malachi, ich brauche Eure Hilfe. Hilde und mir ist da eine Idee gekommen, und jetzt wollen wir einkaufen. Aber wir brauchen einen Fachmann wie Euch, der uns dabei hilft.«

»Glaub ja nicht, daß du mich mit diesen schlauen, schmeichlerischen Worten ablenken kannst, Margaret. Woher hast du Geld, abgesehen von dem, was du mir gegeben hast?«

»Ich habe ein paar Sachen verkauft, die ich nicht brauche.«

»Was –?« Er musterte mich eingehend, wollte sehen, was ich abgestoßen hatte.

»Ich will ihm ein Geschenk kaufen. Er braucht ein Buch.«

»Margaret, dein Überwurf fehlt, doch dafür bekommt man noch kein Buch.«

»Es ist Sommer. Wir brechen bald auf, also brauche ich ihn nicht mehr.«

»Was sonst noch, törichtes Frauenzimmer?«

»Die gräßliche Trauerkleidung. Ich habe sie ausgebessert und verkauft. Alle Welt braucht Trauerkleider, es ist Sommer und Pestzeit. Alle außer mir. Ich bin nicht mehr traurig. Ich habe einen guten Preis dafür bekommen – mit diesem ekelhaften Fliederduft wirkten sie vornehmer. Pu. Fliederwasser.« Unwillkürlich schauderte mich.

»Ts, ts. Dich fröstelt, Margaret«, bemerkte Malachi. »Ich fürchte, es war ziemlich voreilig, die Kleider wegzugeben. Aber an deiner Miene sehe ich, daß es hinter meinem Rücken geschehen ist. Was hast du sonst noch verkauft?«

»Nur die Tragesänfte.«

»Nur die – was? Und wie, mit Verlaub, willst du ihn nach Haus bekommen?«

»Er kann reiten, wenn wir aufbrechen, weil er dann gesund ist. Wenn er erst wieder obenauf ist, wird er nur noch reiten wollen.«

Bruder Malachi schüttelte den Kopf. »Margaret, du bist hoffnungslos, eine Träumerin, eine Irre. Das Fieber kommt und geht; er halluziniert immer noch, und wenn er bei Trost ist, bläst er derart Trübsal, daß er kein Wort redet. Und durch deine wahnwitzige Idee, ihn mit Hilfe eines Buches zu heilen, hast du nun deine letzten weltlichen Güter weggegeben. Du bist so rund wie ein kleiner Berg geworden. Findest du nicht, du hättest klugerweise Wiege und Windeln kaufen sollen.«

»Darum müßt Ihr mir auch bei der Suche nach dem Buch helfen. Es muß genau das Richtige sein. So begreift doch. Da ist ja auch Hilde wieder, wir können also gehen.« Mutter Hilde war in der Tat mit einem Eimer Wasser zurückgekommen. Nachdem sie ihn an Gregorys Bett abgestellt hatte, fühlte sie ihm die Stirn, aber er schlief mit geschlossenen, tief eingesunkenen Augen weiter, derweil sie ein Tuch in dem kalten Wasser auswrang. Das legte sie ihm auf die Stirn und bedeutete Sim, sich neben ihn zu setzen und das Handtuch zu wechseln, wann immer es nötig wäre. Sim nickte, aber ich merkte, er verargte es uns, daß wir ausgingen und er daheimbleiben mußte.

Der herrliche Aprilsonnenschein belebte die ganze Welt. Im Süden kommt der Frühling früh. Er ist eher wie der Sommer zu Hause. Hoch am blauen Himmel zogen weiße Wolken dahin. Die Türme des Papstpalastes schimmerten wie das leibhaftige Himmlische Jerusalem. Dic engen Gassen zu Füßen des Palastes wimmelten von Obst- und Blumenverkäufern, Spaziergängern und großen Herren, wie es sie hier zuhauf gab.

»Oh, Malachi, sieh doch nur«, rief Mutter Hilde. »Wer ist das? Der Papst?« Zwanzig Vorreiter drängten die Menge beiseite, schafften einer kunstvoll vergoldeten Tragesänfte Platz. Drinnen saß ein ältlicher Edelmann ganz in Seide gekleidet wie der Himmelskönig und roch an einer Ambrakugel, um nicht den Gestank der Straße einatmen zu müssen. Gemessen an den Jagdhunden und Pferden und dem livrierten Gesinde in seiner Begleitung sah er tatsächlich wie ein sehr hoher Herr aus. Ein halbes Dutzend dicht verhülltcr Mauleselsänften und eine lange Reihe von Packeseln und Dienern aller Arten zu Fuß und zu Pferd folgten seiner bewaffneten Eskorte. Es war ein äußerst prächtiger Zug; alles stand still und gaffte.

»Nein, das ist ein Kardinal«, sagte Bruder Malachi. »Das kann man am Wappen erkennen. Er dürfte seinen Haushalt auf sein Sommerschloß im Venaissin verlegen, jetzt wo mit der Hitze auch die Krankheit in die Stadt zurückgekehrt ist.«

»Malachi, seht doch, Frauen.«

»Margaret, ich hatte gedacht, du wärst unterdes so weltläufig geworden, daß dich derlei Nichtigkeiten nicht mehr entsetzten – oh, du liebe Zeit –« Bruder Malachi hatte gesehen, was auch ich gesehen hatte. Mitten in der fröhlichen Kavalkade saß in einer Mauleselsänfte mit dem Wappen des Kardinals in vergoldeter Schnitzerei eine Frau. Die Vorhänge der Sänfte waren zurückgezogen, um ihr Luft zu verschaffen. Sie war ganz blond und weiß, glitzerte von Geschmeide und hielt zwei winzige, weiße Hündchen auf dem Schoß. Hinter ihr liefen zwei kleine, schwarze Knaben mit Turban und ein halbes Dutzend Lakaien in Livree. Ich gaffte wie eine Blöde, dann lächelte ich und winkte, ich konnte einfach nicht anders. Sie wandte den Kopf – sie hatte mich gesehen, doch sie nickte nicht einmal, sondern blickte einfach geradeaus, damit alle ihr Profil und den juwelenbesetzten Kopfputz bewundern konnten. Es war Cis.

»Nun ja«, sagte Bruder Malachi. »Die Welt ist voller Wunder. Da, Margaret. Hier kommen Pflastersteine, nimm bitte meinen Arm – du mußt zugeben, daß du letztens ausnehmend unhandlich geworden bist. Wer hätte gedacht, daß ein so schlankes, rankes Ding wie du nicht einmal mehr seine eigenen Zehen sehen könnte?«

»Das ist in diesem Zustand eigentlich immer so, Malachi, Schatz«, bemerkte Mutter Hilde. »Du bist mit deinen eigenen Gedanken beschäftigt gewesen, daher ist es dir nicht früher aufgefallen.«

»So ist es, Hilde. Auf diesem Gebiet beuge ich mich deiner höheren Weisheit. Werden alle so riesig wie unsere Margaret hier?«

»Noch riesiger«, erwiderte sie.

Eine Frau mit einem großen Korb Erdbeeren auf dem Kopf schob sich an uns vorbei.

»Oh, Erdbeeren«, rief ich. »Mein Gott, wo hat sie die um diese Jahreszeit nur her? Ich könnte den ganzen Korb voll aufessen. Ich muß welche haben.«

»Zuerst Knoblauch, dann junger Löwenzahn, wo

soll das noch hinführen. Ach, diese Frauen mit ihren ewigen Wünschen! Margaret, du mußt deine irre Eßlust bezähmen, sonst bekommt dein Kleines ein Geburtsmal.«

»Malachi«, Mutter Hilde zupfte ihn am Ärmel. »Ich möchte auch welche. Es ist so lange her –« Und während wir im Schatten des kühlen Steinbogens einer langen Arkade warteten, setzte Bruder Malachi der Frau nach und kehrte völlig außer Atem mit dem ganzen Korb zurück.

»Hoffentlich stellt das die gierigen Damen zufrieden; wir werden uns noch überall Erdbeerflecke machen.«

Doch schon bald hatte er uns, Erdbeeren hin, Erdbeeren her, in die Straße der Gelehrten geführt, wo sich der Laden eines der zahlreichen Literaturvermittlers aus Avignon befand. Dieser wäre der beste und größte, so erklärte er uns. Der Besitzer hatte sein eigenes Skriptorium und lieh auch Bücher an die Magister der Universität aus, bot desgleichen aber schöne Kopien aller neuen und gelehrten Werke an, neu wie auch aus zweiter Hand gefertigte. Die Anwesenheit des Papstes hatte Avignon zur gelehrtesten Stadt der Christenheit gemacht, wo es von Illuminatoren, Malern und Meistern der Schönschrift aller Arten nur so wimmelte. Wir kamen an Reihen von Schreibtischen für die ganztags arbeitenden Kopisten des Skriptoriums vorbei, an Auslagen mit Federn und Papier und blieben vor den breiten, schräg geneigten Borden stehen, auf denen die fertigen Bücher flach auslagen. Der Mann hier ging kein Risiko ein; er hatte seine Kostbarkeiten an die Borde gekettet. Viele waren ohnedies für mich zu breit und zu schwer zum Aufheben, einige gar märchenhaft gebunden und verziert. Zu teuer, dachte ich, und suchte nach bescheideneren. Der Besitzer, der an dem Korb mit den Erdbeeren erkannt hatte, daß wir keine sehr ehrbaren Bürger waren, schlich um uns herum.

»Ihr wünscht?« fragte er Bruder Malachi in Latein. Er hatte dunkles, kurz geschnittenes Haar, eine Gelehrtentonsur und ein langes, ausdrucksvolles, olivfarbenes Gesicht.

»Ich will ein Buch kaufen«, wandte ich mich im Französisch des Nordens an ihn. Er wechselte zu dieser Sprache, richtete sich jedoch an Bruder Malachi.

»Ihr wollt ein Buch kaufen?«

»Sie will ein Buch kaufen«, gab Bruder Malachi zurück. »Ich helfe ihr nur dabei.«

»Das Buch soll ein Geschenk sein«, sagte ich.

»Das Buch soll ein Geschenk sein?« fragte der Mann Bruder Malachi, als wäre er ein Übersetzer und als müßten die Worte von Frauen erst entschlüsselt werden, ehe ein anderer Mann sie verstehen konnte. Ich musterte die Bücher. Die dickeren, selbst die schlicht gebundenen, wirkten zu teuer. Ich würde es mit den dünnen versuchen, die abgegriffen aussahen. Das erste war in Latein.

»Das ist eine theologische Abhandlung über die Verdammnis, Margaret«, sagte Bruder Malachi auf Englisch. »Ich könnte mir denken, daß ihm die nicht zusagt.« Ich betrachtete ein anderes Buch. Der schlichte Kalbslederband sah abgewetzt aus. Die Zeilen waren kurz, es schien sich um Gedichte zu handeln. Latein war es jedoch nicht.

»Sind das hier Gedichte?« fragte ich. Es war das dünnste Buch von allen. Vielleicht von einem Rittergut verkauft oder von einem Studenten, der Geld für die Heimfahrt brauchte. Da war vielleicht ein gutes

Geschäft zu machen. Außerdem mochte Gregory Gedichte, früher jedenfalls.

Der Mann überschüttete Bruder Malachi mit einem Wortschwall in Latein. Er fuchtelte mit den Armen. Er verdrehte die Augen.

»Margaret, der Mann sagt, das hier ist ein Werk des göttlichen Petrarca, den er persönlich gekannt hat. Er selber bezeichnet sich als leidenschaftlichen Musenjünger und will in seinen eigenen Gedichten die zartesten, leidenschaftlichsten Gefühle eingefangen haben, Gedichte, zu denen ihn der große Petrarca selbst ermutigt und angeregt hat, denn einst saß er zu dessen Füßen. Er sagt, wenn du Petrarcas Sonette magst, wirst du seine himmlisch finden, und die bekommst du noch billiger.« Bruder Malachi redete im Französisch des Nordens, damit alle Parteien des Handels mitbekamen, was er sagte.

»Fragt ihn«, gab ich in ebendieser Sprache zurück, »wie lange genau er zu Füßen dieses Petrarca gesessen hat.« Der Mann hörte zwar alles, doch Bruder Malachi mußte ihm die Worte einer Frau schon wieder übersetzen. Am Ende antwortete der Mann Bruder Malachi unter heftigem Armgefuchtel.

»Ich habe ihn verfolgt. Und wie das scheue Damwild ist erverschwunden. Aus seiner Herberge, aus dem Kreise seiner Anbeter hat er sich durch die Hintertür davongemacht. ›Meine Gedichte!‹ rief ich ihm nach, als er sich um Mitternacht heimlich aus dem Hinterfenster schwang. ›Ihr müßt sie noch lesen! Sagt an, großer Meister, sollte ich weitermachen?‹ ›Weitermachen!‹ rief er und entfloh hoch zu Roß. Und so habe ich weitergemacht. Bald hatte ich mehrere, dünne Bände zusammen. Meine Liebesgedichte. Meine Oden. Mein Epos über die Eroberung Konstantinopels. Und ich wußte, wo ich ihn finden konnte. Er hielt sich im Vaucluse verborgen. Ich machte eine Wallfahrt zu seinem Heiligtum. Welch göttliche Schlichtheit! Wie die alten Römer! Er wohnte allein mit einem Hund. Ich klopfte an die Tür. ›Mein Gott, nicht schon wieder Ihr!‹ rief er. Da wußte ich, daß der Schein meiner aufgehenden Sonne ihn über alle Maßen blendete. ›Meine Gedichte!‹ rief ich. ›Lest meine Gedichte. Ihr müßt mir sagen, was Ihr davon haltet.‹ Er mußte sie lesen, doch ich merkte, wie es ihn schmerzte, daß ich ihn übertroffen hatte. ›Diese Liebesgedichte‹, gab er widerstrebend zu, ›sind – einzigartig.‹ ›Meine Oden?‹ fragte ich. ›Noch einzigartiger.‹ Ah! Selbst der hehrste Geist muß mit der Schlange des Neides ringen. Aber er, der große Mann, das Genie, er obsiegte! ›Und mein Epos?‹ fragte ich. ›Einzigartiger geht es nicht.‹ ›Gott segne Euch, Gott segne Euch, Maestro!‹ Ich küßte ihm Hände und Füße. Ich machte mich verzückt von dannen und nahm meine Gedichte mit, damit er mir nicht meine Ideen stahl.«

»Wie kann man zu jemandes Füßen sitzen, der am Laufen ist, Malachi?« fragte ich in Englisch.

»Komm, Margaret. Werde nicht keck«, gab Bruder Malachi in derselben Sprache zurück.

»Fragt ihn, Bruder Malachi«, fuhr ich auf Französisch fort, »ob er mit diesem altmodischen Kerl nicht ein gutes Geschäft machen möchte, da er selber ihn übertroffen hat – eigentlich dürfte er, sagen wir, weniger als sein eigenes Buch kosten, welches um so vieles besser ist.«

»Margaret –« mahnte Bruder Malachi, »du gehst zu weit.«

Der Mann verdrehte die Augen gen Himmel, und es standen Tränen darin. »Macht ihr klar«, sagte er, »daß mich nichts schlimmer trifft als die Tatsache, daß meine Gedichte keine weltweite Verbreitung finden. Wenn ich mich nicht selber bemühen müßte, ihnen Weltgeltung zu verschaffen, ich würde sie wohl kaum mit einem Nachlaß an Fremde verscherbeln.«

»Übermittelt ihm«, sagte ich und betupfte mir dabei gekonnt die Augen mit dem Ärmel, »daß mein armer Mann so krank daniederliegt, daß ihn nur noch die Poesie zu trösten vermag, er aber so schwach ist, daß er an seinen Gefühlen dahinscheiden könnte, falls er die machtvolleren Gedichte zuerst liest. Wenn er jedoch mit den schwächeren Versen beginnt, kann er so an Kräften zunehmen, daß er das größere Werk gefahrlos lesen kann. Also sollte er mir den Petrarca für weniger lassen, damit ich später wiederkommen und mir sein eigenes Werk holen kann.«

»Bedeutet ihr, sie bekommt es zum gleichen Preis, nicht mehr, nicht weniger.« Natürlich ließ ich Bruder Malachi keine Zeit, irgend jemandem irgend etwas zu bedeuten.

»Abgemacht«, sagte ich. Und der Mann sagte zu Bruder Malachi: »Erklärt ihr, daß ich ein Narr bin und daß meine kleinen Kinder Hungers sterben müssen.«

»Übermittelt ihm, daß die kleinen Kinder einer hehren Seele nie Hungers sterben müssen.«

»Hilde, Margaret«, wandte sich Bruder Malachi mit strahlendem Gesicht an uns. »Eben bin ich darauf gekommen, wie wir nach Hause gelangen können.«

Anfangs war Sim fest entschlossen, sich nicht vom Fleck zu rühren. Zwar war es nicht zum Aushalten, welches Aufhebens Margaret von diesem nutzlosen Kerl machte, aber er hatte es ihr nun einmal versprochen. Wochenlang hatte der Kerl, dieser unsägliche

Langweiler, der kaum mehr tat als atmen, nur so herumgelegen. In manchen Nächten schreckte er mit weit aufgerissenen Augen hoch und kreischte, als sähe er Gräßliches; dann war er zumindest noch interessant, wenn auch etwas gefährlich, da er um sich schlagen konnte, sich Dinge vom Leibe halten wollte und sich dabei blutig kratzte. Aber wach war er einfach unausstehlich. Eine wahre Gewitterwolke, der Kerl. Nicht einmal Sims schöne Neuerwerbungen heiterten ihn auf, die mit glänzender Schädeldecke und leeren Augenhöhlen auf der langen Bank thronten, mit der das Zimmer möbliert war.

»Von Kerls wie euch habe ich die Nase voll«, murmelte Gregory dann wohl, wenn er die Augen aufschlug und die Schädel gewahrte. »Armselige Gesellschafter seid ihr mir die ganzen Wochen gewesen. Müßt ihr mich denn überall mit euren Glotzaugen verfolgen? Ich werde euch noch schnell genug Gesellschaft leisten.« Den ganzen Nachmittag mit diesem Langweiler eingesperrt, dachte Sim und ging zum Fenster.

Zwei Stockwerke tiefer erspähte er im Hof des *Tête du Maure* etwas Wundersames. Gleich neben der Stalltür war ein Mann, der sein Pferd einstellte. Hinter ihm standen zwei Windhunde. Und neben sich hatte er an einer Leine, die an einem Halsband mit kleinen Glöckchen befestigt war, einen Affen. Einen echten Berberaffen mit Haar am ganzen Körper und langen, ledrigen Händen und Füßen.

»Wo kommt denn der her?« Bewunderung schwang in Sims Stimme mit, und schon wollte er in den Hof laufen. Dann fiel ihm sein Versprechen ein. ›Nach jemand sehen‹ heißt nicht ›ansehen‹, oder? dachte er bei sich. Aber sie werden böse, wenn er herumtobt und Sachen zerschlägt. Und so wechselte er das Handtuch, falls dergleichen passieren sollte, was aber unwahrscheinlich war, dann band er der schlafenden Gestalt mit dem Seil vom Packsattel die Hände fest zusammen und verknotete die losen Enden am Bettgestell.

»Mit ein bißchen Glück wachst du gar nicht auf«, sagte er zu dem Schlafenden. »Und wenn, dann läufst du mir nicht durch die Gegend und tust dir etwas. Ich bin ohnedies rechtzeitig wieder da. Die erwischen mich schon nicht. Und wir sind quitt, was? Ich habe mich gut um Euch gekümmert, Sir Griesgram!« Und schon sprang er mit großen Sätzen wie ein Hase die Treppe hinunter.

Gregory wäre vielleicht wirklich nicht aufgewacht, wenn sich ihm nicht ein Teufel auf die Brust gesetzt hätte. Groß, grau und formlos war er und so schwer, daß Gregory beinahe keine Luft mehr bekam. Weg da, sagte er bei sich, doch der Kerl wich und wankte nicht, auch wenn er noch so heftig Luft holte. Er wollte ihn fortschieben, mußte aber feststellen, daß seine Hände gelähmt waren. Er fing an zu schreien und sich zu winden, aber er konnte sich nicht bewegen. Er riß die Augen weit auf und blickte sich im ganzen Zimmer nach Hilfe um. Keine Menschenseele da. Margaret hatte ihn verlassen. Als ob er es nicht gewußt hätte. Und der Teufel, der war so schwer, daß er ihm die Luft abdrückte.

»So sei es denn«, flüsterte er und wandte das Gesicht zur Wand. Doch gerade als er das tat, hörte er den Riegel klicken und die Tür aufgehen. Die Neugier war schon immer seine stärkste Triebfeder gewesen. »Sterben kann ich später auch noch«, murmelte er. »Erst will ich einmal sehen, wer das ist.« Der Teufel wirkte recht durchscheinend; er konnte jetzt geradewegs durch ihn hindurchblicken, und während er zusah, wie die Gestalt zur Tür hereinkam, schien das graue Etwas zu verblassen und zu vergehen, als wäre es nie dagewesen. Die Luft fühlte sich gut an. Er atmete tief durch und blickte dem eintretenden Fremden mit großen Augen entgegen.

Der Mann wirkte recht angenehm, war nicht viel älter als Gregory, trug den Bart kurz, die Haare jedoch ein wenig zu lang – wahrscheinlich um Geld zu sparen, jedenfalls nach seiner Kleidung zu schließen. Er trug Arztgewand und Arzthut, doch beides reichlich fadenscheinig. Gregory entdeckte mehrere säuberlich, beinahe unsichtbar aufgesetzte Flicken auf den durchscheinendsten Stellen des Gewandes. Er lächelte. Zweifellos jemand, den Margaret aufgetrieben hatte. So hatte sie ihn doch nicht verlassen. Sie hatte einen Arzt geholt. Sie hatte wirklich eine Begabung dafür, sich unter schäbigen Menschen Freunde zu machen. Wahrscheinlich hatte sie etwas dafür eingetauscht oder ihn angefleht zu kommen. Für einen erfolgreichen Arzt langte das Geld nicht. Er spürte, wie ihn der Fremde mit dunklen, lustigen Augen musterte.

»Margaret hat Euch zu mir geschickt, nicht wahr?« fragte Gregory.

»Nun ja, sie hat mich gebeten zu kommen, ja – aber in Wirklichkeit bin ich da, weil Ihr mich gerufen habt. Ihr wolltet, daß ich komme.« Er setzte sich auf das Bett, als wären sie gute, alte Bekannte.

»Tut mir leid, daß ich Euch im Liegen empfangen muß. Seht nur, was sie mit mir gemacht haben.«

»Es war nur die Angst, Ihr könntet Euch etwas antun«, sagte der Fremde, »aber ich weiß, dergleichen macht Ihr nicht.« Seine Finger beschäftigten sich mit Sims ungeschickten Knoten.

»Ich bin nicht bei Trost gewesen«, sagte Gregory. »Aber ich habe doch niemandem etwas getan, oder?« Der Fremde war fertig, ergriff Gregorys Handgelenk und fühlte ihm den Puls.

»Nicht wirklich«, sagte er. »Noch nicht.«

»Das ist aber eine häßliche Narbe da auf Eurer Hand. Daran bin doch nicht ich schuld, oder?«

»Nun ja, sozusagen doch. Aber das zählt im Augenblick nicht.«

»Tut mir sehr leid. Wart Ihr schon früher hier?«

»Die ganze Zeit.«

»Dann bin ich wirklich nicht ganz bei Trost gewesen, nicht wahr – ich kann mich nämlich überhaupt nicht an Euch erinnern.«

Der Arzt seufzte. »Damit steht Ihr nicht allein da. So geht es den meisten Menschen.«

»Auch das tut mir sehr leid. Eure Geschäfte gehen hier wohl nicht sehr gut? Nur nicht verzagen! Dergleichen habe ich auch schon durchgemacht. Überall gern gesehen, wenn es etwas zu feiern gab, aber keine richtige Arbeit. Nicht einmal mein Vater mochte mich.«

»Ach, da kann ich auch mitreden. Aber in dieser Stadt bin ich besonders schlecht gefahren, und dabei habe ich das Geschäft meines Vaters übernommen.«

Gregory fühlte sich schon viel besser. Er setzte sich auf.

»Hier gibt es nämlich nur Quacksalber. Die Menschen mögen viel Brimborium. Von den Ärzten erwarten sie, daß sie sich in Latein über Urin in einem Glasgefäß auslassen und ekelhafte, teure Arzneien verschreiben, die den Leib vergiften oder einem Schmerzen zufügen wie Schröpfen und zur Ader lassen.«

»Wollt Ihr mir sagen, wie ich mein Geschäft betreiben soll?« Der Arzt verzog keine Miene, aber in seinen Augen funkelte es belustigt.

»O nein, so war es ganz und gar nicht gemeint. Aber ein ehrlicher Arzt wie Ihr, der ohne Tricks arbeitet – merkt Ihr beispielsweise, wieviel besser ich mich bereits fühle, und Ihr habt mich noch nicht einmal zur Ader gelassen – nun ja, Ihr werdet nicht viel zahlende Patienten bekommen, wenn Ihr mit den – ah – Blendern wetteifert. Ihr werdet Euch demütigen und den Abschaum umsonst behandeln müssen.«

»Ach, wirklich, den Abschaum – so wie Euch?«

»Richtig, so wie mich.« Gregorys Miene zeigte einen Anflug von Trauer. Doch dann beugte er sich vor. »Sagt mir, wie hat sie Euch dazu gebracht, daß Ihr gekommen seid? Ihr wißt doch, daß wir Euch nicht bezahlen können.«

»O doch, Ihr könnt zahlen. Erzählt Margaret einfach, daß Ihr sie liebt. Ich möchte ihr Gesicht sehen, wenn Ihr das sagt.«

»Es geht nicht. Außerdem weiß sie, was ich für sie fühle. Das muß ich ihr nicht ausdrücklich sagen.«

»Warum könnt Ihr es ihr nicht sagen?«

»Weil es falsch ist, ganz falsch. Ich hätte sie einfach nicht heiraten dürfen. Ich – ich hatte nämlich eine Berufung.« Gregory klang verlegen.

»Ach, wirklich, eine Berufung? Wie geartet?«

»Von der richtigen Art. Ich wollte Gott dienen.«

»Aha. Andere Berufungen dienen Gott also nicht. Und wenn Ihr Gott dient, dann könnt Ihr nichts lieben, was Er geschaffen hat. Und um Gott zu beweisen, daß Ihr Ihn immer noch liebt, wollt Ihr Margaret nicht sagen, daß Ihr sie liebt, obwohl es so ist.«

»So formuliert klingt es wohl ziemlich wirr und engstirnig.«

»Das habt Ihr gesagt.«

Während Gregory darüber nachdachte, wurde seine Miene besorgt. »Aber wenn sie mich nun verläßt – fortgeht oder – oder stirbt? Darum sollten die Menschen ihr Herz nicht an Weltliches hängen, sondern nur – nun ja, Unvergängliches wie Gott lieben«, sagte Gregory.

»Sagt«, meinte der Arzt, »ist Euch schon aufgefallen, wie Margaret liebt?«

»Wie sie – was meint Ihr damit?«

»Wie sie ihr Herz in die Waagschale wirft, ohne an die Kosten zu denken? Glaubt Ihr etwa, sie weiß nicht genau, daß ein Kinderlächeln oder ein Menschenleben das Vergänglichste auf dieser Erde ist? Wer, meint Ihr wohl, hat sie so lieben gelehrt?«

Gregory schwieg lange Zeit. Der Arzt sah ihm beim Nachdenken zu.

»Liebt Gott selber nicht auch vorbehaltlos? Selbst noch seine verirrten Schafe?« Der Arzt sah Gregory ins bekümmerte Gesicht. Gregory wandte ihm die dunklen Augen zu und blickte ihn lange und durchdringend an. »Findet Ihr es nicht auch ziemlich anmaßend, vollkommen und ohne Risiko lieben zu wollen?« Die Stimme des Fragers klang nicht unfreundlich.

»Aber mein Herz könnte Schaden nehmen«, sagte Gregory jetzt auf einmal ehrlich.

»Das tut es so auch«, gab der Arzt zurück.

Gregory ließ den Kopf hängen.

Nach einem langen Schweigen, in dessen Verlauf Gregory heftig nachzudenken schien, fing er wieder an zu husten. Als er sich vornüberbeugte, stützte ihn der Arzt. Dann stand der Fremde auf und stöberte im Zimmer herum, als wäre es sein eigenes, bis er einen halb geleerten Krug mit Wein fand. Einen Augenblick später saß Gregory auch schon mit einem Becher in der Hand da, und der Arzt half ihm beim Trinken.

»Trinkt ein wenig, davon läßt der Husten nach.« Der Arzt war schon genauso lästig wie Margaret. Gregory hörte auf zu trinken.

»Ich hätte lieber in der Normandie sterben sollen. Das wäre besser gewesen. Ihr wißt doch, was der Dichter sagt: ›Ein Mann ist besser tot, als lebend und geschlagen‹.«

»Von welchem Dichter ist das?« fragte der Arzt und nahm ihm den Becher ab.

»Bertran de Born – einer der wenigen, die mein Vater schätzt. Aber der Husten ist besser geworden. Und was habt Ihr mit dem Teufel von vorhin gemacht? Er war zu groß, als daß er sich in diesem Zimmer verstekken könnte.« Gregory blickte sich um, doch jeder Winkel des Raumes war voller Sonnenschein.

»Ach, den bin ich losgeworden. Wie bei Teufeln so üblich, war er gar nicht so groß. Wie kommt Ihr auf die Idee, daß keiner Euch wiederhaben will? Wißt Ihr denn nicht, welche Mühsal Margaret auf sich genommen hat: Schwangere Frauen sollten zu Haus bleiben dürfen, Kinderkleider nähen und Obst essen. Und sie ist zu Fuß durchs Gebirge gewandert, hat ein Loch in Meiner Schöpfung geflickt und Euch herausgeholt, und das unter unendlichen Mühen.«

»Sie hat Flickarbeiten für Euch gemacht? So also hat sie Euch hierhergelockt. Tief sind wir gesunken! Flickarbeit in einer fremden Stadt anzunehmen! Habe ich Euch schon erzählt, wie reich sie war, als ich sie kennenlernte? Ihr seliger Mann hat ihr ein angenehmes Leben bereitet und ich nur Scherereien. Und doch hat sie nicht gezögert, sich zu erniedrigen, um die Arztgebühr zu bezahlen und Euch hierherzuholen. Es ist eine

Schande. Eine Rittersfrau und Flickarbeit. Selbst wenn die Ritterwürde nur gekauft ist.« Gregory schüttelte den Kopf. Der Arzt stellte den Becher weg. »Nicht zu fassen, daß ich so hartherzig gewesen bin und ihr nicht gesagt habe, was sie hören wollte. Schließlich habe ich sie geheiratet, also bin ich der Sünder.«

Der Arzt setzte sich wieder hin und fühlte ihm noch einmal den Puls. »Viel besser«, sagte er.

»Ich bin undankbar gewesen. Ja, das bin ich«, fuhr Gregory ernst fort, so als disputierte er mit einem unsichtbaren Scholastiker, »vor allem wenn man bedenkt, was sie für mich getan hat. Wirklich ungewöhnlich, selbst wenn sie keine Frau wäre. Also, dieser Blondel, der ist in einer Ballade verewigt worden, wie er König Richard Löwenherz gerettet hat. Und niemand hat gesagt, es wäre besser, wenn König Richard tot wäre; alle waren froh, daß er wieder da war.«

Der Arzt musterte Gregory mit einem scharfen, schlauen Blick. »So ganz habt Ihr es noch nicht durchschaut, aber Ihr seid auf dem richtigen Weg. Fühlt Ihr Euch besser? Noch weitere Fragen?«

»Wohl nur noch eine. Ich habe Alpträume – Sinnestäuschungen, in denen mein Bruder Hugo vorkommt. Sie sind so echt, daß ich fast meinen möchte, er wäre hier. Ich höre entsetzliche Musik, und dann taucht sein Gesicht auf und rezitiert gräßliche Gedichte. Hat das irgendeine Bedeutung? Ist es ein schlimmes Zeichen?«

»Er ist wirklich hier. Euer Vater hat ihn hinter Euch hergeschickt, und er hat Margaret eingeholt, nachdem sie Euch schon gefunden hatte. So wie er geartet ist, bildet er sich natürlich ein, daß er Euch gerettet hat, obwohl er sich noch nicht ganz ausgedacht hat, wie. Was die Gedichte angeht, daran kann ich nichts ändern. Es steht dem Menschen frei, sich etwas zu eigen zu machen, selbst gräßliche Gedichte. Und nun, lebt wohl.«

»Hugo? Und von Vater geschickt?« Gregorys Stimme klang verwundert. »Geht noch nicht – bitte, verweilt ein wenig.«

»Ich muß mich noch um andere kümmern«, sagte der Arzt lächelnd, stand auf und hinterließ eine zerknautschte Stelle auf dem Bettlaken.

»Aber Ihr kommt doch wieder?«

»Wann immer Ihr darum bittet.«

»Muß ich noch mehr tun? Etwas einnehmen? Eklige Arznei? Klistiere? Dampfbäder? Eine scheußliche Diät?«

»Noch mehr?« Der Arzt drehte sich um, und dabei hatte er noch den Türriegel in der Hand. »Ja doch. Ich kenne da zwei einsame, kleine Mädchen, die einen Vater aus Fleisch und Blut brauchen. Denkt daran, wenn Ihr wieder zu Haus seid. Es wird Tage geben, da werdet Ihr Euch statt dessen nach bitterer Arznei sehnen. Zu solchen Zeiten mögt Ihr sie als Buße ansehen und Euch daran erinnern, daß ich Euch darum gebeten habe.«

Als der Arzt sich unter dem niedrigen Türsturz bückte, lächelte Gregory und schüttelte den Kopf. Wo um alles hatte Margaret nur einen Arzt aufgetrieben, der geschäftlich eine solche Niete war? Er hatte sich aber auch gar nichts einfallen lassen, um sein Honorar in die Höhe zu treiben, und dabei hätte er reichlich Gelegenheit dazu gehabt. Und als er die Tür aufmachte, sah Gregory, daß er unter dem ausgefransten Saum seines Gewandes barfuß ging wie ein Bauer am Alltag.

Im Hof der Herberge dünkte mich, ich hätte jemand

erblickt, der Sim sehr ähnelte und sich in die andere Richtung davonstahl. Hätte ich jedoch den Affen gesehen, mir wäre klar gewesen, daß es sich um Sim handelte, denn der Junge ließ wirklich keine Sehenswürdigkeit aus.

»Nein, dieser Bengel«, sagte Mutter Hilde und hob den Korb auf die andere Hüfte. Malachi, der seine Einkäufe wohlbehalten vorn im Gewand barg, folgte ihr und holte sich Erdbeeren aus ihrem Korb. Jetzt nahm er eine letzte, zupfte die Blätter ab und steckte sie in den Mund.

»Malachi«, sagte Mutter Hilde lachend und blickte sich dabei um, »wenn uns ein Feind verfolgte, er brauchte nur der Spur nachzugehen, die du ausgelegt hast.« Wir blickten uns um und sahen die ganze staubige Straße entlang immer wieder verräterische, grüne Blätter liegen.

»Und Ihr habt gesagt, *wir* würden uns Flecken machen!« rief ich.

»Nur ein paar«, sagte er schuldbewußt mit vollem Mund. »Ich wollte nur prüfen, ob sie reif genug für dich sind. Unreife Erdbeeren sind nämlich ungesund. Du darfst uns doch nicht krank werden, oder?«

»Oh, Bruder Malachi«, sagte ich übertrieben ernst. »Wie lieb von Euch, daß Ihr meinetwegen eine solche Gefahr auf Euch genommen habt.«

»Danke«, gab er zurück und stieg kauend die Außenstiege hoch. »Ich wußte doch, daß du meine Bemühungen zu schätzen weißt.«

Ich war die erste an der Tür, bangend und hoffend zugleich, welcher Anblick sich mir bieten würde. Was es auch immer war, ich wollte die erste sein. Vielleicht hatte er gut geschlafen. Vielleicht hatte er wieder Erscheinungen gehabt, und seine Augen zuckten hin und her wie die eines Wahnsinnigen. Statt dessen war etwas Wunderbares geschehen. Gregory saß im Bett. Sein Gesicht hatte die graue Farbe verloren, und die dunklen Ringe unter seinen Augen waren verschwunden. Er war immer noch geisterhaft dünn, aber endlich sah er aus, als wäre er auf dem Wege der Besserung. Seine Augen strahlten, als er mich sah. Und er redete, als ob er wieder bei Sinnen wäre.

»Margaret«, sagte er beinahe zaghaft. »Dann bist du doch zurückgekommen, ja?«

»Gregory, was ist geschehen? Du siehst soviel besser aus! Da, sieh, ich habe dir ein Geschenk mitgebracht. Das mußt du geahnt haben. Ich habe doch immer gesagt, daß du bald gesund bist!«

»Du willst dir wohl auch Flecken machen«, jammerte Bruder Malachi, doch seiner Stimme war die Erleichterung anzuhören. »Wie gut, daß ich einen ganzen Korb voll gekauft habe.«

»Was ist das, Erdbeeren? Ist schon Erdbeerzeit?«

»Die kommt hier früher, Gregory. Es ist noch nicht Juni. Komm, ich zupfe dir die Blätter ab.«

»Glaubst du, ich kann mir die Blätter nicht selbst abzupfen? Margaret, ich esse schon länger Erdbeeren als du.«

»Ei, das muß gefeiert werden!« rief Mutter Hilde. Malachi rückte die Bank heran, damit wir alle bei Gregory und um den Korb herum Platz hatten.

»Wenn ihr feiert, dann seid ihr wohl nicht böse auf mich?« kam Sims Stimme sehr kläglich von der Tür.

»Nicht wenn du nach unten gehst und Abendessen für uns aus der Küche holst«, sagte Bruder Malachi, ohne aufzublicken.

»Ihr wißt doch, wie die Frau immer schimpft. Ich

kenne mich mit den Worten nicht aus, aber freundlich sind sie nicht. Sie möchte ihre Rechnung bezahlt haben.«

»Na gut, ich komme mit und schwöre, daß sie ihr Geld bekommt, noch ehe die Woche herum ist. Mir ist da eine prächtige Idee gekommen.« Und damit verabschiedete sich Malachi mit einer Handvoll Erdbeeren, begleitete Sim nach unten und teilte mit ihm.

»He, nicht alles aufessen, bis ich wieder da bin«, rief Sim die Stiege hoch.

»Jetzt will ich dir zeigen, was ich dir mitgebracht habe«, sagte ich und wischte mir die Hände ab. »Das macht dich gesund. Es ist ein Buch.«

»Ein Buch?« sagte er mit einem neugierigen und freudig aufstrahlenden Blick. »Was für ein Buch?«

»Ei, Gedichte.«

»Gedichte?« Er sah entsetzt aus. »Gute Gedichte?«

»Ei, die besten. Sie sind von einem Mann, einem gewissen Francesco Petrarca, der hier einmal gelebt hat. Alle hier reden noch von ihm.« Gregory blickte mich durchdringend an.

»Petrarca? Der größte lebende Dichter auf der ganzen Welt? Sag an, Margaret, hast du das Buch gekauft, weil du gewußt hast, daß es gut ist, oder weil es sehr dünn ist und du ein gutes Geschäft gewittert hast?«

Mutter Hilde schlug die Hände vors Gesicht, aber ich konnte sie doch noch lachen hören.

»Woher weißt du, daß ich ein gutes Geschäft gemacht habe?«

»Margaret, du vergißt, wie gut ich dich kenne. Du hast noch nie ein gutes Geschäft ausschlagen können. Nicht einmal mich. Weißt du noch, wie wir uns kennengelernt haben? Ich bin auch eines von deinen guten Geschäften gewesen.«

»Ich feilsche eben sehr gut, Gregory. Ich bekomme nur das Beste. Das mußt du doch zugeben«, sagte ich und reichte ihm das Buch. Nun wischte er sich die Hände ab und nahm das Büchlein, drehte es zärtlich hin und her und betrachtete den Einband.

»Oh, Margaret, weißt du, was du da gekauft hast?« fragte er.

»Na ja – nicht so ganz. Ich kann kein Wort lesen. Aber Bruder Malachi sagt, du kannst es lesen. Und ich weiß doch, daß dich nichts so glücklich macht wie Bücher.«

»Margaret, das sind Liebesgedichte. Petrarcas Sonette an seine Laura.« Er blickte auf seine Hände und errötete. Die rosige Farbe machte, daß er noch gesünder aussah.

»Ja, Margaret, es gibt etwas, das ich dir schon seit langem sagen wollte. Ich liebe dich, Margaret. Ich habe dich immer geliebt, aber anfangs habe ich das selber nicht gewußt. Und als es mir klar war, da wußte ich nicht, wie ich es dir sagen sollte. Ich dachte, wenn ich Heldentaten vollbringe, dann weißt du es, ohne daß ich es sagen muß. Ich hatte wohl Angst, ich würde albern wirken, wenn ich es dir einfach so sagte. Oder daß du mich vielleicht nicht lieben könntest.«

Da mußte ich einfach weinen.

»Margaret, habe ich es nicht richtig gemacht? Ich habe dich doch nicht erzürnt, oder?«

»O nein, Gregory, du verstehst einfach nicht. Ich habe immer gewußt, daß alles gut wird, Hauptsache, du sagst es. Und jetzt hast du es gesagt, und nun weiß ich, daß alles gut wird.« Als er das Buch auf seinen Schoß legte und sich vorbeugte, um mich in die Arme zu nehmen, da merkte ich, daß Mutter Hilde sich taktvoll verzogen hatte und aus dem Fenster sah. Ich habe, glaube ich, lange geweint und ihn ganz fest in die Arme genommen, während er mich tröstete. Er wirkte immer noch verwirrt und verblüfft.

Am Ende sagte er sehr sanft: »Er hätte mich ruhig darauf vorbereiten können, daß dergleichen geschehen würde. Da begreife einer die Frauen.«

»Er? Wen meinst du?« fragte ich und sah ihn an.

»Den Arzt, den du geschickt hast, Margaret.«

»Ich habe doch keinen Arzt geschickt, Gregory. Die sind viel zu teuer. Und in der Regel bringen sie die Menschen nur um. Warum Geld ausgeben, damit man umgebracht wird?«

»Er hat gesagt, du hättest Flickarbeiten für ihn gemacht.«

»Flickarbeiten? Ich und Flickarbeiten? Du mußt wieder Sinnestäuschungen gehabt haben.«

»Komisch. Er schien mir durchaus wirklich. Ein sehr angenehmer Mensch. Überhaupt nicht hochfahrend. Aber wie sollte er auch? Noch nie habe ich einen so ärmlich wirkenden Arzt gesehen. Deshalb habe ich ja auch gedacht, daß du ihn geschickt hättest. Du weißt schon, wieder eines von deinen guten Geschäften. Ei, der ging doch barfuß wie ein Bauer, um seine Schuhe zu schonen. Einfach nicht zu fassen. Aber nachdem er mir alles erklärt hatte, ging es mir gleich besser. Er konnte allerdings nicht bleiben. Mußte noch eine Menge Besuche machen. Er war gerade aus der Tür, als ihr zurückgekommen seid.«

»Aber wir haben wirklich niemanden die Stiege herunterkommen sehen«, sagte ich und musterte die Tür, als könnte die mir etwas erzählen.

»Nein, keine Menschenseele«, sagte Mutter Hilde vom Fenster her.

»Gregory, lies uns aus dem Buch vor, Hilde und

mir«, sagte ich. »Wir wollen hören, wovon alle in der Stadt soviel Aufhebens machen.«

»Wie möchtest du es haben? Soll ich es dir ins Englische übersetzen?«

»Zuerst auf Italienisch, damit wir die Musik darin hören, und dann auf Englisch, damit wir es verstehen. Hilde und ich, wir kennen uns mit der Liebe aus, und wir möchten hören, was der Dichter dazu sagt.« Gregory las mit seiner schönen, kräftigen Stimme zunächst in den rollenden Lauten der italienischen Sprache. Dann hielt er inne und brachte das Gedicht langsam ins Englische, legte jedoch bei schwierigeren Wörtern und Sätzen eine Pause ein.

»›Trovommi Amor del tutto disarmato
et aperta la via per gli occhi al core,
che di lagrime son fatti uscio e varco.‹«

Die Stimme brach ihm, und für mich klang es sehr schön, auch ehe er noch gesagt hatte, was es bedeutete. »Da Amor mich ganz und gar bezwungen hat«, übersetzte er, und sein Gesicht sah dabei so ernst aus und strahlte vor Liebe, daß ich spürte, auch mein Herz war völlig bezwungen. »Und fand den Weg durch meine Augen ins Herz – ehem – welche nun der Tränen Tor und Tür sind.« Oh, ja. Wie ganz und gar anders. Dieser Dichter wußte alles über die Liebe.

»Diese Laura – hat sie ihn auch geliebt?«

»Also, nur im geistigen Sinne. Sie ist ihm im Traum erschienen.«

»Aber sie hat ihm doch ein Liebespfand gegeben, oder?«

»Einen Handschuh – den hat sie fallenlassen, und

er hat ihn aufgehoben. Aber dann hat sie ihn wieder an sich genommen.«

»Was – sie hat ihren Handschuh zurückgefordert, ist böse geworden, als er sie im Bad überrascht hat, und hat ihm nie mehr als ein Lächeln geschenkt – jedenfalls bildet er sich das ein, und das einundzwanzig Jahre lang? Ich finde, er hätte sich eine andere Herrin suchen sollen – eine, die ihn auch geliebt hätte.«

»Margaret, du verstehst einfach nichts von höherer, geistiger Liebe.«

»Höhere Liebe? Wenn mir ein Mann einundzwanzig Jahre lang nachsteigen würde, immer versuchen würde, mir auf der Straße zu begegnen, mich heimlich beim Baden sehen wollte und mir die Handschuhe oder sonst etwas stehlen wollte, was ich kurz abgelegt hätte, und ich hätte ihn nicht im geringsten ermutigt, weißt du, wie ich das nennen würde? Verliebt, ja! Er benimmt sich wie ein dummer Junge, spielt die ganze Nacht die Laute unter dem Fenster einer verheirateten Frau mit Kindern, die schon zu Bett gegangen ist.«

»Die ideale Liebe ohne niedrige Fleischeslust – und du nennst das verliebt?« Gregory klang empört.

»Also, wenn sie so ideal war, dann hat er vermutlich nie jemand anders geliebt?«

»Ah – hm – er hatte in der Tat eine Geliebte und Kinder.«

»Und die hat er nicht geliebt, sondern ist dieser Frau nachgelaufen, die ihn nicht geliebt hat? Verrückt!«

»Du nennst den größten lebenden Dichter von heute verrückt? Du bist hoffnungslos bürgerlich!«

»Also, meiner Meinung nach ist er verrückt, wenn er sein Leben lang einer Frau nachsteigt, die ihn nicht liebt. So benimmt sich doch kein erwachsener Mensch. Was meinst du, Mutter Hilde?«

»Ich finde, es geht euch beiden viel besser, ihr streitet nämlich schon wieder.«

»Streiten? Ich streite mich überhaupt nicht. Ich habe recht. Italiener sind verrückt.« Jetzt war ich sehr empört. Mutter Hilde hätte meine Partei ergreifen müssen.

»Du willst ausweichen, Margaret. Das tust du immer, wenn du im Unrecht bist.« Gregory klang rechthaberisch. »Du willst nur nicht zugeben, daß ich recht habe.« Ich sah ihn an. Mutter Hilde hatte recht. Der Streit machte, daß seine Augen strahlten. Er hatte eine gute Farbe. Ganz der Alte mit seiner lieben, vertrauten Überheblichkeit. Natürlich hatte er ganz und gar unrecht. Haben die meisten Männer in wichtigen Dingen wie der Liebe. Ich lachte ihn aus.

»Und jetzt lachst du. Bislang hat noch keine Frau gewagt, etwas gegen den größten Liebesdichter auf der ganzen Welt zu sagen. Und eine, möchte ich hinzufügen, die seine Werke nicht einmal lesen kann.«

»Diese Laura – die dürfte blond gewesen sein, ja?«

»Natürlich. So steht es hier: ›i cape d'oro fin‹ – daß heißt ›von Gold des Haares Wellen‹.«

»Na ja, das erklärt alles.«

»Und wie das, mit Verlaub? Die Bemerkung ist durch und durch unlogisch! Frauen!«

Wie gut, daß wir im gleichen Augenblick Schritte auf der Treppe hörten, dann wurde angeklopft.

»Aufmachen! Aufmachen! Das Abendessen ist da, und es ist heiß!«

»Ei, Malachi«, rief Hilde und machte die Tür weit auf. »Woher hast du soviel bekommen?«

Da in der Tür stand Bruder Malachi und hielt einen großen, eisernen Kochtopf in der Hand, um dessen Griffe er ein Handtuch gewickelt hatte. Aus der Tiefe seines Gewandes lugte eine Weinflasche hervor. Sim hielt einen riesigen Brotlaib, ein Stück Käse und die langen, grünen Enden von zwei großen Zwiebeln, die ihm fast bis zum Knie gingen. Auf dem Kopf balancierte er vorsichtig einen Stapel Holzschüsseln.

»Meine Silberzunge, Schatz. Und als sie mir keinen Glauben schenken wollte, da offenbarte ich ihr, daß ich demnächst ein seltenes, alchimistisches Buch für eine märchenhafte Summe an den Mann bringen würde.«

»Malachi, du willst dein Buch verkaufen?« fragte Mutter Hilde, und die Tränen liefen ihr beim Zwiebelschneiden übers Gesicht.

»Nein, ganz und gar nicht. Das hier dient nur als Vorlage. Ich will ein paar herstellen. Mit Gilberts Hilfe kann ich sogar noch mehr schaffen. Überall sind Adepten auf der Suche nach dem Geheimnis der Geheimnisse. Jeder von ihnen würde sich für dieses kostbare Werk liebend gern von einer nicht unbeträchtlichen Summe trennen. Und weil es das Geheimnis des Universums enthält, wird keiner von ihnen einer Menschenseele verraten, daß er es besitzt. Außer natürlich Abraham und seinesgleichen. Und wenn der ihnen sagt, daß es wertlos ist, dann glauben sie einfach, daß es noch geheimnisvoller verschlüsselt ist und er es nur nicht übersetzen kann. Die brillanteste Idee meines Lebens – wer verfolgt schon einen ehrlichen Handwerker mit Heugabel und Fackeln und fordert seine Haut? Niemand. Alle werden sie ihre Schande verbergen, so wie ich die meine. Und wir reisen in großem Stil heim und verkaufen in jeder Stadt, in der wir haltmachen, ein Buch. Und jetzt essen wir zu Abend. Gilbert muß zu Kräften kommen, damit wir uns an unser großes Werk begeben können.«

Während das Abendessen verschwand, blickte Gregory auf und sagte: »Theophilus, du alter Schurke, wo bist du eigentlich eine ehrliche Haut?«

»Überall, überall, Gilbert, du griesgrämiger, junger Zweifler. Ich verkaufe Glück und Hoffnung – und zu weitaus niedrigeren Preisen als gewisse große, kirchliche Institutionen, die ich nicht nennen möchte. Das kommt daher, daß ich weniger zu hören bekommen habe. Man sollte immer mit leichtem Gepäck reisen – ›Leichter Fuß und leichter Sinn‹, das ist meine Devise.«

»Oh, Malachi, was hast du doch für ein großherziges Gemüt!« rief Mutter Hilde.

»Wenn es hier mehr großherzige Gemüter geben würde, so hätten sie mir mehr als nur ein halbes Dutzend Erdbeeren übriggelassen, die obendrein auch noch unreif waren«, murrte Sim.

»Du, Sim«, hob Bruder Malachi an, »da ist immer noch die Sache mit dem Berberaffen, für die wir dich noch nicht ins Gebet genommen haben. Gib lieber Ruhe.«

»Und meine Schädel teile ich auch mit niemand. Und glaubt ja nicht, daß Ihr sie als Reliquien verkaufen könnt.«

»Reliquien? Mein liebes Kind. Das ist ein gefährliches und unersprießliches Gewerbe. Ich habe eine höhere Berufung gefunden. – Gilbert, wenn mich mein Gedächtnis nicht trügt, so warst du immer gut im Zeichnen. Für diese Unternehmung brauche ich allegorische Bilder. Hübsch kolorierte. Ich denke immer noch an die hervorragende Zeichnung, die du einst vom Rektor gemacht hast – die, auf der du ihn mit einem Eselskopf abgebildet hast, wenn ich mich recht entsinne.«

»Hast du Farben?« fragte Gilbert fröhlich.

»Nur drei, dazu noch Schwarz und Weiß. Mehr konnte ich mir nicht leisten. Blattgold nicht. Du kannst sie doch mischen, oder? Ich brauche Qualitätsarbeit.«

»Soll ich mir die Allegorien selber ausdenken?«

»Na, na – komm mir nicht komisch. Halte dich immer an die Vorbilder in dem Buch hier.«

»Zeig her.«

Bis das Licht sie im Stich ließ, berieten sich Gregory und Bruder Malachi frohgemut über die neuen Bücher.

»Das ist eine Menge Kopierarbeit.«

»Na ja, du mußt ja nicht genau sein.«

»Es wäre leichter, wenn man irgendwo Latein einflechten könnte. Wie wäre es mit einem Fluch?«

»Einen Fluch? Ein Geniestreich, Gilbert. ›Fluch über jeden, der das Geheimnis dieses Buches preisgibt.‹ Wunderbar. Das gibt Farbe.«

»Du könntest die Seiten auch – in rätselhafte Gruppen einteilen. Sieben mal drei oder so ähnlich. Und noch mehr Diagramme einfügen. Die brauchen viel Platz.«

»Hervorragend. Die Diagramme mache ich. Mit der Sorte, die hier gebraucht wird, kenne ich mich aus.«

»Das Bild hier ist hübsch. Der Grüne Löwe. Wenn ich in einem Stück nach Hause komme, werde ich ihn in mein Wappen aufnehmen.«

»Gilbert, halte an dich. Dafür könnte man dich verfolgen. Bleibe du lieber bei roten Löwen und einem Sortiment von Todeswerkzeugen. Beim Adel ist Alchimie nicht immer die große Mode.«

»Schon wieder, Malachi, immer diese Ermahnungen. Mußt du mich denn immer umsorgen wie eine alte Amme?«

»Nur wenn du dich wie ein unausstehlicher, junger Laffe aufführst.«

»Was tust du da, Mutter Hilde?« fragte ich Mutter Hilde, die mit einem Lappen vor der Tür kniete.

»Malachi hat beim Eintreten etwas verschüttet, das will ich aufwischen, bevor es zu fest wird. Ich möchte nicht, daß Fremde uns nachsagen, wir sind schmutzig gewesen – oh!«

Sie hockte sich kurz auf die Hacken und betrachtete den Fleck. Meine Augen folgten ihrem Blick. Niemand außer uns war aufgefallen, daß der Fleck vor der Tür keine verschüttete Soße war. Es war ein blutiger Fußabdruck von jemand, der barfuß ging. Ich sah zu, wie Mutter Hilde ihn sorgsam aufwischte, den noch feuchten Lappen zusammenfaltete und in ihre Pilgertasche steckte.

Kapitel XIII

»Der Satz hier ist trocken, Gilbert – oder sollte ich Euch auch Gregory nennen wie Margaret?« Mutter Hilde holte ein paar bunte Manuskriptseiten von der Fensterbank, wo sie, mit alten Weinflaschen beschwert, in der Sonne getrocknet hatten. Unter der Fensterbank zog sich ein Seil vom Bettpfosten drinnen bis zu dem großen Balken, der die Stiege draußen stützte, und dort flatterte die Wäsche der Reisenden wie Fähnlein im Wind. Wie so oft im Süden waren die Sonne und der blaue Himmel beinahe zu farbenprächtig, um noch geschmackvoll zu sein, aber sie machten das beengte Zimmerchen heiter und vertrieben den muffigen Geruch nach Krankheit.

»Oh, gut, verwahrt sie bei den anderen«, antwortete Gregory, der emsig vor sich hinarbeitete und über der farbenprächtigen Darstellung einer Frau in einem Feld voller Schlangen gebückt saß. »Bei Margaret ist das die Macht der Gewohnheit, sie will nicht von dem Namen ablassen – hm, das könnte ein Wortspiel werden, ich muß nur noch etwas daran feilen – und da ich keine Macht über sie habe, hat sie auch nicht von der Gewohnheit abgelassen. Nein, noch besser, ich habe Ablaß erhalten und sie die Macht. Merkt Ihr etwas? Meine Geister regen sich wieder, wenngleich langsam. Aber nennt mich, wie Ihr wollt, Mutter Hilde.«

»Dann will ich Euch Gilbert nennen wie Malachi. Er sagt, unter dem Namen hat er Euch gekannt, als Ihr in Paris studiert habt.«

»Also, das finde ich nicht ganz gerecht, wo ich mich so sehr vorsehe, mich nicht zu verplappern und ihn Theophilus zu nennen.« Gregorys Stimme klang übertrieben gekränkt. Dann drehte er sich zu Margaret um, die sich mit ihrer Feder abmühte, die Zeilen mit den Krakeln aus Malachis Buch zu kopieren. »Margaret, wie steht es mit den nächsten Seiten? Das Bild hier ist fast fertig.«

Margaret hielt die Seite hoch und drehte und wendete sie im Licht, damit sie die Wirkung genießen konnte. Die war durchaus geheimnisvoll und kam dem Original ganz erstaunlich nahe, wenn man von ein paar Kleinigkeiten absah.

»Da sind sie«, verkündete sie fröhlich. Sie war so zufrieden, wie es Hochschwangere oftmals sind. Das Kleine kugelte sich jetzt auch nicht mehr – dazu fehlte der Platz. Aber sie sah, wie sich ihr riesiger Leib unter ihrem Gewand bewegte, während das Kleine vor Freude zappelte, wenn sie ihm bei sich erzählte, Kleines, es geht nach Hause. Und in großem Stil obendrein, dank Bruder Malachis hellem Kopf. »Sieh sie dir an. Sehen die nicht hübsch aus? Wie viele Bücher haben wir jetzt insgesamt?«

»Sechs«, sagte Mutter Hilde und zählte die Seiten so stolz wie eine Glucke die Eier in ihrem Nest. »Es dürften sieben werden. Das ist eine Glückszahl.« Sie lugte erneut aus dem Fenster. »Ei, und nicht nur die Wäsche ist trocken, sondern da unten kommen auch Malachi und Sim in den Hof, und sie sehen sehr zufrieden mit sich aus. Fürwahr, ist es nicht herrlich, wie schnell die heiße Sonne in diesem gesegneten Klima die Wäsche trocknet? Wie soll ich überhaupt noch in Feuchtigkeit und Kälte zurechtkommen?«

»Allerbeste Nachrichten!« platzte Bruder Malachi ins Zimmer und in die emsige Werkstatt. »Einen Kunden habe ich schon an der Angel. Ein Meisterstück. Ich vergoß Tränen, die ich mir heimlich abwischte. ›Mein kostbarster Schatz‹, so sagte ich. ›Nie würde ich mich von ihm trennen, wenn mir das Wasser nicht bis zum Hals stünde.‹ Oh, ich war gut. Sim hat meinen Sohn gespielt. Der Junge ist begabt. Ja, begabt! Ach, wenn ich doch nur einen so guten Start wie er gehabt hätte, wer weiß, was aus mir alles hätte werden können? Also, eines davon muß morgen abend auf jeden Fall fertig sein.« Er schlenderte zum Fenster und prüfte die Seiten, die beschwert auf der Fensterbank lagen. »Hübsch«, sagte er und nickte beifällig. »Wenn ich heute abend binde – und dazu brauche ich die Hilfe von Näherinnen, meine Damen –, dann können wir sie morgen am Feuer bräunen. Gilbert – wer von Euch, du oder Aimery, verstand sich eigentlich aufs Buchbinden?«

Gregory pustete auf eine feuchte Stelle bei seinem Bild, dort, wo die rote Tinte auf dem Schlangenkopf nicht trocknen wollte. Er antwortete ohne aufzublikken.

»Aimery – du bringst uns durcheinander, weil der auch Sauflieder geschrieben hat.«

»Dann werde ich dir wohl zeigen müssen, wie man das macht – wir haben noch eine Menge Arbeit vor uns, wenn wir alle rechtzeitig fertig haben wollen. Übermorgen brechen wir auf. Das ist der andere Teil meiner guten Nachrichten. Einc Gruppe Kaufleute will mit Geleitschutz die Rhone hinauf gen Lyon ziehen. Sie haben sich Soldaten gemietet und sich einer päpstlichen Gesandtschaft angeschlossen, die nach Paris will. Ein neuerliches Bittgesuch an den französischen und englischen König, Frieden zu schließen. In ihrer Gesellschaft reisen wir so sicher wie in Abrahams Schoß. Die restlichen Bücher bräunen wir dann unterwegs.«

»Aber, Malachi, Schatz, warum willst du sie bräunen? Du verdirbst ja die hübschen Bilder. Die werden ja allesamt dunkel.«

»Genau, meine Herzenskönigin. Du weißt im voraus, was ich will. Wer kauft schon ein neues alchimistisches Buch? Niemand. Aber morgen wird wenigstens eines von ihnen uralt aussehen. Außerdem vertreibt die Hitze den Geruch nach frischem Leim.« Bruder Malachi rieb sich voller Vorfreude die Hände.

»Ja, ja. So geht es. Den nächsten großen Verkauf tätigen wir dann in Lyon. Dort waren einst viele auf der Suche nach dem Grünen Löwen. Gewiß hat nicht einmal der Krieg ihre Zahl übermäßig verringern können.« Er setzte sich aufs Bett, sortierte die getrockneten Seiten und summte vor sich hin.

Doch Margaret, die Bruder Malachis ganzen Plänen als vernünftige Frau stets skeptisch gegenüberstand, hörte mit ihrem emsigen Gekritzel auf. »Aber, Malachi«, sagte sie, »was wird aus Hugo und dem Rest der Brokesford-Männer? Seit er von dieser letzten Audienz zurück ist, führt er sich so albern wie eine Gans auf und hat, glaube ich, jeden Penny durchgebracht, den er mitgenommen hat, nur um sein strahlendes, neues Ich zu feiern, das Lösegeld inbegriffen.«

»Habe ich dir nicht immer gesagt, daß ein großer Geist an alles denkt? Ich habe ihn an die Kaufleute vermietet und ihm hinterher davon berichtet. Da war er gerade, wie sagt man, *in flagrante delicto*, schien die

Nachricht aber recht gut aufzunehmen. Hör also auf, dir Sorgen zu machen, Margaret. Mein allumfassender Geist hat keine Einzelheit außer acht gelassen.« Er sortierte weiter und flocht nun Worte in sein Gesumm ein. Es war das ›Angelus ad Virginem‹.

Margaret machte sich mit gekräuselter Stirn wieder an die Arbeit und blickte nur erstaunt auf, als eine andere Stimme einfiel. Diesen Laut hatte sie noch nie gehört. Gregorys dröhnender Bariton gab den Kontrabaß ab, und er sang die Worte des Engels auf Latein. Da kannte sie ihn schon so lange und war nie auf den Gedanken gekommen, daß er musikalisch sein könnte. Obwohl es auf der Hand lag, da die meisten Geistlichen singen können. Die Worte verstand sie zwar nicht, doch das Lied kannte sie gut, denn auf Englisch war es auch sehr beliebt; es handelte vom Engel Gabriel.

»Schnöde, schnöde von dir, Gilbert. Jetzt muß ich den Diskant singen«, und schon wechselte Bruder Malachi, als sie zu der Antwort der Jungfrau kamen, zu einem hohen Falsett.

Margaret mußte einfach mitsingen; als der Refrain kam, setzte sie mit der Oberstimme ein, und ihr helles Englisch schwang sich über das sonore Latein. Die Männer sollten sich schließlich nicht einbilden, sie könnten höher singen als eine Frau. Als die lieblichen Harmonien aus dem Fenster in den leuchtenden, fremden Himmel wehten, da schwiegen ein paar der streitenden Stimmen auf dem Hof, es schien, ihnen hörte jemand zu.

»Ei, Margaret, ich wußte gar nicht, daß du so gut singen kannst.« Gregory blickte Margaret freudig überrascht an.

»Aha!« fuhr Bruder Malachi dazwischen. »Das ist

der Beweis. Wenn du tatsächlich Margarets Lebensgeschichte nach Diktat niedergeschrieben hättest – was übrigens die erbärmlichste Lüge ist, die du mir jemals aufgebunden hast, Gilbert –, dann würdest du wissen, daß sie singen kann, und sehr gut obendrein. *Quod erat demonstrandum* – du hattest nichts Gutes im Sinn, als du in Margarets Haus herumgelungert hast.«

»Malachi, du hast unrecht. Ich bin so rein wie frisch gefallener Schnee. Nur weil ich mitgeschrieben habe, heißt das noch lange nicht, daß ich auch zugehört habe.«

»Zugegeben, das hört sich mehr nach Gilbert an – aber immer noch lahm, wirklich lahm.«

»Malachi«, unterbrach Margaret, »macht lieber Schluß mit diesen hämischen Mutmaßungen. Sowie wir zu Hause sind, zeige ich Euch mein Buch. Das letzte Kapitel habe ich sogar ganz allein geschrieben, nachdem mir Gregory Lese- und Schreibunterricht erteilt hatte.«

»Du enttäuschst mich, Margaret. Ich hatte eine etwas gepfefferte Geschichte erwartet. Doch ich muß zugeben, daß du jetzt geschickt mit der Feder umgehst, und als ich dich kennenlernte, konntest du weder lesen noch schreiben. Gilbert und Frauen unterrichten! Da siehst du, wohin das führt.«

»Ja – auf den Dachboden eines fremdländischen Hurenhauses, wo ich alchimistische Bücher fälsche. Genau diese Art Ende hat mir mein Vater immer prophezeit«, meinte Gregory so bitter, daß Bruder Malachi das Thema wechselte.

Der Morgen unseres Aufbruchs dämmerte hell und klar herauf. Wir hatten jetzt gerade Mitte April, aber man konnte in der Morgenluft bereits die Sommerhitze spüren, und ich hoffte darauf, daß der Tag bedeckt sein würde. Große Schleppkähne dümpelten am Ufer und wurden mit Waren beladen. Die Ochsengespanne, die sie den Fluß hinauf gegen die mächtige Strömung ziehen würden, waren schon angeschirrt, und die Knaben, die sie antreiben sollten, fläzten sich mit ihren langen Peitschen am Ufer. Noch nie hatte Hugo so prächtig ausgesehen, neben sich hoch zu Roß Robert, und beide bis an die Zähne bewaffnet. Hugos Rüstung erstrahlte hell, das Ergebnis von Roberts nächtlicher Plackerei in letzter Minute, und nie hatte das Fähnlein von Brokesford fröhlicher geflattert. Die wartenden Söldner jubelten ihm zu, während die päpstlichen Ritter und ihr Gefolge ihn feierlich und förmlich begrüßten. So fehl am Platze war ich mir noch nie vorgekommen wie in dieser Gesellschaft, so unförmig, daß ich kaum auf dem Pferd sitzen konnte, und zu allem Überfluß waren Hilde und ich auch noch die einzigen Frauen in der ganzen, großen Reisegesellschaft. Neugierige, Verwandte und Gassenjungen drängten sich herzu, um den Aufbruch des riesigen Zuges nicht zu versäumen.

Auf einmal lief ein Murmeln durch die gaffende Menge, denn eine Mauleselsänfte mit einem Kardinalswappen näherte sich mit geschlossenen Vorhängen dem Kai. Ihr folgten sechs livrierte Diener, und zwei Jungen rannten vor ihr her, um ihr Platz zu machen. Die Sänfte kam neben Hilde und mir zum Stehen, und ich spürte die Blicke der Gaffer, als die reich beringte Hand einer schönen Frau die Vorhänge teilte.

»Lady Margaret«, erklang die bekannte Stimme mit dem derben Akzent in Englisch, »ich bin gekommen, Euch Lebewohl zu sagen.« Ich sah Cis, die sich in die verdunkelte, unbequeme Sänfte gequetscht hatte, daß sich die Falten ihres prächtigen Gewandes um sie bauschten. Heute prangte sie in leuchtend lila Seide. Seide und Goldstoff. Sie wandte mir beim Sprechen den Kopf zu, und die Gaffer bemühten sich, einen Blick auf die üppig mit Perlen bestickte und kunstvoll mit Schließen versehene Haube zu erhaschen, unter der sich auf der Stirn ein paar freche, goldene Löckchen kräuselten, während sich ein paar Strähnen aus ihren leuchtenden, aufgesteckten Zöpfen gelöst hatten. Auf ihrem Schoß lag ein winziges, weißes Hündchen mit einem vergoldeten Halsband.

»Na Margaret«, sagte ich (denn *Na* heißt in jenem Land Lady und *En* Lord), »macht meinem Namen Ehre, und damit Gott befohlen.«

»Ihr seid immer freundlich gewesen, Lady. Nicht wie die anderen. Aber ich sage allen Lebewohl, sogar Sir Hugo, wenn er sich wie ein Mensch aufführt. Der hat mir nie für die Audienz gedankt, die ich ihm verschafft habe – hat nur geknurrt, er meinte es nicht persönlich, aber er hätte sich gleich gedacht, daß ich ihn mit einem Haufen von knoblauchstinkenden Nichtsen zusammenführen würde. Aber Euren Dankbrief, den mir der kleine Junge da gebracht hat, den habe ich bekommen, und da bin ich. Ich – ich werde wohl niemals wieder jemand Englisch sprechen hören. Sagt bitte meinen Freunden, daß ich wie eine Königin lebe. Nein – besser als eine Königin. Von solchem Reichtum, wie ich ihn hier gesehen habe, könnte eine Königin in England nur träumen. Sagt ihnen, daß ich jetzt eine Dame bin, daß ich Truhen und Diener und einen Schoßhund habe.«

»Nehmt Euch gut in acht.« Wie fremd ihr Gesicht jetzt in der prachtvollen Umgebung wirkte. »Ihr seid durch Männergunst rasch aufgestiegen, und mir ist zu Ohren gekommen, daß die Frauen hier Giftmischerinnen sind. Ihr solltet Euch Katzen halten wie die dunkle Dame.«

»Katzen?« Sie lachte, und der Laut trug ihr noch mehr neugierige Blicke von der Menge ein, die nichts verstand. »Die taugen für Hexen. Ich habe meine kleinen Hunde. Das ist schon der dritte. Wir sind vielleicht nicht so gerissen wie diese Fremden, Lady, aber wir englischen Dorfmädchen sind gewitzt – und lernen schnell.«

»Wir? Dann hast du also Bescheid gewußt?«

»Von Anfang an. Das habe ich an Euren Versprechern gemerkt. Ihr seid auch nicht da geboren, wo Ihr jetzt seid. Daran und an Eurem weichen Herzen. Ihr habt mich doch auf diesen Gedanken gebracht. Ich leide nicht umsonst, habe ich mir immer wieder gesagt. Das kann mir einst nützlich sein. Aber Ihr habt den besseren Mann. Da«, sagte sie und suchte in ihren Gewändern. »Ein Geschenk. Das soll Euch auf der Reise Glück bringen. Ich habe es vom Papst segnen lassen, und obendrein noch von meinem Kardinal.« Sie hielt mir ein kleines, versilbertes Medaillon an einer Kette hin und beobachtete mein Gesicht, als ich ihr dankte. Sie hat sich schon neue Gepflogenheiten zugelegt, seit sie dieses gefährliche Spiel unter Fremden mitspielt, dachte ich. Und sie und ich, wir beide wußten, daß sie sich von mehr verabschiedete als von uns. Eines Tages, vielleicht schon bald, würde sie sich den Luxus eines aufrechten Herzens nicht mehr leisten können. »Ich wußte, Ihr würdet es nicht verschmähen«, sagte sie, als ich es nahm. »Denkt zuweilen an mich.« Und dann bedeutete sie ihren Männern aufzubrechen und schloß die Vorhänge. Ich sah, wie die Sänfte vor Hugos Pferd anhielt. Die Vorhänge öffneten sich kurz, sie nickte wie eine große Dame und ließ Hugo hochrot und wutschnaubend zurück.

»Nein, wer hätte das gedacht?« Gregory folgte der Sänfte mit den Augen und schob sich auf seinem Klepper dichter an mich heran. Er ritt eines der Sänftenpferde und führte das andere am Halfter. Sie boten einen schönen Anblick, die drei, denn alle waren sie gleichermaßen knochig. Und das umfängliche Samtwams und die wollene Bruch des Comte de St. Médard schlotterten an ihm. Wenn er nicht so vornehm zu Pferd gesessen hätte, man hätte ihn glatt für einen Spielmann in den abgelegten Kleidern seiner Herrschaft halten können.

»Sie hat uns ein Geschenk gemacht. Binde du es um, bitte. Ich habe schon einen Talisman und komme mir mit mehreren Ketten albern vor.«

»Hm. Die Jungfrau Maria. Wenn man bedenkt, woher es kommt, dürfte es etwas zu bedeuten haben, ich weiß nur nicht recht, was«, sagte er und wölbte eine dunkle Braue. »Doch wer bin ich, daß ich einen Reisesegen verschmähe. Der Himmel weiß, oft hat man mich bislang nicht gesegnet.« Und damit hängte er sich das kleine Medaillon um.

Wir kamen nur langsam voran, denn wir mußten uns nach dem Tempo der Schleppkähne richten. Vor und hinter den Ochsengespannen verteilte sich die Reisegesellschaft am Ufer, vorneweg und hinten die Reisigen, welche auch die Flanke der hohen Würdenträger deckten. Als die Sonne auf uns herabbrannte, boten Hilde und mir nicht einmal mehr unsere großen Strohhüte Schutz. Ich merkte, daß Gregory mich jetzt immer so besorgt ansah.

»Der Schweiß rinnt dir in Strömen übers Gesicht, Margaret, und du bist ganz rot. Du solltest im Schleppkahn fahren und nicht reiten.«

»Das ist völlig unwichtig, Gregory – wenn man schwanger ist, setzt einem die Hitze einfach mehr zu. Aber – sind schon Sommersprossen zu sehen?« Er musterte mich prüfend.

»Nur ein paar. Auf deiner Nase.«

»Oh, heilige Muttergottes, doch nicht etwa viele?«

»Ei, tausend und abertausend, Margaret. Doch keine Bange, es sind sehr hübsche.«

»Wenn das nicht gemein ist! Ich werde Hilde fragen, wie viele Sommersprossen ich schon habe. Was wieder einmal beweist, daß kein Verlaß auf Männer ist, wenn es wirklich darauf ankommt.«

»Aber ja doch, und um es dir zu beweisen, werde ich jetzt mit Messer Pietro sprechen und dich beim nächsten Halt von dem Pferd da herunterholen und in den vordersten Schleppkahn verfrachten.«

»Wehe dir. Mir geht es sehr gut so. Hast du vergessen, wie leicht ich seekrank werde? Das Schlingern bekommt mir ganz sicher nicht.« In Wahrheit sah er mir immer noch bleich und zu gebrechlich aus, und ich wollte ihn auf keinen Fall alleinlassen. Wie jemand, der einen wertvollen Ring wiedergefunden hat, den er schon verloren glaubte, wollte ich ihn nicht mehr aus den Augen lassen. Aber meine Ausflüchte klangen wohl etwas zu weit hergeholt. So blickte er zunächst die Schleppkähne an, die so stetig auf den rauschenden Fluten getreidelt wurden. Daraufhin blickte er mich eindringlich an, es war ein langer, belustigter Blick, dann huschte ein eigenartiges Lächeln über sein Gesicht. Oh, schon wieder ertappt, dachte ich.

»Ich muß dein Gesicht sehen können«, bekannte ich und musterte erneut sein Profil, so als wollte ich es mir auf ewig einprägen. »Es hat mir zu lange gefehlt.«

»Habe ich dir heute schon gesagt, daß du eine dumme Frau, aber ein ganz großer Schatz bist?« gab er mit einem Lächeln zurück.

»Heute noch nicht, aber gestern. Und morgen hoffentlich auch.«

Aber ein paar Tage zu Pferd, selbst bei diesem langsamen Tempo, forderten bei ihm ihren Tribut. Ich sah die Spuren der Erschöpfung in seinem grauen Gesicht, und so verheimlichte ich ihm, daß sich das Kind in meinem riesigen Bauch auf diese eigenartig ungeduldige Art bewegte, die kundtat, daß es geboren werden wollte. Bruder Malachi bemerkte unsere Überanstrengung und versuchte, uns das Reiten durch Reisegeschichten leichter zu machen, Reisen, die er vornehmlich auf der Suche nach dem Geheimnis der Geheimnisse unternommen hatte, oder um Leuten zu entgehen, die ihm das Geheimnis zu entreißen trachteten. Er schlug uns ganz in seinen Bann, denn er wußte von länglichen Äpfeln in Ägypten zu berichten, die aufgeschnitten die Kreuzesform zeigen, und von der todbringenden Schlange, Krokodil genannt, die einen Menschen auf einen Sitz verschlingen kann, und auch von den Gänsen, die in den Ländern des hohen Nordens auf Bäumen wachsen und die richtige Fastenspeise abgeben.

»Gibt es denn keinen Ort, wo Ihr noch nicht gewesen seid, Malachi?« fragte ich.

»Ei, das Tartarenland und Indien – viele Orte. Afrika – das möchte ich gern einmal sehen. Und auch China, obwohl man sagt, es ist eine Legende. Das sind Orte, wo die Weisheit zu Hause ist. Da gibt es Dinge, die zum Geheimnis hinführen könnten.«

Und Mutter Hilde auf dem Sattelkissen hinter ihm nickte frohgemut.

»Wenn du diese Orte aufsuchst, Malachi, dann komme ich mit. Ich habe festgestellt, daß mir Reisen zusagt. Hast du meine ganzen Sämereien gesehen, Margaret? Einige haben Seltenheitswert. Vielleicht wachsen ein paar sogar in England.« Bei jedem Halt, bis die Winterwinde den raschelnden, vertrockneten Pflanzen die Samenkörner abgestreift hatten, war Mutter Hilde auf die Suche nach Saatgut gegangen. Wir sahen, wie sie strahlte, wenn sie eine Pflanze gefunden hatten, die ihr gefiel, und wie sie die Samen in einen bunten Stoffetzen wickelte. Und ihr Gedächtnis war so gut, daß sie allein beim Anblick des Samens schon das Aussehen der Pflanze beschreiben konnte; nur wenn sie sich einmal zu ähnlich sahen, brachte sie ein oder zwei kleine Stiche – gleichlaufend oder gekreuzt – auf dem Lappen an, um sie auseinanderzuhalten. Am Ende des Tages schlug sie ihre Päckchen dann in ein großes Tuch ein, und das wickelte sie zuweilen an trüben Tagen auf und zählte ihre Schätze wie ein Geizhals. Und als alles wieder grünte und blühte, hatte sie sich mit gleicher Inbrunst auf Beutezug bei den einheimischen weisen Frauen begeben, wo sie mittels Gestik und Mimik noch mehr Sämereien eingetauscht hatte, wodurch ihre Sammlung weiter anwuchs.

»Die Welt ist voll von Dingen, die man nicht kennt«, sagte sie dann wohl verträumt. »Gar nicht so übel, wenn Malachi das Geheimnis endlich finden würde. Dann könnten wir länger leben und überall hinreisen, und nicht auszudenken, was für Sämereien ich da bekommen würde! Jammerschade, daß zu Hause keine Apfelsinen wachsen wollen. Wenn man sie im Winter nur warmhalten könnte, wie wunderschön wäre es doch, wir hätten hinten am Haus einen Apfelsinenbaum . . .« Und schon war sie wieder unterwegs, sie, die mit ihren Einfällen das reine Kind war. Seltsam, wie nahe Weisheit und Kindlichkeit beieinander liegen können, und Mutter Hilde, für mich die weiseste aller Frauen, ist dafür das beste Beispiel.

»In ein paar Tagen sind wir in Vienne. Von da ist es nach Lyon ein Katzensprung. Die Kaufleute entladen ihre Waren und kehren flußabwärts heim. Und wir verkaufen wieder ein Buch – was für ein Glücksfall, daß wir schon zwei losgeworden sind! – und heißa, auf geht es nach Paris in Begleitung der päpstlichen Granden! Das Glück ist uns hold, meine Lieben! Gilbert, du hast mich noch nicht einmal zu meiner klugen Planung beglückwünscht. Du solltest Gott für den hellen Kopf danken, der dir eine so bequeme Rückreise ermöglicht. Fürwahr, ist das nicht ein herrlicher Tag? Ich komme mir ganz vergeistigt vor – nur noch reine Vernunft, die sich in den Äther schwingt! Oder möchtest du Paris nicht so gern wiedersehen? Keine Bange, seit damals hast du dich völlig verändert. Kein Mensch erkennt dich dort wieder, das kannst du mir glauben. Du brauchst nur die Kapuze hochzuschlagen und dir den Bart nicht zu schneiden. Ja, ja. Du siehst ganz anders aus. Sorge dich nicht um den anderen Morgen, so sage ich immer, es ist genug, daß ein jeglicher Tag seine eigene Plage habe.«

Das mit der eigenen Plage eines jeglichen Tages – diese Stelle mag ich überhaupt nicht. Ich habe lieber keine Sorgen und Plagen, doch so läuft es meistens nicht. Wir waren immer noch weit von jeder Ortschaft entfernt, da konnte ich mir nichts mehr vormachen. »Gregory, hilf mir«, sagte ich mit zusammengebissenen Zähnen, denn der Schmerz, der mich durchfuhr, konnte nur eine Wehe sein. »Das Kind kommt.«

»Unmöglich«, sagte er. »Wir sind noch nicht zu Hause.«

»Wer um Himmels willen hat dir eingeredet, daß es erst kommt, wenn wir zu Hause sind? Es kommt jetzt.«

»Bist du sicher?«

»Gregory, ich habe schon zwei geboren. Es ist so sicher cher wie das Amen in der Kirche. Bitte, sage jetzt Malachi und Hilde Bescheid.« Und er wandte das Pferd und ritt nach vorn, wo Malachi Hilde von der Tochter des Hippokrates erzählte, welche in einen häßlichen Drachen verhext worden ist und auf der Insel Langos in der Nähe Griechenlands wohnt und auf einen Ritter wartet, der so tapfer ist, daß er sie küßt und ihr ihre wahre Gestalt wiedergibt. Ich hing jetzt vornübergebeugt im Sattel und umklammerte mit beiden Händen meinen riesigen Bauch, so als könnten die alles aufhalten. Die Zügel waren mir entglitten, und die kleine Stute, die merkte, daß etwas nicht in Ordnung war, warf den Kopf hoch und wollte davontraben. Die Stöße machten es nur noch schlimmer. Ich merkte, daß Gregory herangeritten kam und nach den Zügeln griff.

»Versteck mich, bitte, bitte. Laß es mich nicht vor aller Augen bekommen«, schluchzte ich. Wortlos bedeutete er Malachi und Hilde, ihm zu folgen. Hinter uns löste sich Hugo aus der Marschkolonne und kam herangaloppiert.

»Das Kind kommt«, sagte Gregory.

»O nein, das geht nicht. Es ist sehr gefährlich, die Kolonne gerade jetzt zu verlassen. Sag an, Margaret, kann das nicht bis später warten.«

»Es will aber nicht warten«, sagte ich ganz rot im Gesicht, während mir die Tränen aus den Augen liefen.

»Na gut, Bruder. Wer hätte gedacht, daß ich deinetwillen einmal eine so große Dummheit begehen würde«, sagte Hugo und ritt nach vorn zum Söldnerhauptmann; darauf bedeutete er seinen Männern, die Straße mit uns zu verlassen. Und in einem Gehölz, in welchem sich die geschwärzten Ruinen eines ehemaligen Dörfchens versteckten, stellten sie Wachen auf, während Gregory mich von der kleinen Stute herunterholte. Ich ächzte. Mit einem raschen Blick erfaßte ich sein entsetztes Gesicht, dann widmete ich mich meiner Arbeit. Irgend jemand hatte mir seinen Umhang untergelegt.

»Nicht zusehen, nicht zusehen«, keuchte ich. »Das gehört sich nicht.«

»Jetzt geht es nicht mehr um Sitte und Anstand, Margaret«, sagte Hilde. »Der Kopf tritt schon durch. Und nun keinen Mucks jetzt. Der Himmel weiß, wer uns hier belauschen mag. Da, beiß darauf, wenn du schreien mußt.« Es war ein Gürtel, Gregorys Gürtel. Heilige Muttergottes, ich danke dir für Hilde! Wer schwanger auf Reisen gehen muß, sollte lieber die beste Wehmutter von ganz London mitnehmen. Und als ich dann ihre Hände spürte, diese festen, kundigen Hände, da war mir auf einmal klar, daß sie nicht nur Malachi zuliebe mitgekommen war. Die großherzigste Freundin auf der ganzen Welt hatte mich auf eine wahnwitzige Suche begleitet, weil sie von vornherein wußte, daß ich es allein nicht schaffen konnte.

»Weiter pressen, Margaret. Den Kopf haben wir schon fast. Gilbert! Würdet Ihr freundlicherweise wegschauen? Das ist Frauensache, nichts für Ehemänner. Wenn Ihr neugierig seid, seht es Euch in einem Buch an.« Die Anstrengung war groß, größer als ich sie irgendwie in Erinnerung hatte, denn Gott läßt uns jedes Mal wieder die Mühen vergessen, damit wir uns nicht vor dem nächsten Mal fürchten. Aber die ganze Zeit den Mund zu halten – das war eine Qual. Da fühlte ich, wie jemand meine Hand ergriff. Seine Hand. Das durfte nicht sein, ich wußte es, und es gehörte sich ganz und gar nicht. Wieviele Male hatten Hilde und ich die Männer schon aus dem Wochenzimmer ausgesperrt? Jedermann weiß doch, daß ein Mann, der seine Frau beim Gebären sieht, sie nicht mehr lieben kann.

»Das ist – also, wenn Ihr schon dabeisein müßt, dann setzt Euch wenigstens neben sie und schaut in die andere Richtung. Es gehört sich nicht, mir bei der Arbeit zuzusehen«, schimpfte Mutter Hilde. Er setzte sich anders hin, meine Hand ließ er jedoch nicht los. Sein Gesicht zeichnete sich vor dem Himmel ab, ganz verschattet war es vor Sorge, und sein dunkles Haar wehte vor dem Lichtkreis der Sonne. Er musterte mein Gesicht eingehend. Dann beugte er sich vor und ergriff auch noch die andere Hand. Ich umklammerte beide und zog mich hoch.

»Gut so«, sagte Mutter Hilde. »Weiter so.« Gregory sah so entgeistert aus, daß ich schon etwas ganz Schnippisches über den männlichen Teil der Menschheit sagen wollte, doch da ging mir jählings auf, was mit ihm los war. Er dachte, ich müßte sterben.

»Halt meine Hand fester, Gregory – so ist das immer – keine Bange – ich bin stark – ich schaffe das schon –« Und so machte ich ihm zwischen Keuchen und Stöhnen Mut. Er sagte kein einziges Wort, hielt mich mit seiner ganzen Kraft, so als wollte er mir davon abgeben. Und er gab mir Kraft. Bei jeder neuen Wehe fühlte ich, wie ich aus ihr schöpfte.

»Tut mir leid«, flüsterte ich. Die Haare klebten mir schweißig im Gesicht, und ich hatte jeglichen Sinn für Anstand verloren. »Jetzt findest du mich nie wieder hübsch.«

Er fand seine Stimme wieder. »Ich werde dich immer lieben, Margaret. Immer. Was auch geschieht.

Und – und du bist immer noch hübsch.« Du ritterlicher Lügner, dachte ich.

»Ei, wer hätte das gedacht, Margaret. Dieses Mal hast du einen Jungen. Sir Gilbert, ein Sohn und Erbe. Und gleich beim ersten Mal. Habt ihr ein Glück.« Hilde hielt den Kleinen an den Fersen hoch, bis sein Greinen kundtat, daß er atmete. Gregory wandte den Kopf, um ihn anzuschauen. Nie werde ich seinen entsetzten Blick vergessen.

»Das –« stammelte er. »Soll er wirklich so aussehen? Ist das normal?«

»Aber ja doch. Ihr habt bei Eurer Geburt ganz genauso ausgesehen.« Mutter Hilde wischte den Kleinen ab, so gut es mit dem Tuch ging, das sie mit Wasser aus ihrer Flasche befeuchtet hatte. Sie entband die Nachgeburt und schnitt die Nabelschnur durch. Gregory wirkte wie gelähmt.

»Da, sieh dir das an, Margaret«, sagte Mutter Hilde und streckte mir den nackten Kleinen hin. Seine mageren, roten Ärmchen und Beinchen bewegten sich ziellos. Ich sah sofort, was sie meinte. Abgetrocknet sah das flaumige Haar ganz bräunlich aus und stand in alle Richtungen ab wie der häßliche Flaum eines kleinen Schwans. Der Kleine wirkte ungeheuer entsetzt. Sein Mündchen arbeitete, und er hatte die Augen weit aufgerissen, so als staunte er. Zweifellos das merkwürdigste, komischste Kindergesichtchen, das ich meiner Lebtage gesehen hatte. Oh, wie liebte ich ihn!

»Tu nicht so erstaunt. Die Idee, jetzt geboren zu werden, die stammt doch von dir«, schimpfte ich ihn aus. Dann hielt ihn Mutter Hilde neben Gregorys Gesicht, daß er ihn besser anschauen konnte. Ich sah, wie seine Augen Gregorys Miene musterten. Viele Leute halten Säuglinge für so blind wie Katzenjunge, doch wenn sie das sind, warum haben sie dann nicht die Augen zu wie junge Katzen? Ich glaube, sie können sehen, weil man merkt, daß sie sehen, und weil nicht einmal Säuglinge dumm sind. Die beiden blickten sich mit großen Augen an, Vater und Sohn, und ihre Mienen spiegelten äußerstes Erstaunen wider. Beide Augenpaare wurden groß, beiden fiel die Kinnlade auf die gleiche Weise herunter. So etwas Komisches habe ich meiner Lebtage nicht wieder gesehen. Ich konnte nicht anders. Und wenn es noch so wehtat, ich mußte einfach lachen. Ich wollte es unterdrücken und hustete dabei ein wenig, was die armen, lockeren Muskeln in meinem Bauch durchschüttelte wie Wellen im Meer.

»Du lachst auch noch?« Gregory traute seinen Ohren nicht. »Über deinen eigenen Sohn?« Er hatte etwas unendlich Rührendes, wie er sich für das winzige Wesen gegen eine eingebildete Beleidigung in die Bresche warf.

»In meinem ganzen Leben habe ich keinen komischeren Säugling gesehen. Gib ihn mir, Mutter Hilde, ich will ihn anlegen, ehe er anfängt zu greinen.« Und als der Kleine zu saugen anfing und dabei recht kräftige Schluck- und Schmatzlaute machte, mußte ich schon wieder lachen, während Gregory sich entsetzte und mit großen Augen sagte: »Ist der aber gierig.«

»Das mußt du gerade sagen«, gab ich schläfrig zurück, denn auf einmal war ich sehr müde, »wo du selber so zuschlagen kannst.«

»So aber nicht«, sagte er, als der Kleine nach einem mächtigen Rülpser einschlief.

»Margaret, er muß getauft werden«, mahnte Mutter Hilde.

»Das mache ich«, antwortete Gregory und sah auf

einmal sehr selbstgefällig aus. »Mir ist gerade ein guter Name eingefallen.«

»Kennt Ihr die Formel für Nottaufen?« Mutter Hilde gab immer auf alles acht. Es tut nicht gut, wenn man zu solchen Zeiten einen Fehler macht, denn schließlich geht es um eine Seele.

»Natürlich. Darin war ich eine Art Fachmann, wie Ihr Euch vielleicht entsinnt«, sagte Gregory. Und ehe ich auch noch aufbegehren konnte, hatte er schon seinen Bruder und Malachi als Zeugen geholt und dem schlafenden Kleinen Wasser aus dem Wasserschlauch an seinem Sattel auf den Kopf gespritzt.

»Peregrinus, ich taufe dich im Namen des Vaters, des Sohnes und des Heiligen Geistes, Amen.«

Vor Schreck fielen mir fast die Augen aus dem Kopf, doch da waren sie auch schon beim Vaterunser angelangt. Es war nicht mehr zu ändern.

»Wie hast du den Kleinen genannt?« sagte ich mit wachsendem Argwohn.

»Der Name paßt wunderbar, in Anbetracht der Umstände. Peregrin.« Gregory wirkte so gönnerhaft, als hätte er dem Kleinen eine große Wohltat erwiesen.

»Peregrin? Was für ein Heiliger ist das?« Ich war entgeistert. Zumindest hätte er mich vorher fragen können.

»Das ist Latein und bedeutet Pilger – Reisender – oder Wanderer«, sagte Bruder Malachi, der den Namen anscheinend auch ungemein passend fand.

»Peregrin? Du hast mein schönes Kindchen Peregrin genannt? Nicht nach einem Evangelisten oder einem Heiligen oder einfach nach einem heiligen Märtyrer?«

»Fürwahr, Margaret, er paßt einfach wunderbar«, strahlte Gregory. »Du mußt doch zugeben, daß nur wenige Säuglinge vor ihrer Geburt soviel herumgekommen sind – oder noch mehr herumkommen werden, ehe sie zu Hause sind.«

»Gar nicht so übel«, meinte Hugo. »Ganz und gar nicht übel, außer daß man ihn lieber nach einem Helden hätte nennen sollen – sagen wir, Oliver oder Floris oder vielleicht Gawain.«

»Oh, noch schlimmer. Alle von einem Stamm, die ganze Familic. Der Name eines Heiligen paßt immer gut.« Eine Verschwörung, ja, darum handelte es sich. Eine männliche Verschwörung.

»Wie auch immer, wir sollten lieber aufbrechen. Wir müssen die anderen einholen.«

»Einholen, Hugo? Glaubt Ihr wirklich, ich könnte in diesem Zustand reiten? Das ist, als würde man auf einem Furunkel sitzen. Außerdem bin ich entsetzlich müde.«

»Sir Hugo, in diesem Zustand darf eine Frau nicht bewegt werden. Sonst blutet sie zu stark.«

»Wir werden alle noch viel stärker bluten, wenn wir die anderen nicht einholen. Aber ich gebe ihr Zeit bis morgen. Wir stellen eine Wache auf und lagern hier, ohne Feuer zu machen. Aber morgen sitzt sie auf einem Pferd, Zustand hin, Zustand her.« Mir galt es gleichviel. Morgen lag in weiter Ferne. Ich schlief mit dem Kleinen im Arm ein und merkte nicht einmal mehr, wer mich am Abend auf ein Bett aus Zweigen legte. Irgendwann wachte ich im Dunkeln auf, weil der Kleine sich rührte, und stillte ihn unter dem Sternenzelt. Mir war, als hörte ich in der Ferne etwas. Getöse. Irgend etwas Schlimmes. Aber es mochte auch Einbildung sein.

Am nächsten Morgen waren wir in aller Herrgottsfrühe reisefertig. Ein Brunnen, halb voll Schutt, hatte genug Wasser gespendet, daß wir den größten Schmutz des vergangenen Abends auswaschen konnten, und ich sah einen nassen Umhang hinter Gregorys Sattel hängen, als er mich auf die kleine Stute hob und mir Peregrin hochreichte. Ich war zu erschöpft und zu wund, als daß es mich gekümmert hätte, wie unmöglich mein Kleid aussah, während wir schweigend dahinritten, um am Ufer wieder auf die Straße zu stoßen. Dort jedoch, am Flußufer, bot sich uns ein gräßlicher Anblick. Das ausgebrannte Wrack eines der Schleppkähne, die uns voraufgezogen waren, trieb mit der Strömung flußabwärts. Es geriet in die Strudel und verfing sich einen Augenblick lang an einem Feldvorsprung, ehe es unseren Blicken entschwand. Doch in diesem Augenblick hatten wir alle mehr gesehen, als uns guttat. Auf dem verkohlten Wrack sichteten wir die abgehackten Gliedmaßen von entkleideten Leibern, die so unanständig angeordnet waren, daß sich meine Feder selbst jetzt noch sträubt. Und am Bug des Schleppkahns hatte man wie ein gräßliches Zerrbild von einer Gallionsfigur einen abgeschlagenen Kopf angebracht. Die Züge waren nicht mehr zu erkennen, doch oben auf dem Kopf saß eine Art Nachbildung einer Bischofsmitra aus Pergament. Wasserspritzer hatten bewirkt, daß sie nicht verbrannt war, doch die Tinte lief in großen, schwarzen Rinnsalen übers Gesicht. An der Schläfe des gräßlichen Kopfes baumelte ein Siegel wie ein Blutklumpen. Der päpstliche Gesandte. Ohne Peregrin würden auch wir unbestattet auf den eilenden, grünen Fluten dahintreiben.

»In der Regel dürften das englische Truppen gewesen sein«, sagte Gregory ruhig zu seinem Bruder.

»Du hast recht. Dieses eine Mal waren wir es nicht. Unsere Leute vergeuden keinen Schleppkahn. Das waren nicht Hawkwood oder die Gascogner; die würden ihm keinen Hut aufgesetzt haben.«

»Und sie hätten auch nicht auf das Lösegeld für einen Mann vom Rang eines päpstlichen Gesandten verzichtet.«

»Wahrscheinlich lagern sie immer noch betrunken von ihrer Siegesfeier weiter flußaufwärts«, sagte Hugo so ungerührt, als ob er sich übers Angeln unterhielte.

Und auf diese Weise erfuhren wir, daß der Erzpriester mit einem Heer aus dreitausend Söldnern und Abenteurern das Rhonetal hinuntermarschierte, auf die größte Beute der Christenheit zu: die Papststadt Avignon.

Über die darauffolgenden Tage möchte ich nicht schreiben, denn in meiner Erinnerung verschwimmen sie so sehr, daß sie einer oder tausend sein können – ich entsinne mich wirklich nicht mehr, obwohl man mir hinterher berichtet hat, es wären sieben gewesen. Wir verließen das Flußufer und schlugen uns tief hinein in das zerstörte Land, machten einen Bogen um die furchtbare Räuberstreitmacht. Wir sichteten sie nicht, außer daß wir einmal in der Ferne eine Rauchsäule ausmachten. Aber ihr Zerstörungswerk sahen wir überall: Verbrannte Obstgärten, bis zum Boden abgeholzt, die Ruinen von Klöstern, Dörfern und Kirchen. In diesem toten Land gab es nichts mehr, überhaupt nichts. Als eines der Pferde lahmte, waren die Männer so hungrig, daß sie ihm die Kehle durchschnitten, das Fleisch von den Rippen säbelten und es auf der Stelle roh aßen, denn wir hatten Angst, ein Feuer zu machen. Als meine Arme erlahmten, band ich mir den Kleinen vor die Brust. Und als ich nicht mehr sitzen konnte, banden sie mich im Sattel fest. Aber immer ritt Gregory neben mir, schweigsam und aufrecht führte er die Stute. Und jetzt zehrte ich von seinem Überlebenswillen; mein Mann, meine Kraft, mein Schutz und Schild.

Des Nachts schlief er mit gezogenem Schwert neben uns, neben dem kleinen Pilger und mir. Wir lernten, uns wortlos zu verständigen, denn was er dachte, das dachte auch ich, und wir konnten gemeinsam handeln, ohne daß ein einziges Wort zwischen uns fiel. Eines Nachts wachte ich auf, denn ich hatte einen kurzen, erstickten Schrei gehört, und da war die Decke neben uns leer. Gregory hatte jemanden überrascht, den es vom Heer des Erzpriesters verschlagen hatte, war ihm in den Rücken gefallen, als er auf unser Lager zugekrochen kam, und hatte ihm den Kopf abgeschlagen, ehe sein Bruder auch nur das Schwert ziehen konnte. Von der Beute, mit der der Mann beladen war, hätte man gut und gern einen Ritter freikaufen können, doch der Mann trug Kinderhände an einer Schnur aufgereiht, die sie schnell verscharrten, damit ich sie nicht zu Gesicht bekam. Aber natürlich gab es nichts, was ich nicht früher oder später auch erfuhr, denn unsichtbar für sie umwehte uns immer noch die Weiße Dame, wenn auch recht durchscheinend und formlos. Ein ums andere Mal hörte ich sie in der Dunkelheit wispern, schließlich mußte sie mir ihre Meinung und ihre Anmerkungen zu den Geschehnissen kundtun. Groß von Nutzen war sie jedoch nicht; sie hatte noch weniger Ahnung als wir, wo wir uns befanden.

Danach beschlossen wir, den Fluß ganz und gar zu meiden und uns ins Gebirge zu schlagen, wo wir der Sonne und den Sternen nach Norden folgen wollten. Bei Malachi hörte sich das einfach an, denn der behauptete, den Weg schon einmal gezogen zu sein, er stelle eindeutig eine Abkürzung nach Paris dar, und

Hugo lachte und schlug ihn auf den Rücken, und das war denn auch das letzte Lachen für lange Zeit. Doch als wir auf bewohnte Dörfer stießen, wollten uns die mürrischen Bewohner keine nützliche Wegweisung geben, und ich fürchtete schon, daß wir uns hoffnungslos verirrt hätten. Aber Malachi sagte, er wüßte genau, wo er sich befände, und tat so zuversichtlich, daß wir Flüsse durchquerten und in der Richtung, die er uns wies, über Felsenpässe kletterten, ohne auch nur eine Frage zu stellen. Mir aber stand bei all diesen Unbilden die heilige Jungfrau Tag und Nacht zur Seite, so daß meine Milch nicht versiegte und der kleine Wanderer nicht verhungern mußte.

Als wir die Berge endlich hinter uns ließen und sich vor unseren Augen ein üppiges, bestelltes Tal auftat, da wußten wir, daß wir den Pfad des Irrens hinter uns gelassen hatten. An einer Biegung des grünen, rasch fließenden Flusses, der sich durch das Tal schlängelte, ragten die Mauern und Türme einer blühenden Stadt empor. Nein – keine Stadt. Als wir dem Glockengeläut folgten, das über die Felder hinwogte, konnten wir über den Mauern die Kirchtürme und Kuppeln eines riesigen Klosters ausmachen, das uns willkommen hieß wie das himmlische Jerusalem. Wir ritten durch das kleine Dorf und machten vor dem großen Portal halt, schmutzig und abgerissen wie wir waren. Hugo in seiner eingebeulten und schwarz angelaufenen Rüstung beugte sich im Sattel vor und klopfte an das Gitter, um unsere Ankunft zu melden. Das Gitter ging auf, und ein argwöhnisch spähendes Gesicht lugte zur Hälfte heraus.

»Wer seid Ihr?« fragte eine Stimme auf Französisch, zwar mit starkem Akzent, aber doch in der *langue d'oil.* Ei, dachte ich, müssen wir einen langen

Weg zurückgelegt haben, wenn wir bereits im Norden angelangt sind.

»Wir gehören zu der päpstlichen Gesandtschaft, die auf dem Weg nach Paris vom Erzpriester vernichtet wurde. Im Namen Gottes, habt Erbarmen mit uns.« Hinter dem Portal berieten sich Stimmen in Latein. Mich dünkte, ich hörte Worte wie *»Normannen – Engländer«* oder so ähnlich, dann rief die erste Stimme wieder durch das Gitter:

»Ihr müßt geloben, daß Ihr unseren geweihten Boden unbewaffnet betretet.« Als wir uns damit einverstanden erklärt hatten, ließ man uns ein, und wir stiegen im Außenhof, im Schatten einer mächtigen Mauer ab, das heißt Gregory hob mich und den Kleinen aus dem blutgetränkten Sattel, ehe er mit den anderen seine Waffen abgab. Selbst die Messer zum Essen nahm man ihnen noch fort. Zu solch gefährlichen Zeiten konnten die Mönche kein Risiko eingehen, nicht einmal mit ihrer Gastfreundschaft. Während die Pferde in die Ställe geführt wurden, brachten uns Laienbrüder zu einem niedrigen Haus aus Stein, das sich im Schatten des Torhauses an die Außenmauer duckte. Es wirkte ausgesprochen bescheiden, dieses Pilgerhaus mit seinem Strohdach und den schmalen Fenstern ohne Läden. Und so wirkten auch die Leute, die im sonnenbeschienenen Dreck vor der Schwelle herumlungerten: Ein alter Soldat mit nur einem Bein schwatzte mit zwei uralten Kerlen, deren einzige Pilgerreise von kostenloser Unterkunft zu kostenloser Unterkunft führen durfte.

»Mit Verlaub, was ist das? Ein Bettlerquartier? Seht her, Kerls, Ihr habt Euch in meinem Rang getäuscht. Wo ist Euer Haus für vornehme Gäste?« Hugos Stimme klang ganz schrill, so empört war er. Als er sich umdrehte und einen samten gekleideten Edelmann mit Schnabelschuhen erblickte, wie er sich zierlich einen Weg von den Ställen zu einem elegant aussehenden Gästehaus dicht bei der Kirche suchte, da schwoll ihm das Blut in den Adern am Hals.

Die Brüder, die uns begleiteten, musterten erst das Gästehaus für den Adel. Darauf musterten sie Hugo von Kopf bis Fuß. Sie rümpften die Nase, wie es Franzosen tun, wenn die Soße versalzen oder der Wein voller Korkenstückchen ist. »Euer Rang?« sagte einer mit unverkennbar sarkastischem Ton. Unrasiert und schmutzig und in dem wattierten, rostfleckigen Waffenrock, den er unter dem Brustharnisch getragen hatte, sah Hugo nicht besser aus als der Sohn eines Flickschusters, der unter die Söldner gegangen ist. Dünner war er auch geworden, und so paßte ihm der Waffenrock, als stammte er von einem Leichnam. Wir übrigen sahen womöglich noch schlimmer aus.

»Hugo, reize sie nicht«, zischte Gregory mit zusammengebissenen Zähnen, doch Hugo ließ alle Vorsicht fahren.

»Mein Rang, du niedrig geborener, französischer Psalmendudler! Du beleidigst einen Edelmann, den Erben von Brokesford!« Er war im Gesicht rot angelaufen, und seine Hand fuhr zu der Stelle, wo sein Schwertknauf hätte sein müssen. Gregory und Malachi ergriffen ihn bei den Armen, wollten ihn zurückhalten, doch er blies sich auf wie ein zorniger Ganter, und ihre Bitten sich zu beruhigen fruchteten nichts, im Gegenteil.

Als der Aufruhr immer lauter wurde, erschienen weitere Brüder auf dem Schauplatz und berieten sich. Auf einmal machte einer von ihnen, der nach mehr aussah, eine Handbewegung, und die beiden Laienbrüder lösten sich aus der Gruppe und führten uns in unser Quartier. Das Gebäude wurde durch eine Innenmauer in zwei große, kahl wirkende Räume unterteilt, jeder mit eigenem Eingang. Offensichtlich war der eine für Frauen, der andere für Männer. Als Hilde und ich im niedrigen, steinernen Eingang standen und uns die schlichten, weiß getünchten Wände des Raumes ansahen, in dem es lediglich eine Bank, eine Reihe von Strohsäcken und eine blinde, alte Frau gab, die in der Ecke vor sich hinsummte und ein Bündel in den Armen wiegte, da konnten wir Hugo draußen vor dem Haus immer noch brüllen hören.

»Ihr dickköpfigen Trottel, ihr habt ja keine Ahnung, wie man einen Mann von edlem Geblüt behandelt! Geschähe euch nur recht, wenn man Euch das ganze Ding über dem Kopf anzündete! Mir steht eine besondere Unterkunft zu, hört ihr, nicht diese Bruchbude!«

»Eine besondere Unterkunft?« hörte ich sie antworten, als das Gebrüll nachließ. »Ja, Mylord, da mögt Ihr recht haben. Wir haben einen Fehler gemacht. Ihr sollt eine besondere Unterkunft bekommen. Laßt Euch dorthin führen, wohledle Gäste.«

Ich war jedoch so müde, daß mir selbst ein Strohsack in einem kahlen Raum wunderbar vorkam. Erst als wir nach Stunden aufwachten, stellten wir fest, daß man die Tür von außen verriegelt hatte.

»Bruder, es tut mir leid«, sagte Gregory. Die Ketten rasselten, als er seine langen Beine auf dem Steinfußboden im Gefängnis des Abtes ausstreckte. Ein Lichtstrahl hatte sich durch den schmalen Schlitz über ihnen gestohlen und warf einen hellen Streifen auf die schwere, eisenbeschlagene Tür. Gregory war sehr niedergeschlagen zumute. Er hatte sich das Latein auf der anderen Seite der Tür angehört, und das verhieß nichts Gutes. Soweit er die Unterhaltung mitbekommen hatte, ging es darum, ob der Abt ihnen die Haut bei lebendigem Leibe abziehen oder sie schlicht köpfen sollte, um sie dann als Warnung für andere Söldner an der Mauer aufzuhängen. Das Ende. Wenn das nicht niederschmetternd war. Hugo focht das jedoch nicht weiter an. Warum sollte er ihm die letzten Minuten auf Erden mit dieser bösen Nachricht vergällen? Soviel zumindest schuldete er ihm.

»Unfug, Unfug«, sagte Hugo fröhlich. »Alles ein Fehler. Das klärt sich bald auf. Laß mich nur mit dem Abt reden, dann kommt Licht in die Sache. Mehr braucht es nicht. Wahrscheinlich habe ich sie erbost, als ich ihre ziemlich schäbige Gastfreundschaft angeprangert habe. Diese fremdländischen Mönche kennt man doch. Empfindlich, alle, wie sie da sind. Das kommt im Nu in Ordnung, ich muß mich nur entschuldigen. Uns steht eine bessere Unterkunft zu, und die bekommen wir, sobald er davon hört. Schließlich reisen wir mit einem päpstlichen Geleitbrief. Er schuldet uns Rücksichtnahme.«

»Hugo, der päpstliche Geleitbrief schwimmt flußabwärts auf dem Kopf des Gesandten. Wir können nichts beweisen; wir können nicht einmal beweisen, daß wir keine Söldner sind. Ohne das Dokument sind wir verloren.«

»Tod und Teufel, Gilbert. Du bist immer noch krank, das ist es. Ich habe bessere Mittel, mir die Zeit zu vertreiben. Ich finde, ich sollte ein Gefängnislied dichten. Das ist der letzte Schrei; damit kann ich berühmt werden. Also – ›du edle Seele bist zu hehr für Stein und Ketten‹ – das bin natürlich ich. Und dann sollten Vögel darin vorkommen, die frei herumflattern.

Das ist Symbolik. Habe ich dir eigentlich erzählt, daß ich drei Unterrichtsstunden in Symbolik genommen habe? Der Trick ist, daß sich die Symbole reimen. Ich hätte wohl noch mehr Unterricht nehmen sollen. Habe ich dir erzählt, daß er zu Petrarcas Füßen gesessen hat?«

»Mehr als einmal, Hugo.« Statt sich zu grämen, wurde Gregory immer gereizter. Hugo blieb Hugo, bis zum bitteren Ende.

»Also – humta, humta – tatata – hm. Zuerst muß man das Versmaß hinbekommen. Habe ich dir schon gesagt, daß man für Gedichte ein Versmaß braucht?« Gregory biß die Zähne zusammen.

»Bruder, ich versuche meine Seele von lebenslanger Sünde zu reinigen, indem ich dir beichte. Kann das Gedicht nicht warten?«

»Beichten? Wieso denn? Du führst dich auf wie ein Verurteilter. Also – was reimt sich auf Vogel, nein, besser auf *oiseau*?«

Die Lauscher vor dem Spalt beugten sich vor. Der kleine Luftschacht in der Zelle war beinahe unsichtbar, doch jedes Wort, das ein Gefangener sprach, war in dem winzigen Raum dahinter zu hören.

»Psst! Er will beichten!«

»Aber müssen wir das Gedicht auch aufschreiben?«

»Der Abt hat gesagt, wir sollten sie nach der ersten Befragung zusammenstecken und alles aufschreiben. Er will ganz sichergehen. Du schreibst das Gedicht auf, ich die Beichte.«

»Immer ich – das Gedicht ist gräßlich.«

»Nicht meine Schuld, oder?« Und zwei Griffel schwebten über den Wachstafeln, derweil Hugo es noch einmal versuchte, nachdem er *oiseau* gegen *hirondelle* ausgetauscht hatte.

»Bruder ich habe dich beneidet, weil du der Erstgeborene warst. Bitte, vergib mir.« Gregorys Stimme klang ernst. Einen ganzen Monat hatte er sich damit herumgequält und die Sünde von mehreren Gesichtspunkten aus betrachtet, die theologisch allesamt interessant waren.

»Der Erstgeborene? Klar hast du mich beneidet. Wieso auch nicht? Ist doch nur recht und billig. Ich bekomme den Titel, du gar nichts. So ist das nun einmal. Und so wird es immer sein. Du hast es nie verstanden, dich mit dem Unvermeidlichen abzufinden. Mir meinerseits ist das schon vor langer Zeit aufgegangen, und ich beneide dich nicht mehr.«

»Neid? Du und neidisch?« Vor Schreck verflog Gregorys gedrückte Stimmung.

»Klar doch. Ich habe dich um deine Freiheit beneidet. Glaubst du etwa, es ist ein Vergnügen, bei einem knauserigen, alten Tyrannen wie Vater Mädchen-für-alles zu spielen? Und als du das ganze Geld geheiratet hast, ohne dafür in den Krieg ziehen zu müssen, da bin ich fast durchgedreht vor Neid. Zum Glück ist er verflogen wie eine Krankheit. Und jetzt habe ich meine Muse gefunden – welche Muse, sagtest du, ist die Poesie?«

»Für deine Art von Poesie? Vermutlich Erato.«

»Aha, die Muse also. Sag, weißt du nicht einen anderen französischen Vogel, *hirondelle* inspiriert mich nicht gerade. Was hältst du von *alouette*?«

»Nun, haben sie etwas preisgegeben?« sagte eine kultivierte Stimme hinter den Lauschern.

»Mon Seigneur Abt!« Die Lauscher fuhren herum. Da stand nun in der Tat Abt Thibault höchstpersönlich in voller Jagdausrüstung, eine Ambrakugel in der behandschuhten Hand, um sich gegen den Gestank dieses Ortes zu schützen. In der anderen hielt er eine Leine, mit der er ein Paar englische Doggen in Schach hielt. Hinter ihm trippelten sein Lieblingswindhund und sein Privatsekretär, Frère Guillaume. Bei so viel Neuankömmlingen, Mensch und Tier gleichermaßen, herrschte in dem schmalen Raum hinter der Mauer drangvolle Enge.

»Einer von beiden – der Dunkle – will beichten, aber der andere will ihn nicht zu Wort kommen lassen, weil er gerade ein Gedicht macht.«

»Ein Gedicht? Bei Gott, der Mann hat *sang froid.* Nehmt Euch den Feigling zuerst vor. Wir müssen die Sache beschleunigen.« Die Ambrakugel machte eine matte, kreisförmige Geste. »Wir müssen herausfinden, für wen sie spionieren, ehe uns ihre Kumpane über den Hals kommen. Würde mich gar nicht wundern, wenn es der Erzpriester selber wäre, der seine Kriegskasse mit den Bestechungsgeldern des Heiligen Vaters aufgestockt hat. Da er den Heiligen Stuhl verschont hat, dürfte er hungrig sein« – er hielt inne und prüfte die Notizen des Schreibers, dann sagte er zu seinem Sekretär gewandt: »Wie gut, daß dieser Prahlhans ihre Pläne verraten hat. Ich bin gern gewarnt, wenn ich mich schon auf einen Angriff mit Belagerungsmaschinen vorbereiten muß. Frère Guillaume, habt Ihr angeordnet, daß man die Wachen verdoppelt?«

»Ja, natürlich, Mon Seigneur Abt.« Frère Guillaume verneigte sich beim Sprechen, obwohl ihm dabei bedauerlicherweise die vielen Leiber in dem Zimmer in die Quere kamen.

Als die schwere Tür aufging, verwunderte sich Gregory nicht, daß man ihn haben wollte. Als Letzter geboren, als Erster gehäutet, dachte er. So geht es immer in dieser Familie. Als sie das Ritual durchgingen und ihm die Folterwerkzeuge zeigten, sagte er spöttisch: »Gewiß doch. Was soll ich Euch gestehen?«

»Die Wahrheit«, sagte der Abt, reichte Frère Guillaume die Leine und roch an seiner Ambrakugel.

»Das kann ich auch ohne das ganze Zeug da«, sagte Gregory und wies auf die bescheidene, doch sehr moderne Sammlung von Wahrheitsbeschaffern. Der Abt sprach mit seinen Mönchen in Latein.

»Soviel ich weiß, habt Ihr gesagt, er wäre der Feigling.« Gregory bekam rote Ohren, sagte aber nichts.

»Ich finde, Ihr nehmt uns nicht ernst genug«, sagte der Abt und wandte sich wieder Gregory zu.

»Ganz im Gegenteil, ich nehme Euch überaus ernst«, antwortete Gregory.

»Dann sagt uns, wie Ihr hierhergefunden habt.«

»Das habe ich doch schon gesagt. Wir sind dem Erzpriester an der Rh ne oberhalb von Avignon entkommen.«

»Das ist gelogen. Keiner entkommt dem Erzpriester«, gab der Abt zurück und gab das Zeichen für den nächsten Grad der Befragung. Gregory war ein wenig zu lang für das Streckbett, und so dauerte es ein Weilchen, bis man ihm alles angepaßt hatte.

»Meiner Treu, ist der aber knochig«, meinte einer der sich abmühenden Brüder in Latein, als er die nackte Gestalt musterte.

»Ein regelrechter Hungerleider«, pflichtete ihm sein Kollege bei. »Diese Räuber aus dem Bauernstand sind doch alle gleich – keinerlei Muskeln. Aber der andere sieht mir stämmiger aus. Es würde mich gar nicht wundern, wenn der wirklich von Adel wäre.« Vor Wut lief Gregory am Hals rot an, dann schoß ihm die Röte ins Gesicht. Wenn er eine empfindliche Stelle hatte, dann Blutlinien und die gerechte Ordnung des Universums.

»Seht Ihr das«, sagte Frère Guillaume zu seinem Herrn, »ich glaube, der Kerl versteht Latein.« Der Blick des Abtes huschte über Gregorys hochrotes Gesicht.

»Jetzt wird es in der Tat interessant«, sagte der Abt und roch erneut an seiner Ambrakugel. »Ein abgefallener Priester vielleicht. Dieser Tage schließt sich den *écorcheurs* Abschaum aller Arten an.« Er durchquerte den Raum, beugte sich zu Gregory hinunter und sagte in Latein:

»Sagt mir, wer Euer Herr ist.« Er winkte gedankenverloren, und die Höllenmaschine wurde um ein Rad weiter gedreht.

»Der Herzog von Lancaster.«

»Aha. Schon besser. Der englische Herzog. Und was tut Ihr hier so fern der Normandie? Und warum sollten wir Euch nicht allein schon dafür den Behörden in Dijon überantworten?«

»Weil wir mit einem päpstlichen Geleitbrief reisen. Und dann, warum Dijon? Liegt Paris nicht näher?«

»Paris? Wißt Ihr nicht, wo Ihr seid?«

»Nicht so recht. Wir konnten nicht weiter mit der Gesandtschaft reisen, da die Herrin, meine Frau, zu völlig unpassender Zeit in die Wehen kam. Wir haben uns solange versteckt, bis sie niedergekommen war, und haben dann einen Bogen um die *écorcheurs* gemacht. Wir dachten, wir hätten uns nordwestlich gehalten.«

»Ihr seid in St. Michel Archange in Burgund.«

»Burgund? Mein Gott. Dieser verfluchte Malachi. Er hat gesagt, er kennt sich in der Gegend aus.« Dem Abt fiel etwas Glitzerndes ins Auge. Ein versilbertes Medaillon von geringem Wert, das auf dem knochigen Oberkörper des *écorcheur* lag. Er erkannte es – eines von Tausenden, wie sie der Papst jedes Jahr segnete. Ein Pilgerandenken. In der Abtei gab es mehrere von der Sorte.

»Wem habt Ihr das gestohlen?«

»Nicht – gestohlen. Hat – man – mir als – Glücksbringer – für die Reise – geschenkt. Glück – haha.« Der Abt blickte von seiner Arbeit auf, als hinter ihm diskret gehüstelt wurde. Ein Laienbruder war mit einer Botschaft hereingekommen und unterhielt sich leise mit ihm. Gregory bekam ein paar Worte wie *Beichte* und *Frau* mit und daß der Abt jetzt etwas lauter sagte: »Ein eigenartiger Name, das. Nicht von der Art, wie sie bei seinesgleichen beliebt ist. Eher hätte man einen Heiligennamen erwarten dürfen –« Gregory spürte, wie ihm das Blut in den Adern gefror. Margaret. Sie hatten ihr wehgetan. Der Abt begab sich wieder an die Arbeit.

»Ihr seid ein Spion des englischen Herzogs?«

»Nein – welcher Spion – nimmt schon – seine schwangere – Frau mit?«

»Wer seid Ihr dann?«

»Sein Chronist.« Die behandschuhte Hand gab noch einmal das Zeichen.

»Sein *Chronist*?« Bruder Malachi sprach mit vollem Mund um den Kapaun herum. Er schenkte sich schon wieder aus einem von mehreren vollen Weinkrügen nach, mit denen der Tisch in dem behaglichen Haus für hochgestellte Gäste reich bestellt war. Das Haus duckte sich in den Schatten der riesigen, hoch gewölbten Abteikirche. Talgkerzen wehrten der Dunkelheit, und in der Herdstelle knisterte ein anheimelndes Feuer.

»Ja, das habe ich gesagt, und er sagte: ›Aha, ein Gelehrter. Das erklärt auch, warum Euer Sohn Peregrinus heißt. Ihr hättet ihn Fortunatus nennen sollen, denn er hat Euch zweimal das Leben gerettet.‹ Und dann waren wir, oh, ein Herz und eine Seele. ›Ihr werdet doch in Eurer Chronik nicht schlecht über mich schreiben, oder?‹ ›Ich bin ein großherziger Mensch‹, sage ich. ›Ich kann alles vergeben, wenn man mich gut behandelt. Meine Frau ist beispielsweise sehr müde und hungrig und hat nichts mehr anzuziehen.‹ Er sieht besorgt aus. ›Der Herzog dürfte wissen, wo Ihr Euch befindet.‹ ›Natürlich weiß er das, ich mache ihm regelmäßig Meldung‹, sage ich. ›Ich kann Eure Gedanken lesen, nichts davon, sie sind Eurer nicht würdig‹, füge ich noch hinzu, ›Äbte, die einen Chronisten erschlagen, sind bis in alle Ewigkeit gebrandmarkt. Dafür sorgt die Bruderschaft der Gelehrten. Ihr als gebildeter Mann wißt sicher, wie das vor sich geht. Ist ewiger Ruhm da nicht besser?‹ ›Ich habe selber einen Chronisten‹, knurrt er. ›Angenehm für einen guten Ruf zu Hause‹, sage ich, ›aber es würde mich wundern, wenn Ihr in einer der wirklich großen Chroniken auch nur mit einer Zeile erwähnt würdet. Mein Herzog aber ist Fürst in zwei Nationen – in seiner Chronik vorzukommen lohnt sich. Ich könnte mir denken, daß Ihr einen ganzen Absatz erhalten würdet.‹ ›Einen?‹ fragt er. ›Das wird mir kaum gerecht.‹ ›Der Herzog von Burgund hat lediglich zwei‹, sage ich. ›Daran könnt Ihr ermessen, wie knapp der Platz in einer wirklich bedeutsamen Chronik ist.‹ ›Nur zwei?‹ sagt er und blickt ganz argwöhnisch. ›Wie viele hat denn der Abt von Cluny?‹ ›Der jetzige?‹ sage ich ganz unschuldig. ›Ei, der hat nicht einmal eine halbe Zeile, und das nur im Zusammenhang mit dem Herzog.‹ Seine Augen werden schmal, und er denkt ein Weilchen nach, dann sagt er: ›Ich will drei‹, und da wußte ich, er hatte angebissen.

›Ich bin viel mehr wert als der Herzog von Burgund, mein geistlicher Ruf, Ihr versteht‹ –«

»Kostet diesen Wein, Sir Hugo«, kam Bruder Malachi dazwischen und nahm Sim die Flasche weg.

»Dieser Fasan ist ausgezeichnet«, verkündete Hugo und wischte sich den Mund mit dem Tischtuch. »Probiert einen Bissen, alter Fuchs«, und Hugo tauschte den Vogel gegen den Wein ein. »Das macht die Soße. Auf Soßen verstehen sich diese Franzosen wirklich.« Er unterdrückte einen wohltuenden Rülpser. »Also, ich für meinen Teil habe dem Mann angeboten, eine Dankesode auf ihn zu dichten, aber er hat gesagt, das wäre des Guten wirklich zuviel und hat gebeten, daß Gilbert und ich uns sein Skriptorium ansehen. Und seine Bücherei. Von oben bis unten voller Bücher – kein Wunder, daß diese Ausländer allesamt eine weiche Birne haben. Morgen müssen wir uns seine heilige Quelle und seine Sammlung von Schreinen ansehen, und auch das Wasserrad, das er für seine Mühle hat bauen lassen. Das größte in der ganzen Gegend, so sagt er. Was für ein Schaumschläger.« Robert, der dem Wein tüchtig zugesprochen hatte, ließ nun auch vom Essen ab, lag an die Wand gelehnt, zupfte mißtönend seine Laute und sang:

›Dû bist nûn mîn, ich bin dîn,
Des solt dû gewis sîn . . .‹

»Trinken wir auf Clio, die Muse der Geschichte«, schlug Bruder Malachi vor und schenkte sich nach.

»Und was ist mit Erato?« begehrte Hugo beinahe kläglich auf.

»Auf die auch«, sagte Gregory, »obwohl sie eine lästige Geliebte sein kann.«

»Geliebte? Und dabei dachte ich, du wärst ein langweiliger Ehemann«, sagte Hugo mit schwerer Zunge.

»Bin ich auch«, erwiderte sein Bruder. »Wenn sie mir doch nur Kunde von Margaret bringen würden, wie ich gebeten hatte. Das ist die einzige Schwierigkeit hier. Die nehmen es mit der Trennung der Geschlechter peinlich genau. Habe ich euch schon erzählt, daß wir morgen oben am Tisch zur Rechten des Abtes speisen? Zumindest die Lateinisch Sprechenden. Du sitzt oben am Gästetisch, Hugo. Nein, nein – er will dich damit nicht beleidigen –, er sagt, daß Klerikerwitze die meisten adligen Gäste langweilen, selbst wenn sie nicht in Latein sind.« Als zwei Laienbrüder eintraten, brach er ab.

»Der Herrin, Eurer Gemahlin, geht es gut, Mylord Chronist. Sie sitzt mit offenem Haar im Bett, stillt den Kleinen, ißt Süßigkeiten und beklagt sich. So sind die Frauen.« Gregory sah die entsetzte Miene des Mannes, und ein eigenartiges, ironisches Lächeln huschte über sein Gesicht.

»Beklagt sich? Worüber denn?«

»Sie sagt, das Federbett ist nicht weich genug, und die Magd, die wir aus dem Dorf geholt haben, nicht flink genug, und in dem Bad, das wir ihr gerichtet haben, ist kein Rosenwasser. Sie sagt, es kommt sie schwer an, ohne Rosenwasser zu baden.«

»Bruder, das hört sich nicht nach deiner Frau an; das klingt wie meine.«

»Einen Augenblick«, gebot ihm Gregory Schweigen. »Ich möchte mehr hören.«

»Oh, wie konnten wir nur daran zweifeln, daß sie keine ganz große Dame ist? Sie sagt, das Leinenhemd, das wir ihr geschickt haben, ist zu grob und kratzt ihr die Haut auf, und sie will neue Windeln und einen Reisekorb für den Kleinen haben. Sie sagt, sie möchte ihren Kirchgang machen und ausgesegnet werden, und wir sollen ein Fest richten, sonst würde sie niemals glauben, daß unser Orden Ansehen genießt.«

»Oh, sie ist eine Tyrannin, eine Hexe«, murmelte der zweite Laienbruder. »Wer heiratet, ist ein Narr, ein Honigtopf hat ihn dem Teufel höchstpersönlich in die Hände gespielt.« Er schüttelte den geschorenen Kopf. »Und die schlimmsten Frauen«, fuhr er verbittert fort, »sind die von edlem Geblüt.«

»Nicht auszudenken, was sie zu mir gesagt hat.« Der erste wandte sich hilfesuchend an seinen Gefährten. »Ungezogen bin ich, hat sie behauptet! Man stelle sich vor! Gott bewahre mich vor den Schlichen und Tücken der Frauen!« Der erste Bruder bekreuzigte sich.

»Ich danke Euch für die Kunde. Schickt der Herrin, meiner Gemahlin, dieses Gericht von unserer Tafel und versichert sie meiner Gunst«, sagte Gregory in dem hochfahrenden, frostigen Ton eines großen Herrn. Als sie gegangen waren, lachte er. »Um Margaret brauche ich mir keine Sorgen zu machen, die hat ihren Spaß.«

»Spaß? Ich würde sagen, sie ist in Windeseile ein verwöhntes Balg geworden. Du wirst sie wieder schlagen müssen, Bruder.«

»Wofür? Hast du nicht selbst gesagt, daß sich deine Frau genauso aufführt? Wieviele Monate, glaubst du, hat Margaret sie wohl beobachtet? Du unterschätzt sie, Hugo. Sie ist eine hervorragende Schauspielerin, und Spaß macht es ihr auch. Sie überzeugt sie, daß sie eine große Dame ist, weil sie sich genau so benimmt, wie man es von ihr erwartet. Ich glaube, das Gericht wird ihr zusagen. Es sieht aus, als wäre es ganz aus Gemüse.«

Hoch oben in der Ecke erblickte ich einen Nebelwirbel. »Gut gemacht«, verkündete die Weiße Dame. »Ja – besser hätte ich das auch nicht hinbekommen.« Der Wirbel wirkte ausgesprochen selbstgefällig. »Eine richtige Dame erkennt man an ihren Wutausbrüchen.« In der Geisterstimme schwang ein Anflug von fröhlicher Überheblichkeit mit. Sie musterte das elegante, kleine Zimmer, den reich bestellten Tisch, die kleine Wiege und das hohe, weiche Federbett. Das Gästehaus für hochgestellte Damen besaß vor der Haustür sogar einen Garten mit hoher Mauer, damit selbst eine Gräfin oder Königin frische Luft schöpfen konnte, ohne die Brüder mit ihren farbenprächtigen Gewändern oder blitzenden Augen in Versuchung zu führen.

»Was sagt sie jetzt, Margaret?« fragte Mutter Hilde. Die saß auf einem prachtvoll geschnitzten, kleinen Stuhl und zählte glücklich die Schätze ihrer Pilgertasche durch. Mutter Hilde ist als Andenkensammlerin wirklich unübertroffen. Man könnte fast auf die Idee kommen, daß ihr ein Andenken lieber ist als ein Besuch der Stätte selbst. Sie behauptet, wenn man irgendwo nur gewesen ist, dann hat man diesen Ort lediglich im Kopf; wenn man aber ein Andenken hat, dann weiß jedermann, daß man dort gewesen ist und zollt einem Achtung. Natürlich könnte man sich auch eine Lügengeschichte über einen alten Stein oder ein Fingerknöchelchen ausdenken und damit die gleiche Wirkung erzielen – und man sollte meinen, nach all den Jahren, die sie nun schon mit Bruder Malachi zusammenlebt, sollte sie wissen, wie man das macht. Aber nein, sie sagt, Fälschungen helfen dem Gedächtnis nicht so auf die Sprünge, und sie muß sich doch sehr über mich wundern. Also wiederholte ich ihr die Worte der Weißen Dame, denn sie konnte sie nicht so deutlich hören wie ich.

Die arme Dorftrine, die man mir geschickt hatte und die Gott-weiß-was für einen Dialekt sprach, kauerte in der anderen Ecke so weit wie möglich von der feuchtnebligen Weißen Dame entfernt und zitterte und weinte. Offen gestanden, mit der war nichts anzufangen. Was war nur in die Mönche gefahren, daß sie mir solch ein rückgratloses, unnützes Geschöpf als Hilfe geschickt hatten? Keine Ahnung. Und von dem, was wir sagten, schien kein Wort in ihren Schädel zu gehen.

»Also, habe ich das richtig verstanden? Ihr seid in Burgund?«

»Ja, Madame Belle-mère.« Ich konnte das Wandbild – die klugen Jungfrauen mit ihren angezündeten Lampen – geradewegs durch sie hindurch sehen, denn sie wirkte längst nicht mehr so hitzig und erregt wie früher.

»Gut, das fügt sich ausgezeichnet. Meine Schwester, die, welche sich so gut verheiratet hat, lebt in Brabant. Sie hat ein prächtiges, großes Haus und nimmt Verwandte immer sehr gastfreundlich auf. Dorthin müßt Ihr gehen. Vom Hof zu Hainault gehen viele Boten dorthin und auch zurück, Ihr könnt also leicht auf diesem Wege heimkehren. Verstanden? Es ist wirklich ganz einfach.«

Mir wollte das gar nicht so einfach erscheinen, aber ich widerspreche Madame Belle-mère grundsätzlich nicht. Sie war es zufrieden und ging wie üblich ihrer Wege. Vielleicht war es nur Einbildung, aber sie schien mir ausgesprochen dünner, oder besser gesagt, flüchtiger und hatte sich seit dem Zwischenfall mit dem gräßlichen Grafen nicht mehr halb soviel manifestiert.

»Sie ist fort, Margaret. Laß uns das Gericht kosten, das Gregory uns geschickt hat. Ei, waren diese Laienbrüder nicht komisch! Ich kann mir schon denken, warum sie immer paarweise auftreten, sie sind sich gegenseitig Schutz und Trutz vor uns.« Sie hielt ein glattes Steinchen mit winzigen Farbeinschlüssen hoch. »Sieh dir das an, Margaret, das ist ein neuer. Sie haben innerhalb der Mauer, nahe beim Dorfeingang, eine heilige Quelle mit einem prächtigen Schrein darüber, an dem überall Krücken von Verkrüppelten hängen, die durch dieses Wasser geheilt wurden. Malachi hat sie mir heute nachmittag gezeigt, als er und diese Laienbrüder mich zu den Reliquien in der Kirche begleitet haben. ›Gut, gut, Malachi‹, habe ich zu ihm gesagt, ›als ich dir erzählt habe, daß ich gern reisen und neue Orte und Menschen kennenlernen möchte, da habe ich nicht diesen Ort und diese griesgrämigen Brüder gemeint. Aber da sich alles zum Besten gewandt hat, möchte ich ein Andenken haben.‹ Und so habe ich diesen kleinen Kiesel mitgenommen.«

Wenn ich doch auch hinauskönnte, dachte ich. Die scheinen der Meinung zu sein, ich muß das Bett hüten. Und weil ich noch nicht ausgesegnet bin, wollen sie vermutlich nicht, daß ich durch die Gegend laufe. Wenn sie mich hier noch länger einsperren, muß ich wohl einen weiteren Wutanfall bekommen. Die sind weitaus erquicklicher, als ich mir hätte träumen lassen. Ich merke schon, man kann sich richtig daran gewöhnen.

»Denk nur, Mutter Hilde«, sagte ich, »wenn nun jeder Pilger einen Kiesel mitnimmt, dann liegt die kleine Quelle in hundert Jahren kahl und bloß da.« Ich mußte sie einfach ein wenig aufziehen.

»O nein, Margaret«, versicherte sie mir. »Gott läßt

neue Steine wachsen, damit jeder einen bekommt. Aber jetzt koste einmal von dem Würzwein, den der Abt geschickt hat. Der ist sicher gut für deine Milch.«

»Nicht so gut wie Ale, Mutter Hilde, und das weißt du sehr wohl. Ach, wenn ich doch schon zu Hause wäre.«

»Oh, ich weiß nicht so recht«, sagte Mutter Hilde mit gedankenverlorenem Blick. »Jetzt, wo alles gut geendet hat, würde ich gern noch ein paar neue Orte sehen. Und wer weiß? Vielleicht, eines Tages – China.«

»Mutter Hilde, du bist unverbesserlich.«

»Hältst du mich für schlecht? Warte nur, bis du so alt bist wie ich, Margaret – warte nur.«

Mitten in der Nacht hörte ich einen Laut, wie ihn Lion, mein Hund, macht, wenn er an der Tür kratzt und Einlaß begehrt.

»Lion, geh weg, ich schlafe«, murmelte ich und drehte mich in dem schönen, weichen Federbett um, das Mutter Hilde und ich teilten. Das Einschlafen fiel mir schwer. Das Dorfmädchen, das am Fußende lag, schnarchte so. Und sie schlief wie ein Klotz, so daß nicht einmal das Weinen des Kleinen sie aufwekken konnte. Genau die Art Mädchen, welche Mönche als Hilfe für eine junge Mutter aussuchen würden.

»Lion?« Ich fuhr jählings hoch. »Aber wir sind doch noch nicht zu Hause – wer ist da?« flüsterte ich. Mutter Hilde öffnete ein Auge.

»Ich würde mich doch sehr wundern, wenn das nicht dein Mann wäre«, sagte sie und machte es sich sofort zunutze, daß ich aufstehen mußte, zog die ganze Decke zu sich herüber und schlief wieder ein.

»Gregory? Bist du das?« flüsterte ich.

»Natürlich. Mach die Läden auf«, flüsterte es zurück.

»Warum bist du nicht eher gekommen?« fragte ich, während ich die hohen Läden öffnete und in die Dunkelheit spähte. »Mir haben sie gesagt, daß sie dir zu Ehren ein Fest geben und daß du mich nicht sehen willst, und da habe ich einen Wutanfall bekommen, und sie haben mir diese ganzen Sachen gebracht. Da war ich überzeugt, daß es dir gutgeht. Komm herein, du fehlst mir so.« Ich konnte ihn im Dunkeln, wo er zwischen Malachi und Hugo stand, so eben ausmachen.

»Das geht nicht. Der Mond scheint zu hell. Wir sind im Schatten der Kirchenmauer gekommen, damit man uns nicht sieht. Die Pforte zu deinem Garten haben sie so angelegt, daß sie von den Schlafsaalfenstern aus einzusehen ist. Aber das Fenster hier liegt um die Ecke herum und im Schatten.«

»Dann klettere durchs Fenster.«

»Geht nicht. Sie haben mich heute nachmittag auf die Streckbank gelegt – sagen wir, die ersten Grade der Befragung angewendet. Jetzt tun mir alle Knochen im Leib weh.«

»Oh, diese Lügner, diese Verräter! Und mir haben sie gesagt, es geht dir gut.« Nun merkte ich auch, daß Hugo und Bruder Malachi, die neben ihm standen, ihn aufrecht halten mußten. »Und betrunken bist du auch, ja?«

»Betrunken wie ein König – nein, betrunken wie ein Kaiser. Das macht es etwas besser. Aber nur keinen Aufstand, ich soll es vor dir geheimhalten.«

»Ja, wir mußten sogar schwören«, sagte Hugo. Er war kaum noch der Sprache mächtig und schwankte selber so sehr, daß er sich nur mit Mühe auf den Beinen hielt.

»So macht die Kirche es immer, wenn sie foltert«, hickste Bruder Malachi. »Aber sie haben sich wirklich anständig entschuldigt, also mach im nachhinein keinen Wind mehr. Wer gibt schon gern einen Fehler zu. Da ist es einfacher, die Beweise zu vernichten.«

»Das ist gräßlich, einfach gräßlich! Und ich soll dazu den Mund halten?«

»Unbedingt«, hörte ich Gregory sagen, als ich mich aus dem Fenster beugte.

»Malachi«, flüsterte ich zu ihnen ins Dunkel hinunter. »Ihr und Hugo schiebt ihn auf der Stelle durchs Fenster. Meine Kräfte sind zurückgekehrt, und damit auch meine *Gabe.*«

»Gabe, welche Gabe? Dummes Zeug!« hörte ich Hugo sagen.

Aber Malachi gebot ihm nur: »Haltet den Mund und schiebt, Ihr werdet Euer blaues Wunder erleben.« Gregory fiel als formloses, stöhnendes Bündel durchs Fenster. Ich streckte ihn aus und machte mich an die Arbeit, tastete seine Gelenke ab, berührte sie aber kaum. Ich fühlte Wärme, wie sie von Verletzungen ausstrahlt.

»Nicht allzu schlimm«, sagte ich bei mir.

»Margaret, was machst du da?« fragte er, während ich mir die Hände warm rieb und meinen Geist in den Zustand versetzte, welcher der *Gabe* förderlich ist.

»Ich heile deine Gelenke, so wie ich früher Master Kendalls Gicht geheilt habe.«

»Quatsch«, sagte er mit schwerer Zunge. »Wenn du nicht abläßt von diesen Phantastereien, wirst du noch ganz verrückt, und was wird dann aus mir?«

»Psst, du, ich arbeite.« Jetzt hatte ich den richtigen

Zustand erreicht. Das vertraute, hellrote Licht begann in den Ecken des Raumes zu leuchten. Im Dunkeln schien es natürlich sehr hell. Dann loderte es ringsum auf, warm, tröstlich, heilend.

»Da bist du ja wieder«, sagte ich zu ihm, als die Hitze mir das Rückgrat hochlief und das Zimmer in liebliche Helligkeit tauchte. »Danke.« Mit halbem Auge bekam ich mit, daß Malachi von außen die Läden schloß, während Hugo etwas vor sich hinbrummelte. Ich spürte Gregorys Blick. Das sanfte Licht hüllte mich ganz ein. Wie könnte ich wohl an Gottes Güte zweifeln, wenn es bei mir ist und mich umgibt wie ein lebendiger Umhang? Ich legte meine Hände auf jede Stelle, dann setzte ich mich auf die Hacken und spürte, wie das Leuchten nachließ und sein liebliches Licht allmählich verblaßte.

»Margaret«, sagte er. »Es tut nicht mehr weh. Du hast mich geheilt.« Ich hörte, wie er sich bewegte und sich im Dunkeln abtastete. »Du hast mich geheilt – und betrunken bin ich auch nicht mehr. Hast du eine Ahnung, wie lange ich gebraucht habe, um mir diesen Rausch anzutrinken? Jetzt bin ich nüchtern wie ein Stock und liege da, und all meine Probleme fallen wieder über mich her. Du kannst mir glauben, die Schmerzen waren leichter zu ertragen! Ich habe meine Schmerzen gemocht! Und wenn sich je ein Mann seinen Rausch verdient hat, dann ich heute! Insbesondere heute! Nach allem, was mir bereits zugestoßen ist, stellt sich auch noch heraus, ich bin mit einer Frau verheiratet, die im Dunkeln leuchtet wie ein phosphoreszierender, alter Knochen! Was wird Vater dazu sagen? Was werden meine Freunde sagen, vor allem die, welche wissen, wie ich mich der Kontemplation gewidmet habe? Die lachen sich doch tot! Ei, ei, da geht Ex-Bruder

Gregory, der Gott sehen wollte, statt dessen die Gnade verwirkte, und das wegen einer Frau, die leuchtet. Was tut er jetzt? Ei, der hat sich eine Ritterwürde gekauft und lebt von ihrem Geld! Wie steht es mit der Heiligkeit, ›Bruder‹ Gregory? Mein Gott! Ich traue mich nicht mehr nach Haus!«

Ich holte die Karaffe mit dem Würzwein vom Tisch. Sie war noch fast voll. »Da«, sagte ich und drückte sie ihm in die Hand. »Trink aus, du Undankbarer.«

Er lehnte den Kopf an die Wand und trank. Das Gluckgluck war im Dunkeln zu hören.

»Gut, aber nicht genug«, sagte er, und ich spürte seinen funkelndbösen Blick. Ich durchsuchte das Zimmer und tastete nach weiteren Krügen, verschiedenen Sorten von Rot- und Weißwein, die Hilde und ich nicht angerührt hatten.

»Trink die auch noch«, flüsterte ich wutentbrannt. »Und wenn du fertig bist, dann mach, daß du wieder aus dem Fenster kommst, du Schlange.« Es gluckste erneut, und dann hörte ich, wie der halb geleerte Krug abgesetzt wurde.

»Margaret«, sagte er, jetzt wieder mit undeutlicher Stimme. »Du siehst wunderschön aus, wenn du leuchtest.« Und dann hörte ich ihn beim Aufstehen stolpern. Er stieß die Fensterläden auf, und sein Lockenkopf zeichnete sich vor dem Sternenhimmel ab.

»Faß das aber nicht als Zustimmung auf«, sagte er, schob die Beine über die Fensterbank und ließ sich auf die Erde fallen.

»Geht es dir besser?« hörte ich Malachi draußen fragen.

»Schlechter«, sagte er, als ich die Läden schloß.

»Ooooooh! Männer!« Wütend stapfte ich über die kalten Fliesen und ließ mich wieder ins Bett fallen.

»Was hattest denn du erwartet?« sagte Mutter Hilde.

»Dann bist du die ganze Zeit wach gewesen? Du hast alles mitbekommen?«

»Natürlich. Das war nicht zu vermeiden. Lichter! Stimmen! Davon werden ja Tote wach – nein, das nehme ich zurück –, nur das Mädchen nicht, das dir angeblich hilft.«

Ich saß ganz zusammengekrümmt im Bett und drückte Knie und Kümmernisse fest an mich. »Wie konnte er nur so gräßlich sein? Kannst du mir das beantworten? Einfach nicht zu fassen, daß er so ekelhaft gewesen ist!« Und ich fing vor Wut an zu weinen.

»Ach, Margaret, du bist noch so blutjung«, seufzte Mutter Hilde und tätschelte mir die Schulter.

»Was meinst du damit? Wo ich doch alles für ihn getan und erlitten habe.« Ich hatte mich umgedreht und näßte das Kissen mit meinen Zornestränen.

»Margaret, du dummes, dummes Gänschen. Begreifst du denn nicht, daß er auch gern leuchten möchte?«

Kapitel XIV

Wir brachen erst drei Tage später auf, und das in großem Stil. Unsere Pferde waren rund und ausgeruht, und ich trug nicht nur ein Körbchen mit einem kleinen Sonnenschutz aus Leinen darüber hinter mir auf den Sattel gebunden, sondern ritt auf dem hübschesten kleinen Zelter, den man je gesehen hatte. Ganz sahnefarben und mit einem Gang so sanft wie Seide, daß er mir unterwegs den Kleinen nicht aufweckte. Wir waren neu eingekleidet, Gregory und ich, aber dafür hatten wir bezahlt. Ein Waffenrock läßt sich schwerlich wieder zusammenflicken, wenn man ihn einem Menschen von Kopf bis Fuß vom Leib geschnitten hat, und auch mein Kleid war unwiderruflich dahin. Vielleicht hätte man es neu zuschneiden und die Flecke herausschneiden können, aber diese Arbeit wollte ich mir nicht aufbürden.

Hugo führte den Trupp an, Robert zur Seite, und beide in voller Rüstung, denn wer wußte, was uns unterwegs alles zustoßen konnte? Er strahlte diese gewisse Selbstzufriedenheit aus, die ihn immer umgab, wenn seine Rüstung frisch geputzt war und sein Wimpel von der Lanzenspitze flatterte. Ich konnte mich des Gedankens nicht erwehren, daß Dummheit auch ihre Vorzüge hat. Nichtigkeiten konnten Hugo glücklich machen: Wie beispielsweise seine Füße im Steigbügel wirkten, wo über dem Kettenhemd des Pferdes hell strahlende Beinschienen prangten. Ich sah, wie er sie ausstreckte und sie beim Aufsteigen bewunderte, und sah ihn damit ein wenig wackeln, nur damit er sich so richtig an dem Klirren von teurem Metall auf Metall erfreuen konnte. Dann sein dümmliches Lächeln, wenn er sich ein Sträußchen unter die Nase hielt, es sich dann keß hinters Ohr steckte und sich verzog, um einer gleichermaßen dümmlichen Frau den Hof zu machen. Und die Art, wie zuweilen das Licht durch ein Buntglasfenster beim Gebet genau in dem Augenblick auf sein nach oben gerichtetes Gesicht fiel, wenn er seinem Schöpfer dankte, daß er ihn zum Abbild eines *preux chevalier* gemacht hatte. Für ihn war alles gut, und nie stellte er etwas in Frage.

Gregory, der hinter ihm ritt und den runden Schild und die Sturmhaube an den Sattelknopf gehängt hatte, sah bleich und mißmutig aus. Er hatte sich drei Tage lang vollaufen lassen, und jetzt schienen sogar die Vögel, die am Straßenrand zwitscherten, zu merken, daß er furchtbare Kopfschmerzen hatte, denn wenn er vorbeiritt, verdoppelten sie ihre Anstrengungen, und er verzog dabei das Gesicht.

»Was erwartest du eigentlich, wo ich seitenweise Lobhudeleien über diesen verfluchten, wohlriechenden Psalmendudler zu Papier bringen mußte?« fauchte er mich an jenem Morgen an, als er seine Rüstung hinter sich auf den Sattel band. »Mit Sicherheit hätte ich das nüchtern nicht geschafft.«

»Du hast alles schon geschrieben?« fragte ich.

»Natürlich«, erwiderte er und ruckte so gemein am Sattelgurt, daß sein Pferd erschrak und die Luft ausstieß, mit der es sich aufgeblasen hatte. »Das gehörte doch zu der Abmachung. Ich mußte auf eine ganze

Tonne von Reliquien schwören, und er wollte vor meinem Aufbruch die Rohfassung sehen. Die hat er dann auch noch am Rande verbessert, o ja. Hat noch eine ganze Menge hinzugefügt, wie er trotz seiner äußerlichen Pracht ein bescheidener und demütiger Mensch geblieben ist. Pa! Herrgott noch mal, mein Kopf – er fühlt sich an, als hätten ihn Teufel angenagt.«

»Ich helfe dir nicht.«

»Habe ich dich etwa darum gebeten?« fuhr er mich an und machte auf dem Hacken kehrt.

Und so ritt ich natürlich neben Bruder Malachi und Mutter Hilde, wo ich mit besser Gelaunten plaudern konnte.

»So geht es Menschen mit einem hellen Kopf«, sagte ich. »Die haben Probleme, von denen dumme Leute nicht einmal träumen. Könnt ihr euch vorstellen, daß sich Hugo um ›historische Genauigkeit‹ Sorgen macht? Ei, der hat es ja noch nicht einmal bis zu ›künstlerischer Integrität‹ gebracht!« Ich rollte Gregorys geschwollene Worte genauso, wie er sie aussprechen würde.

»Ich habe schon immer geahnt, daß Gilbert seinen Meister gefunden hat, als er sich mit dir einließ, Margaret«, verkündete Malachi fröhlich.

»Etwas will mir nicht in den Kopf, Malachi. Warum hat der Abt diesen hübschen Zelter gegen die kleine Stute mit dem unebenen Gang eingetauscht? Ich glaube kein Wort von dem ganzen aufgeblasenen Gerede, das er von sich gegeben hat.«

»Ach, ich weiß nicht«, antwortete Bruder Malachi und blickte in die Ferne. Mutter Hilde, die hinter ihm ritt und die Arme um seine Mitte geschlungen hatte, unterdrückte ein Lächeln. Aber zu spät, ich hatte es gesehen.

»Mutter Hilde, du weißt etwas«, bezichtigte ich sie.

»Das muß dir Malachi und kein anderer sagen«, gab sie zurück und wirkte dabei sehr zufrieden.

»Na, schon gut.« Seine mürrische Zurückhaltung war nur gespielt. Mir war klar, daß er nur so darauf brannte, alles auszuplaudern. »Margaret, liebes Mädchen«, brummelte er heiter, »allem Anschein nach war ein gewisser, heiliger Beichtvater, deiner übrigens, so überwältigt von den guten Werken des Abtes und seiner offenkundigen Frömmigkeit, daß er zu der Überzeugung gelangte, nur das Kloster St. Michel Archange sei der angemessene Aufbewahrungsort für einen seltenen Schatz, den man ihm unter dem Siegel strengster Verschwiegenheit anvertraut hatte.«

»Und welcher Schatz genau war das?« Die Saat des Argwohns war bereits aufgegangen.

»Fünf große, vollendet zusammenpassende Smaragde aus der Krone der Königin von Saba höchstpersönlich, die ein gewisser Abraham, der Jude, mir auf dem Totenbett anvertraute – natürlich als Dank dafür, daß ich ihn im christlichen Glauben unterwiesen hatte –, in welchem Glauben er auch dahinschied. Mögen Engelscharen ihn zur Ruhe singen. Halleluja! Soviel ich weiß, wollen sie einen sehr prächtigen Schrein bauen.«

Soviel Frechheit, selbst bei Bruder Malachi, entsetzte mich denn doch. Ich machte große Augen und legte die Hand auf den Mund. Er sah äußerst selbstzufrieden aus. Dann dachte ich ein wenig nach.

»Aber, Bruder Malachi, was machen die Mönche wohl, wenn sie verblassen?«

»Ei, die suchen sich einen anderen Alchimisten, der sie wieder ins Tauchbad legt – wenn sie vernünftig sind. Doch bis dann dürften sie den Preis für die Stute durch vermehrte Opfergaben längst wieder hereingeholt haben. Und vergiß nicht, sie war ein gutes Geschäft. O ja – ich betrüge nie. Außerdem war es für einen guten Zweck.«

»Ich höre euch dahinten lachen. Ihr redet über mich. Schluß damit, ja? Ich habe die Nase gestrichen voll.« Gregory hatte sich im Sattel umgedreht und schimpfte mit uns. Natürlich galt das nicht Hugo vor ihm. Der sang so fröhlich wie eine Lerche eine seiner eigenen Schöpfungen. Ich habe es wohl noch nicht erwähnt, aber Hugo singt auch noch falsch.

»Gilbert, schon der weise Cato hat gesagt, ein argwöhnischer Mensch denkt immer, man redet über ihn«, gab Bruder Malachi zurück.

»Ich glaube nicht, daß ich die Stelle kenne. Ihr lacht mich aus.« Er legte die Hand auf den Kopf, um dem Hämmern Einhalt zu gebieten, das sein Geschimpfe ausgelöst hatte.

»Wenn wir die Pferde wieder tränken, mußt du wirklich etwas gegen Gilberts Kopfschmerzen tun, Margaret. Das verlange ich, ja, ich flehe dich an. Er ist einfach unausstehlich«, sagte Malachi laut und übertrieben vertraulich.

»Da haben wir's. Ihr redet also doch über mich«, kam es gequält von vorn.

»Freilich rede ich über dich, Gilbert. Ich habe gesagt, daß du der dickköpfigste junge Mann aus meiner ganzen Bekanntschaft bist – sogar noch dickköpfiger als unsere Margaret hier.« Gregory wandte ein wenig den Kopf, damit er ja alles mitbekam, aber er weigerte sich, uns eines Blickes zu würdigen. »Wer sonst«, fuhr Bruder Malachi fort, »wurde wohl, nachdem er uns alle auf Kosten seiner intellektuellen Integrität gerettet hat, vor uns in einer wahren Wolke störrischer Überheblichkeit und Selbstmitleides einherziehen, anstatt mitten unter uns zu reiten und sich in unserer Bewunderung und Dankbarkeit zu sonnen.« Gregorys Pferd verlangsamte das Tempo. Als wir ihn einholten, sagte Malachi fest: »Gilbert, du gestattest Margaret jetzt, daß sie etwas für deinen Kopf tut, und wirst wieder Mitglied der menschlichen Rasse.«

Vor uns brach Hugo in Jubelgeschrei aus. Endlich war es ihm gelungen, *hirondelle* auf *immortelle* zu reimen.

Nach Brabant zu gelangen, war durchaus nicht so einfach, wie es die Weiße Dame hingestellt hatte, doch viel schwieriger auch nicht. Und Dame Bertrandes Schwester empfing uns tatsächlich mit großer Herzlichkeit. Als sie hörte, wer am Tor Einlaß begehrte, rannte sie höchstpersönlich den ganzen Weg zum Torhaus, damit sie uns mit offenen Armen aufnehmen und begrüßen konnte. Erst ließ sie unsere Pferde in den Stall führen, dann legte sie eine Pause ein, warf vor Staunen und Freude die Hände hoch und musterte uns allesamt.

»Ei! Dieser prächtige Ritter ist der kleine Hugo, den ich erst einmal im Leben gesehen habe! Wie groß du geworden bist! Das genaue Abbild eines *preux chevalier*!« Hugo reckte das Kinn, er wollte wohl noch markiger aussehen. »Und dieser schöne, junge Mann ist Euer Knappe? Habt acht, junger Herr, ich habe viele bezaubernde *pucelles*, denen dürft Ihr nicht das Herz brechen!« Robert errötete kleidsam. Sie war gar nicht zu verkennen, da sie ihrer Schwester recht ähnlich sah, nur nicht so groß, dafür aber rundlicher. Und natürlich älter, denn Madame Belle-mère war schon viele Jahre tot. Als dann die Reihe an Gregory kam, brach sie in Tränen aus.

»Ihre Nase! Ja! Genau ihre Nase. Wer hätte gedacht, daß ich die noch einmal sehen würde.« Gregory blickte entgeistert und faßte unwillkürlich nach dem Stein des Anstoßes. »Nicht zu fassen, der Sohn, den ich nie gesehen habe, und da ist sie, ihre Nase, ihr wie aus dem Gesicht geschnitten. Meine arme, liebe, tote Schwester!« Und dann nahm sie den lang herunterhängenden Ärmel ihres Unterkleides, betupfte sich zierlich die Augen und schniefte: »Ihr Haar hast du auch. Das wollte nie glatt anliegen. Sie konnte es nicht ausstehen.« Gregorys Hand fuhr von der Nase zu den ungebärdigen Locken, dann beugte er sich zu mir, während sie in eine andere Richtung blickte, und sagte leise und verdutzt: »Margaret, ich dachte, an meinem Haar wäre nichts auszusetzen?«

»Es steht dir ausnehmend gut, Gregory. Mit anderen Haaren wärst du nicht halb so schön«, flüsterte ich zurück.

»Und das ist deine Frau und euer wonniger Kleiner! Herein, herein mit Euch und begrüßt Sieur Bernard de Martensburg, meinen Mann.«

Und als sie uns in den Palas vorauseilte, warnte sie uns: »Verdenkt es ihm nicht, wenn er zu eurer Begrüßung nicht aufsteht, seine Gliedmaßen sind verkrüppelt, er ist an den Stuhl gefesselt. Wenn ihr euch jedoch mit ihm unterhaltet, merkt ihr schon, daß er ein Mann von scharfem Verstand ist. O ja. Äußerst bewundernswert. Und deswegen preise ich mich in jeder Hinsicht glücklich.« Und damit wirbelte sie inmitten eines Schwarms von *pucelles*, Pagen, Gästen, Knechten, Hunden und einem halben Dutzend nackte Bauernbälger mit schmutzigem Gesicht, die sie auf ihrem Weg durch den Innenhof irgendwie aufgelesen hatte, geschäftig durch ihre Haustür. So erging es ihr immer, denn sie war die Quelle aller guten Gaben, und ob man nun Nadel und Faden, Milchbrötchen, einen Ochsenkarren, ein Fest für fünfhundert Gäste oder eine Beisetzung mit sechzig gemieteten Klageweibern brauchte, immer hieß es ›Geh zu Madame‹. Daher war sie ewig von erwartungsvollen Geschöpfen aller Arten umdrängt und kannte keine Ruhe und keine Rast.

Der Palas war groß und schön und aus hellfarbigem Stein und hatte hohe, gewölbte, von Säulen getragene Fenster. Man führte uns zu einem Kastentisch, der ganz mit einem schönen, prächtigen Tuch bedeckt war, daß wir den Herrn von Martensburg begrüßten, der sich mit Papieren beschäftigte, die er aufgerollt und deren Ecken er mit Büchern beschwert hatte. Auf einer Seite lagen ein Astrolabium und andere Instrumente, Federn und ein Tintenfaß standen auf der anderen. Auf ein Wort hin nahm oder holte einer der beiden Diener, die ständig um ihn waren, was immer er haben wollte. Sein verhutzelter Leib hockte in einem großen, mit Kissen ausgelegten Stuhl, die verschrumpelten Beine hingen nutzlos herunter. Sein Rücken hatte einen Buckel, seine Brust war hohl, und sein Atem pfiff. Im Vergleich zu seinem geschrumpften Leib war sein Kopf, als er ihn von der Arbeit hob, mit der breiten und hohen Stirn und dem langen Kinn ausgesprochen groß. Die Augen, die uns entgegenblickten, waren dunkel und strahlten eine fast beängstigende Intelligenz aus.

»Wohledler Herr und Gemahl, das hier sind die Söhne meiner Schwester mit ihrer Familie, die uns besuchen wollen.« Einen Augenblick ließ sie von ihrer Betriebsamkeit ab, und ihre wirbelnden Kleider kamen sozusagen zur Ruhe, derweil sie einen tiefen Knicks vor ihm machte und uns beim Hochkommen vorstellte.

Als die Knechte, die das Körbchen trugen, ihm den Kleinen hinhielten, damit er ihn betrachten konnte, blickte er ihm lange ins schlafende Gesichtchen. Peregrin machte beim Schlafen Schmatzlaute und schnarchte lustvoll.

»Hat das Kind gerade Gliedmaßen?« fragte er.

»Ja, Mon Seigneur«, antwortete ich.

»Dann war es doch mein Blut«, sagte er als Antwort auf eine unausgesprochene Frage. Und mir fiel wieder ein, was Madame Belle-mère gesagt hatte: die Kinder hätten schlechte Knochen. »Seid ihr neugierig?« fragte er uns alle. »Habt ihr dergleichen noch nie gesehen? Es ist ein von Gott gesandtes Gebrechen, das mit der Zeit immer schlimmer wird. Als ich mich vermählte, da trugen mich meine Beine noch, und meine liebe Frau sagte, ein aufrechtes Herz sei ihr mehr wert als ein gerader Rücken.«

Darauf machte Malachi eine Bemerkung über seine Sternenkarten, um ihn von diesem unangenehmen Thema abzulenken. Wenn ich mich recht entsinne, so ging es um die Sonne, welche in das Zeichen der Jungfrau eintrat, aber mit Sternen kenne ich mich nicht aus, das ist mir zu kompliziert. Sieur Bernards Laune hob sich sichtlich, und schon bald gingen die beiden seine Berechnungen durch. Malachi weiß eine Menge über Sterne, das braucht er für seine Arbeit mit Metallen. Wie er mir einmal erklärt hat, gibt es sieben Wandelsterne, die den sieben Metallen zugeordnet sind: beispielsweise Merkur für Quecksilber und Mars für Eisen. Der Rest sind Fixsterne, und die rühren sich nie vom Fleck. Auch Gregorys Interesse erwachte, als Sieur Bernard anfing, seine Karten zu erläutern, doch kaum jemand kennt sich mit Sternen so gut aus wie Bruder Malachi, und das hatte Sieur Bernard auf der Stelle gemerkt.

Aus dem, was ich hörte, schälten sich zwei große Probleme heraus! Erstens bemühte er sich, nach den Sternen die genaue Zeit der Wiederkunft Christi zu errechnen. Das hätte er schon längst geschafft gehabt, wenn wegen der schlechten Qualität der früheren Sternenkarten nicht Probleme mit dem Kalender aufgetaucht wären. Mit dem stimmte etwas nicht – nämlich die Berechnung der Phasen und der Jahre. Seine Seiten voller römischer Ziffern stellten einen Versuch dar, den Schaden zu beheben, was jedoch ein ungeheures Unterfangen war.

»Leider übersteigt es meine Kräfte in diesem Leben«, seufzte er. »Aber ein neuer Kalender muß her.« Bruder Malachi und Gregory nickten. Hugo blickte so glasig geistesabwesend wie bei Predigten und bei Unterhaltungen über die Preisschwankungen von Salzheringen zur Fastenzeit. Ich kannte mich mit Sternen zwar auch nicht aus, aber ich wollte wissen, was es mit dem Kalender auf sich hatte.

»Einfach ausgedrückt, so daß es auch eine Frau versteht, die Sterne und der Kalender sind nicht phasengleich, und wenn das so weitergeht, dann haben wir demnächst im Januar Sommer und im Juli Winter.«

»Oh!« entsetzte ich mich. »Wie bald geschieht das?«

»Erst in vielen hundert Jahren.« Er lächelte ironisch über meinen Schreck.

»Aber wozu dann die ganze Aufregung? Das ist doch noch lange hin – soweit kann ich gar nicht denken.«

»Ich rege mich auf«, gab er zurück, »weil es meine Berechnungen der Wiederkunft Christi durcheinanderbringt.« Er wandte Bruder Malachi den großen Kopf zu. »Er wird viel Mühe kosten, die größte aller

Zeiten, dieser neue Kalender. Nur der Papst selbst kann das in die Wege leiten und anordnen. Und dennoch sehen diese Päpste in Avignon keine Notwendigkeit, von Ketzerjagd und Palastbauten abzulassen und sich dem größten Problem der Christenheit zu widmen. Zuweilen verzweifle ich schier: Vielleicht hat ja Gott soviel Verwirrung auf Erden gestiftet, weil er uns nicht wissen lassen möchte, wann wir Christi Wiederkunft auf Erden erwarten können.« Wieder nickten Bruder Malachi und Gregory ernst.

Wir blieben einige Zeit. Seine Gliedmaßen konnte ich zwar nicht wieder gerade richten, aber ich konnte ihm die Schmerzen nehmen und ihm Luft verschaffen, so daß man den Sieur de Martensburg schmerzlos die lange Wendeltreppe hoch auf den Turm tragen konnte. So manchen Abend kletterten wir bei Fackelschein hinter ihm zu der Plattform hoch, die er sich als Observatorium auf dem Turm hatte bauen lassen. Dort wurden die Fakkeln gelöscht, denn so konnte man die Sterne am dunklen Himmelsdom besser sehen. Er und Malachi unterhielten sich dann über Dinge, die ich nicht verstand, wie beispielsweise die Anzahl der himmlischen Sphären, und Malachi brachte Dutzende von Argumenten für deren acht vor, was den sieben Wandelsternen und der Sphäre der Fixsterne entsprach, doch Sieur Bernard hatte noch ein Dutzend mehr für eine neunte, jenseits der Sphäre des Saturn. Sie kamen zwar nie zu einer Einigung, aber sie waren wirkten alle beide sehr zufrieden mit ihrem komplizierten Disput. Und dann machten sie sich an Messungen mit dem Astrolabium und betrachteten und diskutierten den Lauf der himmlischen Häuser.

Gregory konnte auch nicht immer ganz folgen, aber ich sah, wie sein aufgeweckter Geist alles aufsog, während er hinter einer abgeschirmten Kerze Notizen für den gebrechlichen Sieur Bernard machte. Ich half ihm dabei, bückte mich über das winzige Licht, spitzte Federn und löschte die fertigen Blätter, damit Gregory beim Aufschreiben der Beobachtungen seines Onkels Schritt halten konnte. Und der Kleine, den ein Diener hochgetragen hatte, lag neben mir in seinem Körbchen, denn man kann einem Kind die Sterne gar nicht früh genug zeigen.

Doch selbst der allerschönste Besuch geht einmal zu Ende. Sieur Bernard war hocherfreut, als sich herausstellte, daß Gregory eine Chronik schreiben sollte, und bat ihn, seine Sorge um den Kalender darin aufzunehmen. »All das und mehr noch«, gestand ihm Gregory freundlich zu. Und so schieden wir mit einem Brief an den berühmten Jehan le Bel, Domherr zu Lüttich und ein großer Kirchenmann und zugleich einer der erfolgreichsten Chronisten unserer Zeit.

»Nur damit du eine Ahnung davon bekommst, welchen Ruhm man mit diesem weltlichen Unterfangen – im Gegensatz zum Beobachten von Sternen – erwerben kann«, sagte Gregorys Onkel mit einem ironischen Lächeln. Selbstverständlich fing Gregorys Tante allein schon bei dem Gedanken daran, wie traurig sie nach unserem Aufbruch sein würde, einen ganzen Tag im voraus an zu weinen.

»Weh mir, weh, es ist, als würde ich meine liebe Schwester noch einmal verlieren«, schniefte sie, als wir in ihrer Kemenate spannen. Ihre jüngste Tochter, jetzt dreizehn Lenze und fürs Kloster bestimmt, saß neben uns, zart und verkrüppelt, doch mit flinken Fingern, die mit eleganten und säuberlichen Stichen ein Altartuch stickten. Als ich ihre Handarbeit bewunderte, da dünkte mich, ich könnte über dem Stickrahmen eine neblige Gestalt schweben sehen, die das prächtige Muster betrachtete.

»Oh, was ist das?« rief die Mutter aus und bekreuzigte sich, und das Mädchen blickte hoch und musterte interessiert die Gestalt, die sich jetzt materialisierte.

»Sagt ihr, daß ich hierbleibe«, sagte Madame Bellemère. »Meine Kraft reicht nicht aus, das Wasser noch einmal zu überqueren. Was«, so setzte sie hochfahrend hinzu, »meines Wissens ohnedies noch kein Geist geschafft hat. Sagt ihr das.«

»Madame, Eure Schwester weilt als Geist unter uns«, sagte ich.

»Das sehe ich. Und sie sieht so frisch und jung aus.« Madame seufzte. Das Gespenst lächelte erfreut und rückte wieder einmal den Schleier zurecht, damit die dunklen Locken auf ihrer Stirn vorteilhafter zur Geltung kamen.

»Oh, Ihr könnt sie hören? Wenn ich das doch auch könnte! Liebe Bertrande, gib ein Zeichen, wenn du mich hörst.« Das Gespenst hob einen dunstigen Finger.

»Na gut, wenn ich reden kann und sie Zeichen gibt, so kommen wir schon zurecht. Du hast den Klatsch von Jahren aufzuholen. Und von dir mußt du auch erzählen. Was ist nur aus dem kleinen Mädchen geworden, von dem du mir in einem Brief geschrieben hast? . . .« Und so verließen wir Madame äußerst zufrieden, denn wie sie sagte, galt ihr ein voll ausgebildetes Gespenst genauso viel wie eine Nase.

Eine steife Brise schwellte die Segel der kleinen Kaufmannskogge, daß ihre Stander nur so flatterten. Sie zerrte an Gregorys Umhang, als er sich über die Reling beugte und nach den ersten Anzeichen der vertrauten, weißen Klippen Ausschau hielt. Selbst die unter Deck eingesperrten Pferde hoben den Kopf und wieherten. Margaret wickelte sich und den Kleinen fester in ihren

Umhang; sie stand in sicherer Entfernung einige Schritte hinter Gregory. Ihrer Theorie zufolge konnten Leute, die sich über die Schiffsreling beugten, jederzeit ins Wasser fallen, und deshalb konnte man gar nicht vorsichtig genug sein. Nur die unmittelbare Gefahr, in der ihr Mann schwebte, hatte sie bewogen, sich so weit vom Mast zu entfernen.

»Da, ich glaube, ich kann sie sehen, Margaret«, rief er. »Und hörst du die Pferde? Selbst die wissen, daß wir fast daheim sind.«

»Bei Christus und allen Heiligen, beuge dich nicht so weit vor«, rief sie in den salzigen Wind.

»Margaret? Was ist dir? An Land bist du doch so tapfer wie ein Tiger.«

»Das Meer ist etwas ganz anderes. Es ist voller Wasser«, rief sie als Antwort zurück. Gregory verließ die Reling und stellte sich wieder neben sie.

»Schon gut, schon gut. Da bin ich ja, und ich bin auch nicht hineingefallen. Dergleichen geschieht nämlich nicht.« Er legte den Arm um sie und hob den Umhang, um einen Blick auf das Gesicht des schlafenden Kleinen zu werfen. Er konnte es immer noch nicht ganz fassen, daß er etwas besaß, was viele Männer am höchsten begehrten, einen Sohn, und mußte sich deshalb häufig überzeugen, daß das kleine Wesen noch immer da war.

»Aber ja doch, jederzeit.« Margarets Stimme klang erregt. Er spürte, wie sie bei ihren Worten erschauerte. »Und dann macht es nur noch platsch! und schon wird man von den Fischen gefressen. Und was würde dann aus mir?«

»Und aus mir? Ich wäre derjenige, den die Fische fressen würden«, sagte er mit spöttisch gewölbter Braue.

»Deine eigene Schuld«, sagte sie fest. »Aber ich würde zurückbleiben und deshalb mehr leiden.« Er blickte träumend über das Meer hin. »Da wir gerade von Fischen reden, was hast du von dem gehalten, den der Domherr zu Lüttich beim Festmahl auftragen ließ?«

»Der riesige, vergoldete, der noch Augen hatte? Pfui.«

»Einen so großen habe ich meiner Lebtage nicht gesehen. Und die Pfauen, und der Schwan. Ei, wenn der nicht gut lebt.«

»Mir hat es bei deinem Onkel besser gefallen.«

»Er ist Geistlicher, aber er kleidet sich wie ein Ritter und hat eine Hausherrin und zwei hübsche, erwachsene Söhne, für die er Kirchenpfründe kaufen will.«

»Im Hause deines Onkels verkehren gelehrte Männer. An seiner Tafel widmet man sich dem klugen Disput.«

»Beim Domherrn auch. Obendrein noch den schönen Künsten und der Musik. Es gibt gar keinen Grund, warum ein Historiker kümmerlich leben sollte, oder? Ich meine, Gott zürnt dem Domherrn nicht, weil dieser das Leben eines Weltkindes führt, nicht wahr?« Gregory hüllte sich fester in den Umhang und blickte den dahineilenden Wolken nach.

»Allem Anschein nach nicht, oder? Vielleicht sind Ihm Historiker besonders wohlgefällig, was meinst du? Hast du gehört, daß der Domherr nur mit vierzig bewaffneten Reisigen auf Reisen geht?« Margaret sah Gregory prüfend an, und so entging ihr der nachdenkliche Blick seiner dunklen Augen auch nicht.

»Wenn das nicht ein elegantes Gefolge ist?« sinnierte Gregory laut. »Er reist, wohin auch immer es ihn zieht, immer auf der Suche nach Fakten für seine Chronik, und Könige und Fürsten heißen ihn willkommen und fragen ihn um Rat.« Bei diesem Gedanken entspannten sich seine Züge, und der Anflug eines Lächelns huschte über sein Gesicht.

»Für seine Schriften überhäufen sie ihn mit Gold und Gaben«, kam ihm Margaret zu Hilfe.

»Was alles beweist, daß man nicht, wie Sir Thomas, der Fischhändlergilde beitreten muß, wenn man in London eine anständige Tafel bestellen will.« Er blickte sie an.

»Weißt du«, sagte sie und legte den Kopf schief, als wollte sie nachdenken, »wenn wir erst das Haus in Ordnung gebracht haben und unseren Verpflichtungen unseren Nachbarn gegenüber nachgekommen sind, sollten wir deine Freunde zu einem Festessen einladen. Die Gelehrten aus dem *Eberkopf,* meine ich. Ich mag sie. Sie müssen nur versprechen, daß sie im Rausch nicht mit den Möbeln durch die Gegend werfen.«

»Sie werfen nicht mit Möbeln, Margaret. Das sind kultivierte Leute. Sie werfen mit Menschen. Vater wirft mit Möbeln.«

»Oh, du liebe Zeit. Dein Vater. Wir müssen ihm Nachricht schicken, wenn wir gelandet sind. Wie viele Tage Frieden dürfen wir wohl genießen, ehe er sich wieder etwas ausgedacht hat, womit er uns das Leben sauer machen kann.«

Als wir schließlich landeten, wartete Sir Hugo nicht die Nacht ab, sondern machte sich unverzüglich mit guter Nachricht von uns nach Haus auf. Ihm war zu Ohren gekommen, daß von Dover demnächst Verstärkungen an das Heer des Herzogs in der Normandie abgehen sollten, und er lechzte nach neuen Heldentaten, so weit fort von seiner Frau wie nur möglich.

»Ich schaue bei Vater vorbei, schwängere dieses Weib und dann – nichts wie auf nach Frankreich und in Fortunas Arme. Warum sollte das Glück immer nur den Gefolgsleuten des Prinzen lachen? Die kommen aus Bordeaux zurück und sind reicher als der Teufel höchstpersönlich. Eines kann ich euch versichern, beim nächsten Mal bin ich an der Reihe!« Und schon waren sie auf und davon, daß man nur noch Hufegeklapper hörte.

Wir ritten von Southwark her in London ein. Noch ehe wir die Brücke erreicht hatten, blieben die Menschen stehen und gafften und wiesen mit den Fingern auf uns, denn wir boten einen gar seltsamen Anblick. Da wir nur drei Pferde hatten, saß Sim hinter Gregory; der mochte im allgemeinen zwar keine Straßenjungen, doch diesen hier hatte er entsetzt und fasziniert zugleich ins Herz geschlossen. Schwer zu sagen, wie Gregory in diesem Augenblick mit seiner leichten Bewaffnung und von oben bis unten voller Reisedreck wirkte, den Bart ungestutzt und die Kapuze um den Kopf geschlungen wie ein Heide seinen Turban. Wahrscheinlich wie ein Söldner, der von einem mißglückten Feldzug heimkehrt. Mutter Hilde jedoch war nicht zu verkennen. Mit ihrem breitkrempigen, jetzt arg eingebeulten Strohhut, den sie fest über Schleier und Riese gebunden hatte, und mit den Pilgerabzeichen überall auf ihrem staubigen Umhang zog sie im Triumph hinter Bruder Malachi ein.

»Seht nur, seht! Pilger von jenseits des Meeres!« rief ein Mädchen, und Mutter Hilde strahlte.

»Segnet uns, gute Mutter!« rief eine Frau in geflicktem grauem Überkleid und lief hinter Mutter Hilde her, daß sie ihren Umhang berührte, so als ob die Wohltaten der heiligen Stätten abfärbten. Als sich eine kleine Menge zusammenrottete und ihr den ganzen Weg vorbei an den Hurenhäusern zur Brücke nachlief, war sie schier außer sich vor Freude. Ich bekam auch mein Teil ab, denn ich hörte die Leute sagen:

»Seht nur! Ein im Ausland geborenes Kind! Seht nur das schöne, weiße Pferd! Das muß eine Dame sein!«

An diesem Tag staken an der Brücke keine neuen Köpfe, und das war eine Wohltat, denn mir reichte es mit Köpfen für eine Weile. Nur ein einziger Schädel, den die Raben säuberlich abgepickt und den keine Verwandten abgeholt hatten, klapperte in der frischen Brise auf seiner Stange und hieß uns willkommen. Da es ein schöner Tag war, wimmelte die Brücke von Reisenden. Die Läden waren geöffnet, und die Händler riefen ihre Waren aus. Als wir uns durch die Menschenmassen und die beladenen Esel einen Weg vorbei an der St.-Thomas-Kapelle bahnten, hörte ich jemanden rufen: »Dame Margaret!« Es war Philipp, Master Kendalls Lehrjunge, der nach dessen Tod von Master Wengrave übernommen worden war. Er war gewachsen und im Stimmbruch, aber ich erkannte ihn dennoch. Ich rief ihn an, und er drängelte sich durch die lärmende Menge so nahe an mich heran, daß er mich hören konnte, als ich mich aus dem Sattel beugte. »Lauf so schnell du kannst zu Master Wengrave, lieber Philipp, und bestelle ihm, daß ich mit meinem Herrn Gemahl, der in Frankreich war, wohlbehalten zurückgekommen bin. Und bitte Mistress Wengrave, unserem Hausverwalter auszurichten, er möge das Haus in Ordnung bringen, denn wir wollen noch heute nacht dort schlafen.« Mit einem Jubelschrei verschwand der Knabe in der Menge.

Doch kaum waren die Worte heraus, ließen sie sich nicht mehr zurücknehmen. Und schon war das Gerücht im Umlauf, daß ich meinen Mann verlassen und einen Franzosen geheiratet hätte, und als wir in die Thames Street einbogen, rief eine Frau aus dem Fenster: »Da ist er! Da ist der Franzose! Schämt Euch! Schämt Euch!«

»Da hast du London, Gregory. Jeder weiß alles,

und alles falsch. London ist nicht so groß wie Paris, auch nicht so großartig wie Rom, aber es ist immer noch der beste Ort, weil man dort –«

»Bitte, o mein Gott, du wirst doch nicht etwa *Ort* auf *dort* reimen wollen?« unterbrach er mich.

»Ei, nein, ich wollte mit *zu Hause ist* fortfahren – du liebe Zeit –« ich verschloß mir den Mund mit der Hand. »Nein, Ehrenwort, Gregory, ich bin nicht von der Reimkrankheit befallen, jedenfalls bis jetzt nicht.«

»Wenn du auch nur ein Fünkchen Liebe für mich empfindest, dann laß dich nie davon anstecken. Ich fürchte, mit Hugo steht mir ein lebenslanger Leidensweg bevor.«

»Versprochen«, sagte ich lächelnd. »Ich empfinde mehr als nur ein Fünkchen Liebe für dich.«

Aber nun waren wir wirklich zu Hause, das bewiesen Lions freudiges Gebell und das Geschrei und Gelächter, als wir in die Gasse einritten, die unseren Hof von dem der Wengraves trennt. Zu beiden Seiten der Straße stand ein jeglicher Fensterladen offen, und alle Nachbarn lehnten sich hinaus und jubelten und schwenkten Tücher und Schals, und dann kamen sie nach draußen gelaufen, umdrängten uns und wollten die ganze Geschichte hören.

Meine Augen jedoch suchten Cecily und Alison, noch ehe ich abgestiegen war. Sie kamen als erste aus der Küchentür der Wengraves gelaufen und schrien: »Mama! Mama! Mama ist wieder da; ich habe doch gesagt, daß sie wiederkommt!« Oh, wie ich mich freute.

»Meine süßen Kleinen!« rief ich. Doch als sie das Körbchen erblickten, blieben sie wie angewurzelt stehen.

»Was«, sagte Cecily und zeigte mit dem Finger darauf, »ist das da?«

»Kein Geschenk«, sagte Alison.

»Ihr Süßen, das ist euer kleines Brüderchen, das jenseits des Meeres geboren wurde. Möchtet ihr es sehen?«

»Wir wollen kein Brüderchen haben«, verkündete Cecily mit fester Stimme.

»Nein. Jungs sind ab-scheulich«, setzte Alison hinzu.

Gregory war abgestiegen und stand neben mir, um mir vom Pferd zu helfen.

»Der ist ja auch wieder da«, sagte Cecily.

»Mußtest du den mitbringen?« fragte Alison.

Gregory stand mit dem Rücken zu ihnen und hatte die Flanke des Pferdes vor Augen. Als er ihre Worte hörte, drehte er sich sehr langsam um und blickte sie an. Dann zogen sich seine wilden, dunklen Brauen zu einem mißbilligenden Blick zusammen. Noch nie hatte er so sehr einem *écorcheur* geglichen, der gerade ganz verdreckt und sonnengebräunt vom Schlachtfeld kommt.

»Ich bin nicht ›der‹. Ihr werdet mich von Stund an mit ›Vater‹ anreden«, verkündete er sehr langsam und deutlich. Ein normales Kind wäre vor Angst gestorben.

Nicht so der magere, kleine Wuschelkopf, der das Streitroß, den Menschentöter, geritten hatte. Sie blickte ihm in die Augen und sagte: »Du bist nicht mein Papa.«

»Nein«, sagte er ernst und ruhig. »Aber dein Papa ist jetzt im Himmel, und du brauchst hier auf Erden einen Vater aus Fleisch und Blut, wenn du das Erwachsenenalter erreichen willst. Ich bin alles, was du hast, solange es Gott gefällt. Vergiß das nicht und nenne mich Vater.« Cecily schien ihn eine Ewigkeit anzustarren, während sie die Sache überdachte. Alison steckte den Daumen in den Mund und wartete ab, was Cecily tun würde.

»Ja, Vater«, sagte die, zögerte ein wenig und knickste dann, wie sie es bei Mistress Wengrave gelernt hatte. Die Verräterin! Ein angewiderter Ausdruck huschte über

Alisons rundes Kindergesicht, und sie machte auf ihrem fetten kleinen Hacken kehrt.

»Und du«, sagte Gregory. Das überhörte Alison. »Du Kleine. Alison. Dreh dich um.« Sie machte kehrt, nukkelte auf ihrem Daumen und dachte nach. Dann zog sie ihn aus dem Mund. Das kannte ich. Sie wußte immer, woher der Wind wehte.

»Ja, Vater«, sagte sie. Und dann nahm sie ihren Rock in die Hände und wippte ein wenig, was einen Knicks bedeuten sollte.

»Gut«, sagte er. »Jetzt helfe ich eurer Mutter vom Pferd, damit ihr sie umarmen könnt.« Und während er mir Hilfestellung gab, rief er nach einem Knecht, daß er ihm beim Herunterholen des Körbchens half, und stand Wache, während die Nachbarinnen es umdrängten und »Niedlich! Süß! Wie hübsch! Wie groß!« riefen und die Pferde fortgeführt wurden.

Spät in der Nacht setzte sich Gregory im Bett auf. Es war so still, daß nicht einmal mehr die Grillen im Garten zirpten. Die gerade aufgehängten Bettvorhänge waren zwar zurückgezogen, doch im Dunkel, hinter geschlossenen Fensterläden, konnte man nichts mehr sehen. Die Kammer war noch ganz kahl, bar aller Truhen und Wandbehänge, auch der Teppich lag noch nicht wieder an seinem Platz, doch das war nicht der Grund, daß ihm so beklommen zumute war. Er hatte hier noch nie geschlafen. Und er hatte auch noch nie am Kopfende seines eigenen Tisches gesessen, Anweisungen erteilt und sich die Schüsseln von den Dienern zur Begutachtung bringen lassen. Und nie, in seinen wildesten Träumen nicht, hatte er geahnt, daß er nach dem Abendessen am Feuer sitzen, zwei kleine Mädchen auf dem Schoß halten und ihnen die Liebesgeschichte *Ywain, der Löwenritter* vorlesen würde, die im Schein der Kerze auf dem Lesepult vor ihm stand. Der gesamte Haushalt hatte stumm zugeschaut, als Alison ihn an die Hand genommen und ihm gezeigt hatte, wo er anfangen mußte – bei einem wunderschön gemalten Lesezeichen, welches Master Kendall dort nur zwei Tage vor seinem Tod hineingelegt hatte. Sie hatten hingerissen gelauscht, als er mit seiner klaren, ernsten Stimme zu lesen begann, denn die Geschichte, die dort in der Sprache des Volkes nach der Erzählung irgendeines Franzosen geschrieben stand, war sehr schön, und alle hatten sich schon eine geraume Weile gefragt, was wohl aus dem Löwen geworden sein mochte, nachdem er vor der Giftschlange gerettet worden war. Alles war anders gekommen. Gänzlich anders.

Margaret hörte ihn sofort, denn eine Mutter schreckt des Nachts bei jedem Rascheln hoch.

»Bist du wach?« flüsterte sie und hüllte sich fester in die Decke.

»Natürlich. Was denkst denn du?« gab er im Dunkeln flüsternd zurück.

»Du bist doch nicht krank?«

»Nein, ich denke nach.«

»Worüber?«

»Daß mein Leben anders verlaufen ist, als ich gedacht habe.«

»Wem geht das nicht so?«

»Ich werde Gott wohl niemals zu Gesicht bekommen. Damals schien ich fast am Ziel, eine Weile jedenfalls, doch dann ging alles daneben.«

»Sorg dich nicht, Gott sieht dich.«

»Gott sieht jeden. Ich wollte etwas Besonderes sein. Vermutlich habe ich es mir schön vorgestellt, wenn alle Welt sagen würde: ›Da geht Bruder Gregory; er ist zwar nur ein zweiter Sohn, aber ein wahrer Erleuchteter‹.

Doch das hat sich als *Stolz,* als reiner Stolz, herausgestellt.« Er seufzte. »Man findet Gott wohl nicht, wenn man nach ihm sucht.«

»Ich glaube – ich glaube, wenn man ihn darum bittet. Und – wenn man zuhört ...« Sie wickelte sich in die Bettdecke und machte die Augen wieder zu. Gregory zog die Knie hoch und stützte die Ellenbogen auf. Und während sein Kinn auf den verschlungenen Händen ruhte, spähte er in die undurchdringliche Dunkelheit. Er lauschte. Zuerst hörte er in der Stille seinen eigenen, regelmäßigen Atem und Margarets sanften Rhythmus, derweil sie wieder einschlief. Dann hörte er die kleinen, unregelmäßigen Schnaufer des Kleinen in der Wiege und durch die Wand die der Kinder und der alten Mutter Sarah, die der Köchin und sogar der Nachbarn. Die nichtigen Gedanken, die sein Hirn verstopft hatten wie geschäftige Schiffe den Hafen, wurden beim Lauschen hinweggeschwemmt, und er spürte sich selbst nicht mehr, je länger er lauschte. Er drehte keine alten Sünden mehr um wie moosbedeckte Steine, um nachzusehen, was sich darunter befand; er betete nicht mehr zur Jungfrau Maria oder versenkte sich in Christi Leidensweg; er zählte nicht die sieben Tugenden auf oder pries Gott wegen all seiner herrlichen Werke. Kein Gedanke an das Abendessen des letzten Abends oder an das Frühstück von morgen schoß ihm durch den Kopf. Und immer noch lauschte er, bis er den tiefen und alterslosen Laut hörte, mit dem die Erde atmet. Und dahinter, nichts. Als er in das Nichts eintrat, flammte eine eigenartige Wärme in seiner Brust auf, irgendwo in der Nähe seines Herzens. Und er sagte nicht, aha! so steht es im *Incendium Amoris* beschrieben, nicht jedoch in der *Scala Claustralium,* sondern ließ es statt dessen geschehen. Die Wärme loderte auf und schoß höher, bis er ganz in Flammen stand. Sie stieg hoch auf, nach außen und nach innen zum Nichts. Reine, flammende Liebe. Für den Bruchteil eines Augenblicks schwang sie sich auf bis zu Gott wie ein Funke, der in der Dunkelheit aufsprüht. Und als sie sich legte, spürte er, daß alles auf Erden in ihrem sanften Schein glühte.

»Erstaunlich«, sagte Gregory bei sich, als das Licht verblaßte und er in die Welt zurückkehrte. »Das muß ich irgendwann noch einmal versuchen«, murmelte er, drehte sich um und schlief wieder ein.

»Also – gewiß möchtest du auch Robert de Clerc einladen –« Margaret war eifrig dabei, eventuelle Gäste an den Fingern abzuzählen, schließlich wollte sie auf dem laufenden bleiben, wie viele Plätze aufgedeckt werden mußten.

»Woher kennst du denn den alten Saufbruder? Das ist kein ehrbarer Mensch, mit dem darfst du dich nicht anfreunden, Margaret.« Gregorys Stimme klang denn doch etwas bestürzt. Es kommt der Offenlegung einer nicht gebeichteten Sünde gleich, wenn man feststellen muß, daß die eigene Frau die Bekanntschaft alter Freunde aus der Junggesellenzeit gemacht hat.

»Ich kenne ihn aus der Zeit, als du fort warst.«

»Noch schlimmer. Hat er es bei dir mit einem seiner geilen Tricks versucht?«

»Er? O nein«, lachte Margaret. »Er wollte sich für ein schmutziges Lied entschuldigen, das dich zum Thema hat.«

»Was – es gibt ein schmutziges Lied über mich, das die Runde durch die City macht?« Und dabei hatte Gregory seine neue Ehrbarkeit so genossen, sich richtig darin gesuhlt, da mußte ihn der Gedanke an ein schmutziges Lied noch mehr erbosen als gewöhnlich.

»Es macht die Runde im ganzen Königreich, Gregory. Stör dich einfach nicht daran.« Aber er faßte sich mit der Hand an den Kopf und stöhnte.

Er saß in einem Zimmer, das von der Diele im Erdgeschoß abging und einst Roger Kendall als Kontor gedient hatte. Der breite Eichentisch und die schmale Bank standen an ihrem gewohnten Platz. Die Fenster hatten wieder ihre Glasscheiben. Ohne die Ballen und Rollen, die hier immer gelagert hatten, wirkte der Raum größer, obwohl nun ein neues Möbelstück darin stand – eine schlichte, eisenbeschlagene Holztruhe mit Auszügen aus Jehan le Bels neuer Chronik, wie auch einer hübsch gebundenen Ausgabe seiner Minnelieder, seinem Abschiedsgeschenk. Dazu kam noch als Nachschlagewerk die geborgte Kopie der Chroniken des Matthew Paris und die unordentlichen Papierstöße und Rollen mit den im Ausland angefertigten Notizen.

Über dem Tisch, auf dem Feder, Messer, Sand und Tinte fein säuberlich aufgereiht neben dem halb beschriebenen Blatt unter seiner Hand standen, hing auf der Mitte zwischen Boden und Decke ein weiteres neues Stück an der Wand. Ein Kruzifix, streng und dunkel, mit einem aus hellem Holz geschnitzten Christus. Während das Kreuz selbst aus Ebenholz und mit Einlegearbeit kunstvoll gefertigt war, trug die kleine Figur keinerlei Bemalung. Gregory hatte eines Morgens in den Straßen herumgestöbert und es so im Laden eines Holzschnitzers entdeckt. Er machte halt und sah dem Mann bei der Arbeit zu, welcher im Fenster saß und gerade letzte Hand anlegte, ehe er es mit einer grellen Vergoldung, Hellblau und einem Rot wie geronnenes Blut bemalen wollte. Diese Farben waren Merkmal all seiner erleseneren Kunstwerke. Etwas an dem Gesicht der kleinen Figur – vielleicht lag es auch nur am Lichteinfall – kam Gregory merkwürdig bekannt vor, und so begann er auf der Stelle zu feilschen, denn er fürchtete, die Farbe könnte die Illusion zerstören.

Jetzt merkte er, daß es ihm zu Zeiten wohltat, wenn er zu ihm aufblicken und es anschauen konnte; dann saß er wohl einen Augenblick still da, ehe er sich wieder an die Arbeit machte. Wenn es mit der Chronik nicht vorangehen wollte, oder wenn er beispielsweise einen Brief von Vater aufgemacht und gelesen hatte, schien es ihn zu besänftigen. Man denke nur an den Tag, als eine erschreckte Katze in Kinderkleidern mit einem Satz durch die offene Tür und auf seinen Schreibtisch gesprungen war und Tinte über eine ganze Seite vergossen hatte. Er stellte die heranpolternden kleinen Verfolger ohne ein Donnerwetter, und das war, wenn man es recht bedachte, wirklich erstaunlich.

»Ist das dein Ernst?« fragte er Margaret, blickte erneut zu seinem Kruzifix hoch, seufzte und hob den Kopf von den Händen.

»O ja. Ich habe das Lied vergangenen Herbst auf der Straße nach Wymondley gehört. Du kannst nur hoffen, daß es durch ein noch schlimmeres über jemand anders ersetzt wird. Also, was ist mit diesem netten Kerl, der Bücher verkauft?«

»Nicholas? Den kennst du auch?«

»Ein wenig. Vergiß nicht, ihnen zu sagen, daß der Abend den Musen geweiht ist, jeder soll also etwas von seinen Werken mitbringen. Die Köchin überschlägt sich schier, und der Wein ist auch schon bestellt.«

»Aber Ale gibt es doch wohl auch?«

»Ganze Fässer voll. Weißt du, was ich gerade gedacht habe? Wir haben unsere Hochzeit nicht gefeiert, und dabei sind wir schon über ein Jahr verheiratet.

Das könnte doch als eine Art verspätetes Hochzeitsfest gelten, oder? Und was hältst du von Master Will?«

»Der Priester, der an den Straßenecken über das Ende der Welt geifert? Im Ernst, Margaret?«

»Er schreibt gerade ein langes Gedicht über die Sünden der Reichen, Gregory. Master Kendall hat seine Bemühungen jahrelang unterstützt, und ich glaube, er hat ihn dir vermacht. Erst gestern hat er vorbeigeschaut, er brauchte wieder einmal Papier.«

»Ach, na schön, wenn du unbedingt willst.«

Die Frau des Weinhändlers kam als erste darauf, daß bei Margaret ein Musenfest gefeiert werden sollte. Sie hörte durch einen Gesellen ihres Mannes von der Weinbestellung, und daraufhin ließ sie durch ihre Köchin bei Margarets Köchin nachforschen, um was für eine Zusammenkunft genau es sich handelte. Darauf beriet sie sich mit Mistress Wengrave, und die pflichtete ihr darin bei, daß es ganz und gar unbillig war, alte Freunde nicht zu einem Abend einzuladen, der durch so ungewöhnliche und faszinierend verwegene Gäste interessant zu werden versprach – denn die erregten gerade deshalb Neugier, weil man sie auf der Straße nicht grüßen durfte. Und Margaret mußte man auch nicht lange bitten, daß sie so tat, als hätten alle längstens eingeladen werden sollen, und dann bestellte sie noch mehr Wein. Heikler war es, die Ehemänner von den Hauptbüchern wegzubekommen und sie zu überzeugen, daß ein Musenabend genau so schön sein könnte, wie einer, welcher der Pflege von Geschäftsbeziehungen höheren Ortes diente.

»Musen? Soll das heißen, Gedichte und Gesang?« brummte Master Shadworth, der Tuchhändler, der zwei Straßen entfernt vom hohen Haus in der Thames Street ein ausnehmend prächtiges Geschäft besaß. »Eure Menschenfreundlichkeit gilt der Falschen, Mistress. Ihr erwartet doch wohl nicht, daß ich eine Frau grüße, die mit einem Schreiber ihres Mannes durchgebrannt ist, ehe sein Leichnam noch kalt war, nicht war?« Er hielt inne und wägte Zahl und Bedeutungsschwere der Worte seiner Frau ab wie Silber auf der Waage. In Wahrheit hörte er nie zu, wenn sie etwas sagte, sondern maß lediglich den Aufwand. Ein Mann sollte sich nie die Gründe seiner Frau zu eigen machen, da Frauen so gut wie keine Logik besaßen und man durch ihr törichtes Geplapper leicht auf Irrwege geraten konnte.

Er nickte beiläufig, eher sachlich, wie es diese Art von Situation erforderte. »Selbstverständlich haben wir früher Besuche gemacht«, unterbrach er ihren Redeschwall mit dem behutsamen Ton, in dem man mit geistig Behinderten redet. »Aber das war zu Lebzeiten von Master Kendall. Begreifst du denn nicht, jetzt hat sich alles geändert. Ich gebe nichts auf die Bekanntschaft mit Schreibern, die französische Verse deklamieren: Sie wollen nur Geld borgen.« Aber am Ende obsiegte sie, wie es auch Master Barton, dem Gewürzhändler, und sogar Sir Thomas de Pultney, dem Fischhändler, geschah, den man besser einen Fischmakler nannte, denn der einzige Fisch, mit dem er sich persönlich befaßte, waren die auf Papier aufgelisteten Fässer mit Salzheringen.

Und schon mußte Margaret eine neue Bestellung beim Schlachter und beim Geflügelhändler und beim Gemüsehändler aufgeben und dafür sorgen, daß bei Mistress Wengrave ein zusätzlicher Schragentisch ausgeliehen wurde.

»Margaret«, sagte ein entgeisterter Gregory, »das läuft uns völlig aus der Hand. Ich sehe ein Ende mit Schrecken voraus und wäre am liebsten wieder im Kloster. Robert wird sich betrinken und die Damen kneifen;

Master Will wird die Reichen anprangern; der fischmakelnde Ritter wird allen seine Ansichten über die niederen Ränge im Handel mitteilen. Fehlt nur noch mein Vater, der sich über die Händler der City als wucherische Parasiten ausläßt, die nichts im Sinn haben, als Englands Ehre in ihren Geldkästen zu vereinnahmen. Wie konnte ich es nur so weit kommen lassen?«

»Aber, Gregory, sieh es einmal von einer anderen Seite. Du bist den Nachbarn nie richtig vorgestellt worden. Du kannst dich nicht einfach in die Stadt zurückschleichen und so tun, als wäre überhaupt nichts geschehen. Ich habe die Weinbestellung verdoppelt; wenn alle genug trinken, läuft es reibungslos – du wirst schon sehen.«

Gregory seufzte. »Ja, sicher werde ich etwas zu sehen bekommen. Je mehr sie trinken, desto mehr werden sie sich streiten. Und ich kann nur noch meinen Namen ändern, auf den Kontinent zurückkehren und mich für den Rest meines Lebens verkriechen. Vermutlich werde ich eine Freikompanie zusammenstellen und in den Sielen sterben. Und so schaffst du mit einem einzigen unseligen Abend, was mein Vater in Jahren nicht geschafft hat.« Er schob die Daumen in den Gürtel und machte sich zu einem trübseligen Spaziergang durch die Straßen auf, anscheinend wollte er seiner geliebten Stadt Lebewohl sagen.

Margaret ging jedoch zur Köchin und beriet sich mit ihr über die *entremets,* denn sie wußte, in solch einer Lage gibt es kein Zurück, da gibt es nur eines: Augen zu und durch. Und Emsigkeit lenkt gut von Sorgen ab.

»Also, was kann jetzt noch passieren?« sagte Margaret am Morgen des Festes bei sich, als sie sich hinsetzte, um den Kleinen zu stillen, denn nur so kam sie einmal von den Füßen. Gerade schaffte man die Schragen in die Diele, packte die Pokale und das lange nicht gebrauchte Linnen aus, schüttelte und lüftete es. Seit Tagen drangen aus der Küche liebliche Düfte, und die Köchin hatte in die Bouillon geweint, weil sie alles an die alten Zeiten erinnerte, als der gute Master Kendall noch lebte. Und die ganze Zeit über hatten sich Besucher die Türklinke in die Hand gegeben, vordergründig, um den Kleinen zu bewundern, doch auch um einen Blick auf das Wundertier zu erhaschen, Margarets neuen Ehemann nämlich, der ein – der Himmel weiß was sein sollte. Möglicherweise ein Franzose, möglicherweise einst Mönch. Vielleicht ein fremdländischer Edelmann oder ein englischer Ritter? Wie auch immer, er hatte ein ›Sir‹ vor dem Namen, ob nun echt oder nicht. Und er kannte den König, oder vielleicht war es auch der Herzog von Lancaster oder der Prinz von Wales oder der Erzbischof oder irgend jemand sehr Interessantes höchstpersönlich. Er war ein Emporkömmling oder ein Absteiger, doch in jedem Fall verlohnte er eine Musterung. Nach seiner ernsten, höflichen Begrüßung zu schließen, war schwer auszumachen, was er nun war. Und sein fremdländisches Wams, das hatte nun wirklich einen interessanten Schnitt. Und der *chaperon.* Ziemlich ungewöhnlich, würde auch den eigenen Mann recht gut kleiden, wenn man ihn nur dazu bewegen könnte, sich modisch fremdländisch zu tragen.

Margaret seufzte, doch als die Milch einschoß, verspürte sie eine Welle der Erleichterung. Sie hatte die Füße auf einen kleinen Schemel vor sich gestellt und die Augen halb geschlossen, um den dröhnenden Lärm der Welt auszuschließen, ehe sie das selige Gesichtchen anstaunte, das ihre Brust bearbeitete. Wieder einmal nur wir beiden, dachte sie. Sie spürte ein vertrautes, kaltes Gefühl im Nacken.

»Master Kendall? Seid Ihr es? Ihr habt mir gefehlt; es war so schwer.«

»Oh, Margaret, du siehst so zufrieden aus. Er dürfte es also endlich gesagt haben.«

»Hat er, aber leicht ist es ihm nicht gefallen.«

»Dann brauchst du mich also nicht mehr.«

»Aber ja doch, ich werde Euch immer lieben.«

»Margaret, du hast ein großes Herz.«

»Groß genug auch für Euch.«

»Aber ich habe gute Kunde. Man hat mich unter die Seligen aufgenommen. Und eine sehr hübsche Unterkunft habe ich auch. Sie sagen, ich verdiene die Ehre nicht, aber sie sind es leid, daß du ihnen in den Ohren liegst. Danke, kleine Margaret.«

»Ach, noch nicht sobald. Bleibt wenigstens bis zum Fest. Wir haben Musik, Gedichte und Lesungen. Das wird Euch gefallen.«

»Ich habe bereits die Erlaubnis, so lange zu bleiben. Du weißt, wie sehr ich einen Abend mit guter Unterhaltung immer genossen habe.« Master Kendalls Geist hatte sich jetzt ganz materialisiert, durchscheinend und in seinem langen Kaufmannsgewand.

»Gut seht Ihr aus«, sagte Margaret. »Nicht so flüchtig wie Madame Belle-mère, nachdem sie das Wasser überquert hatte.«

»Hat sie das tatsächlich geschafft? Dergleichen ist mir noch nie zu Ohren gekommen.« Kendall hatte den Kopf schief gelegt, und seine durchsichtigen Augen glänzten interessiert. Wenn das nicht eine gute Geschichte war.

»Bleibt, bleibt, Master Kendall, und hört Euch an, was sich alles zugetragen hat. Keine Menschenseele will meine Seite der Geschichte hören. Alle sind augenblicklich schwer damit beschäftigt, sich ihre eigene Version auszudenken.«

»Wenn ich mich recht entsinne, war das dein Dauerproblem. Wie auch immer, einer guten Geschichte kann ich einfach nicht widerstehen. Ich höre dir bis zum Ende zu.«

»Und Ihr werdet mir erzählen, wie es den Mädchen ergangen ist – ich habe mir nämlich schrecklich Sorgen um sie gemacht.«

»Natürlich. Aber Margaret, du weißt doch, daß du mich nicht auf ewig hierbehalten kannst. Ich muß emporsteigen, nun da mir der Himmel offensteht.«

»Ich weiß. Ihr könntet doch bitten, daß man Euch zurückkommen läßt? Zu besonderen Anlässen? Vielleicht wenn Cecily und Alison heiraten?«

»Die Bitte habe ich schon eingereicht.«

Margaret war so eingehüllt in die stille Tröstlichkeit dieses Augenblicks und ihr Geist so damit beschäftigt, sich mit der geliebten Stimme zu unterhalten, daß sie den Aufruhr an der Haustür nicht hörte, nicht die lauten Stimmen und das Sporengeklirr, das in die Diele eindrang.

»Und, wo ist ER?« dröhnte es durch die Wohnstubentür. Und ehe sie die Füße vom Schemel oder den Kleinen von der Brust nehmen konnte, bot sich ihr aus nächster Nähe ein unerwarteter Anblick. Der Schal hing ihm ganz schief; das weiße Bart- und Haupthaar umwehte ihn wie auf einer Darstellung von Jupiter inmitten von Gewitterwolken. Die buschigen Augenbrauen dräuten wie eh und je. Er trug seinen besten rotsamtenen Überrock, der nur für Hochzeiten, Taufen und für Besuche hoher Würdenträger hervorgeholt wurde. Mein Gott, er ist wieder gesund, dachte Margaret.

»Herr Schwiegervater«, sagte sie und stand auf, um ihn zu begrüßen. An der Tür drängelten sich verschiedene Gestalten. Hugo. Ihr Mann. Sir William Beaufoy aus dem Gefolge des Herzogs. Sir John, ihr Nachbar auf dem Lande. Genau wie Gregory es vorausgeahnt hatte. Die endgültige Katastrophe.

»Ist ER das?«

»Ja, Herr Schwiegervater. Das ist Euer Großsohn.« Der Kleine, den man in einem wonnevollen Augenblick gestört hatte, blickte auf und musterte etwas gereizt die Quelle des Aufruhrs. Milch rann ihm übers Kinn.

Der alte Sir Hubert sah auf einen Blick den eigentümlichen, schwanengleichen Flaum, der sich bereits kringelte, die wachsamen, alles erfassenden Äuglein und das weiße Rinnsal im Winkel des entschlossenen, kleinen Mundes.

»Sieht fast genauso aus wie sein Vater in dem Alter«, sagte er. Dann strich er um sie herum, so als wollte er sich Mutter und Kind aus allen Richtungen ansehen. »Sind seine Gliedmaßen gerade? Mit Verlaub, Madame, wickelt ihn aus.« Schweigend entfernte Margaret die Windeln und hielt dem alten Mann den Kleinen zur Musterung hin. Seine Augen wurden schmal, er betrachtete den kleinen Leib von Kopf bis Fuß wie ein zum Verkauf angebotenes Pferd. Etwas an dem wirren, weißen Bart oder dem stechend blauen Blick störte den Kleinen. Er zuckte zusammen, seine winzigen Gliedmaßen streckten sich und zitterten, und seine Winzelfinger spreizten sich weit. Fast gleichzeitig lief er überall rot an und fing an zu brüllen. Irgendwie wirkte der Mund bei ihm in diesem Augenblick wie der größte Teil – größer als sein Kopf, falls das möglich war.

»Hört sich fast an wie sein Vater in dem Alter«, meinte der alte Mann.

»Komm, komm«, beruhigte ihn Margaret, während

sie ihn wieder windelte und zu beruhigen versuchte. Als das Gebrüll nachließ und zum Schluckauf wurde, sagte der alte Mann:

»Sieht mir nach einem starken Esser aus. Ist er ein starker Esser, Madame?«

»Ja, Mylord.«

»Sein Vater hat zwei Ammen gebraucht.« Darauf folgte ein langes Schweigen. »Seine Mutter hat einen Monat das Bett gehütet.« Und er musterte die beiden erneut.

»Man hat mir erzählt, daß Ihr am Tag nach der Geburt aufs Pferd gestiegen und sieben Tage durchgeritten seid, ohne daß Eure Milch auch nur einmal versiegt wäre.«

»Ja, Mylord.«

»Ich habe gut gewählt. Ihr seid eine starke Frau.« Margaret spürte, wie die Wut in ihr hochstieg. Wenn das ein Kompliment sein soll, du alter Geizhals, dann kannst du es dir an den Hut stecken, dachte sie.

»Man hat mir erzählt, daß Ihr um die Freigabe meines Sohnes gewürfelt und Euer Leben in die Waagschale geworfen habt.« Sie sah, wie sich Gregorys Brauen vor Schreck wölbten. Und dabei hatte sie so gehofft, sie könnte das Würfelspiel auf ewig vor ihm geheimhalten, denn es war ihr peinlich. Lieber Gott, was für ein taktloser, alter Mann. Er blickte sie jählings aus der Nähe an und knurrte: »Wart Ihr nicht ganz bei Trost, Madame?«

»Es waren falsche Würfel, Mylord.«

»Falsche Würfel? Hugo, davon hast du mir nichts –« platzte der alte Mann heraus. »Falsch! HA! Falsch, bei Gott!« Vor unterdrückter Freude lief er ganz rot an, und seine Augen erfaßten Margaret, als sähe er sie zum ersten Mal in einem ganz anderen Licht. »Ihr seid wirklich eine de Vilers! Herein, meine Herren, immer herein, sage ich, und ehrt die Frau, die den Teufel höchstpersönlich mit einem Satz falscher Würfel hereingelegt hat!« Und als sie genau zu diesem Zweck ins Zimmer strömten, wurde Margaret dunkelrot, so peinlich war ihr die Situation.

Und natürlich mußten sie zum Fest bleiben, auch wenn sie auf dem Weg nach Dover waren, um sich erneut nach Frankreich einzuschiffen. Als Margaret Anweisung gab, noch mehr Gedecke aufzulegen, hörte sie männliche Stimmen, die Gregory zur Geburt seines Sohnes gratulierten, und ein Geknurr: »Nicht zu fassen! Hält einen Gefangenen von Rang ohne Lösegeldforderung fest! Unehrenhaft! Unerhört! Und man munkelt, auch noch ein Teufelsanbeter!« Und über allem erhob sich die Stimme des alten Sieur de Vilers:

»Verdammt noch mal. Siehst du aber DÜNN aus! Ich habe am GALGEN schon SKELETTE mit mehr Fleisch auf den Rippen hängen sehen! Du kannst nicht wieder ins Feld ziehen, wenn du wie der LEIBHAFTIGE Tod aussiehst!«

»– und John, schick die Köchin in die Garküche um die Ecke, sie soll einfach alles aufkaufen, was sie haben. Es ist mir gleichgültig, ob ich damit ihre Berufsehre kränke. Diese Leute hier können zuschlagen. Ehrenwort, wir haben einfach nicht genug. Oh! Wein! Und Tische! Brauchen wir noch einen? Wohin bloß damit?« Und schon lief Margaret sorgenvoll davon, sie mußte sich darum kümmern, ob man in der Diele mit dem Auflegen der neuen Gedecke zurechtkam.

Beim ersten Gang, einer gebundenen Suppe, fielen den Nachbarn die modischen französischen Tischmanieren auf, die sich Margaret in der Fremde zugelegt hatte. Auch ihr Mann wirkte für einen Engländer verdächtig geschickt bei Tisch, aber war es andererseits nicht auch wohlerzogen, wie er ihr den Becher und den besten Bissen von jedem Gericht anbot? Und sah sie dabei nicht glücklich aus? Und zugegeben, die Gesellschaft war äußerst vornehm und obendrein witzig. Niemand hatte ein Wort verlauten lassen, daß auch der Landadel zugegen sein würde. Das machte den Abend um etliches eleganter, und der eigene Mann sah bereits besänftigt aus. Ei, und noch kein Wort über ausstehende Rechnungen.

Doch eines gehörte sich nun wirklich nicht: Die kleinen Mädchen von Kendall durften an diesem Abend wie Erwachsene mit an der Tafel sitzen, auch wenn sie sich zugegebenermaßen ausnehmend gesittet benahmen, abgesehen davon, daß sie sich gegenseitig knufften, als der gutaussehende Knappe des alten Ritters in ihre Richtung blickte. Ehre, wem Ehre gebührt, diese unerwartet guten Manieren hatte ihnen Mistress Wengrave beigebracht und sich damit ein Anrecht auf einen Stehplatz im Himmel erworben – oh, meine Liebe, habt Ihr nicht davon gehört. Wenn Ihr wüßtet, Ihr würdet verstehen – eine Märtyrerin, ja eine Märtyrerin, und das beinahe ein ganzes Jahr lang.

Beim zweiten Gang, als der elegant angerichtete Pfau auf einer Platte inmitten einer Fülle von Beilagen hereingetragen wurde, merkte man schon, daß die Weine gut ausgesucht waren, denn der Raum wirkte angenehm warm und rosig. Sir John rang sich nach und nach zu einer guten Meinung über die Kaufleute in der City durch, bei denen es sich eindeutig um ernsthafte Männer mit Weitblick handelte. Das waren keineswegs die luxusversessenen, geldgierigen und unehrenhaften Parasiten, wie man ihn hatte glauben machen. Ein jüngerer Sohn von etwas zarter Gesundheit wie sein kleiner Thomas, der sich nicht recht für das geistliche Amt eignete, dürfte sich hier ausgezeichnet machen, wenn er ihm eine Lehrstelle bei einem so ehrbar aussehenden Ratsherrn wie Master Wengrave verschaffen konnte, welcher so verständig über das Bankwesen und die neuen Münzgesetze zu plaudern verstand.

»Gar nicht so übel für einen jüngeren Sohn, was?« Sir Hubert beugte sich zu Sir William und flüsterte so laut, daß man es von hier bis Dover hören konnte.

»Ihr scheint ihn wirklich gut untergebracht zu haben, obwohl die Art und Weise zugegebenermaßen etwas ungewöhnlich war«, gab Sir William zurück, denn ihm war aufgefallen, daß Sir Huberts Gilbert und seine Margaret immer einer die Sätze des anderen zu Ende bringen konnten, so als wüßten sie im voraus, was der andere dachte. Genauso ging es ihm mit seiner alten Dame Alys, doch schließlich hatte man sie bereits in der Wiege verlobt und zusammen in dem Wissen aufgezogen, daß sie einmal heiraten würden, falls sie, so Gott wollte, das Erwachsenenalter erreichten.

»Ich bin NIEMALS gewöhnlich«, sagte der alte Lord mißbilligend und sah selbst noch in seinem Sonntagsstaat wie ein Freibeuter aus.

»Das wollte ich auch nicht gesagt haben, Sir Hubert. Aber ist Euch aufgefallen, wie gut sie miteinander auskommen?«

»Glaubt ja nicht, das wäre mir entgangen. Verflucht ungehörig. Ein Mann sollte sein Herz nicht an eine Frau hängen. Das schwächt die Mannhaftigkeit.«

»Ihr habt Glück mit Eurem Großsohn«, sagte Sir William und wechselte damit taktvoll das Thema. Was ihn anging, so hatte sein Philipp noch viel aufzuholen.

»Glück? Das macht die KRAFT des BLUTES!« verkündete der alte Lord. »Seht Euch die an.« Und Sir Hubert wies mit einem Fasanenschlegel in Richtung der Mädchen und dämpfte die Stimme zu einem verschwörerischen Geflüster, daß die Balken erbebten. »Die Frau bringt überhaupt nur Mädchen zuwege. Habe ich sofort gemerkt. ›Taugt nur für einen zweiten Sohn‹, habe ich bei mir gedacht. ›Wenn überhaupt etwas in ihm steckt, dann bekommt er vielleicht die richtige Gefährtin‹. Bei einer Frau, die nur Mädchen zuwege bringt, muß der MÄNNLICHE Samen stärker sein als die WEIBLICHEN Säfte.« Glücklicherweise machte Gregory gerade ein Wortspiel in Latein und bekam nichts mit. Margaret jedoch, und sie errötete tief. Der alte Lord schwieg, um dem Fasanenschlegel den Garaus zu machen, knirschte genüßlich auf den Knochen herum und schluckte geräuschvoll, ehe er fortfuhr: »Wenigstens glaube ich jetzt, daß wenigstens etwas an dem Jungen funktioniert. Wer weiß? Wenn er seine Nase nicht soviel in Bücher gesteckt und damit seine Mannhaftigkeit geschwächt hätte, aus dem hätte etwas werden können.«

Als die letzten Reste der Früchte und Süßigkeiten abgetragen waren und noch mehr Wein hereingebracht wurde, meinten etliche, der Abend wäre doch ein wenig zu kunstsinnig für sie, denn nun stand Robert le Clerc auf und hob seinen Becher zu einem weitschweifigen Trinkspruch in Latein. Wer diese Zunge aber verstand, erklärte dem Nachbarn rasch, daß er Bacchus, den Gott des Weines, anrief, unterschlug jedoch, wie ausnehmend heidnisch das war, denn Robert hatte letztens eine große Zuneigung zu den etwas unanständigen Werken Ovids gefaßt.

Und der so stilvoll beschworene Bacchus, den man viele Jahrhunderte lang vernachlässigt hatte, segnete den Abend. Und als sich Master Will erhob und verkündete, er könne in Englisch deklamieren, freuten sich alle, die kein Französisch verstanden. Und als er dann noch das fremdländische Reimen als modisches Mätzchen anprangerte und bedauerte, daß man die schöne, alte Alliteration dafür aufgab, da freuten sich alle alten Ritter, die eine Heldensaga erwarteten. Zugegeben, es verbreitete sich leichte Beklommenheit, als er mit einem Text aus dem Evangelium anhob: »In quorum manibus iniquitates sunt; dextra eorum repleta est muneribus«, was soviel bedeutete wie ›welche mit bösen Tücken umgehen, und nehmen gerne Geschenke‹. Doch das Ganze löste sich in großem Wohlgefallen auf, als er durchblicken ließ, daß es heute abend über die Advokaten hergehen solle.

»Advokaten?« knurrte Sir Hubert. »Mein Gott, bei Advokaten könnte ich auch ein Wörtchen mitreden. Ich glaube, das sagt mir denn doch zu.«

»Advokaten?« wandte sich Sir Thomas an Master Wengrave. »Was kann der uns noch über diese Schurken erzählen? Na los, Mann!«

»Oh, das Gesetz, wie ist es doch groß und gewaltig und gehet gemächlich den Gang aller Dinge, doch ohn' Gunst und ohn' Geld gefällt es gar wenig«, deklamierte der Dichter.

»Euer Kontrakt ist also für nichtig erklärt worden?« forschte Master Wengrave.

»Woher wißt Ihr das?« erwiderte Sir Thomas sarkastisch. »Die andere Seite hat einen silbernen Pokal und einen Hut voller Florin gestiftet.«

»Tja. Bitterkeit führt zu nichts. Erhöht einfach Eure Preise.«

»Führt Gelehrsamkeit und Gewinnsucht gar glückhaft zusammen –« trug der Dichter vor, und Sir Thomas und Master Wengrave ließen von ihrem Thema ab und spendeten den wohlgesetzten Worten Master Wills Beifall.

»Hört! Hört! Wohl gesprochen, Herr Dichter!« Sir

Thomas hatte seine übliche Ernsthaftigkeit vollkommen abgelegt.

»Natürlich muß ich das Ganze noch erheblich ausfeilen«, hörte er den Dichter bescheiden zu den Gelehrten am niedrigeren Tisch sagen, die ihm ebenfalls Beifall spendeten.

»Keine Zeile ändern, sag' ich!« rief Sir Thomas. »Sagt an, wo wohnt Ihr. Ich lasse Euch morgen früh einen neuen Wollumhang schicken.«

»Hausvater!« mahnte ihn seine gute Frau Emma.

»Hör auf, mich zu ›behausvatern‹! Ich sage dir, an dem Zeug ist etwas dran«, verkündete Sir Thomas.

Danach konnte nichts mehr schiefgehen, selbst als Roberts witziges Sonett auf einen treulosen Florin Sir Hugo zu dem Ausspruch veranlaßte: »Kein Geld? Ei, das ist kein Thema für eine hehre Seele. Und nicht ein einziges Symbol hat der Kerl gebracht!« Damit kam er mühsam auf die Beine.

Auf Gregorys Miene stand Entsetzen zu lesen: Der gefürchtete Augenblick war gekommen. Er verdrehte die Augen zu Margaret, wie ein erschrockenes Pferd, das durchgehen will, doch sie legte ihm beschwichtigend die Hand auf den Arm, während er den ganzen Becher mit einem Zug hinunterstürzte. Bei Sir Hugos ersten Reimpaaren stieß der alte Sir Hubert einen Schrei aus wie ein verwundeter Bär.

»Verrat, bei Gott! Das ist eine Krankheit! Was zum TEUFEL ist in ihn gefahren? Gilbert, das ist deine Schuld –« Sir William legte dem alten Mann fest die Hand auf den Arm, damit er nicht aufstehen und zu Gewalttätigkeiten schreiten konnte, und reichte ihm einen vollen Becher, daß er dem Beispiel seines zweiten Sohnes folgen konnte.

Die Diele geriet in Aufruhr, ein Raunen ging durch

die Menge, als Hugo das Werk vortrug, das er zu höchster Vollkommenheit ausgefeilt hatte.

»Worum geht es, worum geht es, lieber Master Barton?«

»Mpf. Das Französisch klingt anders als in meinen Verträgen –, sehr blumig.«

»Aber was sagt er?« beharrte Mistress Barton.

»Hm – eine hehre – nein, eine wahrhaft hehre Seele – läßt sich nicht in Mauern aus Stein einsperren –«

»Ei, es handelt von seinem Bruder! Wie rührend, wie edelmütig von ihm!«

»– und – äh, Gedichte flattern frei am Himmel wie – hm, Vögel. Etwas, etwas – ist unsterblich.«

»Oh, wie reizend!« rief Mistress Barton und wischte sich die Augen. Ein paar andere taten es ihr nach, denn der glühende und selbstlose Tribut eines *preux chevalier* hat stets etwas Anrührendes.

»Mein Gott, Robert, kein Wunder, daß sich Gregory vor seiner Familie verstecken wollte«, sagte Nicholas, der immer noch rosig aussah und sich die Tränen aus den Augen wischte.

»Nicht zu fassen, daß er diesen hehren Geist die ganze Zeit vor uns versteckt hat. Verdammt kleinlich von ihm«, pflichtete ihm Robert bei, dem die Seiten noch immer wehtaten und der den Kopf auf den Tisch gelegt hatte.

»Dafür kann es nur eine Rache geben«, verkündete Jankyn.

»Und die wäre?« fragten die anderen im Chor, da sie wußten, daß kein Mensch sie verstand, wenn sie Latein sprachen.

»Ei, ich vertone das Gedicht, und dann singen wir es ihm vor, falls er es wagen sollte, seinen Fuß noch einmal über die Schwelle des *Eberkopfes* zu setzen«, sagte Jankyn so richtig boshaft. »Seine Miene wird die Mühe wert sein.«

»Hilde«, sagte Bruder Malachi, der alles mitbekommen hatte. »Ich glaube, man sollte Gilbert warnen, er gerät schon wieder in die Klemme.«

»Mehr als üblich?« fragte sie.

»Nein, wie üblich«, erwiderte Malachi.

Aber als Hugo die Gesellschaft musterte und nicht recht wußte, ob er sie lieber in Tränen aufgelöst lassen oder noch eine Zugabe machen sollte, hörte er hinter sich seinen Vater mit heiserer Stimme fragen:

»Sagt an, Sir William, glaubt Ihr, daß sie ansteckend ist wie die Pest?«

»Was denn?«

»Die Krankheit. Die Reim- und Bücherwurmkrankheit.«

»O die, nein, natürlich nicht. Das ist nur eine Mode wie Schnabelschuhe. Die vergeht wieder. Wer weiß? Im nächsten Jahr ist es vielleicht Tenetz spielen.«

Tennis, dachte Sir Hugo und setzte sich, ist das nicht das Spiel, das bei den jungen, französischen Edelleuten so in Mode ist? Ob ich wohl irgendwo Unterricht nehmen kann?

»Und ich sage Euch, wenn das so weitergeht, das zehrt an der MANNHAFTIGKEIT der NATION. Der König sollte einen Riegel vorschieben.« Sir Hubert erhob schon wieder die Stimme. Er war drauf und dran, zu seiner berühmten Rede über Mannhaftigkeit und die Gründe für ihr Dahinschwinden auszuholen.

»Ach, das macht mir weniger Sorgen«, gab Sir William so beschwichtigend wie nur möglich zurück. Er war mittlerweile recht vertraut mit Sir Huberts Ansichten über Mannhaftigkeit und fand, daß der Abend dadurch nicht gewinnen konnte. »Seht es nüchtern. Was ist ein

Feuer ohne Zunder? Die Kosten für Kopisten und die Papierknappheit halten das Ganze in Grenzen.«

Margaret hatte die Komplimente der scheidenden Gäste noch im Ohr, als sie sich an ihren Mann wandte.

»Na?« fragte sie, »willst du immer noch deinen Namen ändern und auf den Kontinent fliehen?«

»Noch nicht«, antwortete er und legte ihr den Arm um die Mitte. »Ich glaube, ich überlebe es. Ich muß dabei nämlich bedenken, wie schwer ich mich vor dir verstecken kann.«

»Damit du es nur weißt«, sagte sie lächelnd, »ich verfolge dich bis ans Ende der Welt. Ich bin zu allem entschlossen, mußt du wissen.«

»Du meinst störrisch, Margaret. Als ob ich das nicht längst wüßte. Und obendrein bist du so störrisch, daß du noch damit prahlst, statt es zu verbergen, wie es sich für eine ehrbare Frau geziemt.«

»Willst du damit sagen, ich bin nicht ehrbar?«

»Das nun auch wieder nicht, Margaret. Nein. Ich sage nur, du bist genau richtig. Auf gar keinen Fall möchte ich eine andere Margaret.«

Und so feierten wir frohgelaunt unsere Heimkehr, und alles wurde bereinigt und ins rechte Lot gebracht bis auf ein paar Kleinigkeiten, die das Erwähnen nicht verlohnen. Man machte viel von uns her auf den Gastmählern, die man uns zu Ehren gab, und so besserte sich auch Gregorys Laune, und er setzte Fleisch an, bis er fast wieder der Alte war. Sein Vater schickte ihm einen Brief aus Frankreich, der nicht ganz so schlimm war, Hugo gab die Muse auf, nach einer unseligen Liebesgeschichte zumindest für ein Weilchen, und Peregrin erfreute ihn mit einem Zahn, den er jedes Mal, wenn er seinen Vater erblickte, mit einem gaumigen Grinsen vorführte.

Eines Tages ertappte ich Gregory, wie er sein Gesicht in dem kleinen Bronzespiegel musterte. Er hielt ihn auf Armeslänge und drehte den Kopf erst nach rechts und dann nach links, um die Wirkung zu prüfen.

»Bärte kommen wieder in Mode, Margaret. Was meinst du, sollte ich mir einen schönen langen stehen lassen? Dann sehe ich mehr nach einem pater familias aus, findest du nicht auch?«

»Ihr seht immer gut aus, Herr Gemahl, laßt Euch also den Bart so lang stehen, wie es Euch gefällt.«

»Frau Gemahlin, habe ich Euch letztens nicht gesagt, daß ich den Sarkasmus gepachtet habe, nicht Ihr? Und was habt Ihr gegen einen langen Bart?«

»Ich? Ei, ganz und gar nichts, außer daß Ihr darüber stolpern könntet.«

»Komm, komm, denk doch nur, wie prächtig ich aussehen werde, wenn ich vorm Zubettgehen dann in meinem großen Stuhl sitze und all meine Kinder und Großkinder der Reihe nach antreten und auf die Knie fallen lasse, daß sie mir die Hand küssen. ›Gott segne dich, mein Kind – Gott segne dich, Tochter – Gott segne dich, mein Sohn –‹ Gar nicht so übel, so ein Patriarch. Wenn ich es recht bedenke, so hat Gott wahrscheinlich den allerlängsten Bart.«

»Oh! Du! Du willst mich aufziehen! Woher weißt du übrigens, wie Gott aussieht?«

»Ich?« sagte er und legte den Spiegel hin. »Ei, ich habe mir immer eingebildet, daß Gott genau wie Vater aussieht. Mittlerweile bin ich mir da nicht mehr ganz so sicher.«

»Gregory, du lieber Irrer«, sagte ich und schlang die Arme um ihn.

»Mein Schatz, meine verrückte Margaret«, sagte er, nahm mich in die Arme und küßte mich, daß meine Fußspitzen den Fußboden gar nicht mehr berührten.

Und da ging mir auf, daß diese albernen Verfasser von Liebesgeschichten und Balladen gar nicht wissen, wovon sie reden. Denn was ist Erringen verglichen mit Haben? Und hatte mein Ritter auch nur einmal unter meinem Fenster die Laute gespielt oder hatten wir Liebespfänder ausgetauscht – außer unseren Herzen natürlich?